〔南朝梁〕劉勰 著
詹鍈 義證

文心雕龍義證

一

上海古籍出版社

圖書在版編目(CIP)數據

文心雕龍義證 /（南朝梁）劉勰著 ；詹鍈義證. 上海 ：上海古籍出版社，2025. 8. --（中國古典文學叢書）. -- ISBN 978-7-5732-1510-9

Ⅰ. I206. 2

中國國家版本館 CIP 數據核字第 2025YL3642 號

首屆向全國推薦優秀古籍整理圖書

中國古典文學叢書

文心雕龍義證

（全四册）

〔南朝梁〕劉勰　著

詹鍈　義證

上海古籍出版社出版發行

（上海市閔行區號景路 159 弄 1-5 號 A 座 5F　郵政編碼 201101）

（1）網址：www. guji. com. cn

（2）E-mail：guji1@guji. com. cn

（3）易文網網址：www. ewen. co

上海展强印刷有限公司印刷

開本 850×1168　1/32　印張 63. 125　插頁 23　字數 1,354,000

2025 年 8 月第 2 版　2025 年 8 月第 1 次印刷

印數：1—1,100

ISBN 978-7-5732-1510-9

I·3902　平裝定價：258. 00 元

如有質量問題，請與承印公司聯繫

電話：021-66366565

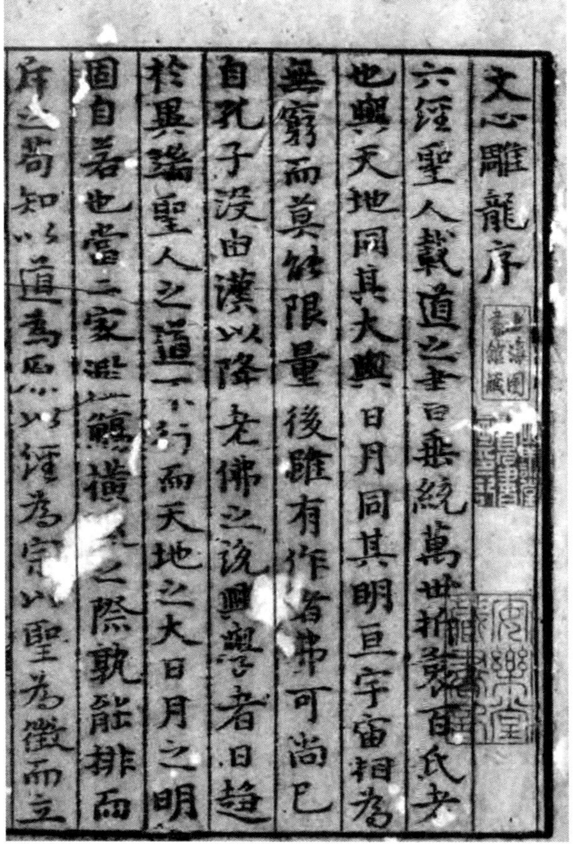

文心雕龍序

六經聖人載道之書垂統萬世折衷百氏者
也與天地同其大與日月同其明亘宇宙相為
無窮而莫能限量後雖有作者弗可尚已
自孔子沒由漢以降老佛之說興學者日趨
於異端聖人之道不行而天地之大日月之明
固自若也當二家濫觴橫流之際孰能排而
斥之苟知以道為原以經為宗以聖為徵而立

元至正十五年刊本《文心雕龍》書影

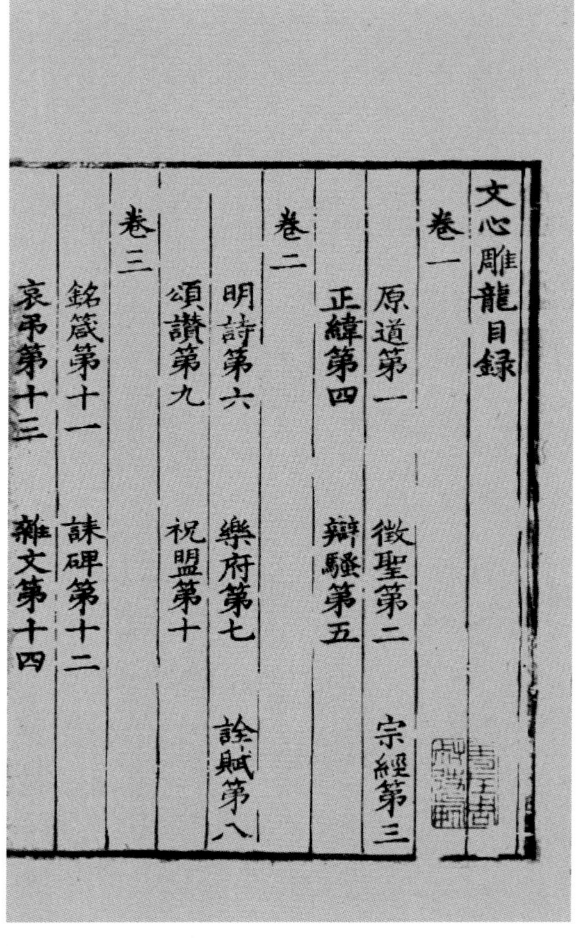

文心雕龍目録

卷一

原道第一　徵聖第二　宗經第三

正緯第四　辯騷第五

卷二

明詩第六　樂府第七　詮賦第八

頌讚第九　祝盟第十

卷三

銘箴第十一　誄碑第十二

哀弔第十三　雜文第十四

明弘治十七年馮允中刊本《文心雕龍》書影

文心雕龍卷之一

梁通事舍人劉勰撰　明歙汪一元校

原道第一

文之爲德也大矣與天地並生者何哉夫玄黃色雜方圓體分日月疊璧以垂麗天之象山川煥綺以鋪理地之形此蓋道之文也仰觀吐曜俯察含章高卑定位故兩儀既生矣惟人參之性靈所鍾是謂三才爲五行之秀人實天地之心生心生而言立言立而文明自然之道也傍及萬品動植皆文龍鳳以藻繪呈瑞虎豹以炳蔚凝姿雲霞雕色有踰畫工之妙草

明嘉靖十九年汪一元私淑軒刊本《文心雕龍》書影

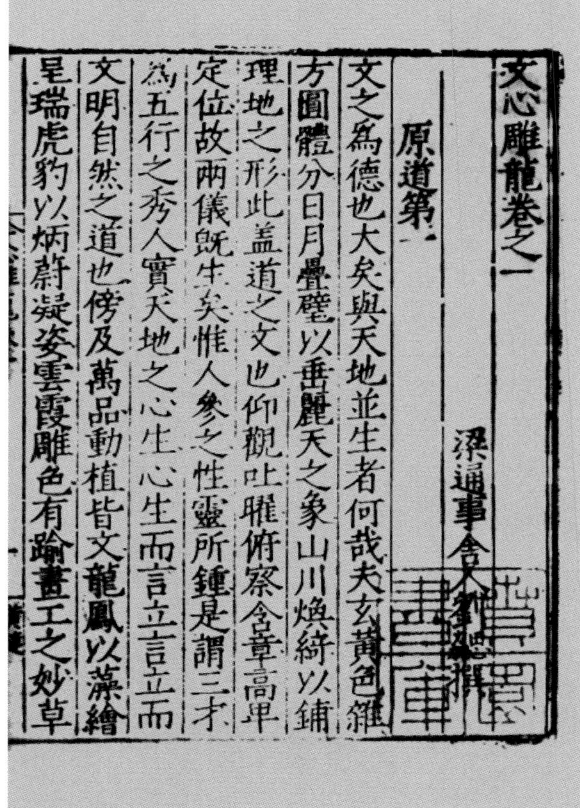

文心雕龍卷之一

梁通事舍人劉勰撰

原道第一

文之爲德也大矣與天地並生者何哉夫玄黃色雜方圓體分日月疊璧以垂麗天之象山川煥綺以鋪理地之形此蓋道之文也仰觀吐曜俯察含章高卑定位故兩儀既生矣惟人參之性靈所鍾是謂三才爲五行之秀人實天地之心生心生而言立言立而文明自然之道也傍及萬品動植皆文龍鳳以藻繪呈瑞虎豹以炳蔚凝姿雲霞雕色有踰畫工之妙草

明嘉靖二十二年佘誨刊本《文心雕龍》書影

文心雕龍卷之一

梁通事舍人東莞劉勰撰

原道第一

文之爲德也大矣與天地並生者何哉夫玄黃色雜方圓體分日月疊璧以垂麗天之象山川煥綺以鋪理地之形此蓋道之文也仰觀吐曜俯察含章高卑定位故兩儀既生矣惟人參之性靈所鍾是謂三才爲五行之秀人實天地之心生心生而言立言立而文明自然之道也傍及萬品動植皆文龍鳳以藻繪呈瑞虎豹以炳蔚凝姿雲霞雕色

明萬曆七年張之象刊本《文心雕龍》書影

序例

我於四十年代在四川白沙國立女子師範學院爲諸生授文心雕龍，深感作者劉勰熟讀群經，博覽子史，於齊梁以前文集無不洞曉，而又深通内典，思想綿密。原書大量運用形象語言，説明極其複雜的抽象問題，許多句法都是化用古籍，非反復鑽研難以探其奥義。至於其中所闡述的理論，就更加難以明其究竟。建國以來，學習辯證唯物主義及文藝理論，對於文心雕龍始有更進一步的理解。近二十多年來，又曾先後爲中文系教師和研究生講授文心雕龍，對原書的理解逐步深入，因而有寫文心雕龍義證之意。

通過幾十年的摸索，我感到文心雕龍主要是一部講寫作的書，序志篇一開始就説得很清楚：「夫文心者，言爲文之用心也。」過去有人把文心雕龍當作論文章作法的書，也有人把文心雕龍當作講修辭學的書，都有一定的道理。但這部書的特點是從文藝理論的角度來講文章作法和修辭學，而作者的文藝理論又是從各體文章的寫作和對各體文章代表作家作品的評論當中總結出來的。劉勰的批評標準是經書，他認爲經書從內容到形式都是寫作的楷模，所以他主張宗經。他提出要向聖人學習，徵聖篇明確地説：「是以論文必徵於聖，徵聖必宗於經。」全書開宗明義在原道篇裏提出「道沿聖以垂文，聖因文以明道」。這個「文」，主要是指經書的文辭。正緯篇則是根據經書來檢驗緯書，發現緯書有四個方面的僞託，而加以批判糾正的。至於辨騷，也是以經書爲準繩，來辨别楚辭與風雅的四同四異，發現楚辭對詩經的風雅來説是有了變異的。文心雕龍中雖然也列了史傳和諸子兩個專篇，但在劉勰看來，史傳之文和諸子之文，是不能與經書相比的。

如果從文學樣式來説，無論經書、史書、子書，都不外乎詩文。不過劉勰並不把經書當作某一文體來看，而是尊之爲「聖文」，認爲經書是一切文體的本源。他只對經書以後的各種文體的代表作家和代表作品進行評論，所以中國早期的文學評論就是詩文評。中國的目録學，於集部中特設詩文評一類，文心雕龍即是列爲詩文評類之首的。如果説中國古代文學理論有什麽民族特點，它首先是以詩文評爲主，其中的文這一大類並不限於文學作品，而是包括了大量的不具形象的應用文字的。中國早期的文學理論是從詩文中總結出來的，小説戲曲比較後起。從詩經時代起，詩歌就是和音樂不可分割的。魏晉以來，書法、繪畫比較發達，表現在文心雕龍中不僅有對於音樂的評論，也把書法、繪畫等藝術理論的概念，運用到文學理論中來。文心雕龍研究文采的美，因而以「雕鏤龍文」爲喻，從現代的角度看起來，文心雕龍中所涉及的理論問題屬於美學範疇。然而以文心雕龍爲代表的中國古代文藝理論，畢竟不同於西方的文藝理論。西方文藝理論的鼻祖是亞里士多德的詩學，其中所研究的主要對象是史詩和戲劇，因而一開頭就離不開人物形象。羅馬時代講究演説，西方的古典文學理論和修辭學，有一部分是從演説術中總結出來的。我們今天從美學的角度來研究文心雕龍，不能不和西方的美學對照，却不能生硬地用西方的文藝理論和名詞概念來套。我們要像清朝的漢學家研究經書那樣，對於文心雕龍的每一句話，每一個字，都要利用校勘學、訓詁學的方法，弄清它的含義；對於其中每一個典故都要弄清它的來源，弄清劉勰是怎樣運用自如的；並且根據六朝的具體環境和時代思潮，判明它應該指的是什麽。這樣對於文心雕龍的理解纔有比較可靠的基礎。同時，我們不僅從微觀的角度來研究，也要從宏觀的角度來研究，不能僅限於字句的理解，只見樹木不見森林。

近些年來，文心雕龍已成顯學，研究論文層見迭出，大量湧現，出版的注釋、翻譯、專門論著以及介紹文心雕龍的通俗讀物也不在少數。研究人員各抒己見，真正體現了百家争鳴的精神。有的意見分歧，已經達到了針鋒相對的程度。問題愈辯而愈明，從發展學術來説，這自然是好事。但是有些文章和論著，對同一問題的解説，往往各執一辭；有的甚至把自己的看法强加在劉勰身上，多空論而少實證。筆者寫這部書的方法，是要把文心雕龍的每字每句，以及各篇中引用的出處和典故，都詳細研究，以探索其中句義的來源。上自經傳子史，以至漢晉以來文論，凡是有關的，大都詳加搜考。其次是參照本書各篇，展轉互證。再其次是引用劉勰同時人的見解，以比較論點的異同。再就是比附唐宋以後文評詩話，以爲參證之資。對於近人和當代學者的解釋，也擇善而從，間有駁正。從已經發表的各家注解和譯文來看，對原文的理解出入很大，有許多地方是值得商榷的，在此就不一一列舉。

文心雕龍現存最早的板刻是元至正刊本，其中錯簡很多，不宜作爲底本。原著經過明人校訂，到清黄叔琳文心雕龍輯注（簡稱「黄注」）出，會粹各家校語和注釋，成爲一部最通行的刊本。范文瀾的文心雕龍注（簡稱「范注」）就是以黄注本爲底本，而又附録了鈴木虎雄、趙萬里、孫蜀丞諸家校語的。抗日戰争發生後，楊明照在郭紹虞、張孟劬指導下，于燕京大學研究院寫出畢業論文文心雕龍研究，一九五八年删訂出版，取名爲文心雕龍校注。王利器在這部書稿的基礎上，于校勘方面加以擴大，寫成文心雕龍新書，一九八〇年修訂出版，改名文心雕龍校證（簡稱校證）。楊明照又增訂了原書，取名爲文心雕龍校注拾遺（簡稱校注），於一九八二年出版。楊王二家所校各本，筆者大都進行覆核，寫成文心雕龍板本叙録，列於本書卷首。本書原文即以校證爲底本。於覆校有異文時，特爲標出，間或校改其明顯訛字。校證、校注二書所列各本校語，用詞不盡一致，例如校注所稱弘治本，校證稱爲馮本，因其與馮舒校本（亦稱「馮校」）易於混淆，還是稱弘治本爲妥。此外梅本有初刻與第六次校定本之異，校證分別稱爲「梅本」與「梅六次本」，校注則稱爲「萬曆梅本」和「天啓梅本」，其實是一樣的。文心雕龍訓故，校證稱爲王惟儉本，校注則稱爲「訓故本」，也是一樣的。在此特加説明，以資識別。校證、校注所作校語，本書並未全部羅列，惟在校證對黃注本進行校改的地方，則一一引録。楊、王二家間有失校處，則予以補充。二家校語與原本不符時，也予指正。對范、楊、王以及各家校語有不同意見時，則作出自己的判斷，但有時也兩存其説。校語往往牽涉文義，單獨標出，易與注解割裂，故一律列入義證之中，不別出校記。

本書帶有會注性質。文心雕龍最早的宋辛處信注已經失傳。王應麟玉海、困學紀聞中所引文心雕龍原文附有注解。雖然這些注解非常簡略，本書也予以引録，以徵見宋人舊注的面貌。黄叔琳文心雕龍輯注，大多采録明梅慶生文心雕龍音注（簡稱「梅注」）、王惟儉文心雕龍訓故（簡稱訓故）。明人注本目前比較難得，王惟儉訓故尤爲罕見。兹爲保存舊注，凡是梅本和訓故徵引無誤的注解，大都照録明人舊注，只有黄本新加的注纔稱「黄注」。無論梅注、訓故和黄注，原來大都不注篇目，則一一標明篇名或卷數，以便檢索。

辛亥革命以來，在大學講授文心雕龍始於劉師培，黄侃繼之。劉師培未發講義，當年羅常培先生曾用速記法作了記録，整理出來，發表的只有兩篇，取名左盦文論，見西南聯合大學中文系編的國文月刊。黄侃在講授過程中寫了文心雕龍札記（簡稱札記），雖然没有編完，但是極見工力，本書多加采録。范文瀾從黄侃受業，先編成文心雕龍講疏，後改寫爲文心雕龍注，成爲在注釋方面貢獻最大的一部。五十多年來，文心雕龍研究者大都以這部書爲依據，來進行探索。范注徵引雖博，但有時釋事而忘義。范注引書雖注篇名，而引文與原書每有出入。本書對這些引文都一一核對，引文有誤處按原著校改，刪節而未加刪節號處則仍其舊。范注引録的古代作品達四百多篇，占了全書很大一部分。這些作品如屈原離騷、陸機文賦之類，篇幅既長，全文引録也不能説明問題，而且這些資料也不難得，以故本書大都刪削，只徵引其中和劉勰論點可以互相印證的段落。爲了徵實劉勰對某一作家作品的評論，本書有時采録他人的評語作爲參證。劉永濟文心雕龍校釋（簡稱校釋），因所據板本較少，校勘方面無多創獲，但在釋義方面每有卓見。本書也時有引録。

本書取材較廣，對於近代各種資料，無論聽課筆記，殘篇斷簡，已刊未刊，筆者本着片善不遺的精神，多有採擷。對於當代各家注釋、譯文和專著、論文，筆者也廣泛收集，力求吸取新解。臺灣近三十年來，研究文心雕龍成果顯著，因此類書籍在大陸不經見，故多有引録。香港所出文心雕龍研究著作爲數不多，但有的甚見功力，故亦有所摘録。施友忠英文譯本第二版第三版，亦曾詳加參照，但徵引不多。日本學者的譯著和論文，所引僅以用漢文寫成或有漢語譯文者爲限。

當代著述，筆者認爲可資發明文心含義者，多逕録原文，注明出處。各家所引古書資料，本書注明轉引。有時筆者原稿已有引文，而他人已先我發表，也説明已見某書，以免「乾没」之嫌。各家注釋雷同之處甚多，引證則取其最先發表者。兩人合著之書，其中某些注解顯出一人之手，則予標出。如本書所引「牟注」，均見陸侃如、牟世金合編文心雕龍譯注。之所以這樣標，是因爲這些條注解出現在陸先生故後。但是臺灣著作，如李曰剛文心雕龍斠詮與其弟子黄春貴文心雕龍之創作論及沈謙文心雕龍批評論發微亦多有雷同處，則不知這些地方是誰最先提出的見解。

對於那些原文不易理解，注釋非常分歧的地方，筆者認爲兩可的，則儘量並存，提供讀者參考。但多數則擇善而從，間書己見。再就是本書引録的當代著作，不一定筆者都贊賞，更不一定贊成其作者之爲人。本書重在注釋和解説的準確性，本着不以人廢言的精神，偶見確解，雖一鱗半爪，摘録不遺。臺灣學者的著作，在字句解釋上有些可取處，但由于保守的世界觀和文學觀，加上有人不敢踰黄侃札記雷池一步，對文心雕龍整體的理解是缺少發展眼光的。

本書徵引資料紛繁，注解部分如置于篇末或每段之後，因條數較多，來回翻檢，閲讀不便。故于每段中又分成若干小節，使原文與注解保持在同一或相鄰的頁面上，以省翻檢之勞。又爲加深讀者對原文的總的理解，各篇都標明段落大意。對各篇篇目也作了題解。

全書以論證原著本義爲主，也具有集解的性質，意在兼採衆家之長，而不是突出個人的一得之見，使讀者手此一編，可以看出歷代對文心雕龍研究的成果，也可以看出近代和當代對文心雕龍的研究有哪些創獲。至于筆者解説文心雕龍的態度，則是大體依照劉勰寫這部書的宗旨：「有同乎舊談者，非雷同也，勢自不可異也；有異乎前論者，非苟異也，理自不可同也。同之與異，不屑古今，擘肌分理，唯務折衷。」（序志篇）筆者覺得這樣纔能給一般研究工作者提供一個謹嚴的讀本，以便讀者作進一步的分析研究。

本書編寫的總原則是「無徵不信」。筆者希望能比較實事求是地按照文心雕龍原書的本來面目，發現其中有哪些理論是古今中外很少觸及的東西；例如劉勰的風格學，就是具有民族特點的文藝理論，對于促進文學創作的百花齊放，克服創作中的公式化、概念化會起一定的作用。這樣來研究文心雕龍，可以幫助建立民族化的中國古代文藝理論體系，以指導今日的寫作和文學創作，並作爲當代文學評論的借鑒。

詹鍈一九八六年二月于天津

文心雕龍板本叙録

文心雕龍是我國文學理論批評史上最有影響的一部著作，可是由于古本失傳，需要我們對現存的各種版本進行細緻的校勘和研究，糾正其中的許多錯簡，才能使我們對文心雕龍中講的問題，得到比較正確的理解。現在就把多年來在北京、上海、天津、南京、濟南所見的各種版本和抄校本加以介紹，希望能引起文心雕龍研究者的注意。

宋史藝文志載辛處信文心雕龍注十卷。這部書久已亡佚，明清兩代文獻中，都没有徵引過。今存各種板本中，元刻本就是最早的了。

一、元至正十五年（一三五五）刊本文心雕龍十卷。

結一廬藏書，今藏上海圖書館，二册。

卷首爲錢惟善文心雕龍序，序題下方有「安樂堂藏書記」印和「明善堂覽書畫印記」。從這兩顆印章説明這個本子在清代曾經怡親王收藏。根據藏書紀事詩卷四第一百九十三頁，「安樂堂印」、「明善堂印」都是怡親王藏書的印記。

錢序中説：

嘉興郡守（郡守二字原文模糊不清，兹據明徐𤊹校本補）劉侯貞家多藏書，其書皆先御史節齋先生手録。侯欲廣其傳，思與學者共之，刊梓郡庠，令余叙其首。……余嘗職教于其地而目擊者，故不敢辭。……侯可謂能世其家學者，故樂爲之序。至正十五年龍集乙未秋八月曲江錢惟善序。

可見這個本子是乙未年嘉興知府劉貞刻的。序文下注「霅川楊清之刊」。其次爲「文心雕龍目録」，下有「徐乃昌讀」印。正文每半葉十行，每行二十字。其款式爲：

文心雕龍卷一

梁通事舍人劉勰彦和述

原道第一

綫口本。板心有的注「謝茂刊」，有的注「楊清刊」。

黄丕烈蕘圃藏書題識卷十載文心雕龍跋語説：

項郡中張青芝家書籍散出，中有青芝臨（何）義門先生校本，首載錢（惟善）序一篇，亦屬鈔補，爰録諸卷端素紙，行款用墨筆識之。噫！阮華山之宋本不可見，即元刊亦無從問津，徒賴此校本留傳，言人人殊。……聊著於此，以見古刻無傳，臨校全不足信有如此者。

甲子（一八〇四）十一月六日，蕘翁記。

的確臨校本是不能全信的，即如北京圖書館藏傳校元本文心雕龍（底本是廣東朱墨套印紀評本）注明：「元至正嘉興郡學刊本，每半葉九行，行十七字。」而我經眼的元至正嘉興刊本卻是每半葉十行，每行二十字。

蕘圃藏書題識卷十又載：「戊辰（一八〇八）三月，得元刻本校正，並記行款。」

傅增湘徐興公校文心雕龍跋中説：

> 文心雕龍一書……傳世乃少善本，阮華山之宋槧，自錢功甫一見後，踪迹遂隱。即黄蕘圃所得之元至正嘉禾（嘉興）本，後此亦不知何往。……辛巳（一九四一）五月十九日藏園識。

以傅增湘這樣的藏書家和校勘學家，都不知道元至正刻本文心雕龍的下落。現在上海圖書館藏的元刻本，可能和黄丕烈的藏本不是一個來源。總之，這是我們今天所能看到的最早的刻本。

這個本子的隱秀篇，自「而瀾表方圓」句後有缺文，下接「朔風動秋草」，中間脱四百字。元刻本每半葉二百字，看來是整缺一板。又序志篇在「則嘗夜夢執丹漆之禮器」的「夢」字以下有缺文，下接「觀瀾而索源」，中間脱三百二十二字。

這個本子是許多明刻本的祖本。范文瀾文心雕龍注、楊明照文心雕龍校注、王利器文心雕龍校證中都説没有見過這一刻本，可見是稀世之珍。但是它有兩處大的脱漏，其它錯簡的地方也很多。我們不能因爲它是今存最早的刻本，就忽略了其中的許多錯簡。這是我們必須細心校勘的。

二、明弘治十七年馮允中刻活字本文心雕龍十卷。北京圖書館藏，分訂四册。卷首有重刊文心雕龍序。序中説：

余素粗知嗜文，每覽是書，輒愛玩不忍釋。然惜其摹印脱略，讀則有歎。兹奉命至江南，巡歷之暇，偶聞都進士玄敬，家藏善本，用假是正，既慰夙願矣。……惟是石渠具草之用，皂囊封事之作，以迪後彦而備時需者，不可一日缺。則是編能無益乎！此予捐廪而行之者，蓋有以也。……弘治十七年歲在甲子四月上澣日，文林郎監察御史郴陽馮允中書於姑蘇行臺之涵清亭。

正文每半葉十行，每行二十字。其款式爲：

文心雕龍卷第一

梁通事舍人劉勰

隱秀篇和序志篇缺文和元至正刻本同。卷第十末刻「吴人楊鳳繕寫」。最後有都穆跋。跋語説：

梁劉勰文心雕龍十卷，元至正間嘗刻於嘉興郡學，歷歲既久，板亦漫滅。弘治甲子，監察御史郴陽馮公出按吴中，謂其有益於文章家，而世不多見，爲重刻以傳。……吴人都穆識。

天禄琳瑯書目後編卷十一元版集部：

文心雕龍一函八册，書末刻吴人楊鳳繕寫。元趙孟頫、虞集，明徐有貞、吴寬，本朝耿藩遞藏，餘無考。

後面抄録了大量的藏書印。葉德輝書林清話卷七「明人刻書載寫書生姓名」條説：「天禄琳瑯後編十一元版（此以明版誤作元版）文心雕龍十卷，末刻吴人楊鳳繕寫。」一九三四年故宫博物院出版的故宫善本書目也把天禄琳瑯書目後編十一的元版文心雕龍一函八册改列爲明刻本。這個本子的卷末正是刻了「吴人楊鳳繕寫」，可見清故宫所收的和這是一個板刻。天禄琳瑯書目所載的那些「虞集家藏」等等藏書印，都是後人僞造的。這個本子則只有今人周叔弢的「曾在周叔弢處」方印一塊，就不知道是怎樣流傳來的了。

三、嘉靖十九年（一五四〇）汪一元私淑軒刻本文心雕龍十卷。

北京大學藏。北京圖書館藏一本有清褚德儀校。卷首有方元禎序，據此知道這個本子是汪一元嘉靖庚子刻於新安的。正文每半葉十行，每行二十字。板心上方有「私淑軒」三字。其款式爲：

文心雕龍卷之一

梁通事舍人劉勰撰　明歙汪一元校

按此本從弘治本出，而略有增改。隱秀篇、序志篇缺文與元至正本同。

四、徐㶿校汪一元私淑軒刻本。

北京大學藏，分訂三册。卷前有加頁一紙，抄福州府志，記徐㶿、徐延壽、徐鍾震三代履歷：

徐㶿，字惟起，閩縣人，博學工文，與兄熥齊名。善草隸書，詩歌婉麗。萬曆間，與曹學佺狎主閩中詞盟，後進皆稱興公詩派。性嗜古，聚書萬卷，居鰲峰麓，環堵蕭然，而牙籤四圍，縹緗之富，卿侯不能敵也。其考據精核。自樂府歌行及近體無所不備。著有徐氏筆精、榕陰新檢、紅雨樓集、鰲峰集。子延壽，字存永，詞賦激昂，有尺木堂稿。孫鍾震，字器之，有雪樵集。

卷首載徐㶿崇禎己卯（一六三九）題記説：

此本吾辛丑（一六〇一）年校讎極詳，梅子庚刻於金陵，列吾姓名於前，不忘所自也。後吾得金陵善本，遂舍此少觀。前序八篇，半出吾抄録，半乃汝父（指延壽）手書，又金陵刻之未收者。……崇禎己卯中秋書付鍾震。

眉上小字是吾所書，間有謝伯元注者，伯元看書甚細耳。

以下抄録梁書劉勰傳，下注「南史有傳稍略」。然後是手抄的各種板本的序七篇：

（一）元錢惟善至正本文心雕龍序。

（二）佘誨本序。

（三）嘉靖乙巳（一五四五）葉聯芳書樂應奎本序，據此可知樂應奎本刻於嘉靖二十四年。這個本子未見。

（四）樂應奎序。

（五）青社誠軒載璽信父撰文心雕龍序，下署「嘉靖四十五年（一五六六）歲次丙寅上元」。這個嘉靖丙寅朱載璽刻本也未見。

（六）弘治本馮允中序。

（七）建安西橋程寬撰刻文心雕龍序，内稱「嘉靖辛丑（一五四一）建陽張子安明將重鋟於閩」，可是張安明這個福建刻本未見流傳。

以下才是這個刻本的方元禎序。

正文有黄筆、藍筆、硃筆、白筆圈點（依楊慎本）和硃筆、藍筆、墨筆校語。隱秀篇抄補了四百多字，徐㶿在篇末的跋語説：

隱秀一篇，諸本俱脱，無從覓補。萬曆戊午（一六一八）之冬，客游豫章，王孫朱孝穆得故家舊本，因録之，亦一快心也。

序志篇脱漏的三百多字，是徐氏取廣文選本訂補的。

書末又手抄八份材料：

（一）楊慎致禺山公（張含）書。

（二）徐𤊹萬曆二十九年（一六〇一）跋語一條。

（三）徐𤊹萬曆三十五年（一六〇七）跋語說：「偶得升庵校本，初謂極精。……越七年……又校出脱誤若干，合升庵、伯元之校，尤爲嚴密。」

（四）附録曹學佺書，下款爲「戊申（一六〇八）八月朔日弟佺頓首」。

（五）録晁公武郡齋讀書志評文心雕龍語一條，下注「見文獻通考」。後有一行云：「庚戌（一六一〇）穀日又取鬱儀王孫本校一過。」

（六）徐𤊹萬曆四十年（一六一二）跋語一條。

（七）録伍讓文心雕龍序，這就是徐𤊹崇禎跋語中所説的「前序八篇」之一。序文中説伍讓和貴陽太守謝文炳曾於萬曆十九年（一五九一）刻文心雕龍於貴陽郡庠，可是未見傳本。

（八）徐𤊹萬曆四十七年（一六一九）跋語説：「第四十隱秀一篇，原脱一板。予以萬曆戊午（一六一八）之冬，客游南昌，王孫孝穆（即朱謀㙔）云：『曾見宋本，業已抄補。』予從孝穆録之。予家有元本，亦係脱漏，則此篇文字既絶而復搜得之，孝穆之功大矣。因而告諸同志，傳鈔以成完書。」

從徐𤊹父子所抄録的許多篇序跋來看，他收羅了元明兩朝各種板刻的文心雕龍，他用來校勘的許多板本，有的已經失傳，只是仰賴徐𤊹抄補的序跋，我們才知道有這些板本。徐𤊹的校補是在他以前刊行的各種板本的匯校。傅增湘徐興公校文心雕龍跋，見國民雜志一九四一年第十期。傅氏還有一九四一年臨徐𤊹校文心雕龍二册，現藏北京圖書館。他所用的底本是佘誨刊本。

五、嘉靖二十二年（一五四三）佘誨刻本。

北京圖書館、北京大學均有藏本。卷首有文心雕龍序，序中說：「苦印傳之不廣……遂校梓布焉。」末署「時嘉靖癸卯（一五四三）仲春朔日古歙佘誨序」。

正文每半葉十行，每行二十字。其款式爲：

文心雕龍卷之一

梁通事舍人劉勰撰

這個本子的隱秀篇有缺文，序志篇的缺文就已經補進去了。

六、張之象本。

北京大學藏。卷首有序文說：

文心雕龍十卷四十九篇，合篇終序志一篇爲五十篇。……獨是書世乏善本，譌舛特甚，好古者病之。比客梁溪，見友人秦中翰汝立藏本頗佳，請歸研討，始明徹可誦。……予遂梓之。……萬曆七年（一五七九）歲次己卯春三月朔旦，碧山外史雲間張之象撰。

下列：

訂正文心雕龍名氏
張之象字玄超　秦柱字汝立
校閱文心雕龍名氏
陸瑞家字信卿　程一枝字巢父
諸純臣字民極　陸光宅字興中
張雲門字九韶　董開大字元功
楊繼美字彦孫　蔡懋孝字仲逵
沈荆石字侯璧　錢日省字三孺

正文每半葉十行，每行十九字。每卷末列有校者姓名，和卷首一致。涵芬樓四部叢刊影印的「嘉靖本」，少了張之象序和卷首的訂正校閱名氏，實際上是張之象本。其款式爲：

文心雕龍卷之一　　　梁通事舍人東莞劉勰撰

這個本子的隱秀篇和序志篇都不全。

七、胡維新兩京遺編本文心雕龍。

北京大學藏本，有失名硃、黄、墨三色校語和批詞。根據胡維新、原一魁作的序，知道兩京

遺編刻於萬曆十年(一五八二)。正文每半葉九行,每行十七字。其款式爲:

文心雕龍卷之一

梁通事舍人東莞劉勰彦和著

商務印書館叢書集成初編影印的就是這個本子。

八、何允中漢魏叢書本文心雕龍。

這部叢書刻於萬曆二十年(一五九二)。卷首有佘誨序。正文每半葉九行,每行二十字。其款式爲:

文心雕龍卷一

梁東莞劉勰著　張遂辰閲

九、梅慶生音注本。

萬曆三十七年(一六〇九)刻於南昌。卷首有顧起元序,許延祖楷書。顧序説:

升庵先生酷嗜其(指文心雕龍)文,咀喫菁藻,爰以五色之管,標舉勝義,讀者快焉。顧世夐文渝,駁蝕相禪,閒摅戡定,猶俟刬除。豫章梅子庚氏既擷東莞之華,復賞博南之鑒,手自校讎,博稽精考,補遺刊衍,汰彼淆訛。凡升庵先生所題識者,載之行閒,以核詞致。至篇中曠引之事,畢用疏明;旁採之文,咸爲昭晰。……萬曆己酉(一六〇九)嘉平月江寧顧起元序撰於懶真草堂。

下列「校刻楊升庵先生批點文心雕龍音注凡例」、都穆跋、朱謀㙔跋、楊升庵先生與張禺山公書，後有梅氏對張含的介紹，注明「己酉孟冬，梅慶生識」。還列有文心雕龍雠校姓氏和音注校雠姓氏，梁書劉舍人本傳。正文每半葉九行，每行十八字。音校用雙行小字刻在正文下面，注附在每篇之末。其款式爲：

楊升庵先生批點文心雕龍卷之一

梁通事舍人劉勰著

明豫章梅慶生音注

十、文心雕龍訓故十卷。

王惟儉撰，萬曆三十九年（一六一一）自刻本。

北京圖書館、山東省圖書館藏。

是書首列合刻訓注文心雕龍史通序。序中説：

二劉訓故者，梁劉彦和、唐劉子玄所著書，而損仲王君爲之訓也。……損仲慕古好奇，於學無所不窺，讀是二書，有味乎其言，翻閲群籍，注爲訓箋。參互諸刻，正其差謬。疑則乙其處，以俟考訂。浹歲而書成，刻以傳焉。……萬曆辛亥（一六一一）四月之吉，祥符張同德昭甫氏題。

其次是文心雕龍訓故序，草書。序中説文心雕龍：

惟是引證之奇，等絳老之甲子；兼之字畫之誤，甚晉史之己亥。爰因誦校，頗事箋釋。庶暢厥旨，用啓童蒙。……萬曆己酉（一六〇九）夏日王惟儉序。

可見王惟儉的訓故和梅慶生的音注是同年寫成的。

下面是南史劉勰傳和凡例。凡例説：

一、是書之注，第討求故實，即有奥語偉字，如鳥迹魚網之隱，玄駒丹鳥之奇，既讀是書，未應河漢。姑不置論。

一、故實雖煩，以至舜禹周孔之聖，游夏僑肸之賢，世所共曉，無勞訓什。

一、古稱善注，六經之外，無如裴松之之注三國志，劉孝標之注世説。然裴注發遺事於本史之外，劉注廣異聞於原説之餘；故理欲該贍，詞競煩縟。若此書世更九代，詞人罔遺。而人詳其事，事詳其篇，則殺青難竟，摘鉛益勞。故人止字里之概，文止篇什之要，勢難備也。

一、諸篇之中，或一人而再見，或一事而累出，止於首見注之。其或人雖已及，而事非前注者，方再爲訓什。

一、此書卷分上下，篇什相等。而上卷訓釋，視下倍之。以上卷評諸文之體，事溢於詞；下卷詳撰述之規，詞溢於事。故訓有繁簡，非意有初終也。

一、訓釋總居每篇之末，則原文便於讀誦。至於直載引證之書，而不復更題原文者，省詞也。

一、是書凡借數本，凡校九百一字，標疑七十四處，其標疑者，即墨□本字，以俟善本，未敢臆改。

正文每半葉十行，每行二十字。其款式爲：

文心雕龍卷之一

明河南王惟儉訓

每篇末注校若干字。隱秀篇有缺文。每卷末注寫刻人姓名。最後有跋語說：

滇本載楊升庵先生簡禺山云……林宗載有此條，乃從南中一士大夫藏本録之者。然林宗本亦多誤，政不知楊公原本今定落何處耳。

這裏提到的有滇本、林宗本和楊慎的原本。這些本子究竟怎樣面目，不得而知。

文心雕龍訓故世間流傳很少，清黄叔琳文心雕龍輯注的注解部分，有很多是從這裏抄去的。黄叔琳的序中只提到是在梅慶生音注本的基礎上加工的，而没有提文心雕龍訓故，只在原校姓氏表上最後加了王惟儉的姓名。其實所謂「黄叔琳注」，有多少是黄氏或其門客注的呢？

十一、凌雲五色套印本劉子文心雕龍。

北京圖書館藏，二卷五册，明閔繩初刻。卷首有曹學佺序。序中說：

雕龍苦無善本，漶漫不可讀，相傳有楊用修批點者，然義隱未標，字譌猶故。予友梅子庚從事於斯，音注十五，而校正十七，差可讀矣。予以公暇，取青州本對校之，間一籤其大指，是亦以易見意，而少補兹刻之易見事易誦者也。江州與子庚將别書。萬曆壬子（一六一二）仲春友人曹學佺撰。

青州本，未見。

次爲楊升庵先生與張禺山書，吴興閔繩初刻楊升庵先生批點文心雕龍引，草書。再次爲吴興凌雲（宣之）凡例，行書。其中第三條説：

元本字句多脱誤，惟梅子庚本考訂甚備，因全依之，且注元脱、元誤並元改補人於上，庶使閲者知之。

第六條説：

各注元居各篇後，今並於各卷後，以便稽考。人名及鳥獸等名，元注本文下，今以硃載於旁，庶文易明，而不至本文間斷。

以下爲劉舍人本傳和文心雕龍校讎姓氏，其中首列：

批評　楊慎字用修

參評　曹學佺字能始

音注　梅慶生字子庚

校正　朱謀㙔（以下除最後增一胡孝轅外，與梅慶生音注本同）

正文每半葉九行，每行十九字。其款式爲：

劉子文心雕龍

第一册　卷上之上　收正文十三篇

第二册　卷上之下　第十四篇至第二十五篇

第三册　卷下之上　第二十六篇至第三十八篇

第四册　卷下之下　第三十九篇至第五十篇（隱秀篇有缺文）

第五册　全部是注解

十二、天啓二年（一六二二）梅慶生重修音注本。

這個本子有兩種：一爲金陵聚錦堂本，一爲古吴陳長卿本。卷首有天啓壬戌宋毂重寫隸書顧起元文心雕龍批評音注序。卷一前葉板心下欄前後有「天啓二年梅子庾第六次校定藏板」等字樣。這兩種板刻流傳較廣，許多是後來用舊板印刷的，大都缺定勢篇，隱秀篇也有缺文。其它都和萬曆原刻一樣。

十三、天啓二年（一六二二）曹批梅慶生第六次校定本。

天津市圖書館藏。這個本子首列曹學佺文心雕龍序，行書，末署「萬曆壬子（一六一二）仲春友人曹學佺撰，天啓壬戌（一六二二）孟冬洪寬書」。以下爲文心雕龍批評音注序。款式和板心刻字以及其它方面，跟金陵聚錦堂刻、古吴陳長卿刻天啓二年梅注重修本是一樣的，只是卷首多一篇曹學佺序，而缺都穆舊跋和梁書劉舍人本傳。正文第一頁有「潘叔潤圖書記」、「子如印」，卷末有「古吴潘介祉叔潤氏收藏印記」篆刻。這個本子紙墨都是上選，字迹非常清晰，金陵聚錦堂本和古吴陳長卿本的漫漶處，這個本子也都認得出字來，可見是原印本。這個本子的板式大小、刊刻字體，甚至於斷板處，都和金陵聚錦堂、古吴陳長卿本一樣，可以看出這三個本子是用一個底板印的。只是這個本子有幾塊板子是抽换過的，凡是抽换的板子，不僅字句有改動，板式大小也不一樣。

這個本子和金陵聚錦堂本、古吴陳長卿本不同的地方還有幾點：

（一）這個本子每篇都加印了曹學佺的眉批。

（二）這個本子有定勢篇，許多聚錦堂本和陳長卿本文心雕龍都缺定勢篇。

（三）這個本子補刻了隱秀篇缺文兩板。其他梅刻本在隱秀篇後有跋語三條：

朱鬱儀云：隱秀一篇，脱數百字，不可復考。

謝耳伯云：内「涼飆動秋草」上或「怨曲也」句下，必脱數行，前云「隱之爲體」，此當論秀之爲用。

李孔章云：「涼飆」「怨曲」上下，信有脱文，但後篇俱發秀義，恐非脱秀之爲用。

這個本子則把這三條跋語删去，而另刻跋語一條如下：

朱鬱儀曰：隱秀中脱數百字，旁求不得，梅子庚既以注而梓之。萬曆乙卯（四十三年，一六一五)夏海虞許子洽於錢功甫萬卷樓檢得宋刻,適存此篇,喜而録之,來過南州,出以示余,遂成完璧,因寫寄子庚補梓焉。子洽名重熙,博奥士也。原本尚缺十三字,世必再有別本可續補者。

其他梅刻本正文之前還有朱鬱儀的文心雕龍跋一篇,其中説到「如隱秀一篇,脱數百字,不復可補」。末署「萬曆癸巳(一五九三)六月日,南州朱謀㙔跋」。這個本子因已補入隱秀篇缺文兩板,這篇跋語也就删去了。

用曹批梅六次本和聚錦堂本、陳長卿本對勘,發現有些墨釘和換字的地方都很精細,例如明詩篇「昔葛天氏樂辭云」,曹批梅六次本挖去「云」字,空一格,與敦煌唐寫本合;「玄鳥在曲」的「在」字改作「有」字,「六義環深」的「環」字改作「環」字,「清曲可味」的「曲」字改作「典」字,與唐寫本和太平御覽都合。可見這次的校定是很細心的。最值得注意的是增補的隱秀下半篇兩板,字的刻法和原板有區别。其中「凡」字、「盈」字、「緑」字、「煒」字都和其它各篇這些字的筆畫不同。最特别的是「恒溺思於佳麗之鄉」的「恒」字缺筆作「恒」。胡克家仿宋刻文選,「恒」字就缺筆作「恒」,「盈」字也不同。這可見抄補隱秀篇時,照宋本原樣模寫,而梅慶生補刻這兩板時,也照着宋本的原樣補刻。明朝中晚年還没有根據缺筆鑒定板本的風氣,假如明人作僞,怎麽會僞造得那麽周到,和上下文都吻合呢?我們不能輕信紀昀、黄侃指控隱秀篇補文爲僞造的一些説法。

十四、天啓七年(一六二七)謝恒抄、馮舒校本。

鐵琴銅劍樓藏，今藏北京圖書館。

卷首目録，次正文。每半葉九行，每行十九字。其款式爲：

文心雕龍卷第一

梁通事舍人劉勰彦和述

序志篇末跋云：「崇禎壬申（一六三二）仲冬覆閲。默菴老人記。」下有「上鄀馮氏藏書」篆文印。末有朱謀㙔跋，和聚錦堂本所載的一樣。又有錢功甫跋。跋語説：

按此書至正乙未刻於嘉禾，弘治甲子刻於吴門，嘉靖庚子刻於新安（按即汪一元本），癸卯又刻於建安（按即余誨本），萬曆己酉刻於南昌（按即梅慶生初刻本）。至隱秀一篇，均元闕如也。余從阮華山得宋本鈔補，始爲完書。甲寅（一六一四）七月二十四日書於南宫坊之新居。

以下爲馮舒硃筆跋語：

功甫，諱允治，郡人也。厥考諱穀，藏書至多。功甫卒，其書遂散爲雲烟矣。余所得昆陵集、陽春録、簡齋詞、嘯堂集古，皆其物也。歲丁卯（一六二七），予從牧齋（錢謙益）借得此本，因乞友人謝行甫（恒）録之。録畢，閲完，因識此。其隱秀一篇，恐遂多傳於世，聊自録之。八月十六日，孱守居士記。

南都有謝耳伯校本，則又從牧齋所得本，而附以諸家之是正者也。讎對頗勞，鑒裁殊乏。

惟云朱改，則必鑿鑿可據。今亦列之上方。聞耳伯借之牧齋，時牧齋雖以錢本與之，而秘隱秀一篇，故别篇頗同此本，而第八卷獨缺。今而後始無憾矣。（馮舒之印）

丁卯中秋日閲始，十八日始終卷。此本一依功甫原本，不改一字，即有確然知其誤者，亦列之卷端，不敢自矜一隙，短損前賢也。孱守居士識。（上黨馮舒印）

崇禎甲戌（一六三四）借得錢牧齋趙氏抄本太平御覽，又校得數百字。

黄丕烈云：

> 馮己蒼（舒）手校本，藏同郡周香巖家。歲戊辰春，余校元刻畢，借此覆之。馮本謂出於錢牧齋，牧齋出於功甫，則其鈔必有自來矣。惜朱校紛如，即功甫面目已不能見。況功甫雖照宋槧增隱秀一篇，而通篇與宋槧是一是二，更難分别。古書不得原本，最未可信。雕龍其坐此累歟！（見文心雕龍校注引黄丕烈、顧千里合校本）

這個鈔校本曾經錢遵王、季振宜收藏，何焯的所謂校宋本文心雕龍，就是校的這個本子，而黄叔琳輯注本則是從何焯校本翻刻的。上引錢功甫、馮舒跋語，陸心源皕宋樓藏書志、張金吾愛日精廬藏書志都曾展轉傳録。錢功甫校宋本在錢牧齋後即已失傳。這個本子就是以錢功甫本爲底本的唯一鈔校本了。

十五、沈巖臨何焯批校本文心雕龍。

南京圖書館藏，三册。有「馬曰璐印」。這個本子首先抄錢允治（功甫）跋和沈巖臨何焯跋。

錢跋已見馮舒校本。何跋説：

康熙甲申（一七〇四）余弟心友得錢丈遵王家所藏馮己蒼手校本，功甫此跋，己蒼手抄於後。乙酉（一七〇五）攜至京師，余因補録之。己蒼以天啓丁卯從宗伯借得，因乞友人謝行甫録之，其隱秀一篇，恐遂多傳於世，聊自録之。則兩公之用心頗近於隘，後之君子不可不以爲戒。若余兄弟者，蓋惟恐此篇傳之不廣或被湮没也。乙酉除夕呵凍記。

這個本子的底本是曹批梅慶生第六次校定本，與天津市圖書館藏本同。卷首比天津市圖書館藏本又多了兩篇跋語。一篇是刻批點文心雕龍跋，行書。跋語説：

始徐興公得是批點本示予，予因取他刻數種復正之。比至豫章，以示朱鬱儀氏、李孔章氏，彼各有所正，而鬱儀者加詳矣。然訛缺尚亦有之。今歲焦太史讀予是本以爲善也，當梓，而會梅子庚氏慨文章之道日猥，盍以是書爲程爲則，乃肆爲訂補音注，使彦和之書頓成嘉本。……子庚别有水經注箋，將次第梓焉。始識之於此。時萬曆三十有七年，綏安謝兆申撰。

下有小字：

此謝耳伯己酉年初刻是書時作也。未嘗出以示予，其研討之功實十倍予。距今一十四載，予復改補七百餘字，乃無日不思我耳伯。……因手書付梓，用以少慰云。天啓二年壬戌仲冬至日麻原梅慶生識。

從這兩段跋語中，可以看出萬曆三十七年梅慶生音注本是謝兆申刻的。梅氏天啓二年改補的七百餘字，可能包括隱秀篇補文在内。

這個校本的目録書記第二十五下硃批「上篇」，程器第四十九下硃批「下篇」。後有硃筆跋語説：

義門師云：此書萬曆己卯雲間張之象所刊者分上下篇，而序志則爲一篇，似亦有本。然晁公武讀書志亦云五十篇，則此固未爲失也。……序志中，張氏刻脱誤尤甚。自「嘗夢執丹漆」至「觀瀾而索源」，中間失去數百字。張氏書其後遂云「嘗夢索源」。近代寡學，蓋不足道也。又云：序志中固自分上下篇，其中又自析爲四十九篇耳。……庚寅（康熙四十九年，一七一〇）五月十九日巖録。

這個本子的硃筆批校非常工整，有時引何本作某，有時引沈本作某，可以判定這不是何義門本人的批校本，也不是沈巖本人的批校本。是否馬曰璐過録的沈巖臨何焯批校本，就不得而知了。

十六、崇禎七年（一六三四）奇賞彙編本。

北京大學藏奇賞齋古文彙編二百三十六卷，明陳仁錫選，序作於崇禎甲戌孟春。卷之一百二十五至一百二十六爲劉子文心雕龍。卷前有佘誨序。其款式爲：

奇賞齋古文彙編卷之一百二十五

劉子文心雕龍

史官陳仁錫明卿父評選

兩卷共選四十七篇，未選隱秀、指瑕、總術。所選入者也多有删節，有的有贊，有的不選贊語。有頂批。

十七、合刻五家言本。

金陵聚錦堂板，無序跋。正文每半葉九行，每行二十字。眉批列楊慎、曹學佺、梅慶生、鍾惺四家評語。其款式爲：

合刻五家言文心雕龍文言卷一

梁　東莞劉勰彦和著

成都楊慎用修

明　閩中曹學佺能始合評

竟陵鍾惺伯敬

十八、梁傑訂正本。

清華大學藏。首列曹學佺文心雕龍序，行書，每半葉五行。至「與子庾將别書」爲止，删去「萬曆壬子仲春友人」等字，在「曹學佺撰」下面是「曹學佺印」、「能始氏」二印。下爲劉舍人本傳。其款式爲：

文心雕龍卷一

梁　東莞劉勰彦和著

明　成都楊慎用修評點

閩中曹學佺能始參評

武林梁傑廷玉訂正

其餘與五家言全同。曹批不全，梅注也不全。

十九、（增定）漢魏六朝别解收文心雕龍一卷。

明葉紹泰纂，崇禎十五年刊。中國科學院圖書館藏。

内收宗經、辨騷、明詩、樂府、詮賦、史傳、神思、體性、風骨、情采、夸飾、時序十二篇，每篇都加了簡單的解説。

二十、清謹軒藍格舊鈔本文心雕龍，不分卷。

北京大學藏。書前有序目，正文僅收四十一篇，缺通變、定勢、鎔裁、指瑕、附會、總術、知音、程器、序志等九篇。是選抄本，多有删節，都没有贊語。有的顯然是没抄完。抄完的在每篇後面有評語，也很簡單。

二十一、抱青閣刻本楊升庵先生批點文心雕龍十卷。

明張墉、洪吉臣參注。康熙三十四年（一六九五）重鐫，武林抱青閣梓行。日人鈴木虎雄黄叔琳本文心雕龍校勘記（見范文瀾文心雕龍注卷首引）説：「此書全襲梅本者。」葉德輝的跋語説：

注中援據各本，訂譌補闕，一一注明原書原文，在明人注書最有根柢。（郋園讀書志集部卷十六）

葉氏的話恐未盡然。這個本子的隱秀篇也有缺文。

二十二、古今圖書集成，雍正四年（一七二六）印銅活字本。

其中文學典第二卷文學總部收文心雕龍原道、徵聖、宗經、正緯、諧讔，以及神思以下的二十五篇，其中隱秀篇有缺文。第一三七卷詔命部收詔策篇。第一四六卷表章部收章表篇。第一五〇卷奏議部收奏啓、議對二篇。第一五三卷頌部收頌贊、封禪二篇。第一五六卷銘部收銘箴篇。第一五七卷檄移部收檄移篇。第一六一卷書札部收書記篇。第一六五卷傳部收史傳篇。第一六七卷碑碣部收誄碑篇。第一七一卷論部收論説篇。第一七四卷祝文部收祝盟篇。第一七五卷哀誄部收哀弔篇。第一八三卷騷賦部收辨騷、詮賦二篇。第一九〇卷詩部收明詩篇。第二四〇卷樂府部收樂府篇。第二六〇卷雜文部收雜文篇。

二十三、乾隆四年（一七三九）刊李安民批點本文心雕龍。江西省圖書館藏，未見。

二十四、乾隆六年（一七四一）姚培謙刻黃叔琳注養素堂本。

卷首有黃氏乾隆三年自序、例言、南史本傳，及原校姓氏。正文每半葉九行，每行十九字。其款式爲：

文心雕龍卷第一

梁劉勰撰　　北平黃叔琳昆圃輯注

吴趨顧進尊光

武林金甡雨叔參訂

卷末有姚培謙跋。

這個本子是從乾隆以來到現在最通行也最有影響的注本。翻刻本石印的、鉛印的所在多有，就不一一介紹了。黄叔琳輯注主要是輯的梅慶生、王惟儉兩家的注，校勘主要也是根據這兩個本子和何焯校本。一般文心雕龍研究者，總是引「黄注」，其實黄氏本人(一説爲其門客所注)注的究竟有多少呢？

二十五、陳鱣校養素堂本。北京圖書館藏。卷首有識語説：

文心雕龍、史通二書，少時最喜玩索，俱係北平黄氏刻本。史通既得盧弓父(文弨)學士所臨宋本相校，而是書則未見宋刊，每爲恨事。取其便於展讀，常置案頭，間有管窺之見，書諸上方焉。乾隆四十九年夏六月陳鱣識。

二十六、張松孫輯注本。卷首有張氏乾隆五十六年(一七九一)序及凡例。凡例第一條説：

是書四十九篇，楊用修間有評語，今照梅本全録，總批附本篇之後，另批入本段之中。俱寫雙行小字，而加「楊批」二字以識之。

其第五條説：

注釋梅本簡中傷煩，黄本煩中傷雜，且皆附載各篇之後，長者累紙不盡，難於翻閱。愚於參考之中略加增損，即各注當句之下。其重出疊見者概從略焉。

實際上這個本子的注解只有「損」而無「增」，可以説是梅注、黄注的删節本。正文每半葉九行，每行十八字。其款式爲：

文心雕龍卷之一

梁劉勰撰　長洲張松孫鶴坪輯注

明楊慎批點　男　智瑩樂水校

二十七、王謨廣漢魏叢書本文心雕龍。

廣漢魏叢書，乾隆五十六年王謨刻。卷首有佘誨序，卷末有王謨跋。正文每半葉九行，每行二十字。其款式爲：

文心雕龍卷一

梁東莞劉勰著　張遂辰閲

二十八、黄叔琳注紀昀評本。

隱秀篇有補文，注云：「從宋本補入。」其實就是從黄叔琳本補入，並不是直接從宋本補的。

原刻爲道光十三年(一八三三)兩廣節署朱墨套印。有多種翻刻本。

卷首有黄叔琳文心雕龍序，下有紀昀標注兩條。以下爲南史本傳和吴蘭修跋。紀昀評記於乾隆辛卯(一七七一)八月，隱秀篇評記於癸巳三月。正文每半葉十行，每行二十一字。黄氏原評黑字，紀評紅字。其款式爲：

文心雕龍卷第一

梁劉勰撰
北平黄叔琳注
河間紀昀評

二十九、顧黄合斠本文心雕龍，未見。

陳準顧黄合斠文心雕龍跋中説：

餘杭譚中義（獻）藏有顧黄合斠本十卷，至詳。……李慈銘越縵堂日記云：「顧黄二氏據元刻、弘治活字本、嘉靖汪一元本，朱墨合校，足爲是書第一善本。」……乃轉告樸社，囑其集資刊行。（圖書館學季刊，二卷二期，一九二八年三月）

後來没有看到樸社把它印出來。顧千里、黄丕烈合勘所根據的原本，今天既然全能看到，而且比他們看到的板本還多，奉爲「第一善本」的顧黄合斠本，也就不是那麽名貴了。

三十、顧譚合校本文心雕龍。

北京大學藏，四册，底本爲萬曆刊楊升庵評點梅慶生音注本。卷首有「華陽鄭氏百瞻樓珍藏圖籍」印。目録下有「華陽鄭言」印。目録後注：「此篇假萬松蘭亭齋抄迻顧千里、譚復堂兩先生評校本。顧用硃筆，譚用墨筆。百瞻樓丙寅夏季標識。」

譚獻復堂日記卷五：

顧千里傳校文心雕龍十卷，蓋出黄蕘圃，蕘圃則據元刻本、弘治活字本、嘉靖汪一元刻本，朱墨合施，足爲是書第一善本。……予就顧校，擇要録入鄂刻卷中。

可見這個本子是顧黄合斠本的傳校本。

三十一、崇文書局三十三種叢書本。

該叢書前署「光緒紀元夏月湖北崇文書局開雕」。

此本無序跋及刊刻人姓名。先目録，後正文。每半葉十二行，每行二十四字。其款式爲：

文心雕龍卷一

梁東莞劉勰著

這個本子和黄叔琳本多有出入，似出於漢魏叢書本。

三十二、敦煌唐寫本文心雕龍殘卷，草書。

原本今藏倫敦博物館東方圖書室。北京圖書館有照片。

這個卷子從原道篇贊文最後十三個字開始，到雜文篇，諧讔篇只有篇題。由銘箴篇張昶誤爲張旭來推斷，當是唐玄宗以後的手抄本。

鈴木虎雄有敦煌本文心雕龍校勘記，載内藤博士還歷祝賀支那學論叢，附有殘卷原文。國内有趙萬里和孫蜀丞的校勘記。趙萬里唐寫本文心雕龍殘卷校記見一九二六年六月清華學報三卷一期。孫校見范文瀾文心雕龍注引録。

引用書名簡稱

梅注　梅慶生文心雕龍注，萬曆三十七年刻本，天啓二年校定本。
訓故　王惟儉文心雕龍訓故，萬曆三十九年刻本。
黄注　黄叔琳文心雕龍輯注，養素堂本，紀昀批本。
補注　李詳文心雕龍補注，龍谿精舍叢書本。
札記　黄侃文心雕龍札記，中華書局上海編輯所本。
范注　范文瀾文心雕龍注，人民文學出版社，一九五八年。
雜記　葉長青文心雕龍雜記，自印本。
集注　顔虚心文心雕龍集注，見國文月刊二十一期、三十三期，只有前七篇。
校釋　劉永濟文心雕龍校釋，中華書局上海編輯所本。
校證　王利器文心雕龍校證，上海古籍出版社，一九八〇年。

校注　楊明照文心雕龍校注拾遺增訂本，上海古籍出版社，一九八二年。
周注　周振甫文心雕龍注釋，人民文學出版社，一九八一年。
郭注　郭晉稀文心雕龍注譯，甘肅人民出版社一九八二年。
牟注　陸侃如、牟世金文心雕龍譯注中牟注部分，齊魯書社本。
文論選　郭紹虞、王文生中國歷代文論選，上海古籍出版社本。
集釋稿　饒宗頤等文心雕龍集釋稿，只有前五篇，見文心雕龍研究專號香港版。
合校　潘重規唐寫文心雕龍殘本合校，一九七〇年香港版。
注訂　張立齋文心雕龍注訂，一九六七年臺灣版。
考異　張立齋文心雕龍考異，一九七四年臺灣版。
講疏　范文瀾文心雕龍講疏未徵引。此指唐亦男文心雕龍講疏，一九七四年臺灣版，只有前五篇。
綴補　王叔珉文心雕龍綴補，一九七五年臺灣版。
王金凌　王金凌文心雕龍文論術語析論，一九八一年臺灣版。
斠詮　李曰剛文心雕龍斠詮，一九八二年臺灣版。
橋川時雄　橋川時雄文心雕龍校讀，打印本，只有前五篇。
斯波六郎　原道至正緯四篇指斯波六郎文心雕龍札記，以下各篇指文心雕龍范注補正，見文心雕龍論文集，臺灣譯本。

朱逷先等筆記　朱逷先、沈兼士等聽講文心雕龍筆記原稿，只有前十八篇。朱、沈皆章太炎弟子，疑爲章太炎所講。

文心雕龍義證目録

卷四

卷五

卷六

卷七

卷八

卷九

卷十

卷一

原道第一

淮南子首列原道訓，高誘注：「原，本也。本道根真，包裹天地，以歷萬物，故曰原道，用以題篇。」本書序志篇：「蓋文心之作也，本乎道，師乎聖，體乎經……」

易繫辭上：「一陰一陽之謂道，繼之者善也，成之者性也。仁者見之謂之仁，知者見之謂之知。百姓日用而不知，故君子之道鮮矣。」劉勰所謂道，就是易道。

元錢惟善文心雕龍序：「自孔子没，由漢以降，老佛之説興，學者趨於異端，聖人之道不行，而天地之大，日月之明，固自若也。當二家濫觴横流之際，孰能排而斥之？苟知以道爲原，以經爲宗，以聖爲徵，而立言著書，其亦庶幾可取乎？嗚呼！此文心雕龍所由述也。」

紀昀評（以下簡稱「紀評」）：「自漢以來，論文者罕能及此。彦和以此發端，所見在六朝文士之上。」又：「文以載道，明其當然；文原於道，明其本然，識其本乃不逐其末。首揭文體之尊，所以截斷衆流。」

黄侃文心雕龍札記(以下簡稱「札記」):「韓非子解老篇曰:『道者,萬物之所然也,萬理之所稽也。理者,成物之文也;道者,萬物之所以成也。……』莊子天下篇曰:『古之所謂道術者果惡乎在?曰無乎不在。』案莊韓之言道,猶言萬物之所由然。文章之成,亦由自然,故韓子又言:『聖人得之以成文章。』韓子之言,正彦和所祖也。」其實黄侃的意思,並非是説劉勰原道之道就是道家之道。文心雕龍全書雖以儒家思想爲主,而並不排除玄學的影響,魏晉玄學就是以道家思想來説易的。自然之道和易道並不矛盾,而且在本篇裏是統一的。這裏所謂道,兼有雙重意義,廣義乃指自然之道,狹義僅謂儒家之道。二者也是統一的。

文之爲德也大矣〔一〕,與天地並生者,何哉〔二〕?夫玄黄色雜〔三〕,方圓體分〔四〕,日月疊璧〔五〕,以垂麗天之象〔六〕;山川焕綺,以鋪理地之形〔七〕:此蓋道之文也〔八〕。

〔一〕論語雍也:「中庸之爲德也,其至矣乎。」中庸:「鬼神之爲德,其盛矣乎。」朱注:「爲德,猶言性情功效。」此處句法略同,而德字取義有别。易乾文言正義引莊氏曰:「文謂文飾,以乾坤德大,故特文飾以爲文言。」德即宋儒「體用」之謂,「文之爲德」,即文之體與用,用今日的話説,就是文之功能、意義。重在「文」而不重在「德」。由于「文」之體與用大可以配天地,所以連接下文「與天地並生」。

〔二〕莊子齊物論:「天地與我並生,而萬物與我爲一。」此處推其説以論文。陸機文賦:「彼瓊敷與玉藻，若中原之有菽。同槖籥之罔窮，與天地乎並育。」范文瀾文心雕龍注（以下簡稱「范注」）「下文云：『人文之元，肇自太極。』故曰與天地並生。」

〔三〕易坤文言：「夫玄黄者，天地之雜也，天玄而地黄。」又繫辭下：「物相雜，故曰文。」韓康伯注：「剛柔交錯，玄黄相雜。」正義：「言萬物遞相錯雜，若玄黄相間，故謂之文也。」周禮考工記：「畫繢之事，雜五色。……天謂之玄，地謂之黄……玄與黄相次也。」柳宗元天説：「彼上而玄者，世謂之天；下而黄者，世謂之地。」

〔四〕大戴禮記曾子天圓篇：「天道曰圓，地道曰方。」淮南子天文訓：「天圓地方，道在中央。」又兵略訓：「夫圓者，天也；方者，地也。」

〔五〕説文玉部：「璧，瑞玉圜也。」尚書顧命：「宣重光。」釋文引馬融云：「日月星也。太極上元十一月朔旦冬至，日月如疊璧，五星如連珠，故曰重光。」莊子列禦寇：「吾以天地爲棺槨，以日月爲連璧，星辰爲珠璣。」漢書律曆志：「宦者淳于陵渠復覆太初曆晦朔弦望，皆最密，日月如合璧，五星如連珠。」

〔六〕易離彖辭：「離，麗也。日月麗乎天，百穀草木麗乎土。」正義：「麗謂附著也。」「麗天」，指日月附著于天空。易繫辭上：「在天成象，在地成形。」又：「縣（懸）象著明，莫大乎日月。」

〔七〕論語泰伯：「焕乎其有文章。」集解：「焕，明也。」小爾雅釋詁：「鋪、敷，布也。」易繫辭上：「仰以觀於天文，俯以察於地理。」正義「天有懸象而成文章，故稱文也；地有山川原隰，各有條理，故稱理也。」易繫辭上：「在地成形。」韓康伯注：「『形』況山川草木也。」論衡：「天有日月星辰謂之文，地有山川陵谷謂之理。」（此佚文，據意林卷三引。）王叔珉文心雕龍綴補（以下簡稱「綴補」）：「案劉子慎言篇：『日月者，天之文也。山川者，地之文也。』」

〔八〕清錢大昕味經窩類稿序：「道之顯者謂之文。」劉永濟文心雕龍原道篇釋義：「此篇論『文』原于『道』之義，既以日月山川爲道之文，復以雲霞草木爲自然之文，是其所謂『道』，亦自然也。此義也，蓋與『文』之本訓適相吻合。『文』之本訓爲交逪，故凡經緯錯綜者，皆曰文，而經緯錯綜之物，必繁縟而可觀。故凡華采鋪棻者，亦曰文。惟其如此，故大而天地山川，小而禽魚草木，精而人紀物序，粗而花落鳥啼，各有節文，不相凌亂者，皆自然之文也。然則道也，自然也，文也，皆彌綸萬品而無外，條貫群生而靡遺者也。」這裏所謂「道之文」，即天地之文，亦即自然之文。這是説：以上這些現象都是大自然的美麗的文采。斯波六郎文心雕龍札記（以下簡稱「斯波六郎」）：「『道之文』意爲表現『道』的『文』。」

仰觀吐曜〔一〕，俯察含章〔二〕，高卑定位，故兩儀既生矣〔三〕。惟人參之〔四〕，性靈所鍾，是爲三才〔五〕。爲五行之秀，實天地之心〔六〕。心生而言立〔七〕，言立而文明〔八〕，自然之道也〔九〕。

〔一〕劉熙釋名釋天：「曜，耀也，光明照耀也。」淮南子天文訓：「圓者主明，明者吐氣者也。」魏明帝山陽公贈册文：「乾精承祚，坤靈吐曜。」

〔二〕札記：「易上經坤六三爻辭：『含章可貞。』王弼注爲『含美而可正』，是以『美』釋章。」橋川時雄文心雕龍校讀（以下簡稱「橋川時雄」）：「吐曜，天文，即日月也。含章，地理，即山川也。仰觀二句本易上繫辭『仰以觀于天文，俯以察于地理』句。」地有山川之美，可稱「含章」。

〔三〕易繫辭上：「天尊地卑，乾坤定矣。卑高以陳，貴賤位矣。」正義：「天以剛陽而尊，地以柔陰而卑。」

易繫辭上：「是故易有太極，是生兩儀；兩儀生四象，四象生八卦；八卦定吉凶，吉凶生大業。」韓康伯注：「夫有必始于無，故太極生兩儀也。太極者，無稱之稱，不可得而名，取其有之所極，況之太極者也。」正義：「混元既分，即有天地，故曰『太極生兩儀』，即老子云『一生二』也。不言天地，而言兩儀者，指其物體。下與四象相對，故曰兩儀，謂兩體容儀也。」

〔四〕荀子王制：「故天地生君子，君子理天地。君子者，天地之參也。」楊倞注：「參，與之相參，共成化育也。」禮記孔子閒居：「三王之德，參于天地。」鄭注：「參天地者，其德與天地爲三也。」中庸：「可以贊天地之化育，則可與天地參矣。」朱注：「與天地參，謂與天地並立爲三也。」漢書揚雄傳上：「參天地而獨立兮。」注云：「參之言三也。」「之」，指天地。

〔五〕易繫辭下：「易之爲書也，廣大悉備，有天道焉，有人道焉，有地道焉。兼三材而兩之，故六。六者非它也，三材之道也。」鄭玄曰：「太極函三爲一，相並俱生。是太極生兩儀，而三才已見矣。」易說卦：「是以立天之道，曰陰與陽；立地之道，曰柔與剛；立人之道，曰仁與義。兼三才而兩之，故易六畫而成卦。」後漢書張衡傳注：「三才，天地人。」白居易與元九書：「夫文尚矣，三才各有文：天之文，三光首之；地之文，五材首之；人之文，六經首之。」「性靈」，指人的智慧。序志篇：「歲月飄忽，性靈不居。」以上是說有陰陽然後有天地，有天地然後有萬物，有萬物然後有人類。而在天地萬物之中，惟人類乃「性靈所鍾」，所以與天地並列爲三才。

〔六〕黄叔琳校：「一本『實』上有『人』字，『心』下有『生』字。」徐復文心雕龍正字：「按『人』字當在上句『爲』字上，爲二句之主詞，應增。『生』字則涉下『文心生而言立』句衍。」楊明照文心雕龍校注拾遺（一九八二年增訂版，以下簡稱「校注」）謂此二句：「疑原作『爲五行之秀氣，實天地之心生』。下文『心生而言立』，即緊承『天地』句。徵聖篇贊『秀氣成采』，亦以『秀氣』連文。」說可併存。説文：「人，天地之性最貴者也。」禮記禮運篇：「故人者，其天地之德，陰陽之交，鬼神之會，五行之秀氣也。」又曰：「故人者，天地之心也，五行之端也，食味，别聲，被色而生者也。」正義：「『天地之心』也者，天地高遠在上，臨下四方，人居其中央，動静應天地，天地有人，如人腹内有心，動静應人也。故云『天地之心』也。王肅云：『人於天地之間，如五藏之有心矣。人乃生之最靈，其心，五藏之最聖者也。』『五行之端』也者，端猶首也。萬物悉由五行而生，而人最得其妙氣，明仁、義、禮、智，信爲五行之首也。」「天地之心」就是天地的核心。

〔七〕揚雄法言問神篇：「言，心聲也；書，心畫也。聲畫形，君子小人見矣」。這個「心」字是指的人，「心」也可以指思想。劉勰此句意思是説：人出現了便有語言。

〔八〕「文明」，謂文章顯明。

〔九〕老子第二十五章：「人法地，地法天，天法道，道法自然。」揚雄法言君子篇：「有生者必有死，有始者必有終，自然之道也。」論衡偶會篇：「命，吉凶之主也。自然之道，適偶之數，非有他氣旁物厭勝感動使之然也。」又自然篇：「妖氣爲鬼，鬼象人形，自然之道，非或爲之也。」阮籍達莊論：「求得者喪，争明者失，無欲者自足，空虚者受實。夫山静而谷深者，自然之道也；得之道而正者，君子之實也。」「乾坤易簡，故雅樂不煩；道德平淡，故無聲無味。不煩則陰陽自通，無味則百物自樂，日遷善成化而不自知，風俗移易而同于是樂。此自然之道，樂之所始也。」

「自然之道」，就是自然而然的道理。唐獨孤郁有辨文一文，發揮了原道篇的觀點説：「夫天之文，位乎上；地之文，位乎下，人之文，位乎中。不可得而增損者，自然之文也。……夫天豈有意于文采耶？而日月星辰不可踰。地豈有意于文采耶？而山川丘陵不可加。八卦、春秋豈有意于文采耶？而極與天地侔(比)。夫自然者，不得不然之謂也。」札記：「案彦和之意，以爲文章本由自然生，故篇中數言自然，一則曰：『心生而言立，言立而文明，自然之道也。』再則曰：『夫豈外飾，蓋自然耳。』三則曰：『誰其尸之，亦神理而已。』尋繹其旨，甚爲平易。蓋人有思心，即有言語，既有言語，即有文章，言語以表思心，文章以代言語，惟聖人爲能盡文之妙，所謂道者，如此而已。此與後世言文以載道者截然不同。」

以上幾句話的意思是説：五行組成的萬物之中，人是最優秀的，只有人有性靈，能思想，所以有資格和天地並稱爲「三才」，而且人是宇宙的核心。人在天地之間，好象心在肉體内一樣，是唯一能思想的事物。日本學者論中國古代文學的特點問題：「一九七四年出版吉川幸次郎的中國文學史。吉川幸次郎認爲，中國古代文學的特點，一言以蔽之，就是『人本主義』。他舉孝經中『天地之性，人爲貴』，禮記禮運篇中『故人者，其天地之德，陰陽之交，鬼神之會，五行之秀氣也』，尚書泰誓篇中『人非天地，無以爲生；天地非人，無以爲靈』等爲例。……而表現這種『人本主義』世界觀的最具有決定意義的東西，那便是『語言文化』，典型而爲『文學』。他舉文心雕龍作證，原道篇曰：『故兩儀既生矣，惟人參之，性靈所鍾，是爲三才。爲五行之秀，實天地之心。心生而言立，言立而文明，自然之道也。』」（見古籍整理出版情況簡報一九八〇年第二期）

傍及萬品〔一〕，動植皆文〔二〕。龍鳳以藻繪呈瑞〔三〕，虎豹以炳蔚凝姿〔四〕。雲霞雕色，有踰畫工之妙；草木賁華〔五〕，無待錦匠之奇。夫豈外飾，蓋自然耳〔六〕。

〔一〕王利器文心雕龍校證（以下簡稱「校證」）：「何焯校『傍』作旁。」校注：「按何校『旁』是。說文上部：『旁，溥也。』……漢書郊祀志上：『旁及四夷。』……其詞性並與此同，足爲推證。『旁及萬品』者，猶言溥及萬品耳。」「溥」，就是普。

〔二〕張衡東京賦：「動物斯生，植物斯長。」

〔三〕論衡書解篇：「龍鱗有文，於蛇爲神；鳳羽五色，於鳥爲君；虎猛，毛蚡蜦；龜知，背負文：四者體文質，於物爲聖賢。且夫山無林，則爲土山；地無毛，則爲潟土；人無文，則爲僕（樸）人，土山無麋鹿，潟土無五穀，人無文德，不爲聖賢。」

〔四〕黄叔琳注（以下簡稱「黄注」）：「易：大人虎變，其文炳也。又曰：君子豹變，其文蔚也。」按此革九五、上六象辭。毛西河仲氏易引王湘卿云：「虎文疏而著曰炳，豹文密而理曰蔚。」正義：「有文章之美，煥然可觀，有似虎變，其文彪炳。……然亦潤色鴻業，如豹文之蔚縟，故曰『君子豹變』也。」「凝姿」，形成毛色的美。

〔五〕校注：「按易序卦傳：『賁者，飾也。』此『賁』字亦當訓爲飾。……書僞湯誥：『賁若草木。』枚傳：『賁，飾也。……煥然咸飾，若草木同華。』蓋舍人語意所本。」「華」，花，謂草木裝飾上花朵。說苑反質篇：「孔子卦得賁，喟然仰而嘆息……曰：『……白玉不雕，寶珠不飾。……』」此處以「雕」與「賁」對文，正猶說苑以「雕」與「飾」對文。

〔六〕范注引孫蜀丞云：「三國蜀志秦宓傳：『或謂宓曰，足下欲自比於巢、許、四皓，何故揚文藻見瓌穎乎？宓答曰：僕文不能盡言，言不能盡意，何文藻之有揚乎？夫虎生而文炳，鳳生而五色，豈以五彩自飾畫哉，天性自然也。蓋河、洛由文興，六經由文起，君子懿文德，采藻其何傷？』彦和語意本此。」紀評：「齊梁文藻，日競雕華。標自然以爲宗，是彦和吃緊爲人處。」其實，鍾嶸詩品亦揭「自然」之説，如云：「感物吟志，莫非自然。」「自然英旨，罕值其人。」即其顯例。綴補：「彦和於文，主自然美。然其所謂自然，乃雕琢後之自然也。」

至如林籟結響，調如竽瑟〔一〕；泉石激韻，和若球鍠〔二〕。故形立則章成矣，聲發則文生矣〔三〕。夫以無識之物，鬱然有彩；有心之器，其無文歟〔四〕！

〔一〕莊子齊物論：「地籟則衆竅是已，人籟則比竹是已。」「結」，構成。李詳文心雕龍補注（以下簡稱「補注」）：「宋玉高唐賦：纖條悲鳴，聲似竽籟。」

〔二〕吴均與宋元思書：「泉水激石，泠泠作響。」尚書益稷：「戛擊鳴球。」孔傳：「球，玉磬。」「鍠」，説文金部云：「鐘聲也。詩曰：鐘鼓鍠鍠。」説文引詩見周頌執競，今本詩經作「喤喤。」毛傳云：「和也。」

〔三〕這兩句一指形文，一指聲文。「形立則章成」，指上文的「動植皆文」而言。荀子富國：「爲之雕琢刻鏤，黼黻文章。」楊倞注：「青與赤謂之文，赤與白謂之章。」札記：「彦和之意，蓋謂聲采由自然生，其雕琢過甚者，則寖失其本，故宜絶之，非有專隆樸質之語。」

魯迅漢文學史綱要第一篇「自文字至文章」：「梁之劉勰，至謂『人文之元，肇自太極』，三才所顯，並由道妙，『形立則章成矣，聲發則文生矣』，故凡虎斑霞綺，林籟泉韻，俱爲文章。其説汗漫，不可審理。」

〔四〕易繫辭上：「形乃謂之器。」韓康伯注：「成形曰器。」此言無知覺之物，猶且聲采並茂，何況有心思的人類，焉可無文耶？斯波六郎：「彦和從與『天之文』、『地之文』的關係以及與『聲之文』、『形之文』的關係，説明『人之文與天地並生』。情采篇中把『文』分成『形文』、『聲文』、『情文』三種，并云由此『發而爲辭章者，神理之數也』，這種説法和本篇的觀點是相同的。」見日本研究文心雕龍論文集第四十四頁。

以上爲第一段，説明自有天地以來就有文采，日月星辰山川草木鳥獸的文采，都是自然而然的。人爲萬物之靈，有了言語，就有文章，因而自然也有文采。

人文之元〔一〕，肇自太極〔二〕，幽讚神明〔三〕，易象惟先〔四〕。庖犧畫其始〔五〕，仲尼翼其終〔六〕。而乾坤兩位〔七〕，獨制文言〔八〕。言之文也，天地之心哉〔九〕！

〔一〕易賁彖辭：「觀乎天文以察時變，觀乎人文以化成天下。」李翺雜説：「日月星辰經乎天，天之文也；山川草木羅乎地，地之文也；志氣言語發乎人，人之文也。」「元」指本源或根源。

〔二〕易繫辭上：「是故易有太極。」正義：「太極謂天地未分之前，元氣混而爲一，即太初太一也。」

故老子曰『道生一』，即此太極是也。……天地剖判，固原乎太極，即人文之始，亦復有同然也。」淮南子覽冥訓：「引類於太極之上。」高誘注：「太極，天地始形之時也。」斯波六郎引易緯乾鑿度鄭注釋「太極」云：「氣象未分之時，天地之所始也。」晉書紀瞻傳：「顧榮言：『太極者，蓋謂混沌時曚昧未分。』」

〔三〕校證：「『讚』，黄本作『贊』，舊本俱作『讚』，御覽亦作『讚』。」按作「贊」是。易説卦：「昔者聖人之作易也，幽贊于神明而生蓍。」韓注：「幽，深也。贊，明也。」正義：「幽者隱而難見，故訓爲深也。贊者佐而助成……故訓爲明也。……聖人所以深明神明之道……神之爲道，陰陽不測，妙而無方，生成變化，不知所以然而然者也。」漢書終軍傳：「專神明之敬。」顔師古注：「明者，明靈，亦謂神也。」是「神明」即神道。

〔四〕漢書眭兩夏侯京翼李傳贊：「幽贊神明，通合天人之道者，莫著乎易、春秋。」易繫辭下：「是故易者，象也；象也者，像也。」正義：「謂卦爲萬物象者，法像萬物，猶若乾卦之象法像于天也。」左傳昭公二年：「晉侯使韓宣子來聘……見易象與魯春秋。」杜注：「易象，上下經之象辭。」按易象指卦象而言。乾卦正義：「懸掛物象，以示於人，故謂之卦。」下文「庖犧畫其始，仲尼翼其終」者，即指卦象而言。

〔五〕明梅慶生注（以下簡稱「梅注」）：「『庖犧畫其始』，亦作『虙犧』。……易繫辭下曰：『庖犧氏之王天下也，仰則觀象於天，俯則觀法於地，觀鳥獸之文，與地之宜，近取諸身，遠取諸物，於是始作八卦，以通神明之德，以類萬物之情。』」「虙」一作「伏」。明王惟儉文心雕龍訓故（以下簡稱「訓故」）：「易正義：『伏羲氏有天下，龍馬負圖，以出於河，遂法之，畫八卦。』」

此處以爲天文、地文、人文，於混沌初開之時，即已自然呈現，然缺乏記載工具，必至庖犧畫卦，書契出現後，方有文學。

〔六〕訓故：「易傳：夏商之末，易道中微，文王拘於羑里，繫以彖辭，易道復興。」黄注：「易通卦驗：孔子作上彖、下彖、上象、下象、上繫、下繫、文言、説卦、序卦、雜卦爲十翼。」史記孔子世家：「孔子晚而好易，序彖、繫、象、説卦、文言。」漢書藝文志：「至于殷、周之際，紂在上位，逆天暴物，文王以諸侯順命而行道，天人之占，可得而效，於是重易六爻，作上下篇。孔子爲之彖、象、繫辭、文言、序卦之屬十篇。故曰易道深矣，人更三聖，世歷三古。」橋川時雄：「按翼必兩相輔，故引申爲輔義，文王易經本分爲上下兩卷，十翼輔成二卷之義也。」論衡謝短篇：「伏羲作八卦，文王演爲六十四，孔子作彖、象、繫辭，三聖重業，易乃具足。」

〔七〕乾卦爲天而高，坤卦爲地而卑，二者有固定部位，故曰「兩位」。

〔八〕札記：「周易音義：『文言，文飾卦下之言也。』正義引莊氏曰：『文謂文飾，以乾坤德大，故特文飾以爲文言。』按此二説與彥和意正同。」易乾文言正義「文言者，是夫子第七翼也。以乾坤其易之門户邪？其餘諸卦及爻，皆從乾坤而出，義理深奥，故特作文言以開釋之。」他卦無文言，止乾坤兩卦有，故曰「獨制文言」。阮元文言説：「孔子於乾坤之言，自名曰文，此千古文章之祖也。爲文章者，不務協音以成韻，修辭以達遠，使人易誦易記，而惟以單行之語，縱橫恣肆，動輒千言萬字，不知此乃古人所謂直言之言，論難之語，非言之有文也，非孔子之所謂文也。文言數百字，幾於句句用韻。孔子於此，發明乾坤之藴，詮釋四德之名，幾費修詞之意。……不但多用韻，抑且多用偶。……凡偶皆文也。於物兩色相偶而交錯之，乃得名爲文，文即象其形也。」

〔九〕易復彖辭：「復其見天地之心乎。」王弼注：「復者，反本之謂也。天地以本爲心者也。」正義：「天地養萬物以静爲心……寂然不動，此天地之心也。」

這裏説乾坤兩卦所以獨制文言，是因爲言語之文飾，是天地之本心，意思是説人之有言語，而言語又有文飾，是自然本有的特點。

若迺河圖孕乎八卦〔一〕，洛書韞乎九疇〔二〕，玉版金鏤之實，丹文緑牒之華〔三〕，誰其尸之？亦神理而已〔四〕。

〔一〕紀評：「何晏論語注引孔安國之説，謂河圖即八卦，與此孕乎八卦語相合。」易繫辭上：「河出圖，洛出書，聖人則之。」正義：「河龍圖發，洛龜書感。河圖有九篇，洛書有六篇。孔安國以爲河圖則八卦是也，洛書則九疇是也。」漢書五行志：「劉歆以爲虙犧氏繼天而王，受河圖，則而畫之，八卦是也；禹治洪水，賜雒書，法而陳之，洪範是也。」

〔二〕尚書洪範：「天迺錫禹洪範九疇。初一曰五行，次二曰敬用五事，次三曰農用八政，次四曰協用五紀，次五曰建用皇極，次六曰乂用三德，次七曰明用稽疑，次八曰念用庶徵，次九曰嚮用五福，威用六極。」孔傳：「天與禹，洛出書，神龜負文而出，列於背有數至于九，禹遂因而第之，以成九類。」正義：「疇是輩類之名，言其每事自相爲類者九，九者各爲一章，故漢書謂之九章。」論衡正説篇：「禹之時得洛書，書從洛水中出，洪範九章是也。」

〔三〕范注：「尚書中候握河紀：『河龍出圖，洛龜書感，赤文緑字，以授軒轅。』（馬國翰玉函山房輯佚書）」

札記：「漢書五行志上：『初一曰五行；次二曰羞用五事；次三曰農用八政；次四曰叶用五紀；次五曰建用皇極；次六曰艾用三德；次七曰明用稽疑；次八曰念用庶徵；次九曰嚮用五福，畏用六極。』凡此六十五字，皆雒書本文。彦和云：『洛書韞乎九疇。』正同此説。」

後漢書崔駰傳：「乃將鏤玄珪，册顯功。」注：「詩含神霧曰：『刻之玉版，藏之金匱。』」又張衡傳：「而僞稱洞視玉版。」注：「遯甲開山圖曰：『禹游于東海，得玉珪，碧色，長一尺二寸，圓如日月，以自照，自達幽冥。』」

大戴禮記保傅：「書之玉版，藏之金櫃。」漢書鼂錯傳：「刻于玉版，藏于金匱。」山海經中山經：「玄扈之水。」郭注引河圖云：「（蒼頡）臨于玄扈洛汭，靈龜負書，丹甲青文。」淮南子俶真訓：「洛出丹書，河出緑圖。」御覽八一引中候考河命：「黄龍負卷舒圖，赤文緑錯。」注：

「錯，分也；文而以緑色分其間。」即所謂丹文緑牒。金鏤，當指銅器鏤文，淮南子俶真訓言犧尊「鏤之以剞劂」、「華藻鎛鮮」者（古以金飾物謂之鎛）是也。後漢書方術傳序：「神經怪牒，玉策金繩。」本書封禪篇：「固知玉牒金鏤，專在帝皇也。」魏文帝典論：「漢帝衛侯送葬，皆珠襦玉匣，玉匣形如鎧甲，連以金鏤。」「鏤」，刻也。緯書尚書中候稱堯時「榮光出河，龍馬銜甲，赤文緑地」。劉勰實據書緯，易「赤」爲「丹」，曰「丹文緑牒」。「牒」，書版。「玉版」二句，互文見義，實謂玉版、金鏤、丹文、緑牒的華、實。文心常用華、實比喻辭采的文和質，徵聖篇：「然則，聖文之雅麗，固銜華而佩實者也。」

〔四〕詩召南采蘋：「誰其尸之？有齊季女。」毛傳：「尸，主。」易繫辭上：「陰陽不測之謂神。」韓注：「神也者，變化之極，妙萬物而爲言，不可以形詰者也。」王融三月三日曲水詩序：「設神理以景俗，敷文化以柔遠。」李善注：「神理猶神道也。周易曰：『聖人以神道設教而天下服。』」曹植武帝誄：「人事既關，聰鏡神理。」（誄文殘缺，輯録于全三國文）文選謝靈運述祖德詩，歌頌祖父謝玄功績説：「萬邦咸震慴，橫流賴君子。極溺由道情，龕暴資神理。」呂延濟注後兩句説：「言拯橫流之溺，由懷道情；勝暴靜亂，資神妙之理。」這詩中的「道情」與「神理」互文，合「神」與「道」便是「神道」。兩句所表達的正是「聖人以神道設教而天下服」的意思。顯然，「神理」之義，是本之于周易的。

論衡自然篇：「或曰：『太平之應，河出圖，洛出書，不畫不就，不爲不成，天地出之，有爲之驗也。……』曰：此皆自然也。夫天安得以筆墨而爲圖書乎？天道自然，故圖書自成。」

自鳥跡代繩，文字始炳〔一〕，炎皞遺事，紀在三墳〔二〕，而年世渺邈，聲采靡追〔三〕。

〔一〕孔安國尚書序：「古者伏犧氏之王天下也，始畫八卦，造書契，以代結繩之政，由是文籍生焉。」許慎説文解字序：「黄帝之史蒼頡，見鳥獸蹏迒之迹，知分理之可相別異也，初作書契。」范注：「易下繫辭：『上古結繩而治，後世聖人易之以書契。』鳥跡，謂書契也，情采篇：『鏤心鳥跡之中。』」呂氏春秋君守篇高誘注：「蒼頡生而知書寫，仿鳥迹以造文章。」本書練字篇：「夫文象列而結繩移，鳥跡明而書契作。」易革象辭：「大人虎變，其文炳也。」説文：「炳，明也。」「炳」是彰明顯著。

〔二〕「炎皞」，指炎帝神農氏、太皞伏犧氏。黄注：「三墳書久亡。元吴萊三墳辨：『三墳書，近出僞書也。世或傳。大抵言伏羲本山墳而作連山，神農本氣墳而作歸藏，黄帝本形墳而作乾坤。無卦爻，有卦象，文鄙而義陋，與周官太卜所掌異焉。』」左傳昭公十二年：「（楚）左史倚相趨過，王曰：『是良史也……是能讀三墳、五典、八索、九丘。』」杜注：「皆古書名。」正義：「孔安國尚書序云：『伏羲、神農、黄帝之書，謂之三墳，言大道也。』……周禮外史『掌三皇五帝之書』，鄭注：『楚靈王所謂三墳、五典是也。』賈逵云：『三墳，三王之書。』張平子説：『三墳三禮，禮爲大防。……書曰：誰能典朕三禮。三禮，天地人之禮也。』……馬融說：『三墳三氣，陰陽始生天地之氣也。』……此諸家者各以意言，無正驗，杜所不信，故云皆古書名。」馬叙倫文心雕龍黄注補正：「今所謂三墳，晁公武、陳振孫皆以爲僞書，出毛漸。」（文學月刊，一九三二年五月）

〔三〕「靡追」，無從考究。

唐虞文章，則焕乎始盛〔一〕。元首載歌〔二〕，既發吟咏之志；益稷陳謨，亦垂敷奏之風〔三〕。夏后氏興，業峻鴻績〔四〕，九序惟歌〔五〕，勳德彌縟〔六〕。

〔一〕校注：「『始』，黄校云：『馮本作爲。』按御覽引作『爲』。徵聖篇：『遠稱唐世，則焕乎爲盛。』辭義與此同，可證作『爲』是也。上文『鳥跡代繩，文字始炳』，已言文之起原；下言『元首載歌……益稷陳謨』云云，正明唐虞文章焕乎爲盛之績。若作『始盛』，匪特上下文意不屬，且與『文字始炳』之『始』字重出矣。」

論語泰伯：「子曰：大哉堯之爲君也，巍巍乎唯天爲大，唯堯則之。蕩蕩乎，民無能名焉。巍巍乎其有成功也，焕乎其有文章。」「焕」，鮮明。孔子專言堯，而歷來堯舜並稱，故此連及舜。此處所謂「文章」，爲廣義的文章，原指典章制度而言。

〔二〕尚書益稷篇（今文作皋陶謨）：「帝庸作歌曰：『勑天之命，惟時惟幾。』乃歌曰：『股肱喜哉，元首起哉，百工熙哉。』皋陶拜手稽首，颺言曰：『念哉，率作興事，慎乃憲。屢省乃成。欽哉。』乃賡載歌曰：『元首明哉，股肱良哉，庶事康哉。』」孔傳：「元首，君也。」指舜。又：「載，成也。」

〔三〕札記：「案彦和以『元首載歌』、『益稷陳謨』屬之文章，則文章不用禮文之廣誼。」尚書夏書有益稷。孔傳云：「禹稱其人，因以名篇。」正義云：「禹言暨益暨稷，是禹稱其二人。二人佐禹有功，因以此二人名篇。」尚書舜典：「敷奏以言，明試以功。」孔傳：「敷，陳也；奏，進也。諸侯四朝各使陳進治禮之言。」「益稷」，益和后稷。「陳謨」，説文鍇注：「泛議將定其謀曰謨。」「垂」，流傳。按益稷篇云：「敷納以言。……帝不時，敷同日奏罔功。」

〔四〕札記：「案業、績同訓功，峻、鴻皆訓大，此句位字，殊違常軌。」顔虚心文心雕龍集注（以下簡稱「集注」）：「案正緯篇：『夫神道闡幽，天命微顯。』徵聖篇：『抑引隨時，變通會適。』祝盟篇：『凡群言發華，而降神實務。』銘箴篇：『銘實表器，箴維德軌。』位字均與此同例，非違常軌也。」

〔五〕梅注：「左傳云：『九功之德，皆可歌也，謂之九歌。六府三事，謂之九功。水、火、金、木、土、穀，謂之六府。正德、利用、厚生謂之三事。』」按此見文公七年。尚書大禹謨：「禹曰：於，帝念哉！德惟善政，政在養民。水、火、金、木、土、穀，惟修；正德、利用、厚生，惟和。九功惟叙，九叙惟歌。戒之用休，董之用威，勸之以九歌，俾勿壞。」孔傳：「六府三事之功，有次叙，皆可歌。」漢書禮樂志：「皆學歌九德。」師古注：「水、火、金、木、土、穀謂之六府。正德、利用、厚生謂之三事。六府三事謂之九功。九功之德皆可歌也，故言九德也。」本書明詩篇：「及大禹成功，九序惟歌。」又時序篇：「至大禹敷土，九歌詠功。」

〔六〕「勳德」，即功德。校注：「說苑修文篇：『德彌盛者文彌縟。』」「縟」，繁采飾也。

逮及商周，文勝其質〔一〕，雅頌所被，英華日新〔二〕。文王患憂〔三〕，繇辭炳曜〔四〕，符采複隱〔五〕，精義堅深。重以公旦多材，振其徽烈〔六〕，制詩緝頌〔七〕，斧藻群言〔八〕。

〔一〕論語雍也：「子曰：質勝文則野，文勝質則史。文質彬彬，然後君子。」漢書杜欽傳：「殷因于夏，尚質；周因于殷，尚文。」校注：「按禮記表記：『子曰：虞夏之質，殷周之文，至矣。虞夏之文，不勝其質；殷周之質，不勝其文。』舍人遣詞本此。」

〔二〕范注：「鄭玄詩譜序：『邇及商王，不風不雅。』正義曰：『商亦有風雅，今無商風雅，唯有其頌，是周世棄而不録。故云：「近及商王，不風不雅。」言有而不取之。』」「被」同披。「英華」，花，喻辭采。大學：「湯之盤銘曰：苟日新，日日新，又日新。」通變篇：「虞夏質而辨，商周麗而雅。」

〔三〕易繫辭下：「易之興也，其於中古乎？作易者其有憂患乎？」又曰：「易之興也，其當殷之末世，周之盛德邪。當文王與紂之事邪？」史記太史公自序：「昔西伯拘羑里，演周易。」周易正義序：「卦辭、爻辭並是文王所作。」

〔四〕左傳僖公四年：「且其繇曰。」杜注：「繇，卜兆辭。」又閔公二年：「成季之繇。」杜注：「繇，卦兆之占辭。」即指卦辭和爻辭。「炳曜」，光輝照曜。

〔五〕補注：「左思蜀都賦：『符采彪炳。』劉逵注：『符采，玉之橫文也。』」按原賦云：「符采彪炳，暉麗灼爍。」「符采」蓋言玉之光采，在此指文章的自然文采。練字篇：「複文隱訓。」總術篇：「奧者複隱。」隱秀篇：「隱以複意爲工。」

〔六〕史記魯周公世家集解云：「譙周曰：以太王所居周地爲采邑，故謂周公。」尚書金縢：「乃元孫不若旦多材多藝。」「振」原作「縟」。馮舒校云：「『縟』，朱改作『振』，按御覽改。」補注：「應璩與王將軍書：『雀鼠雖微，猶知徽烈。』」（文選劉峻廣絶交論李善注引）「振」，振興，發揚。詩小雅角弓：「君子有徽猷。」毛傳：「徽，美也。」「徽烈」，美業。

〔七〕校證：「『制』原作『剬』，今據御覽改。『制』『剬』隸書形近而譌。宗經篇：『據事剬範。』唐寫本『剬』作『制』。史記五帝本紀：『依鬼神以剬義。』正義：『剬，古制字。』又正義論字例：『制字作剬，此之般流，緣古少字，通共用之。』此『制』譌爲『剬』之證。（正義以「制」「剬」爲古今字，非。）」「制詩」，言製作詩篇。訓故：「書：周公居東二年，乃爲之詩以貽王，名之曰鴟鴞，王亦未敢誚公。國語：周文公之爲頌曰：『思文后稷，克配彼天。』」按此見周語。范注：「據毛詩豳風七月序，七月周公所作；據尚書金縢，鴟鴞周公所作；據國語周語上，時邁亦周公所作。故彥和云『剬詩緝頌』也。」「緝」，即輯。

校注：「按國語周語中：『周文公之詩曰：兄弟鬩於牆，外禦其侮。』漢書劉向傳：『文王既没，周公思慕歌詠文王之德，其詩曰：「於穆清廟……秉文之德。」』呂氏春秋古樂篇：『周公旦乃作詩曰：「文王在上，於昭于天，周雖舊邦，其命維新。」以繩文王之德。』是小雅常棣、大雅文王、周頌清廟，並周公所制。故舍人云然。」

〔八〕揚子法言學行篇：「吾未見好斧藻其德，若斧藻其楶者。」李軌注：「斧藻，猶刻桷丹楹之飾。」司馬光集注：「斧，斲削也；藻，文飾也。」范注：「尚書大傳：『周公攝政六年，制禮作樂。』此斧藻群言也。」張華女史箴：「斧之藻之。」「斧藻」，修飾删正之意。

至夫子繼聖，獨秀前哲〔一〕，鎔鈞六經〔二〕，必金聲而玉振〔三〕；雕琢情性〔四〕，組織辭令，木鐸起而千里應〔五〕，席珍流而萬世響〔六〕，寫天地之輝光〔七〕，曉生民之耳目矣〔八〕。

〔一〕李曰剛文心雕龍斠詮（以下簡稱「斠詮」）：「繼聖，謂繼文王、周公而爲聖也。」宋書符瑞志上：「夫體睿窮幾，含靈獨秀，謂之聖人。」「秀」，異也。孟子萬章：「自生民以來，未有如夫子者也。」本書序志篇：「自生人以來，未有如夫子者也。」

〔二〕漢書董仲舒傳：「夫上之化下，下之從上。猶泥之在鈞，唯甄者之所爲。猶金之在鎔，唯冶者之所鑄。」顔師古注：「鎔謂鑄器之模範也。鈞，造瓦之法，其中旋轉者。」「鎔鈞」，陶鑄之意，以喻修訂。

〔三〕孟子萬章下：「孔子之謂集大成，集大成也者，金聲而玉振之也。金聲也者，始條理也；玉振之也者，終條理也。」趙岐注：「孔子集先聖之大道，以成己之聖德者也，故能金聲而玉振之。振，揚也。故如金聲之有殺，振揚玉音，終始如一也。」朱注：「猶作樂者集衆音之小成，而爲一大成也。成者，樂之一終，書所謂『簫韶九成』是也。金，鐘屬；聲，宣也；玉，磬也；振，收也。此言聖德全備，如作樂之以鐘發聲，以磬收韻，集音之大成也。」

〔四〕淮南子精神訓：「衰世湊學，不知原心反本，直雕琢其性，矯拂其情，以與世交。」高誘注：「雕琢其天性，拂戾其本情，以合流俗，與世人交接也。」淮南子精神訓先「性」後「情」。陸機演連珠：「情生于性。」按「情性」，元刻本、兩京本，俱作「性情」，御覽亦作「性情」，爲是。「雕琢性情」猶陶冶性情，指修身言；「組織辭令」，指修辭言。

〔五〕校注：「『起』，御覽引作『啓』。何焯校作『啓』。按『啓』字義長。元本、弘治本、汪本、佘本、張本、兩京本……亦並作『啓』，不誤。『啓』、『起』音近，易譌。」校證：「『起』，各本作『啓』，梅改；黃本、張松孫本俱從之。」易繫辭上：「子曰：君子居其室，出其言，善則千里之外應之，況其邇者乎？」論語八佾：「儀封人出曰：天將以夫子爲木鐸。」孔安國注曰：「木鐸，施政教時所振也。言天將命孔子制作法度以號令於天下。」尚書胤征：「遒人以木鐸巡于路。」孔傳：「木鐸，金鈴木舌，所以振文教。」

〔六〕禮記儒行：「哀公命席，孔子侍，曰：儒有席上之珍以待聘，夙夜强學以待問。」正義：「席猶鋪陳也。珍謂美善之道，言儒能鋪陳上古堯舜美善之道，以待君上聘召也。」「流」，傳播。「響」，響應。

〔七〕易大畜象辭：「輝光日新其德。」此句言夫子文采足與日月同光，照耀天地。

〔八〕此句言夫子之言論有啓聾振聵之功。

以上爲第二段，叙述「人文」的發展歷史，從八卦開始，其次是河圖、洛書。創始文字以後，有了三墳，經過夏、商，周文王、周公以至孔子，集其大成。

爰自風姓〔一〕，暨於孔氏，玄聖創典〔二〕，素王述訓〔三〕，莫不原道心以敷章〔四〕，研神理而設教〔五〕，取象乎河洛〔六〕，問數乎蓍龜〔七〕，觀天文以極變，察人文以成化〔八〕；然後能經緯區宇〔九〕，彌綸彝憲〔一〇〕，發揮事業〔一一〕，彪炳辭義〔一二〕。

〔一〕史記三皇本紀：「太皞庖犧氏，風姓。」庖犧即伏羲。

〔二〕莊子天道篇：「以此處下，玄聖素王之道也。」紀評：「玄聖當指伏羲諸聖，若指孔子，於下句爲複。」范注：「玄聖應作元聖。説文：『元，始也。』」張衡東京賦薛綜注：「玄，神也。」「玄聖」，謂神明的聖王，如伏羲。

〔三〕上文説「幽贊神明，易象惟先。庖犧畫其始，仲尼翼其終」。「述訓」正指孔子的「翼其終」，「創典」則是伏羲的「畫其始」。

北堂書鈔五十二引論語讖：「子夏曰：仲尼爲素王。」淮南子主術訓：「孔子……專行教道，以成素王。」漢書董仲舒傳：「孔子作春秋，先正王而繫萬事，見素王之文焉。」論衡超奇篇：「然則孔子之春秋，素王之業也。」杜預春秋左氏傳序：「説者以爲仲尼自衞反魯，脩春秋，立素王。」正義：「素，空也。言無位而空王之也。孔子自以爲素王，故作春秋立素王之法。」素王指有帝王之道而無其位的聖王，如孔子。論語述而：「子曰：述而不作。」孔子自以無天子之位，不能擔當作者之任，修訂六經，都是傳述先王舊文。劉勰以伏羲爲有位的「玄聖」，乃稱其「創典」，即創制禮典，指始畫八卦；孔子爲無位的「素王」，則稱其「述訓」，傳述故訓。

〔四〕荀子解蔽篇：「人心之危，道心之微。」「道心」，發于義理之心，對人心而言。尚書大禹謨：「人心惟危，道心惟微。」朱子全書尚書：「人心，人欲也；道心，天理也。所謂人心者，是血氣和合做成，道心是本來稟受得仁義禮智之心。」蔡傳：「心者，人之知覺，主於中而應于外者也。指其發於形氣者而言，則謂之人心。指其發於義理者而言，則謂之道心。人心易私而難公，故危；道心難明而易昧，故微。」

校證：「『以敷章』，各本作『裁文章』，黄本從御覽改。徐云：『御覽作「原道心以敷章」，對下句，是。』案鎔裁篇云：『兩句敷爲一章。』則『敷章』亦本書恒語。」「敷章」，發布辭采。

〔五〕易觀彖辭："聖人以神道設教，而天下服。"正義："神道者，微妙無方，理不可知，目不可見，不知所以然而然謂之神道。""聖人法則天之神道，本身自行善，垂化于人，不假言語教戒……在下自然觀化服從。"饒宗頤文心雕龍集釋稿（以下簡稱"集釋稿"）："'神道'，劉勰變言曰'神理'者，因上文言'誰其尸之，亦神理而已'，使上下文意相貫。"（見文心雕龍研究專號）唐逢行珪進鬻子表："莫不原道心以裁章，研神聖而啓沃，彌綸彝訓，經緯區中。"即出於此。

〔六〕"河洛"謂河圖、洛書。"象"者，法也。

〔七〕易繫辭上："探賾索隱，鉤深致遠，以定天下之吉凶，成天下之亹亹者，莫大乎蓍龜。是故，天生神物，聖人則之。天地變化，聖人效之。天垂象，見吉凶，聖人象之。河出圖，洛出書，聖人則之。""數"，運數，氣數。古人卜用龜，筮用蓍。論衡卜筮篇："夫蓍之爲言耆也，龜之爲言舊也。明狐疑之事，當問耆舊也。"

〔八〕易賁彖辭："觀乎天文以察時變，觀乎人文以化成天下。"李鼎祚周易集解引虞翻云："日月星辰爲天文也。"又引干寶曰："四時之變，縣乎日月；聖人之化，成乎文章。"正義："聖人觀察人文，則詩書禮樂之謂，當法此教而化成天下也。""極"，窮盡。"成化"，完成教化。

〔九〕左傳昭公二十五年："禮，上下之紀，天地之經緯也。"正義："言禮於天地，猶織之有經緯，得經緯相錯乃成文。」又二十八年：「經緯天地曰文。」詩大雅皇矣毛傳同。史記始皇本紀：「經緯天下。」「區宇」，文選東京賦：「區宇乂寧。」五臣劉良注：「區宇，天地也。」即天下四方之意。摯虞漢高祖贊：「經略區宇。」「經略」與經緯義同，喻治理。程器篇：「摛文必在緯軍國。」

〔一〇〕易繫辭上：「易與天地準，故能彌綸天地之道。」正義：「彌謂彌縫補合，綸謂經綸牽引。」尚書冏命：「永弼乃后於彝憲。」孔傳釋「彝憲」爲「常法」。序志篇：「彌綸群言爲難。」與「彌綸彝憲」的彌綸皆謂包羅統括。

〔一一〕揮，原作「輝」。何焯校云：「疑作揮。」范注引孫蜀丞曰：「『輝』當作揮。御覽引正作揮，當據正。」橋川時雄：「易説卦：『發揮於剛柔。』釋文引鄭注云：『揮，揚也。』」校注：「程器篇：『君子藏器，待時而動，發揮事業。』尤爲明證。其作『輝』者，乃音之誤。」校證：「按王惟儉本正作揮。」易繫辭上：「是故，形而上者謂之道，形而下者謂之器，化而裁之謂之變，推而行之謂之通，舉而措之天下之民，謂之事業。」易坤文言：「美在其中，而暢於四支，發於事業，美之至也。」序志篇：「唯文章之用，實經典枝條，五禮資之以成，六典因之致用，君臣所以炳焕，軍國所以昭明。」即謂「發揮事業」。

〔一二〕「彪炳」，輝煌，言文采焕發。明詩篇：「四始彪炳，六義環深。」詩品評郭璞詩：「憲章潘岳，文體相煇，彪炳可翫。」「彪炳辭義」，使辭義鮮明。

顔氏家訓文章篇論文章之作用云：「朝廷憲章，軍旅誓誥，敷顯仁義，發明功德，牧民建國，不可暫無（一本作施用多途）。至于陶冶性靈，從容風諫，入其滋味，亦樂事也。」與此處所云「經緯區宇，彌綸彝憲，發揮事業，彪炳辭義」者略同。

故知道沿聖以垂文，聖因文以明道〔一〕，旁通而無滯〔二〕，日用而不匱〔三〕。易曰：「鼓天下之動者存乎辭〔四〕。」辭之所以能鼓天下者，迺道之文也〔五〕。

〔一〕「以明道」的「以」，校證謂：「原作『而』，今從御覽改。此文『道沿聖以垂文』二句，以『以』字劄句爲偶，下文『旁通而無滯』二句，以『而』字劄句爲偶，『彌縫文體』，至爲明白。」「沿」，因也。

札記：「物理無窮，非言不顯，非文不傳，故所傳之道，即萬物之情，人倫之傳，無小無大，靡不並包。」漢書司馬遷傳：「孔子之時，上無聖君，下不得任用，故作春秋，垂空文以斷禮義。」又曰：「退論書策以舒其憤，思垂空文以自見。」後漢書劉瑜傳：「垂文炳燿。」羅根澤說：「道不可見，可見者惟明道之聖，所以欲求見道，必需徵聖。所以又作徵聖篇云：『徵之周孔，則文有師矣。』……聖人往矣，其人不可徵，惟有徵沿聖以垂之文，所以又作宗經篇。」（中國文學批評史第一册二百十五頁）

〔二〕黄叔琳校：「『滯』，一作『涯』，從御覽改。」范校：「鈴木云：予所見御覽作『涯』，不作『滯』。」

范注引孫蜀丞曰：「『無涯』與『不匱』義近，不當改作『滯』也。御覽引此文亦作『涯』，不作『滯』，未知所據。」據此改作「涯」爲是。「旁」，溥也。「旁通」，猶言遍通。

〔三〕左傳襄公二十九年：「用而不匱，永錫爾類。」斯波六郎文心雕龍范注補正：「袁宏三國名臣贊：『仁義在躬，用之不匱。』」文賦：「塗無遠而不彌，理無微而弗綸，被金石而德廣，流管弦而日新。」

〔四〕易繫辭上：「鼓天下之動者存乎辭。」韓注：「辭，爻辭也。」正義：「鼓謂發揚，天下之動，動有得失，存乎爻卦之辭，謂觀辭以知得失也。」按此處所謂「辭」，本指爻辭，下文承易之文句而引申之，「辭」的含義遂擴大而爲泛指文辭。

〔五〕此處「道之文」，指聖人之道的文采。

第三段説明聖人之道和文的關係，聖人是通過文辭來進行教化的，而文辭之所以能起鼓動作用，就在它有藝術性。

贊曰〔一〕：道心惟微〔二〕，神理設教〔三〕。光采玄聖，炳燿仁孝〔四〕。龍圖獻體，龜書呈貌〔五〕。天文斯觀〔六〕，民胥以傚〔七〕。

〔一〕范注：「本書頌贊篇云：『贊者，明也，助也。』……易説卦傳云：『幽贊于神明而生蓍。』韓注曰：『贊，明也。』此彥和説所本。」

史通論贊篇：「夫每卷立論，其煩已多。而解論以贊，爲黷彌甚，亦猶文士製碑，序終而續以銘曰；釋氏演法，義盡而宣以偈言。」

〔二〕札記：「此荀子引道經之言，而梅賾僞古文采以入大禹謨，其辯詳見太原閻君尚書古文疏證。」范注：「荀子解蔽篇引道經曰：『人心之危，道心之微。』梅賾采此文入僞大禹謨，改兩之字爲惟字，彥和時不知古文尚書僞造，故用其語。」孔傳：「微則難明。」這是説「道心」是幽微難明的。

〔三〕「神理設教」，即以神道設教。

〔四〕上文云：「繇辭炳曜。」詔策篇：「符命炳燿。」説文：「燿，照也。」

孟子離婁：「孔子曰：道二，仁與不仁而已矣。」又：「堯舜之道，不以仁政，不能平治天下。」論語學而：「孝弟也者，其爲仁之本與？」孝經開宗明義章：「夫孝，德之本，教之所由生也。」儒家之道以仁爲核心，仁以孝爲根本。劉勰評論某些作家作品時，也是以仁、孝作爲一種尺度的。如諸子篇：「至如商韓，六蝨五蠹，棄孝廢仁，轘藥之禍，非虛至也。」程器篇：「黄香之淳孝。」指瑕篇：「左思七諷，説孝而不從，反道若斯，餘不足觀矣。」這説明劉勰原道仍以儒家思想爲主。

〔五〕禮記禮運：「河出馬圖。」鄭注：「馬圖，龍馬負圖而出也。」竹書紀年：「黄帝祭于洛水。」沈約附注：「龍圖出河，龜書作洛，赤文篆字，以授軒轅。」宋書符瑞志「作」作「出」，餘全同。

〔六〕易賁象辭：「觀乎天文以察時變。」「斯」是用以把賓語提置動詞前的助詞。「天文」，指河圖、洛書。

〔七〕詩小雅角弓：「爾之教矣，民胥傚矣。」鄭箋：「天下之人皆學之，言上之化下，不可不慎。」爾雅釋詁：「胥，皆也。」

徵聖第二

「第」，唐寫本作「弟」，以下各篇同。

范注：「徵，驗也，謂驗之于聖人遺文也。……彦和此篇所稱之聖，指周公、孔子。」顔虚心文心雕龍集注（國文月刊第二十一期）：「書洪範：『次八曰念用庶徵。』鄭康成曰：『徵，驗也。』又禮記中庸：『雖善無徵，無徵不信。……故君子之道，本諸身，徵諸庶民。』鄭康成曰：『徵或爲證。』又漢書賈誼傳：『同姓襲是跡而動，既有徵矣。』注：『師古曰：徵，證驗也。』……禮記文王世子：『凡始立學者，必釋奠于先聖先師。』鄭康成曰：『先聖，周公若孔子。』又本篇曰：『徵之周孔，則文有師矣。』」李曰剛斠詮：「彦和此篇所稱之聖，即指孔子，雖曾有『徵之周孔，則文有師焉』之言，特叙筆偶及公旦耳。故篇中獨舉孔子之言論著述爲多。兩謂夫子，屢稱文章，皆指仲尼。况徵諸序志『嘗夜夢執丹漆之禮器，隨仲尼而南行』等句，則實屬意於孔子無疑矣。」

孫德謙太史公書義法卷上宗經篇：「劉彦和作文心雕龍，徵聖而下，繼以宗經。所以析爲二篇者，徵聖之意，則以聖人之言用爲攷徵，其文稱『先王聖化，布在方册，夫子風采，溢於格言』是也。昧者不察，見其中有『必宗於經』之説，遂謂此與宗經無異。吾謂不然。徵聖、宗經，明明各自爲篇。宗經者，蓋言文章體用俱備於經，與徵聖之奉聖人論文爲主者，其道則有別。易之『同歸殊塗』（見繫辭下），是其説也。」

劉永濟校釋：「紀昀評此篇爲裝點門面，謂『推到究極，仍是宗經』，非也。蓋徵聖之作，以明道之人爲證也，重在心。宗經之篇，以載道之文爲主也，重在文。……二義有別，顯然可見。」原道篇説：「道沿聖以垂文。」揆劉勰之意，「道」、「聖」、「經」三者爲連鎖關係，「道」爲「聖」之本，「聖」爲「經」之本，而「經」爲後世文章之本。所以本篇説：「是以論文必徵于聖，窺聖必宗于經。」

所謂「徵聖」是「徵于聖」的簡稱，就是以聖人作標準來驗證，也就是從聖人那裏找根據。劉勰認爲只要取驗于周公孔子的著作，文章就有了師範，所以序志篇説「師乎聖」，即要後世爲文者取法於古代聖人。

此篇以人爲主，故曰徵聖；下篇以書爲主，故曰宗經。

夫作者曰聖，述者曰明〔一〕。陶鑄性情，功在上哲〔二〕。夫子文章，可得而聞〔三〕，則聖人之情，見乎文辭矣〔四〕。

〔一〕禮記樂記：「故知禮樂之情者能作，識禮樂之文者能述，作者之謂聖，述者之謂明。明聖者，述作之謂也。」鄭注：「述，謂訓其義也。」正義：「聖者通達物理，故作者之謂聖，則堯、舜、禹、湯是也。」「明者辨説是非，故脩述者之謂明，則子游、子夏之屬是也。」漢書禮樂志：「作者之謂聖。」注云：「作者謂有所興造也。」禮樂志又云：「述者之謂明。」注云：「述謂明辨其義而循行也。」論語述而：「子曰：述而不作。」論衡書解篇：「聖人作其經，賢者造其傳，述作者之意，採聖人之志。」張華博物志：「聖人製作曰經，賢者著述曰傳。」

〔二〕莊子逍遥遊：「是其塵垢粃糠，將猶陶鑄堯舜者也。」此處乃謂聖人（堯、舜、周、孔）之教化，將以陶鑄衆人之性情。原道篇云：「夫子繼聖，獨秀前哲。……雕琢情性，組織辭令。」「雕琢情性」，即此陶鑄性情。荀子性惡篇：「凡所貴堯禹君子者，能化性，能起僞。僞起而生禮義。然則聖人之於禮義積僞，亦猶陶埏而生之也。」此正强調聖人之「陶」化凡人。法言學行篇：「或曰：『人可鑄與？』曰：孔子鑄顔淵矣。」魏書儒林傳引常爽六經略注序：「然則仁義者，人之性也；經典者，身之文也，所以陶鑄神情，啓悟耳目。」陶鑄之義，即包含一切教化在內。劉勰滅惑論云：「其彌綸神化，陶鑄群生，無異也。」「功」謂功績。程器篇：「自非上哲，難以求備。」時序篇：「中宗以上哲興運。」上哲，即「上智」，此處指聖人。以上是説聖人著述，莫不有人文化成的作用，即一方面可陶鑄性情，敦勵品德；一方面可移風易俗，化成天下。

〔三〕論語公冶長："「子貢曰：夫子之文章，可得而聞也。」邢昺疏："「子貢言夫子之述作威儀禮法，有文彩形質著明，可以耳聽目視，依循學習，故可得而聞也。」劉寶楠論語正義："「據世家（史記孔子世家）諸文，則夫子文章，謂詩、書、禮、樂也。」

〔四〕范注："「易下繫辭：『聖人之情見乎辭。』唐寫本無『文』字。案文謂文章，辭謂言辭。義有廣狹，似不可删，循繹語氣，亦應有『文』字。」易繫辭下："「聖人之情見乎辭。」正義："「辭則言其聖人所用之情，故觀其辭而知其情也。」「見」，同現。楊明照范文瀾文心雕龍注舉正："「此用易繫，并無增改。誠以『辭』即『文辭』，一言已足，無須更加『文』字。……今本蓋傳寫者涉上下『文』字而衍。」（文學年報第三期）

先王聲教〔一〕，布在方册〔二〕；夫子風采〔三〕，溢於格言〔四〕。

〔一〕校證："「『聲教』原作『聖化』，據唐寫本改。練字篇亦云『先王聲教』。」尚書禹貢："「東漸于海，西被于流沙，朔南暨聲教，訖于四海。」孔傳："「此言五服之外，皆與王者聲教而朝見。」正義："「皆與聞天子威聲文教，時來朝見。」蔡傳："「聲，風聲。教謂教化。」

〔二〕禮記中庸："「哀公問政，子曰：文武之政，布在方策。」鄭注："「方，版也；策，簡也。」正義："「言文王爲政之道，皆布列于方牘簡策。」「方」是木板，「册」是穿起來的竹片，與策通用。「方册」，泛指書籍。

〔三〕「風采」，唐寫本作「文章」。如作「文章」，則與上文「夫子文章」重出，仍以「風采」爲是。漢書霍光傳：「政自己出，天下想聞其風采。」師古注：「采，文采。」書記篇云：「所以散鬱陶，託風采。」「風采」謂風度文采。

〔四〕唐寫本「於」作「乎」。范注：「論語比考讖云：『格言成法，亦可以次序也。』（文選潘岳閑居賦注引，又沈約奏彈王源注引。）（孔子）家語五儀篇云：『口不吐訓格之言。』注：『格，法也。』」「格言」蓋即可以爲法之語。三國魏志崔琰傳云：「此周、孔之格言，二經之明義。」「格言」，在此指論語等書而言。中庸：「是以聲名洋溢乎格言。」

是以遠稱唐世，則煥乎爲盛〔一〕；近褒周代，則郁哉可從〔二〕。此政化貴文之徵也〔三〕。

〔一〕「唐世」，指堯。論語泰伯篇：「子曰：大哉堯之爲君也，巍巍乎，唯天爲大，唯堯則之。蕩蕩乎，民無能名焉；巍巍乎其有成功也，煥乎其有文章。」集解：「煥，明也。」

〔二〕論語八佾篇：「子曰：周監於二代，郁郁乎文哉！吾從周。」孔安國注：「監，視也。言周文章備於二代，當從之。」正義：「郁郁，文章貌。言以今周代之禮法文章，迴視夏、商二代，則周代郁郁乎有文章哉。」皇疏：「郁郁，文章明著也。」

〔三〕意謂這些是政治教化都要重視文采之證。

鄭伯入陳，以文辭爲功〔一〕；宋置折俎，以多文舉禮〔二〕。此事蹟貴文之徵也〔三〕。

〔一〕校證：「各本『文』作『立』，馮校、何校、黄本改。」訓故：「春秋左傳：鄭伐陳，子産獻捷于晉，晉人問陳之罪，對曰：『陳忘周之大德，介恃楚衆，以憑陵我敝邑。天誘其衷，啓敝邑心，陳知其罪，授手于我，用敢獻功。』趙文子曰：『其辭順，犯順不祥。』乃受之。仲尼曰：『志有之：言以足志，文以足言。鄭入陳，非文辭不爲功，慎辭哉！』」

按左傳襄公二十五年：「子展相鄭伯如晉，拜陳之功。……仲尼曰：『志有之：言以足志，文以足言。不言，誰知其志？言之無文，行而不遠。晉爲伯，鄭入陳，非文辭不爲功，慎辭也。』」蓋鄭伯之伐陳，晉爲霸主，進行質問，子産對答適當，故云「非文辭不爲功」。左傳正義云：「子産善爲文辭，于鄭有榮也。」即此意。

〔二〕訓故：「春秋左傳：宋人享趙文子，叔向爲介，司馬置折俎，禮也。仲尼使舉是禮也，以爲多文辭。」按此見襄公二十七年。杜注：「折俎，體解節折，升之于俎，合卿享宴之禮，故曰禮也。周禮：司馬掌會同之事。」又：「宋向戌自美弭兵之意，敬逆趙武，趙武、叔向因享宴之會，展賓主之辭，故仲尼以爲多文辭。」又引沈云：「舉謂記録之也。」正義：「蓋于此享也，賓主多有言辭，時人跡而記之。仲尼見其事，善其言，使弟子舉是宋享趙孟之禮，以爲後人之法。丘明述其意。仲尼所以特舉此禮者，以爲此享多文辭，以文辭爲可法，故特舉而施用之。」按「置」謂置辦。宴享大夫時，將牲體解節，折盛于俎，稱「折俎」。「俎」，盛牲體的禮器。

因賓主宴會上的辭令多有文采，孔子特使弟子把這些禮節記下來。

〔三〕范注：「『蹟』，唐寫本作『績』，是。爾雅釋詁：『績，功也。』」「事績」，政事邦交之功績。因鄭之獻捷，宋置折俎，皆有關邦交之事。

褒美子產，則云：「言以足志，文以足言〔一〕。」泛論君子，則云：「情欲信，辭欲巧〔二〕。」此修身貴文之徵也〔三〕。然則志足而言文〔四〕，情信而辭巧，迺含章之玉牒，秉文之金科矣〔五〕。

〔一〕見前引左傳襄公二十五年，杜注：「足，猶成也。」

〔二〕禮記表記：「子曰：情欲信，辭欲巧。」鄭注：「巧謂順而説也。」正義：「辭欲巧者，言君子情貌欲得信實，言辭欲得和順美巧，不違逆于理，與巧言令色者異也。」又表記：「無辭不相接也。」鄭注：「辭所以通情也。」

〔三〕禮記大學：「自天子以至於庶人，壹是皆以修身爲本。」

〔四〕校注：「此爲回應上文『言以足志，文以足言』之辭。」「志足」，猶志充，謂思想要充實。這句是説内在充實，外在自然美好。「而」，唐寫本作「以」。

〔五〕唐寫本「迺」作「乃」。易坤六三爻辭：「含章可貞。」王弼注：「含美而可正者也。」此處「含章」與「秉文」對，兩詞互義。左思吴都賦：「玉牒石記。」説文：「牒，札也。」文選劇秦美新：

「金科玉條。」李善注：「金科玉條，謂法令也。言金玉，貴之也。」「含章」、「秉文」，均指寫作。

「玉牒金科」，猶金科玉律。

以上爲第一段，説明聖人對于文章（文采）的重視，無論政治教化，事迹功業，個人修養，都以文爲貴，而寫作的最高準則就是思想充實，情感真摯，言辭富于文采。

夫鑒周日月，妙極機神〔一〕；文成規矩，思合符契〔二〕。或簡言以達旨，或博文以該情，或明理以立體，或隱義以藏用〔三〕。

〔一〕校證：「馮舒云：『機當作幾。』何焯、黄叔琳云：『機疑作幾。』案論説篇：『鋭思於幾神之區』，正作『幾』。」范注：「易上繫辭：『陰陽之義配日月。』鑒周日月，猶言窮極陰陽之道。易上繫辭：『唯幾也，故能成天下之務；唯神也，故不疾而速，不行而至。』韓康伯注云：『適動微之會曰幾。』」釋文：「幾，本作機。」是「幾」亦可作「機」。斯波六郎文心雕龍范注補正：「范説恐非。『鑒周日月』與贊之『鑒懸日月』同意，謂明之週徧也。」易乾文言：「夫大人者，與天地合其德，與日月合其明。」易繫辭上：「懸象著明，莫大乎日月。」易繫辭下：「子曰：知幾其神乎！君子上交不諂，下交不瀆，其知幾乎。幾者動之微，吉之先見者也。君子見幾而作，不俟終日。」正義：「神道微妙，寂然不測，人若能豫知事之幾微，則能與其神道會合也。」繫辭上：「陰陽不測之謂神。」韓注：「神也者，變化之極，妙萬物而爲言，不可以形詰之者也。」

「鑒周日月」謂聖人的識鑒可以遍照日月，即謂能全面觀察自然界。「妙極機神」，形容聖人智慧之入微通神。唐逄行珪進鬻子表：「循環徵究，妙極機神。」即本於此。吉川幸次郎評斯波六郎文心雕龍原道徵聖篇札記：「『妙』即心理的靈妙……總之是説心理作用的最機微部分發揮到了最大限度。」

〔二〕「符契」，猶符節。韓非子主道：「言已應則執其契，事已增則操其符。符契之所合，賞罰之所生也。」漢書高帝紀：「秦王子嬰，素車白馬，繫頸以組，封皇帝璽符節。」師古曰：「符，謂諸所符合以爲契者也。」吉川幸次郎：「『符契』乃是『要點』之意，但『文成規矩』係表現形式合乎文章法則之意，『思合符契』……是説『思合于符契』，即作爲表現前提的思索與事物的要點一致，并被緊緊地把握住。總之，『鑒周日月』是因，『文成規矩』是果；『妙極機神』是因，『思合符契』是果。」

〔三〕札記：「『或簡言以達旨』四句——文術雖多，要不過繁簡隱顯而已，故彦和徵舉聖文，立四者以示例。」范注：「易上繫辭：『顯諸仁，藏諸用。』正義曰：『藏諸用者，謂潛藏功用，不使物知。是藏諸用也。』」

以上四句意謂聖人著作，有時用簡單的語言來表達意旨，有時擴大篇幅、縟説繁辭來詳盡地抒發感情；有時顯明事理來樹立文章的體制，有時隱晦含蓄把作品的用意暗藏起來，使讀者有想象的餘地。

明曹學佺批：「四句文之妙的。」

故春秋一字以褒貶〔一〕，「喪服」舉輕以包重〔二〕，此簡言以達旨也。

〔一〕范寧春秋穀梁傳序：「一字之褒，寵踰華衮之贈；片言之貶，辱過市朝之撻。」杜預春秋左氏傳序：「春秋雖以一字爲褒貶，然皆須數句以成言。」正義：「褒貶雖在一字，不可單書一字以見褒貶。」此因杜氏主張「固當依傳以爲斷」。宗經篇：「春秋辨理，一字見義。」史傳篇：「褒見一字，貴踰軒冕；貶在片言，誅深斧鉞。」如春秋隱公元年：「鄭伯克段于鄢。」用「克」字貶鄭伯蓄意要攻弟公叔段。不稱弟，貶公叔段和兄對立。

〔二〕唐寫本「包」作「苞」。黄注：「明舉緦不祭，則重於緦之服，其不祭不言可知；舉小功不税，則重於小功者，其税可知，皆語約而義該也。」「緦不祭」，禮記曾子問：「曾子問曰：相識有喪服，可與於祭乎？孔子曰：緦不祭，又何助於人！」正義：「此一節論身有喪服，不得助他人祭事。……言身有喪服，尚不得自祭己家宗廟，何得助於他人祭乎！」「緦」，三月服，已有緦服，不得與祭，故曰緦不祭。禮記檀弓上：「曾子曰：小功不税，（鄭注：「據禮而言也，日月已過，乃聞喪而服曰税，大功以上然，小功輕不服。」）則是遠兄弟無服也。（鄭注：「言相離遠者，聞之恒晚。」）而可乎？（鄭注：「以己思怪之。」）」正義：「曾子以爲依禮，小功之喪日月已過，不更稅而追服，則是遠處兄弟聞喪恒晚，終無服而可乎？言不可也。」

邠詩聯章以積句〔一〕，儒行縟説以繁辭〔二〕，此博文以該情也〔三〕。

〔一〕訓故：「詩傳：周成王立，年幼不能涖阼，周公以冢宰攝政，乃述后稷、公劉之化，作詩以戒，謂之豳風。」梅注：「邠詩——七月之詩。」札記：「七月一篇八章，章十一句，此風詩之最長者。」范注：「説文：『邠，周大王國。』『豳，美陽亭即豳也。』段玉裁注曰：『經典多作豳，惟孟子作邠。』此云邠詩當指豳風七月篇。」

〔二〕訓故：「禮記儒行篇：哀公問曰：敢問儒行？孔子曰：遽數之，不能終其物，悉數之，乃留，更僕未可終也。」「辭」，唐寫本作詞。辭、詞通用。范注：「據禮記儒行篇鄭注，則孔子所舉十有五儒，加以聖人之儒爲十六儒也。」故曰「縟説以繁辭」。禮記儒行篇正義曰：「案鄭目録云：名曰儒行者，以其記有道德者所行也。」

〔三〕王金凌文心雕龍文論術語析論（以下簡稱「王金凌」）：「博文該情謂辭詳而兼包衆意。情作情意解。」

書契斷決以象夬〔一〕，文章昭晰以効離〔二〕，此明理以立體也。

〔一〕校注：「『斷決』，唐寫本作『決斷』。按唐寫本是也。七略：『書以決斷；斷者，義之證也。』（初學記卷二一、御覽卷六〇九引）易繫辭下韓注：『夬，決也；書契所以決斷萬事也。』」訓故：「易繫辭下云：上古結繩而治，後世聖人易之以書契，百官以治，萬民以察，蓋取諸夬。」按夬、決皆有斷義。夬，易卦名，乾下兑上。彖曰：「夬，決也，剛決柔也。健而説，決而和。」夬卦，五爻爲陽，一爻爲陰，故剛勝柔。「夬」，決也，書契的斷決萬事象之。唐寫本「夬」作「史」，誤。

〔二〕唐寫本「晣」作「哲」。校證：「『昭晣』原作『昭晰』，元本……馮本、佘本、兩京本、王惟儉本，彙函本、馮本作『哲』，徐校作『晣』。孫詒讓曰：『按説文日部云：「昭晢，明也。」「哲」或作「晣」，「晰」即「晣」之譌體。此書多作「哲」者，用通借字也。……』案徐校、孫説是，今據改。」又：「『効』原作『象』，唐寫本作『効』。案上文以『積句』與『繁辭』異文作對，下文以『曲隱』與『婉晦』異文作對，則此亦當以異文作對，不當俱作『象』也。今據唐寫本改。」訓故：「易離彖曰：離，麗也。日月麗乎天，百穀草木麗乎土。」黃注引項安世曰：「日月麗乎天而成明，百穀草木麗乎土而成文，故離爲文又爲明。」易説卦傳：「離也者，明也，萬物皆相見，南方之卦也。聖人南面而聽天下，嚮明而治，蓋取諸此也。」又：「離爲火，爲日，爲電。」爲日爲火，皆文明之象。「文章昭晣」就是效法離卦的卦象。宗白華中國美學史中重要問題的初步探索六易經的美學（二）離卦（見文藝論叢第六輯）：

「離☲」：（一）離者，麗也。古人認爲附麗在一個器具上的東西是美的。……附麗和美麗的統一，這是離卦的一個意義。（二）離也者，明也。『明』古字，一邊是月，一邊是窗。月亮照到窗子上，是爲明。……而離卦本身形狀雕空透明，也同窗子有關。這説明離卦的美學和古代建築藝術思想有關。……離卦的美學乃是虚實相生的美學，乃是内外通透的美學。」

「四象」精義以曲隱〔一〕，「五例」微辭以婉晦〔二〕，此隱義以藏用也。

〔一〕易繫辭上：「易有太極，是生兩儀；兩儀生四象，四象生八卦。」正義：「兩儀生四象者，謂金、木、水、火，禀天地而有。」繫辭上又曰：「易有四象，所以示也。」札記：「四象：彦和之義蓋與莊氏同，故曰：四象精義以曲隱。正義引莊氏曰：四象，謂六十四卦之中有實象，有假象，有義象，有用象。」

周振甫文心雕龍注釋（以下簡稱「周注」）：「按如乾卦，以乾象天，當爲實象。乾象天，引申爲父，當爲假象。乾，健也，當爲義象。乾有四德：元亨利貞，即始通和正，開始亨通，得到和諧貞正，當爲用象。這四象的含義是曲折隱晦的。」

周易集解引虞翻説謂「四象」指「春、夏、秋、冬」，但此一解釋無法與「曲隱」關聯。

張立齋文心雕龍注訂（以下簡稱「注訂」）：「易繫上：『居則觀其象。』又云：『兩儀生四象。』又云：『法象莫大乎天地。』又云：『懸象著明，莫大乎日月。』是天地日月即四象也。易有明文，何事附會？其如正義金木水火土之説，莊氏實象假象之説，邵氏陰陽老少之説，率作意曲解，皆非易之本旨也。況『易有四象所以示也』，非天地日月而何？然則所謂『精義以曲隱』者，蓋不言天地日月而言乾坤陰陽也。」亦可備一説。

「精義」出繫辭下「精義入神」。韓注：「精義，物理之微者也。」「曲隱」出繫辭下「其言曲而中（韓注：「變化無恒，不可爲典要，故其言曲而中也。」），其事肆而隱（韓注：「事顯而理微也。」）」。

〔二〕唐寫本「以」作「而」。杜預春秋左氏傳序：「爲例之情有五，一曰微而顯，文見於此，而起義在彼……之類是也。二曰志而晦，約言示制，推以知例……之類是也。三曰婉而成章，曲從義訓，以示大順……之類是也。四曰盡而不汙，直書其事，具文見意……之類是也。五曰懲惡而勸善，求名而亡，欲蓋而章……之類是也。」

左傳成公十四年：「故君子曰：春秋之稱，微而顯，志而晦，婉而成章，盡而不汙，懲惡而勸善，非聖人誰能修之？」杜預序本此。

董仲舒春秋繁露精華篇：「春秋之爲學也，道往而明來者也。然而其辭體天之微，故難知也。」公羊傳定公元年：「定、哀多微辭。」孔廣森通義：「微辭者，意有所託而辭不顯，惟察其微者乃能知之。」

故知繁略殊形〔一〕，隱顯異術〔二〕；抑引隨時，變通適會〔三〕。徵之周孔，則文有師矣〔四〕。

〔一〕唐寫本「形」作「制」，應據改。制是文章體制。「繁」即上文「博文以該情」，「略」即「簡言以達旨」。

〔二〕「隱」即「隱義以藏用」；「顯」即「明理以立體」。

〔三〕校證：「『適會』原作『會適』，唐寫本作『適會』。」校注：「按唐寫本是。章句篇『隨變適會』，練字篇『詩騷適會』，養氣篇『優柔適會』，並其證也。」趙萬里唐寫本文心雕龍殘卷校記：「按上云抑引隨時，與此句相對成文，則以作適會爲是。」宋書鄭鮮之傳：「變通抑引，每事輒殊。」與此處用例同。「抑」謂抑制，即壓縮；「引」謂引伸。「適會」，適乎其會。「抑引」「變通」之理，易經發其端。易繫辭下：「易之爲書也不可遠，爲道也屢遷，變動不居，周流六虛，上下無常，剛柔相易，不可爲典要，唯變所適。」韓注：「變通貴於適時，趨舍存乎其會也。」文章抑引變通之理，本書屢屢言之。通變篇：「夫設文之體有常，變文之數無方。」鎔裁篇：「剛柔以立本，變通以趨時。」「謂繁與略，隨分所好。」章句篇：「隨變適會，莫見定準。」紀評：「繁簡隱顯，皆本乎經，後來文家，偏有所尚，互相排擊，殆未尋其源。八字精微，所謂文無定格，要歸于是。」

這是説文章有繁簡隱顯四種不同的表達方式，寫作時或者壓縮，或者引申，要看當時的需要；至于隱顯之間的變通，也要適應當前的情況。

〔四〕序志篇：「師乎聖。」

以上爲第二段，説明聖人著作的特點，在根據不同的情況，運用繁、略、隱、顯等不同方法，足以爲後世師。

是以論文必徵於聖，窺聖必宗於經。

校證：「『是以論文』二句，原作『是以政論文，必徵於聖，必宗於經。』王惟儉本『政』前有一□，楊慎補作『是以子政論文，必徵於聖，稚圭勸學，必宗於經』。……今案宗經篇：『邁德樹聲，莫不師聖，而建言修辭，鮮克宗經。』史傳篇：『立義選言，宜依經以樹則；勸戒與奪，必附聖以居宗。』又云：『宗經矩聖之典。』論説篇：『述聖通經，論家之正體也。』皆與此『徵聖』『宗經』意同，並撮略爲言，而不必指實爲何人。樂府篇：『昔子政論文，詩與歌別。』楊氏蓋涉彼妄補，不可從。今改從唐寫本。」按元刻本作「是以政論文，必徵於聖，必宗於經。」梅注：「『子』字元脱楊補」，「『稚圭勸學』四字元脱楊補」。于「稚圭勸學」注云：「漢書：匡衡字稚圭，東海承人也。成帝即位，衡上疏勸經學威儀之則曰：臣聞六經者，聖人所以統天地之心，著善惡之歸，明吉凶之分，通人道之正。使不悖于本性者也。故審六藝之指，則天人之理可得而和，草木昆蟲可得而育，此永永不易之道也。及論語、孝經聖人言行之要，宜究其意。」

橋川時雄文心雕龍校讀：「按唐寫無『子政』二字，二字後人强附，當删，未聞劉向有論文也。」又：「稚圭勸學——徐校不及此四字，何校惟從楊補，亦無所考，未詳楊據何本所增，唐寫本亦無此四字，而有『窺聖』二字，句順意通。以各本無『窺聖』二字，前後意不通，故後人任意改補。」校釋：「唐寫本……當從，升庵所補非也。」

「宗」是主。「窺聖必宗於經」是説聖人早已作古，欲窺知聖人的思想和文章，必須以經書爲主體，所以序志篇説：「體乎經。」

易稱：「辨物正言，斷辭則備〔一〕。」書云：「辭尚體要，不惟好異〔二〕。」

〔一〕「辨」原作「辯」，據唐寫本及易經改。唐寫本「辭」作「詞」。易繫辭下：「夫易彰往而察來，而微顯闡幽，開而當名，辨物正言，斷辭則備矣。」集解引干寶曰：「辨物，辨物類也。正言，言正義也。斷辭，斷吉凶也。如此，則備于經矣。」韓注：「開釋爻卦，使各當其名也。理類辨明，故曰斷辭也。」正義：「辨物正言者，謂辨天下之物，各以類正定言之。若辨健物，正言其龍；若辨順物，正言其馬，是辨物正言也。斷辭則備矣者，言開而當名，及辨物正言，凡此二事，決斷於爻卦之辭，則備具矣。」意思是説辨明事物，要用正當的言辭，這樣作出的判斷，就比較完備了。

〔二〕校證：「『不』原作『弗』，唐寫本作『不』，與僞畢命合，今據改。」校注：「『弗惟』，唐寫本作『不唯』。按『弗』作『不』，與僞畢命合。」（本書今作「不」者，唐寫本或御覽均作「不」，例多不具舉。）札記：「僞古文尚書畢命篇：『政貴有恒，辭尚體要，不惟好異。』孔氏傳：『辭以體實爲要，故貴尚之。若異于先王，君子所不好。』正義：『爲政貴在有常，言辭尚其體實要約，當不唯好其奇異。』」風骨篇：「周書云：辭尚體要，弗唯好異。蓋防文濫也。」論衡超奇篇：「且淺意于華葉之言（文選陸士衡文賦注引作「虛談竟于華葉之言」），無根核之深，不見大道體要，故立功者希。」

「體要」，謂切實簡要。尚書蔡傳：「趣完具而已之謂體，衆體所會之謂要。」集説引夏氏僎曰：「體則具于理而無不足，要則簡而不至于餘，謂辭理足而簡約也。」又引王氏樵曰：「趣謂辭之旨趣，趣不完具則未能達意，而理未明，趣完具而不已則爲枝辭衍説，皆不可謂之體。」序志篇：「蓋周書論辭，貴乎體要。」即指此而言。

故知：正言所以立辯〔一〕，體要所以成辭〔二〕；辭成無好異之尤，辯立有斷辭之美〔三〕。雖精義曲隱，無傷其正言；微辭婉晦，不害其體要。體要與微辭偕通，正言共精義並用〔四〕；聖人之文章，亦可見也。

〔一〕唐寫本「辯」作「辨」，下文「辯立」之「辯」並同。校注：「按此語承上『易稱辨物正言』句，當以作『辨』爲是。」意謂正當的言辭才是建立辨物的標準。

〔二〕意謂切實簡要才能鑄成偉辭。春覺齋論文述旨：「何謂正言？本聖人之言，所以抗萬辯也。何謂體要？衷聖人之言，所以鑄偉辭也。然亦有難言者，文至于語録，成萬古正言之鵠，皆能一一施之文間耶？無論語録，即理學先儒之與書，語語靡不當，要觀朱考亭與陸象山、陳同甫諸先生書，無語不精，亦無語不要，而淺人恒苦其邃，豈朱、陸之言尚不衷于名理，而至索人之神志？紆曰：論道之書質，質則或絀于采；析理之言微，微則坐困于思。古之文章家，本盡備各體，不必各體中皆寓以理學之言。劉勰之贊此篇，亦曰：『精理爲文，秀氣成采。』大率析理精，則言匪不正，因言之正，施以詞采，秀氣自生。」

〔三〕校證：「『美』原作『義』，形近之誤，今改從唐寫本。『無尤』、『有美』對文。」范校：「孫云：唐寫本『（辭）成』下有『則』字。『辯』作『辨』，『立』下有『則』字。」

二句意謂鑄成偉辭就不會有追求奇異的過失，建立了辨物的標準，文辭必然有剛斷之美。

〔四〕札記：「案自『易稱辨物正言』，至『正言共精義並用』，乃承『四象』二語，以辨隱顯之宜。恐人疑聖文明著，無宜有隱晦之言，故申辨之。蓋正言者，求辨之正，而淵深之論，適使辨理堅强。體要者，制辭之成；而婉妙之文，益使辭致姱美。非獨隱顯不相妨礙，惟其能隱，所以爲顯也。然文章之事，固有宜隱而不宜顯者，易理邃微，自不能如詩書之明菿；春秋簡約，自不能如傳記之周詳。必令繁辭稱説，乃與體製相乖。聖人爲文，亦因其體而異，易非典要，故多陳幾深之言，史本策書，故簡立褒貶之法，必通此意，而後可與談經。」注訂：「體要與微辭偕通，正意共精義並用者，言體要可以用微辭出之，正言可以由精義成之也。」

饒宗頤文心雕龍探源劉勰思想與宗炳顏延之之關係（四）觀書貴體要：「庭誥云：『觀書貴要，觀要貴博，博而知要，萬流可一。……褒貶之書，取其正言晦義，轉制衰王，微辭宣旨。』文心徵聖篇：『易稱辨物正言，書云辭尚體要。……雖精義曲隱，無傷其正言，微辭婉晦，不害其體要，體要與微辭偕通，正言共精義並用，聖人之文章亦可見也。』對于體要與正言、微辭相關之義，頗受庭誥之啓發，而加以推闡者。」

以上申述體要與微辭，正言與精義的關係，認爲二者並不矛盾，而是相得益彰。

顏闔以爲：「仲尼飾羽而畫，從事華辭〔一〕。」雖欲訾聖，弗可得已〔二〕。然則聖文之雅麗，固銜華而佩實者也〔三〕。

〔一〕校證：「『從』，原作『徒』。梅云：『徒』，莊子作『從』。何焯校作『從』，今據改。」梅注：「楊用脩云：顏闔事見莊子。」愚按莊子列禦寇篇：「魯哀公問于顏闔曰：吾以仲尼爲貞幹，國其有瘳乎？曰：殆哉圾乎！仲尼方且飾羽而畫，從事華辭，以支爲旨。忍性以視民，而不知不信，受乎心，宰乎神，夫何足以上民！」郭象注：「圾，危也。夫至人以民靜爲安，今一爲貞幹，則遺高跡于萬世，令飾競于仁義，而雕畫其毛彩。百姓既危殆，人亦無以爲安也。……飾畫，非任真也。將令後世之從事者，無實而意趣横出也。」成玄英疏：「羽有自然之文，飾而畫之，則務人巧。」又：「修飾羽儀，喪其真性也。」意思是羽毛本有文采而又加以修飾描畫。「顏闔」，春秋戰國間魯國隱士。

〔二〕元刻本「訾」作「此言」。校證：「訾，舊本作『此言』二字，黄本改。馮校云：『此言當作訾。』何校云『此言乃訾字之訛。』王謨本亦云：『此言二字，訾字之譌。』案唐寫本正作『訾』。唐寫本『弗』作『不』，『已』作『也』。」論語子張：「叔孫武毁仲尼。子貢曰：『無以爲也，仲尼不可毁也。』」

〔三〕淮南子本經訓：「草木之句萌銜華戴實而死者，不可勝數。」「銜」，口含。「銜華」「佩實」，謂既有文采，又有内容。詮賦篇：「原夫登高之旨，蓋覩物興情，情以物興，故義必明雅；物以情覩，故詞必巧麗。麗詞雅義，符采相勝。」才略篇：「吐納經範，華實相扶。」札記：「此彦和徵聖篇之本意。文章本之聖哲，而後世專尚華辭，則離本浸遠，故彦和必以華實兼言。孔子曰：『質勝文則野，文勝質則史。文質彬彬，然後君子。』包咸注曰：『野，如野人，言鄙略也。史者，文多而質少；彬彬者，文質相半之貌。』審是，則文多者固孔子所譏，鄙略更非聖人所許，奈之何後人欲去華辭而專崇樸陋哉！如舍人者，可謂『得尚于中行』者矣。」葉長青文心雕龍雜記（以下簡稱「雜記」）引錢基博云：「銜華佩實四字，厥爲彦和衡文之準繩，而緟以贊曰：『精理爲文，秀氣成采。』秀氣成采之謂銜華，精理爲文之謂佩實。昭明文選序謂『老莊之作，管孟之流，蓋以立意爲宗，不以能文爲本』，此佩實而不銜華者也。然范曄後漢書自序謂：『情志所託，故當以意爲主，以文傳意。以意爲主，則其旨必見；以文傳意，則其詞不流。然後抽其芬芳，振其金石耳。』……獨孤及李遐叔文集序以爲：『文教下衰，乃至有飾其辭而遺其意者，則潤色愈工，其實愈喪。及其大壞也，儷偶章句，使枝對葉，文不足言，言不足志。』此銜華而不佩實者也。銜華而不佩實，其敝極于齊梁之雕藻；佩實而不銜華，其末流爲宋明之語録。」

天道難聞，猶或鑽仰〔一〕；文章可見，胡寧勿思〔二〕？若徵聖立言，則文其庶矣〔三〕。

〔一〕唐寫本「猶」作「且」。論語公冶長：「子夏曰：夫子之文章可得而聞也；夫子之言性與天道，不可得而聞也。」集解：「章，明也；文彩形質著見，可以耳目循。性者，人之所受以生也。天道者，元亨日新之道深微，故不可得而聞也。」「鑽仰」，論語子罕：「顔淵喟然嘆曰：仰之彌高，鑽之彌堅。瞻之在前，忽焉在後。」集解：「言不窮盡。」疏：「仰而求之則益高，鑽而求之則益堅。」

〔二〕唐寫本「胡寧」作「寧曰」。校注：「詩小雅四月、大雅雲漢並有『胡寧忍予』之文。」范注：「胡寧猶言何乃。」詩邶風日月：「胡能有定，寧不我顧？」毛傳：「胡，何也。」箋云：「寧，猶言也。」又魏風園有桃：「其誰知之，蓋亦勿思。」

〔三〕唐寫本「若」字無。論語先進：「子曰：回也其庶乎，屢空。」集解：「言回庶幾聖道。」二句意謂在從事著作時，如能取徵于聖人，從内容到形式都向聖人學習，文章就寫得差不多了。第三段由「徵聖」過渡到「宗經」，强調華實並重，「徵聖立言」。

贊曰：妙極生知〔一〕，睿哲惟宰〔二〕。精理爲文〔三〕，秀氣成采〔四〕。鑒懸日月，辭富山海〔五〕。百齡影徂，千載心在〔六〕。

〔一〕唐寫本「贊」作「讚」，以下各篇均同。論語季氏：「孔子曰：生而知之者上也。」邢疏：「生而知之者上也者，謂聖人也。」「妙極生知」與上文「妙極幾神」類似。

〔二〕唐寫本「睿」作「叡」。詩商頌長發：「濬哲惟商。」尚書洪範：「明作哲……睿作聖。」後世「睿哲」有聖明之義。玉篇：「惟，爲也。」「宰」，主宰。吉川幸次郎：「『睿哲惟宰』或可解作『睿哲』即聖人爲人文之主宰。」斠詮：「言聖人之妙悟造於生知之極境，惟聰明睿智足以主宰一切。」

〔三〕文選王僧虔答顏延年詩：「珪璋既文府，精理亦道心。」李善注：「言珪璋之麗，既光于文府；精理之妙，亦窮于道心。」時序篇云：「微言精理，函滿玄席。」「精理」，謂精深之義理。

〔四〕本書諸子篇：「氣偉而采奇。」章表篇：「氣揚采飛。」聖人之文，正由于有秀氣，故文成異采。物色篇：「若夫珪璋挺其惠心，英華秀其清氣。」即是此意。

〔五〕校注：「按方言揚雄答劉歆書：『(張)伯松曰：是縣諸日月，不刊之書也。』」斠詮謂「鑒懸日月」「言聖人之見識周密，如日月之懸掛蒼穹」。饒宗頤等文心雕龍集釋稿：「『辭富山海』即宗經篇『若稟經以製式，酌雅以富言，是即山而鑄銅，煮海而爲鹽也』之意。」

〔六〕「影徂」，猶形影消逝。「徂」，往。最後兩句與諸子篇「標心於萬古之上，而送懷於千載之下，金石靡矣，聲其銷乎」取意略同。

集釋稿：「此云聖人往矣，而其心在，傳其心于後者，由于『聖人之情，見乎辭矣』之『辭』，與『夫子風采，溢於格言』之『格言』，即其『心』在于『文』也。心以文寄，全書屢言，蓋『心生文辭』(麗辭)，文可見心，故『世遠莫見其面，覘文輒見其心』(知音)，非特聖人之心存乎文，他人有心，亦如是也。」

王金淩：「此謂聖哲雖逝，其思想感情仍順經典而流傳後世，心即指其情意。」

楊慎批：「奇句也！諸贊例皆蛇足，如此麟角，固不一二。」

宗經第三

揚雄法言吾子篇：「舍舟航而濟乎瀆者，末矣；舍五經而濟乎道者，末矣。棄常珍而嗜乎異饌者，惡睹其識味也？委大聖而好乎諸子者，惡睹其識道也？」

又寡見篇：「或問：五經有辯乎？曰：惟五經爲辯。説天者莫辯乎易，説事者莫辯乎書，説體者莫辯乎禮，説志者莫辯乎詩，説理者莫辯乎春秋。舍斯，辯亦小矣。」

桓譚新論有正經篇（第九），如言「古袟禮記、古論語、古孝經，乃嘉論之林藪，文義之淵海也」，即以經爲文辭之源（據饒宗頤文心雕龍探原文心各篇之取材述略）。

王充論衡佚文篇：「文人宜遵五經六藝爲文，諸子傳書爲文。」

清劉開書文心雕龍後：「伐薪必于崑鄧，汲水宜從江海，此宗經所由篤也。」

雜記于辨騷篇云：「原道之要，在于徵聖，徵聖之要，在于宗經。不宗經，何由徵聖？不徵聖，何由原道？緯既應正，騷亦宜辨，正緯辨騷，宗經事也。舍經而言道，言聖，言緯，言騷，皆爲無庸。然則宗經其樞紐之樞紐歟？」

饒宗頤文心雕龍探原劉勰文學見解之淵源：「宋書明帝（劉彧）紀云：『（帝）好讀書，愛文義，在藩時，撰江左以來文章志……舊臣才學之士，多蒙引進，參侍文籍。』宋世文章之盛，良由在上鼓吹之功，流風所被，棄經學而尚文藻。……若裴子野持論，無非欲其可被于絃歌，而止乎禮義。……彦和文心，力主宗經，與子野持論宗旨相符，不特説明各種文體皆導源于五經，且極力于經書中探索『文』之意義，以立其建言之根據。」

按徵聖篇説：「是以論文必徵於聖，窺聖必宗於經。」「宗」是主。原道和宗經兩篇，實際上是劉勰用來探索文章的「源」和「流」的，不能割裂開來看。

三極彝訓〔一〕，其書言經〔二〕。經也者，恒久之至道，不刊之鴻教也〔三〕。故象天地，效鬼神，參物序，制人紀〔四〕，洞性靈之奧區〔五〕，極文章之骨髓者也〔六〕。

〔一〕易繫辭上：「六爻之動，三極之道也。」韓康伯注：「三極，三材也。兼三材之道，故能見吉凶，成變化也。」正義：「六爻遞相推動而生變化，是天地人三材，至極之道。」尚書酒誥：「聰聽祖考之彝訓。」孔傳：「言子孫皆聰聽父祖之常教。」爾雅釋詁：「彝，常也。」

〔二〕校證：「『曰』舊作『言』，唐寫本及御覽六〇八俱作『曰』，今據改正。論説篇『聖哲彝訓曰經』，總術篇『常道曰經』，文例正同。」

〔三〕斯波六郎：「周易恒彖：『天地之道，恒久而不已也。』」斠詮：「至道，至極之道。禮記學記：『雖有至道，弗學不知其善也。』」

劉勰認爲經書宣講的是永恒的最高的道，不可更改的偉大的説教。杜預春秋左氏傳序：「左丘明受經於仲尼，以爲經者不刊之書也。」總術篇：「六經以典奥爲不刊。」

〔四〕唐寫本「效」作「効」。范注：「禮記禮運：『孔子曰：是故夫禮必本於天，殽於地，列於鬼神，達於喪祭射御冠昏朝聘。』釋文：『殽，户教切，法也。』此殆彦和説所本。」王更生文心雕龍范注駁正：「舍人此文，統論群經。范氏所引，似有未愜。」禮記禮運：「故聖人參於天地，並於鬼神，以治政也。」校注引漢書禮樂志：「六經之道同歸……故象天地而制禮樂，所以通神明，立人倫，正情性，節萬事者也。」「象天地」，取象于天地，效法天地。「效」，徵驗，從鬼神的變化得到徵驗。「參物序」，參究萬物的秩序，如日月四時等運行的秩序。「制人紀」，制定人倫的綱紀。這是説：聖人經典的内容包羅至廣，凡是宇宙萬物，人生百事（天地之道，鬼神之理，人物之事），莫不在其網羅涵蓋中。

〔五〕「性靈」，性情，靈魂。顔延之庭誥：「遂使業習移其天識，世服没其性靈。」「奥區」，班固西都賦：「防禦之阻，則天地之隩區焉。」後漢書班固傳引作「防禦之阻，則天下之奥區焉」，注：「奥，深也。言秦地險固，爲天下深奥之區域。」校注：「『奥區』，唐寫本作『區奥』。按唐寫本誤倒。贊中『奥府』，與此『奥區』同意。文選張衡西京賦：『實惟天地之奥區神皋。』蓋舍人『奥區』二字所本。」事類篇：「實群言之奥區，而才思之神皋也。」廣雅：「洞，深也。」全句意謂洞達人靈魂的深奥而不易見的領域。

〔六〕漢書禮樂志：「夫樂本情性，浹肌膚而藏骨髓。」序志篇：「輕采毛髮，深極骨髓。」「極」，盡也。全句謂極盡文章之根本精神。這是説經典的功用，表現在修身與爲文兩方面；一方面經典能洞見性靈的奥秘，足可爲陶鑄性情、修身做人的指南，一方面内容與形式兼容並蓄，可爲文章的楷模。

皇世三墳，帝代五典，重以八索，申以九丘〔一〕；歲曆緜曖〔二〕，條流紛糅〔三〕。

〔一〕左傳昭公十二年：「左史倚相趨過。王曰：是良史也，子善視之；是能讀三墳、五典、八索、九丘。」杜注：「皆古書名。」正義引賈逵云：「三墳，三皇之書；五典，五帝之典；八索，八王之法；九丘，九州亡國之戒。」孔安國尚書序：「伏犧、神農、黄帝之書謂之三墳，言大道也。少昊、顓頊、高辛、唐、虞之書謂之五典，言常道也。八卦之説，謂之八索，求其義也。九州之志，謂之九丘，丘，聚也，言九州所有，土地所生，風氣所宜，皆聚此書也。」札記：「此數語用僞孔尚書序義，彼文曰：春秋左氏傳曰：楚左史倚相能讀三墳、五典、八索、九丘，即謂上世帝王遺書也。」尚書堯典：「申命羲叔。」孔傳：「申，重也。」申與上文「重」義同。

〔二〕「歲曆」，年代。「緜曖」，久遠不明。

〔三〕楚辭九辯：「惟其紛糅而將落兮。」楚辭補注引五臣注云：「紛糅，衆雜也。」「條流紛糅」，斟詮：「謂枝條流派紛紜糅雜也。」

以上言古代文籍需要整理，引起下文孔子删述。

自夫子删述〔一〕，而大寶咸耀〔二〕。于是易張十翼〔三〕，書標七觀〔四〕，詩列四始〔五〕，禮正五經〔六〕，春秋五例〔七〕。

〔一〕「删」，元刻本作刊。徐𤊹校云：「刊，唐作删。」唐寫本正作「删」。

〔二〕孔安國尚書序：「至于夏、商、周之書，雖設教不倫，雅誥奥義，其歸一揆。是故歷代寶之，以爲大訓。」孔安國尚書序正義：「先君孔子生于周末，睹史籍之煩文，懼覽者之不一，遂乃定禮樂，明舊章，删詩爲三百篇，約史記而修春秋，讚易道以黜八索，述職方以除九丘。」

范注：「易下繫辭：『聖人之大寶曰位。』」注訂：「尚書顧命云：『越玉五重，陳寶，赤刀，大訓。』大訓者，三皇五帝之書也，爲陳寶之一。此云大寶，乃指孔子删述之群經，與易繫辭之『大寶曰位』無涉。」

斠詮釋「大寶」爲偉大寶典，借指五經典籍。「大寶咸耀」謂群經皆大放光彩。「咸」字唐寫本作「啓」，亦可通。

〔三〕訓故：「易正義：十翼，孔子所作：上彖、下彖、上象、下象、上繫、下繫、文言、説卦、序卦、雜卦。」周易正義：「其彖、象等十翼之辭，以爲孔子所作，先儒更無異論。但數十翼，亦有多家。既文王易經本分爲上下二篇，則區域各别；彖、象釋卦，亦當隨經而分。故一家數十翼云：上彖一、下彖二、上象三、下象四、上繫五、下繫六、文言七、説卦八、序卦九、雜卦十。鄭學之徒，并從此説，故今亦依之。」「張」，發揚。

〔四〕困學紀聞卷二書：「文心雕龍云：『書標七觀。』孔子曰：『六誓可以觀義，五誥可以觀仁，甫刑可以觀誡，洪範可以觀度，禹貢可以觀事，皋陶謨可以觀治，堯典可以觀美。』見大傳。」原注：「孔叢子云：『帝典觀美，大禹謨禹貢觀事，臯陶謨益稷觀政，泰誓觀義。』此其略略異者。」按困學紀聞所引「孔子曰」見尚書大傳略説，未必爲孔子語。

范注：「六誓：甘誓、湯誓、泰誓、牧誓、費誓、秦誓。五誥：酒誥、召誥、洛誥、大誥、康誥。商書湯誥係東晉續出之僞古文，故大傳僅云五誥。」

札記：「案七觀所屬之篇，皆在伏生二十九篇内，若信爲孔子之語，何以不及百篇？疑此爲伏生傅益之言，非今古文之通説也。」

〔五〕范注：「毛詩序：『是以一國之事，繫一人之本，謂之風。言天下之事，形四方之風，謂之雅。雅者正也，言王政之所由廢興也。政有大小，故有小雅焉，有大雅焉。頌者，美盛德之形容，以其成功告于神明者也。是謂四始，詩之至也。』鄭箋云：『始者，謂王道興衰之所由也。』案四始之義，當以此爲準。其史記孔子世家之『關雎之亂，以爲風始，鹿鳴爲小雅始，文王爲大雅始，清廟爲頌始』；詩大雅正義所引汜歷樞『大明在亥，水始也；四牡在寅，木始也；嘉魚在巳，火始也；鴻雁在申，金始也』：皆今文家説，不足據。」按頌贊篇：「四始之至，頌居其極。」以頌爲四始之一，可見劉勰用毛詩序説。

〔六〕梅注：「謝耳伯云：五經，即五禮：吉、凶、賓、軍、嘉也。」訓故：「書舜典：『脩五禮。』注：『吉、凶、軍、賓、嘉。』」禮記祭統：「凡治人之道，莫急于禮；禮有五經，莫重于祭。」鄭注：「禮有五經，謂吉禮、凶禮、賓禮、軍禮、嘉禮也。」正義：「經者，常也，言吉、凶、賓、軍、嘉，禮所常行，故云禮有五經。」

〔七〕徵聖篇：「五例微辭以婉晦。」注見徵聖篇。

以上歷述三墳、五典、八索、九丘等，由于時代久遠，無法窮究，故僅舉書名而已。至于五經，乃孔子删訂，信而有徵，除舉出書名外，尚分别明其大要。

義既挻乎性情〔一〕，辭亦匠於文理〔二〕；故能開學養正，昭明有融〔三〕。

〔一〕校證：「『挻』原作『極』。唐寫本及銅活字本御覽作『挻』，宋本御覽、明鈔本御覽作『埏』。按『挻』『埏』俱『挻』形近之誤，老子十一章：『挻埴以爲器。』『挻』與『匠』義正相比，今改。」橋川時雄：「極字不通。挻、極形似之誤。挻字始然反。老子：『挻埴以爲器。』釋文引聲類云：『柔也。』河上公注云：『和也。』」斯波六郎同意趙萬里校記之説，謂應作「埏」，是「作陶器的模型」。又説：「此字又可作動詞用，如老子第十一章『埏埴以爲器』，荀子性惡篇『故陶人埏埴而爲器』，齊策三『埏子以爲人』等。」潘重規唐寫文心雕龍殘本合校：「『挻』蓋『挻』之譌。説文：『挻，長也。』字林同。聲類云：『柔也。』（據釋文引）老子：『挻埴以爲器。』字或誤作『埏』。朱駿聲曰：『柔，今字作揉，猶煣也。凡柔和之物，引之使長，摶之使短，可析可合，可方可圓，謂之挻。陶人爲坯，其一端也。』」按「挻」通「埏」，此處猶言陶冶。

〔二〕禮記三年問：「壹使足以成文理，則釋之矣。」孫希旦集解：「文，謂文章；理，謂條理。」顏延之庭誥：「文理精出。」「匠」謂意匠經營。

斯波六郎認爲：「這二句是『易張十翼……春秋五例』的結果，概括了五經所備的特質，照應上文『洞性靈之奧區，極文章之骨髓』，兼與原道篇『雕琢性情，組織辭令』遥相呼應。」他又説以上一節在論孔子「删述的效能」。

〔三〕易蒙彖辭：「蒙以養正，聖功也。」正義：「謂能以蒙昧隱默自養正道，乃成至聖之功。」詩大雅既醉：「昭明有融。」鄭箋：「昭，光也。有，又。」「開學養正」，謂啓發學者，自養正道。左傳昭公五年「明而未融」，杜注：「融，朗也。」「昭明有融」謂使文章明而又朗。斟詮根據毛傳、鄭箋解作「五經能示學者以光明大道，又可使之長有令聞廣譽也。」這樣解與下文「然而」不易銜接。

然而道心惟微〔一〕，聖謨卓絶〔二〕，牆宇重峻〔三〕，而吐納自深〔四〕。譬萬鈞之洪鍾〔五〕，無錚錚之細響矣〔六〕。

〔一〕原道篇贊：「道心惟微。」

〔二〕「謨」，舊作「謀」，「謨」是謀議，「謨」「謀」可通。斯波六郎：「尚書伊訓：『聖謨洋洋，嘉言孔彰。』」斟詮：「卓絶，超越尋常莫可比並也。」

〔三〕校注：「書僞五子之歌：『峻宇雕牆。』枚傳：『峻，高大。』」「牆宇」指聖人的道德學問。論語子張篇：「子貢曰：譬之宫牆……夫子之牆數仞，不得其門而入，不見宗廟之美，百官之富。」「重峻」，重疊，高峻。

〔四〕校注：「『而』，唐寫本無，御覽引同。按二句一意貫注，『而』字實不應有，當據删。」神思篇：「吟詠之間，吐納珠玉之聲。」「吐納」只有吐意。「吐納」在此指言論。

〔五〕知音篇：「洪鍾萬鈞，夔曠所定。」黄注：「西京賦：『洪鍾萬鈞。』注：『三十斤曰鈞。』」

〔六〕後漢書劉盆子傳：「即所謂鐵中錚錚。」李賢注：「説文曰：『錚錚，金聲也。』鐵之錚錚，言微有剛利也。」説文段注：「後漢書曰：鐵中錚錚。鐵堅則聲異也。」「無錚錚之細響」，謂鐵中錚錚，決無細響也。

以上爲第一段，論述經的意義，經的價值，以及孔子删述的五經之内容及其教育作用。

夫易惟談天〔一〕，入神致用〔二〕，故繫稱：旨遠辭文，言中事隱〔三〕。韋編三絶〔四〕，固哲人之驪淵也〔五〕。

〔一〕校證：「黄叔琳云：『「夫」字從御覽增。』今案唐寫本正有『夫』字。」范注引陳漢章曰：「宗經篇『易惟談天』至『表裏之異體者也』二百字，并本王仲宣荆州文學志文。」張相古今文綜綴言：「王仲宣荆州文學記官志嚴鐵橋輯本，『百氏備矣』句下，多百八十八字，語意與文心雕龍宗經篇同，屬詞不類，疑爲誤會。」校注：「陳氏蓋據嚴輯全後漢文（卷九一）爲言；范氏所注出處，亦係迻録嚴書。皆不曾一檢類聚及御覽，故爲嚴可均所誤。」法言寡見篇：「説天者莫辯乎易。」

〔二〕范注：「易下繫辭：『精義入神，以致用也。』韓康伯注：『精義，物理之微者也，神寂然不動，感而遂通，故能乘天下之微，會而通其用也。』」此謂易經闡發精義進入微妙境地，足以致用。由談天道而通于人事，所以入神致用。

〔三〕梅注：「『文』原作『高』。孫無撓曰：按易繫辭曰：其旨遠，其辭文，其言曲而中，其事肆而隱。」按唐寫本正作「辭高」。「高」「遠」對文，雜文篇亦有「辭高而理疎」語。韓康伯注：「變化無恒，不可爲典要，故其言曲而中也。其事肆而隱者，事顯而理微也。」正義曰：「『其旨遠者，近道此事，遠明彼事，是其旨意深遠。若龍戰于野，近言龍戰，乃遠明陰陽鬬争，聖人變筆，是其旨遠也。其辭文者，不直言所論之事，乃以義理明之，是其辭文飾也，若黄裳元吉，不直言得中居職，乃云黄裳，是其辭文也。其言曲而中者，變化無恒，不可爲體要，其言隨物屈曲，而各中其理也。其事肆而隱者，易所載之事，其辭放肆顯露，而所論義理幽隱也。」

〔四〕訓故：「史記儒林傳序：孔子晚而好易，讀之韋編三絶，故爲之傳。」史記孔子世家：「孔子晚而喜易，序彖、繫、象、説卦、文言；讀易，韋編三絶。」范注：「焦循易圖略曰：『孔子讀易，韋編三絶，非不能解也，正是解得其參伍錯綜之故，讀至此卦此爻，知其與彼卦彼爻相比例，遂檢彼以審之。由此及彼，又由彼及此，千脈萬絡，一氣貫通，前後互推，端委悉見，所以韋編至於三絶。若云一見不解，讀至千百度，至於韋編三絶乃解，失之矣。』」

〔五〕莊子列禦寇：「河上有家貧恃緯蕭而食者，其子没于淵，得千金之珠。其父謂其子曰：取石來鍛之，夫千金之珠，必在九重之淵，而驪龍頷下。」「固」，唐寫本作「故」。橋川時雄：「按固故兩通。」此謂易經藴藏「精義」，對哲人而言，實爲具有無價之寶的淵源。

書實記言〔一〕，而訓詁茫昧〔二〕；通乎爾雅，則文意曉然〔三〕。故子夏歎書，「昭昭若日月之明，離離如星辰之行〔四〕。」言昭灼也〔五〕。

〔一〕范注：「漢書藝文志：『古之王者世有史官，君舉必書……左史記言……言爲尚書。』」唐寫本「記」作「紀」。御覽同。

文史通義書教：「記曰：左史記言，右史記動，其職不見于周官，其書不傳于後世，殆禮家之愆文歟！後儒不察，而以尚書分屬記言，春秋分屬記事，則失之甚也。夫春秋不能舍傳而空存其事目，則左氏所記之言，不啻千萬矣。尚書典、謨之篇，記事而言亦見焉；訓、誥之篇，記言而事亦見焉。古人事見于言，言以爲事，未嘗分言、事爲二物也。」

〔二〕校注：「『訓詁』，唐寫本作『詁訓』。按元本、弘治本……四庫本亦並作『詁訓』。以下文『詁訓同書』及練字篇『雅以淵源詁訓』例之，此似以作『詁訓』爲得。」

校證：「『而訓詁茫昧』至『文意曉然』三句十四字，傳校元本、兩京本、王惟儉本、梅六次本、張松孫本，俱作『覽文如詭，而尋理即暢』二句十字。黄叔琳云：『是篇梅本「書實記言」以下，有「而訓詁茫昧，通乎爾雅，則文意曉然」云云，無「覽文」以下十字。「章條纖曲」下，有「執而後顯，採掇生辭，莫非寶也，春秋辨理」云云，注：「四句十六字元脱，朱從御覽補。」無「觀辭立曉」以下十二字。「諒以邃矣」下有「尚書則覽文如詭，而尋理即暢，春秋則觀辭立曉，而訪義方隱」云云。案爾雅本以釋詩，無關書之訓詁，且五經分論，不應獨舉書與春秋贅以「覽文」云云。鬱儀所補四句，辭亦不類，宜從王惟儉本。』紀云：『癸巳（一七七三）三月，與武進劉青垣編修在四庫全書處，以永樂大典所載舊本校勘。正與梅本相同，知王本爲明人臆改。』今按紀説是。御覽引此文，其次序與梅本全同，固知元本、傳校元本、兩京本、王惟儉本等之爲臆改，而梅六次本反改如元本，並于『表里之異體者也』下注云：『自「書實記言」下，倒錯難通，余從諸善本校定。』可謂先覺而後迷者也。」按元本與黄本同，與梅六次本異。

〔三〕訓故：「西京雜記：『郭盛，字子偉，茂陵人，以爾雅周公所制。余嘗以問揚子雲。子雲曰：孔子門徒，游夏之儔所記以解釋六藝者也。家君以外戚傳稱：史佚教其子以爾雅。又記言孔子教魯哀公學爾雅，則爾雅之出遠矣。舊傳皆云周公所記也，「張仲孝友」之類，後人所足耳。』」黄注：「爾雅序：『爾雅者，所以通訓詁之指歸，叙詩人之興詠，總絶代之離辭，辨同實而異號者也。』釋詁一篇周公所作，釋言以下，或言仲尼所增，子夏所足，叔孫通所益，梁文所補。」

集注：「毛詩正義：『詁訓者，詁者古也，古今異言，通之使人知也。訓者，道也，道物之貌，以告人也。然則詁訓者，古今之異辭，辨物之形貌。』」斠詮：「詁訓，本爲古言；而以今語釋古言，亦曰詁訓。説文：『詁，故言也。』沈濤説文古文考：『後漢書桓譚、鄭興二傳注及一切經音義皆引云：「詁訓，古言也。」詁訓二字連文。』茫昧，謂空虛杳冥不可知也。」

范注：「漢書藝文志：『書者，古之號令，號令於衆，其言不立具，則聽受施行者弗曉。古文讀應爾雅，故解古今語而可知也。』王先謙補注引沈欽韓曰：『大戴小辯篇：爾雅以觀于古，足以辨言矣。』又引葉德輝曰：『史記五帝、夏、周紀載尚書文，多以訓詁代經，即讀應爾雅也。』」大戴禮孔子三朝記稱孔子教魯哀公學爾雅，乃知爾雅由來已久。本書練字篇：「夫爾雅者，孔徒之所纂。」論衡是應篇：「爾雅之書，五經之訓詁。」是書詳明詁訓，當非一時一人之作。

四庫提要謂黄注本：「宗經篇末附注，極論梅本之舛誤，謂宜從王惟儉本；而篇中所載，乃仍用梅本，非用王本，自相矛盾。所注如宗經篇中『書實紀言，而訓詁茫昧，通乎爾雅，則文義曉然』句，謂『爾雅本以釋詩，無關書之訓詁』。案爾雅開卷第二字，郭注即引尚書『哉生魄』爲證；其他釋書者不一而足，安得謂與書無關？」郝懿行文心雕龍輯注批注：「此注云云，愚所未曉。至于五經分論，獨舉書與春秋，所謂『簡言達旨』，『辭尚體要』，奚必徵引繫詞，乃爲可貴乎？練字篇云：『爾雅者，詩書之襟帶。』據茲一言，益知此注之紕繆。」

〔四〕校注：「唐寫本『明』上有『代』字，『行』上有『錯』字。按唐寫本是。舍人此語，本尚書大傳略説，而大傳原有『代』『錯』二字。當據增。禮記中庸：『辟如四時之錯行，如日月之代明。』亦其旁證。」

黄注：「尚書大傳：『子夏讀書畢，見於夫子，夫子問焉，子何爲於書？子夏對曰：書之論事也，昭昭如日月之代明，離離若参辰之錯行，上有堯舜之道，下有三王之義，商所受于夫子，志之于心，不敢忘也。』」范注：「郝懿行曰：『子夏歎書之言，見尚書大傳，而韓詩外傳二卷則稱子夏言詩，是知詩書一揆，詁訓同歸，故曰爾雅者，詩書之襟帶。』」「離離」，狀歷歷分明。晉書劉實傳：「歷歷相次，不可得而亂也。」孔叢子論書稱子夏讀尚書畢，見孔子説：「書之論事也，昭昭然若日月之代明，離離然若星辰之錯行。」

〔五〕「昭」，唐寫本作「照」。「灼」是明亮，在此是説記載得非常明白。

詩主言志〔一〕，詁訓同書〔二〕；摛風裁「興」〔三〕，藻辭譎喻〔四〕；温柔在誦〔五〕，故最附深衷矣〔六〕。

〔一〕唐寫本「主」作「之」，亦可通。尚書堯典：「詩言志，歌永言，聲依永，律和聲。」孔傳：「謂詩言志以導之。」

〔二〕按元本無「詁」字。校證：「徐補『詁』字。馮校云：『「志」下御覽有「詁」字。』」札記：「詩疏曰：毛以爾雅之作多爲釋詩，而篇有釋詁釋訓，故依雅訓而爲詩立傳。據此，則詩亦須通古今語而可知，故曰詁訓同書。」

范注：「詩大序：『詩者，志之所之也，在心爲志，發言爲詩。』毛詩周南關雎詁訓傳正義曰：『詁訓傳者，注解之别名，毛以爾雅之作多爲釋詩……故依爾雅詁訓而爲詩立傳。』」

〔三〕「摛風裁興」，斠詮：「謂抒布風雅，鎔裁比興。」

〔四〕「藻辭譎喻」，謂文辭華麗而比喻詭譎。詩大序：「主文而譎諫，言之者無罪，聞之者足以戒。」鄭箋：「譎諫，詠歌依違不直諫。」

〔五〕這句是説在誦讀中，可以體會到它温柔敦厚的特點。范注：「禮記經解：『温柔敦厚，詩教也。』鄭風子衿傳曰：『古者教以詩樂，誦之歌之絃之舞之。』正義：『誦之，謂背文闇誦之。』」

〔六〕此句元本，弘治本，汪本，佘本，張之象本……俱作「敢最附深衷矣」。校證本校記此處有誤。橋川時雄：「按作『最附深衷矣』尤通，『敢』字當從唐寫、御覽删。梅本改『敢』作『故』，亦無謂也。」「附」，接近；「深衷」，内心的深處。

禮以立體〔一〕，據事制範〔二〕；章條纖曲，執而後顯〔三〕；採掇片言〔四〕，莫非寶也〔五〕。

〔一〕「以」元本、弘治本作「季」，謝恒抄本作「記」，馮舒校云：「御『以』。」按唐寫本、黄本並作「以」，作「以」爲是。

廣雅：「禮，體也，得事體也。」釋名：「禮，體也，言得事之體也。」范注：「漢書藝文志：『禮以明體。』法言寡見：『説體者莫辯乎禮。』立體猶言明體。」又按此句在兩京本「立體」下有「弘用」二字。其後多種板本從之。但元刻本並無此二字。橋川時雄云：「『弘用』二字，後人妄附，宜删。」禮指禮經，包括周禮、儀禮、禮記。「禮以立體」，禮用來建立體制或準則。

〔二〕根據事理來制定規範。校證：「制，原作『剬』，唐寫本、梅六次本、張松孫本俱作『制』，今從之。」原道篇：「制詩緝頌。」校證：「『制』『剬』隸書形近而譌。史記五帝本紀：『依鬼神以剬義。』正義：『剬古制字。』」

〔三〕范注：「論語述而：『詩書執禮，皆雅言也。』邢疏：『禮不背誦，但記其揖讓周旋，執而行之，故言執也。』」禮記中庸：「禮儀三百，威儀三千。」故云「章條纖曲」。

〔四〕唐寫本「掇」作「綴」。校證：「『片』原作『生』，梅六次本、張松孫本、崇文本作『王』，何焯、黄叔琳云：『疑作片。』紀昀云：『生字疑聖字之譌。』案唐寫本、譚校本及宋本御覽正作『片』，今從之。史傳篇：『貶在片言，誅深斧鉞。』此亦本書作『片言』之證。」

〔五〕此謂讀者只要能採取其中的片言隻語，皆可以終生受用無窮。「寶」者，爲人生重要之憑藉。校證：「『執而後顯』至『莫非寶也』三句十二字，傳校元本、兩京本、王惟儉本作『觀辭立曉，而訪義方隱』二句九字。」按元本「執而後顯」以下四句脱。梅本云：「元脱，朱（鬱儀）按御覽補。」橋川時雄：「按『執而』四句十六字，今從唐寫本及御覽補。黄校云：案馮本有『執而』以下十六字。」

春秋辨理〔一〕，一字見義〔二〕；「五石」「六鷁」〔三〕，以詳略成文〔四〕；「雉門」、「兩觀」〔五〕。以先後顯旨〔六〕；其婉章志晦〔七〕，諒以邃矣〔八〕。

〔一〕春秋繁露實性：「春秋別物之理。」法言寡見篇：「説理者莫辯乎春秋。」

〔二〕范注：「『一字見義』，謂春秋一字以褒貶。」徵聖篇：「春秋一字以褒貶，此簡言以達旨也。」

〔三〕訓故：「春秋左傳僖公十六年正月：隕石于宋五，隕星也。是月，六鷁退飛過宋都，風也。」梅注：「春秋公羊傳：曷爲先言實而後言石？實石記聞，聞其磌然，視之則石，察之則五。曷爲先言六而後言鷁？六鷁退飛，記見也。視之則六，察之則鷁，徐而察之則退飛。」范注引臧琳經義雜記：「説文鳥部：『鶂，鳥也，從鳥兒聲。』按春秋僖公十六年『六鷁退飛』正義：『鷁字或作鶂。』釋文：『六鷁，五歷反，本或作鶂，音同。』又公羊、穀梁，釋文皆云『六鷁，五歷反』，可證三傳本皆作『鶂』，與説文同。今公羊注疏皆作『鷁』，惟何休『六鶂無常』，此一字未改。穀梁注疏皆作『鶂』，惟經文『六鷁退飛』此一字從『益』。蓋唐時左傳已有作『鷁』者，故後人據以易二傳也。」按「鷁」是一種像鷺鷥的水鳥，能高飛。校證：「『鷁』唐寫本、御覽作『鶂』。春秋僖十六年：『六鷁退飛。』釋文：『本或作鶂，音同。』」橋川時雄：「按説文無『鷁』字。」

〔四〕校證：「『略』，御覽作『備』。」春秋僖公十六年：「春王正月戊申，朔，隕石于宋五。」「是月，六鷁退飛過宋都。」穀梁傳于此云：「子曰：石無知之物，鶂，微有知之物。石無知，故日之；鶂微有知之物，故月之。君子於物，無所苟而已。石、鶂且猶盡其辭，而况於人乎！」晉范甯集解：「石無知而隕，必天使之然，故詳而日之。鷁或時自欲退飛耳，是以略而月之。」此處「詳略成文」，蓋本范甯之説，以月日並記者爲「詳」，僅記月者爲「略」。

〔五〕梅注：「觀去聲。」又：「春秋定公二年，雉門及兩觀災。注云：『雉門，公宫之南門；兩觀，闕名也。』」訓故：「春秋定公二年五月，『雉門及兩觀災』。冬十月，『新作雉門及兩觀』。傳書『新作』者，譏僭王制而不能革也。」斠詮：「雉門，據周禮天官閽人鄭注，爲天子五門中之三門，在庫門之内。」

〔六〕梅注：「公羊傳云：『其言雉門及兩觀災何？兩觀微也。然則曷爲不言雉門災及兩觀？主災者兩觀也。時災者兩觀，則曷爲後言之？不以微及大也。』何休注云：『雉門兩觀，皆天子之制，門爲其主，觀爲其飾，故微也。』」春秋定公二年：「夏五月壬辰，雉門及兩觀災。」穀梁傳云：「其不曰雉門災及兩觀，何也？災自兩觀始也，不以尊者親災也，先言雉門，尊尊也。」「雉門」，魯宫南門。「兩觀」，是宫門外左右二臺上的樓，附屬於雉門。災實從兩觀起，如曰雉門災及兩觀，便與事實不符，倘曰兩觀災及雉門，按穀梁傳的解釋，兩觀卑，雉門尊，卑不可以及尊。無論按照公羊傳或穀梁傳的説法，都是經文先言雉門，後及兩觀，並且把災字放在兩觀下面，暗示兩觀主災。這樣既合事實，又顯示雉門重要，兩觀不重要。此處「先後顯旨」，有分别輕重或尊卑的用意。

〔七〕黄注：「『婉章志晦』見『五例』注。」左傳成公十四年：「故君子曰：春秋之稱，微而顯，志而晦，婉而成章，盡而不汙，懲惡而勸善。非聖人，誰能脩之？」杜注：「志，記也，晦亦微也，謂約言以紀事，事叙而文微。」又「婉，曲也，謂曲屈其辭，有所辟諱，以示大順，而成篇章。」又昭公十一年：「故曰：春秋之稱微而顯，婉而辨。」斯波六郎：「彥和此處雖僅用『婉章志晦』二句，實際上可能含有左氏傳『微而顯，志而晦，婉而成章，盡而不汙，懲惡而勸善』的全部意義。將這裏的『諒以邃矣』和左氏傳『非聖人誰能脩之』對照起來看，其中用意是值得玩味的。」

〔八〕校證：「『御覽『諒以』作『源已』。唐寫本『以』作『已』。」按作「已」字義長。明屠隆文論（由拳集卷二十三）：「世人譚六經者，率謂六經寫聖人之心，聖人所謂道術，醇粹潔白，曉告天下，萬世燦然，如揭日月而行，是以天下萬世貴之也。夫六經之所貴者道術，固也，吾知之，即其文字奚不盛哉！易之沖玄，詩之和婉，書之莊雅，春秋之簡嚴，絕無後世文人學士纖穠佻巧之態，而風骨格力，高視千古，若禮檀弓、周禮考工記等篇，則又峯巒峭拔，波濤層起，而姿態橫出，信文章之大觀也。」

尚書則覽文如詭〔一〕，而尋理即暢；春秋則觀辭立曉，而訪義方隱〔二〕。此聖文之殊致〔三〕，表裏之異體者也〔四〕。

〔一〕校證：「『尚書則覽文如詭』至『而訪義方隱』四句二十四字，傳校元本、兩京本、王惟儉本、梅六次本，張松孫本，無。」梅注：「自『書實記言』下，倒錯難通，余從諸善本校定。」紀云：「四語括盡兩經，然此上疑脱數句。」黄叔琳云：「『諒以邃矣』下有『尚書則覽文如詭，而尋理即暢；春秋則觀辭立曉，而訪義方隱』云云。」校釋：「黄叔琳……至謂不應獨舉書與春秋，亦非。舍人于分論五經之後，復提此二經並論者，正以二經隱顯有別，比論之以見聖文殊致，表裏異體，而各當神理也。近人張孟劬史微亦謂：『此篇論六藝之文，缺論易、禮、詩三經，疑有脱文。』其誤亦同。且上文明有論五經一段，何得曰缺邪？」

札記：「按尚書所記，即當時語言，當時固無所謂詭也。彦和此語，稍欠斟酌。然韓退之亦云『周誥、殷盤，佶屈聱牙』矣。」

玉篇：「詭，怪也。」此處謂尚書的文辭古怪難懂，與上文「訓詁茫昧」相應。

〔二〕橋川時雄：「唐寫本『觀』作『親』，誤。」

注訂：「尚書文艱義簡，理近而順，初思之易解，春秋辭顯句約，驟求之難得。」

〔三〕校證：「『聖文』原作『聖人』，徐校作『聖文』。按唐寫本、御覽俱作『聖文』，今據改。」「致」是表達，「殊致」謂表達方式不同。

斠詮：「聖文，指孔子所删修之尚書、春秋；殊致，謂風格互殊也。」

〔四〕橋川時雄：「按『觀辭立曉……』凡四句二十二字，汪、佘、張、胡各本，接于『春秋則』下，續于

『至根柢槃深』上，唐寫、御覽雖有一二字異同，亦與諸本同，造句頗順，意義相通也。時又按汪、佘、張舊本『章條纖曲』下，脱落『執而』四句十六字，今從唐寫、御覽補之。則此一節可以通暢。胡、王、楊、梅諸家何意故爲錯倒，致群疑紛起，竟迄于不可讀？劣迹可厭也。今將各本錯亂次第，列述于下：

［一］、胡本、王本——以『然覽文如詭，而尋理即暢』十字，補于『書實紀言』下，『而訓詁茫昧，通乎爾雅，則文意曉然』十四字，則接于『最附深衷』句下，又『章條纖曲』下，有『觀辭立曉而訪義方隱，春秋則』十二字，『此聖人之殊致』二句，則接于『諒以邃矣』句下。

［二］、梅本——梅本注云：『自「書實記言」下，倒錯難通，余從諸善本校定。』又曹能始批梅本云：『此段與青州本，互有同異，然以兹本爲得。』時按是本『書實記言』下有『然覽』十字，而缺『而詁』十四字，『而詁』十四字接『深衷』下，『纖曲』下有『執而』四句十六字，注云：『元脱，朱按御覽補。』下接『一字見義』句，此句下有『故觀辭立曉而訪義方隱』十字。『此聖人』二句，接『邃矣』下，倒錯略與胡、王兩本同，惟以從御覽增『執而』四句爲優，未及從御覽是正全篇，可惜。

［三］、何校本——『書實紀事』句下删『而詁』十四字，附之于『深衷』下，『章條纖曲』句下，從御覽增『執而』四句，『諒以邃矣』句下，入『尚書則覽文如詭，而尋理即暢，春秋觀辭立曉』十八字，于『諒以邃矣』句下，入『曉而訪義方隱』六字于『異體者也』句上。按何校從御覽稍有

訂正，而未知完全從此是正也。

「四、黄本——黄本頗反于舊本之正，又從御覽增『執而』四句，誠是。惟篇末所記，甚爲糊塗，是則時之所不解也。篇末記云：『是篇梅本，書實……朱從御覽補。』時按梅本無『而訓』云云，有『然覽』十字，黄本所謂梅本，並非梅本，梅本錯誤，一爲已述于前。黄本又記云：『無「觀辭立曉」十二字……宜從王惟儉本。』……時又按梅本有『故觀辭』以下十字，無尚書云云等句，如前數條記述，黄本所謂梅本者，實正爲王本。如此之舛陋，可笑。紀昀云：『此注云王本，而所從仍是梅本。』紀昀又云：『癸巳三月，與武進劉青垣編修……校勘……知王本爲明人臆改。』時又按四庫所著録之永樂大典本，亦並不與梅本相同，四庫本則與汪、佘舊刻相同也。紀氏所記亦妄甚。」可見這一部分各本非常混亂，今一律就唐寫本校正。

斯波六郎：「上文自『夫易惟談天』至『諒以邃矣』分別論述五經文體特色，而此處再次概論五經本體，方式至爲繁瑣，恐非彦和樂意采用者。因此可以認爲『尚書則……』以下四句是在五經文體各論之後，舉出五經中雖有『言經則尚書，事經則春秋』（史傳篇）這樣一層深刻關係，但寫法却截然相反的二經用資對照，以説明聖文的殊致異體。」

至於根柢槃深〔一〕，枝葉峻茂〔二〕，辭約而旨豐，事近而喻遠〔三〕。是以往者雖舊，餘味日新〔四〕；後進追取而非晚〔五〕，前修運用而未先〔六〕。可謂太山徧雨，河潤千里者也〔七〕。

〔一〕舊本無「於」字，校證據唐寫本增。「柢」，説文：「木根也。」「槃」一作「盤」，與「蟠」通，彎曲意。「槃深」唐寫本作「盤固」。斯波六郎：「老子第五十九章有『深根固柢』語……『盤』爲『磐』之意，下接『固』字校『深』爲要（應是妥字）。……何以今本作『盤深』？……或是後人將『盤』解作『蟠』，故以『深』代『固』。」橋川時雄：「按有『於』是。作『槃固』，『槃深』並是。槃，盤之籀也。文選琴賦『盤紆隱深』，注云：『盤，曲……』」

〔二〕校注：「按楚辭離騷：『冀枝葉之峻茂兮。』王注：『峻，長也。』」斯波六郎認爲以上二句與隱秀篇「根盛而穎峻」意同。「『峻茂』者言枝葉非徒茂也，重點在于『峻』字。」蔡邕月令問答：「夫根柢植，則枝葉必相從也。」魏曹元首六代論：「譬之種樹，久則深固其根本，茂盛其枝葉。」

〔三〕史記屈原列傳讚離騷云：「其稱文小，而其指極大，舉類邇而見義遠。」即是「辭約而旨豐，事近而喻遠。」春覺齋論文「神味」條：「譚格謂『古人從裏面涵養而得，今人從外面掇拾而得』，裏面涵養者，是積萬事萬理，擷其精華，每成一篇，皆萬古不可磨滅之作，此陳繹曾所謂『精于事理之文，假筆札以著之者』耳。『辭約而旨豐，事近而喻遠』，斯云得矣。」

〔四〕「往者」，指五經。唐寫本「餘」上有「而」字。橋川時雄：「有『而』字是。」又：「唐寫本『雖』作『唯』，各本作『雖』，時按唯、雖兩通。」

〔五〕此謂後輩從中探索並不爲晚。

〔六〕校證：「『運』原作『文』，曹云：『文用疑作運用。』梅六次本、張松孫本改作『運』，今從之。唐寫本作『久用』。」斯波六郎：「改作『運用』頗爲惡劣。」范注：「唐寫本『文』作『久』，是。」校注：「按唐寫本作『久』是也，『文』其形誤。『久用』與上句『追取』，相對爲文。天啓梅本據曹學佺説改作『運』，非是。」潘重規云：「班固典引：『久而愈新，用而不竭。』久用未先，正本班語。『未先』與『非晚』亦相對爲文。」斠詮：「未先，未有前於此也。」直解爲「未嘗超先」。

〔七〕橋川時雄：「唐寫『偏』作『遍』，時按偏、遍兩通。」梅注：「公羊傳云：觸石而出，膚寸而合，不崇朝而徧雨乎天下者，唯泰山爾。河海潤乎千里。」訓故：「春秋考異郵：河者水之氣，四瀆之精，所以流化，故曰河潤千里。」按公羊傳文見僖公三十一年。

以上爲第二段，説明五經的主要寫作特點，及其偉大成就。

故論、説、辭、序，則易統其首〔一〕；詔、策、章、奏，則書發其源〔二〕；賦、頌、歌、讚，則詩立其本〔三〕；銘、誄、箴、祝，則禮總其端〔四〕；紀、傳、盟、檄，則春秋爲根〔五〕：並窮高以樹表，極遠以啓疆〔六〕。所以百家騰躍，終入環内者也〔七〕。

〔一〕校證：「梅六次本、張松孫本『首』作『旨』。」按此段説五經是各種文體的來源，所以用了「首」、「源」、「本」、「端」、「根」五字，作「旨」就和下面的句意不能配合了。

顔氏家訓文章篇：「夫文章者原本五經：詔、命、策、檄，生於書者也；序、述、論、議，生於易者也；歌、詠、賦、誦，生於詩者也；祭、祀、哀、誄，生於禮者也；書、奏、箴、銘，生於春秋者也。」

札記：「『論説辭序，則易統其首』，謂繫辭、説卦、序卦諸篇爲此數體之原也。尋其實質，則此類皆論理之文。」斠詮：「『辭序』之辭乃指孔子繫辭及後世題辭若趙岐孟子題辭之類而言，與『序述』亦相同。」斯波六郎：「論説篇曾云『序』爲『論』體之一種，『辭』論説篇未載，見于書記篇。」

〔二〕札記：「謂書之記言，非上告下，則下告上也。尋其實質此類皆論事之文。」郭晉稀文心雕龍注譯（以下簡稱「郭注」）：「詔策云：『其在三代，事兼誥誓。』是『詔、策』原于『誥、誓』。尚書中有五誥、六誓，所以『詔、策』原于尚書。議對云『堯咨四岳』，『舜疇五人』；奏啓云：『唐虞之世，敷奏以言』；所以『奏、議』也是『書發其原』。」斠詮：「顔（之推）謂檄原於書，劉（勰）則原於春秋；劉謂章奏原於書，顔則以書奏原於春秋，此其不同之處。然而書與春秋同爲史則一。」

〔三〕札記：「謂詩爲韻文之總匯。尋其實質，此類皆敷情之文。」斠詮：「劉言贊而未言詠，顔言詠而未言贊，但歌詠相類，頌贊相近，要其大體，亦無出入。」郭注：「詮賦云：『詩有六義，其二曰賦。』樂府云：『樂辭曰詩，詩聲曰歌。』頌贊云：『四始之至，頌居其首。』又以爲贊者，『大抵所歸，其頌家之細條乎』，所以説：『賦、頌、歌、贊，則詩立其本。』」

〔四〕札記：「此亦韻文，但以行禮所用，故屬禮。」周禮太祝「作六辭」，其六爲「誄」。周太史「命百官箴王闕」。禮記祭統録衛孔悝鼎銘，又大學載商湯盤銘。儀禮有祝辭。斠詮：「惟劉言銘與箴原於禮，顔則以爲原於春秋，此其相異之處。」

〔五〕范注：「唐寫本『紀』作『記』，『銘』作『盟』，是。漢書藝文志云：『右史記事，事爲春秋。』左傳僖公九年：『葵丘之盟曰：『凡我同盟之人，既盟之後，言歸于好。』』校證：「『盟』，原作『銘』，唐寫本作『盟』，今據改。朱、徐俱云：『銘當作移。』今按上文云：『銘誄箴祝，則禮總其端。』已出『銘』字，此不當復及之。定勢篇云：『符檄書移，則楷式於明斷；箴銘碑誄，則體制於弘深。』分别部居，與此正復相同。御覽五九七引李充翰林論云：『盟檄發于師旅。』此『盟檄』連文之證。朱校『銘』作『移』，其義近是，但非彦和之舊耳。」張立齋文心雕龍考異（以下簡稱「考異」）：「春秋盟會爲盛，從『盟』是。」札記：「紀傳乃紀事之文，移檄亦論事之文耳。」

郭注：「史傳云：『言經則尚書，事經則春秋』，故紀傳以『春秋爲根』。祝盟所舉曹沫、毛遂、秦昭、漢祖、臧洪、劉琨諸人之盟，皆載史傳；檄移所舉劉獻公、管仲、吕相等之詰責，皆見左傳，且謂『即今之檄文』；至於張儀、隗囂、陳琳等之檄文，亦無不見史傳，所以説：『紀、傳、盟、檄，則春秋爲根。』」

校注：「春秋左氏傳中所載盟辭至夥（如桓元年「越之盟」，僖九年「葵丘之盟」等不下十篇），故舍人云然。移文漢世始有（見漢書律曆志上、公孫弘傳、劉歆傳、張安世傳等），周代尚無其體，不得與檄相提並論。」

四庫全書總目提要卷一九二集部總集類存目二六藝流别：「至劉勰作文心雕龍，始以各體分配諸經，指爲源流所自，其説已涉於臆創。」

〔六〕「疆」，橋川時雄：「唐寫作『壃』。時按説文田部：疆，界也；俗作『壃』。唐寫非誤。」

集注：「後漢書蓋勳傳：『乃指木表。』注：『表，標也。』」范注：「禮記樂記：『夫禮樂之極乎天而蟠乎地，行乎陰陽而通乎鬼神，窮高極遠而測深厚。』易上繫辭：『範圍天地之化而不過。』」注訂：「樹表者，建立體裁以爲準則。啓疆者，開拓範圍以爲利用。」

斯波六郎：「『樹表』與『立表』、『植表』等同義。『窮高以樹表』是説文體分别顯示了最高水準。又『樹表』之語出淮南子天文訓。……『啓疆』與『拓境』、『拓宇』等同義。『極遠以啓疆』指把文體範圍擴大到最大限度。此二句言五經文章是各種文體的頂峰，兼又包含各種種類，故下文云百家無有能出此範圍者。由此可見彦和是把五經奉爲絶對權威的。又范注曾引樂記『窮高極遠』語，樂記鄭注云：『高、遠，三辰也。』『高』『遠』均指天空。如從鄭注，則樂記之『遠』，與此處之用法有異。」斠詮解此二句：「謂樹立文章之體式，來源最古；開闢後學之疆宇，流澤孔長也。」

〔七〕唐寫本無「者也」二字。范注：「漢書藝文志：『今異家者各推所長，窮知究慮，以明其指，雖有蔽短，合其要歸，亦六經之支與流裔。』」既然跳不出五經的圈子，就談不上向前發展。藝概卷一文概：「六經，文之範圍也。聖人之旨，於經觀其大，備其深，博無涯涘。乃文心雕龍所謂『百家騰踊，終入環内者也』。」

斯波六郎：「『百家』指諸子百家。時序篇中述及諸子亦單言『百家』。『騰躍』者，言百家有超乎五經之概。此種説法與通變『雖軒翥出轍，而終入籠内』同。『百家騰躍』承上句『窮高以樹表』，『終入環内』承上句『極遠以啓疆』。漢書藝文志評諸子云：『今異家者，各推所長，窮知究慮，以明其指，雖有蔽短，合其要歸，亦六經之支與流裔。』乃言其思想，此處係論文章。」

若稟經以制式〔一〕，酌雅以富言〔二〕，是即山而鑄銅，煑海而爲鹽也〔三〕。

〔一〕「制」，原本作「製」，古通。札記：「此二句爲宗經篇正意。」「稟」謂稟承。斯波六郎：「『式』，即體式，指文章格式。」即論、説、辭、序等文體形式。

〔二〕郭注：「雅，指爾雅。郭璞爾雅序：『夫爾雅者，所以通詁訓之指歸，叙詩人之興詠，總絶代之離詞，辯同實而殊號者也。誠九流之津涉，六藝之鈐鍵，學覽者之潭奧，摛翰者之華苑也。

若乃可以博物不惑，多識于鳥獸草木之名者，莫近于爾雅。』所以説『酌雅以富言』。」斯波六郎：「『雅』當是爾雅。練字篇有云：『雅（爾雅）以淵源詁訓，頡（倉頡篇）以苑囿奇文。……該舊而知新，亦可以屬文。』」

〔三〕校證：「『即』原作『仰』，唐寫本作『即』……漢書吴王濞傳、晁錯傳俱有『即山鑄錢，煮海爲鹽』語，師古曰：『即，就也。』此正彦和所本，今據改。」

校注：「史記吴王濞傳：『乃益驕溢，即山鑄錢，煮海水（漢書濞傳無水字）爲鹽。』索隱：『即者，就也。』此舍人遣詞所本。則作『仰』者，乃形近之誤也。」漢書晁錯傳：「上曰：吴王即山鑄錢，煮海爲鹽，誘天下豪傑，白頭舉事，此其計不百全，豈發虖？」又吴王濞傳：「錯爲御史大夫，説上曰：……今吴王前有太子之隙，詐稱病不朝，于古法當誅。……不改過自新，乃益驕恣，公即山鑄錢，煮海爲鹽，誘天下亡人謀作逆亂。」唐寫本「鹽」下有「者」字。斯波六郎：「『即山而鑄銅，煮海而爲鹽』意爲對作文者説來，經書爲無盡藏之寶庫；前段末尾『太山遍雨，河潤千里』意爲經書對每一個作文者都施以無窮的恩惠，這兩個譬喻是前後呼應的。」

故文能宗經，體有六義〔一〕：一則情深而不詭〔二〕，二則風清而不雜〔三〕，三則事信而不誕〔四〕，四則義貞而不回〔五〕，五則體約而不蕪〔六〕，六則文麗而不淫〔七〕。揚子比雕玉以作器〔八〕，謂五經之含文也〔九〕。

〔一〕斯波六郎：「『體』當指文章的形式和内容渾一之姿。」「體有六義」，文體明辨序説文章綱領總論作「有六善焉」。王金凌：「易言之，文能宗經則可得此六項原則，施於作品亦有此六種現象。上二『體』字泛指整個文學作品的體要。」按「體」謂體製。附會篇云：「夫才量（童）學文，宜正體製，必以情志爲神明，事義爲骨髓，辭采爲肌膚，宫商爲聲氣。」可見「體製」包括情志、事義、文辭等方面。義，宜也，善也。詩大雅文王：「宣昭義問。」毛傳：「義，善。」

〔二〕感情深摯而不詭詐。

〔三〕風格清純而不駁雜。風骨篇：「意氣駿爽，則文風清焉。」

〔四〕叙事真實而不荒誕。斯波六郎：「『事』是構成作品内容的事實，近于今人所謂『素材』。」

〔五〕校證：「『貞』原作『直』，唐寫本作『貞』。……今據改。」廣雅釋詁一：「貞，正也。」斠詮：「貞，正定專一之義。」直解爲「義理堅正而不邪」。校注：「『直』，唐寫本作『貞』。按唐寫本是也。明詩篇：『辭譎義貞。』論説篇：『必使時利而義貞。』並其證。」「回」謂回邪。

〔六〕文體（風格）簡練而不蕪雜。

〔七〕文辭雅麗而不淫靡。法言吾子篇：「詩人之賦麗以則，辭人之賦麗以淫。」札記：「此乃文能宗經之效。六者之中，尤以事信、體約二者爲要。折衷群言，俟解百世，事信之徵也；芟夷煩亂，剪截浮辭，體約之故也。」其實「情深」是首要的。

曹學佺曰：「此書以心爲主，以風爲用。故于六義首見之，而末則歸之以文，所謂麗而不淫，即雕龍也。」

校釋：「情深風清，『志』之事也。事信義直，『辭』之事也。體約文麗，『文』之事也。……竊嘗推闡其義：『志』者，作者之情思也。『辭』者，情思所託之以見之事也。『文』者，所以表其『事』而因以見其『志』者也。」

〔八〕唐寫本「揚」上有「故」字。梅注：「揚子法言曰：或曰良玉不雕，美言不文，何謂也？曰：玉不雕，璵璠不作器；言不文，典謨不作經。」按此見法言寡見篇。

〔九〕「文」在此處指修飾。

夫文以行立，行以文傳，四教所先〔一〕，符采相濟〔二〕。勵德樹聲〔三〕，莫不師聖；而建言修辭，鮮克宗經〔四〕。是以楚豔漢侈〔五〕，流弊不還；正末歸本〔六〕，不其懿歟！

〔一〕范注：「論語述而篇：『子以四教：文、行、忠、信。』」四教之中，文與行領先，所以「四教所先」就是文與德行。

〔二〕左思蜀都賦：「其間則有虎珀丹青，江珠瑕英，金沙銀礫，符采彪炳。」劉淵林注曰：「符采，玉之横文也。」文選曹丕與鍾大理書李善注引王逸正部論：「或問玉符。曰：赤如鷄冠，黄如蒸栗，白如猪脂，黑如純漆，玉之符也。」珠寶之類必有特殊的光彩可據以驗其真僞，故稱「符采」。「濟」，成。文與行相互爲用，以成教化，猶玉之有符采。抱朴子文行篇：「或曰德行者，本也；文章者，末也。故四科之序，文不居上，然則著紙者，糟粕之餘事。……抱朴子答曰……文可廢而道未行，則不得無文。……且文章之與德行，猶十尺之與一丈，謂之餘事，未之前聞也。」另一種解法是認爲，雖然「文」列其首，但必須像玉與其花紋那樣，和其它三項緊密地結爲一體。斯波六郎：「『符采相濟』宜解作文與行二者互爲表裏，以成符采。」

〔三〕范注：「僞大禹謨：『臯陶邁種德。』枚傳曰：『邁，行也。』今本『邁』誤作『勵』，唐寫本不誤。左傳文公六年：『樹之風聲。』」校注：「按『邁』字是。左傳莊公八年：『夏書曰：「臯陶邁種德。」』杜注：『邁，勉也。』又左傳僖公二十八年：『距躍三百，曲踊三百。』杜注：『百，猶勱也。』釋文：『勱，音邁。』疏本誤『勱』爲『勵』，與此同。蓋初由『邁』作『勱』，後遂譌爲『勵』耳。」

斯波六郎：「『邁德』與『樹聲』連用之例，見于魏吴質在元城與魏太子箋：『若乃邁德種恩，樹之風聲，使農夫逸豫於疆畔，女工吟詠於機杼，固非質之所能也。』」

斠詮：「唐寫本作『邁』，亦『勱』之同音假借字。」又：「勱德，謂勉進德業。」

〔四〕易乾文言：「修辭立其誠，所以居業也。」情采篇：「後之作者，遠棄風雅，近師辭賦。」

〔五〕通變：「楚漢侈而豔。」斯波六郎：「楚辭之豔，辨騷篇云：『耀豔而采華』，『驚采絕豔』，『中巧者獵其豔辭』。」漢書藝文志詩賦略：「其後宋玉、唐勒；漢興，枚乘、司馬相如，下及揚子雲，競爲侈麗閎衍之詞，没其諷諭之義。」皇甫謐三都賦序：「及宋玉之徒，淫文放發，言過於實，誇競之興，體失之漸，風雅之則，於是乎乖。逮漢賈誼，頗節之以禮，自是厥後，綴文之士，不率典言，並務誇張。……雷同景附，流宕忘返，非一時也。」

〔六〕校證：「唐寫本『正末』作『極正』。」校注：「按唐寫本非是。『極』字蓋涉贊文而誤，又脱去『末』字耳。」橋川時雄：「唐寫『歟』作『哉』。時按歟、哉兩是。」郭注：「『末』，指當時文風。通變：『宋初訛而新。』定勢：『近代辭人，率好詭巧。』『本』，指五經文風。」文心詮賦篇：「宋發夸談，實始淫麗。……然逐末之儔，蔑棄其本，雖讀千賦，愈惑體要。遂使繁華損枝，膏腴害骨，無貴風軌，莫益勸戒。」斯波六郎謂最後一段：「正面論説宗經之必要性，其中又分三節。自『故論説辭序』至『煮海而爲鹽也』十八句爲第一節。叙述後世諸文體皆源出五經文章。『故文能宗經』至『謂五經之含文也』十句爲第二節，論述文章中因宗經而生的長處。『夫文以行立』至『不其懿歟』十二句爲第三節，惋惜後世宗經之文甚少。……第三節之旨趣與徵聖篇末『天道難聞，猶或鑽仰……』大致相同，論述方法亦類似。」

第三段强調爲文必須宗經。作者認爲文能宗經，就會産生六方面的優點，違經就會産生流弊。又認爲後代各種文體都出于五經，所以本書上半部從明詩到書記分論文體，不能不以宗經爲根據。

贊曰：三極彝訓，道深稽古〔一〕。致化歸一〔二〕，分教斯五〔三〕。性靈鎔匠，文章奥府〔四〕。淵哉鑠乎〔五〕，群言之祖。

〔一〕校證：「『三極彝訓，道深稽古』原作『三極彝道，訓深稽古』。鈴木云：『案「三極彝訓」已見正文。此「道」、「訓」二字疑錯置。』案鈴木説是，今據改。」斯波六郎：「『道深稽古』云者，因其道深遠，故須稽古始能明之意。」

〔二〕校證：「『歸』，唐寫本作『惟』。」校注：「按『惟一』與『斯五』對，唐寫本是也。書僞大禹謨：『惟精惟一。』」「致」，達到。張衡二京賦：「帝者因天地以致化。」「致化惟一」是説達到教化的途徑只有一個，即宗經。

〔三〕校注：「按禮記經解：『孔子曰：入其國，其教可知也。其爲人也，温柔敦厚，詩教也；疏通知遠，書教也；廣博易良，樂教也；絜静精微，易教也；恭儉莊敬，禮教也；屬辭比事，春秋教也。』樂經久亡（篇中亦止論五經），故云『分教斯五』。」

〔四〕錢大昕恒言録卷一人身類「性靈」：「晉書樂志序：『性靈之表，不知所以發于詠歌。……』文心雕龍：『性靈鎔匠，文章奥府。』」斯波六郎：「『性靈鎔匠』與本文『洞性靈之奥區』、『義既埏乎性情』相當；『文章奥府』與本文『極文章之骨髓』、『辭亦匠於文理』相當。」斠詮：「奥府，猶言淵府。傅子曰：『詩之雅頌，書之典謨，文足以相副，翫之若近，尋之若遠，浩浩焉文章之淵府也。』」

〔五〕「淵」，深。「鑠」，美。全句意爲：多麼深遠美好啊！

正緯第四

隋書經籍志六藝緯類序：「孔子既叙六經以明天人之道，知後世不能稽同其意，故别立緯及讖，以遺來世。」

梅注：「緯者，讖緯之書也。經各有緯，如易之通卦驗、是虙謀，尚書之中候，詩之含神霧，禮之含文嘉，春秋之合誠圖、元命苞，孝經之援神契、鉤命訣，論語讖之類。按天文定者爲經，動者爲緯。」

訓故：「困學紀聞：易緯六，書緯五，詩緯三，禮緯三，樂緯三，春秋緯十四，孝經緯二。」

范注引胡應麟四部正譌曰：「世率以讖緯並論，二書雖相表裏，而實不同。緯之名所以配經，故自六經、語、孝而外，無復别出，河圖、洛書等緯皆易也。讖之依附六經者，但論語有讖八卷，餘不概見，以爲僅此一種，偶閲隋經籍志，注附見十餘家。乃知凡讖皆託古聖賢以名其書，與緯體制迥别。蓋其説尤誕妄；故隋禁之後永絶。類書亦無從援引，而唐宋諸藏書家絶口不談……又有以緯、候並稱者，今惟尚書中候見目中，他不可考云。」

四庫提要易類六云：「案儒者多稱讖緯，其實讖自讖，緯自緯。讖者，詭爲隱語，預決吉凶。緯者，經之支流，衍及旁義。蓋秦漢以來去聖日遠，儒者推闡論説，各自成書，與經原不相比附，如伏生尚書大傳，董仲舒春秋陰陽，核其文體，即是緯書，特以顯有主名，故不能託諸孔子。其他私相撰述，漸雜以術數之言，既不知作者爲誰，因附會以神其説。迨彌傳彌失，又益以妖妄之詞，遂與讖合而爲一。然班固稱『聖人作經，賢者緯之』；楊侃稱緯書之類謂之秘經，圖讖之類謂之内學，河、洛之書謂之靈篇；胡應麟亦謂讖緯二書，雖相表裏，而實不同：則緯與讖別，前人固已分析之。」

章士釗柳文指要下卷十五讖緯條：「吾十年前從北京圖書館借閱王西莊（鳴盛）蛾術編，見李越縵于書眉上以真正蠅頭細字，録有關讖緯一大段文字。……文如下：『緯與讖別，緯者所以補經，三代典制，聖人微言，往往而在，康成所注，及以解三禮者是也。讖者，哀平以後所盛行，而秦漢間亦間有之，乃推決休咎，假託符命，多瀆亂妖妄之言，如「亡秦者胡」及「赤伏符」、「白水真人」、「代漢者當塗高」，「八厶子系，十二爲期」之類是也。讖有圖而緯無圖，讖圖爲今世所傳推背圖之類，故曰圖讖。光武最信之。後書儒林尹敏傳：世祖令校圖讖，敏對曰：「讖者非聖人所作，其中多近鄙別字，頗類世俗之辭，恐貽誤後生。帝不納。」鄭興傳：帝嘗問興郊祀事，曰：「吾欲以讖斷之何如？」興對曰：「臣不爲讖。」桓譚傳：「有詔會議靈臺所處。帝謂譚曰：吾欲以讖斷決之何如？譚默然良久，曰：臣不讀讖。……復極言讖之非經。」又譚上疏稱：「今諸巧慧小才伎數之人，增益圖書，矯稱讖記。」是讖之與緯，分別甚明，譚不信讖，非不信緯也。讖以有圖，故稱圖書，亦曰圖緯。謂緯之有圖者也。張衡傳：「初，光武善讖，及顯宗肅宗，因祖述焉。自中興之後，儒者爭學圖緯，兼復附以妖言。衡以圖緯虛妄，非聖人之法，乃上疏曰……讖書始出，蓋知之者寡，自漢取秦，可謂大事，當此之時，莫或稱讖。若夏侯勝、眭孟之徒，以道術立名，其所述著，無讖一言。劉向父子領校祕書，閱定九流，亦無讖録。成哀之後，乃始聞之。」其下歷引尚書讖、春秋讖、詩讖。又云：「往者侍中賈逵，摘讖互異三十餘事，諸言讖者皆不能説。」又云：「宜收藏圖讖，一禁絶之。」凡此皆絶不及緯，是衡特不信讖，非不信緯也。東漢諸儒，以緯爲内學，錢竹汀、趙甌北、王述菴皆考之甚詳。然習之者衆，不免有所附益，或以讖汩之，如春秋元命苞，本緯也，而張衡疏亦引元命苞，乃近讖語。三國志魏文帝紀注所引，皆緯讖雜出，自隋文禁讖並禁緯，悉焚其書，而今所傳者零殘之簡，皆讖緯互亂，不可復辨。如乾鑿度最稱純粹，而亦有「孔子曰」「丘按録讖論國定符」等語，是類雜有蒙孫之名，生衆妖及赤世蒙孫之語，與三國志注許芝所稱春秋佐助期言漢以蒙孫亡相合，皆漢末人以讖附緯，而康成注又多爲魏晉以後至唐術士所附益，支離錯謬，傳寫竄亂，不可究詰矣。』越縵此一文獨大特色，是將讖與緯劈分兩部，認爲讖屬離經叛道，而不可信，緯則與經相對，各守内外部位，終不失爲足可信據之學。」

徐養原緯候不起于哀平辨（范注引自嚴杰經義叢抄）云：「昔劉彦和著書，稱『緯有四僞，通儒討覈，謂起哀平』，自爾相沿，俱同此説。按劉熙（釋名）曰：『緯，圍也，反復圍繞，以成經也。

圖，度也，盡其品度也。識者，纖也，其義纖微也。』此三者同實異名，然亦微有分別。蓋緯之名所以配經，故自六經論語孝經而外，無復別出，河圖洛書等緯皆易也。……竊意緯書當起于西京之季，而圖讖則自古有之。……要之圖讖乃術士之言，與經義初不相涉。至後人造作緯書，則因圖讖而牽合于經義，其於經義，皆西京博士家言，爲今文學者也。……」

劉師培國學發微（見乙巳年國粹學報叢談）：「周秦以還，圖籙遺文，漸與儒道二家相雜。入道家者爲符籙，入儒家者爲讖緯。董、劉大儒，競言災異，實爲讖緯之濫觴。哀平之間，讖學日熾，而王莽公孫述之徒，亦稱引符命，惑世誣民。及光武以符籙受命，而用人行政，惟讖緯之是從。由是以讖緯爲祕經，頒爲功令，稍加貶斥，即伏『非聖無法』之誅，故一二陋儒，援飾經文，雜糅讖緯，獻媚工諛，雖何鄭之倫，且沉溺其中而莫反（康成于緯，或稱爲傳，或稱爲說，且爲之作注），是則東漢之學術，乃緯學昌盛之時代也。夫讖緯之書，雖間有資于經術，然支離怪誕，雖愚者亦察其非；而漢廷深信不疑者，不過援緯書之說，以驗帝王受命之真，而使之服從命令耳。上以僞學誣其民，民以僞學誣其上。又何怪賄改漆書接踵而起乎（後漢書儒林傳）？此僞學所由日昌也。」

集注：「文選卷五十八郭有道碑文：『探綜圖緯。』注：『緯，六經及孝經皆有緯也。』」

後漢書方術傳樊英傳：「善風角、星算，河洛七緯，推步災異。」注：「七緯者，易緯稽覽圖、乾鑿度、坤靈圖、通卦驗、是類謀、辨終備也；書緯璇機鈐、考靈曜、刑德放、帝命驗、運期授也；詩緯推度災、汜歷樞、含神霧也；禮緯含文嘉、稽命徵、斗威儀也；樂緯動聲儀、稽耀嘉、叶圖徵也；孝經緯援神契、鉤命訣也；春秋緯演孔圖、元命苞、文耀鉤、運斗樞、感精符、合誠圖、考異郵、保乾圖、漢含孳、佑助期、握誠圖、潛潭巴、説題辭也。」

集釋稿：「夫緯候蓋起自哀平之前，西漢之末（見徐養原緯候不起于哀平辨，詁經精舍文集卷十二），惟其勃興昌盛，則始自東漢（見劉師培國學發微）。六朝以降，其勢未衰。隋書經籍志云：『至宋大明中，始禁圖讖；梁天監以後，又重其制。』隋志有七經緯三十六篇，又有河圖、洛書、雜讖等篇，俱屬此類。李賢後漢書樊英傳注列易、書、詩、禮、樂、孝經、春秋諸緯共三十五篇，其所定未盡依隋志。北宋楊侃兩漢博聞卷十一舉秘經、内學、靈篇三類，以爲秘經即緯書，内學即圖讖，靈篇即河、洛之書也。是以讖緯之學，衆説紛紜，惟讖緯釐別爲二，則成定論。」

根據上引諸論，可見讖與緯性質不同；緯與經義有關，讖爲預決吉凶之書。惟近人陳槃考證，以爲讖緯不分。緯固附經，而讖亦未嘗不然；至其先後之序，則先有河圖、洛書，然後有由此而產生之讖，然後始有緯。見陳槃讖緯釋名（歷史語言研究所集刊第十一本）；論早期讖緯及其與鄒衍書説之關係（集刊第二十本）等。

校釋：「舍人之作此篇，以箴時也。蓋讖緯之説，宋武禁而未絶，梁世又復推崇。其書多託始仲尼，抗行經典，足以長浮詭之習，揚愛奇之風。故列四僞以匡謬，述四賢而正俗。疾其『乖道謬典』，正所以足成徵聖、宗經之義也。故次之以正緯。」

朱遏先等筆記：「梁武帝深惡緯書，彥和之作是篇，亦間有迎合之意。緯書，今文學派之流亞也。」

斯波六郎文心雕龍札記：「『正緯』云者，意爲對緯書的正確認識，亦即對緯書的錯誤評價的糾正。彥和之特撰此篇，當是由于當時承後漢以來風習，緯書十分流行，而且受到不適當的過高評價所致。」

「彥和于本篇所言之緯，意義甚廣，圖、讖皆包括在內。彥和把這廣義的緯分爲真僞兩部分。他相信河圖、洛書、堯之緑圖、文王丹書等天示聖人以祥瑞之物的存在，認爲它們是真的緯書，而成于後世術士之手者，則被斥爲僞的緯書。」「古來有圖讖之語，圖緯之語及讖緯之語。圖、讖、緯三者具有大致相同的內容，然而又有互異之處。……但是古來一向把這三者視作一物，彥和也是持這種觀點的，故把它們總稱爲緯。」

唐亦男文心雕龍講疏（以下簡稱「講疏」）：「『正』是辨正的意思。……全篇的主要內容就在辨正緯書的真僞與得失。」

按：緯書，是漢朝人配合儒家的經書僞托孔丘的話僞造出來的。在齊梁時代，緯書還流行，劉勰要從「宗經」的觀點來糾正他，所以叫「正緯」。

夫神道闡幽，天命微顯〔一〕，馬龍出而大易興〔二〕，神龜見而洪範燿〔三〕。

〔一〕易觀象辭：「觀天之神道，而四時不忒，聖人以神道設教，而天下服矣。」正義：「微妙無方，理不可知，目不可見，不知所以然而然，謂之神道。」夸飾篇：「夫形而上者謂之道，形而下者謂之器。神道難摹，精言不能追其極；形器易寫，壯辭可得喻其真。」斯波六郎：「此處的『神道』與『天命』相對，下文又有『神教』之語，看來應解作執司神秘事物的道。」

注訂：「凡彦和所稱神、神理、天命者，概指自然而言。自然不可窮極，故曰神。天道、神道皆統自然之理而言。究其極致者，乃謂之神理。承其賦予者，則謂之天命。」論語爲政：「五十而知天命。」朱注：「天命，即天道之流行而賦于物者，乃事物所以當然之故也。」

范注：「易下繫：『夫易，彰往而察來，而微顯闡幽。』韓康伯注云：『易無往不彰，無來不察，而微以之顯，幽以之闡。闡，明也。』」

橋川時雄：「易繫辭下云：『君子知微知彰。』」

斯波六郎：「此處二句當謂『神道藉幽而明，天道托微而顯。』杜預春秋左氏傳序中有『微顯闡幽』語，顯係據繫辭之文，正義即釋作『徵其顯事，闡其幽理』。……『神道』與『天命』，其内容大致相同。……『幽』與『微』……一是形象上的説法，另一種是作用上的説法。」

〔二〕范注：「禮記禮運：『河出馬圖。』鄭注：『馬圖，龍馬負圖而出也。』正義引（尚書）中候握河紀：『伏犧氏有天下，龍馬負圖出於河，遂法之畫八卦。』又引握河紀注云：『龍而形象馬。』」集釋稿：「見于其他緯書者有：中候考河命：『黄龍負卷舒圖，赤文緑錯。』（御覽八一引），中候握河紀：『龍馬銜甲，赤文緑字，自河而出。』（路史陶唐紀注）」

橋川時雄：「唐寫及各本同，四庫本作『龍馬』。按『龍馬』有典，當作『龍馬』，惟各本作『馬龍』，亦非不通。」

「大易興」，相傳伏犧據河圖制成八卦，周文王爲八卦作卦爻辭而成易（見周易正義序）。斯波六郎：「『馬龍出』指河圖，『神龜見』指洛書。彦和認爲緯書的起源與河圖、洛書有關。上文『闡幽』、『微顯』如作『神道藉幽而明，天道托微而顯』解，此處『馬龍出』與『神龜見』則正當『幽』與『微』二字；『大易興』與『洪範耀』則當『闡』與『顯』二字。又上文『闡幽微顯』如照字面直讀，則彦和的看法當是『馬龍出』、『神龜見』爲『幽』，『大易興』、『洪範耀』爲『闡』；同時『大易興』，『洪範耀』等『顯』者係藉『馬龍出』『神龜見』等『微』者而彰現的。」

〔三〕「燿」唐寫本作「耀」；校證謂唐寫本作「曜」，誤。橋川時雄：「按『耀』、『燿』兩是，校注見原道篇。」

范注：「易上繫：『河出圖，洛出書，聖人則之。』正義引春秋緯云：『河以通乾出天苞，洛以流坤吐地符。河龍圖發，洛龜書感。河圖有九篇，洛書有六篇。孔安國以爲河圖則八卦是也，洛書則九疇是也。』尚書洪範：『天錫禹以洪範九疇。』」

集注：「論語子罕：『河不出圖。』孔曰：『河圖，八卦是也。』正義曰：『鄭玄以爲河圖、洛書龜龍銜負而出，如中候所説（案後漢書方術傳序：「河洛之文，龜龍之圖。」注引尚書中候曰：「堯沈璧于洛，玄龜負書，背中赤文朱字，止壇。舜禮壇于河畔，沈璧，禮畢，至于下昃，黄龍負卷舒圖，出水壇畔。」）龍馬銜甲，赤文緑色。甲似龜背，袤廣九尺，上有列宿斗正之度，帝王録紀興亡之數是也。』」

漢書五行志：「劉歆以爲虙犧氏繼天而王，受河圖，則而畫之，八卦是也；禹治洪水，賜雒書，法而陳之，洪範是也。」

集釋稿：「拾遺記卷二：『禹盡力溝洫，導川夷岳，黄龍曳尾于前，玄龜負青泥于後。玄龜，河精之使者也，龜頷下有印文，皆古篆字，作九州山川之字。』拾遺記卷十：『員嶠山……西有星池千里，池中有神龜，八足、六眼，背負七星日月八方之圖，腹有五岳四瀆之象。』」

陳槃論早期讖緯及其與鄒衍書説之關係：「洪範之取材，有出于戰國末年者，班志雖首引洪範，復云：『其法亦起五德終始。』是洪範之説，五德終始足以概之矣。」

「洪範」，大法。「耀」謂發出光彩。這幾句話和原道篇中「原道心以敷章，研神理而設教，取象乎河洛，問數乎蓍龜」，大意相同。

故繫辭稱「河出圖，洛出書〔一〕，聖人則之〔二〕」，斯之謂也。但世敻文隱〔三〕，好生矯誕〔四〕，真雖存矣，僞亦憑焉〔五〕。

〔一〕「辭」唐寫本作「詞」。「洛」顧校作「雒」。

〔二〕按見易繫辭上。橋川時雄：「前漢書五行志又引易，顔注云：『則，效也。』」注訂：「遠古聖哲，取天地物象之有益生民者，則而法之。此建文明之始，故河圖、洛書決信其有，然後人以尊崇太過，乃神其説，方士乘之肆惑，使人不能無疑者矣。而夫子有嘆者，亦傷時感事而已。然足證此説由來已久。」

雜記：「神道闡幽，由于天命微顯，非人力所能致，故聖人則之。」

〔三〕集釋稿：「穀梁文十四年：『敻入千乘之國。』范寧注：『敻猶遠也。』」斯波六郎：「『文』指河圖、洛書中類似文字的圖形，『隱』指詞義隱晦不易理解的隱語之類。」集注：「後漢書方術傳序：『然神經怪牒，玉策金繩，關扃於明靈之府，封縢於瑶壇之上者，靡得而闚也。』蘇竟傳：『玄包幽室，文隱事明。』皆隱之謂也。」

〔四〕范引孫云：「唐寫本『誕』作『託』。」橋川時雄：「各本作『誕』，唐寫作『託』。按『託』『誕』兩通，然下有『皆託于孔子』句，作『託』似妥。」

〔五〕注訂：「康成注經，亦存緯説，蓋在擇焉而已。荀悦惜其雜真，未許煨燔，亦哲人之見也。」「憑」，依據，意謂假的也據此而出現。

斯波六郎：「此兩句意謂『真物雖存于世，然利用真物而問世的僞作亦應運而生』。『真』指河圖、洛書之類，『僞』指後世的所謂『緯書』。」

以上爲第一段，論緯書之發生。

夫六經彪炳，而緯候稠疊〔一〕；孝論昭晳〔二〕，而鉤讖葳蕤〔三〕。

〔一〕左思蜀都賦：「符采彪炳。」斯波六郎：「彪炳，謂文采美而明晰，主要是指六經文章。」後漢書方術傳序云：「至乃河洛之文，龜龍之圖，箕子之術，緯候之部，時有可聞者焉。」注：「緯，七經緯也；候，尚書中候也。」「七緯」見前題解。「候」，占驗。范注：「説文：『稠，多也。』蒼頡篇：『疊，重也，積也。』」「稠疊」，重複。這裏指緯書的繁多。

〔二〕校注「按『孝』，孝經也；『論』，論語也。孝經有鉤命訣，論語有讖，故繼云『鉤讖葳蕤』。猶上之先言六經，而繼云緯候然也。唐寫本作『考』，非是。『晳』當從唐寫本作『晳』。」校證：「『孝』，唐寫本作『考』。今按孝經序疏引鄭玄六藝論云：『孔子以六藝題目不同，指意殊別，恐道離散，後世莫知根源，故作孝經以總會之。』趙岐孟子題辭云：『論語者，五經之錧鎋，六藝之喉襟也。』據此，孝經爲六藝之總會，論語爲五經之錧鎋。敷贊聖旨，義已昭晳，復有葳蕤之鉤讖，則是打重台矣。舊作『孝』是，唐本作『考』，非。」補注：「明吴興淩雲本『晳』原作『哲』。許改。孫氏詒讓札迻云：『説文日部：昭晳，明也。晳或作晣，晣即晰之譌體，此書徵聖、明詩、總術三篇昭晰字，元本、馮鈔本（指馮舒抄本）亦並作哲，用通借字也。易大有九四象云：明辯哲也。釋文云：哲又作哲。彥和用經語多從別本。』（札迻語在徵聖篇「文章昭哲」條下，係據黃蕘圃校元至正本。案明淩雲所見元本「昭哲」在正緯篇，故剪裁孫語歸此條下。）」斯波六郎：「昭哲，意爲條理井然，主要指孝經與論語的內容。但此處之『彪炳』與下文『昭哲』爲互文的用法……是説六經與孝、論都是文采美艷，條理清晰，從而也就暗示緯書之類對于這些典籍説來是不必要的。」

〔三〕黃注：「司馬相如封禪文：紛綸葳蕤。注：言衆多也。」范注：「孝經緯有鉤命訣。四部正譌引鉤命訣注曰：『天地失序，必有沮泄，用陰陽逐治之也。』孫瑴古微書曰：『緯書以命言者，莫如元命苞；鉤言者，莫如春秋之文耀鉤，河圖之稽耀鉤。茲據孝經緯，則直言訣矣。』論語無緯有讖。古微書曰：『論語不入經，亦不立緯，惟讖八卷。』」橋川時雄：「史記司馬相如傳：『紛綸葳蕤。』索隱引張揖云：『葳蕤，亂貌。』索隱引胡廣云：『委頓也。』文選文賦：『紛葳蕤以馺遝。』注云：『葳蕤，盛貌。』」

按經驗緯〔一〕，其僞有四：蓋緯之成經〔二〕，其猶織綜〔三〕，絲麻不雜，布帛乃成〔四〕；今經正緯奇，倍擿千里〔五〕，其僞一矣〔六〕。

〔一〕「按」，唐寫本作「酌」。橋川時雄：「按『酌』字妥。」斯波六郎：「『酌』者，引經據典斟酌之意也，更好地表達了以經爲本體的觀點。」

〔二〕集注：「按『成』字乃『於』字之誤。」校證：「『成』疑作『於』，蓋涉下文『布帛乃成』而誤。」考異：「緯經有相成之勢，蓋作緯者必依經以成，引經爲説，故『成』字爲長，王校疑作『於』者非是。」

斯波六郎：「『成』者『成就』、『成功』之『成』……『緯以成經』的説法已見釋名釋典藝：『緯，圍也，反覆圍繞，以成經也。』織機絲經有軸，緯有杼，亦以經爲本體。……此句所言經書、緯書，已經就語詞本身發了議論。」

〔三〕范注：「説文系部：『經，織從絲也。緯，織衡絲也。』段玉裁織字注云：『經與緯相成曰織。』玄應一切經音義引三倉：『綜，理經也，謂機縷持絲交者也。屈繩制經令得開合也。』」「綜」，織機上帶着經綫上下開合的裝置，這裏指織機。緯書的配合經書，好比織布機上緯綫的配合經綫。「織綜」，經緯綫交織。

〔四〕校注：「禮記禮運：『治其絲麻，以爲布帛。』」

斯波六郎：「『雜』者，混雜也，此處言絲綫、麻綫雖有經緯，但並不雜亂。與此處語意相類的説法見于齊梁間人陶弘景的發真隱訣序：『經者，常也，通也，謂常通而無滯，亦猶布帛之有經耳，必須銓綜緯緒，僅乃成功，若機關疏越，杼軸乖謬，安能斐然成文。』」

〔五〕范注：「孫詒讓札迻十二：『今經正緯奇，倍擿千里，倍擿即下文倍摘，字竝與「適」通。方言云：「適，牾也。」（廣雅釋詁同）郭注云：「相觸迕也。」倍適，猶言背迕也。』」

校注：「『擿』，唐寫本作『摘』。按『擿』、『摘』二字本通，猶『指摘』之爲『指擿』……然以下文『僞既倍摘』例之，此當依唐寫本作『摘』，上下始能一律。」

隋書經籍志六藝緯類序：「然其文辭淺俗，顛倒舛謬，不類聖人之旨。」又曰：「唯孔安國、毛公、王璜、賈逵之徒獨非之，相承以爲妖妄，亂中庸之典。」

〔六〕范注夾注：「顧校（矣）作『也』。」斯波六郎：「自此句至『其僞四矣』，四個『矣』字，顧千里均改爲『也』，改錯了。『矣』是自己確認客觀事實時所用的語氣詞，彥和恐正是爲了表達這種語氣才用『矣』字的。」

經顯，聖訓也；緯隱，神教也〔一〕。聖訓宜廣〔二〕，神教宜約，而今緯多於經〔三〕，神理更繁〔四〕，其僞二矣〔五〕。

〔一〕范注：「唐寫本無兩『也』字，尋繹語氣兩『也』字似不可删。『聖』字唐寫本皆作『世』，義亦通。」

集釋稿：「神教，鄭玄六藝論：『河圖、洛書，皆天神言語，所以報告王者也。』（詩大雅文王序正義引）顏延之庭誥：『崇佛者本在於神教，故以治心爲先。』（全宋文卷三十六）按神教即以『神道設教』（易觀彖辭）。」

〔二〕校注：「唐寫本兩『聖』字並作『世』。按唐寫本是。夸飾篇：『雖詩書雅言，風俗訓世，事必宜廣。』此云『世訓』（因與下句「神教」對，故作「世訓」），彼云『訓世』，其誼一也。」

〔三〕唐寫本無「今」字。橋川時雄：「尋前後語意，無『今』字是。」

〔四〕這裏「神理」與「神教」同義，是指緯書中所載的由神靈顯示的微妙之理。隋書經籍志六藝緯類序：「光武以圖讖興，遂盛行於世。漢時又詔東平王蒼正五經章句，皆命從讖，俗儒趨時，益爲其學，篇卷第目，轉加增廣。」

〔五〕橋川時雄：「『僞二矣』，胡本『矣』作『也』。汪、佘本無『僞』字，『矣』作『也』。徐校云：補『僞』字，『也』改『矣』。黄校云：案馮本無『僞』字，『矣』作『也』。校云：『其二也。』謝本亦作『其僞二矣』。顧校作『也』。」按元刻本作「其二也」。

有命自天〔一〕，迺稱符讖〔二〕，而八十一篇〔三〕，皆託於孔子〔四〕，則是堯造緑圖〔五〕，昌制丹書〔六〕，其僞三矣〔七〕。

〔一〕斯波六郎：「詩大雅大明：『有命自天，命此文王。』」

〔二〕「迺」，唐寫本作「乃」。注訂：「符指河圖緯讖之類，下文言『康王河圖，陳在東序』，繼言『前世符命，歷代寶傳』，是知符命包括緯讖一類之作也。讖指論語讖之類。依附六經者曰緯，託古聖賢之言以名其書曰讖，讖緯體制有别。」

劉勰認爲真正的符命、圖讖都是上天降下的。不是人造作的，所以認爲緯書託于孔子不可信。

〔三〕范注：「隋書經籍志六藝緯類序云：『易曰：「河出圖，洛出書。」然則聖人之受命也，必因積德累業，豐功厚利，誠著天地，澤被生人，萬物之所歸往，神明之所福饗，則有天命之應。蓋龜龍銜負，出于河、洛，以紀易代之徵，其理幽昧，究極神道，先王恐其惑人，祕而不傳。説者又云：孔子既叙六經，以明天人之道，知後世不能稽同其意，故别立緯及讖，以遺來世。其書出于前漢，有河圖九篇，洛書六篇（案此即圖書祕記），云自黄帝至周文王所受本文。又别有三十篇，云自初起至于孔子，九聖之所增演，以廣其意。又有七經緯三十六篇，並云孔子所作，并前合爲八十一篇。』」

集釋稿：「八十一篇者，荀悦申鑒俗嫌篇：『世稱緯書仲尼作也。……然則八十一首，非仲尼之作矣。』」

注訂：「『河洛五九，六藝四九，謂八十一篇也。』見後漢書張衡傳注。」

〔四〕校注：「按桓譚新論：『讖出河圖、洛書，但有兆朕，而不可知；後人妄復加增依託，稱是孔丘，誤之甚也。』（意林三引）」札記：「據隋志，則託于孔子者，只七經緯耳。」

集釋稿：「上引隋志文，亦云『説者』而已，未明所指。」

斯波六郎：「荀悦申鑒俗嫌篇：『世稱緯書仲尼作也，臣悦叔父故司空爽辨之。』」

〔五〕訓故：「河圖挺佐輔：黄帝至于翠嬀之川，鱸魚折溜而至。蘭葉朱文，以授黄帝，名曰緑圖。」

范注：「尚書中候握河紀：『堯修壇河洛，仲月辛日禮備，至於日稷，榮光出河，休氣四塞，白雲起，風回摇，龍馬銜甲，赤文緑地，臨壇止霽，吐甲圖而躄。』」（録自玉函輯佚書）

校證：「『緑』原作『録』，馮校云：『録當作緑。』黄注改。唐寫本、譚校本作『緑』。『緑圖』古通作『録圖』。淮南俶真篇：『洛出丹書，河出緑圖。』經義考二六四引劉安世作『河出丹書，洛出録圖。』説文：『録，金色也。』然則録亦就色而爲言也。」

橋川時雄：「唐寫及張、王、黄本作『緑』，何校録改緑，汪、佘、胡、梅本作『録』。黄校云云，按春秋隱公十年公羊傳云：春秋録内而略外。蓋古人文字著在方策，即從木刻之義，而引申之也。录、録、箓、籙皆通用。然緑圖與丹書對稱，並非方册之謂，改作『録』『籙』皆非。又按緑、録亦通，通緑，劍名。荀子性惡篇『文王之録』，注云：與緑同，以色名。」

斯波六郎：「御覽八十引鄭注云：『榮光五色，從河出，美氣四塞……甲所以藏圖，赤文色而緑地也。』」

注訂：「緑圖丹書——緑、丹，貴之也。圖、書，即河圖、洛書。參原道篇注。」

〔六〕訓故：「尚書帝命驗：季秋之月甲子，赤雀銜丹書止于酆，集于昌户，其書云：敬勝怠者吉，怠勝敬者滅。」

范注：「尚書中候我應：『周文王爲西伯，季秋之月甲子，赤雀銜丹書入豐鎬，止于昌户，乃拜稽首受最（最要言也）曰：「姬昌蒼帝子，亡殷者紂也。」』（録自玉函輯佚書）」

斯波六郎：「易是類謀有云：『文王比隆興，始霸，伐崇，作靈臺，受赤爵丹書，稱王制命，示王意。』（詩大雅文王序正義引）春秋元命苞云：『鳳凰銜丹書于文王之都。』（同上引）」

陳槃論早期讖緯及其與鄒衍書説之關係：「此類云文王所受丹書。銜書者，或曰鳳凰，或曰赤雀；雀所止處，或曰文王之都，或曰文王户。似與呂氏春秋及封禪書引作赤烏銜書集周社者不類。然古書多賴口授流傳，不免于異辭。抑方士怪迂不經，不無隨意附會。」

張爾田史微内篇卷五原緯：「（隋志）又曰：『七經緯三十六篇，並云孔子所作；並前，合爲八十一篇。』（見經籍志一）原注：劉彦和曰，『有命自天，迺稱符讖……則是堯造緑圖，昌制丹書』矣。是自古舊説，皆以此八十一篇屬之孔子也。」

〔七〕下文云：「河不出圖，夫子有歎，如或可造，無勞喟然。」

文心雕龍雜記：「再申有命自天，非人力所能致之旨。」

商周以前，圖籙頻見〔一〕，春秋之末，群經方備〔二〕，先緯後經，體乖織綜〔三〕，其僞四矣。

〔一〕「以」唐寫本作「已」，古通。范注：「圖録、籙圖，散見緯書中。陶潛聖賢群輔録引論語摘輔象『天老受天籙』，宋均注：『籙，天教命也。』」校證：「唐寫本『圖籙』作『緑圖』、舊本『籙』俱作『録』，馮校云：『録疑作籙。』黄注本改。案文選運命論注引春秋元命苞：『應籙以次相代。』王命論注引『籙』作『録』。則籙録古通，不必改作。」

橋川時雄：「唐寫本作『録圖』，胡、王、黄本作『圖籙』，汪、佘、張、梅本作『圖録』。按唐寫已作『録圖』，從之似是。然圖籙、録圖之語，多見緯書中，則不必改，録籙亦兩是。」

後漢書方術傳：「光武尤信讖言，士之赴趣時宜者，皆騁馳穿鑿，争談之也。故王梁、孫咸，名應圖籙，越登槐鼎之任，鄭興、賈逵以附同稱顯，桓譚、尹敏以乖忤淪敗。」又謝夷吾傳：「綜校圖録。」

斯波六郎：「『圖籙』與上文『符讖』同一内容，指河圖、洛書，堯之録圖，文王昌之丹書等。」文選王融永明十一年策秀才文：「朕秉籙御天。」翰注：「籙，符命也。天子受命執之以御制天下也。」

〔二〕漢儒認爲六經是孔子在春秋末編定的，見漢書儒林傳。緯書既是配合經書的，照理應當先經後緯，然圖籙反而託言在商周以前，遂成自相矛盾。

〔三〕「乖」，違背。「織綜」，這裏指經緯相成之理。經綫和緯綫相織，應該是先有經綫，再織以緯綫，即劉勰所謂「經正而後緯成」（情采），也就是上文所説的「緯之成經，其猶織綜」。

僞既倍摘〔一〕，則義異自明〔二〕，經足訓矣〔三〕，緯何豫焉〔四〕。

〔一〕集釋稿：「黄注：『倍』疑作『掊』，抉摘之意。惟唐寫本仍作『倍』。孫氏札迻以爲與上文『倍摘』同語。」斯波六郎：「孫氏説于上文可通，于此則不可通。此句是論述緯書四僞以後的總結。如黄注所言，『倍』當是『掊』之誤。『掊摘』與『發摘』、『抉摘』結構相同，乃暴露、揭露之意。此言緯書之僞已被充份暴露。」

〔二〕斯波六郎：「『義異』，謂緯書之義與經書迥異也。此兩句意爲：『今之緯書托孔子之名以配經書，然其僞已如上述，故緯書與經書之異自可明白。』」

〔三〕斯波六郎：「此『訓』非『聖訓』之『訓』，當是『訓解』之『訓』。意謂經書已足訓解，與緯書何干？爲下文『義非配經』張本。」按「經足訓矣」應解作「經書足以爲訓」，非指訓解。

〔四〕集釋稿：「上句承上文『六經彪炳』，言經爲聖訓，必宗之也。下句承『緯候稠疊』，言緯多駢枝，不關弘情也，明其本不足以配經。」

以上爲第二段，論證緯書之僞有四：一、奇正不合；二、廣約不倫；三、天人不符；四、先後不當。

原夫圖籙之見〔一〕，迺昊天休命〔二〕，事以瑞聖，義非配經〔三〕。故河不出圖，夫子有歎〔四〕，如或可造，無勞喟然〔五〕。

〔一〕唐寫本「原」字無，「圖籙」作「緑圖」。「見」，同現，出現。

〔二〕「迺」，唐寫本作「乃」。集釋稿：「上文已云：『有命自天，迺稱符讖。』此申前說。」按商頌長發：「何天之休。」箋：「休，美也。」注訂：「『休命』云者，天錫福命也。左傳襄二十八年：『以禮承天之休。』注：『福禄也。』」斠詮：「昊天休命，謂上天賜給美善之使命也。昊天，天之泛稱。周禮春官大宗伯：『以禋祀祀昊天上帝。』休命，猶言美命。易大有：『順天休命。』書僞古文武成：『俟天休命。』」

〔三〕集釋稿：「『事』與『義』分言，文選序『事出於沈思，義歸乎翰藻』，是其比。瑞，說文：『以玉爲信也。』段注：『瑞，節信也……引申爲祥瑞者，亦謂感召若符節也。』此處『瑞』用作動詞，與『配』爲對文。」「瑞」，祥瑞；「瑞聖」，瑞應聖王。

斯波六郎：「『事』指圖籙所載之事。『義』指圖籙之意義、作用。論語子罕篇：『子曰：鳳鳥不至，河不出圖，吾已矣夫。』孔注云：『有聖人受命，則鳳鳥至，河出圖，今無此瑞。』（敦煌本論語鄭注同。）孔（鄭）是以如聖人受命則天降瑞應的想法爲前提來注論語的，彦和此處之『事以瑞聖』當本孔（鄭）之見。此二句雖是對句，然重點在上句，是以其下又承以『故河不出圖，夫子有歎』。」

董仲舒天人對策：「臣聞天之所大奉使之王者，必有非人力所能致而自致者，此受命之符也。天下之人同心歸之，若歸父母，故天瑞應誠而至。書曰：『白魚入於王舟，有火覆於王屋，流爲烏。』此蓋受命之符也。……皆積善累德之效也。」

〔四〕范注：「論語子罕：『子曰：鳳鳥不至，河不出圖，吾已矣夫！』孔安國曰：『聖人受命，則鳳鳥至，河出圖，今天無此瑞，吾已矣夫者，傷不得見也。』」

雜記：「『僞既倍摘……無勞喟然。』三申前旨。夫經緯猶云織綜，而圖籙之見，乃昊天休命，義非配經，謂之圖籙則可，謂之緯則不可。必也正名乎。此命篇之意也。」

〔五〕「造」，指僞造緯書。集注：「論語先進：『夫子喟然歎曰：吾與點也。』」

昔康王河圖，陳於東序〔一〕，故知前世符命〔二〕，歷代寶傳〔三〕，仲尼所撰〔四〕，序録而已〔五〕。

〔一〕訓故：「書顧命：赤刀大訓，弘璧琬琰，在西序。大玉、夷玉，天球、河圖，在東序。」

范注：「尚書顧命：『河圖陳於東序。』案河圖與大玉、夷玉、天球並陳，意者，天球如渾天儀之類，河圖如輿地圖之類，雖歷代相傳，不必真是神祕之寶器。」

集釋稿：「尚書顧命：『東序西嚮。』堂之東廂也。」

顧命與康王之誥本爲一篇，後分爲兩篇。成王將崩，作顧命；康王立，作康王之誥。事本相連，猶堯典、舜典本合爲一，後分爲二也。

斯波六郎：「周成王崩，子釗即康王即位。行登位儀式之處須陳列先王相傳的寶物。東序即東廂，於該地陳列大玉、夷玉、天球及河圖，事見尚書顧命篇。河圖係伏羲氏君臨天下時出自黄河、歷代視爲珍寶的異物，見尚書古注。故下文彦和云：『故知前世符命，歷代寶傳。』」

〔二〕唐寫本「世」作「聖」。漢書王莽傳：「前煇光謝囂奏武功長孟通浚井得白石，上圓下方，有丹書著石，文曰『告安漢公莽爲皇帝』。符命之起，自此始矣。」後漢書班彪傳：「以爲漢德承堯，有靈命之符。」

集釋稿：「漢書揚雄傳：『爰清静，作符命。』司馬相如封禪文：『且天爲質，闇示珍符。』又『修德以賜符』。文選卷四十八次『符命』一類。宋書特立符瑞志。」

橋川時雄：「按後漢書方術傳序云：『王莽矯用符命。』又後漢書桓譚傳注云：『圖書即讖緯符命之類也。』」

斯波六郎：「『前世』於此語意雖通，然唐寫本『世』字作『聖』，一是與前文『事以瑞聖』呼應，二是避下句『歷代』之『代』的同義語，自此兩點觀之，作『聖』字是。『符命』……其意爲天對有德者所降的符號標誌，此處指河圖洛書之類。上文所云『符讖』、『圖籙』與此處『符命』，詞形雖異，而含義相同。」

〔三〕橋川時雄：「周書顧命孔氏傳云：『河圖八卦，伏羲王天下，龍馬出河，遂則其文以畫八卦。謂之河圖，及典謨，皆歷代傳寶之。』按『歷代寶傳』本此。」

〔四〕「仲尼所撰」，相傳尚書是孔子編定的，顧命即在尚書中。

張爾田史微内篇卷五原緯：「原夫緯之起也，蓋王者神道設教之一端也。……易曰：『河出圖，洛出書，聖人則之。』蓋包乎政教典章之所不逮矣。三五以降，我孔子録焉。」原注：「劉勰正緯篇曰：『昔康王河圖，陳於東序……仲尼所撰，序録而已。』」

〔五〕集釋稿：「春秋緯：『孔子曰：丘覽史記，援引古圖，推集天變，爲漢帝製法，陳叙圖録。』（公羊經傳解詁隱公第一疏引春秋説）」

斯波六郎：「這雖是緯書之説，但彦和也可能有類似的想法。」又：「『序録』非云經典釋文之序録，大概是指記述符命或圖籙意義的記載。……彦和意謂符命皆由象徵性圖兆表示，孔子將它們寫成文字。」此處是説仲尼所撰，僅叙述其事而已。「序録」，即叙録，這裏指對「前世符命」的記叙。

於是伎數之士〔一〕，附以詭術，或説陰陽，或序災異〔二〕，若鳥鳴似語〔三〕，蟲葉成字〔四〕，篇條滋蔓〔五〕，必假孔氏〔六〕，通儒討覈，謂僞起哀平〔七〕，東序祕寶〔八〕，朱紫亂矣〔九〕。

〔一〕「伎」，唐寫本作「技」。橋川時雄：「按作技，誤。後漢書列傳桓譚傳『伎數之人』，作伎。」

斯波六郎：「『於是』制轄下文至『必假孔氏』各句。因孔子曾作序録，故後世伎數之士又作僞書，而托孔子之名。」

集注：「後漢書桓譚傳：『今諸巧慧小才伎數之人，增益圖書，矯稱讖記。』注：『伎謂方伎，醫方之家也。數謂數術，明堂、羲和、史、卜之官也。』」

〔二〕「序」，唐寫本作「叙」。

黄注：「隋經籍志：漢末，郎中郗萌，集圖緯讖雜占爲五十篇，謂之春秋災異。宋均、鄭玄，並爲讖律之注。然其文辭淺俗，顛倒舛謬，不類聖人之旨。」

橋川時雄：「按『伎數之士，附以詭術，或説陰陽，或序災異』數語，後漢書方術傳序『箕子之術』句，章懷太子注云：『箕子説洪範五行陰陽之術也。』『師曠之書』句注云：『占災異之書也。』今書七志有師曠六篇，彦和所言，蓋綜此而言。」

「陰陽」，根據四時、節氣、方位、星象來講人事吉凶的迷信。「序」，謂叙説。

桓譚抑讖重賞疏：「今諸小才伎數之人，增益圖書，矯稱讖記。」

〔三〕梅注：「柳陳父云：事出左傳：鳥鳴於亳社，如曰譆譆。甲午，宋大災，宋伯姬卒。」按此見襄公三十年。

范注：「漢書五行志：『董仲舒以爲伯姬如宋，五年宋恭公卒，伯姬幽居守節三十餘年，又憂傷國家之患禍，積陰生陽，故火生災也。』董説謬妄可笑，漢代陰陽災異之説，皆董生開其端也。」

注訂：「禮檀弓：『夫子譆其甚也。』注：『譆，悲恨之聲。』宋有災異，鳥先感之，作聲如言譆嘻也。」

〔四〕梅注：「漢昭帝時，上林苑中大柳樹斷仆地，一朝起立，成枝葉，有蟲食其葉，成文字曰：公孫病已立。昭帝崩，無子，徵昌邑王嗣位，狂亂失道。（霍）光廢之，更立昭帝兄衛太子之孫，是爲宣帝。帝本名病已。」按此見漢書五行志中之下（又見宋書符瑞志上）。注訂：「此預言宣帝將立也。」

〔五〕「篇條」，指名目繁多的緯書。集注：「春秋左傳隱元年：『無使滋蔓，蔓，難圖也。』」

〔六〕唐寫本「假」作「徵」。黄注：「隋經籍志：說者又云：孔子既叙六經，以明天人之道，知後世不能稽同其意，故别立緯及讖，以遺來世。其書出於前漢。」集注：「後漢書蘇竟傳：『夫孔氏祕經，爲漢赤制。』郅惲傳：『漢歷久長，孔爲赤制。』注：『言孔丘作緯，著歷運之期，爲漢家之制。漢火德尚赤，故云爲赤制。即春秋感精符云墨、孔生爲赤制』是也。」橋川時雄：「按後漢書列傳桓譚傳載有譚上疏文，内云『矯稱讖記』云云。章懷太子注云：東觀記載譚書云：『矯稱孔丘爲讖記，以誤人主也。』彦和所説蓋亦本此。」桓譚新論：「讖出河圖、洛書，但有兆朕，而不可知；後人妄復加增依託，稱是孔丘，誤之甚也。」（意林引）

〔七〕校證：「『僞』字舊無，唐寫本有。……今案有『僞』字是。……今據補正。」

范注：「尚書序正義曰：『緯文鄙近，不出聖人，前賢共疑，有所不取，通人考正，僞起哀平。』正義之文，蓋本彦和，唐寫本作『謂僞起哀平』，語意最明。」

黄注：「書洪範疏：緯、候之書，不知誰作，通人討覈，謂起哀平。」

補注：「詳案書疏即用彦和語，黄取以證此非是，通人自指張衡之説，見黄本篇後注。」

校注：「『謂』下唐寫本有『僞』字。按唐寫本是也。書洪範正義：『緯、候之書，不知誰作，通人討覈，謂僞起哀平。』孔氏即襲用舍人語，正有『僞』字。傳寫者蓋求其句整而删耳（黄注曾引書正義而删去『僞』字）。玉海六三引作『謂爲起哀平』，亦足爲原有『僞』字之證。」

按玉海卷六十三引作「通儒謂爲起哀平」，下注「張衡云」三字。

集注：「後漢書方術傳序：『是以通儒碩生。』注：『謂桓譚、賈逵、張衡之流也。』張衡傳：『讖書始出，蓋知之者寡。自漢取秦，用兵力戰，功成業遂，可謂大事，當此之時，莫或稱讖。若夏侯勝、眭孟之徒，以道術立名，其所著述，無讖一言。劉向父子領校祕書，閲定九流，亦無讖録。成哀之後，乃始聞之。……則知圖讖成於哀平之際也。』漢書哀帝紀：『待詔夏賀良等言赤精子之讖，漢家歷運中衰，當再受命，宜改元易號。』『四年春，大旱，關東民傳行西王母籌，經歷郡國，西入關，至京師。民又會聚，祠西王母。或夜持火上屋，擊鼓號呼相驚恐。』又息夫躬傳：『躬邑人河内掾賈惠往過躬，教以祝盜方。以桑東南指枝爲匕，畫北斗七星其上。躬夜自披髮，立中庭，向北斗，持匕招指祝盜。』又五行志下之上：『哀帝建平四年正月，民驚走，持稾或棷一枚，傳相付與，曰行詔籌。道中相過逢多至千數，或被髮徒踐，或夜折關，或踰牆入，或乘車騎奔馳，以置驛傳行，經歷郡國二十六，至京師。其夏，京師郡國民聚會里巷仟佰，設（祭）張博具，歌舞祠西王母。又傳書曰：『母告百姓，佩此書者不死，不信我言，視門樞下，當有白髮。』至秋止。』」按讖在先秦就有，但只是片言隻語，不成爲書。編定成書，當始於漢哀帝平帝時，這跟王莽篡位大造圖讖有關。

清汪繼培緯候不始於哀平辨：「緯候之書，周季蓋已有之。讖言赤龍感女媼，劉季興（按見詩緯含神霧，類聚卷九八引），劉秀發兵捕不道（按見後漢書光武帝紀上），以及當塗（按見後漢書袁術傳），典午（按見三國志蜀志譙周傳），莫不事合符節，智動蓍蔡。然而亡秦者胡，盧生奏其録（見史記秦始皇本紀）；亡秦必楚，南公述其言（見史記項羽本紀）。秦楚之際，祕文疊顯，其證一也。……宣帝時，王襃作九懷，其株昭篇云：『神章靈篇。』王逸以爲河圖、洛書讖緯文（見楚辭章句）。成帝時，李尋説王根云：『五經六緯。』孟康注以六緯爲五經與樂緯；張晏注以爲五經與孝經緯（見漢書李尋傳）。本文義隱，注爲闡達，其證五也。漢初求遺書，讖緯不入中祕，故劉向七略，不著於録。而民間誦習，歷可按驗。張衡謂『成哀之後，乃始聞之』，又言『成於哀平之際』（並見後漢書衡本傳）。要據其盛行之日而言。劉勰正緯遂謂起於哀平，荀悦申鑒俗嫌篇以爲『起於中興之前，終張之徒之作』，均未爲得也。」（詁經精舍文集卷十二下。）

〔八〕集注：「後漢書班固傳：『御東序之祕寶。』注：『東序，東廂也。祕寶，謂河圖之屬。』」「東序」，見上節「陳於東序」注。「祕寶」，劉勰認爲它是真的，後來的圖讖是假的。

〔九〕集注：「後漢書陳元傳：『夫明者獨見，不惑於朱紫。』左雄傳：『朱紫同色，清濁不分。』黄瓊傳：『使朱紫共色，粉墨雜糅。』趙岐傳注：『玉石朱紫，由此定矣。』張衡傳：『則朱紫無所眩，典籍無瑕玷矣。』論語陽貨：『惡紫之奪朱也。』」這裏比喻經書被緯書攪亂。張爾田史微内篇卷五原緯：「以劉彦和之博識，譏其無益於經典，而取其有助於文章（説見正緯篇）。篇中雖謂『按經驗緯，其僞有四』。然所指皆係圖讖附益之謬。觀其後云：『東序祕寶，朱紫亂矣。』則劉氏意在去僞存真，固未嘗肆言曲詆也。與劉子玄惑經、疑古不同，學者不可不知。」郝懿行文心雕龍輯注批注：「按『朱紫亂矣』句，本張衡疏云：『宜收藏圖讖，一禁絶之，則朱紫無所眩，典籍無瑕玷矣。』」按此見後漢書張衡傳。劉勰認爲「東序祕寶」與後人僞造的讖緯朱紫相亂，所以必辨其僞而正其失。

至於光武之世〔一〕，篤信斯術〔二〕，風化所靡，學者比肩〔三〕，沛獻集緯以通經〔四〕，曹褒撰讖以定禮〔五〕，乖道謬典〔六〕，亦已甚矣。

〔一〕校注：「『於』，唐寫本無。按此爲承上叙述之辭，『於』字不必有，當據删。」

〔二〕訓故：「東觀漢記：光武避正殿讀讖，坐廡下，淺露，中風，苦咳也。」集注：「後漢書光武帝紀：『建武十七年二月乙亥晦，日有食之。』注：『東觀記曰：上以日食避正殿，讀圖讖，多御坐廡下，淺露，中風發疾，苦眩甚。左右有白大司馬史，病苦如此，不能動摇，自强從公。出乘以車，行數里，病差。』景丹傳：『世祖即位，以讖文用平狄將軍孫咸行大司馬。』注：『東觀記載讖文曰「孫咸征狄」也。』……鄭興傳：『帝嘗問興郊祀事曰：吾欲以讖斷之，何如？興對曰：臣不爲讖。帝怒曰：卿之不爲讖，非之耶？興惶恐曰：臣於書有所未學，而無所非也。帝意乃解。』桓譚傳：『是時，帝方信讖，多以決定嫌疑。……其後有詔會議靈臺所處，帝謂譚曰：吾欲讖決之。何如？譚默然良久曰：臣不讀讖。帝問其故，譚復極言讖之非經。帝大怒曰：桓譚非聖無法。將下斬之。譚叩頭流血，良久乃得解。』」時序篇有云：「自哀平陵替，光武中興，深懷圖讖，頗略文華。」注訂：「後漢書光武帝紀：『宛人李通等，以圖讖説光武云：劉氏復起，李氏爲輔。』又：『光武先在長安時，同舍生彊華，自關中奉赤伏符曰：劉秀發兵捕不道，四夷雲集龍鬭野，四七之際火爲主。』又中元元年：『是歲初起明堂、靈臺、辟雍，乃北郊兆域，宣佈圖讖於天下。』讖，符命之書。讖，驗也，言爲王者受命之徵驗也。據是知東漢之世，所以篤信斯術，其原起如是。」

〔三〕集釋稿：「毛詩序：『風，風也，教也；風以動之，教以化之。』」

後漢書方術傳序：「漢自武帝頗好方術，天下懷協道藝之士，莫不負策抵掌，順風而屈焉。後王莽矯用符命，及光武尤信讖言，士之赴趨時宜者，皆騁馳穿鑿，争談之也。……自是習爲内學，尚奇文，貴異數，不乏於時矣。」李賢注：「内學，謂圖讖之書，其事祕密，故稱内。」綴補：「藝文類聚二十、御覽四百二並引申子：『千里有賢者，是比肩而立也。』戰國策齊策：『千里而一士，是比肩而生。』」中鑒俗嫌篇：「世稱緯書仲尼之作也。」明黄省曾注：「光武之世，篤信斯術，學者風靡；是以桓譚張衡輩，常發其虚僞矣。」

〔四〕玉海卷六十三引此文，於本句下注云：「沛王通論。」訓故：「後漢書：沛獻王輔，光武之子，好經書，善説京氏易、孝經、論語傳及圖讖，作五經論，時號之曰沛王通論。」按此見沛獻王輔傳。時序篇：「沛王振其通論。」

〔五〕唐寫本「撰」作「選」。校注：「按唐寫本是。『選讖』，即後漢書本傳所謂『雜以五經讖記之文』之意。若作『撰』，則非其指矣。」校證：「唐寫本『撰』作『選』，古通。史記司馬相如傳：『歷撰列辟。』集解引徐廣曰：『撰，一作選。』是其證。又何允中本、日本活字本、岡本『撰』作『制』。」橋川時雄：「撰、選兩是。」梅注：「褒字叔通。」又「褒，魯國薛人。後漢章和元年，帝令小黄門持班固所上叔孫通漢儀十二篇，敕褒依禮條正，乃次序禮事，雜以五經讖記之文，撰次天子至於庶人冠婚吉凶始終制度，以爲百五十篇。」按此見後漢書曹褒傳。

朱遏先等筆記：「先有今文學派，後有緯書，故以之通經定禮。」

〔六〕斯波六郎：「沛獻與曹褒事，足可證後漢之『乖道謬典』。」

是以桓譚疾其虛僞〔一〕，尹敏戲其深瑕〔二〕，張衡發其僻謬〔三〕，荀悦明其詭誕〔四〕，四賢博練，論之精矣〔五〕。

〔一〕玉海卷六十三引，於此句下注云：「譚上疏：『巧慧小才伎數之人，矯稱讖記。』」

訓故：「後漢書：桓譚字君山，沛國相人，宋弘薦爲議郎給事中。時光武信讖，多以決定嫌疑。譚上疏以巧慧小才伎數之人，增益圖書，矯稱讖記，以欺誤人主，宜抑遠之。」

范注：「後漢書桓譚傳載譚論讖事，録之如左：『是時帝方信讖，多以決定嫌疑。……譚復上疏曰：「凡人情忽於見事而貴於異聞，觀先王之所記述，咸以仁義正道爲本，非有奇怪虛誕之事。蓋天道性命，聖人所難言也。自子貢以下，不得而聞，况後世淺儒，能通之乎？今諸巧慧小才伎數之人，增益圖書，矯稱讖記，以欺惑貪邪，詿誤人主，焉可不抑遠之哉！臣譚伏聞陛下窮折方士黄白之術，甚爲明矣；而乃欲聽納讖記，又何誤也！其事雖有時合，譬猶卜數隻偶之類，陛下宜垂明聽，發聖意，屏群小之曲説，述五經之正義，略雷同之俗語，詳通人之雅謀。」帝省奏，愈不悦。』」

〔二〕校證：「何校黄注並云：『戲，疑作巇。』（紀本誤『爔』）案鬼谷子有抵巇篇。巇，罅也，此黄改字所本。尋後漢書儒林傳：『敏因其闕文增之曰：「君無口，爲漢輔。」』此所謂戲也。諧讔篇：『謬辭抵戲。』時序篇：『戲儒簡學』，用法正與此同，無事獻疑也。」

訓故：「後漢書：尹敏，字幼季，南陽人。歷官諫議大夫。」

札記：「案『戲』字不誤。後漢書儒林傳曰：『帝以敏博通經記，令校圖讖，使蠲去崔發所爲王莽箸録次比。敏對曰：讖書非聖人所作，其中多近鄙别字，頗類世俗之辭，恐疑誤後生。帝不納。敏因其闕文增之曰：君無口，爲漢輔。帝見而怪之，召敏問其故。敏對曰：臣見前人增損圖書，敢不自量，竊幸萬一。帝深非之。』此文所謂戲，即增闕事也。」

玉海卷六十三引此，句下注云：「敏曰：『讖書非聖人所作，頗類世俗之辭。』」

「深瑕」，唐寫本作「浮假」。

校釋：「蓋敏欲開悟光武，使知圖讖本前人浮僞之所，不可信，故戲增闕文也。」

趙萬里校記：「案此文與上句『桓譚疾其虚僞』相對成文，則唐本作浮假是也。」

斯波六郎：「『戲其深瑕』不可解。唐寫本作『浮假』，當從之。『浮假』者，無根據之意也。……『君無口』，實爲『尹』。」

校注：「按唐寫本是。『浮假』，謂其虚而不實也。麗辭篇：『浮假者無功。』亦以『浮假』

連文。」

〔三〕玉海卷六十三引此句，注云：「衡以圖緯虚妄，非聖人之法，上疏宜禁絶之。」訓故：「後漢書：張衡字平子，南陽西鄂人。永和初，遷侍中。衡以劉向父子領校祕書，並無讖記，成、哀之後，始聞之，殆必虚僞之徒，要取世資者爲之。」後漢書張衡傳：「初，光武善讖，及顯宗、肅宗，因祖述焉。自中興之後，儒者争學圖緯，兼復附以妖言。衡以圖緯虚妄，非聖人之法，乃上疏曰：『……立言於前，有徵於後，故智者貴焉，謂之讖書。讖書始出，蓋知之者寡。……成、哀之後，乃始聞之。尚書堯使鯀理洪水，九載績用不成，鯀則殛死，禹乃嗣興。而春秋讖云：「共工理水。」凡讖皆云黄帝伐蚩尤，而詩讖獨以爲蚩尤敗，然後堯受命。春秋元命苞中有公輸班與墨翟，事見戰國，非春秋時也。又言别有益州。益州之置，在於漢世，其名三輔諸陵，世數可知。至於圖中訖於成帝，一卷之書，互異數事。聖人之言，埶無若是，殆必虚僞之徒，以要世取資。往者侍中賈逵摘讖互異三十餘事，諸言讖者皆不能説。……此皆欺世罔俗，以昧埶位，情僞較然，莫之糾禁。且律曆、卦候、九宫、風角，數有徵效，世莫肯學，而競稱不占之書，譬猶畫工惡圖犬馬而好作鬼魅，誠以實事難形，而虚僞不窮也。宜收藏圖讖，一禁絶之，則朱紫無所眩，典籍無瑕玷矣。』」

斯波六郎：「『僻謬』，意爲不合於經典之僞語。張衡在上順帝請禁絶圖讖書中，從春秋讖、詩讖、春秋元命苞等書中列舉具例，以指摘其不合經典，相互矛盾之處。」

〔四〕唐寫本「誕」作「託」。

玉海卷六十三引此語作「詭誕」，下注云：「申鑒俗嫌第三：『世稱緯書仲尼之作，臣悦叔父爽辨之，蓋發其僞也。』」

訓故：「後漢書：荀悦，字仲豫，潁川人，歷官秘書監。悦申鑒俗嫌篇云：『世稱緯書仲尼之作，臣叔父爽辨之，蓋發其僞也。有起於中興之前終張之徒之作乎。』」校注：「『詭託』即『終張之徒之作』之意。應……改『誕』爲『託』。」

劉師培讖緯論（見乙巳年國粹學報文篇）：「或以災祥驗行事，或以星象示廢興（見春秋演孔圖、詩緯、春秋文耀鉤、春秋運斗樞諸書）。四始五際（齊詩説），已失經義之真；六甲九宫（春秋合誠圖），遂啓雜占之學。是則前知自詡，格物未明，易蹈疑衆之誅，允屬誣天之學。復有倉聖四目，虞舜重瞳，丹鳳含書（皆見春秋元命苞），赤龍紀瑞（詩含神霧），白雲覆孔子之居，赤血辨魯門之字（見春秋演孔圖），亦復説鄰荒謬，語類矯誣。此尹敏所由致疑，而君山所由耻習也。」

〔五〕唐寫本「論」字無。

講疏：「上文所舉『沛獻集緯以通經，曹褒撰讖以定禮』乃東漢學者承受西漢今文經學雜糅陰陽讖緯的影響，此節所舉桓譚、尹敏、張衡、荀悦四賢之『博練』，乃是繼承劉歆古文經學的精神。」

以上爲第三段，論緯書非孔子之作，又可分爲四節：

「原夫圖籙之見」至「序録而已」十四句，言孔子僅序録前聖符命。

「於是伎數之士」至「朱紫亂矣」十二句，言伎數之士多僞造緯書，是以真僞紛雜，難以區别。

「至於光武之世」至「亦以甚矣」八句，述後漢緯書之盛。

「是以桓譚疾其虚僞」至「論之精矣」六句，列舉後漢四賢對緯書的批判。

若乃羲農軒皞之源〔一〕，山瀆鍾律之要〔二〕，白魚赤烏之符〔三〕，黄銀紫玉之瑞〔四〕，事豐奇偉，辭富膏腴〔五〕，無益經典，而有助文章〔六〕。

〔一〕范注：「軒皞之皞，當指少皞。左傳昭公十七年：『郯子曰：我高祖少皞摯之立也，鳳鳥適至，故紀于鳥，爲鳥師。』」

集釋稿：「陶淵明飲酒詩：『羲農去我久。』羲、農有見於緯書者：『伏羲、女媧、神農爲三皇。』（文選東都賦注引春秋元命苞）又：『伏者，别也；羲者，獻也，法也。伏羲德洽上下，天應之以鳥獸文章，地應之以龜書，伏羲乃則象作易卦。神者，信也；農者，濃也。始信耒耜，教民耕種，其德濃厚如神，故爲神農也。』（御覽卷七八引禮含文嘉）又：『有神人，名石耳，蒼色大眉，戴玉理，駕玉龍，出地輔，號神農，始立地形，甄度四海，東西九十萬里，南北八十一萬里。』(御覽卷七八引春秋命歷序)軒皞亦有見於緯書：『軒轅氏以土德王，天下始有堂室，高棟深宇，以避風雨。』(御覽卷七九引春秋内事)又：『黄帝師於風后，風后善於伏羲氏之道，故推衍陰陽之事。』(後漢書張衡傳注引春秋内事)又：『炎帝號曰大庭氏，傳八世，合五百二十歲；黄帝一曰帝軒轅，傳十世，二千五百二十歲；次曰帝宣，曰少昊，一曰金天氏，則窮桑氏，傳八世，五百歲。』(禮記祭法正義引春秋命歷序)按炎帝即神農，左傳昭公十八年正義：『先儒舊説皆云，炎帝號神農氏，一曰大庭氏。』(參顧頡剛：三皇考)」

這是説緯書裏保留了伏犧、神農、軒轅黄帝、少皞帝摯等的傳説來源。

〔一一〕顔延之三月三日曲水詩序：「晷緯昭應，山瀆效靈。」

范注：「陳先生曰：『山瀆當是遁甲開山圖、河圖括地象，及古岳瀆經等。』漢書藝文志五行家有鍾律災應二十六卷，鍾律叢辰日苑二十三卷，鍾律消息二十九卷。」

集釋稿：「今引河圖括地象殘文二條於後：

「『崑崙山爲天柱，氣上通天。崑崙者地之中也，地下有八柱，柱廣十萬里，有三千六百軸，互相牽制，名山大川，孔穴相通。』(初學記卷五引)

「『崑崙之山爲地首，上爲握契，滿爲四瀆，横爲地軸，上爲天鎮，立爲八柱。』(御覽卷三八引)

「鍾律，漢書律曆志上：『五聲之本，生於黄鍾之律。』鍾律又見樂緯及春秋緯，各録一條如下：

「『夫聖人之作樂，不可以自娛也……故撞鐘者以知法度，鼓琴者以知四海，擊磬者以知民事。鐘音調則君道得，君道得則黄鍾蕤賓之律應；君道不得則鐘聲不調，鐘聲不調則黄鍾蕤賓之律不應。』（續漢書禮儀志中注引樂叶圖徵）

「『冬至日，人主與群臣左右縱樂。……人主乃使八士撞黄鍾之鐘，擊黄鍾之鼓。公卿、大夫、列士乃使八能之士擊黄鍾之鼓……鼓黄鍾之琴瑟……吹黄鍾之律。』（御覽五六五引春秋感精符）」

注訂：「山瀆鍾律四字對上文羲農軒皞而成文，四人四事耳。山即山岳，瀆即川瀆，鍾即鍾鼓，律即律吕也。因四皇之源，四事之要，紛見緯書。黄、范注皆鑿，不可從。」

斯波六郎：「『山瀆』，意爲五岳四瀆，泛指遠山大川。『鍾律』可解作『音律』。此語所本當是黄鍾音律爲五聲之本。（漢書律曆志上：「五聲之本，生於黄鍾之律。」）或鍾與律（管）爲音律之基準。……

「黄注、范注注『山瀆』、『鍾律』時均舉遁甲開山圖及鍾律災應等書名；然彦和於此未必指特定之書，泛指緯書中所言山川、音律乃至地理、音樂等要項耳。」

〔三〕校注：「『烏』，唐寫本作『雀』。按史記周本紀：『武王渡河中流，白魚躍入王舟中，武王俯取以祭。既渡，有火自上復於下，至於王屋，流爲烏，其色赤，其聲魄云。』尚書中候雒師謀：『有火自天，出於王屋，流爲赤烏。』鄭玄注云：『文王得赤雀丹書，今武王致赤烏。』（御覽卷八四引）論衡初稟篇：『文王得赤雀，武王得白魚赤烏。』是赤雀爲文王事，赤烏爲武王事矣。然古亦混言不别，吕氏春秋應同篇：『及文王之時，天先見火，赤烏銜丹書集於周社。』是以赤烏屬之文王也。舍人此文，殆原作赤雀，傳寫者求其與白魚同爲武王事而改之耳。」斯波六郎：「如以唐寫本爲是，則彦和當是取『白魚』於武王條，取『赤雀』於文王條。」集釋稿：「按赤雀爲文王事，尚書中候我應：『周文王爲西伯，季秋之月甲子，赤雀銜丹書入豐，止於昌户，再拜稽首受。』（毛詩大雅文王序正義引）是文王得赤雀也。……尚書中候雒師謀：『太子發，以紂有三仁附，即位，不稱王，渡於孟津，中流受文命，待天謀，白魚躍入王舟，王俯取魚，長三尺，赤文有字，題目下名授右，有火自天，止於王屋，流爲赤烏。』（御覽卷八四引）是武王得赤烏也。」斯波六郎：「所言周武王發事，當爲彦和之語所本。」

〔四〕校證：「『銀』原作『金』，今從唐寫本改。」梅注：「『瑞』，原作『理』，孫改。」校證：「案唐寫本、馮本、王惟儉本正作『瑞』。」

訓故：「漢書：漢武元封六年三月詔：朕禮首山，昆田出珍物，化或爲黄金。」

黄注：「雒書：王者不藏金玉，則紫玉見於深山。」

范注：「唐寫本『金』作『銀』，是。禮斗威儀：『君乘金而王，其政象平，黄銀見，紫玉見於深山。』」

集釋稿：「其他禮緯殘文有及此者，如：『君乘金而王，其政平，則蘭常生。』（文選卷三四七啓注）又：『君乘金而王，則紫玉見於深山。』（御覽卷八〇四）又：『君乘金而王，則黄銀見。』（御覽卷八一二）『君乘金而王，其政平，則黄銀見於深山。』（藝文類聚卷八三）」斯波六郎：「諸書所用，未必各出獨立之文，恐出於一文，諸書各截取所需部分耳。范氏亦持此種看法。『君乘金而王，其政平，則蘭常生……黄銀紫玉見於深山』恐較近於原文。」

〔五〕集釋稿：「史記留侯世家：『魁梧奇偉。』賈誼過秦論：『東割膏腴之地。』」「膏腴」，指辭采豐富。

〔六〕札記：「此言甚諦。然如易緯所説，有足以證明漢師説易者，書緯亦有可以考古曆法者，未可謂於説經毫無所用也。」文章流别論：「圖讖之屬，雖非正文之制，然以取其縱横有義，反覆成章。」范注：「文選注多引緯書語，是有助文章之證。」

集釋稿：「文心諸子篇：『然洽聞之士，宜撮綱要，覽華而食實，棄邪而採正，極睇參差，亦學家之壯觀也。』」斯波六郎：「彦和此處態度與之相近，亦是棄短採長耳。」

劉勰認爲緯書故事性强，又富於辭藻，雖然對於經典的解説并無幫助，而對於文章的寫作還是有助益的，於是寫了正緯篇。徐復觀文心雕龍漫談謂：「緯書與文學的關係，即是神話與文學的關係。」（見增補五版中國文學論集）如此理解可以幫助認識劉勰寫正緯篇之重要意義。

是以後來辭人〔一〕，採摭英華〔二〕，平子恐其迷學，奏令禁絶〔三〕；仲豫惜其雜真，未許煨燔〔四〕；前代配經，故詳論焉。

〔一〕校注：「『後』，唐寫本作『古』。按『後』、『古』於此並通。唐寫本作『古』，蓋舍人自其身世以前言之。」

考異：「後、古皆通，但『後』字爲長，指自哀、平讖緯既興之後而言也，不能概之以『古』。」

集釋稿：「案辭人指漢以下之辭賦家。漢書藝文志詩賦略引揚雄法言：『辭人之賦麗以淫。』又情采篇：『辭人賦頌，爲文而造情。』」

〔二〕校注：「『採』，唐寫本作『捃』。按以事類篇『捃摭經史』例之，唐寫本作『捃』是也。史記十二諸侯年表序：『及如荀卿、孟子、公孫固、韓非之徒，各往往捃摭春秋之文以著書。』」

〔三〕「恐」，唐寫本作「慮」。

集釋稿：「據後漢書本傳，張衡上奏禁讖，有言曰：『此皆欺世罔俗，以昧埶位。……宜收藏圖讖，一禁絶之。』」斯波六郎：「『迷學』當指於求學之際迷其正道、妄信邪説。」

〔四〕集釋稿：「荀悦，字仲豫，見後漢書卷九十二附淑傳。」

集注：「荀悦申鑒俗嫌篇：『或曰：燔諸？曰仲尼之作則否，有取焉則可，曷其燔？在上者不受虛言，不聽浮術，不採華名，不興僞事，言必有用，術必有典，名必有實，事必有功。』」

王鳴盛蛾術編卷二説録二讖緯條：「摯虞文章流别論云：『緯候之作，雖非正文之制，取其縱横有義，反覆成章。』劉勰文心雕龍云：『六經彪炳，而緯候稠叠。……無益經典，有助文章。是以平子恐其迷學，奏令禁絶；仲豫惜其雜真，未許煨燔。』愚謂摯、劉皆文人，故其言如此。緯雖無益於經，康成所注，皆有益者，學者宜研究之。」

斯波六郎：「荀悦申鑒俗嫌篇云：『世稱緯書仲尼之作也，臣悦叔父故司空爽辨之，蓋發其僞也，有起於中興之前，終張之徒之作乎？或曰雜，則以己雜仲尼乎，以仲尼雜己乎？若彼者，以仲尼雜己而已。然則可謂八十一首非仲尼之作矣。或曰燔諸？曰：仲尼之作則否。有取焉則可，曷其燔？』申鑒『以仲尼雜己』云者，指終張之徒以自身僞作爲本，而雜以仲尼之作。彦和所謂『雜真』，亦是指此。所謂『真』，當是指仲尼爲之序録者。」

范注：「彦和生於齊世，其時讖緯雖遭宋武之禁，尚未盡衰，士大夫必猶有講習者，故列舉四僞；以藥迷罔。蓋立言必徵於聖，製式必稟乎經，爲彦和論文之本旨。緯候不根之説，踳駁經義者，皆所不取。」

第四段，言緯書雖僞亦有益於文章。

贊曰：榮河温洛〔一〕，是孕圖緯。神寶藏用〔二〕，理隱文貴〔三〕。世歷二漢，朱紫騰沸〔四〕。芟夷譎詭〔五〕，採其雕蔚〔六〕。

〔一〕訓故：「尚書中候：帝堯即政，榮光出河，休氣四塞。」按此見握河紀。又：「易乾鑿度：帝盛德之應，洛水先温，九日乃寒。」集釋稿引，下有一句「五日變爲五色」（初學記卷九引）。橋川時雄：「『榮』，胡、梅本作『滎』，何校云：滎爲榮光也，作『滎』非。按滎之本義絶小水也，無光義，從原典作『榮』是，『滎』或『熒』之誤。」斯波六郎：「『榮河』，指河水焕發榮光。前文『堯造緑圖』處引尚書中候『榮光起河，休氣四塞』，鄭注云：『榮光者，五色之光也。』」

校注：「『榮』，唐寫本作『采』……按『采』、『滎』二字並誤。文選江淹詣建平王上書：『榮光塞河。』李注：『尚書中候曰：「成王觀於洛河，沈璧，禮畢，王退。俟至於日昧，榮光並出幕河。」』初學記卷九帝王部事對：『温洛榮河。』事類賦卷七地部水：『温洛榮河之瑞。』並引易乾鑿度及尚書中候以注，尤爲切證。」

〔二〕集釋稿：「神寶，史記龜筴傳：『高廟中有龜室，藏内以爲神寶。』論語述而：『用之則行，舍之則藏。』」

〔三〕此句大意是：圖緯所講的道理比較隱晦，而文辭可貴。

講疏：「『理隱文貴』是説緯書中所講的理（姑不論其是否純正）大多爲象徵暗示的隱喻，但就文學寫作而言，却不失爲一種值得參考的方法。」

〔四〕集釋稿：「張衡西京賦：『木衣綈錦，土被朱紫。』詩小雅十月之交：『百川沸騰。』」「騰沸」即沸騰。

劉申叔讖緯論：「以經淆緯，始於西京；以緯儷經，基於東漢。」所以兩漢以來真僞雜糅，「朱紫騰沸」。

〔五〕集釋稿：「左氏隱六年：『如農夫之務去草焉，芟夷藴崇之。』杜預注：『芟，刈也；夷，殺也。』譎詭，王褒洞簫賦：『鶩合遝以詭譎。』李善注：『詭譎，猶奇怪也。』」

〔六〕校證：「『採』原作『糅』，據唐寫本改。『採』承『芟夷』而爲言也。」橋川時雄：「胡本作糅。……如作『糅』，意不通暢，作『採』甚是。」

校注：「『採其雕蔚』，即篇末『捃摭英華』之意。」

辨騷第五

元刻本「辨」作「辯」。校證：「汪本、佘本、張之象本、兩京本、何允中本、日本活字本、鍾本、梁本、王謨本、四庫本、崇文本『辨』作『辯』。」按唐寫本作「辨」，今從之。

橋川時雄：「楚辭及各本作辨，唐寫本作辨。楚辭夫蓉館、汲古閣本亦作辨，汪、張、佘、胡及四庫本作辯。説文辡部：辯，治也。段注云：俗多與辨不别。時按辯、辨二字同音義近，非關假借，通用已久。」

徐師曾文體明辨于楚辭類序云：「按楚辭者，詩之變也。……屈平後出，本詩義以爲騷，蓋兼六義而『賦』之義居多。厥後宋玉繼作，兼號楚辭。自是辭賦之家，悉祖此體。故宋宋祁有云：『離騷爲辭賦之祖，後人爲之，如至方不能加矩，至圓不能過規。』信哉斯言也。」

四庫全書總目提要集部楚辭類小序：「裒屈宋諸賦，定名楚辭，自劉向始也。後人或謂之騷，故劉勰品論楚辭，以『辨騷』標目。考史遷稱『屈原放逐，乃著離騷』，蓋舉其最著一篇。九歌以下，均襲騷名，則非事實矣。」

紀評：「離騷乃楚辭之一篇，統名楚辭爲騷，相沿之誤也。」又：「辭賦之源出于騷，浮艷之根，亦濫觴于騷，『辨』字極爲分明。」

補注：「詳案周中孚鄭堂札記云：史記太史公自序：屈原放逐著離騷。又云：作辭以諷諫，連類以争義，離騷有之。漢書遷傳：屈原放逐，乃賦離騷。皆舉首篇以統其全書，據此，彦和亦統全書而言，紀氏殆未審也。」

札記：「自彦和論文，别騷于賦，蓋欲以尊屈子，使離騷上繼詩經，非謂騷賦有二。觀詮賦篇云：『靈均唱騷，始廣聲貌。』是仍以離騷爲賦矣。隋書經籍志别楚辭于總集，意蓋亦同舍人。」

范注：「漢書藝文志：屈原賦二十五篇。二十五篇中，離騷爲最重，後人因以騷名其全書。（文史通義經解下云：『史遷以下，至取騷以名其全書。』按史公自序：『屈原放逐著離騷。』屈原傳亦未嘗單以騷爲名。）時序篇謂：『爰自漢室，迄于成哀，雖世漸百齡，辭人九變，而大抵所歸，祖述楚辭，靈均餘響，于是乎在。』以其影響甚大，故彦和于詮賦篇外，别論之（文選亦于賦外别標騷目，其實騷非文體之名）。」

許文雨文論講疏：「按劉氏此篇實總楚辭而言（標題曰騷，特舉其最著之一篇以代表全體），意謂楚辭足以嗣續風雅也。此種楚辭，班固藝文志竟標以賦稱，蓋辭賦本係同體耳。劉勰別有詮賦篇，舉班固所稱古詩之流以勘賦源，以爲『受命於詩人而拓宇於楚辭』。蓋劉氏誅于名號，必以荀況禮、智，宋玉風、釣，始敢稱之。亦可謂滯于形迹者已。」

自風雅寢聲〔一〕，莫或抽緒〔二〕，奇文鬱起〔三〕，其離騷哉〔四〕！固已軒翥詩人之後〔五〕，奮飛辭家之前〔六〕。豈去聖之未遠，而楚人之多才乎〔七〕！

〔一〕校注：「文選班固兩都賦序：『昔成康没而頌聲寢。』」漢書禮樂志：「漢典寢而不著。」顏師古注：「寢，息也。」皇甫謐三都賦序：「至於戰國，王道陵遲，風雅寢頓。」

〔二〕説文：「抽，引也。」揚雄太玄經玄瑩：「群倫抽緒。」注：「抽，收也。」抽緒謂收引餘緒，即曹批「直接其緒」之義。注訂：「莫或抽緒者，嘆繼起無人也。」文論講疏：「論語微子：『太師摯適齊，亞飯干適楚，三飯繚適蔡，四飯缺適秦，鼓方叔入于河，播鼗武入于漢，少師陽、擊磬襄入于海。』蓋當時官失其業而分散，雅樂由是淪亡而不可復。」文體明辨序説楚辭類：「風雅既亡，乃有楚狂鳳兮，孺子滄浪之歌，發乎情，止乎禮義，與詩人六義不甚相遠。但其辭稍變詩之本體，而以『兮』字爲讀，則夫楚聲固已萌蘖于此矣。」孟子離婁：「王者之迹息，而詩亡。」

〔三〕橋川時雄：「楚辭夫蓉館、汲古閣本『鬱』作『蔚』。時按蔚之本義，牡蒿也，古多借『蔚』爲『茂』字，蔚、鬱二字，亦一聲之轉。」

〔四〕梅注：「離騷者，猶離憂也。按史記屈原傳：原名平，楚之同姓也。爲楚左徒，王甚任之。上官大夫、令尹子蘭譖之，王怒而疏屈平，故憂愁幽思而作離騷。後人稱之曰騷經。又作九歌、天問、九章、遠遊、卜居、漁父諸篇。」王逸離騷序：「離，別也；騷，愁也。言己放逐離別，中心愁思。」應劭曰：「離，遭也；騷，憂也。」（史記屈原列傳索隱引）注訂：「戴震屈原賦注：『離騷，即牢愁也。』蓋古語。揚雄有畔牢愁，離、牢一聲之轉，今人猶言牢騷。」

〔五〕「固已」，橋川時雄：「各本及唐寫同，胡本作『固以』，楚辭夫蓉館、汲古閣本作『故以』。」又：「按後漢書班彪傳下注云：『軒翥，謂飛翔上下也。』廣雅釋詁一：翥，舉也。釋詁三：翥，飛也。」斯波六郎：「楚辭遠遊：『鸞鳥軒翥而翔飛。』洪興祖補注：『方言十：「翥，舉也。楚謂之翥。」』文選班固典引：『三足軒翥於茂樹。』李善注：『軒翥，飛貌。』『詩人』，指三百篇之作者。

〔六〕日知録二十一詩體代降條：「三百篇之不能不降而楚辭，楚辭之不能不降而漢魏，勢也。」是騷承于詩，賦又承于騷，三者有連綿生長之關係。「奮飛」，振翼而飛。詩邶風柏舟：「不能奮飛。」毛傳：「不能爲鳥奮翼而飛去。」注訂：「辭家指宋玉以下諸家而言。」

〔七〕孟子盡心下：「去聖人之世，若此其未遠也。」序志：「去聖久遠，文體解散。辭人愛奇，言貴浮詭。」橋川時雄：「左傳襄公二十年云：惟楚有才，晉實用之。」

以上爲第一段，初論騷體之興，繼軌風雅。

昔漢武愛騷，而淮南作傳〔一〕，以爲「國風好色而不淫，小雅怨誹而不亂〔二〕。若離騷者，可謂兼之〔三〕。蟬蛻穢濁之中〔四〕，浮游塵埃之外，皭然涅而不緇〔五〕，雖與日月争光可也。」

〔一〕梅注：「淮南王名安，漢高帝孫，厲王長之子也。武帝時，安入朝獻所作，内篇新出，上愛祕之，使爲離騷傳，旦受詔，日食時上。」

范注：「漢書淮南王傳：『淮南王安入朝，獻所作，内篇新出，上愛祕之。使爲離騷傳，旦受詔，日食時上。』顏師古注曰：『傳謂解説之，若毛詩傳。』王念孫讀書雜志漢書離騷傳條：『「傳」當作「傅」，傅與賦古字通。使爲離騷傅者，使約其大旨而爲之賦也。漢紀孝武紀云：「上使安作離騷賦，旦受詔，食時畢。」高誘淮南鴻烈解叙云：「詔使爲離騷賦，自旦受詔，日早食已。」此皆本于漢書。太平御覽皇親部十六引此作離騷賦，是所見本與師古不同。』」校證在神思篇「淮南崇朝而賦騷」句下云：「今案辨騷篇作『昔武帝愛才，淮南作傳』，則彦和已兩歧其説。尋漢紀武帝紀云：『上使安作離騷賦，旦受詔，日食時畢。』御覽一五〇引漢書亦作『使爲離騷賦』。蓋此事自來兩傳，故彦和兼用也。」楊樹達漢書管窺以爲當作「傳」，傳「記述大意」，「賦」則「傳」之譌字。又其專文離騷傳與離騷賦詳論「傳」在西漢是指「通論雜説式」的傳，東漢方指「訓故式」的傳。武帝、劉安皆西漢人，故知所作離騷傳只是「泛論大意的文字」，不是訓故，所以能半日而畢。

〔二〕「誹」，元刻本作「謗」。校證：「『誹』原作『謗』，梅據許改。按唐寫本正作『誹』。」橋川時雄：「楚辭夫蓉館、汲古閣本作『誹』。」

校注：「章炳麟國故論衡明解故上：『淮南爲離騷傳，其實序也，太史依之以傳屈原。』」

詩大序：「關雎樂得淑女以配君子，憂在進賢，不淫其色，哀窈窕，思賢才，而無傷善之心焉，是關雎之義也。」

〔三〕曹學佺批：「詩亡之後，屈平直接其緒，故彦和正緯以辨騷也。此非劉子之言也，國風小雅，離騷兼之，漢人已言之矣。」范注：「唐寫本『可謂』下無『兼之』二字，誤。」史記屈原列傳「國風好色而不淫，小雅怨誹而不亂，若離騷者，可謂兼之矣。上稱帝嚳，下道齊桓，中述湯武，以刺世事。明道德之廣崇，治亂之條貫，靡不畢見。其文約，其辭微，其志潔，其行廉，其稱文小而其指極大，舉類邇而見義遠。其志潔，故其稱物芳；其行廉，故死而不容自疏。濯淖汙泥之中，蟬蜕於濁穢，以浮游塵埃之外，不獲世之滋垢，皭然泥而不滓者也。推此志也，雖與日月争光可也。」班固離騷序：「昔在孝武，博覽古文。淮南王安叙離騷傳，以『國風好色而不淫，小雅怨誹而不亂，若離騷者，可謂兼之。蟬蜕濁穢之中，浮游塵埃之外，皭然泥而不滓。推此志，雖與日月争光可也。』斯論似過其真。」文論講疏：「按謂離騷兼之，恐不盡然；因離騷雖有小雅之怨誹，而不似國風之好色。美人香草，皆是比喻之詞，屈原處境如此，安得復爲色欲所驅，而追戀美人乎？」斠詮：「案離騷好色，如稱宓妃、有娀、二姚之類，皆比喻，非實事。怨誹，如云『九死未悔，顑頷何傷』，亦怨而不亂也。」

〔四〕史記屈原列傳正義：「蜕，去皮也。」淮南子精神訓：「蟬蜕蛇解，游於太清。」蟬脱殼比喻解脱。

〔五〕「涅」，染黑。論語陽貨：「不曰白乎？涅而不緇。」孔注：「涅可以染皂。言至白者，染之於涅而不黑；喻君子雖在濁亂，濁亂不能污。」「皭然」，潔白貌。橋川時雄：「唐寫欄下記云：『緇，黑色。』説文：『涅，黑土在水中者也。』故唐寫欄下記云：『涅，水中黑。』」

班固以爲露才揚己〔一〕，忿懟沉江〔二〕；羿澆二姚〔三〕，與左氏不合〔四〕；崑崙懸圃〔五〕，非經義所載；然其文辭麗雅〔六〕，爲詞賦之宗〔七〕，雖非明哲〔八〕，可謂妙才。

〔一〕班固離騷序：「及至羿、澆、少康、二姚、有娀佚女，皆各以所識，有所增損，然猶未得其正也。故博采經書傳記本文，以爲之解。且君子道窮，命矣。……故大雅曰：『既明且哲，以保其身。』斯爲貴矣。今若屈原，露才揚己，競乎危國群小之間，以離讒賊，然責數懷王，怨惡椒蘭，愁神苦思，强非其人，忿懟不容，沈江而死，亦貶絜狂狷景行之士。多稱昆侖（范注：昆侖下疑脱懸圃二字。）冥婚宓妃，虚無之語，皆非法度之政，經義所載，謂之『兼詩風、雅而與日月争光』，過矣。然其文弘博麗雅，爲辭賦宗，後世莫不斟酌其英華，則象其從容。自宋玉、唐勒、景差之徒，漢興，枚乘、司馬相如、劉向、揚雄，騁極文辭，好而悲之，自謂不能及也。雖非明智之器，可謂妙才者也。」

劉熙載藝概卷三賦概：「班固以屈原爲露才揚己，意本揚雄反離騷，所謂『知衆嫮之嫉妬兮，何必揚纍之蛾眉』是也。然此論殊損志士之氣。」

〔二〕「懟」，怨恨。

〔三〕訓故：「離騷：『羿淫遊以佚田兮，又好射夫封狐。固亂流其鮮終兮，浞又貪夫厥家。澆身被服强圉兮，縱欲而不忍，日康娱而自忘兮，厥首用夫顛隕。』又云：『及少康之未家兮，留有虞之二姚。』」梅注：「羿，有窮君之號。澆，寒浞子。二姚，虞君思之女，以妻夏后少康。」離騷王逸注：「浞，寒浞，羿相也。……因夏衰亂，代之爲政，娱樂田獵，不恤民事，信任寒浞，使爲國相。」又：「澆，寒浞子也。……浞殺羿而取羿妻，生澆，强梁多力，縱放其情，不忍其慾，以殺夏后相也。」又：「有虞，國名，姚姓。舜後也。昔寒浞使澆殺夏后相，少康逃奔有虞，虞因妻以二女。」

〔四〕札記：「案班孟堅序譏淮南王安作傳，説羿、澆、少康、二姚、有娀佚女，皆各以所識，有所增損，非議屈子用事與左氏不合。彦和此語蓋有誤。」洪興祖楚辭補注卷一附録：「離騷用羿澆等事，正與左氏合。孟堅所云，謂劉安説耳。」按左傳哀公元年：「昔有過澆……滅夏后相，后緍方娠，逃出自竇，歸于有仍，生少康焉。爲仍牧正，惎澆能戒之。澆使椒求之，逃奔有虞，爲之庖正，以除其害。虞思于是妻之以二姚。」羿，夏代部落有窮氏的君長。當啓的兒子太康時代，因夏亂，奪取政權。浞，即寒浞，羿所親信的國相。寒浞霸占了羿妻以後，生子過澆，武勇多力，殺死夏后相，後來他又爲相的兒子少康所殺。二姚。姚姓二女，夏少康妃。

注訂：「此據班固離騷序有『及至羿、澆、少康……然猶未得其正也』而言。但屈氏之論羿澆與左傳並無不合，見困學紀聞引洪慶善説。按左傳襄公四年，晉悼公納魏絳説和戎，絳引夏訓云，述后羿、寒浞、二姚事，與離騷皆同，豈班氏之説，或另有所據乎？」

〔五〕訓故：「離騷：『邅吾道夫崑崙兮，路脩遠以周流。』又：『朝發軔于蒼梧兮，夕余至乎懸圃。』」王逸注：「懸圃，神山也，在崑崙之上。」梅注：「水經云：『崑崙墟在西北，去嵩高五萬里，地之中也。其高萬一千里，河水出其東北陬。』酈道元注云：『崑崙之山三級，下曰樊桐，一名板松；二曰玄圃，一名閬風。上曰增城，一名天庭，是謂太帝之居。山海經曰：西海之南，流沙之濱，赤水之後，黑水之前，有大山，名崑崙。』」黄注：「天問：『崐崙懸圃，其尻安在？』注『崑崙，山名，其巔曰懸圃。』」朱熹注：「崑崙，據水經，在西域……河水所出，非妄言也。但懸圃增城，高廣之度，諸怪妄説，不可信耳。」黄校：「懸，一作玄。」校注：「按唐寫本……作『玄』……『玄』與『懸』古字通。」

姚範援鶉堂筆記卷四十文心雕龍辨騷：「按班氏離騷經章句叙云：『説五子以失家巷，謂伍子胥。及至羿、澆、少康、有娀佚女，皆各以所識有所增損，然猶未得其正也。』此並言淮南説騷之誤，彦和遂云與下崑崙、虙妃同爲譏屈之詞，失其指矣。」

〔六〕橋川時雄：「『然其』，唐寫及各本同，楚辭夫蓉館、汲古閣本『其』作『而』，時按從班固序作『其』是。」又：「唐寫無『辭』字，各本及楚辭夫蓉館本有『辭』。『其文辭麗雅』，本班固序，無『辭』字，似是。序作『雅麗』。」

〔七〕「宗」，祖，指開創者。

〔八〕校注：「『非明哲』，謂其投汨羅而死，詩大雅烝民：『既明且哲，以保其身。』」「哲」，智也。

王逸以爲詩人提耳〔一〕，屈原婉順〔二〕，離騷之文，依經立義〔三〕：駟虬乘鷖〔四〕，則時乘六龍〔五〕；崐崙流沙〔六〕，則禹貢敷土〔七〕。名儒辭賦〔八〕，莫不擬其儀表，所謂「金相玉質〔九〕，百世無匹」者也。

〔一〕訓故：「後漢書：王逸字叔師，南郡宜城人，順帝時官侍中，著楚辭章句。」王逸楚辭章句序：「且詩人怨主刺上，曰：『嗚呼小子，未知臧否，匪面命之，言提其耳。』風諫之語，於斯爲切。然仲尼論之，以爲大雅。引此比彼，屈原之辭，優遊婉順，寧以其君不智之故，欲提攜其耳乎？而論者以爲露才揚己，怨刺其上，强非其人，殆失厥中矣。夫離騷之文，依託五經以立義焉：『帝高陽之苗裔』，則『厥初生民，時惟姜嫄』也……『駟玉虬而乘翳』，則『時乘六龍，以御天也』……『登昆侖而涉流沙』，則禹貢之敷土也。故智彌盛者其言博，才益多者其識遠。屈原之辭，誠博遠矣！自終没以來，名儒博達之士，著造辭賦，莫不擬則其儀表，祖式其模範，取其要妙，竊其華藻，所謂金相玉質，百世無匹，名垂罔極。永不刊滅者矣。」楚辭補注本「人」下有「之」字。詩大雅抑：「匪面命之，言提其耳。」正義：「非但對面命語之，我又親撕提其耳。」舊説周厲王無道，詩人作此詩諷諭，而且提撕厲王的耳朵，促使他驚覺。

〔二〕這是認爲離騷措辭還比大雅抑和緩。

〔三〕「依經立義」，漢書藝文志詩賦略論：「及楚臣屈原，離讒憂國，皆作賦以風，咸有惻隱古詩之義。」

〔四〕「駟」，黄注本作「駉」，誤。按唐寫本、元刻本、弘治本均作「駟」。校注：「離騷：『駟玉虬以乘鷖兮。』……當據各本改作『駟』。」

校證：「『鷖』原作『翳』。鈴木云：『洪本「翳」作「鷖」，可從。……』案王惟儉本作『鷖』，今據改。洪本，謂洪興祖楚辭補注也。」橋川時雄：「翳，蔽也，覆也，與『鷖』通用。故詩鳧翳序釋文云：翳鳥，鳳屬。」校注：「離騷……舊校云：『鷖一作翳。』……是『鷖』、『翳』二字古本相通。」按梅本正文作「翳」，在注文中作「鷖」，注云：「有角曰龍，無角曰虬。鷖，鳳凰別名也。」（此王逸注）訓故：「離騷：駟玉虬以乘鷖兮，溘埃風余上征。」楚辭補注：「言以鷖爲車而駕以玉虬也。駟，一乘四馬也。虬，龍類也……龍子有角者。鷖，于計、烏鷄二切。」

〔五〕易乾彖辭：「時乘六龍以御天。」王逸認爲離騷中的「駟玉虬」就是根據周易中的「乘六龍」寫的。正義：「此二句申明乾元乃統天之義，言乾之爲德以依時。乘駕六爻之陽氣，以控御於天體。六龍，即六位之龍也。以所居上下言之，謂之六位也。陽氣升降謂之六龍也。」

〔六〕離騷：「邅吾道夫崑崙兮，路脩遠以周流。」又：「忽吾行此流沙兮，遵赤水而容與。」王注：「流沙，沙流如水也。尚書（禹貢）曰：『餘波入於流沙。』」訓故：「書禹貢：『織皮崑崙，析支渠搜，西戎即叙。』又：『東漸于海，西被于流沙。』」招魂：「流沙千里。」

〔七〕尚書禹貢：「禹敷土。」正義：「禹分布治此九州之土。」

〔八〕橋川時雄：「唐寫及楚辭夫蓉館、汲古閣本作『詞』，各本作『辭』。」

〔九〕詩大雅棫樸：「金玉其相。」毛傳：「相，質也。」比喻文章的形式和内容都很華美。

及漢宣嗟嘆，以爲皆合經術〔一〕；揚雄諷味〔二〕，亦言體同詩雅〔三〕。四家舉以方經〔四〕，而孟堅謂不合傳〔五〕。褒貶任聲〔六〕，抑揚過實，可謂鑒而弗精〔七〕，翫而未覈者也〔八〕。

〔一〕校證：「唐寫本『術』作『傳』。」橋川時雄：「兩是。」范注：「漢書王褒傳：『宣帝時，修武帝故事，講論六藝群書，博盡奇異之好，徵能爲楚辭九江被公，召見誦讀。……所幸宮館，輒爲歌頌，第其高下，以差賜帛。議者多以爲淫靡不急。上曰：不有博弈者乎？爲之猶賢乎已！辭賦大者與古詩同義，小者辯麗可喜。辟如女工有綺縠，音樂有鄭衛，今世俗猶皆以此虞說耳目，辭賦比之，尚有仁義風諭，鳥獸草木多聞之觀，賢于倡優博弈遠矣。』」

〔二〕斠詮：「嗟歎，吟誦也。王念孫廣雅疏證：『樂記：「長言之不足，故嗟嘆之。」鄭注：「嗟歎，和續之也。」是古謂吟爲嗟歎也。』」詩大序：「言之不足，則嗟歎之。」

〔三〕唐寫本「諷」作「談」，誤。斯波六郎：「户田浩曉氏校勘記補曰：『鍾本味作詠。』案應作『諷味』爲是。『諷味』之用例，見晉東海王越之敕世子毗『諷味遺言』（世說賞譽篇，又文選齊竟陵王行狀注引晉中興書）。」校證：「古論大觀『味』作『咏』。」綴補：「稗編七三引『味』作『咏』。」按「咏」字義長。

〔三〕校注：「按子雲語無攷，黄范諸家注亦未詳。王逸楚辭天問後序：『昔屈原所作，凡二十五篇，世相教傳，而莫能說天問，以其文義不次，又多奇怪之事。自太史公口論道之，多所不逮；至于劉向、揚雄，援引傳記（舊校云：「一作經傳。」）以解說之，亦不能詳悉。』舍人謂其『言體同詩雅』，就此可得其彷佛。」

橋川時雄：「按法言吾子卷第二云：『或曰賦可以諷乎？曰諷乎。』又云：『事勝辭則伉，辭勝事則賦，事辭稱則經。足言足容，德之藻矣。』李軌注云：『事辭相稱，乃合經典。』彦和所説亦本此。」

〔四〕梅注：「四家，即漢武、淮南、宣帝、揚雄。」曹學佺批：「四家當是王逸，非漢武。」

〔五〕范注：「鈴木云：洪本『傳』下有『體』字。」斠詮：「案『合傳』與上句『方經』對文，不應有『體』字。」

〔六〕斠詮：「任聲，任意言談，亦即信口批評之意。聲，即言也，見鬼谷子反應『以無形，求有聲』注。」注訂：「任聲指其言非，過實指其義謬。」

〔七〕唐寫本「弗」作「不」。

〔八〕「覈」，核實。全句意謂玩味而未核實。橋川時雄：「唐寫『也』作『矣』，各本作『也』。」

以上爲第二段，辨别漢代各家對離騷的評價，認爲都有失於偏頗。

將覈其論，必徵言焉。故其陳堯舜之耿介〔一〕，稱禹湯之祗敬〔二〕：典誥之體也〔三〕。譏桀紂之猖披〔四〕，傷羿澆之顛隕〔五〕：規諷之旨也。虬龍以喻君子〔六〕，雲蜺以譬讒邪〔七〕：比興之義也。每一顧而掩涕〔八〕，歎君門之九重〔九〕：忠怨之辭也〔一〇〕。觀兹四事，同於風雅者也〔一一〕。

〔一〕訓故：「『彼堯舜之耿介兮，既遵道而得路。』王逸注：『耿，光也；介，大也。』」

〔二〕校證：「『禹湯』原作『湯武』，今從唐寫本及明翻宋本楚辭改。」黃注：「離騷：『湯禹儼而祇敬兮，周論道而莫差。』」范注：「據離騷應作湯禹。」校注：「按楚辭離騷：『湯禹儼而祇敬兮』，又：『湯禹嚴而求合兮』，并作『湯禹』；九章懷沙：『湯禹久遠兮』，亦作『湯禹』。疑舍人此文，原從離騷作『湯禹』，傳寫者以爲失叙，乃改爲湯武耳。若本作『禹湯』，恐不致誤也。」王逸注：「儼，畏也。祇，敬也。」

〔三〕唐寫本脱「典誥之體也，譏桀紂之猖披，傷羿澆之顛隕，規諷之旨」四句。范注：「詩無典誥之體。」注訂：「原述堯、舜、禹、湯，得尚書典誥之體要，非體裁之謂。」孔安國古文尚書序：「典、謨、訓、誥、誓命之文凡百篇。所以恢宏至道，示人主以軌範也。」

〔四〕離騷：「何桀紂之猖披兮，夫惟捷徑以窘步。」王逸注：「猖披，衣不帶之貌。……衣不及帶，欲涉邪徑。」猶今言行爲不檢。文選五臣注：「良曰：昌披，亂也。」

〔五〕離騷：「羿淫遊以佚田兮，又好射夫封狐；固亂流其鮮終兮，浞又貪夫厥家。澆身被服强圉兮，縱欲而不忍。日康娱而自忘兮，厥首用夫顛隕。」王逸注：「言羿因夏衰亂，代之爲政，娱樂畋獵，不恤民事，信任寒浞，使爲國相。浞行媚於内，施賂於外，樹之詐慝，而專其權勢。羿畋將歸，使家臣逢蒙射而殺之，貪取其家以爲己妻。」又：「澆，寒浞子。……言浞取羿妻而生澆，彊梁多力，縱放其慾，不能自忍。既滅夏后相，安居無憂，日作淫樂，忘其過惡，卒爲相子少康所誅。」

〔六〕黄注：「涉江：『駕青虬兮驂白螭。』注：『虬螭，神獸，宜於駕乘，以喻賢人清白可信任也。』」橋川時雄：「按虬龍注見前條，黄注引九章涉江亦無謂也。天問又有『焉有虬龍』句，王逸注略同。」

〔七〕黄注：「離騷：『飄風屯其相離兮，帥雲蜺而來御。』注：『飄風，無常之風，以興邪惡；雲蜺，惡氣，以喻佞人。』」校注：「按楚辭王逸離騷序：『離騷之文，依詩取興，引類譬諭……虬龍鸞鳳以託君子，飄風雲霓以爲小人。』」「雲蜺」，一作「雲霓」。楚辭補注：「説文：霓，屈虹，青赤或白色，陰氣也。郭氏云：雄曰虹，謂明盛者；雌曰蜺，謂暗微者。」

〔八〕離騷：「長太息以掩涕兮，哀民生之多艱。」洪興祖補注：「掩涕，猶抆淚也。」哀郢：「望長楸而太息兮，涕淫淫其若霰；過夏首而西浮兮，顧龍門而不見。」

〔九〕黄注：「九辯：『豈不鬱陶而思君兮，君之門以九重。』注：『閽閬扃閉，道路塞也。』」文選五臣注：「雖思見君，而君門深邃，不可至也。」

〔一〇〕唐寫本「辭」作「詞」。下同，不重出校語。

〔一一〕唐寫本「於」作「乎」。范注：「詩無典誥之體。彦和云『觀兹四事，同於風雅』，似宜云：『同於書詩。』」斯波六郎：「案如范説，下文『故論其典誥則如彼』之『典誥』亦應改爲『書詩』。如以彦和此之『風雅』與彼之『典誥』互文而言，此『風雅』不應改。」注訂：「風雅概而言之也。離騷本詩之别裁，同於風雅者，不違詩人之志，而同于詩人之旨也，故曰同。」

至于託雲龍〔一〕，説迂怪〔二〕，豐隆求宓妃〔三〕，鴆鳥媒娀女〔四〕：詭異之辭也。康回傾地〔五〕，夷羿彃日〔六〕，木夫九首〔七〕，土伯三目〔八〕：譎怪之談也〔九〕。依彭咸之遺則〔一〇〕，從子胥以自適〔一一〕；狷狹之志也〔一二〕。士女雜坐，亂而不分〔一三〕，指以爲樂；娱酒不廢，沉湎日夜〔一四〕，舉以爲懽〔一五〕：荒淫之意也。摘此四事〔一六〕，異乎經典者也〔一七〕。

〔一〕離騷：「駕八龍之婉婉兮，載雲旗之委蛇。」王逸注：「駕八龍者，言己德如龍，可制御八方；載雲旗者，言己德如雲雨，能潤施萬物也。」

〔二〕「迂怪」，迂遠怪誕。下文所説「木夫九首，土伯三目」等事，都是「説迂怪」。

〔三〕唐寫本「豐」上有「駕」字。趙萬里校記：「案此處上下文均三字爲句，『駕』字當據唐本補。」黄注：「『吾令豐隆乘雲兮，求宓妃之所在。』注：『豐隆，雲師，一曰雷師。宓妃，神女也，以喻隱士。』梅注：『宓妃，伏犧氏女，爲洛水神也。』五臣注：『宓妃，以喻賢臣。』」

〔四〕「娀女」，原作娥女，梅注本改，黄注本從之。唐寫本「鴆」上有「憑」字，「娥」作「娀」。趙氏校記：「案唐本是也，今本有脱誤，當據改。」離騷：「望瑶臺之偃蹇兮，見有娀之佚女。吾令鴆爲媒兮，鴆告余以不好。」王注：「有娀，國名，謂帝嚳之妃，契母簡狄也。配聖帝，生賢子，以喻貞賢也。」「鴆，運日也，羽有毒可殺人，以喻讒佞賊害人也。言我使鴆鳥爲媒，以求簡狄，其性讒賊，不可信用，還詐告我，言不好也。」

〔五〕梅注：「康回，共工名。蛇身朱髮。任智自神，俶亂天常，竊保冀方，自謂水德，欲壅防百川，隳高堙卑，以害天下。王逸離騷注云：共工怒觸不周山，地柱折，故傾也。」天問：「康回馮怒，地何故以東南傾？」王逸注：「康回，共工名也。淮南子言共工與顓頊爭爲帝，不得，怒而觸不周之山。天維絶，地柱折，故東南傾也。」范注：「案淮南語在天文訓。」橋川時雄：「唐寫誤作『秉回』，『康』作秉，形似之譌。」按唐寫本此字在「康」「秉」之間。

〔六〕校證：「『斃』原作『蔽』，孫汝澄、徐𤊹改『彃』，王惟儉本同，唐寫本作『斃』。案天問：『羿焉彃日』，王注：『彃一作斃。』是彥和據一本作『斃』也。翻宋本楚辭載此文作『弊』。諸子篇『羿弊十日』，一本『弊』作『斃』。『弊』即『獘』之隸變，『蔽』又『獘』之形誤。『斃』『獘』音義俱同，今從唐寫本。」諸子：「羿弊十日。」梅注：「孫無撓曰：按離騷羿焉彃日。彃，射也。」淮南子本經訓：「逮至堯之時，十日并出，焦禾稼，殺草木，而民無所食。猰貐、鑿齒、九嬰、大風、封豨、脩蛇，皆爲民害。堯乃使羿誅鑿齒于疇華之野，殺九嬰于凶水之上，繳大風于青丘之野，上射十日而下殺猰貐，斷脩蛇于洞庭，禽封豕于桑林，萬民皆喜。置堯以爲天子，于是天下廣狹險易遠近，始有道里。」范注：「天問『羿焉彃日？烏焉解羽？』王注：『淮南言堯時十日並出，草木焦枯。堯令羿仰射，十日中其九日。日中九烏皆死，墮其羽翼。』案淮南語在本經訓。」斠詮：「説文弓部：『彃，䠶也，從弓，畢聲。楚辭曰：芎焉彃日。』段注：『屈原賦天問篇文。今本芎作羿。……』……『彃』爲正字，其作『彈』者形誤，作『斃』者乃音假，仍宜從許慎所見漢本楚辭作『彃』爲是。不必從唐本作『斃』。」又：「案彦和此文作『夷羿』，蓋涉天問『帝降夷羿，革孽夏氏』之語而混用。王逸此語注云：『夷羿，諸侯，弒夏后相者也。』是夷羿乃弒夏后相之有窮后羿，與堯時射日之羿截然爲二人。論語憲問：『羿善射。』孔注：『羿，有窮國之君，篡夏后相之位，其臣寒浞殺之。』」

〔七〕校證：「『木夫』原作『木天』，王惟儉本作『一夫』，梅從謝改，注云：『按招魂云：「一夫九首，拔木九千。」……』今按唐寫本正作『木夫』。」黃注：「招魂：一夫九首，拔木九千些。」王注：「言有丈夫一身九首，强梁多力，從朝至暮，拔大木九千株也。」

〔八〕招魂：「土伯九約，其角觺觺些。……參目虎首，其身若牛些。」注：「土伯，后土之侯伯也。……其貌如虎，而有三目，身又肥大，狀如牛也。」斠詮：「案此與上則皆見招魂，彦和引之，足徵彦和所見楚辭列招魂爲屈原之作也。」斯波六郎：「案如下文所明言『固知楚辭者……』此段併論屈宋之作，引作宋玉之作，並不抵觸。」

〔九〕「譎怪」，譎詐奇怪。

〔一〇〕離騷：「雖不周于今之人兮，願依彭咸之遺則。」王注：「彭咸，殷賢大夫，諫其君不聽，自投水而死。遺，餘也。則，法也。言己所行忠信，雖不合于今之世，願依古之賢者彭咸餘法，以自率厲也。」

〔一一〕九章悲回風：「浮江淮而入海兮，從子胥而自適。」從子胥而自適，意謂準備投水而死，追隨子胥。洪注：「自適，謂順適自志也。史記伍子胥傳：吴王將北伐齊……伍子胥諫王釋齊而先越，而吴王不聽。太宰嚭既與子胥有隙，因讒之。吴王使使賜伍子胥屬鏤之劍曰：『子以此死。』伍子胥乃仰天嘆，告其舍人曰：『必抉吾眼懸吴東門之上，以觀越寇之入滅吴也。』乃自剄死。吴王聞之大怒，乃取子胥尸，盛以鴟夷革，浮之江中。」

〔一二〕「狷狹」，「狷」謂狷介，不肯同流合污，「狹」謂胸襟狹隘。

〔一三〕招魂：「士女雜坐，亂而不分些。」王注：「言醉飽酣樂，合罇促席，男女雜坐，比肩齊膝，恣意調戲，亂而不分別也。」

〔一四〕招魂：「娭酒不廢，沈日夜些。」王注：「言晝夜以酒相樂也。」朱注：「不廢，猶言不已。」「湎」，沈迷于酒。楚辭補注：「此皆宋玉之詞，非屈原意。自漢以來，靡麗之賦，勸百而諷一，其流至于齊梁而極矣，皆自宋玉倡之。」

〔一五〕「舉」與上文「指」字相對成文，當即指出之意。唐寫本「懽」作「歡」。

〔一六〕唐寫本「摘」作「指」。橋川時雄：「楚辭夫蓉館、汲古閣本作『擿』。」綴補：「按上文『指以爲樂』，此文『摘』作『指』，與上『指』字複，疑涉上文而誤。楚辭補注本『摘』作『適』，古字通用。」

〔一七〕唐寫本「乎」作「於」。注訂：「摘此四事，指上四事皆怪異之文，而異乎經典。然屈宋之旨，多託詞隱諷，此朱子所謂『生于繾綣惻怛，不能自已之至意』。讀者不可不辨也。」

故論其典誥則如彼〔一〕，語其夸誕則如此〔二〕，固知楚辭者，體憲于三代〔三〕，而風雜于戰國〔四〕，乃雅頌之博徒〔五〕，而詞賦之英傑也〔六〕。

〔一〕「典誥」即「同于典誥」之意。「典誥」雖屬尚書，在此也兼指其他經書，正如「同于風雅者也」之「風雅」不專指詩經。

〔二〕「夸」，元刻本、弘治本、張之象本、兩京本俱作「本」。梅注本改作夸，黄注本從之。唐寫本正作「夸」。曹學佺批：「摘其夸誕，此愛而知惡也。彦和欲扶風雅之切如此。」「夸誕」，謂夸張，荒誕。「論其典誥則如彼」，是概括屈原之文所同于經典者四事；「語其夸誕則如此」，是泛指屈原之文所異于經典者四事。

〔三〕「憲」字元刻本、弘治本不誤。馮舒校云：「『憲』，朱興宗改作『慢』，洪注楚辭附載此篇同作『夸』、『慢』。」梅六次本改作「慢」，注云：「元作憲，朱云：宋本楚辭作『體慢』。」校證：「『體憲』，梅據朱引宋本楚辭作『體慢』……蘇東坡詩集林子中以詩寄文與可及余與可既没追和其韻施注亦作『體慢』。案唐寫本、王惟儉本作『體憲』，今據改。屈子之文，體憲三代，故能取鎔經旨。『憲』讀『憲章』之『憲』。詔策篇『體憲風流』，正以『體憲』連文。」

〔四〕校證：「『雜』原作『雅』，施注蘇詩亦作『雅』。涉下文『雅頌』而誤，今從唐寫本改。此言屈子之文，雖風雜于戰國，然亦自鑄偉辭也。」范注：「『體慢』應據唐寫本作『體憲』。憲，法也。體法于三代，謂同于風雅之四事。『風雅』，亦應據唐寫本作『風雜』。風雜于戰國，謂異于經典之四事。」校釋：「唐寫本『慢』作『憲』，『雅』作『雜』是也。按屈子之文體法三代，故能『取鎔經旨』；風雜戰國，故又『自鑄偉辭』。此二字于辨章屈文最爲切要，當據改。」校注：「時序篇云：『屈平聯藻於日月，宋玉交彩於風雲，觀其艷説，則籠罩雅頌，故知暐燁之奇意，出乎縱横之詭俗也。』正可作爲『風雜於戰國』一語注脚。」

藝概詩概：「劉勰辨騷謂楚辭『體慢于三代，風雅于戰國』，顧論其體，不如論其志，志苟可質諸三代，雖謂異地則皆然可耳。」

斠詮：「上文指屈作『同於風雅』者四事，『異乎經典』者亦有四事。故以『論其典誥則如彼，語其夸誕則如此』二語分承。今曰『體憲於三代』者，即指『同於風雅』之『典誥』而言；曰『風雜於戰國』者，則指『異乎經典』之『夸誕』而言；『憲』與『典誥』，『雜』與『夸誕』，兩相針對，若作『風雅於戰國』，非惟理脈不貫，亦且命義兩歧。」

〔五〕史記魏公子列傳：「公子聞趙有處士毛公，藏于博徒。」史記袁盎列傳：「安陵富人有謂盎曰：吾聞劇孟博徒。」集解：「如淳曰：『博盪之徒，或曰博戲之徒。』」知音篇：「彼實博徒，輕言負誚。」范注：「博徒，人之賤者。」意指楚辭比詩經差一點。注訂：「此謂比之雅頌，固遜之如博徒，于辭賦則崇之如英傑也。」

〔六〕橋川時雄：「汲古閣本『詞賦之英傑也』下洪注云：『此語施于宋玉可也。』」明許學夷詩源辨體楚：「劉勰云：『離騷軒翥詩人之後，奮飛辭家之前……乃雅頌之博徒，而詞賦之英傑也。』按淮南王、宣帝、揚雄、王逸皆舉以方經，而班固獨深貶之。劉勰始折衷，爲千古定論，蓋屈子本辭賦之宗，不必以聖經列之也。」藝概賦概：「騷爲賦之祖。太史公報任安書：『屈原放逐，乃賦離騷。』漢書藝文志：『屈原賦二十五篇。』不別名騷。劉勰辨騷曰：『名儒辭賦，莫不擬其儀表。』又曰：『雅頌之博徒，而辭賦之英傑也。』」

觀其骨鯁所樹，肌膚所附〔一〕，雖取鎔經旨，亦自鑄偉辭〔二〕。

〔一〕抱朴子辭意：「屬筆之家，亦各有病。其淺者，則患乎妍而無據，證援不給，皮膚鮮澤而骨鯁迴弱也。」按此骨鯁即骨幹。文心附會篇：「以情志爲神明，事義爲骨髓，辭采爲肌膚，宫商爲聲氣。」

斠詮：「『骨鯁』本應作『骨骾』。」注訂：「骨骾指意志，肌膚指文采。」

〔二〕范注：「唐寫本『偉』作『緯』，誤。」校證：「『旨』原作『意』，唐寫本、玉海二〇四作『旨』，今定從之。」札記：「二語最諦。異于經典者，固由自鑄其詞；同于風雅者，亦再經鎔煉，非徒貌取而已。」

藝概賦概：「或謂楚賦『自鑄偉辭』，其『取鎔經義』，疑不及漢。余謂楚取于經，深微周浹，無迹可尋，實乃較漢尤高。」

事類篇云：「屈宋屬篇，號依詩人，雖引古事，而莫取舊辭。」這話是指用事説的，却也可以和「雖取熔經意，亦自鑄偉辭」之説互相補充。

注訂：「因其志行本于忠誠，故曰取鎔經義；因其文采能變化風雅，故曰自鑄偉辭。」

講疏：「『取鎔經意』與『骨鯁所樹』相呼應，是就屈原作品的『質』（内容）講。……而『自鑄偉辭』則是與『肌膚所附』相呼應，乃是就屈原作品的『文』（形式）講。」

故騷經、九章，朗麗以哀志〔一〕；九歌、九辯，綺靡以傷情〔二〕；遠遊、天問，瓌詭而惠巧〔三〕；招魂、大招，耀艶而深華〔四〕。卜居標放言之致〔五〕，漁父寄獨往之才〔六〕。

〔一〕唐寫本無「故」字。王逸離騷經序：「離騷經者，屈原之所作也。……離，别也；騷，愁也；經，徑也。言己放逐别離，中心愁思，猶依道徑以風諫君也。……離騷之文，依詩取興，引類譬諭，故善鳥香草以配忠貞，惡禽臭物以比讒佞，靈脩美人以媲於君，宓妃佚女以譬賢臣，虬龍鸞鳳以託君子，飄風雲霓以爲小人。其辭温而雅，其義皎而朗，凡百君子莫不慕其清高，嘉其文采，哀其不遇，而愍其志焉。」前人因爲尊重離騷，所以稱之爲「經」。

王逸九章序：「屈原放於江南之野，思君念國，憂思罔極，故復作九章。章者，著也，明也。言己所陳忠信之道甚著明也。」按「朗」指「其義皎而朗」，「麗」謂雅麗，「哀志」謂使讀者「哀其不遇，而愍其志。」集釋稿：「太史公云：『余讀離騷、天問、招魂、哀郢，悲其志。』（史記屈原列傳）此即劉勰所謂『哀志』也。離騷固屬離憂之作，然哀志之句亦多。屈原列傳云：『其存君興國，而欲反覆之，一篇之中，三致志焉。』……離騷……下半部自『將往觀乎四荒』起，別開新意，筆調轉爲『朗麗』，令讀之者有神采飛揚之感。」

〔二〕橋川時雄：「『歌』，唐寫作『哥』。時按：哥，聲也，古文以爲『歌』字，漢書多用『哥』爲『歌』也。」唐寫本「辯」作「辨」，「綺靡」作「靡妙」。

王逸九歌序：「昔楚南郢之邑，沅、湘之間，其俗信鬼而好祠。其祠必作歌樂鼓舞以樂諸神。屈原放逐，竄伏其域，懷憂苦毒，愁思沸鬱；出見俗人祭祀之禮，歌舞之樂，其詞鄙陋，因爲作九歌之曲。上陳事神之敬，下見己之冤結，託之以風諫。」王夫之楚辭通釋九歌序：「熟繹篇中之旨，但以頌其所祠之神，而婉娩纏綿，盡巫與主人之敬慕，舉無叛棄本旨，闌及己冤，但其情貞者其言惻，其志菀者其音悲。」

王逸九辯序：「九辯者，楚大夫宋玉之所作也。……宋玉者，屈原弟子也，閔惜其師忠而放逐，故作九辯以述其志。」王夫之楚辭通釋九辯序：「其詞激宕淋漓，異于風雅，蓋楚聲也。」文選陸機文賦：「詩緣情而綺靡。」李善注：「綺靡，精妙之言。」橋川時雄：「按楚辭夫蓉館本九辨，作『辨』是。王逸序云：辨，變也，謂陳道德以變説君也。故作『辯』非。」

〔三〕校證：「唐寫本『惠』作『慧』，古通。」范注：「莊子天下篇釋文：『瓌瑋，奇特也。』」「瓌」，瑰的異體字，奇偉。

王逸遠遊序：「屈原履方直之行，不容于世。……遂叙妙思，託配仙人，與俱遊戲，周歷天地，無所不到。然猶懷念楚國，思慕舊故……是以君子珍重其志而瑋其辭焉。」

王逸天問序：「屈原放逐，憂心愁悴，彷徨山澤……見楚有先王之廟，及公卿祠堂，圖畫天地山川神靈，琦瑋僪佹，及古賢聖怪物行事……仰見圖畫，因書其壁，呵而問之，以渫憤懣，舒寫愁思。」本篇上文云：「康回傾地，夷羿彃日……譎怪之談也。」所以説：「遠遊、天問，瓌詭而惠巧。」

〔四〕王逸招魂序：「宋玉憐哀屈原忠而斥棄，愁懣山澤，魂魄放佚，厥命將落，故作招魂。欲以復其精神，延其年壽。」

校證：「『大招』原作『招隱』，徐校、譚校作『大招』，馮云：『「招隱」，楚辭本作「大招」，下云「屈宋莫追」。疑「大招」爲是。』案徐、馮、譚説是，唐寫本、王惟儉本正作『大招』，今據改。」札記：「『招隱』，宜從楚辭補注本作大招。」

王逸大招序：「大招者，屈原之所作也，或曰景差，疑不能明也。屈原放逐九年，憂思煩亂，精神越散，與形離別，恐命將終，所行不遂，故憤然大招其魂。」洪興祖補注：「屈原賦二十五篇，漁父以上是也，大招恐非原作。」唐寫本「深」作「采」。校注：「按唐寫本是。『深』，正作『罙』，蓋『采』初譌爲『罙』，後遂變爲『深』也。」張立齋文心雕龍考異：「淮南小山有招隱士在續楚辭中，彥和所引不及賈誼以下諸篇，故從大招是。」又：「耀豔，文采外發也；深華，文采內蘊也。外發故曰耀，內蘊故曰深。深者，藏也。考工記：『梓人必深其爪。』即藏其爪也。采、採、彩互通，與『耀』字不協，從『深』是，楊校非。」楊用脩批：「耀豔深華四字，尤盡二篇妙處，故重圈之。皮日休評楚辭幽秀古豔，亦與此相表裏，予稍易之云：招魂耀豔而深華，招隱幽秀而古朗。」橋川時雄：「招魂，楚辭諸本俱謂宋玉作，未知何據。但史記太史公曰：『余讀離騷天問、招魂、哀郢，悲其志。』則當屬原作。玩其氣調，亦與九歌篇同。而以九辨、大招較之，殊似不逮。然而彥和此篇引招魂云：『一夫九首，土伯三目。』頗似以招魂爲原之辭，當俟再考。」

〔五〕王逸卜居序：「卜居者，屈原之所作也。屈原體忠貞之性而見嫉妬。……乃往至太卜之家，稽問神明，決之蓍龜，卜已居世，何所宜行，冀聞異策，以定嫌疑，故曰卜居也。」補注：「詳友丹徒陳祺壽云：『論語微子篇：隱居放言。集解引包咸云：放，置也，不復言世務。卜居云：吁嗟默默兮，誰知吾之廉貞。故彥和以放言美之。』按此句下云漁父寄獨往之才，亦言漁父鼓枻而去，獨往不返也。陳說甚確。」札記：「卜居命龜之辭，繁多不覩，故曰放言。放言猶云縱言。陳解未諦。」放言，暢所欲言，不受拘束。晉書夏侯湛傳：「莊周駘蕩以放言。」

〔六〕王逸漁父序：「屈原放逐在江湘之間，憂愁嘆吟，儀容變易，而漁父避世隱身，釣魚江濱，欣然自樂。時遇屈原川澤之域，怪而問之，遂相應答。」范注：「孫君蜀丞曰：『文選任彥昇齊竟陵文宣王行狀注引淮南王莊子略要曰：「江海之士，山谷之人也，輕天下，細萬物而獨往者也。」司馬彪注曰：「獨往自然，不復顧世。」』」徐𤊹校云：「『往』，楚辭本作『任』。」校證：「案孫說是，徐校未可從。」楚辭補注作「獨任之才」，注云：「一云『獨任』當作『獨往』。」橋川時雄：「按『任』『往』並通，今從楚辭作任，與下句氣往之往不重。」莊子在宥篇：「獨往獨來。」

故能氣往轢古〔一〕，辭來切今〔二〕，驚采絶艷，難與並能矣〔三〕。

〔一〕斠詮：「氣往轢古，言其氣勢一往無前，足以陵踐古人也。轢，說文：『車所踐也。』」講疏：「『氣往轢古』是說……風格卓絶，精神超邁，度越古人；『辭來切今』是說楚辭離騷爲一種新興的文體，在形式方面，無論文法或修辭，都非常新鮮奇特，不但吸引當時人的注意，並能滿足讀者的興趣（切，合也）。」

〔二〕按「切今」當指切合當前的情景。下文說：「論山水，則循聲而得貌；言節候，則披文而見時。」可證。

〔三〕「難與並能」，是説别的作者難同他一樣地擅長。魯迅漢文學史綱要第四篇屈原及宋玉：「離騷之出，其沾溉文林，既極廣遠，評騭之語，遂亦紛繁。……楚雖蠻夷，久爲大國，春秋之世，已能賦詩，風雅之教，寧所未習？幸其固有文化，尚未淪亡，交錯爲文，遂生壯采。劉勰取其言辭，校之經典，謂有異有同，固雅頌之博徒，實戰國之風雅，『雖取鎔經義，亦自鑄偉辭。……故能氣往轢古，辭來切今，驚采絶艷，難與並能。』可謂知言者已。」

以上爲第三段，揭示楚辭各篇的藝術特色。

自九懷以下〔一〕，遽躡其迹〔二〕；而屈、宋逸步〔三〕，莫之能追〔四〕。

〔一〕「以」字，橋川時雄：「唐寫本及楚辭夫蓉館、汲古閣本作『已』，各本作『以』。」王逸九懷序：「九懷者，諫議大夫王襃之所作也。懷者，思也。……襃讀屈原之文……追而愍之，故作九懷以裨其詞……」

范注：「彦和所云九懷（王襃作）以下，當指東方朔七諫、劉向九嘆、嚴忌哀時命、賈誼惜誓、王逸九思諸篇。陳振孫書録解題云：『洪（興祖）氏從吴郡林虙得楚辭釋文一卷，乃古本，其篇第與今本不同。首離騷，次九辯，而後九歌、天問、九章、遠遊、卜居、漁父、招隱士、招魂、九懷、七諫、九嘆、哀時命、惜誓、大招、九思。』」

〔二〕「遽」，急也。注訂：「蓋諸家皆上本屈氏之體以作賦，故云『躡其跡』也。跡指屈宋，非指屈氏一人，因下文有屈、宋逸步之語，屈、宋聯稱，范注不省，謂專指屈氏者非。」斠詮：「躡，繼踵也，猶言追踪。其，指上述騷經、九章等十種屈宋之作。」

〔三〕莊子田子方：「夫子奔逸絶塵，而（顏）回瞠若乎後矣。」「逸」，奔跑。

〔四〕典論：「或問：『屈原、相如之賦孰愈？』曰：『優遊按衍，屈原之尚也。窮侈極妙，相如之長也。然原據托譬喻，其意周旋，綽有餘度矣。長卿、子雲，意未能及已。』」（北堂書鈔卷一百引）

故其叙情怨〔一〕，則鬱伊而易感〔二〕；述離居，則愴快而難懷〔三〕；論山水，則循聲而得貌〔四〕；言節候，則披文而見時〔五〕。是以枚、賈追風以入麗，馬、揚沿波而得奇〔六〕；其衣被詞人，非一代也〔七〕。

〔一〕范注：「其，指屈原諸作。」斯波六郎：「案『其』指屈、宋。」

〔二〕後漢書崔寔傳：「智士鬱伊於下。」注云：「『鬱伊，不申之貌。』」「鬱伊」，同抑鬱，心情不舒暢。

〔三〕離居，這裏指屈原被流放而離開國都。九歌大司命：「將以遺兮離居。」「愴快而難懷」，斠詮：「謂悲愴悵惘，難以爲懷也。……難以爲懷，亦即不忍卒讀之意。」

〔四〕如九歌、九章中之寫山水，而寫水者尤多。

〔五〕春覺齋論文流别論第一節：「涉江之詞曰：『哀南夷之莫吾知兮，旦余將濟乎江湘。乘鄂渚而反顧兮，欸秋冬之緒風。步余馬兮山皋，邸余車兮方林。乘舲船余上沅兮，齊吴榜而擊汰。船容與而不進兮，淹迴水而凝滯。朝發枉渚兮，夕宿辰陽；苟余心之端直兮，雖僻遠其何傷？入溆浦余儃佪兮，迷不知吾所如。深林杳以冥冥兮，乃猨狖之所居。山峻高以蔽日兮，下幽晦而多雨。霰雪紛其無垠兮，雲霏霏其承宇。哀吾生之無樂兮，幽獨處乎山中。吾不能變心以從俗兮，固將愁苦而終窮。』此一段，真所謂述離居，論山水，言節候，悉納于小小篇幅中矣。夫惟朝廷之莫己知，遂涉江而逝。然秋冬之風撲面，迴顧國都，已在蒼蒼莽莽之中。秋水漫天，楚江日暮，自枉渚至辰陽，初無托足之所。于是深林猨狖，雨雪淒迷，其中著一去國之孤臣，不特此身不可安頓，即此心亦寧有安頓之處？又知國家衰敗，斷無容己之人，即一己亦不願變心而從俗。不待讀涉江全文，只此小小結構，靜中思之，在在咸中悲梗。」

曹學佺批：「山水循聲而得貌，節候披文而見時，此極真之文也。若緯書祇僞，惑矣，烏能真！」

以上指出楚辭在抒情和寫景各方面的成就。

〔六〕漢書藝文志詩賦略論：「楚臣屈原離讒憂國，皆作賦以風，咸有惻隱古詩之義。其後宋玉、唐勒，漢興枚乘、司馬相如，下及揚子雲，競爲侈麗閎衍之詞，没其風諭之義。」史記賈誼列傳：「誼爲長沙王太傅，意不自得，及渡湘水，爲賦以弔屈原。」

范注：「漢書枚乘傳：『梁客皆善屬辭賦，乘尤高。』藝文志屈原賦類下有枚乘賦九篇，賈誼賦七篇，司馬相如賦二十九篇。漢書揚雄傳：『蜀有司馬相如作賦甚弘麗温雅，雄心壯之，每作賦，常擬之以爲式。』」橋川時雄：「楚辭夫蓉館、汲古閣本無『是以』二字。『詞人』唐寫作『辭人』。」「沿波」，循屈、宋的餘波。

〔七〕「衣被」，加惠于人，這裏指給人以影響。

故才高者菀其鴻裁〔一〕，中巧者獵其豔辭〔二〕，吟諷者銜其山川〔三〕，童蒙者拾其香草〔四〕。若能憑軾以倚雅頌〔五〕，懸轡以馭楚篇〔六〕，酌奇而不失其真〔七〕，翫華而不墜其實〔八〕；則顧盼可以驅辭力〔九〕，欬唾可以窮文致〔一〇〕，亦不復乞靈於長卿〔一一〕，假寵於子淵矣〔一二〕。

〔一〕「菀」，梅注：「音鬱。」唐寫本作「苑」。趙萬里校記：「案唐本是也。『苑』與『蘊』通。廣雅云：『蘊，聚也。』是其義。」

范注：「菀訓鬱，訓蘊，是自動詞，下列三句中『獵』、『銜』、『拾』三字皆他動詞，語氣不順，疑『菀』即『捥』之假字，集韻：捥，取也。捥其鴻裁，謂取鎔屈宋製作之大義，以自製新辭，然此非淺薄所能，故曰『才高者捥其鴻裁』也。」

校證：「『菀』，唐寫本作『苑』，古通，漢書谷永傳注云：『菀，古苑字。』又百官公卿表上，太僕屬官之牧師菀令，即苑令也。管子水地篇：『地者，諸生之根菀也。』舊注：『菀，囿城也。』皆

『苑』、『菀』古通之證。詮賦篇『京殿苑獵』，以『苑』『獵』對文，與此正同。雜文篇云：『苑囿文情。』體性篇云：『文辭根葉，苑囿其中。』練字篇云：『苑囿奇文。』『苑』字義並與此同。蓋離騷一書，辭藻豐蔚，多所蘊蓄，若草木禽獸之苑囿然，後人多在其中討生活，所謂『衣被詞人，非一世也』。詮賦篇云『故知殷人輯頌，楚人理賦，斯並鴻裁之寰域，雅文之樞轄也。』亦『苑其鴻裁』之意也。」「鴻裁」，指文章的鴻偉體制。

潘重規唐寫文心雕龍殘本合校（以下簡稱「合校」）：「漢書谷永傳師古注云：『菀古苑字。』苑囿字，六朝人往往書作『菀』，此菀即『範』也。苑囿用作動詞，蓋範圍包括之意。詮賦篇云：『故知殷人輯頌，楚人理賦，斯並鴻裁之寰域，雅文之樞轄。』『才高者苑其鴻裁』，謂才高者能盡得其體製也。」

〔二〕橋川時雄：「夫蓉館本『中』作『志』，時按作『中巧』是。」札記：「中巧，猶言心巧。」斯波六郎：「案此『中』字爲『中的』之『中』，喻射。故下用『獵』字。梅音『中，去聲』，亦作『中的』解。」

〔三〕按「銜」有含咏意，如「含英咀華」。講疏：「『吟諷者銜其山川』是説諷誦欣賞的人，可以在楚辭的作品……中體會到寫景的樂趣。」

〔四〕易蒙：「匪我求童蒙，童蒙求我。」正義：「童蒙，闇昧之意。」「拾其香草」，謂拾取其中香草的比喻。王逸離騷經序：「善鳥香草以配忠貞。」楊批：「拾其香草，大奇句。」「童蒙」，啓蒙的童子。講疏謂「拾其香草」是説在楚辭的作品中「學習到各種博物的知識」，並引孔子的話説學詩可以「多識於鳥獸草木之名」（論語陽貨篇）。魯迅摩羅詩力説二：「惟靈均將逝……則抽寫哀怨，鬱爲奇文。……然中亦多芳菲悽惻之音，而反抗挑戰，則終其篇未能見，感動後世，爲力非强。劉彦和所謂『才高者菀其鴻裁，中巧者獵其艷辭，吟諷者啣其山川，童蒙者拾其香草』，皆著意外形，不涉内質。孤偉自死，社會依然。四語之中，函深哀焉。」（墳，全集第一卷）

〔五〕校注：「左傳僖公二十八年：『子玉使鬭勃請戰，曰：「請與君之士戲，君馮軾而觀之。」』釋文：『馮，皮冰反。』」「馮軾」，靠在車前横木上，表示尊敬。「倚雅頌」，倚重雅頌，而楚辭不過是「雅頌之博徒」。

〔六〕此句意謂有節制地來駕御楚辭，也就是有選擇地學習楚辭，欣賞楚辭。

〔七〕札記：「彦和論文，必以存真實爲主，亦鑑于楚艷漢侈之流弊而立言。其實屈、宋之辭，辭華者其表儀，真實者其骨幹，學之者遺神取貌，所以有僞體之譏。」

校注：「『其真』，唐本作『居貞』。按『貞』字是，『居』則非也。」

校釋：「貞者，正也。對奇而言貞，與實對華而言同。」又「舍人論文，每反復于奇貞華實之間。奇華者，采之外彰者也。貞實者，道之内藴者也。屈子『取鎔經旨』，故不失其貞，不墜其實。屈賦『自鑄偉詞』，故可酌其奇，可翫其華。」

定勢篇：「舊練之才，則執正以馭奇；新學之鋭，則逐奇而失正；勢流不反，則文體遂弊。」又謂：「然淵乎文者，並總群勢；奇正雖反，必兼解以俱通。」

〔八〕老子三十八章：「處其實，不居其華。」「翫」，橋川時雄：「楚辭夫蓉館、汲古閣本作『玩』。」時按翫，習也；玩，弄也。楚辭哀時命『誰可與玩此遺芳』王注：玩，習也。此假玩爲翫也。」按定勢篇云：「效騷命篇者，必歸艷逸之華。」但是不能損害作品内容的真實性。

春覺齋論文流別論第一節：「文心雕龍辯騷篇曰：『酌奇而不失其真，翫華而不墜其實。』是言真知騷者也。枚、賈得其麗，馬、揚得其奇，此私淑者之徑造其室也。然其叙情怨，述離居，論山水，言節候，綜此四者，披而讀之，瞑目遐想，良有不可自解者。……「乃知騷經之文，非文也，有是心血，始有是至言。賈誼惜誓，九嘆，皆有所感，故聲悲而韻亦長。東方、嚴忌諸人習而步之，彌不及矣。後人引吭佯悲，極其摹仿，亦咸不能似，似者唯一柳柳州。柳州解祟、懲咎、閔生、夢歸、囚山諸賦，則直步九章，而宥蝮蛇、斬曲几、憎王孫，則又與卜居、漁父同工而異曲。……即劉勰所謂真也，實也；不實不真，佳文又胡從出哉！」「貞」指「規諷之旨」、「比興之義」，亦即「同于風雅」者，是楚辭與詩經精神相通之處。「奇」指「詭異之辭」、「譎怪之談」，亦即「異乎經典」者，是楚辭所獨具的光怪陸離的幻想形式。「華」是「詞采」，「實」是作品的思想内容。

〔九〕合校：「唐寫本『盼』作『眄』。案六朝人眄字，俗寫作『盻』，眄字是。」斠詮：「顧眄，還視曰顧，衺視曰眄。」校注：「按『眄』『盻』『盼』三字，形音誼俱别（王觀國學林卷十『盼眄盻』條辨之甚詳）。……三字形近，每致淆誤。此當以作『眄』爲是。」「驅」，謂驅遣。「辭力」，謂文辭氣力。

〔一〇〕「欬唾」，莊子秋水篇：「子不見夫唾者乎？噴則大者如珠，小者如玉。」因而有「欬唾成珠玉」一語。斠詮：「欬唾之聲甚微，因假以喻言語聲之輕者。」此處謂輕聲吟誦自己的作品。一文致」，文章的情趣。

〔一一〕左傳哀公二十四年「：寡人欲徼福於周公，願乞靈於臧氏。」「乞靈」，本指祈求神靈賜以援助，後泛指借助于外物。

〔一二〕左傳昭公四年：「君若苟無四方之虞，則願假寵以請於諸侯。」杜注：「欲借君之威寵以致諸侯。」范注：「王褒，字子淵，宣帝時辭家之首，故彥和云然。」北堂書鈔九十七引桓譚新論云：『余少時好離騷，博觀他書，輒欲反學。』亦此意也。」

第四段，講楚辭對後代的影響。進而總結出效騷命篇的基本原則。

贊曰：不有屈原，豈見離騷〔一〕！驚才風逸〔二〕，壯志煙高〔三〕。山川無極，情理實勞〔四〕。金相玉式〔五〕，艷溢錙毫〔六〕。

〔一〕唐寫本「原」作「平」。此謂離騷由一個偉大作家所創造。

〔二〕此謂驚人才華，如飄風那樣奔放。

〔三〕范注：「『壯志』，唐寫本作『壯采』，是。」校注：「詮賦篇『時逢壯采』，亦以『壯采』連文。」鈴木云：「洪本校注云：『煙一作雲。』」考異：「騷體志鬱而文盛，『志』字非，從唐寫本作『采』是。」斠詮：「謂其壯麗之辭采，若煙飛雲翔也。」

〔四〕物色篇：「山林皐壤，實文思之奥府。……然屈平之所以能洞鑒風騷之情者，抑亦江山之助乎？」無窮，無極的山川，均賴作者運用匠心來表達，使主客觀交融爲一，故云「山川無極，情理實勞」。

斠詮：「言屈賦所叙寫之山川，固然悠遠無極；所抒發之情理，實亦煞費憂勞也。」

郭注：「今案勞當訓遼，聲之誤也。詩漸漸之石：『山川悠遠，非其勞矣。』箋云：『其道里長遠，邦域又勞勞廣闊。』正義：『鄭以勞爲遼遼，言廣闊之意。』又：『廣闊遼遼之字，當以遼遠之遼，而作勞字者，以古之字少，多相假借。詩人口之咏歌，不專以竹帛相授，音既相近，故遂用之。此字義自得通，故不言當作遼也。』劉彦和正用詩之鄭箋。」此又一解，贊美屈原的襟懷和感情像山川一樣遼闊。

〔五〕校注：「按詩大雅棫樸：『金玉其相。』毛傳：『相，質也。』左傳昭公十二年：『其詩曰：「祈昭之愔愔……式如玉，式如金。」』」

斠詮：「金相玉式，言其情辭兼備，有如以金爲質，以玉爲飾也。王逸楚辭章句序：『所謂金相玉質，百世無匹，名垂罔極，永不刊滅者矣。』……式，飾式，法式。」

〔六〕橋川時雄：「唐寫作『艷逸錙毫』，楚辭夫蓉館、汲古閣本作『艷溢錙毫』。徐校云：改本『艷溢錙毫』，又云：一作『絶艷稱豪』。梅本云：元作『絶益稱豪』。時按諸本紛雜，難得一是。然唐寫本、楚辭，僅差一字。逸、溢兩通。『溢』字妥。他本異同，皆出摸索，不問之可也。」

斠詮：「言其片詞隻字，皆艷采四溢，美不勝收也。錙毫，極言其細微。陸機文賦：『考殿最於錙銖，定去留於毫芒。』（五臣）注：『濟曰：「錙銖，秤兩也。毫，細毛也。皆至微小者也。」』」

按時序篇云：「屈平聯藻于日月，宋玉交彩于風雲。觀其艷説，則籠罩雅頌，故知暐燁之奇意，出乎縱横之詭俗也。」

卷二

明詩第六

這是一篇詩史，它具體地説明了詩體源流和詩歌發生發展的規律，並根據他的理論來説明各個時期代表作家作品的成就，還根據政治社會的升沉，來解釋各個時代的詩風。

大舜云：「詩言志，歌永言〔一〕。」聖謨所析〔二〕，義已明矣。是以在心爲志，發言爲詩〔三〕，舒文載實〔四〕，其在兹乎！詩者，持也，持人情性〔五〕；三百之蔽，義歸無邪〔六〕，持之爲訓，有符焉爾〔七〕。

〔一〕「歌」，唐寫本作「哥」，下並同。尚書舜典：「詩言志，歌永言。聲依永，律和聲。」舊傳釋此二句云：「謂詩言志以導之，歌詠其義以長其言。」左傳襄公二十七年：「詩以言志。」説文：「詩，志也，從言，寺聲。古文作訨，從言，㞢聲。」楊樹達説文十義釋詩：「志字從心，㞢聲，寺字亦從㞢聲。㞢、志、寺古音蓋無二。古文從言㞢，『言㞢』即『言志』也。篆文從言寺，『言寺』亦『言志』也。……蓋詩以言志爲古人通義，故造文者之制詩字也，即以言志爲文。其以㞢爲志，或以寺爲志，音近假借耳。……古詩、志二文同用，故許徑以『志』釋詩。」按「永」字通「詠」。

禮記樂記：「詩言其志也，歌詠其言也，舞動其容也。」宗經篇：「詩主言志，詁訓同書。」

〔二〕宗經篇：「聖謨卓絶。」「謨」，典謨，在此指舜典。

〔三〕詩大序：「詩者，志之所之也。在心爲志，發言爲詩。」正義：「詩者，人志意之所適也。雖有所適，猶未發口，蘊藏在心，謂之爲志，發見於言，乃名爲詩。言作詩者所以舒心志憤懣，而卒成於歌詠，故虞書謂之『詩言志』也。」

禮記孔子閒居：「志之所至，詩亦至焉。」漢書藝文志：「書曰：『詩言志，歌詠言。』故哀樂之心感而歌詠之聲發。誦其言謂之詩，詠其聲謂之歌。」宋書謝靈運傳論：「夫志動于中，則歌詠外發。」藏在内心的思想感情就是志，而表現爲語言就是詩。志藏在内心不可見，詩歌就是把它表現于外的一種工具。

〔四〕「文」謂文辭；「實」指實質，就是内容。注訂：「此四字即本上注正義所云『所以舒心志憤懣，而卒成于歌詠』也。」

〔五〕唐寫本「詩」上有「故」字。鄭玄詩譜序：「詩之道放于此乎？」正義：「詩緯含神霧云：『詩者，持也。』……爲詩所以持人之行，使不失隊。」楊慎評曰：「儀禮：『詩附之。』又云：『詩懷之。」皆訓爲持。此『詩者，持也』本此。千古詩訓字，獨此得之。」劉熙載藝概詩概：「詩之言持，莫先于内持其志，而外持風化從之。」范文瀾文心雕龍講疏：「樂記曰：『是故先王本之情性，稽之度數，制之禮義，合生氣之和，道五常之行，使之陽而不散，陰而不密，剛氣不怒，柔氣不懾，四暢交於中而發作於外，皆安其位而不相奪也。』吕氏春秋仲夏紀大樂篇曰：『成樂有具，必節嗜慾。』此之謂矣。」按持有制義，「持人情性」就是節制人的情感。這種看法是因襲儒家觀念，和下文所説詩之「順美匡惡，其來久矣」是有密切聯繫的。

〔六〕論語爲政：「子曰：『詩三百，一言以蔽之，曰思無邪。』」包咸注：「蔽，猶當也。」正義：「詩之爲體，論功頌德，止僻防邪，大抵皆歸於正，於此一句可以當之也。」「當」，有概括意。魯迅摩羅詩力説一：「中國之詩，舜云『言志』，而後賢立説，乃云『持人性情』，三百之旨，無邪所蔽。夫既言志矣，何持之云？强以無邪，即非人志。許自繇於鞭策羈縻之下，殆此事乎？」

〔七〕唐寫本「有」上有「信」字。言「持之爲訓」甚合詩意也（注訂）。紀評：「『大舜』九句是『發乎情』，『詩者』七句是『止乎禮義』。」

以上爲第一段，説明詩的産生及其教育作用。

人稟七情〔一〕，應物斯感，感物吟志〔二〕，莫非自然〔三〕。

〔一〕禮記禮運：「何爲人情？喜、怒、哀、懼、愛、惡、欲，七者弗學而能。」

〔二〕禮記樂記：「凡音之起，由人心生也。人心之動，物使之然也。感於物而動，故形於聲。」又：「夫民有血氣心知之性，而無哀樂喜怒之常，應感起物而動，然後心術形焉。」

集注：「或詢詩人『應物斯感，感物吟志』之狀，則應之曰：陸士衡文賦：『佇中區以玄覽，頤情志於典墳。遵四時以嘆逝，瞻萬物而思紛。悲落葉於勁秋，喜柔條於芳春。心懍懍以懷霜，志眇眇而臨雲。』此其狀也。」

宋書謝靈運傳論：「民禀天地之靈，含五常之德，剛柔迭用，喜愠分情。」

本書物色篇：「歲有其物，物有其容。情以物遷，辭以情發。一葉且或迎意，蟲聲有足引心。況清風與朗月同夜，白日與春林共朝哉！是以詩人感物，聯類不窮。流連萬象之際，沉吟視聽之區。寫氣圖貌，既隨物以婉轉；屬采附聲，亦與心而徘徊。」

詩品序：「氣之動物，物之感人，故摇蕩性情，形諸舞詠。」

〔三〕曹學佺批：「詩以自然爲宗，即此之謂。」

日僧空海文鏡秘府論論文意：「自古文章，起於無作，興於自然，感激而成，都無飾練，發言以當，應物便是。古詩云：『日出而作，日入而息。鑿井而飲，耕田而食。』當句皆瞭也。其次，尚書歌曰：『元首明哉，股肱良哉，庶事康哉！』亦句句便瞭。自此之後，則有毛詩，假物成焉。」

朱熹詩集傳序：「人生而靜，天之性也。感於物而動，性之欲也。夫既有欲矣，則不能無思；既有思矣，則不能無言；既有言矣，則言之所不能盡，而發於咨嗟咏歎之餘者，必有自然之音響節族而不能已焉。此詩之所以作也。」

朱自清先生在詩言志辨裏説：「從反映現實的意義而言，情和志是不應有什麽分别的。自從陸機提出了『詩緣情而綺靡』之説，『情』和『志』纔有分别。劉勰是主張『詩言志』的，這個地方的『志』明指『七情』，因爲『感物吟志』既『莫非自然』，『緣情』作用也就包在其中了。」

昔葛天樂辭，玄鳥在曲〔一〕；黄帝雲門〔二〕，理不空絃〔三〕。至堯有大唐之歌〔四〕，舜造南風之詩〔五〕，觀其二文，辭達而已〔六〕。

〔一〕「昔葛天樂辭」原作「昔葛天氏樂辭云」。趙萬里唐寫本文心雕龍殘卷校記：「唐寫本『天』字『氏』字『云』字均無。案此文疑當作『昔葛天樂辭，玄鳥在曲』，方與下文『黄帝雲門，理不空綺』相對成文。今本衍『氏』字『云』字，唐本奪『天』字，均有誤。然終以唐本近是。」玉海卷一百六引作「昔葛天樂辭，玄鳥在曲」。校證：「『葛天樂辭，玄鳥在曲』者，謂葛天氏八闋之歌，中有玄鳥之樂也。樂府篇云『淫辭在曲』，文例正同。」

呂氏春秋仲夏紀古樂篇：「昔葛天氏之樂，三人操牛尾，投足以歌八闋：一曰載民，二曰玄鳥，三曰遂草木，四曰奮五穀，五曰敬天常，六曰建帝功，七曰依帝德，八曰總禽獸之極。」按操牛尾投足以歌，確實是古代勞動人民的形象。至於八闋的内容，則不可考。大體前四闋反映生産勞動和原始宗教信仰，後四闋則有的反映了階級社會的意識形態。其中玄鳥見於商頌，其它各篇可能也是有歌辭的。

〔二〕訓故：「周官大司樂：奏黄鍾，歌大吕，舞雲門，以祀天神。」周禮春官大司樂：「以樂舞教國子，舞雲門大卷……」鄭注：「黄帝曰雲門、大卷。……言其德如雲之所出，民得以有族類。」蔡邕獨斷：「黄帝曰雲門，顓頊曰六莖，帝嚳曰五英。」

〔三〕校證：「『絃』原作『綺』，朱云：『當作絃。』……按唐寫本，玉海正作『絃』。詩譜序正義云：『大庭有鼓籥之器，黄帝有雲門之樂，至周尚有雲門，明其音樂和集。既能和集，必不空絃，絃之所歌，即是詩也。』即本文心。今據改。」札記：「理不空絃者，以其既得樂名，必有樂詞也。」

〔四〕趙氏文心雕龍殘卷校記：「唐寫本『唐』作『章』。」玉海引作「唐」。札記：「『唐』一作『章』。尚書大傳云：『報事還歸，二年談然，乃作大唐之歌。』鄭注曰：『大唐之歌，美堯之禪也。』據此文，是大唐乃舜作以美堯，則作『大章』者爲是。樂記曰：『大章，章之也。』鄭注曰：『堯樂名。』」按莊子天下篇亦稱：「黄帝有咸池，堯有大章。」范注：「案大唐乃舜美堯禪之歌，不得云堯有，似當作『大章』爲是。然鄭注樂記『大章』，已云周禮闕之。彦和所見，當即尚書大傳大唐之歌，行文偶誤耳。」注訂：「鄭言『美堯之禪』，可證歌乃堯時之作，當可稱『堯有』。范注稱宜作『大章』，指彦和偶誤，非是。」

〔五〕訓故：「古今樂録：舜彈五絃之琴，歌南風之詩。」按禮記樂記：「昔者舜作五絃之琴，以歌南風。」歌辭載孔子家語辯樂解。本書時序篇：「有虞繼作，政阜民暇，『薰風』詩于元后，『爛雲』歌于列臣。」

〔六〕論語衛靈公：「子曰：辭達而已矣。」詩品序：「昔南風之辭，卿雲之頌，厥義敻矣。」可見劉勰、鍾嶸二人對于南風之歌的評價不同。

及大禹成功，九序惟歌〔一〕；太康敗德，五子咸怨〔二〕；順美匡惡〔三〕，其來久矣〔四〕。

〔一〕本書原道篇：「夏后氏興，業峻鴻績，九序惟歌。」又時序篇：「至大禹敷土，九序詠功。」按尚書大禹謨云：「禹曰：於，帝念哉！德惟善政，政在養民。水、火、金、木、土、穀，惟修；正德、利用、厚生，惟和。九功惟叙，九叙惟歌。」孔傳：「言六府三事之功有次叙，皆可歌樂，乃德政之致。」序通叙。蔡傳：「叙者，言九者各順其理，而不汩陳以亂其常也。歌者，以九功之叙而詠之歌也。」「九序」是説九項重大的政治措施都安排好了。

〔二〕梅注：「夏書：太康尸位以逸豫，滅厥德，黎民咸貳。乃盤遊無度，畋于有洛之表，十旬弗反。有窮后羿，因民弗忍，距于河。厥弟五人，御其母以從，徯于洛之汭，五子咸怨，述大禹之誡以作歌。」歌辭見尚書夏書五子之歌篇。史記夏本記：「帝啓崩，子帝太康立。帝太康失國，昆弟五人，須于洛汭，作五子之歌。」離騷：「五子用失乎家衖。」「怨」字，唐寫本、御覽並作「諷」。考異：「『五子咸怨』句本尚書五子之歌，諷字非。」按本書才略篇：「五子作歌，辭義温雅。」仍以「怨」字爲長。

〔三〕孝經事君章：「將順其美，匡救其惡。」鄭玄詩譜序：「論功頌德，所以將順其美；刺過譏失，所以匡救其惡。」

〔四〕古代學者對于詩的起源揣測紛紜。詩譜序説：「詩之興也，諒不于上皇之世；大庭軒轅，逮于高辛，其時有亡，載籍亦蔑云焉。虞書曰：『詩言志，歌永言，聲依永，律和聲。』然則詩之道放於此乎？」鄭氏的意思似乎認爲「詩」字最早見于虞書，因此就推定詩篇起源于舜的時代。按舜典一篇，近人考證以爲源出周人，而不是虞舜時代的作品。但從鄭玄以來，漢魏六朝學者每每喜歡在古書裏搜羅實例，證明虞舜以前已經有詩。劉勰所根據的書，如吕氏春秋、周禮、古文尚書、莊子天下篇、孔子家語等，都是比較晚出的；而且他所注意的，除去葛天樂辭以外，都是帝王家的詩篇，而對于作爲詩之起源的民歌不够重視，這顯然是嚴重的缺點。

宋書謝靈運傳論：「夫志動于中，則歌詠外發，六義所因，四始攸繫，升降謳謡，紛披風什。雖虞夏以前，遺文不覩，稟氣懷靈，理無或異。然則歌詠所興，宜自生民始也。」因爲人的感情受到外物的刺激，會發生喜怒哀樂的變化，就需要表現爲詩歌，來發抒自己的胸懷。就在遠古時代，情況和後代也是一樣的。那麽説起來，詩歌隨着語言，隨着人的情感而同時産生，它的來源是很遠的。祇是在殷周以前的詩歌遺文，已經看不到了。而先秦諸子所紀載的，或者經史所留傳的，大半是出于依托。像沈約這種多聞闕疑的精神，是比劉勰更切合實際的。

以上爲第二段，解釋詩的名義並論詩歌的起源。

自商暨周，雅頌圓備〔一〕，四始彪炳〔二〕，六義環深〔三〕，子夏監絢素之章〔四〕，子貢悟琢磨之句，故商、賜二子，可與言詩〔五〕。

〔一〕斯波六郎：「范氏謂『圓備』爲『周備』之譌，但與下文之『亦云周備』重複。『圓通』（論説、封禪）、『圓合』（鎔裁）、『圓覽』（總術）、『圓照』（知音）、『圓該』（知音）等『圓』字，不僅爲彦和所好用，又『圓備』亦見於文鏡秘府論（南）：『理貴於圓備，言資於順序。』」

〔二〕四始有毛、魯、韓、齊四家不同的説法，其中毛、韓二家和魯詩的説法是比較接近的。現在引魯詩的説法作代表。至于劉勰究竟相信哪一家的説法，在文心雕龍裏看不出來。史記孔子世家：「古者詩三千餘篇，及至孔子，去其重，取可施于禮義，上采契、后稷，中述殷、周之盛，至幽、厲之缺，始于衽席，故曰『關雎之亂以爲風始，鹿鳴爲小雅始，文王爲大雅始，清廟爲頌始』。三百五篇孔子皆弦歌之，以求合韶、武、雅、頌之音。」（孔安國習魯詩，司馬遷曾從司馬談問故，似乎史記中説詩的地方，可認爲代表魯詩的説法。）「彪炳」，是燦爛的意思。

〔三〕左傳昭公十七年：「環而塹之。」杜注：「環，周也。」「六義環深」，猶言六義周密而深厚。

〔四〕「監」，趙氏校記云：「按唐本作『鑒』，與御覽五八六正合。」

論語八佾：「子夏問曰：『巧笑倩兮，美目盼兮，素以爲絢兮，何謂也？』子曰：『繪事後素。』曰：『禮後乎？』子曰：『啓予者商也，始可與言詩已矣！』」

〔五〕唐寫本「詩」下有「矣」字。論語學而：「子貢曰：『貧而無諂，富而無驕，何如？』子曰：『可也，未若貧而樂，富而好禮者也。』子貢曰：『詩云：如切如磋，如琢如磨。其斯之謂與？』子曰：『賜也，始可與言詩已矣！告諸往而知來者。』」

自王澤殄竭，風人輟采〔一〕；春秋觀志，諷誦舊章〔二〕，酬酢以爲賓榮〔三〕，吐納而成身文〔四〕。逮楚國諷怨，則離騷爲刺〔五〕。秦皇滅典，亦造仙詩〔六〕。

〔一〕説文：「殄，盡也，絶也。」

漢書藝文志六義略：「古有採詩之官，王者所以觀風俗，知得失，自考證也。」孟子離婁下：

「王者之迹熄而詩亡。」班固兩都賦序：「昔成康没而頌聲寢，王澤竭而詩不作。」

〔二〕訓故：「春秋左傳鄭伯享趙孟於垂隴，子展、伯有、子西、子産、子太叔、二子石從。趙孟曰：七子從君以寵武（趙孟名）也，請皆賦以卒君貺，武亦以觀七子之志。」按此見左傳襄公二十七年。

范注：「春秋列國朝聘酬酢，必賦詩言志，然皆諷誦舊章，辭非己作，故彦和云然。」漢書藝文志詩賦略序：「古者諸侯卿大夫交接鄰國，以微言相感。當揖讓之時，必稱詩以諭其志，蓋以別賢不肖，而觀盛衰焉。故孔子曰『不學詩無以言』也。」

〔三〕左傳襄公二十七年：「文子告叔向曰……詩以言志，志誣其上而公怨之，以爲賓榮，其能久乎！」正義：「反將公之所怨以爲賓之榮寵。劉炫云：而公顯然將比來之怨以爲對賓之榮樂也。」

〔四〕左傳僖公二十四年：「介之推……對曰：言，身之文也。」斠詮謂吐納，「彦和用作『吐屬』、『談吐』解，指諷誦詩篇而言」。誦詩是當時外交上的禮節，就招待外賓講，是「以爲賓榮」；就顯出自己的才能講，是「以爲身文」。

〔五〕史記屈原列傳：「屈平之作離騷，蓋自怨生也。」淮南王劉安離騷傳：「國風好色而不淫，小雅怨誹而不亂；若離騷者，可謂兼之矣。上稱帝嚳，下道齊桓，中述湯武，以刺世事。」（史記屈原列傳引）

范注引郝懿行曰：「按漢志以騷爲賦，此篇以騷爲詩，蓋賦者古詩之流，離騷者含詩人之性情，具賦家之體貌也。」

〔六〕明李元陽史記題評卷六始皇本紀「使博士爲僊真人詩」引劉勰云：「秦皇滅籍，亦造仙詩。」玉海卷五十九引此句注云：「史記：始皇使博士爲仙真人詩。及行所遊天下，傳令樂人謌弦之。」梅注：「史記：秦始皇三十六年，有墮星下東郡，至地爲石。黔首或刻其石曰：始皇帝死而地分。始皇聞之，遣御史逐問，莫服，盡取石旁居人誅之。因燔銷其石。始皇不樂，使博士爲仙真人詩。及行所遊天下，傳令樂人歌弦之。」訓故略同。札記：「案上文三十五年盧生説始皇曰：真人者，入水不濡，入火不爇，凌雲氣，與天地久長。于是始皇曰：吾慕真人，自謂真人，不稱朕。」范注：「仙真人詩不傳。」

漢初四言，韋孟首唱〔一〕，匡諫之義，繼軌周人〔二〕。孝武愛文，柏梁列韻〔三〕，嚴馬之徒，屬辭無方。〔四〕

〔一〕梁啓超云：「案孟生卒年史不載，約當漢高祖時。」（中國之美文及其歷史）漢書韋賢傳載韋孟「爲楚元王傅，傅子夷王及孫王戊。戊荒淫不遵道，孟作詩諷諫。……或曰：其子孫好事，述先人之志而作是詩也」。未知孰是。楚元王爲高祖同母少弟。

〔二〕詩中説：「如何我王，不思守保。不惟履冰，以繼祖考。邦事是廢，逸遊是娛。犬馬繇繇，是放是驅。務彼鳥獸，忽此稼苗。烝民以匱，我王以媮。……曾不夙夜，以休令聞。……彌彌其失，岌岌其國。」希望楚王戊能「興國救顛」。史通載文篇：「至如詩有韋孟諷諫……篇則賈誼過秦……此皆言成規則，爲世龜鏡。」説詩晬語：「韋孟諷諫，在鄒之作，肅肅穆穆，未離雅正。」「繼軌周人」是説韋孟的詩能繼承周代詩人諷諫的軌範。

注訂：「風雅之體，盛于周人。澤竭詩亡，至漢由韋孟始復作也，故曰：繼軌周人。」

〔三〕古文苑卷八柏梁臺詩：「武帝元封三年，作柏梁臺，語群臣二千石有能爲七言詩，乃得上坐。」柏梁臺詩每句押韻，一韻到底，故云「列韻」。

時序篇：「逮孝武崇儒，潤色鴻業，禮樂争輝，辭藻竞騖：柏梁展朝讌之詩，金堤制恤民之詠。」

日知録卷二十一：「漢武柏梁臺詩出三秦記，云是元封三年作，而考之于史，則多不符。……反覆考證，無一合者。蓋是後人擬作，剽取武帝以來官名及梁孝王世家乘輿駟馬之事以合之，而不悟時代之乖舛也。」

古詩源于柏梁臺詩下注云：「三秦記謂柏梁臺詩是元封三年作，然梁孝王薨于孝景之世，又光禄勳、大鴻臚、大司農、執金吾、京兆尹、左馮翊，右扶風，皆武帝太初元年所更名，不應預書于元封之時，其爲後人擬作無疑也。不然，郭舍人敢狂蕩無禮，而東方朔乃以滑稽語爲戲耶？」

今人逯欽立漢詩別録二柏梁臺詩（見中央研究院歷史語言研究所集刊第十三本），考證載録柏梁臺詩最早的古籍，是西漢舊記東方朔別傳及漢武帝集，而非三秦記。校注：「按柏梁臺詩顧炎武日知録謂出後人擬作，確爲不易之論。但前代無有疑其爲僞者。如……顏延之庭誥：『柏梁以來，繼作非一，所纂至七言而已。』（御覽五八六引）王僧孺謝齊竟陵王使撰衆書啓：『柏梁初構，首屬驂駕之辭。』（類聚五五引）……並其證。」

〔四〕嚴，梅注、范注以爲嚴忌，斯波六郎文心雕龍范注補正：「嚴恐爲嚴助。漢書嚴助傳云云，又東方朔傳云云，與司馬相如並舉者，有嚴助而無嚴忌。又據鄒陽傳、司馬相如傳，嚴忌僅仕吳、梁，未仕漢武。」斠詮：「案助爲忌子，相如與之先後同對，此處嚴，彦和蓋混指其父子二人，不必泥實。」

校注：「漢書禮樂志：『以李延年爲協律都尉，多舉司馬相如等數十人造爲詩賦……作十九章之歌。』」才略篇：「相如好書，師範屈宋，洞入夸艷，致名辭宗。然覈取精意，理不勝辭，故揚子以爲『文麗用寡者長卿』，誠哉是言也。」范注：「玉臺新詠卷九載司馬相如琴歌二首，出後人附會。」葉長青文心雕龍雜記（以下簡稱「雜記」）：「詩品序云：『王、揚、枚、馬之徒，辭賦競爽，而吟詠靡聞。』與此同。」

按禮記檀弓：「事親有隱而無犯，左右就養無方。」注：「方，猶常也。」「無方」的意思是説沒有常軌，不一定是缺點，看時序篇的上下文就可明白。葉氏所引詩品序中的話，似乎和本文不符。校注：「郊祀歌十九章中，有三言、四言或雜言（無完整五言），並無固定形式，故云『屬辭無方』。」

至成帝品録，三百餘篇〔一〕，朝章國采〔二〕，亦云周備，而辭人遺翰，莫見五言〔三〕，所以李陵、班婕妤見疑於後代也〔四〕。

〔一〕漢書藝文志總序：「成帝時……詔光禄大夫劉向校經傳、諸子、詩賦。」漢書藝文志詩賦略：「凡歌詩二十八家，三百一十四篇。」

〔二〕斠詮：「朝章，指文士所作朝廟樂章……國采，指樂府所采各地歌謡而被之管弦者，如『代趙之謳，秦楚之風』皆是。」

〔三〕陔餘叢考卷二十三五言詩：「文心雕龍曰：漢成帝品録，三百餘篇，不見有五言。蓋在西漢時，五言猶是創體，故甄録未及也。」范注：「彦和之意，似謂三百餘篇中不見著名文士作五言詩，非謂三百餘篇無一五言詩也。採自民間之歌謡，非辭人所作，而盡多五言，彦和殆未嘗疑之也。」因爲五言詩起自民間，歌謡樂府用五言的比較多。文人學士每每不重視這種新體，縱然有人作，也不自居其名。文章流别論云：「五言者，『誰謂雀無角，何以穿我屋』之屬是也。于俳諧倡樂多用之。」如李延年北方有佳人歌，除「寧不知」三字外，通體五言，而李延年就是出身倡家。到了東漢，五言流行久了，文人纔有仿作的。

〔四〕唐寫本無「好」字。校證：「御覽『疑』作『擬』。按宋書顏延之傳，延之庭誥云：『逮李陵衆作，總雜不類，元是僞託，非盡陵制。』則『疑』讀作『擬』，亦通。」鍾嶸詩品序：「逮漢李陵，始著五言之目矣。……自王、揚、枚、馬之徒，詩賦競爽，而吟詠靡聞。從李都尉迄班婕妤，將百年間，有婦人焉，一人而已。」他並不認爲可疑。

文選録李少卿與蘇武詩三首，又蘇子卿詩四首。七首中玉臺新詠祇録蘇武「結髮爲夫妻」一首，其餘的都不録。而藝文類聚、初學記及古文苑所收的還有十首。大概唐朝所傳的蘇、李詩，除文選中的七首以外，還有這十首。明馮惟訥古詩紀則以前七首爲原作，後十首爲後人擬作。後十首中，李陵八首的末兩首，古文苑祇録首次兩聯，下注「闕」字，可見唐時後半已經佚失。而明楊慎升菴詩話却有末首的全文，説是「見修文殿御覽」。蘇、李詩的全部資料如此。

蘇軾答劉沔書：「李陵蘇武贈別長安，而詩有江漢之語。……正齊梁間小兒所擬作，決非西漢人，而（蕭）統不悟。」章樵古文苑注引蘇軾云：「劉子玄辨文選所載李陵與蘇武書非西漢文，蓋齊梁間文士擬作者也。吾因悟陵與蘇武贈答五言，亦後人所擬。」又云：「李陵、蘇武五言皆僞，而蕭統不能辨。」後來洪邁容齋隨筆、錢大昕十駕齋養新録也有類似的看法。按文選卷三十載謝靈運擬魏太子鄴中集詩八首，如果失去了作者的原名，後世一定認爲曹氏兄弟和建安七子贈答的作品，蘇李詩大概也是這一類的。關于這個問題，梁啓超在漢魏時代之美文一篇中辨證得詳明。近人馬雍又撰蘇李詩制作時代考，比較字法、句法、章法的體裁結構，推定蘇李詩爲魏晉人作（見國文月刊）。

訓故：「漢書：孝成班婕妤，帝初即位，選入後宮。始爲少使，俄而大幸，爲婕妤。後畏飛燕之讒，求供養太后長信宮。文選婕妤怨歌行。」

嚴羽滄浪詩話考證：「班婕妤怨歌行，文選直作班姬之名，樂府以爲顏延年作。」胡才甫箋注：「按樂府詩集相和歌辭楚調曲，怨歌行仍題班婕妤，無顏延年作，不知滄浪所據何本。」

文選李善注：「歌録曰：怨歌行古辭，然言古者有此曲而婕妤擬之。」

按陸機婕妤怨：「奇情在玉階，託意惟團扇。」明指此詩。縱然這首詩是後人擬作，也當在西晉以前，不可能出自顏延年的手筆。這裏劉勰祇是説李陵、班婕妤的詩篇後代有人懷疑，他自己並沒有肯定這些都是僞作。

按召南行露，始肇半章〔一〕；孺子滄浪，亦有全曲〔二〕；暇豫優歌，遠見春秋〔三〕；邪徑童謡，近在成世〔四〕；閲時取證〔五〕，則五言久矣〔六〕。

〔一〕詩經召南行露第二章：「誰謂雀無角，何以穿我屋？誰謂女無家，何以速我獄？雖速我獄，室家不足。」本書章句篇：「五言見于周代，行露之章是也。」按大雅綿第九章通體五言。

〔二〕孟子離婁篇載孺子之歌曰：「滄浪之水清兮，可以濯我纓。滄浪之水濁兮，可以濯我足。」按歌中雖然有「兮」字，而實際上是以清、纓，濁、足押韻，所以説是「全曲」五言。

〔三〕國語晉語二：「優施乃飲里克酒，中飲，優施起舞曰：『暇豫之吾吾，不如鳥烏。人皆集于苑，己獨集于枯。』」

〔四〕梅注：「『邪徑敗良田，讒口亂善人。桂樹花不實，黄爵巢其顛。昔爲人所羨，今爲人所憐。』漢書五行志曰：成帝時歌謡也。桂，赤色，漢家象。花不實，無繼嗣也。王莽自謂黄象，黄爵巢其顛也。」除此以外，漢書尹賞傳載成帝時長安中爲尹賞作歌云：「安所求子死，桓東少年場。生時諒不謹，枯骨後何葬？」也是通體五言。

〔五〕「閱」，經歷。「閱時取證」，從歷史的發展上來證明。唐寫本「證」作「徵」。

〔六〕詩品序：「夏歌曰：『鬱陶乎予心。』楚謡曰：『名余曰正則。』雖詩體未全，然是五言之濫觴也。逮漢李陵，始著五言之目矣。」文鏡秘府論論文意引皎然詩議：「五言之作，召南行露，已有濫觴。漢武帝時，屢見全什，非本李少卿也。」文體明辨序説：「論者以爲五言之源，生于『南風』，衍于五子之歌，流于三百五篇，而廣于離騷，特其體未備耳。逮漢蘇、李，始以成篇。」按劉勰所舉，多是一鱗半爪，並非全體五言詩。成帝時童謡雖是通體五言，但不能算作「辭人遺翰」。劉氏之意大概是説西漢文士没有人作五言詩，至于五言歌謡，則行之久矣。

又古詩佳麗，或稱枚叔〔一〕，其孤竹一篇，則傅毅之詞〔二〕，比采而推〔三〕，兩漢之作乎？〔四〕

〔一〕枚乘，字叔。札記：「徐陵玉臺新詠有枚乘詩八首：『青青河畔草』一，『西北有高樓』二，『涉江採芙蓉』三，『庭中有奇樹』四，『迢迢牽牛星』五，『東城高且長』六，『明月何皎皎』七，『行行重行行』八。此皆在十九首中。玉臺又有『蘭若生春陽』一首，亦云枚叔作。文選古詩十九首李善注：古詩蓋不知作者，或云枚乘，疑不能明也。詩云『驅車上東門』，又云『游戲宛與洛』，此則辭兼東都，非盡是乘矣。」

〔二〕唐寫本「詞」作「辭」。「冉冉孤生竹」一首，文選以爲無名氏詩。樂府詩集題作冉冉孤竹行古辭，屬雜曲歌辭。陳沆詩比興箋卷一古詩十篇箋：「『冉冉孤生竹』首，劉勰謂：『孤竹篇，傅毅之詞。』後漢書言毅少作迪志詩，又以顯宗求賢不篤，士多隱處，作七激以諷。此詩猶是旨也。」許文雨詩品釋：「可見舊本均題爲古詩，彦和亦無斷然之意也。」

〔三〕「比」，比較；比較其文采而推論。唐寫本「采」作「彩」。

〔四〕趙萬里校記謂：「唐寫本『兩』上有『故』字，『乎』作『也』。按御覽五八六引『兩』上有『固』字。『固』『故』音近而訛。疑此文當作『固兩漢之作也』，今本有脱誤。」按「固」「故」字通。

黄侃詩品講疏謂劉氏出此言是「以枚乘爲西漢人，傅毅爲東漢人故」。

詩品序：「古詩眇邈，人世難詳，推其文體，固是炎漢之制，非衰周之倡也。」

按古詩十九首内容很複雜，自然不是一時代，更不是一個人的作品（沈德潛説）。劉勰根據傳説，把作者歸之于枚乘，自己也是疑信參半。蕭統認爲這些詩失去作者姓名，于是編在李陵之前，也是一種不得已的辦法。到徐陵編玉臺新詠，把古詩中的九首，加上作者枚乘的名字，這是没有確據的。現在把古詩十九首時代的可疑者，列舉于後：

「西北有高樓」，駱鴻凱文選學：「據洛陽伽藍記四以此樓爲西明門外之西北高樓，則楊衒之不以爲枚乘作也。」

「驅車上東門」，朱珔文選集釋：「上東門乃洛陽之門……長安東面三門，見水經注，無上東門之名。」又于「遥望郭北墓」下釋云：「蓋洛陽北門外有邙山，冢墓多在焉。則此即謂北邙之墓矣。」黄侃詩品講疏：「阮嗣宗詠懷詩注引河南郡圖經曰：東有三門，最北頭有上東門。按此東都城門名也。故疑東漢人之辭。」

「青青陵上柏」，詩中有「遊戲宛與洛」句，詩品講疏云：「古詩注曰：『漢書南陽郡有宛縣。洛，東都也。』案張平子南都賦注引摯虞曰，『南陽郡治宛，在京之南，故曰南都。』南都賦曰：『夫南陽者，真所謂漢之舊都者也。』詩以宛洛互言，明在東漢之世。」藝苑卮言云：「宛洛爲故周都會，但『王侯多第宅』，周室王侯，不言第宅。『兩宫』、『雙闕』亦似東京語。」

作也。」

「凛凛歲云暮」，駱鴻凱文選學：「詩云。『錦衾遺洛浦。』準以篇中地名，顯然知爲東漢之作也。」

「今日良宴會」，北堂書鈔引以爲曹植作，因「彈箏奮逸響，新聲妙入神」，不似西漢語。

「去者日已疏」、「客從遠方來」、「橘柚垂華實」三首，詩品上：「其外，『去者日已疏』四十五首，雖多哀怨，頗爲總雜，舊疑是建安中曹王所制。『客從遠方來』、『橘柚垂華實』，亦爲驚絶矣。」從詩品的上下文看來，似乎後兩首也包括在「四十五首」之中。

「迢迢牽牛星」，詩中有句云：「盈盈一水間。」顧炎武日知録：孝惠諱盈，枚乘詩「盈盈一水間」，在武昭之世而不避諱，可知爲後人之擬作，而不出于西京矣。同樣的情況還可以適用于

「青青河畔草」，因爲詩中有「盈盈樓上女」之句。同樣也適用于

「庭中有奇樹」，詩中有「馨香盈懷袖」之句。

「行行重行行」，詩中有「胡馬依北風，越鳥巢南枝」句。徐中舒説西漢有「代馬」、「飛鳥」對舉的成語，然並不工切；東漢則有以「胡馬」「越燕」對舉者，有以「代馬」「越鳥」對舉者，均較工穩，十九首中亦有「胡馬」「越鳥」之對，其非西漢人手筆可知（見五言詩發生時期的討論）。

「生年不滿百」，范注引朱彝尊曝書亭集玉臺新詠書後云：「就文選第十五首而論，『生年不滿百，常懷千歲憂。晝短苦夜長，何不秉燭遊？』則西門行古辭也。古辭：『夫爲樂，爲樂當

及時。何能生愁怫鬱？當復待來兹。』而文選更之曰：『爲樂當及時，何能待來兹？』古辭：『貪財愛惜費，但爲後世嗤。』而文選更之曰：『愚者愛惜費，但爲後世嗤。』古辭：『自非仙人王子喬，計會壽命難與期。』而文選更之曰：『仙人王子喬，難可與等期。』」

「明月皎夜光」，詩品講疏云：「案『明月皎夜光』一詩，稱節序皆是太初未改曆以前之言。詩云『玉衡指孟冬』，而上云『促織鳴東壁』，下云『秋蟬鳴樹間，玄鳥逝安適』，是此孟冬正夏正之孟秋，若在改曆以還，稱節序者不應如此。然則此詩乃漢初之作矣。」這是根據文選李善注的説法，認爲孟冬指夏曆的七月，因爲漢初是把夏曆的十月作正月的。歷來以爲十九首裏有西漢詩的，這句詩是重要的客觀的證據。俞平伯著古詩明月皎夜光辨，在清華學報上發表，他的結論説：「『玉衡指孟冬』指的是夏曆九月中。説『指孟冬』該是作于夏曆九月立冬以後，斗柄所指該是西北偏北的方位。這和詩中所寫别的景物都無不合處。」勞榦著古詩明月皎夜光節候解，也根據古代天文算法，證明本詩時序先後一致。可見並不能根據這句詩證明爲太初以前的作品。

根據以上各家考證，古詩十九首中時代可疑者，就有十四首之多。且十九首從表現方式來看，是那樣的委婉曲折；從表現出的形式來看，雖然不像魏晉詩那樣講究對偶，但句法調法已經有一定的規範可尋，音節也比較流暢，這些都和西漢的四言詩大爲不同。我們看到東漢中葉文人的五言詩還是很幼稚的，倘若西漢景帝、武帝的時代已經有十九首那樣成熟的作品，自然應當繼續發展，絶不致中斷二百年，到建安黄初年間才復興起來。

觀其結體散文〔一〕，直而不野〔二〕，婉轉附物〔三〕，怊悵切情〔四〕，實五言之冠冕也〔五〕。

〔一〕「結體」，謂結構文體。「結」用作動詞，如時序篇「結藻清英」之例。范注：「散文猶言敷文。」顔虚心文心雕龍集注：「廣雅釋詁三：散，布也。」「布文」，即鋪陳文采。

〔二〕詩品序：「觀古今勝語，多非補假，皆由直尋。」文鏡秘府論論文意引皎然詩議：「古詩以諷興爲宗，直而不俗，麗而不朽，格高而詞温，語近而意遠，情浮於語，偶象則發，不以力制，故皆合於語，而生自然。」謝榛四溟詩話卷三第三條：「古詩十九首平平道出，且無用功字面，若秀才對朋友説家常話，略不作意，如『客從遠方來，寄我雙鯉魚。呼童烹鯉魚，中有尺素書』是也。……魏晉詩家常話與官話相半；迨齊梁開口俱是官話。官話使力，家常話省力；官話勉然，家常話自然。」劉勰所謂「直而不野」是説古詩十九首雖然純任自然，還是有一定的文采，並没有到「質勝文則野」的程度。

〔三〕本書比興篇：「比者，附也。」「婉轉附物」是説委婉曲折地比附事物。物色篇：「寫氣圖貌，既隨物以宛轉；屬采附聲，亦與心而徘徊。」

胡寅與李叔易書引李仲蒙曰："索物以托情，謂之比，情附物者也。"

皎然詩式："十九首辭義精炳，婉而成章。"王世貞藝苑卮言卷二："漢魏人詩語，有極得三百篇遺意者……『胡馬依北風，越鳥巢南枝』，『衣帶日已緩』，『清商隨風發，中曲正徘徊』，『秋蟬鳴樹間，玄鳥逝安適』，『棄我如遺迹』，『盈盈一水間，脈脈不得語』，『弦急知柱促』，『去者日以疏，來者日以親』，『愁多知夜長』，『著以長相思，緣以結不解』，『出户獨彷徨，憂思當告誰』，此國風清婉之微旨也。"

陸時雍古詩鏡總論："詩之妙在托，托則情性流而道不窮矣。……夫所謂托者，正之不足而旁行之，直之不能而曲致之。情動於中，鬱勃莫已，而勢又不能自達，故托爲一意，托爲一物，托爲一境以出之。"

"附物"的意思是説古詩善用比喻，如胡馬、越鳥、陵柏、澗石、江芙、澤蘭、孤竹、女蘿等等，隨手寄興。至如"迢迢牽牛星"一首，純粹是假借牛女爲象，没有一字實寫情感，而情感就寄托在其中。

〔四〕御覽作"惆悵切情"。"怊悵"、"惆悵"義同。楚辭七諫謬諫："然怊悵而自悲。""切"，切合。"切情"謂深切表達内心的感情。

陳祚明古詩選卷三："十九首所以爲千古至文者，以能言人同有之情也。人情莫不思得志，而得志者有幾？雖處富貴，慊慊猶有不足，况貧賤乎！志不可得而年命如流，誰不感慨？人情于所愛，莫不欲終身相守，然誰不有别離？以我之懷思，猜彼之見棄，亦其常也。夫終身相守者，不知有愁，亦復不知其樂，乍一别離，則此情難已。逐臣棄妻與朋友闊絶，皆同此旨。故十九首唯此二意，而低回反覆，人人讀之皆若傷我心者，此詩所以爲性情之物。而同有之情，人人各具，則人人本自有詩也，但人人有情而不能言，即能言而言不能盡，故特推十九首以爲至極。」

〔五〕詩品上：「古詩，其源出于國風。陸機所擬十四首，文温以麗，意悲而遠，驚心動魄，可謂幾乎一字千金。」沈德潛説詩晬語：「古詩十九首……大率逐臣棄妻，朋友闊絶，游子他鄉，死生新故之感。或寓言，或顯言，或反覆言。初無奇辟之思，驚險之句，而西京古詩皆在其下。」

至於張衡怨篇〔一〕，清典可味〔二〕；仙詩緩歌，雅有新聲〔三〕。

〔一〕玉海卷五十九引此句注云：「見文選注、太平御覽。」原詩云：「猗猗秋蘭，植彼中阿。有馥其芳，有黄其葩。雖曰幽深，厥美彌嘉。之子云遠，我勞如何？」御覽九百八十三引衡怨詩曰：「秋蘭，嘉美人也。嘉而不獲用，故作是詩也。」

〔二〕困學紀聞卷十八評詩：「雕龍（明詩）云：張衡怨篇，清典可味。」何焯云：「『典』，閻（若璩）作『曲』，此以新刻校古書之弊。」趙萬里校記：「案黄校改『曲』作『典』，與唐本及御覽五八六引均合。」范注：「案作『典』字是。怨詩四言，義極典雅。」「清典」，謂清麗典雅。明梅鼎祚漢魏詩乘卷七引作「清曲可誦」。宋書謝靈運傳論：「若夫平子艷發，文以情變，絶唱高蹤，久無嗣響。」

〔三〕「仙詩緩歌」無考。范注：「樂府古辭有前緩聲歌。」

暨建安之初，五言騰踊〔一〕，文帝、陳思，縱轡以騁節〔二〕；王、徐、應、劉，望路而争驅〔三〕；並憐風月，狎池苑，述恩榮，叙酣宴〔四〕；慷慨以任氣，磊落以使才〔五〕，造懷指事，不求纖密之巧〔六〕；驅辭逐貌，唯取昭晰之能〔七〕；此其所同也〔八〕。

〔一〕玉海卷五十九引「踊」作「踴」。徐復文心雕龍正字：「按『踊』本當作『涌』。程器篇有『江河所以騰涌』句是正字，此以聲同假用。」按程器篇的「騰涌」是形容江河的，此處「騰踊」二字不必説是假借也可以通。唐寫本「踊」字作「躍」，意思也是一樣的。

〔二〕「節」是節制，指揮。「縱轡以騁節」，就是放開轡頭任意馳騁指揮，充分發揮籠絡作用。

〔三〕典論論文：「今之文人，魯國孔融文舉，廣陵陳琳孔璋，山陽王粲仲宣，北海徐幹偉長，陳留阮瑀元瑜，汝南應瑒德璉，東平劉楨公幹，斯七子者，於學無所遺，於辭無所假，咸以自騁驥騄於千里，仰齊足而並馳。」曹植與楊德祖書：「昔仲宣獨步于漢南，孔璋鷹揚于河朔，偉長擅名于青土，公幹振藻于海隅，德璉發跡于北魏，足下高視于上京。當此之時，人人自謂握靈蛇之珠，家家自謂抱荆山之玉。」魏志王粲傳：「王粲，字仲宣……著詩賦論議垂六十篇。……始文帝爲五官將，及平原侯植，皆好文學。粲與北海徐幹字偉長，廣陵陳琳字孔璋，陳留阮瑀字元瑜，汝南應瑒字德璉，東平劉楨字公幹，并見友善。……咸著文賦數十篇。」詩品序：「降及建安，曹公父子，篤好斯文；平原兄弟，鬱爲文棟。劉楨、王粲爲其羽翼。次有攀龍託鳳，自致于屬車者，蓋將百計。彬彬之盛，大備于時矣。」

〔四〕集注：「文選卷二十：曹子建公讌詩一首，王仲宣公讌詩一首，劉公幹公讌詩一首，應德璉侍五官中郎將建章臺集詩一首。卷二十二：魏文帝芙蓉池作一首。南齊書文學傳論：『飛館玉池，魏文之麗篆。』卷二十九：王仲宣雜詩一首，劉公幹雜詩一首，魏文帝雜詩二首，曹子建雜詩六首，情詩一首。」

曹丕與吴質書：「徐、陳、應、劉，一時俱逝，痛何可言耶！昔日遊處，行則同輿，止則接席，何嘗須臾相失！每至觴酌流行，絲竹並奏，酒酣耳熱，仰而賦詩。當此之時，忽而不知樂也。」謝靈運擬魏太子鄴中集詩序：「建安末，余時在鄴宫，朝遊夕讌，究歡愉之極。天下良辰美景賞心樂事，四者難并。今昆弟友朋二三諸彦，共盡之矣。」時序篇：「仲宣委質於漢南，孔璋歸命於河北，偉長從宦於青土，公幹徇質於海隅，德璉綜其斐然之思，元瑜展其翩翩之樂，文蔚、休伯之儔，子叔、德祖之侣，傲雅觴豆之前，雍容衽席之上，灑筆以成酣歌，和墨以藉談笑。」

〔五〕謝靈運擬鄴中集劉楨詩序：「卓犖偏人，而文最有氣，所得頗經奇。」時序篇：「觀其時文，雅好慷慨，良由世積亂離，風衰俗怨，并志深而筆長，故梗概而多氣也。」詩品評劉楨詩也説：「仗氣愛奇，動多振絶。」劉師培南北文學不同論：「建安之初，詩尚五言。七子之作，雖多酬酢之章，然慷慨任氣，磊落使才，造懷指事，不求纖密，隱意蓄含，餘味曲包，而悲哀剛勁，洵乎北土之音。」

〔六〕「造懷」，猶言遺懷。「指事」，叙述事物。感情强烈，自然不去追求纖巧。典論論文：「應瑒和而不壯，劉楨壯而不密。」詩品評劉楨詩也説：「雕潤恨少。」

〔七〕唐寫本「辭」作「詞」。元刻本、弘治本「晰」作「哲」，徐𤊹校云：「當作晰。」自梅本以下改作「晰」。

〔八〕黄侃詩品講疏：「詳建安五言，毗于樂府。魏武諸作，慷慨蒼涼，所以收束漢音，振發魏響。文帝弟兄所撰樂府最多，雖體有所因，而詞貴獨創，聲不變古，而采自己舒，其餘雜詩，皆崇藻麗，故沈休文曰：至於建安，曹氏基命，三祖陳王，咸蓄盛藻，甫乃以情緯文，以文被質。言自此以上質勝于文也。若其述歡宴，愍亂離，敦友朋，篤匹偶，雖篇題雜沓，而同以蘇、李古詩爲原，文采繽紛，而不能離閭里歌謡之質。故其稱景物則不尚雕鏤，叙胸情則唯求誠懇，而又緣以雅詞，振其英響，斯所以兼籠前美，作範後來者也。自魏文已往，罕以五言見諸品藻，至文帝與吴質書始稱公幹五言詩之善者妙絶時人。蓋五言始興，惟樂歌爲衆，辭人競效，其風隆自建安，既作者滋多，故工拙之數可得而論矣。」駱鴻凱文選學：「此則建安時代五言之蔚起，以及遊覽之作，公讌之篇，充盈藝苑，皆由魏文、陳思所倡導，七子和之，新進復步其後塵，雷同祖構，由是丕然成一代之詩風也。」文鏡秘府論論文意引皎然詩議提出的看法不同，其中説：「建安三祖、七子，五言始盛，風裁爽朗，莫之與京。然終傷用氣使才，違于天真……而露造跡。」皎然詩式：「鄴中七子，陳王最高。劉楨辭氣偏，王得其中。不拘對屬，偶或有之，語與興驅，勢逐情起，不由作意，氣格自高，與十九首其流一也。」

及正始明道〔一〕，詩雜仙心〔二〕，何晏之徒，率多浮淺〔三〕。唯嵇志清峻〔四〕，阮旨遥深〔五〕，故能標焉〔六〕。若乃應璩百一〔七〕，獨立不懼〔八〕，辭譎義貞〔九〕，亦魏之遺直也〔一〇〕。

〔一〕校證：「『及』原作『乃』，據唐寫本、御覽改。作『乃』，與下文『若乃』複矣。」「明道」，明老莊之道。

〔二〕世説新語文學篇注引檀道鸞續晉陽秋：「正始中，王弼、何晏好莊老玄勝之談，而俗遂貴焉。」時序篇：「於時正始餘風，篇體輕澹。」「仙心」，道家思想。

〔三〕集注：「魏志卷九曹爽傳：『晏，何進孫……少以才秀知名，好老莊言，作道德論及諸文賦，著述凡數十篇。』」范注引名士傳曰：「是時曹爽輔政，識者慮有危機。晏有重名，與魏姻戚，内雖懷憂，而無復退也，著五言詩以見志。」他的擬古詩，如鶴遊太清，逍遥于五湖之間。所以説「詩雜仙心」。「率多浮淺」是説這種詩貌似深奥，而意實浮淺。

顔氏家訓勉學篇：「何晏、王弼，祖述玄宗，遞相誇尚，景附草靡。皆以農、黄之化，在乎己身；周、孔之業，棄之度外。」

詩品序：「爾後陵遲衰微，迄于有晉。」意思是説：從正始以來，玄談之風盛行，詩藝就比較差了。

〔四〕「志」字，元明各本俱作「旨」。何焯校本「旨」改「志」，黄叔琳本從之。唐寫本正作「志」。文選向秀思舊賦序：「余與嵇康、吕安，居止接近，其人并有不羈之才，然嵇志遠而疏。」

詩品中：「晉中散嵇康詩，頗似魏文，過爲峻切，訐直露才，傷淵雅之致。然託喻清遠，良有鑒裁，亦未失高流矣。」「清峻」，就是本書風骨篇所説的「風清骨峻」。體性篇説：「叔夜儁俠，故興高而采烈。」劉熙載藝概詩概説：「叔夜之詩峻烈，嗣宗之詩曠逸，夷齊不降不辱，虞仲夷逸隱居放言，趣尚乃自古别矣。」「清」是清遠，「峻」是峻烈。所謂清遠，就是一種空靈高潔的境界。從贈秀才入軍十九首之十六及酒會詩七首之一這兩首中可以看出來。峻烈的詩可以幽憤詩爲代表，這一篇是他入獄所作，心境憤慨，情不能已，秉筆直書，自然就脱去清遠之氣，而入于峻烈一途了。

〔五〕集注：「魏志卷二十一（王粲傳）：『（阮）瑀子籍，才藻艷逸，而倜儻放蕩，行己寡慾，以莊周爲模則。官至步兵校尉。時又有譙郡嵇康，文辭壯麗，好言老莊，而尚奇任俠。至景元中，坐事誅。』」

晉書阮籍傳：「籍容貌瓌傑，志氣宏放，傲然獨得，任性不羈，而喜怒不形于色。能屬文，初不留意。作詠懷詩八十餘首，爲世所重。」

文選阮籍詠懷詩李善引顏延年、沈約等注云：「嗣宗身仕亂朝，常恐罹謗遇禍，因兹發詠，故每有憂生之嗟，雖志在譏刺，而文多隱蔽，百世之下，難以情測，故粗明大意，略其幽旨也。」

江淹擬詠懷詩：「精衛銜木石，誰能測幽微？」詩品上謂阮籍「詠懷之作，可以陶性靈，發幽思，言在耳目之内，情寄八荒之表，洋洋乎會於風雅，使人忘其鄙近，自致遠大。頗多感慨之詞。厥旨淵放，歸趣難求」。説詩晬語卷上：「阮公詠懷，反覆零亂，興寄無端，和愉哀怨，俶詭不羈，讀者莫求歸趣。遭阮公之時，自應有阮公之詩也。」藝概詩概：「阮嗣宗詠懷，其旨固爲淵遠，其屬辭之妙，去來無端，不可蹤迹。後來如射洪（陳子昂）感遇，太白古風，猶瞻望弗及矣。」

劉師培中國中古文學史説：「嵇阮之詩，爲體迥異。大抵嵇詩清峻，而阮詩高渾。彦和所謂遥深，即阮詩之旨言，非阮詩之體也。」其實「遥深」即是體性篇所列八體之一「遠奥」的風格。「阮旨遥深」是説阮籍爲了避禍，寫詩多用象徵手法來表現他對現實的不滿，很難理解。魯迅先生説：「阮籍作文章和詩都很好，他的詩文雖也慷慨激昂，但許多意思都是隱而不顯的。宋的顔延之已經説不大能懂，我們現在自然更難看得懂他的詩了。他詩裏也説神仙，但他其實是不相信的。」（而已集魏晉風度及文章與藥及酒之關係）

〔六〕太平御覽引無此句。才略篇：「皆文名之標者也。」「標」指標舉，高出于衆。中國中古文學史：「詩品……與彦和所評相近，亦嵇、阮詩體不同之證也。要之，魏初詩歌，漸趨清靡，嵇阮矯以雄秀，多爲晉人所取法，故彦和評論魏詩亦唯推重二子也。」文鏡秘府論論文意引皎然詩議也提出不同的看法：「正始中，何晏，嵇阮之儔也。嵇興高邈，阮旨閑曠，亦難爲等夷。論其代，則漸浮侈矣。」

〔七〕唐寫本「一」作「壹」。訓故：「魏氏春秋：齊王芳即位，曹爽輔政，多違法度。璩作百一詩以諷。」文選應璩百一詩李善注：「據百一詩序云：『時謂曹爽曰：公今聞周公巍巍之稱，安知百慮有一失乎？』百一之名，蓋興于此也。」又引張方賢楚國先賢傳：「汝南應休璉作百一篇詩，譏切時事，偏以示在事者，咸皆怪愕，或以爲應焚棄之，何晏獨無怪也。」

〔八〕易大過象辭：「君子以獨立不懼。」注訂：「指諷諫曹爽，不懼其權勢也。下『魏之遺直』句亦本此。」

〔九〕詩大序：「主文而譎諫，言之者無罪，聞之者足以戒。」本書論説篇：「必使時利而義貞。」

李充翰林論：「應休璉作五言詩百數十篇，以風規治道，蓋有詩人之旨焉。」本書才略篇：「休璉風情，則百壹標其志。」

詩品中謂應璩詩：「指事殷勤，雅意深篤，得詩人激刺之旨。」黄庭鵠古詩治評百一詩「下流不可處」云：「本譏朝士，而借己以諷，亦微而婉矣。」

〔一〇〕左傳昭公十四年：「仲尼曰：叔向，古之遺直也。」「遺直」是説一個人直道而行，有古人遺風。

晉世群才〔一一〕，稍入輕綺〔一二〕，張、潘、左、陸，比肩詩衢〔一三〕，采縟於正始〔一四〕，力柔於建安〔一五〕，或析文以爲妙〔一六〕，或流靡以自妍〔一七〕，此其大略也〔一八〕。

〔一一〕「世」字，玉海卷五十九引作「出」。

〔一二〕陸機文賦：「詩緣情而綺靡。」也可以代表當時人的看法。

〔一三〕「張潘左陸」唐寫本作「張左潘陸」。詩品序：「太康中，三張、二陸，兩潘、一左，勃爾復興，踵武前王，風流未沬，亦文章之中興也。」但又云：「陸機爲太康之英，安仁、景陽爲輔。」與此所謂「比肩」稍異。沈德潛古詩源例言：「茂先、休奕，莫能軒輊；二陸、潘、張，亦稱魯衛。太沖拔出于衆流之中，豐骨峻上，盡掩諸家。鍾記室季孟于潘、陸之間，非篤論也。」

〔一四〕宋書謝靈運傳論：「降及元康，潘、陸特秀，律異班、賈，體變曹、王，縟旨星稠，繁文綺合。」

〔五〕文鏡秘府論論文意：「晉世尤尚綺靡。古人云：采縟於正始，力柔於建安。」御覽五八六引三國典略：「昔潘、陸齊軌，不襲建安之風。」詩品上評陸機詩：「才高辭贍，舉體華美。氣少于公幹，文劣于仲宣。」古詩源評陸機詩云：「士衡詩亦推大家，然意欲逞博，而胸少慧珠，筆又不足以舉之，遂開出排偶一家。西京以來空靈矯健之氣，不復存矣。」曾毅解釋其中的原因說：「漢魏之詩，多起于患難流離之際；兩晉以後，則主供恬安娛樂之爲。凡人當困窮之境，其操危慮深，發之于文學者，每多幽婉感愴，可興可觀。反是而樂絲竹，盛讌遊，從容文藻之中，自鏤肝斵肺，傾于精巧，故其所作，恒緻密而少氣骨，整秀而乏精神。風會之所趨，常足以致文章之昇降，雖有豪傑，猶無奈何。晉代之文漸即繁縟，有由然矣。」（曾著中國文學史）

〔六〕「㭊」同析。范注：「『㭊文』，唐寫本作『析文』，按『析文』是。張遷、孔耽二碑『析』變作『㭊』。麗辭篇：『至魏晉群才，析句彌密，聯字合趣，剖毫析釐。』」

〔七〕校注：「顔延之庭誥：『至於五言流靡，則劉楨、張華。』（御覽五八六引）沈約答甄琛書：『作五言詩者，善用四聲，則諷詠而流靡。』（文鏡秘府論天卷四聲論引）……是『流靡』謂辭韻調和也。」時序篇：「然晉雖不文，人才實盛：茂先摇筆而散珠，太沖動墨而横錦，岳、湛曜聯璧之華，機、雲標二俊之采，應、傅、三張之徒，孫、摯、成公之屬，并結藻清英，流韻綺靡。」詩品中評張華云：「巧用文字，務爲妍合。」詩品上評張協云：「文體華净，少病累，又巧構形似之言，雄于潘岳，靡于太沖。」李充翰林論：「潘安仁之爲文也，猶翔禽之羽毛，衣被之繡縠。」世説文學篇注引孫興公云：「潘文爛若披錦，無處不善。」（詩品引謝混云：「潘詩爛若舒錦，無處不佳。」）

〔八〕孟子滕文公：「此其大略也。」中國中古文學史：「張華、張載之屬，均與士衡體近。然左思、劉琨、郭璞所作，渾雄壯麗，出于嗣宗。」

江左篇製，溺乎玄風〔一〕，嗤笑徇務之志〔二〕，崇盛忘機之談〔三〕，袁、孫已下，雖各有雕采〔四〕，而辭趣一揆〔五〕，莫與爭雄〔六〕，所以景純仙篇，挺拔而爲俊矣〔七〕。

〔一〕宋書謝靈運傳論：「有晉中興，玄風獨盛，爲學窮于柱下，博物止乎七篇。馳騁文辭，義殫乎此。自建武暨於義熙，歷載將百，雖綴響聯辭，波屬雲委，莫不寄言上德，託意玄珠，遒麗之辭，無聞焉爾。」時序篇：「自中朝貴玄，江左稱盛。因談餘氣，流成文體。是以世極迍邅，而辭意夷泰，詩必柱下之旨歸，賦乃漆園之義疏。」駱賓王和學士閨情詩啓：「爰逮江左，謳謡不輟。非有神骨仙才，專事玄風道意。」困學紀聞卷十三考史於此句下注云：「愚謂東晉玄虚之習，詩體一變，觀蘭亭所賦可見矣。」

〔二〕唐寫本「嗤」作「羞」，「徇」作「侚」。按「徇」與「殉」通，爲達到某種目的而獻身。司馬遷報任安書：「常思奮不顧身，以徇國家之急。」「徇務」，獻身于急務。干寶晉紀總論：「學者以莊老爲宗，而黜六經。談者以虛薄爲辯，而賤名檢。……當官者以望空爲高，而笑勤恪。」

〔三〕校證：「『忘』原作『亡』，唐寫本、梅六次本、徐校本、張松孫本、譚校本、御覽作『忘』……今據改。」按作「忘機」是。「忘機」指忘記人世一切機巧之事的一種淡泊寧静的心境。李白下終南山過斛斯山人宿置酒詩：「我醉君復樂，陶然共忘機。」

〔四〕訓故：「晉書：孫綽，字興公，太原人。領著作郎，遷廷尉卿。文選又有晉孫楚詩，然此云江左，乃綽也。」才略篇：「袁宏發軫以高驤，故卓出而多偏；孫綽規旋以矩步，故倫序而寡狀。」世説文學篇注引晉陽秋：「袁宏少有逸才，文章絶麗。」兹引袁、孫詩各一首以見一斑。袁宏從征行方頭山：「峨峨太行，凌虚抗勢。天嶺交氣，窈然無際。澄流入神，玄谷應契。四象悟心，幽人來憩。」孫綽答許詢詩其一：「仰觀大造，俯覽時物。機過患生，吉凶相拂。智以利昏，識由情屈。野有寒枯，朝有炎鬱。失則震驚，得必充詘。」

〔五〕「揆」，道也。孟子離婁：「先聖後聖，其揆一也。」文辭趨向于同一的道路，指「溺乎玄風」而言。唐寫本「辭」作「詞」，「趣」作「輒」。

〔六〕唐寫本「與」作「能」。世説文學篇注引續晉陽秋：「（許）詢及太原孫綽，轉相祖尚，又加以三世之辭，而詩騷之體盡矣。詢、綽并爲一時文宗，自此學者悉化之。至義熙中謝混始改。」詩品序：「永嘉時貴黄老，稍尚虛談。于時篇什，理過其辭，淡乎寡味。爰及江表，微波尚傳，孫綽，許詢、桓、庾諸公詩，皆平典似道德論，建安風力盡矣。」詩品下：「永嘉以來，清虛在俗。王武子輩，詩貴道家之言。爰洎江表，玄風尚備。真長、仲祖、桓、庾諸公猶相襲，世稱孫、許，彌善恬淡之詞。」南齊書文學傳論：「江左風味，盛道家之言，郭璞舉其靈變，許詢極其名理，仲文玄氣，猶不盡除。」劉師培南北文學不同論：「江左詩文，溺于玄風。辭謝雕采，旨寄玄虛。以平淡之詞，寓精微之理。故孫、許、二王，語皆平典，由嵇、阮而上溯莊周，此南文之别一派也。」

〔七〕唐寫本「俊」作「儁」。才略篇：「景純艷逸，足冠中興；郊賦既穆穆以大觀，仙詩亦飄飄而凌雲矣。」世説文學篇注引續晉陽秋：「郭璞五言，始會合道家之言而韻之。」詩品序：「郭景純用儁上之才，變創其體；劉越石仗清剛之氣，贊成厥美。然彼衆我寡，未能動俗。」文選郭璞遊仙詩李善注：「凡仙遊之篇，皆所以滓穢塵網，錙銖纓紱，餐霞倒景，餌玉玄都。而璞之制，文多自叙。雖志狹中區，而辭無俗累。」陳祚明曰：「景純本以仙姿遊于方内，其超越恒情，乃在選語奇傑，非關命意。遊仙之作，明屬寄托之詞，若以列仙之趣求之，非其本旨矣。」藝概詩概：「郭景純詩除殘去穢之情，第以『清剛』『儁上』目之，殆猶未覘厥藴。嵇叔夜、郭景純皆亮節之士，雖秋胡行貴玄默之致，遊仙詩假棲遯之言，而激烈悲憤，自在言外，乃知識曲宜聽其真也。」黄侃詩品講疏：「東晉玄言之詩，景純實爲之前導，特其才氣奇肆，遭逢險艱，故能假玄語以寫中情，非夫鈔録文句者所可擬況。若孫、許之詩，但陳要妙，情既離乎比興，體有近于伽陀；徒以風會所趨，仿效日衆。覽蘭亭集詩，諸篇共恉，所謂琴瑟專一，誰能聽之，達志抒情，復將焉賴！謂之風騷道盡，誠不誣也。」

按郭璞所作遊仙詩十四章，直抒胸臆，變永嘉平淡之體，無潘、陸華麗之風。雖然題作遊仙，而實際上和阮籍詠懷、左思詠史同一用意。詩品中評郭璞詩：「文體相煇，彪炳可翫，始變永嘉平淡之體，故爲中興第一，翰林以爲詩首。但遊仙之作，詞多慷慨，乖遠玄宗。」其實，「詞多慷慨，乖遠玄宗」正是郭璞遊仙詩的優點。

宋初文詠，體有因革〔一〕，莊老告退，而山水方滋〔二〕，儷采百字之偶，爭價一句之奇〔三〕，情必極貌以寫物，辭必窮力而追新〔四〕，此近世之所競也〔五〕。

〔一〕宋書謝靈運傳論：「爰逮宋氏，顔謝騰聲。靈運之興會標舉，延年之體裁明密，并方軌前秀，垂範後昆。」

文鏡秘府論論文意引皎然詩議：「晉世尤尚綺靡……宋初文格，與晉相沿，更憔悴矣。」

〔二〕詩品序：「謝客山水……斯皆五言之警策者也。」王士禎漁洋山人文略卷二雙江唱和集序：「詩三百五篇，于興觀群怨之旨，下逮鳥獸之名，無弗備矣。獨無刻畫山水者，間亦有之，亦不過數篇，篇不過數語，如『漢之廣矣』，『終南何有』之類而止。漢魏間詩人之作，亦與山水了不相及。迨元嘉間謝康樂出，始創爲刻畫山水之詞，務窮幽極渺，抉山谷水泉之情狀。昔人所云『莊老告退，而山水方滋』者也。宋齊以下，率以康樂爲宗。」章炳麟國故論衡辨詩：「玄言之殺，語及田舍。田舍之隆，旁及山川雲物，則謝靈運爲之主。」劉勰認爲宋初山水詩的興盛，正是對萌芽於正始，濫觴于江左的玄言詩的否定。再者，山水詩的發生，和莊老思想也不是没有關係。綴補云：「案謝靈運詩喜用老、莊，而此云『莊老告退，而山水方滋』者，蓋山水詩化莊、老入山水，一掃空談玄理，淡乎寡味之風也。」加上江南佳麗之地，詩人多放浪山林，漱流枕石，習染既久，刻畫自工。這對於山水詩的形成也有幫助。

〔三〕詩品上評謝靈運詩云：「尚巧似……頗以繁富爲累。」詩品中評顏延之詩云：「尚巧似，體裁綺密，情喻淵深。動無虚散，一句一字，皆致意焉。……湯惠休曰：『謝詩如芙蓉出水，顏如錯采鏤金。』顏終身病之。」按雕鏤之巧，始於顏謝，對偶之習起源於此。

〔四〕「情」在此指作品的思想、内容、情感等等。詩品上評謝靈運詩云：「嶸謂若人興多才高，寓目輒書，内無乏思，外無遺物，其繁富宜哉！然名章迥句，處處間起，麗典新聲，絡繹奔會。」皎然詩式：「情者，如康樂公『池塘生春草』是也。抑由情在言外，故其辭似淡而無味，常手覽之，何異文侯聽古樂哉！」黄庭鵠古詩冶卷十三引馮時可評曰：「康樂設奇託怪，鈎深抉隱，窮四時之變，極萬物之類。」

黄侃詩品講疏：「夫極貌寫物，有賴於深思，窮力追新，亦資於博學，將欲排除膚語，洗盪庸音，於此假塗，庶無迷路。世人好稱漢魏，而以顏謝爲繁巧，不悟規摹古調，必須振以新詞，若虛響盈篇，徒生厭倦，其爲蔽害，與勦襲玄語者政復不殊。以此知顏謝之術，乃五言之正軌矣。」表面看來，「儷采百字之偶，争價一句之奇」似乎有傷刻飾，流爲繁巧，但這是對於玄言詩矯枉的必然結果。

〔五〕本書定勢篇：「自近代辭人，率好詭巧，原其爲體，訛勢所變，厭黷舊式，故穿鑿取新。……然密會者以意新得巧，苟異者以失體成怪。舊練之才，則執正以馭奇；新學之鋭，則逐奇而失正。」物色篇：「自近代以來，文貴形似。窺情風景之上，鑽貌草木之中。吟詠所發，志惟深遠；體物爲妙，功在密附。」李諤上文帝論文體輕薄書：「江左齊梁……遂復遺理存異，尋虛逐微，競一韻之奇，争一字之巧。連篇累牘，不出月露之形；積案盈箱，唯是風雲之狀。」劉勰對於當代文學的新趨勢，看得很清楚。在這趨勢裏，雖然也創立了一些新鮮的局面，而主要的弊病是缺乏内容。

故鋪觀列代，而情變之數可監〔一〕；撮舉同異，而綱領之要可明矣。

〔一〕趙氏校記謂：「唐寫本『監』作『鑒』。按御覽五八六引亦作『鑒』，與唐本合。」「情變之數」指詩中思想情感變化的規律。本書神思篇：「神用象通，情變所孕。」通變篇：「憑情以會通，負氣以適變。」時序篇：「時運交替，質文代變，古今情理，如可言乎。」

以上爲第二段，論詩體源流及歷代大家。最後四句總結上文。以下分述各種詩體。

若夫四言正體，則雅潤爲本〔一〕；五言流調，則清麗居宗〔二〕；華實異用，惟才所安〔三〕。故平子得其雅〔四〕，叔夜含其潤〔五〕，茂先凝其清〔六〕，景陽振其麗〔七〕。兼善則子建仲宣〔八〕，偏美則太沖公幹〔九〕。

〔一〕摯虞文章流別論：「夫詩雖以情志爲本，而以成聲爲節。然則雅音之韻，四言爲正。其餘雖備曲折之體，而非音之正也。」本書章句篇：「至於詩頌大體，以四言爲正。」

〔二〕「流調」謂流行曲調。典論論文：「詩賦欲麗。」文賦：「詩緣情而綺靡。」文章流別論：「古詩率以四言爲體，而時有一句二句雜在四言之間。後世演之，遂以爲篇。……五言者……於俳諧倡樂多用之。」詩品序：「夫四言，文約意廣，取效風騷，便可多得。每苦文繁而意少，故世罕習焉。五言居文詞之要，是衆作之有滋味者也；故云會於流俗。」魏晉以後，五言逐漸繁盛起來，到了齊梁，已經成爲最流行的詩體。然而詩體雖定，評論家還有的眷戀舊體，不忍放棄。經隋至唐開元天寶間，李白還有「興寄深微，五言不如四言，七言又其靡也」（本事詩引）的説法。因爲風雅之音，四言居多，所以古人多把它視爲正體。至於詩文隨着時序演進，句讀也由短而加長，這是勢所必然，無可避免的。因此後人寫景抒情，多用五言。劉勰此處雖然四言五言並重，但「正體」「流調」之别，還是一種正統看法，不免爲時代所局限的。

〔三〕「華」，華麗，指上文的「清麗」；「實」，樸實，指上文的「雅潤」。兩句意謂：雅潤的四言詩和清麗的五言詩功用不同，擅長何種體裁要看作者的才情。

〔四〕本篇：「至於張衡怨篇，清典可味。仙詩緩歌，雅有新聲。」才略篇：「張衡通贍，蔡邕精雅，文史彬彬，隔世相望。」

〔五〕趙氏校記謂唐寫本「含作合。按御覽五八六引亦作合，與唐本同」。沈德潛古詩源：「叔夜四言詩多俊語，不摹倣三百篇，允爲晉人先聲。」王闓運曰：「嵇康四言則誠妙矣，然是從五言出，蓋五言之靡者也。」（文選學二六〇頁引）

〔六〕趙氏校記謂唐寫本「『凝』作『擬』。按御覽五八六引亦作『擬』，與唐本正合」。校注：「按『含』、『凝』、『振』三字并是。文鏡秘府論論文意：『古人云：「……叔夜含其潤，茂先凝其清，景陽振其麗。」』當即引此文。是空海所見，與今本正同。」才略篇：「張華短章，奕奕清暢。」

〔七〕左傳文公十六年杜注：「振，發也。」才略篇：「孟陽、景陽，才綺而相埒。」詩品上評張協詩云：「文體華淨，少病累，又巧構形似之言。……詞采葱蒨，音韻鏗鏘。使人味之，亹亹不倦。」詩源辨體卷五：「景陽五言雜詩，華采俊逸，實有可觀。如『房櫳無形跡，庭草萋以緑；青苔依空牆，蜘蛛網四屋』；『浮陽映翠林，迴飈扇緑竹；飛雨灑朝蘭，輕露棲叢菊』；『借問此何時，蝴蝶飛南園，流波戀舊浦，行雲思故山』等句，皆華彩俊逸者也。」劉熙載提出不同意見説：「張景陽詩開鮑明遠。明遠遒警絶人，然練不傷氣，必推景陽獨步，苦雨諸詩，尤爲高作，故鍾嶸詩品獨稱之。文心雕龍明詩云：『景陽振其麗。』麗何足以盡景陽哉！」（藝概詩概）

〔八〕顔延之庭誥論詩：「至於五言流靡，則劉楨、張華；四言側密，則張衡、王粲；若夫陳思王可謂兼之矣。」宋書謝靈運傳論：「子建、仲宣以氣質爲體，并標能擅美，獨映當時。」詩品上評曹植詩：「骨氣奇高，詞采華茂，情兼雅怨，體被文質，粲溢今古，卓爾不群。」南齊書文學傳論：「若陳思代馬群章，王粲飛鸞諸制，四言之美，前超後絶。」才略篇：「仲宣溢才，捷而能密，文多兼善，辭少瑕累，摘其詩賦，則七子之冠冕乎？」但詩品序云：「陳思爲建安之傑，公幹、仲宣爲輔。」又詩品上：「王粲……文秀而質羸，在曹劉間别構一體。方陳思不足，比魏文有餘。」評價與此稍異。

〔九〕曹丕與吴質書：「公幹有逸氣，但未遒耳。其五言詩之善者，妙絶時人。」詩品上評劉楨云：「仗氣愛奇，動多振絶，真骨凌霜，高風跨俗。但氣過其文，雕潤恨少。但自陳思已下，楨稱獨步。」文鏡秘府論論文意：「古人云：具體唯子建仲宣，偏善則太沖公幹。平子得其雅，叔夜含其潤，茂先凝其清，景陽振其麗，鮮能兼通。」顯然引的是本篇，但字句稍有參差。詩源辨體卷四：「公幹、仲宣，一時未易優劣。鍾嶸以公幹爲勝，劉勰以仲宣爲優。予嘗爲二家品評：公幹氣勝於才，仲宣才優於氣。」才略篇：「左思奇才，業深覃思，盡鋭於三都，拔萃於詠史，無遺力矣。」詩品上評左思：「其源出於公幹，文典以怨，頗爲精切，得諷諭之致。」藝概詩概：「劉公幹、左太沖詩壯而不悲。」以上説明詩的體式，即文體風格，以及偏於某種風格的作家。

然詩有恒裁，思無定位〔一〕，隨性適分，鮮能圓通〔二〕。若妙識所難，其易也將至；忽以爲易，其難也方來〔三〕。

〔一〕明謝榛四溟詩話卷三第四條：「作詩不必執於一個意思，或此或彼，無適不可，待語意兩工乃定。文心雕龍曰：『詩有恒裁，思無定位。』此可見作詩不專於一意也。」「裁」，謂體裁。

〔二〕校證：「『圓通』舊作『通圓』，今據唐寫本御覽乙正。論説、封禪二篇俱有『圓通』語。」「圓」，無偏缺；「通」，無障礙。楞嚴經卷二十二：「阿難及諸大衆，蒙佛開示，慧覺圓通，得無疑惑。」在這裏用作全面貫通的意思。斠詮：「楞嚴正脈疏：『耳根聞性，人人本自圓通。如十方擊一鼓，一時並聞，是圓也；隔牆聽音，遠盡能悉，是通也。』」

體性篇：「然才有庸儁，氣有剛柔，學有淺深，習有雅鄭，並情性所鑠，陶染所凝。……故辭理庸儁，莫能翻其才；風趣剛柔，寧或改其氣；事義淺深，未聞乖其學；體式雅鄭，鮮有反其習。各師成心，其異如面。」史通自叙：「詞人屬文，其體非一，譬甘辛殊味，丹素異彩。後來祖述，識昧圓通。家有詆訶，人相掎摭，故劉勰文心生焉。」札記：「此數語見似膚廓，實則爲詩之道已具于此。『隨性適分』四字，已將古今家數派别不同之故包羅無遺矣。」

〔三〕校證：「『以』原作『之』，據唐寫本、御覽改正。」國語晉語四：「文公謂郭偃曰：『始也吾以治國爲易，今也難。』對曰：『君以爲易，其難將至矣；君以爲難，其易將至焉。』」「妙識」，善自體認。

四溟詩話卷四第六十三條：「此劉勰明詩至要，非老于作者不能發。凡構思當于難處用工，艱澀一通，新奇迭出，此所以難而易也。若求之容易中，雖十脱稿而無一警策，此所以易而難也。獨謫仙思無難易，而語自超絶，此朱考亭所謂『聖于詩者』是也。」梅注本附曹學佺批：「彦和不易言詩，乃深于詩者。」方東樹昭昧詹言卷十四第十四條：「韓公云：『艱窮怪變得，往往造平淡。』後人祇是出之容易。須是苦思，勿先趨平淡。」

至於三六雜言，則出自篇什〔一〕；離合之發〔二〕，則萌於圖讖〔三〕；回文所興，則道原爲始〔四〕；聯句共韻，則柏梁餘製〔五〕；巨細或殊，情理同致〔六〕，總歸詩囿，故不繁云。

〔一〕篇什謂詩經。文章流别論：「古之詩有三言、四言、五言、六言、七言、九言。古詩率以四言爲體，而時有一句二句雜在四言之間，後世演之，遂以爲篇。古詩之三言者，『振振鷺，鷺于飛』之屬是也。……五言者，『誰謂雀無角，何以穿我屋』之屬是也。……六言者，『我姑酌彼金罍』之屬是也。……七言者，『交交黄鳥止于桑』之屬是也。……古詩之九言者，『泂酌彼行潦挹彼注兹』之屬是也。」章句篇：「三言興于虞時，『元首』之詩是也。……六言七言，雜出詩騷。」文鏡秘府論論文意：「或曰：夫詩有三、四、五、六、七言之别，今可略而叙之。三言始于虞典『元首』之歌。四言本出南風，流于夏世，傳至韋孟，其文始具。六言散在騷雅。七言萌于漢。」注訂：「三言以周南『螽斯羽』、『麟之趾』爲始，前漢天馬歌承之。六言以周南卷耳『我姑酌彼金罍』及邶風北門『政事一埤益我』爲始。後漢梁鴻五噫歌承之。雜言者，古體之不拘字限者，如間三五言者皆是。」

〔二〕札記引古文苑孔融離合作郡姓名字詩，通體四言。此詩又見宋葉夢得石林詩話卷中及陔餘叢考卷二十二引。五言則有藝文類聚五十六引宋記室何長瑜離合詩：「宜然悦今會，且怨明晨别。肴蔌不能甘，有難不可雪。」注訂：「離合即後人謎語、拆字所仿。」

〔三〕校證：「『萌』原作『明』，徐校作『萌』。案唐寫本、梅六次本、張松孫本、御覽正作『萌』，今據改。」

文章流别論：「圖讖之屬，雖非正文之制，然以取其縱横有義，反復成章。」黄注引玉函山房輯佚書孝經右契：「孔子作孝經及春秋河洛成，告備于天，有赤虹下，化爲黄玉，長三尺。上刻文云：『竇文出，劉季握。卯金刀，在軫北。字禾子，天下服。』合卯金刀爲劉，禾子爲季也。」范注：「緯書多言卯金刀以射劉字，又當塗高射魏字（文選謝玄暉和伏武昌登孫權故城詩注引保乾圖），音之于射曹字（南齊書祥瑞志引尚書中候）。」

〔四〕梅注：「按苻秦竇滔妻蘇蕙織錦爲迴文，五綵相宣，縱廣八寸，題詩二百餘首（當作句），計八百餘言，縱橫反覆，皆爲文章，名曰璇璣圖。宋賀道慶作四言迴文詩一首，計十二句，四十八言，從尾至首，讀亦成韻，而道原無可攷，恐『慶』字之誤也。」李詳文心雕龍黃注補正：「案道慶之前，迴文作者已衆，不得定『原』字爲『慶』之誤。」

范注：「晉書列女傳：竇滔妻蘇氏名蕙，字若蘭，滔被徙流沙，蘇氏思之，織錦爲迴文璇璣圖詩以贈滔。宛轉循環以讀之，詞甚悽惋，凡八百四十字。」

困學紀聞卷十八評詩：「詩苑類格謂回文出于竇滔妻所作。文心雕龍云：『迴文所興，則道原爲始。』又傅咸有迴文反覆詩，温嶠有迴文詩，皆在竇妻前。」原注：「皮日休曰：傅咸反復興焉，温嶠迴文興焉。」翁元圻注：「藝文類聚載曹植鏡銘，回環讀之，無不成文，實在蘇蕙以前。」陳望道修辭學發凡迴文類舉蘇蕙璇璣圖詩中的一首如下：

「仁智懷德聖虞唐，真志篤終誓穹蒼，欽所感想忘淫荒，心憂增慕懷慘傷。」

回過來讀是：

「傷慘懷慕增憂心，荒淫忘想感所欽，蒼穹誓終篤志真，唐虞聖德懷智仁。」

〔五〕宋高承事物紀原卷四集類：「自漢武爲柏梁詩，使群臣作七言詩，始有聯句體。」文體明辨序說：「按聯句詩起自柏梁，人各一句，集以成篇。其後宋孝武華林曲水、梁武帝清暑殿、唐中宗内殿諸詩，皆與漢同。」

〔六〕意謂三六雜言及離合、回文、聯句等詩，雖有大小之不同，而情理是一致的。

以上爲第三段，論述各種詩體的特點。

贊曰：民生而志〔一〕，詠歌所含。興發皇世〔二〕，風流二南〔三〕，神理共契〔四〕，政序相參〔五〕。英華彌縟〔六〕，萬代永耽〔七〕。

〔一〕謂人生而有志。

〔二〕鄭玄詩譜序：「詩之興也，諒不於上皇之世。」此處反其意而用之。

〔三〕詩大序：「然則關雎、麟趾之化，王者之風，故繫之周公。南，言化自北而南也。鵲巢、騶虞之德，諸侯之風也。先王之所以教，故繫之召公。周南、召南，正始之道，王化之基。」

〔四〕神思篇贊曰：「神用象通，情變所孕。物以貌求，心以理應。……結慮司契，垂帷制勝。」這是説「神」與「理」相契合而成詩。

〔五〕「序」就是時序篇之「序」。「政序」謂政教運轉之次序。

〔六〕情采篇：「心術既形，英華乃贍。」「英華」，指精美之篇章。

〔七〕「耽」，樂也，謂欣賞，愛好。

樂府第七

文鏡秘府論論文意：「樂府者，選其清調合律，唱入管弦，所奏即入之樂府聚之。如塘上行、怨歌行、長歌行、短歌行之類是也。」

徐師曾文體明辨「樂府」類：「按樂府者，樂官肄習之樂章也。」日知録樂府：「樂府是官署之名，其官有令，有音監，有游徼。……後人乃以樂府所採之詩，即名之曰樂府，誤矣。曰古樂府，尤誤。」

札記：蓋詩與樂府者，自其本言之，竟無區別，凡詩無不可歌，則統謂之樂府可也；自其末言之，則惟嘗被管弦者謂之樂，其未詔伶人者，遠之若曹、陸依擬古題之樂府，近之若唐人自撰新題之樂府，皆當歸之於詩，不宜與樂府淆溷也。……郭茂倩曰：「凡樂府歌辭，有因聲而作歌者，若魏之三調歌詩，因弦管金石造歌以被之，是也。有因歌而造聲者，若清商吴聲諸曲，始皆徒歌，既而被之弦管，是也。（案此本宋書樂志文）有有聲有辭者，若郊廟、相和，鐃歌、横吹等曲是也。有有辭無聲者，若後人之所述作，未必盡被於金石是也。案彦和作樂府篇，意主於被絃管之作，然又引及子建、士衡之擬作，則事謝絲管者亦附録焉。……今略區樂府以爲四種：一、樂府所用本曲，若漢相和歌辭，江南、東光之類是也。二、依樂府本曲以製辭，而其聲亦被絃管者，若魏武依苦寒行以製北上，魏文依燕歌行以製秋風是也。三、依樂府題以製辭，而其聲不被絃管者，若子建、士衡所作是也。四、不依樂府舊題，自創新題以製辭，其聲亦不被絃管者，若杜子美悲陳陶諸篇，白樂天新樂府是也。……」又：「彦和此篇大指，在於止節淫濫。蓋自秦以來，雅音淪喪，漢代常用，皆非雅聲。魏晉以來，陵替滋甚，遂使雅鄭混淆，鐘石斯繆。彦和閔正聲之難復，傷鄭曲之盛行，故欲歸本於正文。以爲詩文果正，則鄭聲無所附麗，古之雅聲雖不可復，古之雅詠固可放依。蓋欲去鄭聲，必先爲雅曲。至如魏氏三祖所爲，猶且謂非正響。推此以觀，則簡文賦詠，志在桑中，叔寶耽荒，歌高綺艷，隋煬艷篇，辭極淫綺，彌爲漢魏之罪人矣。彦和生於齊世，獨能抒此正論，以挽澆風，洵可謂卓爾之才矣。」

劉勰在本篇中所討論的，主要是合樂的詩歌，但也涉及一些不合樂的作品。漢魏六朝詩的主流應該是樂府詩。而本篇論述的側重在配詩的音樂，對於樂府詩的內容很少涉及。可以説本篇主要叙述了樂府的發展歷史。

樂府者，「聲依永，律和聲」也〔一〕。鈞天九奏〔二〕，既其上帝〔三〕；葛天八闋〔四〕，爰乃皇時〔五〕。自咸英以降〔六〕，亦無得而論矣〔七〕。

〔一〕尚書舜典：「詩言志，歌永言，聲依永，律和聲。」孔傳：「聲謂五聲：宮、商、角、徵、羽；律謂六律六呂，十二月之音氣，言當依聲律以和樂。」正義：「詩言人之志意，歌詠其義以長其言，樂聲依此長歌爲節，律吕和此長歌爲聲。」「律」是樂律，即十二律：黄鍾、太簇、姑洗、蕤賓、夷則、無射、林鐘、南吕、應鐘、大吕、夾鐘、中吕。「永」通「詠」。「律和聲」就是用十二律來和五音相配合。

日知録樂章：「詩三百篇皆可以被之音而爲樂，自漢以下，乃以其所賦五言之屬爲徒詩，而其協於音者，則謂之樂府。宋以下，則其所謂樂府者，亦但擬其辭，而與徒詩無別，於是乎詩之與樂判然爲二，不特樂亡而詩亦亡。古人以樂從詩，今人以詩從樂。古人必先有詩而後以樂和之。舜命夔教胄子，詩言志，歌永言，聲依永，律和聲。是以登歌在上，而堂上堂下之器應之，是之謂以樂從詩。」

注訂：「和樂有調有辭，亦有調具而無其辭者，如古之所謂笙樂者是。」漢書藝文志：「書曰：『詩言志，歌詠言。』故哀樂之心感，而歌詠之聲發。誦其言謂之聲，詠其聲謂之歌。」

〔二〕梅注：「史記：趙簡子疾，五日不知人，七日乃寤，語大夫曰：我之帝所甚樂，與百神遊於鈞天，廣樂九奏，萬舞，不類三代之樂，其聲動人心。」按此見趙世家，亦見扁鵲列傳。吕氏春秋有始覽：「天有九野……中央曰鈞天。」高誘注：「鈞，平也，爲四方主，故曰鈞天。」

注訂：「九奏者，九成也。樂一終爲一成。書益稷：『簫韶九成。』」正義：「成，猶終也。每曲一終，必變更奏。」

〔三〕范注引郝懿行曰：「案其字疑錯，然章表篇有『既其身文』句，與此正同，又疑非誤。」

校注：「『既』，唐寫本作『曁』。『其』，玉海一百六引作『具』。按『曁』、『具』二字並誤。章表篇『既其身文』，奏啓篇『既其如兹』，句法並與此同。舍人剡山石城寺石像碑『金剛既其比堅』，亦可證。」

按程器篇：「名之抑揚，既其然矣。位之通塞，亦有以焉。」書記篇：「言既身文。」章表篇：「既其身文。」言其既爲身之文也。注訂：「既其上帝，爰乃皇時——此二句視九奏八闋，皆爲倒裝句法也，六朝文多有之。」

斠詮：「上帝，通常爲天，書湯誓：『惟皇上帝。』傳：『上帝，天也。』此處指天之尊神。」直解爲「傳説鈞天九奏之曲調，既爲上帝所特有之廣樂，不聞於人間」。

〔四〕梅注：「『闋』元作『閲』。按吕覽：葛天氏作樂也，三人操牛尾，投足以歌八闋。一曰載民，二曰玄鳥，三曰遂草木，四曰奮五穀，五曰謹天常，六曰達帝功，七曰依地德，八曰總萬物之極。是謂廣樂。」按此指吕氏春秋古樂篇。又見明詩篇「葛天樂辭」注。

〔五〕校證：「玉海一〇六『乃』作『及』。」

集注：「皇時猶言皇世，詳見明詩贊。」斠詮：「皇時，上皇時代，猶言上古之時。獨斷上：『上古天子，庖犧氏、神農氏稱皇，堯、殷、周始稱王。』」

〔六〕「以」，唐寫本作「已」。訓故：「黄帝樂曰咸池，帝嚳樂曰六英。」

范注：「白虎通論帝王禮樂：『禮記曰：黄帝樂曰咸池，帝嚳樂曰五英。』鄭注周禮春官大司樂云：『咸池，堯樂也。』樂記正義引樂緯云：『帝嚳曰六英。』據宋均注作六英是。（宋注云：「六英者，能爲天地四時六合之英華。」）」按禮記樂記：「咸池備矣。」鄭注：「咸池，黄帝所作樂名也。堯增修而用之。」

集注：「漢書禮樂志：『昔黄帝作咸池，顓頊作六莖，帝嚳作五英，堯作大章，舜作招，禹作夏，湯作濩，武王作武，周公作勺。勺言能勺先祖之道也。武，言以功定天下也。濩，言救民也。夏，大承二帝也。招，繼堯也。大章，章之也。五英，英華茂也。六莖，及根莖也。咸池，備矣。自夏以往，其流不可聞矣。』」

注訂：「漢書禮樂志作五英，與白虎通論引禮記同。不得作六英，樂緯及宋均注皆誤。范注失檢，其説尤非。且漢書云：『五英，英華茂也。』明爲五字也。」徐師曾文體明辨序説「樂府」類：「蓋自鈞天九奏，葛天八闋，樂之來尚矣。咸池以降，代有作者。」

〔七〕斠詮直解爲：「自黄帝樂咸池，帝嚳樂五英以後，亦因上古悠悠，無從得而推論矣。」日知録樂章引朱子曰：「詩之作本言志而已，方其詩也，未有歌也；及其歌也，未有樂也，以聲依永，以律和聲，則樂乃爲詩而作，非詩爲樂而作也。詩出乎志者也，樂出乎詩者也。詩者其本，而樂者其末也。」

古今圖書集成文學典第二百四十一卷樂府部引周必大書譚該樂府後：「世謂樂府起於漢魏，蓋由惠帝有樂府令，武帝立樂府採詩夜誦也。唐元稹則以仲尼文王操、伯牙水仙操、齊犢沐雉朝飛、衛女思歸引爲樂府之始，以予考之，『乃賡載歌』，『薰兮』『解慍』，在虞舜時，此體固已萌芽，豈止三代遺韻而已。」

至於塗山歌於「候人」，始爲南音〔一〕；有娀謠於「飛燕」，始爲北聲〔二〕；夏甲歎於東陽，東音以發〔三〕；殷整思於西河，西音以興〔四〕；音聲推移，亦不一概矣〔五〕。

〔一〕「歌」，唐寫本作「哥」，下同。玉海卷一百六引：「文心雕龍曰：『塗山歌於候人……西音以興。』」下注：「見呂氏春秋，此四方之歌也。」

梅注：「禹行功，見塗山之女，禹未之遇，而巡省南土，塗山人之女乃令其妾候禹於塗山之陽，女乃作歌曰：『候人兮猗！』實始作爲南音。」按此見呂氏春秋季夏紀音律篇。高誘注：「取塗山氏南音以爲樂歌也。」范注：「曹風有候人。」

〔二〕校證：「『於』原作『乎』，玉海作『于』，以上下文例之，作『于』爲是。今改作『於』。」「燕」，唐寫本作「鷰」。

梅注：「有娀氏有二佚女，居於九成之臺，飲食必以鼓，帝令燕往視之，鳴若謚隘（案原文作「謚隘」或「益隘」），二女愛而爭搏之。覆以玉筐，少選發而視之，燕遺二卵，北飛遂不反。二女作歌，一終曰『燕燕往飛』。實始作爲北音。」按此亦見呂氏春秋音律篇。離騷：「有娀之佚女。」集注：「有娀，國名。佚，美也，謂帝嚳之妃契母簡狄也。」

〔三〕梅注：「夏后氏孔甲田於東陽萯山，天大風晦冥，孔甲迷惑，入於民室。主人方乳，或曰：『後來，乃良日也，之子是必大吉。』或曰：『不勝也，之子是必有殃。』後乃取其子以歸，曰：『以爲余子，誰敢殃之！』子長成人，幕動坼橑，斧斬其足，遂爲守門者。孔甲曰：『嗚呼，有疾，命矣夫！』乃作爲破斧之歌。實始爲東音。」按此亦見呂氏春秋音律篇。高誘注：「孔甲，禹後十四世皋之父，發之祖，桀之宗。」東陽，地名，在今山東費縣西南。

〔四〕「整」，元作「⿱敖毛」，唐寫本作「鼇」。校證：「按玉海、王惟儉本正作『整』。」趙萬里校記：「案呂氏春秋音初篇云：殷整甲徙宅西河，猶思故處，實始作爲西音。此本當本呂覽，自以作『整』爲是，『⿱敖毛』、『鼇』均形近致訛。」

梅注：「周昭王親將征荆，辛餘靡長且多力，爲王右，還反涉漢，梁敗。王及蔡公抎於漢中，辛餘靡振王北濟，又反振蔡公，周公乃侯之於西翟，實爲長公。殷整甲徙宅西河，猶思故處，實始作爲西音。」案此亦見呂氏春秋音律篇。畢沅注：「竹書紀年：『河亶甲，名整，元年自囂遷於相。』即其事也。」集釋：「相，即西河。整甲即河亶甲。」殷代帝王。

范注：「案呂氏之説，不見經傳，附會顯然。或者謂國風託之以製題，殆信古太甚之失也。」

札記：「案觀此，則後世依古題以製辭亦昉於古，塗山有『候人』之歌，其後曹風亦有候人之篇，則曹風依放塗山也。有娀有『燕燕』之歌，其後邶風亦有燕燕之篇，則邶風依放有娀也。孔甲有破斧之歌，其後豳風有破斧之篇，則豳風依放孔甲也。然其製題相同，託意則異。」

〔五〕校釋：「唐寫本『音』作『心』，是也。」

校注：「按唐寫本是。『心聲』二字出揚子法言問神篇，此指歌辭。書記、夸飾、附會三篇並有『心聲』之文。高誘淮南子修務篇注：『推移，猶轉易也。』」楚辭漁父：「而能與世推移。」

注訂：「『亦不一概矣』以上一節，皆據呂氏春秋音律篇爲説，范注誤爲音初篇。考呂氏之書雜而未純，不無齊東之語，然亦不盡爲虛構，文心引之者，以證聲音推移，各有其始。自咸英以降，既無得而稱，引呂氏之説以求備，並爲下文詩官采言張本。」

明王驥德曲律總論南北曲第二：「關西胡鴻臚侍（明正德進士，珍珠船是他所著的一部類書）珍珠船引劉勰文心雕龍謂塗山歌於『候人』，始爲南音；有娀謠乎『飛燕』，始爲北聲；及夏甲爲東，殷整爲西。古四方皆有音，而今歌曲但統爲南北。如擊壤、康衢、卿雲、南風，詩之二南，漢之樂府，下逮關、鄭、白、馬之撰，詞有雅鄭，皆北音也；孺子、接輿、越人、紫玉，吴歈、楚艷，以及今之戲文，皆南音也。……以辭而論，則宋胡翰（元明間人）所謂『晉之東，其辭變爲南、北，南音多艷曲，北音雜胡戎』。」

從「鈞天九奏」到「亦不一概矣」，爲一小節，推溯樂府的本源。

匹夫庶婦〔一〕，謳吟土風，詩官採言〔二〕，樂胥被律〔三〕，志感絲篁〔四〕，氣變金石〔五〕。是以師曠覘風於盛衰〔六〕，季札鑒微於興廢〔七〕，精之至也〔八〕。

〔一〕范校：「匹，元作及，許改。孫云：唐寫本及下有疋字。」校注：「按唐寫本是。……許改於文意雖合，於語勢則失矣。」

〔二〕「採」，唐寫本作「采」。漢書藝文志：「古有采詩之官，王者所以觀風俗，知得失，自考正也。」范注：「漢書食貨志上：『冬，民既入，婦人同巷，相從夜績。……男女有不得其所者，因相與歌詠，各言其傷。……孟春之月，群居者將散，行人振木鐸徇於路以採詩，獻之太師，比其音律，以聞於天子。故曰，王者不窺牖户而知天下。』公羊宣十五年傳何休注曰：『男女有所怨恨，相從而歌，饑者歌其食，勞者歌其事。男年六十，女年五十無子者，官衣食之，使之民間求詩，鄉移於邑，邑移於國，國以聞於天子。』方言載劉歆與揚雄書：『三代周秦軒車使者、遒人使者（玉海引古文苑「遒人」二字在「軒車使者」上，無下「使者」二字）以歲八月巡路宋（音求）代語童謠歌戲。』劉説與班、何略異（應劭風俗通義序同劉歆説）。當以漢書、公羊注爲是。」

〔三〕校證：「胥，原作『育』，許改作『肓』。謝云：『樂胥、大胥見禮記。』今按謝説是。」校注：「唐寫本作『咠』，即『胥』之或體。周禮春官大司樂：『大胥中士四人，小胥下士八人。』禮記王制：『小胥、大胥。』鄭注並云：『樂官屬也。』尚書大傳略説：『胥與就膳徹。』鄭注亦云：『胥，樂官也。』即其義。此作『樂胥』，與上句『詩官』相對。玉海一百六引正作『胥』，不誤。當據改。」

范注：「詩大序正義引鄭答張逸云：『國史采衆詩時，明其好惡，令瞽矇歌之。其無作主，皆國史主之，令可歌。』周禮瞽矇『掌九德六詩之歌以役大師』。此云樂盲，當指大師瞽矇而言。」

考異：「詩小雅：『君子樂胥。』從『胥』是。」

集注：「樂盲成辭，於古無説。漢書禮樂志屢稱『樂官』『師瞽』，則樂盲或爲樂官或師瞽之誤。詩官采言，樂官被律，相對成文也。」雜記：「言、律猶今世所謂歌譜。」斠詮：「被律，比配其音律也。」

〔四〕校釋：「絲篁，唐寫本作『絲簧』，是也。」校注：「按總術篇『聽之則絲簧』，亦以絲簧連文，則此當從唐寫本改作『簧』。」

〔五〕校證：「唐寫本『石』作『竹』，不可從。上已言『篁』，此不復言竹。」「金」指鐘，「石」指磬。

王金凌：「此處的志與氣即樂府中的情意，因爲能爲絲篁金石所感所變的只有情意。」

禮記樂記：「是故情深而文明，氣盛而化神，和順積中而英華發外，唯樂不可以爲僞。」斠詮：「氣，謂精神意氣。」按指人的精神狀態。

斠詮：「樂記又曰：『鐘聲鏗，鏗以立號，號以立横，横以立武，君子聽鐘聲則思武臣。石聲磬，磬以立辨，辨以致死，君子聽磬聲則思死封疆之臣。絲聲哀，哀以立廉，廉以立志，君子聽琴瑟之聲，則思志義之臣。竹聲濫，濫以立會，會以聚衆，君子聽竽笙簫管之聲，則思畜聚之臣。鼓鼙之聲讙，讙以立動，動以進衆，君子聽鼓鼙之聲，則思將帥之臣。君子之聽音非聽其鏗鎗而已也，彼亦有所合之也。』此爲彦和所本。」

〔六〕訓故：「春秋左傳：楚師侵鄭，晉人聞有楚師，師曠曰：不害，吾驟歌北風，又歌南風，南風不競，多死聲，楚必無功。」按此見襄公十八年。杜注：「歌者吹律以詠八風，南風音微，故曰不競。」

〔七〕梅注：「左傳襄公二十九年：吴公子札來聘，請觀於周樂云云。」

訓故：「春秋左傳：吴公子札來聘，請觀於周樂，爲之歌周南召南，曰：美哉，始基之矣。爲之歌鄭，曰美哉，其細已甚，民弗堪也，是其先亡乎。自鄶以下無譏焉。」

集注：「左傳襄公二十九年：『吴公子札來聘……請觀於周樂。使工爲之歌周南、召南，曰：美哉，始基之矣，猶未也，然勤而不怨矣。爲之歌邶、鄘、衛，曰：美哉，淵乎！憂而不困者也。吾聞衛康叔、武公之德如是，是其衛風乎？爲之歌王，曰：美哉！思而不懼，其周之東乎？……若有他樂，吾不敢請已。』」「季札」，春秋時吴王壽夢之子。

〔八〕唐寫本「至」作「志」。綴補：「按『至』、『志』古通，荀子中多此例。」斠詮直解爲：「其審察音律之精妙，亦云極矣。」

自「匹夫庶婦」至此，是講民間歌謠與音樂足以反映一個時代的風氣。

夫樂本心術，故響浹肌髓〔一〕，先王慎焉〔二〕，務塞淫濫〔三〕。敷訓胄子〔四〕，必歌九德〔五〕，故能情感七始〔六〕，化動八風〔七〕。

〔一〕范注：「漢書禮樂志：『夫樂本情性，浹肌膚而臧骨髓。』」校注：「禮記樂記：『應感起物而動，然後心術形焉。』」

集注：「漢書董仲舒傳：『樂者，所以變民風、化民俗也；其變民也易，其化民也著。故聲發於和而本於情，接於肌膚，臧於骨髓。故王道雖微缺而筦弦之聲未衰也。』」斠詮：「心術……即人運用其心思之方法，此處指内心思想情感之活動而言。浹……徹也，見爾雅釋言。淮南子原道：『不浹於骨髓。』此處有沁透滲入之意。」

〔二〕斯波六郎：「禮記樂記：『樂者，音之所由生也，其本在人心之感於物也……是故先王慎所以感之者。』」

〔三〕漢書禮樂志：「然自雅頌之興，而所承衰亂之音猶在，是謂淫過凶嫚之聲，爲設禁焉。」紀評：「『務塞淫濫』四字，爲一篇之綱領。」

黄注：「樂記：流辟邪散、狄成滌濫之音作，而民淫亂。」集注：「禮記樂記：『是故，先王慎其所以感之者。』又曰：『鄭聲好濫淫志。』」

〔四〕梅注：「舜典：帝曰：夔！命汝典樂，教冑子。」范注：「釋文引馬云：『冑，長也；教長天下之子弟。』」「敷訓」，施教。「冑子」，指卿大夫的子弟。

〔五〕梅注：「皋陶謨：『皋陶曰：亦行有九德：寬而栗，柔而立，愿而恭，亂而敬，擾而毅，直而温，簡而廉，剛而塞，彊而義。』漢書：『古者，自卿大夫師瞽以下，皆選有道德之人，朝夕習業，以教國子。國子者，卿大夫之子弟也。皆學歌九德。』」按此見禮樂志。

〔六〕范注：「漢書律曆志上：『書曰：「予欲聞六律、五聲、八音、七始詠，以出内五言。」』……七者，天地四時人之始也。順以歌詠五常之言。』禮樂志安世房中歌：『七始、華始，肅倡和聲。』孟康曰：『七始，天地四時人之始；華始，萬物英華之始也。』……尚書大傳：『七始，天統也。』鄭注：『七始：黄鐘、林鐘、大簇、南吕、姑洗、應鐘、蕤賓也。』按彦和此文用今文尚書説。」黄注：「王應麟玉海：黄鐘、林鐘、太簇爲天、地、人之始，姑洗、蕤賓、南吕、應鐘爲四時之始。」按此見玉海後附小學紺珠律曆。

〔七〕梅注：「八風，晉書樂志云：乾之音石，其風不周；坎之音革，其風廣莫；艮之音匏，其風融；震之音竹，其風明庶；巽之音木，其風清明；離之音絲，其風景；坤之音土，其風涼；兑之音金，其風閶闔。」訓故：「易緯：八節之風謂之八風。左傳：夫舞所以節八音而行八風。杜注：八風，八方之風也。以八音之器，播八方之風，手之舞之足之蹈之，節其制而叙其情。」

范注：「史記律書説八風：不周風居西北，廣莫風居北方，條風居東北，明庶風居東方，清明風居東南，景風居南方，涼風居西南，閶闔風居西方。易緯通卦驗，春秋緯考異郵，淮南天文訓、地形訓，白虎通八風篇，劉熙釋名言八風皆先條風。惟左傳隱五年正義引服虔説，始不周風，與史記合。」

集注：「左傳隱五年杜注：八風……八方之風，謂東方谷風、東南方清明風、南方凱風、西南方涼風、西方閶闔風、西北方不周風、北方廣莫風、東北方融風。」呂氏春秋有始覽：「何謂八風？東北曰炎風，艮氣所生，一曰融風；東方曰滔風，震氣所生，一曰明庶風；東南曰熏風，或作景風，巽氣所生，一曰清明風；南方曰巨風，離氣所生，一曰凱風；西南曰淒風，坤氣所生，一曰涼風；西方曰飂風，兑氣所生，一曰閶闔風；西北曰厲風，乾氣所生，一曰不周風；北方曰寒風，坎氣所生，一曰廣莫風。」

呂氏春秋察傳：「孔子曰：昔者舜欲以樂傳教於天下，乃令重黎舉夔於草莽之中而進之，舜以爲樂正。夔於是正六律，和五聲，以通八風，而天下大服。」淮南子泰族訓：「夔之初作樂也，皆合六律而調五音，以通八風。及其衰也，以沈湎淫樂，不顧政治，至於滅亡。」

以上「八風」的具體名稱雖解釋不同，然大抵是八方之風。

以上爲第一段，論述樂府的起源及其教化作用。

自雅聲浸微，溺音騰沸〔一〕，秦燔樂經，漢初紹復〔二〕，制氏紀其鏗鏘〔三〕，叔孫定其容典〔四〕，於是武德興乎高祖，四時廣於孝文，雖摹韶夏，而頗襲秦舊〔五〕，中和之響〔六〕，闃其不還〔七〕。

〔一〕范注：「禮記樂記：子夏對魏文侯曰：今君之所好者，其溺音乎！文侯曰：敢問溺音何從出也？子夏對曰：鄭音好濫，淫志；宋音燕女，溺志；衛音趨數，煩志；齊音敖辟，喬志（謂傲辟驕志也）：此四者，皆淫於色而害於德，是以祭祀弗用也。」紀評：「八字貫下十餘行，非單品秦漢。」

漢書禮樂志：「周道始缺，怨刺之詩起。王澤既竭，而詩不能作。王官失業，雅頌相錯。……桑間、濮上、鄭、衛、宋、齊之聲並出。内則致疾損壽，外則亂政傷民。巧僞因而飾之，以營亂富貴之耳目。庶人以求利，列國以相間。故秦穆遺戎而由余去，齊人餽魯而孔子行。至於六國，魏文侯最爲好古，而謂子夏曰：寡人聽古樂則欲寐，及聞鄭、衛，余不知倦焉。子夏辭而辨之，終不見納，自此禮樂喪矣。」

注訂：「『雅聲……騰沸』二句言樂府之衰，始自戰國，秦漢以後，雖有紹復，終失舊觀，慨乎其言也。」

「溺」，沉迷，流蕩不返。「溺音」，謂淫溺之音。

文心雜記：「溺音者，宋、鄭、齊、衛淫色害德之音，祭祀弗用，而時君之所好也。」

〔二〕范注：「漢書藝文志：『六國之君，魏文侯最爲好古。孝文時，得其樂人竇公，獻其書，乃周官大宗伯之大司樂章也。』此樂經未經燔失之證。」「紹復」，繼承恢復。尚書盤庚上：「紹復先王之大業。」

有人認爲根本没有樂經，根據是漢書藝文志：「周衰，（禮樂）俱壞。樂尤微眇，以音律爲節，又爲鄭衛所亂，故無遺法。」顏虚心注：「其道精微，節在音律，不可具於書。」

〔三〕梅注：「漢書禮樂志：漢興，樂家有制氏，以雅樂聲律世世在太樂官，但能記其鏗鏘，而不能言其義。」（范注引作「記其鏗鎗鼓舞」，又謂藝文志樂類亦同此文。）「鏗鏘」，指節奏。

〔四〕校證：「『容典』，原作『容與』，唐寫本作『容典』。案後漢書曹褒傳論：『漢初，天下創定，朝制無文，叔孫通頗採經禮，參酌秦法，雖適物觀時，有救崩敝；然先王之容典，蓋多闕矣。』注：『容，禮容也；典，法則也。』此正彦和所本，今改從之。」

校注：「舍人所謂『定容典』者，蓋指其制宗廟樂（見漢書禮樂志，范注已具）之禮容法則也。新唐書歸崇敬傳：『治禮家學，多識容典。』亦可爲此當作『容典』之證。」

集注：「漢書禮樂志：『高祖時，叔孫通因秦樂人制宗廟樂。大祝迎神於廟門，奏嘉至，猶古降神之樂也。皇帝入廟門，奏永至，以爲行步之節，猶古採薺肆夏也。乾豆上，奏登歌。獨上歌，不以筦弦亂人聲，欲在位者徧聞之，猶古清廟之歌也。登歌再終，下奏休成之樂，美神明既饗也。皇帝就酒東廂，坐定，奏永安之樂，美禮已成也。』」

校釋：「自秦焚樂經，古代廟樂，唯存韶武。漢興，魯人制氏獨能記其鏗鏘鼓舞，故世在樂官。其後叔孫通因秦樂人製宗廟樂，其嘉至、永至、登歌，史志皆比附古樂爲説，獨休成、永安二篇不言，故知二篇乃叔孫自製。」

〔五〕漢書禮樂志：「高（祖）廟奏武德、文始、五行之舞，孝文廟奏昭德、文始、四時、五行之舞。孝武廟奏盛德、文始、四時、五行之舞。武德舞者，高祖四年作，以象天下樂己行武以除亂也。文始舞者，曰本舜韶舞也，高祖六年更名曰文始，以示不相襲也。五行舞者，本周舞也，秦始皇二十六年更名曰五行也。四時舞者，孝文所作，以示天下之安和也。……高祖六年又作昭容樂、禮容樂。昭容者，猶古之昭夏也，主出武德舞。禮容者，主出文始、五行舞。……大氏皆因秦舊事焉。」

「韶」謂虞舜時的韶樂，「夏」謂夏禹時的大夏之樂。董仲舒春秋繁露楚莊王：「舜時，民樂其昭堯之業也，故韶。韶者，昭也。禹之時，民樂其三聖相繼，故夏。夏者，大也。」韶夏唯於行大禮時用之。

〔六〕禮記中庸：「喜怒哀樂之未發謂之中，發而皆中節謂之和。」

校注：「按禮記樂記：『故樂者，天地之命，中和之紀，人情之所不能免也。』荀子勸學篇：「禮之敬文也，樂之中和也，詩書之博也，春秋之微也，在天地之間者，畢矣。」孔子家語辨樂：「故君子之音，温柔居中，以養生育之氣。憂愁之感，不加於心也；暴厲之動，不在於體也。夫然者，乃所謂治安之風也。小人之音則不然，亢麗微末，以象殺伐之氣。中和之感不載於心，温和之動不存於體。夫然者，乃所以爲亂之風。」

〔七〕注訂：「此本易豐卦『闃其無人』句，闃音去，入聲，言中和之音，繼起無作也。」「闃」，寂静。

暨武帝崇禮〔一〕，始立樂府〔二〕；總趙代之音，撮齊楚之氣〔三〕。延年以曼聲協律〔四〕，朱馬以騷體製歌〔五〕。桂華雜曲，麗而不經〔六〕；赤雁群篇，靡而非典〔七〕。河間薦雅而罕御〔八〕，故汲黯致譏於天馬也〔九〕。

〔一〕校證：「『禮』，唐寫本作『祀』。案兩都賦序：『至於武宣之世，乃崇禮官，考文章，内設金馬、石渠之署，外興樂府協律之事。』此蓋彦和所本。唐寫本作『祀』，未可從。」

〔二〕札記：「此據漢書禮樂志文。樂府詩集則云：孝惠時，夏侯寬爲樂府令，始以名官，至武帝乃立樂府云。」

漢書禮樂志：「至武帝定郊祀之禮……乃立樂府。（師古曰：「始置之也，樂府之名蓋起於此。」）王應麟曰：「惠帝時，有樂府令夏侯寬，更安世樂，似非始於武帝。」）采詩夜誦，有趙代秦楚之謳，以李延年爲協律都尉，多舉司馬相如等數十人，造爲詩賦，略論律吕，以合八音之調，作十九章之歌。」沈欽韓以爲以後制追述前事，非樂府始於孝惠。案：惠帝時但有樂府令之官，武帝時始置樂府署。

注訂：「樂府之立，似不始於武帝。其實樂府令爲官人，樂府爲官寺，高惠時之官制，率沿秦舊，樂府亦然，武帝之立樂府，乃建制也。故言采詩夜誦，皆有其職務，不同於一令也。又師古言始置之者，言始置於當時，重振之也，非謂古之所無。詩歌永言，見於舜典，則樂府之實，其來甚遠。」

吴訥文章辨體序説：「後儒（遂）以樂府之名起於武帝，殊不知孝惠二年已命夏侯寬爲樂府令，豈武帝始爲新聲，不用舊辭也？」王先謙漢鐃歌釋文箋證例略：「劉勰文心雕龍謂漢武始立樂府。師古不察，襲謬以注漢書（按見禮樂志）。由此讀鐃歌者，以爲皆武帝時作。是大不然。高祖愛巴俞歌舞，令樂人習學之；嗣是樂府遂有巴俞鼓員矣。孝惠二年，夏侯寬爲樂府令矣。讀思悲翁、戰城南、巫山高三篇，知鐃歌肇於高祖之時；讀遠如期一篇，知鐃歌衍於宣帝之世。推原終始，皆在西都。」

〔三〕范注：「藝文志：『自孝武立樂府而採歌謡，於是有代、趙之謳，秦、楚之風，皆感於哀樂，緣事而發，亦可以觀風俗，知薄厚云。』案歌詩家有邯鄲、河間歌詩四篇，燕、代謳雁門、雲中、隴西歌詩九篇，齊、鄭歌詩四篇，吴、楚、汝南歌詩十五篇，歌詩凡有二十八家，彦和特舉其大者言之。」按范氏所引，見漢書藝文志詩賦略論。

「趙、代」指今河北、山西一帶。「齊、楚」指今山東、安徽、湖北一帶。「撮」，撮取。「氣」謂聲氣。沈約宋書謝靈運傳論：「雖清辭麗曲，時發乎篇，而蕪音累氣，固亦多矣。」

〔四〕漢書佞幸傳：「（李）延年善歌，爲新變聲。是時上方興天地諸祠，欲造樂，令司馬相如等作詩頌。延年輒承意弦歌所造詩，爲之新聲曲。而李夫人産昌邑王，延年繇是貴爲協律都尉。」「曼聲」，引長聲音。注訂：「『曼聲』即指『新變聲』也。」

〔五〕范注：「（漢書）補注引周壽昌曰：『相如死當元狩五年，死後七年延年始得見（元鼎六年）。是相如等前造詩，延年後爲新聲，多舉者，言舉相如等數十人之詩賦，非舉其人也。』周説是。陳先生曰：『朱、馬或疑爲司馬之誤，非是。案朱或是朱買臣。漢書本傳言買臣疾歌謳道中，後召見，言楚辭，帝甚説之。又藝文志有買臣賦三篇，蓋亦有歌詩，志不詳耳。』……買臣善言楚辭，彦和謂以騷體製歌，必有所見而云然。唐寫本亦作『朱馬』，明『朱』非誤字也。宋書樂志相和歌辭有陌上桑一曲，或即騷體製歌之遺。」

注訂：「朱馬以騷體製歌——此爲漢賦隆起之漸，武帝愛騷，淮南作傳，是上有好之者。朱擅楚辭，司馬能賦，是下有甚焉者。文體演進，其跡甚顯。惟前言辨騷，此論樂府，着眼在『製歌』二字也。」

朱所作歌曲，今不傳。相傳武帝時的郊祀歌中有一部分是司馬相如作。文體明辨卷六「樂府」類引作「司馬以騷體製歌」。

日知録樂章：「十九章，司馬相如等所作，略論律吕，以合八音者也。趙代秦楚之謳，則有協有否，以李延年爲協律都尉，採其可協者，以被之音也。」

雜記：「唐寫本正作『朱馬』。下文『繆朱所致』一語亦可證。」

校注：「『朱』沈巖校作『枚』。吴翌鳳校同。……按『朱』字不誤。朱爲朱買臣，王惟儉、梅慶生所注是也。沈、吴校爲『枚』（文選李善注曾四引枚乘樂府詩句「美人在雲端，天路隔無期」，蓋沈、吴所據）。徐、許改作『司』，非是。」

〔六〕梅注：「漢高唐山夫人作安世房中歌十七章，有桂華一章。」集注：「漢書禮樂志：安世房中歌十七章，〔桂華一章十句：〕『都荔遂芳，窅窊桂華。孝奏天儀，若日月光。乘玄四龍，回馳北行。羽旄殷盛，芬哉芒芒。孝道隨世，我署文章。』」紀評：「桂華尚未至于不經，赤雁等篇亦不得目之曰靡，蓋深惡塗飾，故矯枉過正。」「不經」謂不合正道。按劉勰此論可能是對樂曲説的，不是對歌辭説的。注訂：「桂華、赤雁之作，彦和譏之者，蓋以其開後世符瑞頌讚之漸，違古立樂府之旨。故曰不經不典，不僅惡其塗飾，亦非矯枉過正也。」

〔七〕梅注：「赤雁：漢武帝太始三年行幸東海，獲赤雁作。」黄注：「禮樂志郊祀歌：象載瑜十八，太始三年，行幸東海，獲赤雁作。」按漢書禮樂志，辭如下：「象載瑜，白集西；食甘露，飲榮泉。赤雁集，六紛員；殊翁雜，五采文。神所見，施祉福；登蓬萊，結無極。」校釋：「舍人此篇，於房中十七章舉桂華，於郊祀十九章舉赤雁，論桂華則曰『麗而不經』；評赤雁則曰『靡而非典』。證以後世通人評隲之語，益足見舍人衡鑒之精。宋書樂志曰：『漢武帝雖頗造新哥，然不以光揚祖考，崇述正德爲先，但多詠祭祀見事及其祥瑞而已。商周雅頌之體闕焉。』此舍人所謂『靡而非典』也。齊召南曰：『周詩所謂房中樂者，人倫始於夫婦，故首以關雎、鵲巢。漢安世房中歌，直是祀神之樂。』此舍人所謂『麗而不經』也。舍人雖各舉一目，實可通論餘篇。紀評乃謂『桂華尚未至於不經，赤雁亦不得目之曰靡』，其言乖違如此，異哉！」

校注：「隋書音樂志上：『武帝裁音律之響，定郊丘之祭，頗雜謳謡，非全雅什。』並足與此相發。」

〔八〕梅注：「河間獻王名德，景帝子，武帝時獻雅樂，天子下太樂官，常存肄之，歲時以備數，然不常御。」

漢書禮樂志：「是時，河間獻王有雅材，亦以爲治道非禮樂不成，因獻所集雅樂。天子下太樂官，常存肄之，歲時以備數，然不常御，常御及郊廟，皆非雅聲。」此謂河間獻王劉德曾推薦古樂，但武帝很少採用。

〔九〕梅注：「史記樂書：漢武帝嘗得神馬渥洼水中，作歌曰：『太一貢兮天馬下，霑赤汗兮沫流赭。騁容與兮跇萬里，今安匹兮龍爲友。』後伐大宛得千里馬，馬名蒲捎，作歌曰：『天馬徠兮從西極，經萬里兮歸有德，承靈威兮懷外國，涉流沙兮四夷服。』中尉汲黯進曰：『凡王者作樂，上以承祖宗，下以化兆民。今陛下得馬，詩以爲歌，協於宗廟，先帝百姓，豈能知其音耶？』」

陔餘叢考卷二十三「樂府」：「文心雕龍曰：『漢武立樂府，總趙代之音，撮齊楚之氣……河間獻雅而不御，故汲黯致譏於天馬。』然則樂府本非雅樂也。」

至宣帝雅詩，頗效鹿鳴〔一〕。邇及元成〔二〕，稍廣淫樂〔三〕，正音乖俗〔四〕，其難也如此〔五〕。

〔一〕校證：「『宣帝雅詩，頗效鹿鳴』，原作『宣帝雅頌，詩效鹿鳴』，今據唐寫本改正。蓋『頗』初誤作『頌』，繼又誤乙在『詩』前也。『頗效』與『稍廣』對文。」

黄注：「（漢書）王褒傳：宣帝時，天下殷富，數有嘉應，上頗作歌詩，欲興協律之事。於是益州刺史王襄欲宣風化於衆庶，聞王褒有俊才，請與相見，使褒作中和、樂職、宣布詩，選好事者令依鹿鳴之聲，習而歌之。」「雅詩」即指中和、樂職、宣布詩。

〔二〕唐寫本「邇」作「逮」。校注：「按『逮』字是，當據改。」

斠詮：「邇，近也。見説文。元帝爲宣帝子，成帝爲宣帝孫，元、成緊接宣帝而嗣位，故云邇及，不須改字。」

漢書元帝紀贊：「元帝多材藝，善史書，鼓琴瑟，吹洞簫，自度曲，被歌聲，分刌節度，窮極幼眇。」注引應劭曰：「自隱度作新曲，因持新曲以爲歌詩聲也。」

〔三〕漢書禮樂志：「今漢郊廟詩歌，未有祖宗之事，八音調均，又不協於鐘律，而内有掖庭材人，外有上林樂府，皆以鄭聲施於朝庭。至成帝時……鄭聲尤甚。黄門名倡丙彊、景武之屬富顯於世。貴戚五侯定陵、富平外戚之家淫侈過度，至與人主争女樂。哀帝自爲定陶王時疾之，又性不好音，及即位，下詔曰：惟世俗奢泰文巧，而鄭衛之聲興。夫奢泰則下不孫而國貧，文巧則趨末背本者衆，鄭衛之聲興則淫辟之化流。而欲黎庶敦朴家給，猶濁其源而求其清流，豈不難哉！孔子不云乎？『放鄭聲，鄭聲淫。』其罷樂府官。」

〔四〕范注：「正音乖俗，如河間獻王獻雅樂，僅歲時備數，常御及郊廟皆非雅聲之類。」

〔五〕注訂：「意指上文所云『雅聲寖微』，『中和之響，闃其不還』，及『河間薦雅而罕御』。雖宣帝再振，終難繼響，亦世運之所關，故云其難也，此樂府之一大變也。」這幾句話的意思是説：自秦至漢初，一直就缺乏「正音」，直到漢宣帝時，纔有了「雅頌之作」；但到元、成之間，「淫樂」漸漸得勢了。故他慨嘆於「正音乖俗，其難也如此」。對於漢武帝創立樂府機關，劉勰提到李延年採集民歌配上樂律的貢獻，但總認爲宮廷樂章裏不應有「靡麗」的民間歌謡。這是由於他認爲「正音乖俗」，認爲雅正的音樂和民間俗曲走的不是一條路。

暨後漢郊廟〔一〕，惟雜雅章〔二〕，辭雖典文，而律非夔曠〔三〕。

〔一〕校證：「『漢』字原脱，據唐寫本補。」「郊」，祭天。「廟」，祭祖。文體明辨序説「樂府」類：「東漢明帝分樂爲四品：一曰大予樂，郊廟上陵用之。二曰雅頌樂，辟雍饗射用之。三曰黄門鼓吹樂，天子宴群臣用之。四曰：短簫鐃歌樂，軍中用之。其説雖具，而制亦不傳。」

〔二〕范注：「唐寫本『後』下有『漢』字，是。『雜』作『新』亦是。惟新雅章，指東平王蒼所製也。」按「雜」字義長，意謂後漢郊廟樂，雜用雅樂。後漢書東平憲王蒼傳：「蒼以天下化平，宜修禮樂。乃與公卿共議定南北郊冠冕車服制度，及光武廟登歌，八佾舞數，語在禮樂、輿服志。」

〔三〕「律」，音律，和上句的「辭」字分別指樂章的兩個方面。札記：「按後漢書曹褒傳：顯宗即位，曹充上言，請制禮樂，帝善之，詔曰：今且改太樂官曰太予樂，詩歌曲操，以俟君子。據此，後漢之樂一仍先漢之舊。宋書樂志：漢明帝初，東平憲王制舞歌一章，薦之光武之廟。（按武德舞歌詩見樂府詩集。）又章帝自作食舉詩四篇，後漢樂詞之可考者僅此。」范注：「章帝又制雲臺十二門詩。」

至於魏之三祖，氣爽才麗〔一〕，宰割辭調〔二〕，音靡節平〔三〕。觀其「北上」衆引〔四〕，「秋風」列篇，或述酣宴，或傷羈戍，志不出於滔蕩〔五〕，辭不離於哀思〔六〕，雖三調之正聲〔七〕，實韶夏之鄭曲也〔八〕。

〔一〕鍾嶸詩品下魏武帝魏明帝詩：「曹公古直，甚有悲涼之句。叡不如丕，亦稱三祖。」「三祖」，太祖武帝操，高祖文帝丕，烈祖明帝叡。訓故：「武帝苦寒行『北上太行山，艱哉何巍巍』云云，文帝燕歌行『秋風蕭索天氣涼』云云，明帝月重輪及燕歌行。」王金凌：「氣與才都指才能，即才氣爽麗。爽説明思考能力迅速，麗則説明表達能力强。麗本指辭采，此處借用辭采的美，以喻才能。」按文心「氣」的概念詳見下養氣篇，王説將「氣」等同於「才」未妥。

〔二〕范注：「宋書樂志三：相和，漢時歌也。絲竹更相和，執節者歌。本一部，魏明帝分爲二。彦和所譏宰割辭調，或即指此。」

注訂：「宰割者，以新辭入舊調，或以舊辭按新聲，辭之長短，調之緩促，不因襲舊律也。范注據宋書樂志，以明帝分相和調爲二部爲宰割者，非是。古樂一部二部以人分，不以辭調分也。況『音節靡平』云者，明指辭調而言，與部無涉也。」「宰割辭調」謂分裂古調，製作新曲。

〔三〕「音靡節平」，王金凌：「靡指旋律柔和輕細，平則指節奏平淡而不强烈。」吴訥文章辨體序説「樂府」類：「魏晉以降，世變日下，所作樂歌，率皆誇靡虚誕，無復先王之意。」

〔四〕斠詮：「引，琴曲也。初學記：『古琴曲有九引。』」

〔五〕校證：「『滔』，元本……黄注本、王謨本作『淫』，唐寫本作『慆』，今從汪本、佘本、王惟儉本、日本刊本、崇文本等，定作『滔』。」

綴補：「按明嘉靖本淫作滔，古詩紀別集一引同。『滔蕩』複語，『滔』亦『蕩』也。（淮南子本經篇：『共工振滔洪水。』高誘注：『滔，蕩也。』）唐寫本作『慆』，『慆』乃『慆』之誤。滔、慆正假字。黄本作『淫』，蓋妄改。淮南子精神篇：『五藏摇動而不停，則血氣滔蕩而不休矣；血氣滔蕩而不休，則精神馳騁於外而不守矣。』（又見文子九守篇）。劉子防欲篇：『志氣縻於趣捨，則五藏滔蕩而不安。』並以滔蕩連文，與此取義亦同。」「滔蕩」，猶放蕩。

〔六〕黄注：「按魏太祖苦寒行『北上太行山』云云，通篇寫征人之苦。文帝燕歌行『秋風蕭瑟天氣涼』云云，亦託辭於思婦，所謂或傷羈戍，辭不離於哀思也。他若文帝於譙作、孟津諸作，則又或述酣宴，志不出於淫蕩之證也。」

札記：「宋書樂志載相和歌辭：駕六龍（當氣出倡）、厥初生（當精列）、天地間（當度關山）、惟漢二十二世（當薤露）、關東有義士（當蒿里行）、對酒歌太平時（當對酒）、駕虹蜺（當陌上桑）皆武帝作。登山有遠望（當十五）、棄故鄉（當陌上桑），皆文帝作。又晉荀勗撰清商三調，舊詞施用者，平調則周西（短歌行）、對酒（短歌行），爲武帝詞；秋風（燕歌行）、仰瞻（短歌行）、別日（燕歌行）爲文帝詞。清調則晨上（秋胡行）、北上（苦寒行）、願登（秋胡行）、蒲生（塘上行），爲武帝詞；悠悠（苦寒行）爲明帝詞。瑟調則古公（善哉行）、自惜（善哉行），爲武帝詞；朝日（善哉行）、上山（善哉行）、朝游（善哉行）爲文帝詞；我徂（善哉行）、赫赫（善哉行）爲明帝詞。此外，武帝有碣石（大曲步出夏門行），文帝有西山（大曲折楊柳行）、園桃（大曲煌煌京洛行），明帝有夏門（大曲步出夏門行）、王者布大化（大曲櫂歌行）諸篇。陳王所作，被於樂者亦十餘篇，蓋樂詞以曹氏爲最富矣。」

〔七〕黄注：「晉樂志：有因絲竹金石造歌以被之，魏世三調歌辭之類是也。又唐樂志曰：平調、清調、瑟調，皆周房中曲之遺聲，漢世謂之三調。又有楚調，漢房中樂也，與前三調，總謂之相和調。」

札記：「彦和云三調正聲者，三調本周房中曲之遺聲。隋書曰：『清樂其始即清商三調是也。並漢來舊曲，樂器形制並歌章古詞，與魏三祖所作者，皆被於史籍。平陳後獲之。高祖聽之，善其節奏，曰：此華夏正聲也。』（按此見音樂志）然則三調之爲正聲，其來已久。彦和云三祖所作爲鄭曲者，蓋譏其詞之不雅耳。」

「雖三調之正聲」意謂雖然直接繼承漢代樂府詩。

〔八〕這句意謂三曹的作品如果和虞舜、夏禹時的古樂比起來，其地位近於過去的鄭聲。注訂：「言韶夏之鄭曲者，正聲中有淫靡之辭，猶三百篇中之鄭風也。」

校釋：「傅玄曰：『魏武好法術，而天下貴刑名。魏文慕通達，而天下賤守節。』（掌諫職上疏）蓋魏武初政，乃偏霸之雄才，非休明之盛軌。文帝篡統，復崇尚放曠，不務儒術。影響及於文學，武既悲涼，文或慆蕩，皆非中和雅正之音。故雖美其『氣爽才麗』，而終斥爲『韶夏之鄭聲』也。」

此節明建安樂府變舊作之體，但批評曹操的苦寒行、曹丕的燕歌行，「志不出於滔蕩，辭不離於哀思」，説其中的内容不外乎滔蕩，文辭不離哀傷，從内容到形式都加以否定，這就未免過分了。

逮於晉世，則傅玄曉音，創定雅歌〔一〕，以詠祖宗〔二〕；張華新篇〔三〕，亦充庭萬〔四〕。

〔一〕訓故：「晉書：傅玄……曉音律，作鼓吹曲及晉郊祀諸歌。」晉書樂志：「及（晉）武帝受命之初，百度草創。泰始二年詔郊祀明堂，禮樂權用魏儀，遵周室肇稱殷禮之義，但改樂章而已，使傅玄爲之辭，凡十五篇。」傅玄造四廂樂歌三首，晉鼓吹曲二十二首，舞歌二首，宣武舞歌四首，宣文舞歌二首，鼙歌五首。

〔二〕晉書傅玄傳：「字休奕……博學，善屬文，解鐘律。」

〔三〕傅玄所作雅歌，有祭天地、神靈、祖宗的，如祠宣皇帝登歌、祠景皇帝登歌等即詠祖宗。訓故：「張華作晉四廂樂歌。」黄注：「晉樂志：使郭夏、宋識等造正德、大豫二舞，其樂章張華所作。」札記：「張華作四廂樂歌十六首，晉凱歌二首。黄注但舉舞歌，非也。」

〔四〕梅注：「詩：『公庭萬舞。』公羊傳：『萬者何？干舞也。』何休注云：干爲楯也。能爲人扞難而不使害人，故聖王貴之，以爲武樂。萬者，其篇名。武王以萬人服天下，民樂之，故名之云爾。」按引詩見邶風簡兮篇，毛傳：「以干、羽爲萬舞。」朱熹集傳：「萬者，舞之總名，武用干戚，文用羽籥也。」毛、朱釋與公羊傳異。訓故：「春秋左傳隱公五年九月：考仲子之宫，將萬焉。韓詩云：萬，大舞也。」是韓、毛皆以萬舞爲兼有文舞武舞的大舞，其説是。

然杜夔調律，音奏舒雅〔一〕，荀勖改懸，聲節哀急〔二〕，故阮咸譏其離聲〔三〕，後人驗其銅尺〔四〕；和樂之精妙，固表裏而相資矣〔五〕。

〔一〕梅注：「晉後略曰：鐘律之器，自周之末廢，而漢成哀之間，諸儒脩而治之，至後漢末復隳矣。魏武使協律知音者杜夔造之，不能考之典禮，徒依於時絲管之聲、時之尺寸而製之，甚乖失禮度。於是世祖命中書監荀勖依典制，定鐘律，既鑄律管，募求古器，得周時玉律數枚，比之不差。又諸郡舍倉庫或有漢時故鐘，以律命之，皆不叩而應，聲響韻合，又若俱成。晉諸公贊曰：律成，散騎侍郎阮咸謂勖所造聲高，高則悲。夫亡國之音哀以思，其民困。今聲不合雅，懼非德政中和之音，必是古今尺有長短所致。然今鐘磬是魏時杜夔所造，不與勖律相應，音聲舒雅，而久不知夔所造，時人爲之不足改易。勖性自矜，乃因事左遷咸爲始平太守，而病卒。後得地中古銅尺，校度勖今尺，短四分，方明咸果解音，然無能正者。」按晉諸公贊爲傅暢所作，見世説新語術解篇注引。

札記：「魏志杜夔傳曰：『杜夔以知音爲雅樂郎，後以世亂奔荆州。荆州平，太祖以夔爲軍謀祭酒，參太樂事，因令創製雅樂。夔善鐘律，聰思過人。時散郎鄧静、尹齊善詠雅樂，歌師尹胡能歌宗廟郊祀之曲，舞師馮肅、服養曉知先代諸舞。夔總統研精，遠考諸經，近採故事，教習講肄，備作樂器，紹復先代古樂，皆自夔始也。』」此謂杜夔調整音律，節奏舒緩而温雅。

〔二〕唐寫本「哀」作「稍」。斠詮：「『聲節哀急』與上文『音奏舒雅』相對。」訓故：「通考：（晉）武帝時，張華、荀勗較杜夔所造鐘律，不合，乃出御府銅尺銅斛七具，較減新尺，短夔尺四分。」晉書樂志：「荀勗以杜夔新製律呂校太樂總章、鼓吹八音，與律呂乖錯。乃制古尺，作新律呂，以調聲韻。……自謂宮商克諧，然論者猶謂勗暗解。時阮咸妙達八音，論者謂之神解。咸常心譏勗新律聲高，以爲高近哀思，不合中和，每公會樂作，勗意咸謂之不調，以爲異己，乃出咸爲始平相。後有田父耕於野，得周時玉尺，勗以校己所治鐘鼓金石絲竹，皆短校一米，於此優咸之妙，復徵咸歸。」

札記：「晉書律曆志云『武帝泰始九年，中書監荀勗校太樂，八音不和，始知後漢至魏尺長於古四分有餘，勗乃部著作郎劉恭依周禮制尺，所謂古尺也；依古尺更鑄銅律呂，以調聲韻，以尺量古器，與本銘尺寸無差。又汲郡盜發六國時魏襄王冢，得古周時玉律及鐘磬，與新律聲韻闇同。於時郡國或得漢時故鐘，吹律命之皆應。勗銘所云此尺者，勗新尺也，今尺者，杜夔尺也。荀勗造新鐘律，與古器諧韻，時人稱其精密，惟散騎侍郎陳留阮咸譏其聲高，聲高則悲，非興國之音，亡國之音。亡國之音哀以思，其人困，今聲不合雅，懼非德正至和之音，必古今尺有長短所致也。會咸病卒，武帝以勗律與周漢器合，故施用之。後始平掘地，得古銅尺，歲久欲腐，不知所出何代，果長勗尺四分，時人服咸之妙，而莫能厝意焉。史臣案：勗於千載之外，推百代之法，度數既宜，聲韻又契，可謂切密，信而有徵也，而時人寡識，據無聞之一尺，忽周漢之兩器，雷同臧否，何其謬哉！世說稱『有田父於野地中得周時玉尺，便是天下正尺，荀勗試以校己所治金石絲竹，皆短校一米』云。」「荀勗」，晉初音樂家。「懸」是樂器的架，這裏就指樂器。「改懸」，指荀勗改變杜夔所定的律吕。

〔三〕校注：「『聲』，唐寫本作『磬』。按唐寫本是也。禮記明堂位：『垂之和鍾，叔之離磬。』鄭注：『和、離，謂次序其聲縣也。』正義：『叔之離磬者，叔之所作編離之磬。……和、離謂次序其聲縣也者，聲解和也，縣解離也，言縣磬之時，其磬希疏相離。』據此，咸譏荀勗之離磬者，蓋以其改懸依杜夔所造鐘磬有所參池（詳范注）而言，若作『聲』，則非其指矣。」

注訂：「咸譏荀勗造新尺短古尺四分也。」

〔四〕斠詮：「指晉書律曆志稱『始平掘得古銅尺，長勗尺四分。』及樂志稱『田夫得周時玉尺，勗以校己所治，皆短校一米』兩事而言。案：銅尺，銅鑄之尺，用以量較古樂器，又可依古尺爲準，鑄銅律吕以調聲韻。事見晉書律曆志。」

「阮咸」，字仲容。爲竹林七賢之一，與叔父阮籍齊名，有大、小阮之稱。

〔五〕校證：「舊本無『之』字，唐寫本有，今據補。」范注：「有『之』字是。表謂樂體，裏謂樂心。」

按「表」指樂器，「裏」指樂章。「表裏相資」意謂必須樂器和樂章互相配合。

徐師曾文體明辨序説樂府類：「逮及晉世，則有傅玄、張華之徒，曉暢音律，故其所作，多有可觀。然荀勗改杜夔之調，聲節哀急，見譏阮咸，不足多也。」

張華上壽食舉歌詩表序：「太始五年，尚書奏使太僕傅玄、中書監荀勗、黄門侍郎張華，各造正旦行禮及王公上壽酒、食舉樂歌詩。華上表。勗以魏氏歌詩二三四五言與古詩不類，以問司律中郎將陳頎，頎曰：彼之金石，未必皆當。故勗造晉歌，皆爲四言。唯王公上壽酒一篇爲三言五言，此則華、勗所明異旨也。」

以上爲第二段，論述兩漢、魏、晉時期樂府的發展史。

故知詩爲樂心，聲爲樂體〔一〕，樂體在聲，瞽師務調其器；樂心在詩，君子宜正其文〔二〕。「好樂無荒」〔三〕，晉風所以稱遠〔四〕；「伊其相謔」〔五〕，鄭國所以云亡〔六〕。故知季札觀樂〔七〕，不直聽聲而已〔八〕。

〔一〕文章流别論：「詩雖以情志爲本，而以聲成爲節。」禮記樂記：「凡音之起，由人心生也。人心之動，物使之然也。感於物而動，故形於聲。聲相應故生變，變成方謂之音。比音而樂之，及干戚羽旄謂之樂。」詩大序：「詩者，志之所之也，在心爲志，發言爲詩。」范注：「毛詩大序正義曰：『詩是樂之心，樂爲詩之聲，故詩樂同其功也。』又曰：『原夫作樂之始，樂寫人音。人音有小大高下之殊，樂器有宫徵商羽之異。依人音而制樂，託樂器以寫人，是樂本效人，非人效樂。但樂曲既定，規矩先成，後人作詩，模摩舊法，此聲成文謂之音。若據樂初之時，則人能成文，始入於樂。若據制樂之後，則人之作詩，先須成樂之文，乃成爲音。聲能寫情，情皆可見，聽音而知治亂，觀樂而曉盛衰，故神瞽有以知其趣也。』」斠詮：「禮記樂記：『樂者，心之動也；聲者，樂之象也。』彦和所謂『聲爲樂體』與『聲爲樂象』義同。孔疏：『聲者樂之象也者，樂本無體，由聲而見，是聲爲樂之形象也。』」

〔二〕校注：「按左傳昭公二十一年：『夫音，樂之輿也；而鐘，音之器也。』」

曹學佺批：「先心後器，先詩後聲。此極得論樂府之體。」

文體明辨序説「樂府」類：「嗚呼，樂歌之難甚矣。工於詞者調未必協，諳於律者辭未必嘉。善乎劉勰之論曰：『詩爲樂心，聲爲樂體。樂體在聲，瞽師務調其器；樂心在詩，君子宜正其文。』安得律辭兼得者而使之作樂哉！」日知録樂章：「歌者爲詩，擊者、拊者、吹者爲器。合而言之謂之樂，對詩而言，則所謂樂者專屬八音，興於詩，立於禮，成於樂是也，分詩與樂言之也。專舉樂，則詩在其中，『吾自衛反魯，然後樂正，雅頌各得其所』是也，合詩與樂言之也。」

〔三〕黄注：「詩唐風蟋蟀篇。」「荒」，荒廢，此句意謂喜好娱樂，不要荒廢正業。

〔四〕「遠」，唐寫本作「美」。

黄注：「左傳：季札觀樂，『爲之歌唐，曰：思深哉，其有陶唐氏之遺民乎？不然，何憂之遠也』？注：『晉本唐國。』」按此見襄公二十九年。此句意謂季札稱之爲有遠見。

〔五〕黄注：「詩鄭風溱洧篇。」按原詩云：「維士與女，伊其相謔，贈之以勺藥。」「伊」，乃。「謔」，調笑。

〔六〕范注：「左傳季札見歌鄭曰：『美哉，其細已甚，民弗堪也，是其先亡乎！』」按此見左傳襄公二十九年。

集注：「『云』，『先』之誤字。」按「云亡」與「稱遠」對文，「云」字不誤。

〔七〕校證：「『觀樂』原作『觀辭』，今依左襄二十九年傳改。『觀樂』與下文『聽聲』相屬，且本贊亦作『觀樂』。」

〔八〕校注：「禮記樂記：『君子之聽聲，非聽其鏗鏘而已。』」此句意謂不僅聽其聲調，也注意歌辭。

若夫豔歌婉孌〔一〕，怨志詄絶〔二〕，淫辭在曲，正響焉生〔三〕！

〔一〕王先謙漢鐃歌釋文箋正例略：「豔者，辭中哀急婉孌之音。又慧地（劉勰出家後名）所謂『宫商大和』，『翻迴取均』（見聲律篇）者也。……所以鬱然荆豔，取重漢代，循其音節，俗聽飛馳。故劉氏釋豔，專屬之楚歌矣。……夫樂心在辭，務在正文；樂體在聲，要歸調器。漢詩辭豔，即乖雅歌，至延年協律以曼聲，復亡正響。古人所謂『詩聲俱鄭』（樂府篇），以故仲舒增嘆，而何武罷官者也。」

集注：「詩齊風猗嗟：『猗嗟孌兮，清揚婉兮。』曹風候人：『婉兮孌兮。』毛傳：『婉，少貌。孌，好貌。』」

斠詮：「豔歌，本相和曲中之瑟調曲，如豔歌何嘗行：『飛來雙白鵠，乃從西北來。……』辭情纏綿悱惻，殆即彥和所謂『婉孌』者耶？詩齊風甫田：『婉兮孌兮，總角丱兮。』傳：『婉孌，少好貌。』後漢書楊震傳：『絶婉孌之私。』朱祐傳贊：『婉孌龍姿。』注：『婉孌，猶親愛也。』」

〔二一〕唐寫本作「宛詩訣絶」。趙萬里校記：「按唐本近是。疑此文當作『怨詩訣絶』，與上句相對。」范注：「古辭白頭吟：『聞君有兩意，故來相決絶。』豔歌何嘗行：『上慙滄浪之天，下顧黄口小兒。』殆即彥和所指者耶？」校注：「唐寫本、元本、兩京本、胡本正作『訣』，未誤。當據改。」

集注：「禮記禮運：『丘之未逮也，而有志焉。』鄭康成曰：『志，謂識古文。』學記曰：『一年視離經辨志。』辨志，蓋亦謂識古文。説文：『詩，志也。』然則詩者，蓋與史同體，故曰詩，志也。孟子曰：『詩亡而後春秋作。』詩大序曰：『國史明乎得失之迹，傷人倫之廢，哀刑政之苛；吟咏性情以諷其上，達於事變，而懷其舊俗者也。』故曰詩志也。」

斠詮：「怨詩，本相和曲中之楚調曲，如白頭吟：『皚如山上雪，皎若雲間月，聞君有兩意，故來相決絶。……』語意幽怨淒涼，殆彥和所謂『訣絶』者耶？」

注訂：「『豔歌』，豔體之歌也。非如范注專指古辭豔歌行也。婉孌，本詩齊風甫田：『婉兮孌兮，總角丱兮。』」鄭注：『婉孌，少女貌。』『怨志詄絶』，范注校本從唐寫本作『宛詩訣絶』，非是。論語：『詩……可以怨。』此怨志所本。『詄絶』，前漢書禮樂志：『天門開詄蕩。』詄，逸出也。絶，離騷：『雖萎絶其亦何傷兮。』注：『絶，落也。』」考異：「蓋詄絶狀其起落不定之勢，與婉孌乃對文也。」按此説不足據。

户田浩曉：「豔歌與怨詩相對而成文，『詩』字似是。」見黄叔琳本文心雕龍校勘記補。「訣」，「分別」。

〔三〕范注：「宋志皆列在大曲，故云淫辭在曲。紀評曰：『此乃折出本旨，其意爲當時宫體競尚輕豔發也。觀玉臺新詠，乃知彦和識高一代。』……宫體起在梁代，彦和此書成於齊世，不得云爲當時宫體發也。彦和所指，當即南齊書文學傳所稱鮑照體。」

注訂：「紀評所指，以爲樂府之作，晋宋以後，漸趨靡豔，宫體形成漸著，已不限於出自宫中者，范注以爲稱宫體云云，非是。且彦和所指係泛論，非指鮑照之作也。」

斠詮：「案當時新樂府，即宫體之先聲。……此種宫體詩歌，宋齊時代作者已多女性情態顔色之豔詩，如湯惠休之白紵歌，顔延之即詆爲『委巷中歌謡』。」

劉勰所以對於樂府詩很少肯定，更不提民間樂府，是因爲他受了儒家正統詩樂觀的嚴重影響，所以纔慨嘆「淫辭在曲，正響焉生」。

然俗聽飛馳〔一〕，職競新異〔二〕，雅詠温恭，必欠伸魚睨〔三〕；奇辭切至〔四〕，則拊髀雀躍〔五〕，詩聲俱鄭〔六〕，自此階矣〔七〕。

〔一〕注訂：「俗聽飛馳，猶近世之所謂流行歌曲也。」

〔二〕注訂：「職猶事也，從事競爲新異，以就世俗之所好也，與離騷『固時俗之工巧兮』同旨。」

校注：「按詩小雅十月：『職競由人。』毛傳：『職，主也。』」

〔三〕校注：「按儀禮士相見禮：『君子欠伸。』鄭注：『志倦則欠，體倦則伸。』」顏氏家訓勉學篇：「公私宴集，談古賦詩，塞默低頭，欠伸而已。」

紀評：「『魚睨』似是瞠視之貌，魚目不瞬故也。」「温恭」有「和」意，和爲雅的重要條件之一。集注：「文選洞簫賦：『遷延徙迤，魚瞰鷄睨。』李注：『魚目不瞑，鷄好斜視，故取喻焉。睨，斜視也。』」斠詮：「『魚睨』，乃『魚瞰鷄睨』之省詞，藐視不滿之貌。」

注訂：「倦乏則欠伸起，味乏則魚睨行。魚目不瞬而能睨。此本漢書禮樂志：『魏文侯謂子夏曰：寡人聽古樂則欲寐，及聞鄭衛，余不知倦焉。』」

〔四〕斠詮：「晉書江統傳：『申論陸雲兄弟，辭甚切至。』」按祝盟篇要求立盟時要「感激以立誠，切至以敷辭」，奏啓篇提到漢代有名的奏文「理既切至，辭亦通暢」。文鏡秘府論論體：「獻納約戒，言唯折中，情必曲盡，切至之功也。」王金凌：「温雅之作易於引起含蓄婉約的情感，奇巧之文則易於引起飛揚奔迸的情感。奔迸的情感須要較大的刺激，所以創作時……須標新立異，曲入人心，以興發驚奇之感。」「切至」，疑指懇切周到而言。

〔五〕莊子在宥：「雲將東遊，過扶摇之枝，而適遭鴻濛，鴻濛方將拊髀雀躍而遊。」斠詮：「拊髀，一作拍髀，以手拍股，興奮之狀。」

〔六〕范注：「詩聲俱鄭，猶言詩聲俱淫。」注訂：「『詩』指文辭。」

〔七〕「階」，唐寫本作「偕」。

集注：「毛詩小雅巧言：『彼何人斯，居河之麋。無拳無勇，職爲亂階。』箋云：『爲亂作階，言亂由之來也。』又大雅瞻卬：『懿厥哲婦，爲梟爲鴟，婦有長舌，維厲之階。』箋云：『階，所由上下也。』」此處指通向浮靡的階梯。

曹學佺批：「此非聲之罪也，辭之罪也。」

黄叔琳批：「聲詩雖别，亦必無詩淫而聲雅者，固知鄭聲既淫，則詩不待言矣。」

從「秦燔樂經」到「自此階矣」，評述中國古樂的蜕變。

凡樂辭曰詩，詠聲曰歌〔一〕，聲來被辭〔二〕，辭繁難節〔三〕；故陳思稱左延年閑於增損古辭，多者則宜減之〔四〕，明貴約也。

〔一〕校證：「『詠聲』原作『詩聲』，據唐寫本改。……玉海五九及一〇六兩引俱作『詩聲』，則宋本已誤也。」

校注：「『詩聲』，唐寫本作『詠聲』。按唐寫本是。漢書藝文志：『誦其言謂之詩，詠（咏之正字）其聲謂之歌。』舍人語似本此。禮記樂記：『歌，詠其聲也。』國語魯語下：『歌，所以詠詩也。』並其旁證。今本蓋涉上『詩』字而誤。」

王先謙漢鐃歌釋文箋正例略：「辭者，文言也；言成文而爲詩。慧地（劉勰出家後名）云：『樂辭曰詩』是也。」

樂記：「詩，言其志也；歌，詠其聲也。」詩大序正義：「然則在心爲志，出口爲言，誦言爲詩，詠聲爲歌，播於八音謂之樂，皆始末之異名耳。」

〔二〕晉書樂志：「凡樂章古辭，今之存者，並漢世街陌謠謳，江南可採蓮、烏生十五子、白頭吟之屬也。……凡此諸曲，始皆徒歌，既而被之絃管，又有因絲竹金石造歌以被之，魏世三調歌辭之類是也。」

〔三〕聲律配合辭句時，如果辭句過於繁雜，便難於調節。兩「辭」字唐寫本均作「詞」。

〔四〕校證：「『左』原作『李』，唐寫本作『左』。……此蓋淺人習聞李延年，少聞左延年致誤耳。今據改。」札記：「按李延年當作左延年。左延年，魏時之擅鄭聲者，見魏志杜夔傳。晉書樂志，增損古辭者，取古辭以入樂，增損以就句度也。……」

陳思王植七哀詩原文（文選）：

明月照高樓，流光正徘徊；上有愁思婦，悲嘆有餘哀。借問嘆者誰？言是客子妻；君行踰十年，賤妾當獨棲。君若清路塵，妾若濁水泥；浮沉各異勢，會合何時諧？願爲西南風，長逝入君懷；君懷良不開，賤妾當何依？

晉樂府所奏楚調怨詩明月篇東阿王詞七解：

明月照高樓，流光正裴回；上有愁思婦，悲嘆有餘哀。（一解）

借問嘆者誰？自云客子妻；夫行踰十載，賤妾常獨棲。（二解）

念君過於渴，思君劇於飢；君爲高山柏，妾爲濁水泥。（三解）

北風行蕭蕭，烈烈入我耳；心中念故人，淚墮不能止。（四解）

沈浮各異路，會何當何諧？願作東北風，吹我入君懷。（五解）

君懷常不開，賤妾當何依？恩情中道絶，流止任東西。（六解）

我欲竟此曲，此曲悲且長；今日樂相樂，別後莫相忘。（七解）……」

宋書樂志一：「魏雅樂四曲……騶虞、伐檀、文王並左延年改其聲。……晉武泰始五年，張華表曰：按魏上壽食舉詩，及漢代所施用，其文句長短不齊，未皆合古。蓋以依詠絃節，本有因循，而識樂知音，足以制聲度曲，法用率非凡近之所能改。二代三京，襲而不變，雖詩章詞異，興廢隨時，至其韻逗留曲折，皆繫於舊，有由然也。」札記：「據此，是古樂府韻逗有定，故采詩入樂府者，不得不增損其文，以求合古矣。」

范注：「陳思語無考。」「閑」，熟習。

觀高祖之詠「大風」〔一〕；孝武之歎「來遲」〔二〕；歌童被聲，莫敢不協〔三〕。子建士衡，咸有佳篇〔四〕，並無詔伶人〔五〕，故事謝絲管〔六〕，俗稱乖調，蓋未思也〔七〕。

〔一〕「觀」，唐寫本作「覩」。梅注：「史記：十二年十月，高祖還歸，過沛宮，悉召故人父老子弟縱酒，發沛中兒，得百二十人，教之歌。酒酣，高祖擊筑，自爲歌詩，令兒皆和習之。歌曰：大風起兮雲飛揚，威加海内兮歸故鄉，安得猛士兮守四方！」按此見高祖本紀。

〔二〕梅注：「漢書外戚傳曰：李夫人早卒，帝思念不已，方士齊人少翁言能致其神，迺夜張燭，設帷帳，陳酒肉，而令帝居帷帳，遥望見好女如李夫人之貌，還幄坐而步。又不得就視，帝愈益相思悲感，爲作詩，令樂府諸音家絃歌之。歌曰：是耶非耶？立而望之，偏何姍姍其來遲！」

〔三〕「被聲」，配合聲律。漢書禮樂志：「初高祖既定天下，過沛，與故人父老相樂，醉酒歡哀，作『風起』之詩，令沛中僮兒百二十人習而歌之。」注訂：「此言先有歌辭，後被管絃，承詔令而爲，故不敢不協也。辭出成聲，未必即合曲調，必樂師按拍，有襯字合聲之舉而後可協。」

〔四〕唐寫本「咸」作「亟」。札記：「案子建詩用入樂府者，惟置酒（大曲野田黄雀行）、明月（楚調怨詩）及鼙舞歌五篇而已，其餘皆無詔伶人。士衡樂府數十篇，悉不被管絃之作也。今案文選所載，自陳思王美女篇以下至名都篇，陸士衡樂府十七首，謝靈運一首，鮑明遠八首，（謝玄暉鼓吹曲，樂府所用）繆熙伯以下三家挽詩，皆非樂府所奏。將以樂音有定，以詩入樂，須有增損，伶人畏難，故雖有佳篇，而事謝絲管歟？至於當時樂府所歌，又皆體近謳謠，音鄰鄭衛，故昭明屏不入録乎？」

〔五〕紀評：「唐人用樂府古題及自立新題者，皆所謂無詔伶人。」注訂：「舍人指雖有佳篇，並無詔伶人者，以其未曾下詔伶人使作譜合絃，備廊廟歌詠之也。據上文『歌童被聲，莫敢不協』益明，是惜子建、士衡之佳作被棄，並未經采入樂府而言也。」

〔六〕范注：「古今樂録曰：『估客樂者，齊武帝之所製也。帝布衣時嘗遊樊鄧，登阼以後，追憶往事而作歌。使樂府令劉瑶管弦被之，教習卒無成。有人啓釋寶月善解音律，帝使奏之，旬日之中，便就諧合。』是則詩辭非必不可入樂，惟視樂人能否使就諧合耳。」「謝」，辭，不用。清馮班鈍吟雜録碧滄軒本卷三正俗：「又樂府須伶人知音增損，然後合調。陳王、士衡，多有佳篇，劉彦和以爲『無詔伶人，事謝絲管』，則於時樂府，已有不歌者矣。」又鈍吟雜録古今樂府論（清詩話本）：「古詩皆樂也。文士爲之辭曰詩，樂工協之於鍾吕爲樂。自後世文士，或不閑樂，言志之文，乃有不可施於樂者。故詩與樂畫境。文士所造樂府，如陳思王、陸士衡，於時謂之乖調。劉彦和以爲『無詔伶人，故事謝絲管』，則是文人樂府亦有不諧鍾吕，直爲詩者矣。」

〔七〕范注：「詩大序正義曰：『初作樂者，準詩而爲聲；聲既成形，須依聲而作詩。故後之作詩者，皆主應於樂文也。』此即乖調俗説，不如彦和之洞達矣。」郭晉稀注：「今案嫺於聲者，則不必『依聲而作詩』，亦未必『乖調』。如劉彦和之論子建與士衡是也。懵於樂者，則必依腔製曲，如正義所云是也。」

注訂：「此二句言世俗不明，認佳篇見棄，而無詔伶人者，皆屬乖調之作，是誤解也。故云『未思』，蓋辨明之耳。范注引詩正義云云，謂不如彦和之洞達，此非也。蓋樂府歌曲之作，有先成辭而後製譜入調者，有因循舊曲，而後製新辭者，故正義有『後之作詩者，皆主應於樂文也』之言，此與彦和之論無涉。」

曹學佺批：「降及唐宋，絶句詩餘，凡被之管絃者，莫不皆然。」

黄叔琳評：「唐人用樂府古題及自立新題者，皆所謂無詔伶人也。」紀評：「唐伶人所歌，皆當時之詩也，此評未確。」

劉申叔曰：「蓋歌行或不入樂，自魏晉始。」

文心雜記：「案陳思稱延年閑於增損，則陳亦知音者。至其所作，特未詔伶人，非乖調也。此節蓋爲陳思吐氣，非所謂事謝絲管，聊附録也。」

校釋：「至舍人所謂『子建、士衡……蓋未思也』者，其論旨偏重辭義，故不以乖調之説爲然。時人之論，雖未詳所出，窺其用意，蓋主於聲。曹、陸之作，既不協律，而亦名樂府，以其乖於樂調，故稱乖調耳。言各有當，説得兩存，未可因此廢彼也。」

斠詮：「詩不論自立新題或襲用樂府古題，苟不依聲應樂者，俗皆謂之乖調。而舍人之論旨偏重辭義，故不以乖調之説爲然。」

至於軒岐鼓吹〔一〕，漢世鐃挽〔二〕，雖戎喪殊事，而並總入樂府〔三〕，繆襲所制〔四〕，亦有可算焉〔五〕。昔子政品文，詩與歌别〔六〕；故略具樂篇〔七〕，以標區界〔八〕。

〔一〕校證：「『軒岐』原作『斬伎』。俞云：『斬疑作軒。』徐云：『斬一作軒。』梅六次本、張松孫本、崇文本改作『軒』。『伎』，梅六次本、張松孫本作『代』。黄注云：『疑作岐。』……唐寫本、王惟儉本正作『軒岐』，今據改。」按唐寫本作「軒歧」。

校注：「按作『軒岐』是。東觀漢記樂志：『黄門鼓吹……其短簫鐃歌，軍樂也。其傳曰：黄帝、岐伯所作，以建威揚德，風敵(此字原脱，今補)勸士也。』」崔豹古今注：「短簫鐃歌，軍樂也。黄帝使岐伯所作也。所以建武，揚德風，勸戰士也。……漢樂有黄門鼓吹，天子所以宴樂群臣。短簫鐃歌，鼓吹之一章耳。」

范注：「宋書樂志：『鼓吹蓋短簫鐃歌，蔡邕曰：軍樂也，黄帝、岐伯所出，以揚德、建武、勸士、諷敵也。』」

「軒」，即軒轅，爲黄帝名號。「岐伯」傳爲黄帝時主管醫藥之臣。

斠詮：「樂府詩集引劉瓛定軍禮云：『鼓吹，未知其始也。漢班壹雄朔野而有之矣！鳴笳以和簫聲，非八音也。』」

〔二〕黄注：「宋書樂志：漢鼓吹鐃歌十八曲。譙周法訓：挽歌者，高帝召田横，至尸鄉自殺。從者不敢哭，爲此歌以寄哀音焉。古今注：薤露、蒿里，並喪歌也。言人命如薤上之露、易晞滅也，亦謂人死魂魄歸乎蒿里。至孝武時，李延年乃分爲二曲，薤露送王公貴人，蒿里送士大夫庶人，使挽柩者歌之，亦呼爲挽歌。」

札記：「鐃歌即鼓吹，挽歌即相和辭之蒿里。戎喪殊事，謂鐃歌用之兵戎，挽歌以給喪事也。」

范注：「晉書禮志中摯虞挽歌議曰：『漢魏故事，大喪及大臣之喪，執紼者挽歌，新禮以爲挽歌出於漢武帝役人之勞，歌聲哀切，遂以爲送終之禮，雖音曲摧愴，非經典所制，不宜以歌爲名。案挽歌因唱和而爲摧愴之聲，銜枚所以全哀，此亦以感衆，雖非經典所載，是歷代故事。詩稱「君子作歌，惟以告哀」，以歌爲名，亦無所嫌，宜定新禮如舊。』後漢書禮儀志下：『太皇太后，皇太后崩。』注：『丁孚漢儀曰：「柩將發於殿……女侍史官三百人皆著素，參以白素，引棺挽歌，下殿就車。」』」

〔三〕范注：「唐寫本無『並』字，是。」

〔四〕黄注：「文章志：繆襲，字熙伯，作魏鼓吹曲及挽歌。」校證：「『制』原作『致』，紀云：『當作制。』案紀説是。」

范校：「鈴木云：燉本『襲』作『朱』，『致』作『改』。」范注：「作『朱』恐誤。」鈴木虎雄校勘記「宋書樂志曰：相和，漢舊歌也。本一部，魏明帝分爲二，本十七曲，朱生、宋識、列和等復合之爲十三曲……雕龍所謂繆、朱，蓋指繆襲、朱生而言乎？」札記：「按繆襲作魏鼓吹曲十二首，又挽歌一首。」

按晉書樂志下：「漢時有短簫鐃歌之樂，其曲有朱鷺……等曲，列於鼓吹，多序戰陣之事。及魏受命，改其十二曲，使繆襲爲詞，述以功德代漢。改朱鷺爲楚之平，言魏也。改思悲翁爲戰滎陽，言曹公也。改艾如張爲獲吕布，言曹公東圍臨淮擒吕布也。改上之回爲克官渡，言曹公與袁紹戰，破之於官渡也。改雍離爲舊邦，言曹公勝袁紹於官渡，還譙，收藏死亡士卒也。改戰城南爲定武功，言曹公初破鄴，武功之定，始乎此也。改巫山高爲屠柳城，言曹公越北塞，歷白檀，破三郡烏桓於柳城也。改上陵爲平南荆，言曹公平荆州也。改將進酒爲平關中，言曹公征馬超定關中也。改有所思爲應帝期，言文帝以聖德受命，應運期也。改芳樹爲邕熙，言魏氏臨其國，君臣邕穆，庶績咸熙也。改上邪爲太和，言明帝繼體承統，太和改元，德澤流布也。其餘並同舊名。」據此，從唐寫本作「改」爲是。

〔五〕「可算」，可以算數。

〔六〕札記：「此據藝文志爲言，然七略既以詩賦與六藝分略，故以歌詩與詩異類。如令二略不分，則歌詩之附詩，當如戰國策、太史公書之附入春秋家矣。此乃爲部類所拘，非子政果欲别歌於詩也。」

范注：「案詩爲樂心，聲爲樂體，詩與歌本不可分，故三百篇皆歌詩也。自漢代有在鄒、諷諫等不歌之詩，詩、歌遂畫然兩途。凡後世可歌之辭，不論其形式如何變化，不得不謂爲三百篇之嫡屬，而摹擬形貌之作，既與聲貌離絶，僅存空名，徒供目賞，久之亦遂陳熟可厭。別録詩、歌有别，班志獨録歌詩，具有精義，似非止爲部居所拘也。」

注訂：「漢書藝文志：『成帝時，詔光禄大夫劉向校經傳、諸子、詩賦。』品文即指校群書而言。「品」在這裏有研究、整理的意思。在劉向、劉歆的七略和班固的漢書藝文志裏，「詩」屬六藝略，「歌」屬詩賦略。

札記本篇説明：「劉向校書，以詩賦與六藝異略，故其歌詩亦不得不與六藝之詩異類。然觀藝文志所載，有樂府所採歌謠，有郊廟所用樂章，有帝者自撰歌詩，有材人名倡所作歌詩，有雜歌詩，此則凡詩皆以入録。以其可歌，故曰歌詩。劉彦和謂子政品文，詩與歌别，殆未詳考也。」

漢書藝文志：「至成帝時……詔光禄大夫劉向校經傳、諸子、詩賦……每一書已，向輒條其篇目，撮其旨意，録而奏之。會向卒，哀帝復使向子侍中奉車都尉歆卒父業。歆於是總群書而奏其七略。」班固據七略編成藝文志，保存在漢書内。其中詩六家四百六十一卷爲一類，又歌詩二十八家三百一十四篇爲一類，故云「詩與歌别」。

〔七〕校證：「唐寫本『具』作『序』，凌本作『叙』。」

〔八〕唐寫本「界」下有「也」字。

清汪師韓詩學纂聞樂府：「嘗考三百篇之聲歌，亡於東漢，而絶於晉；漢魏之樂府，亡於東晉，變於唐宋之長短句，而亂於金元之南北曲。前此，文心雕龍雖分詩與樂府爲二，（原注：「昔子政品文，詩與歌別。故略具樂篇，以標區界。」）然其論元、成以後之樂章，『辭雖典文，而律非夔、曠』；又論子建、士衡之篇『俗稱乖調』。奈何後之擬樂府者，妄用填詞之法以求合？……竊謂今人於詩，不妨以古樂府之題寫我胸臆（原注：「劉彥和曰：樂心在詩。」），而不必競競句字間也。」

以上爲第三段，論述音樂和詩歌的關係。

贊曰：八音摛文〔一〕，樹辭爲體〔二〕。謳吟坰野，金石雲陛〔三〕。韶響難追，鄭聲易啓〔四〕。豈惟觀樂，於焉識禮〔五〕。

〔一〕校注：「按周禮春官大師：『皆文之以五聲：宮，商，角，徵，羽；皆播之以八音：金，石，土，革，絲，木，匏，竹。』鄭玄注：『文之者，以調五聲，使之相次，如錦繡之爲文章。』此句『文』字誼與彼同。」按鄭玄注又云：「金，鐘鎛也；石，磬也；土，塤也；革，鼓鼗也；絲，琴瑟也；木，柷敔也；匏，笙也；竹，管也。」

〔二〕唐寫本「辭」作「詞」。

鄭樵通志樂府總序：「自后夔以來，樂以詩爲本，詩以聲爲用，八音六律爲之羽翼。」斠詮謂以上二句「言樂府之爲歌詩，必須調和八音以舒布聲華，建立雅辭以作爲本體」。

〔三〕詩魯頌駉：「駉駉牧馬，在坰之野。」毛傳：「邑外曰郊，郊外曰野，野外曰林，林外曰坰。」校注：「按『雲陛』，謂宮廷。左思七諷：『建雲陛之嵯峨。』南齊書孔稚珪傳：『臣謹仰述天官，伏奏雲陛。』文選謝朓始出尚書省詩：『十載朝雲陛。』」斠詮謂此二句：「言初乃國郊遠野匹夫庶婦所謳吟之土風民謡，逮詩官採獻，樂胥被律而後，即金聲玉振播諸廟堂（按應是宮廷）矣。」

〔四〕斠詮釋「啓」爲啓行，亦即「開路」之意。詩小雅六月：「元戎十乘，以先啓行。」朱注「啓，開；行，道也，猶言發程也。」

〔五〕唐寫本「觀」作「覩」。

鄭樵通志樂府總序：「禮樂相須以爲用，禮非樂不行，樂非禮不舉。」校注：「此二句蓋用吴季札事（篇中曾明言之）。禮記檀弓下：『孔子曰：延陵季子，吴之習於禮者也。』」按上文已明言：「故知季札觀辭，不直聽聲而已。」

詮賦第八

文章流别論：「賦者，敷陳之稱，古詩之流也。古之作者，發乎情，止乎禮義。情之發，因辭以形之；禮義之旨，須事以明之。故有賦焉，所以假象盡辭，敷陳其志。前世爲賦者，有孫卿、屈原，尚頗有古詩之義，至宋玉則多淫浮之病矣。楚辭之賦，賦之善者也。故揚子稱賦莫深於離騷。賈誼之作，則屈原儔也。古詩之賦，以情義爲主，以事類爲佐。今之賦，以事形爲本，以義正爲助。情義爲主，則言省而文有例矣；事形爲本，則言富而辭無常矣。文之煩省，辭之險易，蓋由於此。夫假象過大，則與類相遠；逸辭過壯，則與事相違；辯言過理，則與義相失；麗靡過美，則與情相悖。此四過者，所以背大體而害政教。是以司馬遷割相如之浮説，揚雄疾『辭人之賦麗以淫』。」

札記：「觀彥和此篇，亦以麗詞雅義，符采相勝，風歸麗則，辭剪美稗爲要，蓋與仲治同其意恉。」

饒宗頤文心雕龍探原文心各篇之取材述略：「桓譚新論有道賦篇（第十二），全漢文輯存四條。如云：『子雲言能讀千賦則善賦。』彥和引用之。皇甫謐三都賦序舉相如、楊、班、張、馬、王爲賦之魁傑。彥和則益前此之荀、宋、枚、賈四家，進王褒而退季長，蓋又合皇甫、摯虞之説折衷之。文章流别論賦極詳；『四過』之説，較文心爲精。」

「詮賦」就是對賦體及其流變的解説。「詮」字，弘治本，張之象本、王惟儉本作「銓」，具有銓衡評論的意思。按以「詮」字爲長。

詩有六義，其二曰賦〔一〕。賦者，鋪也〔二〕，鋪采摛文，體物寫志也〔三〕。

〔一〕詩大序：「詩有六義：一曰風，二曰賦，三曰比，四曰興，五曰雅，六曰頌。」

〔二〕釋名釋典藝：「賦，敷也，敷布其義謂之賦。」小爾雅廣詁篇：「頒、賦、鋪、敷，布也。」周禮春官大師鄭注：「賦之言鋪，直鋪陳今之政教善惡。」

〔三〕唐寫本「采」作「彩」。「摛」，説文：「舒也。」文選班固答賓戲：「摛藻如春華。」李注引韋昭曰：「摛，布也。」

成公綏天地賦序：「賦者，貴能分賦物理，敷演無方，天地之盛，可以致思矣。」

陸機文賦：「詩緣情而綺靡，賦體物而瀏亮。」

本書物色篇：「體物爲妙，功在密附。」

空海文鏡秘府論六義：「二曰賦，皎云：『賦者，布也，匠事布文，以寫情也。』王云：『賦者，錯雜萬物，謂之賦也。』」

紀評：「『鋪采摛文』，盡賦之體；『體物寫志』，盡賦之旨。」

劉熙載藝概賦概：「屈原傳曰：『其志潔，故其稱物芳。』文心雕龍詮賦曰：『體物寫志。』余謂志因物見，故文賦但言賦體物也。」

又：「詩爲賦心，賦爲詩體。詩言持，賦言鋪，持約而鋪博也。古詩人本合二義爲一，至西漢以來，詩賦始各有專家。」

「賦起於情事雜沓，詩不能馭，故爲賦以鋪陳之。斯於千態萬狀，層見迭出者，吐無不暢，暢無或竭。……

「樂章無非詩，詩不皆樂；賦無非詩，詩不皆賦。故樂章，詩之宮商者也；賦，詩之鋪張者也。」

劉師培論文雜記第二十一：「賦之爲體，則指事類情，不涉虚象，語皆徵實，辭必類物，故賦訓爲鋪，義取鋪張。循名責實，惟記事析理之文，可錫賦名。」

李詳文心雕龍黄注補正：「詩關雎正義云：『賦者，鋪陳今之政教善惡，其言通正變，兼美刺。』又云：『直陳其事不譬喻者皆賦辭。』按彦和『鋪采』二語，特指辭人之賦而言，非六義之本原也。」

按「體物寫志」是説描寫外物，描寫内心。（詩大序：「在心爲志。」）辭賦是着重體物的賦，騷賦是着重寫志的賦。關於賦的來源，這裏認爲賦體來自詩經的賦，表明詩和賦是同源的，而賦之不同於詩，在於「鋪采摛文」，即鋪陳文采。這就是説賦要作鋪張描寫。它既要描寫外物，也要描寫内心，而在進行鋪張的描寫時，又是盡量地選用藻采的。

昔邵公稱：公卿獻詩，師箴瞽賦〔一〕。傳云：登高能賦，可爲大夫〔二〕。詩序則同義，傳説則異體〔三〕，總其歸塗，實相枝幹〔四〕。故劉向明不歌而頌〔五〕，班固稱古詩之流也〔六〕。

〔一〕校證：「瞽字原脱。謝校作『師箴瞍賦』，王惟儉本同，徐校作『師瞽箴賦』。紀校同謝。譚引沈校云：『賦上當脱瞍字。』梅六次本、張松孫本作『師箴瞍賦』。案唐寫本、御覽五八七作『師箴瞽賦』，今從之。」

梅注：「呂氏春秋云：厲王虐民，國人皆謗。王使衛巫監謗者，國莫敢言。王喜以告召公曰：吾能弭謗矣。召公曰：是障之也，非弭之也。治川者，決之使導，治民者宣之使言。是故天子聽政，使公卿列士正諫陳詩，矇箴師誦，庶人傳語。」

國語周語上：「召公曰……故天子聽政，使公卿至於列士獻詩，瞽獻曲，史獻書，師箴，瞍賦，矇誦。」韋注：「師，少師也。箴，箴刺王闕以正得失也。無眸子曰瞍。賦公卿列士所獻詩也。有眸子而無見曰矇。周禮：矇主弦歌諷誦，謂箴諫之語也。」按「瞽賦」（或瞍賦）大抵如後世盲翁唱故事詩之類。

〔二〕訓故：「漢書：『傳曰：「不歌而誦謂之賦，登高能賦可以爲大夫。」言感物造耑，材質深美，可與圖（政）事，故可以爲大夫也。』」按此見漢書藝文志詩賦略論。

補注：「語見今（毛詩）定之方中傳。正義：『大夫，臣之最尊，故責其能。』彦和先引毛傳，後言劉向云云，係分別言，不以『不歌而頌』語歸之傳也。」

札記：「毛傳『登』作『升』。傳言九能，『能賦』居第五。」

毛詩定之方中正義曰：「升高能賦者，謂升高有所見，能爲詩賦其形狀，鋪陳其事勢也。」

〔三〕論文雜記第二十一：「昔邵公言公卿獻詩，師箴賦。毛傳言登高能賦，可以爲大夫。賦也者，指實事而言也。若夫春秋之時，以誦詩爲賦詩者，則誦詩者必陳其文，與鋪張之義同也。」

〔四〕斯波六郎：「周易繫辭下：『天下同歸而殊塗。』」

范注：「『詩序同義』，謂賦與比興並列於六義；『傳説異體』，謂周語以賦與詩箴諫，毛傳以賦與誓説誄别稱，有似乎自成一體也。然要其歸，皆賦詩陳事，非有大殊異，故曰『實相枝幹』。」按「異體」指不同於詩經而爲另一文體。此言詩序謂詩賦同義，而據傳説則詩賦異體，實則詩與賦如樹之幹與枝也。

〔五〕校證：「舊本『劉』上無『故』字，『向』下有『云』字，今從唐本及御覽改正。」

漢書藝文志：「不歌而誦謂之賦。」「頌」即誦。校注：「『不歌而頌』，本見漢志詩賦略（原出詩鄘風定之方中傳），而云劉向者，因漢志出於七略，而七略又本諸别録故也。」

章炳麟六詩説：「藝文志曰：不歌而誦謂之賦。韓詩外傳説孔子游景山上曰：『君子登高必賦。』子路、子貢、顔淵各爲諧語，其句讀參差不齊。次有屈原、荀卿諸賦，篇章閎肆，此則賦之爲名，文繁而不可被管弦也。」

劉文典先生曰：「賦與詩有一最清楚之界限，即不歌而誦謂之賦，古詩則未有不能被之管弦者也。」

〔六〕班固兩都賦序：「賦者古詩之流也。」皇甫謐三都賦序：「詩人之作，雜有賦體。子夏序詩曰：一曰風，二曰賦。故知賦者古詩之流也。」

藝概賦概：「賦，古詩之流。古詩如風、雅、頌是也，即離騷出於國風、小雅可見。言情之賦本於風，陳義之賦本於雅，述德之賦本於頌。」

上面一節，屬於序志篇所謂「釋名以章義」。

至如鄭莊之賦「大隧」〔一〕，士蔿之賦「狐裘」〔二〕，結言短韻〔三〕，詞自己作，雖合賦體，明而未融〔四〕，及靈均唱騷，始廣聲貌〔五〕。然則賦也者，受命於詩人，而拓宇於楚辭也〔六〕。

〔一〕梅注：「鄭莊公以弟叔段之故，遂寘母姜氏於城潁而誓之曰：不及黄泉，毋相見也。因潁考叔而告之，悔。對曰：君何患焉？若闕地及泉，隧而相見，其誰曰不然？公從之。公入而賦『大隧之中，其樂也融融』，姜出而賦『大隧之外，其樂也洩洩』。遂爲母子如初。」按此見左傳隱公元年。正義曰：「賦詩謂自作詩也。中、融，外、洩，各自爲韻，蓋所賦之詩有此辭，傳略而言之。」

〔二〕梅注：「左傳：晉獻公使士蔿爲二公子築蒲與屈，不慎。公讓之。退而賦曰：狐裘蒙茸，一國三公，吾誰適從！」按此見僖公五年。杜注：「此士蔿自作詩也。」

〔三〕校證：「『短』原作『拉』。……唐寫本、御覽、謝校本作『短』，今據改。」

札記：「『搄』即『短』之譌别字。逢盛碑：『命有悠搄。』悠搄即修短也。廣韻上聲二十四緩：『短，都管切。』搄同上。」

范注：「『結言短韻』謂鄭莊之賦僅二句，士蔿之賦僅三句也。」文賦：「或託言於短韻。」李善注：「短韻，小文也。」

〔四〕唐寫本「詞」作「辭」。左傳昭公五年：「明而未融，其當旦乎？」杜注：「融，朗也。」正義：「融是大明，故爲朗也。」這是説日初有光，尚未大亮。此處比喻賦體只是萌芽，尚未昌盛。

〔五〕「唱」字，宋晏殊類要卷三十一引作「賦」，本書物色篇：「及離騷代興，觸類而長，物貌難盡，故重沓舒狀。於是『嵯峨』之類聚，『葳蕤』之群積矣。」「聲貌」，聲音形貌，這裏指繪形繪聲。辨騷篇：「論山水，則循聲而得貌。」

〔六〕校證：「『而』字原無，據唐寫本、御覽、玉海五九補。」姚範援鶉堂筆記卷四十文心雕龍詮賦：「詩有六義，賦居其一，故曰受命。楚辭，無賦名也。『拓』字爲是，言恢拓疆宇耳。作『括』非。」斠詮：「漢志詩賦略云：『春秋之後，周道寖衰，聘問歌詠，不行於列國，學詩之士，逸在布衣，而賢人失志之賦作矣。』所謂受命於詩人，語義本此。」「受命」，謂受名，得名。「拓宇」，紀評曰：「開拓之義也。」文選顔延年宋郊祀歌：「奄受敷錫，宅中拓宇。」李善注：「范曄後漢書虞詡曰：先帝開拓土宇。」

徐師曾文體明辨序説「楚辭」類：「屈平後出，本詩義以爲騷，蓋兼六義而賦之義居多。厥後宋玉繼作，並號楚辭。自是辭賦之家，悉祖此體。」

胡應麟詩藪内編卷一：「騷與賦句語無甚相遠，體裁則大不同。騷複雜無倫，賦整蔚有序。騷以含蓄深婉爲尚，賦以誇張宏鉅爲工。」

藝概賦概：「騷爲賦之祖。太史公報任安書：『屈原放逐，乃賦離騷。』漢書藝文志『屈原賦二十五篇』，不別名騷。劉勰辯騷曰：『名儒辭賦，莫不擬其儀表。』又曰：『雅頌之博徒，而辭賦之英傑也。』」

這一節是説：起初，賦皆短章，至屈原作離騷而始演爲長篇，意謂賦出於詩，至楚辭而始自成一體。

於是荀况禮智〔一〕，宋玉風釣〔二〕；爰錫名號，與詩畫境〔三〕。六義附庸，蔚成大國〔四〕。遂客主以首引〔五〕，極聲貌以窮文〔六〕，斯蓋别詩之原始，命賦之厥初也〔七〕。

〔一〕玉海卷五十九引文心雕龍於本句下注云：「漢志：荀卿賦十篇，今其存者成相、佹詩並賦篇，而賦篇曰禮、曰知、曰蠶、曰箴、曰雲。」

〔二〕元刻本「釣」作「鈞」，以下各本多誤作「鈞」。玉海卷五十九引作「宋玉風、釣」，注云：「見文選、古文苑。」

藝概賦概：「宋玉風賦出於雅，登徒子好色賦出於風，二者品居最上。釣賦縱横之氣駸駸乎入於説術，殆其降格爲之。」

札記：「宋賦自楚辭、文選所載外，有諷、笛、釣、大言、小言、舞六篇，皆出古文苑。」

〔三〕范注：「謂荀、宋所造，始以賦名。」這是説賦至此始自立名目，顯然與詩劃分界限。

漢書藝文志詩賦略論：「大儒孫卿及楚臣屈原離讒憂國，皆作賦以風，咸有惻隱古詩之義。其後，宋玉、唐勒；漢興，枚乘、司馬相如及揚子雲，競爲侈麗閎衍之詞，没其風諭之義。」

清王芑孫漢賦巵言導源篇：「荀況賦篇言：『請陳佹詩。』班固言：『賦者古詩之流也。』曰佹，旁出之辭；曰流，每下之説。……單行之始，椎輪晚周；别子爲祖，荀況、屈原是也。繼别爲宗，宋玉是也。追其統系，三百篇其百世不遷之宗矣。下此則兩家歧出，有由屈子分支者，有自荀卿别派者。……相如之徒，敷興摛文，乃從荀法；賈、傅以下，湛思邈慮，具有屈心。……雖云一轂，略已殊塗。」

〔四〕「蔚」，文采盛貌，謂賦本詩之附庸，今已獨立而成爲一大國。注訂：「上言賦附庸於詩，然自屈、宋以降，風裁特盛，故云蔚成大國也。」

皇甫謐三都賦序：「至於戰國，王道陵遲，風雅寖頓。於是賢人失志，辭賦作焉。是以孫卿屈原之屬，遺文炳然，辭義可觀。存其所感，咸有古詩之意，皆因文以寄其心，託理以全其制，賦之首也。」

藝概賦概：「賦別於詩者，詩辭情少而聲情多，賦聲情少而辭情多。皇甫士安三都賦序云：『昔之爲文者，非苟尚辭而已。』可見賦之尚辭不待言也。」

論文雜記第二十一：「昔文心雕龍之論賦也，謂『六義附庸，蔚成大國』。吾觀詩有六義，賦之爲體，與比興殊。……自戰國之時，楚騷有作，詞或比興，亦冒賦名（故班志稱離騷諸篇爲屈原賦），而賦體始淆。」

〔五〕校證：「梅引許云：『遂當作述。』徐（𤊹）校作『述』。四庫本、崇文本、讀書引十二作『述』。」

按作「述」義長。

漢書藝文志分賦爲四類：屈原以下二十家爲一類，陸賈以下二十一家爲一類，荀卿以下二十五家爲一類，客主賦以下十二家爲一類。論文雜記第八謂「客主賦以下十二家皆漢代之總集類也」。不知其何所據而云然。「述客主」云云，是設爲主客問答之辭。

范注：「荀子賦皆用兩人問對之體，客主賦當取法於此。『述客主以首引』，謂荀卿賦；『極聲貌以窮文』，謂屈原賦。故曰：『斯蓋別詩之原始，命賦之厥初。』」按洪邁容齋五筆：「自屈原詞賦，假爲漁父、日者問答之辭，後人作者，悉相規仿。」本書雜文篇云：「宋玉含才，頗亦負俗，始造對問，以申其志。」根據本篇下文「序以建言，首引情本」來看，「述客主以首引」是以叙述主客問答之辭開端。荀卿賦篇固有問答，但並非在篇首。且荀卿賦與客主賦在漢書藝文志中也不屬於一類。客主賦列於雜賦之首。范説恐誤。考異：「首引者，言序爲賦之首引也。」

國故論衡辨詩：「屈原言情，孫卿效物，陸賈賦不可見……蓋縱横之變也。」依章太炎的解釋，屈原一派爲抒情之賦，孫卿一派爲體物之賦，陸賈一派爲縱横之賦，雜賦爲詣讔之賦。古賦共分此四類。他又考漢人之賦，大半出於屈原，少數出於荀卿。武帝以後，宗室削弱，縱横之辭無所用，故陸賈一派之賦亦不多見。按客主賦一類，漢書藝文志列雜賦居多，又有「成相雜辭」及「隱書」，故章氏謂爲詣讔之賦。雜文篇所論之答客難、解嘲，可以算是客主賦的變相。例如解嘲可以説是出於楚辭的卜居、漁父及宋玉對楚王問，也可説是由賦中之問答體變化而來。

〔六〕「極聲貌以窮文」是説極力描摹聲情形象，使得聲韻鏗鏘，形容盡致。「聲」字，唐寫本作「形」。斠詮：「本篇上文『及靈均唱騷，始廣聲貌』，下文『子淵洞簫，窮變於聲貌』，皆『聲貌』連文。」又：「『聲貌窮文，謂宋賦窮極聲貌，實啓辭文之淫麗也。按范注『述客主以首引，謂荀卿賦』，是。至云『極聲貌以窮文，謂屈原賦』，則非，當謂宋玉賦，觀上文荀、宋並舉可知。」

〔七〕「别詩之原始」仍是申説詩賦之别。「命賦」，命名爲賦。詩大雅生民：「厥初生民。」這兩句爲本節主旨，既溯賦體的來源，更劃清詩賦的分野。

以上爲第一段，講賦的含義、起源及其與詩經、楚辭的關係。

秦世不文，頗有雜賦〔一〕。漢初詞人，循流而作〔二〕：陸賈扣其端〔三〕，賈誼振其緒〔四〕，枚、馬播其風〔五〕，王、揚騁其勢〔六〕；皋、朔已下，品物畢圖〔七〕。繁積於宣時，校閱於成世，進御之賦千有餘首〔八〕。討其源流，信興楚而盛漢矣〔九〕。

〔一〕玉海卷五十九引作「秦世頗有雜賦」，注云：「漢志：秦時雜賦九篇。」按漢書藝文志「秦時雜賦」屬孫卿賦一類。

〔二〕校證：「『循』原作『順』，今從唐寫本、御覽、徐校本改。」「作」謂起也。

〔三〕玉海五十九引此句，注云：「志二篇。」（按應作三篇）

訓故：「史記：陸賈，楚人，文帝時拜太中大夫。賈有孟春賦。」札記：「賈賦今無可見。」「扣其端」謂開其端。按陸賈賦在漢志爲一類之首。本書才略篇：「漢室陸賈，首案奇采，賦孟春而選典誥，其辯之富矣。」

斠詮引王念孫廣雅疏證謂扣與叩通：「論語子罕篇：『我叩其兩端而竭焉。』孔傳訓叩爲發。」又：「至陸賈之作，蓋縱橫家之變，主於『騁辭』。舍人所謂『秦有雜賦。漢初詞人，順流而作，陸賈扣其端。』固漢賦中自成一家而巋然獨出之人物，堪稱漢賦開山之祖。」

〔四〕玉海五十九引此句，注云：「七篇」。范注引王應麟曰：「惜誓、弔屈原、鵩賦，古文苑有旱雲簴賦。」按賈誼賦漢志屬屈原賦一類。文章流别論：「賈誼之作，則屈原儔也。」「振其緒」，斠詮：「緒，業也，見禮記中庸『武王纘大王、王季、文王之緒』。」

〔五〕玉海引此句注云：「枚乘九篇，相如二十九篇。」枚乘賦今存梁王菟園賦和柳賦，見全漢文卷二十。司馬相如賦今存子虛賦、上林賦、哀秦二世賦、大人賦、長門賦、美人賦，見全漢文卷二十一、二十二。按枚乘、司馬相如賦漢志屬屈原賦一類。

校證：「『播』原作『同』，御覽、徐校本作『洞』。唐寫本作『播』。按作『播』義長，今據改。」校注：「按漢賦至枚、馬發揚光大，唐寫本作『播』是。播，揚也。」

〔六〕玉海引此句注云：「王褒十六篇，揚雄十二篇。」按漢志王褒賦屬屈原賦一類，揚雄賦屬陸賈賦一類。王褒賦今存洞簫賦，見文選卷十七。揚雄賦今存甘泉賦、長楊賦等八篇，見全漢文卷五十一、五十二。

〔七〕漢書藝文志：「枚皋賦百二十篇。」屬陸賈賦一類。漢書枚皋傳謂皋「從行至甘泉、雍、河東，東巡狩，封泰山……上有所感，輒使賦之。爲文疾，受詔輒成，故所作者多。司馬相如善爲文而遲，故所作少而善於皋」。又云：「凡可讀者百二十篇，其尤嫚戲不可讀者尚數十篇。」今俱失傳。

東方朔賦今不存，漢書藝文志也不列東方朔賦。「品物畢圖」謂皋、朔以後一切品物皆取以爲賦料，盡行描繪。斠詮：「品物畢圖，言各種物類描繪盡致也。品物，猶衆物。」

注訂：「皋、朔受詔詠物，賦體別開畦徑，自此始。」

〔八〕兩都賦序：「至於武宣之世……言語侍從之臣……時時間作。或以抒下情而通諷諭，或以宣上德而盡忠孝，雍容揄揚，著於後嗣，抑亦雅頌之亞也。故孝成之世，論而録之，蓋奏御者千有餘篇。」

漢書藝文志：「至成帝時，詔光禄大夫劉向校經傳諸子詩賦。」按漢志本於劉歆七略，總舉詩賦百六家，一千三百一十八篇。省其中歌詩二十八家，三百一十四篇，則爲賦七十八家，一千零四篇。

清王芑孫讀賦卮言獻賦：「獻賦始於漢。宋玉諸賦，頗稱楚王，然由意撰，羌非實事。漢賦孝成之世，奏御者千有餘篇，然非由自獻。蓋其時猶有輶軒之使，采詩夜誦，趙、代、秦、楚之謳，皆列樂府；賦亦當在采中，故劉勰云『繁積於宣時，校閱於成世』也。」

〔九〕文章辨體序説「古賦」類：「古今言賦，自騷之外，咸以兩漢爲古，蓋非魏晉已還所及。」論文雜記第四：「秦漢之世，賦體漸興，溯其淵源，亦爲楚辭之别派：憂深慮遠，幽通、思玄，出於騷經者也；甘泉、藉田，愉容典則，出於東皇、司命者也；洛神、長門，其音哀思，出於湘君、湘夫人者也；感舊、嘆逝，悲怨悽涼，出於山鬼、國殤者也；西征、北征，叙事記遊，出於涉江、遠遊者也；鵩鳥、鸚鵡，生嘆不辰，出於懷沙者也……七發乃九辯之遺，解嘲即漁父之意。淵源所自，豈可誣乎？蓋騷出於詩，故孟堅以賦爲古詩之流。」申説賦成立於楚而盛行於漢。

若夫京殿苑獵〔一〕，述行序志〔二〕，並體國經野〔三〕，義尚光大〔四〕，既履端於唱序〔五〕，亦歸餘於總亂〔六〕。序以建言，首引情本〔七〕；亂以理篇，寫送文勢〔八〕。按那之卒章，閔馬稱「亂」〔九〕，故知殷人緝頌〔一〇〕，楚人理賦〔一一〕。斯並鴻裁之寰域，雅文之樞轄也〔一二〕。

〔一〕校證：「『若』字舊無，據唐寫本、御覽增。」

黄注：「京殿，文選兩都、二京、靈光、景福之類是也。苑獵，上林、甘泉、長楊、羽獵之類是也。」此謂賦之取材。

〔二〕「序」，范引孫云：「唐寫本作『叙』，御覽亦作『叙』。」

黄注：「述行，北征、東征之類是也；序志，幽通、思玄之類是也。」此類作品常帶有自傳性質。

〔三〕周禮天官序官：「惟王建國，辨方正位，體國經野，設官分職，以爲民極。」鄭注：「體猶分也。經謂爲之里數。」王安石周官新義：「宫門城闕堂室之類，高下廣狹之制，凡在國者莫不有體，此之謂體國。井牧，溝洫，田萊之類，遠近多寡之數，凡在野者，莫不有經，此之謂經野。」「國」，都城；「野」，田野。「體國經野」舊時也泛指治理國家。

〔四〕取義在崇尚規模光輝宏大，所以叫作「大賦」。易坤卦：「含弘光大，品物盛亨。」正義：「包含宏厚，光著盛大。」

〔五〕校證：「『唱』，黄注本作『倡』，舊本俱作『唱』，唐寫本、御覽亦作『唱』。按作『唱』是，今據改。説文：『唱，導也。』上文『靈均唱騷』，明詩篇『韋、孟首唱』……是其證。」

左傳文公元年：「先王之正時也，履端於始，舉正於中，歸餘於終。」正義：「履，步也，謂推步曆之初始，以爲術曆之端首，舉月之正半，在於中氣，歸其餘分，置於終末，乃置閏也。」「履端」，這裏借指開端。

〔六〕「歸餘」，本指推算曆法每年積餘時日，這裏借指歸結。離騷「亂曰」王逸注：「亂，理也；所以發理詞指，總撮其大要也。屈原舒肆憤懣，極意陳詞，或去或留，文彩紛華，後結括以言，以明所趣之意也。」注訂：謂「賦以序爲首，以亂爲終。亂者……蓋猶後世戲曲之有尾聲也」。斠詮：「言開始既於篇首冠引序，以導叙作賦之緣由；最後又於篇末繫亂辭，以總束一篇之指趣也。」

〔七〕「首引情本」，謂首先引出作賦的本情。

〔八〕校證：「『寫送文勢』原作『迭致文契』，今從唐寫本、御覽改。世説新語文學篇桓宣武命袁彦伯作北征賦條注引晉陽秋云：『於寫送之致如爲未盡。』此彦和所本。附會篇亦有『寄在寫以遠送』之語。意俱謂收筆有不盡之勢也。文鏡秘府論定位篇有寫送文勢之語，即本文心。」

趙萬里唐寫本校記：「案御覽五八七引此文，與唐本正合。」范注：「寫送是六朝人常語，意謂充足也。附會篇：『克終底績，寄深寫送。』亦謂一篇之終，當文勢充足也。」

何焯義門讀書記文選賦宋玉高唐賦：「蘇子瞻謂：『自「玉曰唯唯」以前皆賦，而此謂之序，大可笑。』（按見東坡志林卷五）按相如賦首有亡是公三人論難，豈亦賦耶？是未悉古人之體製也。劉彦和云：『既履端於唱序，亦歸餘於總亂。序以建言，首引情本；亂以理篇，迭致文契。』則是一篇之中，引端曰序，歸餘曰亂，猶人身中之耳目手足，各異其名。蘇子則曰：莫非身也。是大可笑得乎？」

清王芑孫讀賦卮言謀篇：「詮賦曰：『履端於唱序，歸餘於總亂。亂以理篇，迭致文契。』蓋賦重發端，尤慎結局矣。」

户田浩曉作爲校勘資料的文心雕龍敦煌本：「斯波六郎博士又認爲『寫送』可能有收束之意，如文鏡秘府論(南)云：『細而推之，開發端緒，寫送文勢，則六言七言之功也。泛叙事由，平調聲律，四言五言之能也。體物寫狀，抑揚情理，三言之要也。』所謂六言七言宜於開發及收束，故晉陽秋『於寫送之致，如爲未盡』，或許是批評用此韻叙述時有欠收束。又高僧傳卷十三云釋曇智『既有高亮之聲，雅好轉讀……高調清徹，寫送有餘』。這是指在轉讀的段落或結束處引伸餘韻；又附會篇『寄在寫送』，也是説在完篇時，爲了發揮文章效果，應注意如何收束。……斯波博士所引高僧傳卷十三中，在釋曇調條下有『寫送清雅，恨工夫未足』的評語，與前引釋曇智語并見於經師項下，仍可解釋爲經文轉讀之際音聲的收束方式很是清雅。因此，我主張……將『寫送』釋爲『收束』。」

斠詮：「詩小雅蓼蕭：『我心寫兮。』集傳：『寫，輸寫也。我心輸寫而無留恨也。』玉篇：『寫，盡也，除也。』……此處『寫送』聯詞，有『盡情送足』之意。」

牟世金文心雕龍的范注補正：「案寫，盡也；送，畢也。……古今樂録：『歡聞歌者，晉穆帝升平初歌，畢輒呼「歡聞不？」以爲送聲，後因此爲曲名。』又曰：『子夜變歌前作「持子」送，後作「歡娱我」送。子夜警歌無送聲，仍作變。』『楊叛兒送聲云：「叛兒教儂不復相思。」』『凡歌曲終，皆有送聲，子夜以「持子」送曲，鳳將雛以「澤雉」送曲。』此外，唐書樂志也有關於『送聲』的記載。送聲爲樂曲之終了，此可爲斯波『收束』説明證。」

〔九〕梅注：「朱鬱儀云：『閔焉』當作『閔馬』，見魯語。愚按魯語：齊閭丘來盟，子服景伯戒宰人曰：陷而入於恭。閔馬父笑，景伯問之，對曰：笑吾子之大也。昔正考父校商之名頌十二篇於周太師，以那爲首。其輯之亂曰：自古在昔，先民有作，温恭朝夕，執事有恪。先聖王之傳恭，猶不敢專。稱曰自古，古曰在昔，昔曰先民。今吾子之戒吏人曰陷而入於恭，其滿之甚也。（亂，樂之卒章也。）」韋昭注：「輯，成也。凡作篇章，篇義既成，撮其大要爲亂辭。詩者，歌也，所以節儛者也，如今三節儛矣，曲終乃更變章亂節，故謂之亂也。」閔馬父語見國語魯語下。

〔一〇〕校證：「『緝』原作『輯』，今據唐寫本改。原道篇亦云『制詩緝頌』。」「殷人緝頌」指閔馬父稱亂事。

〔一一〕「賦」指屈原宋玉之賦。藝概賦概：「文心雕龍云：『楚人理賦。』隱然謂楚辭以後無賦也。李太白亦云：『屈、宋長逝，無堪與言。』」這兩句承上，是説從商頌到楚辭都有亂辭。

〔三〕「鴻裁」、「雅文」，與下文「小制」、「奇巧」相對，都指大賦而言。「寰宇」，指範圍。「斯」，指序與亂而言。這兩句是説序和亂屬於大賦的範圍，也是形成「雅文」的關鍵。

至於草區禽族，庶品雜類〔一〕，則觸興致情〔二〕，因變取會〔三〕，擬諸形容，則言務纖密；象其物宜，則理貴側附〔四〕；斯又小制之區畛，奇巧之機要也〔五〕。

〔一〕黄注：「（漢書）藝文志：雜禽獸六畜昆蟲賦十八篇，雜器械草木賦三十三篇。」范注：「西京雜記雖云出自吴均，然其時或尚及見漢代雜賦之遺。」注中録西京雜記所載小賦數首：枚乘柳賦、魏文帝柳賦、路喬如鶴賦、公孫詭文鹿賦、羊勝屏風賦、鄒陽几賦、中山王勝文木賦。

〔二〕「致」，引起。「觸興致情」謂觸物起興而動情。藝概賦概：「春有草樹，山有烟霞，皆是造化自然，非設色之可擬。故賦之爲道，重象尤宜重興。興不稱象，雖紛披繁密而生意索然，能無爲識者厭乎？」

〔三〕因事物的變化而取得情與物的會合。

〔四〕易繫辭上：「聖人有以見天下之賾，而擬諸其形容，象其物宜，是故謂之象。」「形容」，猶言形貌。「諸」，猶其也。注：「乾剛坤柔各有其體，故曰擬諸形容。」疏：「擬諸其形容者，以此深賾之理，擬度諸物形容也。」「象其物宜者，聖人又法象其物之所宜，若象陽物，宜於剛也；若象陰物，宜於柔也。是各象其物之所宜……若泰卦比擬泰之形容，象其泰之物宜。」這裏四句話的意思是説：描摹事物的形貌時，言詞務必細密，取象時則貴在根據物性之所宜而作出貼切的比附。

清王芑孫讀賦卮言造句：「詮賦曰：『擬諸形容，則言務纖密；象其物宜，則理貴側附。』側附二字，可謂妙於語言。」

斟詮：「此數句論雜賦之特色。……側附，謂偪近切合也。儀禮公食大夫禮：『側其故處。』疏：『側，近也。』……附，合也。」

〔五〕「小制」指禽獸、器物、草木諸賦而言，即所謂小賦。「區畛」指範圍。紀評：「齊梁之際，小賦爲多，故判其區畛，以明本末。」

以上爲第二段，主要説明漢賦之興盛及大賦與小賦的特點。這裏把賦分爲京殿苑獵、述行序志、草區禽族、庶品雜類，和昭明文選的分類方式基本上是相同的。

觀夫荀結隱語，事數自環〔一〕；宋發巧談，實始淫麗〔二〕。枚乘菟園，舉要以會新〔三〕；相如上林，繁類以成豔〔四〕。賈誼鵩鳥，致辨於情理〔五〕；子淵洞簫，窮變於聲貌〔六〕。孟堅兩都，明絢以雅贍〔七〕；張衡二京，迅發以宏富〔八〕。子雲甘泉，構深偉之風〔九〕；延壽靈光，含飛動之勢〔一〇〕。凡此十家，並辭賦之英傑也〔一一〕。

〔一〕文體明辨序説「賦」類：「趙人荀況，遊宦於楚，考其時在屈原之前。所作五賦，工巧深刻，純用隱語，若今人之揣謎。於詩六義，不啻天壤，君子蓋無取焉。」但劉勰本人對荀賦是肯定的。諧隱篇説：「荀卿蠶賦，已兆其體。」才略篇説：「荀況學宗，而象物名賦，文質相稱，固巨儒之情也。」

范注：「案荀子五賦，皆假爲隱語，以問於人，如禮賦曰：『臣愚不識，敢請之王。』其下則所問之人重演其義而告之。如王曰：『此夫文而不采者與？』此即彥和所謂『事數自環』也。」考異：「自環者，迴環反覆，自設問答也。如荀子五賦皆此體。」按「數」字與下聯「實始淫麗」的「始」字相對，乃是頻數或數次之義。「事數自環」乃是反覆迴環，來縮小包圍圈，以形成謎語。如禮賦於「此夫文而不采者與」之下，又有：「簡然易知而致有理者與？君子所敬而小人所不者與？性不得則若禽獸，性得之則甚雅似者與？匹夫隆之則爲聖人，諸侯隆之則一四海者與？」這樣反覆暗示，而「歸之禮」，就是「事數自環」。

〔二〕范注：「『巧談』，唐寫本作『夸談』，是。」范引孫云：「御覽作『誇』。」按玉海引此句仍作「巧談」，是本兩傳，「巧」未必爲形誤。注訂：「巧談者，不依正則也。如宋玉有好色、神女諸賦，故下句譏以『實始淫麗』。」

皇甫謐三都賦序：「及宋玉之徒，淫文放發，言過於實，誇競之興，體失之漸，風雅之則，於是乎乖。」

漢書藝文志詩賦略論：「其後宋玉、唐勒，漢興枚乘、司馬相如，下及揚子雲，競爲侈麗閎衍之詞，没其風諭之義。是以揚子悔之，曰：詩人之賦麗以則，辭人之賦麗以淫。」

文章流别論：「前世爲賦者，有孫卿、屈原，尚頗有古詩之義；至宋玉則多淫浮之病矣。」

夸飾篇：「自宋玉、景差，夸飾始盛。」時序篇：「宋玉交彩於風雲。」

清程廷祚騷賦論(中)：「荀卿禮、知二篇，純用隱語，雖始搆賦名，君子略之。宋玉以瑰偉之才，崛起騷人之後，奮其雄夸，乃與雅頌抗衡，而分裂其土壤，由是辭人之賦興焉。……觀其高唐、神女、風賦等作，可謂窮造化之精神，盡萬類之變態，瑰麗窈冥，無可端倪。」(金陵叢書本青溪集卷三)

論文雜記第二十一：「屈原離騷，引辭表旨，譬物連類，以情爲裏，以物爲表，抑鬱沈怨，與風雅爲節。……及宋玉、景差爲之，塗澤以摛辭，繁類以成體，振塵滓之澤，發芳香之鬯，亦葩經之嗣響也。」

校釋：「宋玉各篇，辭多夸飾，如風賦本止言大王之風芳涼，庶人之風穢惡，以見感於人者之不同耳。而寫大王之風，則以『凌高城』、『入深宫』、『抵華葉』、『徘徊桂椒』、『翺翔激水』、『擊芙蓉』、『獵蕙草、離秦蘅、槩新夷、被荑楊』、『上玉堂』、『躋羅帷』、『經洞房』，爲增飾之辭。寫庶人之風，則以『起窮巷』、『動沙堁、吹死灰、駭溷濁、揚腐餘』、『入甕牖』，爲增飾之辭，故曰『夸談』。他如高唐形容山勢之高峻，神女敷寫容色之豔麗，皆閎衍巨麗之文也。故又曰『淫麗』。」

斠詮：「賦與騷之不同，要在賦之偏重夸飾描寫。宋玉之九辯已具有此傾向，文選所載之五篇，即由九辯過渡而完成賦之形式，舍人所謂『宋玉風釣，爰錫名號』，又曰『宋發夸談，實始淫麗』是也。」

〔三〕校證：「『菟園』原作『兔園』，唐寫本、元本……及御覽、玉海俱作『菟園』。案古文苑載枚氏此文正作『菟園』，比興篇亦作『菟園』，今據改。」

玉海卷五十九引此語，下注云：「見古文苑、藝文類聚。」

黄注：「漢書：枚乘，字叔。游梁，梁客皆善屬詞賦，乘又高。菟園，苑名。賦苑有枚乘菟園賦。」

校釋：「枚乘菟園，今存殘文，復多訛奪，不易句讀。然詞致檢鍊，鑄語新奇，尚循覽可得，故曰『舉要以會新』。」

〔四〕史記司馬相如列傳：「無是公言天子上林廣大，山谷水泉萬物，及子虛言楚雲夢甚衆，侈靡過其實。」

西京雜記卷二：「相如爲上林、子虛賦，意思蕭散，不復與外事相關。控引天地，錯綜古今，忽然如睡，躍然而興，幾百日而後成。」又卷三：「司馬長卿，時人皆稱典而麗，雖詩人之作不能加也。」又：「枚皋文章敏疾，長卿制作淹遲，皆盡一時之譽。而長卿首尾温麗，枚皋時有累句，故知疾行無善迹矣。」

才略篇：「相如好書，師範屈宋，洞入夸豔，致名辭宗。」程廷祚騷賦論（中）：「子虛、上林，總衆類而不厭其繁，會群采而不流於靡，高文絕豔，其宋玉之流亞乎？」

校釋：「相如子虛、上林，實爲一篇。前篇以子虛夸楚王遊獵之盛，故以子虛爲名，先叙雲夢之山、之土、之石，復從其東、南、西、北，分寫四節，而南、西、北三節之中，又用高埤、中外、上下，帶叙其草木、鳥獸、鱗甲之屬，文辭已極繁富矣。其寫畋獵一段，既分獵走獸、弋飛鳥、網釣水族三節詳寫，於一二節之間，復插入美女一節，亦極其絢爛。下篇言天子之上林，文尤閎博。其中寫上林所在一段，先寫水勢、水族、水中珍異、水鳥，次寫山之林木、阜陵、香草、走獸，已包含極富，而寫上林之宮室、美玉、嘉果、茂木，以及林中之獸，其奇瑰又與前異；其寫天子之出獵之事一段，中間如所搏之獸，所弋之禽，皆珍奇之類，較前賦又不同；至其後叙置酒張樂，以及聲色之娛，尤極夸張之致，故曰『繁類以成豔』。」

〔五〕史記屈原賈生列傳：「賈生爲長沙王太傅。三年，有鴞飛入賈生舍，止於坐隅。楚人命鴞曰服。賈生既以適居長沙，長沙卑濕，自以爲壽不得長，傷悼之，乃爲賦以自廣。」西京雜記卷六：「長沙俗以鵩鳥至人家，主人死。誼作鵩鳥賦，齊生死，等榮辱，以遣憂累焉。」

比興篇：「賈生鵩賦云：『禍之與福，何異糾纏。』此以物比理者也。」事類篇：「唯賈誼鵩賦，始用鷃冠之説。」

紀評：「鵩賦爲談理之始。」

藝概賦概：「鵩賦爲賦之變體，即其體而通之，凡能爲子書者，於賦皆足自成一家。」又：「屈子之賦，賈生得其質，相如得其文，雖塗徑各分，而無庸軒輊也。……賈生之賦志勝才，相如之賦才勝志。」

論文雜記第二十一：「賈生鵩賦，旨貫天人，人神致用，其言中，其事隱，擷道家之菁英，約儒家之正誼，其源出於易經。」

校釋：「賈誼鵩鳥……通篇大旨，在以道家齊物之理，自慰遠謫之情。故曰『致辨於情理』。」

〔六〕范注：「漢書王褒傳：『褒，字子淵，蜀人也。宣帝時爲諫大夫。……太子喜褒所爲甘泉及洞簫頌，令後宮貴人左右皆誦讀之。』文選有洞簫賦……其篇末亂辭結句云：『連延駱驛，變無窮兮。』彦和窮變二字所本。」

才略篇：「王褒構采，以密巧爲致，附聲測貌，泠然可觀。」

比興篇：「王褒洞簫云：『優柔温潤，如慈父之畜子也。』此以聲比心者也。」

論文雜記第二十一：「子淵之賦洞簫，馬融之賦長笛，咸洞明樂理，則亦音樂之妙論也。」

校釋：「子淵洞簫……首叙簫材所出之地，次叙製器審聲之巧，皆題前之文也。次寫度曲之時，音隨曲異，故以『巨音』、『妙聲』、『武聲』、『仁聲』分寫，復從聲之感人動物處形容其微妙，已能曲盡題旨。而亂辭又總理一篇之意，悉從籥聲着筆。故曰『窮變於聲貌』。」

〔七〕後漢書班固傳：「（固）自爲郎後，遂見親近。時京師修起宮室，濬繕城隍，而關中耆老猶望朝廷西顧。固感前世相如、壽王、東方之徒，造構文辭，終以諷勸，乃上兩都賦，盛稱洛邑制度之美，以折西賓淫侈之論。」

何義門云：「昭明選賦，獨冠兩都，以兼揚馬之長，義正而事實也。擘分賓主，堂堂正正之格。」（評注昭明文選）

「明絢以雅贍」謂風格鮮明絢爛而典雅繁富，明絢偏於辭句方面，雅贍偏於內容方面。

論文雜記第二十一：「班固兩都，誦德銘勳，從雍揄揚，事覈理舉，頌揚休明，遠則相如之封禪，近師子雲之羽獵，其源出於書經。」

校釋：「孟堅兩都……上篇首段總列西都之形勢，次寫前漢增飾之閎麗，因繼以城池市廛之廣，士女豪俠之衆，與夫郊原冠蓋之盛，貨殖之富……再次寫畿內之繁庶，則自山林原隰之饒沃，水利漕運之宜便皆具焉；再次寫宮館之壯麗……再次寫田獵之盛，宴飲之娛，遊觀之樂。……下篇以……明帝之增修洛京，皆合於法度，故於制度典禮，言之特詳，其蒐狩則順時講武也，其行幸則修祀崇禮也，其飲宴則王會燕享也，而勸農興學，崇儉抑侈，莫非王政之要……非精熟一代典章制度者，不能爲之，此舍人所謂『雅贍』也。」

〔八〕「發」字，唐寫本、御覽、元刻本作「拔」。校注：「按作『拔』是。……六朝習用『拔』字，如晉書文苑袁宏傳『辭又藻拔』，梁書文學上庾肩吾傳『謝客吐言天拔』……是也。」

後漢書張衡傳：「張衡，字平子。……永元中……天下承平日久，自王侯以下，莫不踰侈。衡乃擬班固兩都，作二京賦，因以諷諫。」

晉書左思傳：「劉逵注吴蜀而序之曰：班固兩都，理勝其辭；張衡二京，文過其意。」

才略篇：「張衡通贍。」體性篇：「平子淹通，故慮周而藻密。」

陸厥與沈約書：「平子恢富，羽獵累於憑虚。」

林紓春覺齋論文流别論二：「足與兩都抗衡者，良爲平子之二京。東漢自光武及和帝，均都洛陽，西都父老頗懷怨望。故孟堅作兩都賦，歸美東都，以建武爲發端，詳叙永平（明帝年號）制度之美，力與西都窮奢極侈之事相反，以堅和帝西遷之心，雖頌揚，實寓諷諫。平子之叙西京，尤侈靡無藝：首述離宫之妍華，次及太液之三山，又次及於水嬉獵獸，雜陳百戲；百戲不已，又叙其微行，及歌舞靡曼之態，縱恣極矣。一轉入東京，則全以典禮勝奢侈。班、張二子，皆抑西而伸東，以二子均主居東者也。左思仍之，故三都之賦，力排吴、蜀，中間貫串全魏故實，語至堂皇，以魏都中原，晉武受禪，即在於鄴，此亦班、張二子之旨。」

校釋：「二京雖步趨孟堅，而西京盛舉荒靡，諷意尤切，故曰『迅拔』；東京鋪排典制，辭意淵深，故曰『宏富』。」「迅拔」，斠詮直解爲（文情）「迅疾拔卓」。

〔九〕校證：「『偉』原作『瑋』，據唐寫本、御覽改。徐校亦作『偉』。」按「深瑋」之「瑋」，乃據原賦「遊觀屈奇瑰瑋」而來，不必誤。「瑋」，深奇。

漢書揚雄傳：「揚雄，字子雲，蜀郡成都人也。……孝成帝時，客有薦雄文似相如者。上方郊祠甘泉泰畤、汾陰后土，以求繼嗣，召雄待詔承明之庭。正月，從上甘泉，還奏甘泉賦以諷。……甘泉本因秦離宮，既奢泰，而武帝復增通天、高光、迎風。宫外，近則洪厓、旁皇、儲胥、弩阹；遠則石關、封巒、枝鵲、露寒、棠梨、師得；遊觀屈奇瑰瑋，非木摩而不彫，墻塗而不畫，周宣所考，般庚所遷，夏卑宫室，唐虞棌椽三等之制也。且爲其已久矣，非成帝所造，欲諫則非時，欲默則不能已，故遂推而隆之，乃上比於帝室紫宫，若曰此非人力之所（能）〔爲〕，黨鬼神可也。」

才略篇：「子雲屬意，辭義最深，觀其涯度幽遠，搜選詭麗，而竭才以鑽思，故能理贍而辭堅矣。」體性篇：「子雲沉寂，故志隱而味深。」

文體明辨序説「賦」類：「兩漢而下，作者繼起，獨賈生以命世之才，俯就騷律，非一時諸人所及。他如相如長於叙事，而或昧於情；揚雄長於説理，而或略於辭。至於班固，辭理俱矣。若是者何？凡以不發乎情耳。然上林、甘泉，極其鋪張，而終歸於諷諫，而風之義未泯。兩都等賦，極其眩曜，終折以法度，而雅頌之義未泯。……故雖詞人之賦，而君子獨有取焉，以其爲古賦之流也。」

騷賦論（中）：「甘泉深偉，廟堂之鴻章也。」

校釋：「子雲……賦甘泉，以諷諫爲主；又多識奇字，喜沈思，故其文前半叙甘泉宫室，後半寫郊祀典禮，鑄詞用字，皆淵深而奇偉，故曰『構深瑋之風』。」

〔一〇〕後漢書文苑傳王逸傳：「子延壽，字文考，有儁才，少遊魯國，作靈光殿賦。後蔡邕亦造此賦，未成，及見延壽所爲，甚奇之，遂輟翰。」

才略篇：「延壽繼志，瓌穎獨標，其善圖物寫貌，豈枚乘之遺術歟？」

校注：「宋劉沆謝啓：『對靈光之殿，難含飛動之詞。』（見能改齋漫録卷十四記文。）遣辭即出於此……（沈佺期祭李侍御文有「思含飛動」語）。」

校釋：「文考靈光，專賦宫殿，篇中凡階堂壁柱，扉室房序，櫨枅栭棠，以及棟窗之雕刻，榱楣之繪畫，一一鋪寫，皆能得營造之精意，讀之覺鳥革翬飛之狀如在目前。故曰『含飛動之勢』。又此文既以摹略物象爲主，故用字鑄詞，亦能曲盡其妙，與子雲之作，可以比觀。惟子雲甘泉爲賦典禮之先型，文考靈光則賦宫殿之極則；賦典禮故以『深瑋』爲宜，賦宫殿則貴有『飛動』之勢。雙舉兩家，可見其同，各謚二字，足表其異，舍人評隲之精若此。」

〔一一〕藝概賦概：「古者辭與賦通稱。史記司馬相如傳言：『景帝不好辭賦。』漢書揚雄傳：『賦莫深於離騷，辭莫麗於相如。』則辭亦爲賦，賦亦爲辭，明甚。」

馮舒校本「英傑」原作「流」，校云：「流，御英傑。」元刻本作「流」，沈岩録何校本「流」字改「英傑」。

校注：「按『流』字過於空泛，當以作『英傑』爲是。文選皇甫謐三都賦序：『至如相如上林，揚雄甘泉，班固兩都，張衡二京，馬融廣成，王生靈光……皆近代辭賦之偉也。』彼言爲『偉』，此言爲『英傑』，其義無異也。辨騷篇：『固知楚辭者……而詞賦之英傑也。』句法與此相同，亦可證。唐寫本、文溯本作『英傑』，不誤。御覽、類要、玉海、小學紺珠四引，亦並作『英傑』。」

三都賦序：「逮漢賈誼，頗節之以禮。自時厥後，綴文之士，不率典言，並務恢張，其文博誕空類，大者罩天地之表，細者入毫纖之內，並充車聯駟，不足以載，廣夏接榱，不容以居也。其中高者，至如相如上林，揚雄甘泉，班固兩都，張衡二京，馬融廣成，王生靈光，初極宏侈之辭，終以約簡之制，煥乎有文，蔚爾麟集，皆近代辭賦之偉也。」

王應麟小學紺珠卷四藝文類辭賦十家：「荀卿、宋玉、枚乘兔園、相如上林、賈誼鵩鳥、子淵洞簫、孟堅兩都、張衡二京、子雲甘泉、延壽靈光。原注：『文心雕龍：凡此十家，辭賦之英傑。』」

以上爲周末及兩漢之代表作家。劉勰在評論兩漢的代表作品時，指出了這些賦的風格特點，這就是序志篇所謂「選文以定篇」。

及仲宣靡密，發端必遒〔一〕；偉長博通，時逢壯采〔二〕；太沖、安仁，策勳於鴻規〔三〕；士衡、子安，底績於流制〔四〕；景純綺巧，縟理有餘〔五〕；彦伯梗概，情韻不匱〔六〕；亦魏晉之賦首也。

〔一〕三國魏志王粲傳：「王粲，字仲宣，山陽高平人也……善屬文，舉筆便成，無所改定，時人常以爲宿構。然正復精意覃思，亦不能加也。著詩賦論議垂六十篇。」

范注：「發端，唐寫本作發篇，是。嚴可均全後漢文輯粲賦有大暑、遊海、浮淮、閑邪、出婦、思友、寡婦、初征、登樓、羽獵、酒、神女、槐樹等賦，雖頗殘缺，然篇率遒短，故彥和云然。」按「發端」亦可通。詩品中評謝朓詩：「善自發詩端，而末篇多躓。」

典論論文：「王粲長於辭賦，徐幹時有齊氣，然粲之匹也。如粲之初征、登樓、槐賦、征思，幹之玄猿、漏卮、團扇、橘賦，雖張、蔡不過也，然於他文，未能稱是。」

曹丕與元城令吳質書：「仲宣獨自善於辭賦，惜其體弱，不足起其文，至於所善，古人無以過也。」

陸雲與兄平原書云：「視仲宣集述征、登樓，前即甚佳，其餘平平，不得言情處。」（陸清河集）

才略篇：「仲宣溢才，捷而能密，文多兼善，辭少瑕累，摘其詩賦，則七子之冠冕乎。」

〔二〕魏志王粲傳：「北海徐幹，字偉長。」

札記：「徐幹賦，典論所稱玄猿、漏卮、團扇、橘賦四篇，并皆不存，所存賦無一完者。惟齊都賦一篇，多見徵引，劣能窺其體勢耳。」

斠詮：「全後漢文輯徐幹賦有齊都、西征、序征、哀別、冠、團扇、車渠、椀等賦，皆殘闕太甚，而識辨辭雄，殆彥和所謂『博通』『壯采』者歟？」

曹丕與吴質書：「偉長獨懷文抱質，恬淡寡欲，有箕山之志，可謂彬彬君子者矣。」

才略篇：「徐幹以賦論標美。」

〔三〕晉書文苑左思傳：「左思，字太沖，齊國臨淄人也。……貌寢，口訥，而辭藻壯麗。……造齊都賦一年乃成。復欲賦三都……及賦成，時人未之重。思自以其作，不謝班、張，恐以人廢言，安定皇甫謐有高譽，思造而示之。謐稱善，爲其賦序。張載爲注魏都，劉逵注吴蜀。……司空張華見而嘆曰：『班張之流也。使讀之者盡而有餘，久而更新。』於是豪貴之家競相傳寫，洛陽爲之紙貴。」

晉書潘岳傳謂岳「早辟司空太尉府，舉秀才。泰始中，武帝躬耕藉田，岳作賦以善其事」。

范注：「策勳鴻規謂潘岳作藉田賦，左思作三都賦。文選藉田賦注引臧榮緒晉書曰：『泰始四年正月丁亥，世祖初藉於千畝，司空掾潘岳作藉田頌也。』注又曰：『藉田、西征咸有舊注。』是岳賦以此二篇爲最巨制，故獨有舊注。藉田尤關國家典制，彥和意即指此。」

劉師培中國中古文學史第四課：「東漢以來，詞賦雖逞麗詞，左思三都矯之，悉以徵實爲主。」

論文雜記第二十一：「及潘岳之徒爲之，藉田一賦，義典言弘，亦典、誥之遺音也。」

斠詮：「策勳，書勳勞於簡策。左氏桓公二年傳：『凡公行告於宗廟，反行飲至，舍爵策勳焉，禮也。』杜注：『既飲置爵，則書勳勞於策，言速紀有功也。』鴻規，謂偉大謀度。」

〔四〕文選文賦李注引臧榮緒晉書：「陸機字士衡，與弟雲勤學，天才綺練，當時獨絕，新聲妙句，係蹤張、蔡。」

晉書文苑成公綏傳：「成公綏字子安，東郡白馬人也。……少有俊才，詞賦甚麗。閑默自守，不求聞達。張華雅重綏，每見其文，嘆伏以爲絕倫。」文選録成公綏嘯賦。

「底」，引致。左傳昭公元年：「底祿以德。」注：「底，致也。」阮元謂經典中當「致」講的底，皆應作「底」，之爾切。尚書禹貢：「覃懷底績。」底績就是獲致成績。附會篇：「克終底績，寄深寫遠。」

范注：「案陸機文賦言文之流品制作；成公綏嘯賦言因形創聲，隨事造曲；殆彥和所謂『底績於流制』者歟？」「流制」，謂流行制作。

〔五〕晉書郭璞傳：「郭璞字景純，河東聞喜人也。……博學有高才，而訥於言論，詞賦爲中興之冠。」

世説文學篇引郭璞別傳：「璞奇博多通，文藻粲麗，其詩賦誄頌，並傳於世。」

文選江賦注引晉中興書曰：「璞以中興，王宅江外，乃著江賦，述川瀆之美。」

范注：「彥和稱景純縟理有餘，縟謂文藻粲麗，理則如江賦『忽忘夕而宵歸，詠採菱以叩舷；傲自足於一嘔，尋風波以窮年』之類。」

王金淩：「江賦一篇，述川瀆之美，舉凡岸石之嵯峨，波濤之崩駭，水物之怪奇，羽族之繁類，莫不窮極描摹，令人目不暇觀，嘆爲絶景。而此賦之所以爲綺，亦在景物造形之瓌偉與鮮麗。」

才略篇：「景純豔逸，足冠中興，郊賦既穆穆以大觀，仙詩亦飄飄而凌雲矣。」

〔六〕晉書文苑袁宏傳：「袁宏字彦伯。」札記：「袁宏賦存者亦無完篇。晉書文苑傳曰：宏有逸才，文章絶美，累遷大司馬桓温府記室。温重其文筆，專綜書記。後爲東征賦，賦末列稱過江諸名流。……從桓温北征，作北征賦，皆其文之高者。」才略篇：「袁宏發軫以高驤，故卓出而多偏。」

校注：「按本段評論賦家，皆舉其名篇而言；此二句所指，疑爲宏之北征賦。……『梗概』應與時序篇『梗概多氣』之『梗概』同，猶言慷慨也。」范注謂：「東征賦述名臣功業，皆略舉大概，故云『彦伯梗概』。」似有未安。

世説文學篇：「桓宣武命袁彦伯作北征賦，既成，公與時賢共看，咸嗟嘆之。時王珣在坐云：『恨少一字，得寫字足韻當佳。』袁即於坐攬筆益云：『感不絶於余心，泝流風而獨寫。』公謂王曰：『當今不得不以此事推袁。』」注：「晉陽秋曰：宏嘗與王珣、伏滔同侍温坐，温令滔續其賦，至『致傷於天下』，於此改韻云：此韻所云，慨深千載，今於『天下』之後，便移韻，於寫送之致，如爲未盡。滔乃云：得益寫一句或當小勝。桓公語宏：卿試思益之。宏應聲而益，王伏稱善。」即所謂「情韻不匱」也。

注訂：「此節稱十家爲英傑，仲宣以下爲賦首者，概見軒輊之分也。惟太沖、安仁雖後於延壽，實接踵揚馬，彦和立意，蓋遵時取論，用著沿革而已。至以雅贍論孟堅，宏富論平子，爲簡當之至，其餘繫語，各依其份，亦不易之言也。」

以上爲第三段，論先秦兩漢以至魏晉辭賦中的代表作家和代表作品。

原夫登高之旨，蓋覩物興情。情以物興，故義必明雅；物以情觀〔一〕，故詞必巧麗〔二〕。麗詞雅義，符采相勝〔三〕，如組織之品朱紫，畫繪之著玄黃〔四〕，文雖雜而有質，色雖糅而有本〔五〕。此立賦之大體也〔六〕。

〔一〕「登高」承上文「登高能賦」而言。「情觀」之「觀」，唐寫本作「覩」。

〔二〕典論論文：「詩賦欲麗。」

皇甫謐三都賦序：「然則賦也者，所以因物造端，敷弘體理，欲人不能加也。引而申之，故文必極美；觸類而長之，故辭必盡麗。然則美麗之文，賦之作也。」

定勢篇：「賦、頌、歌、詩，則羽儀乎清麗。」

文體明辨序說「賦」類：「情形於辭，則麗而可觀；辭合於理，則則而可法。使讀之者有興起之妙趣，有詠歌之遺音，揚雄所謂『詩人之賦麗以則』者是已。此賦之本義也。」

「義」就是内容，「義必明雅」就是説内容必須鮮明雅正。換言之，作賦時，首先要明確這篇賦的思想感情是由什麽事物引起的，而且在賦裏表現的内容應當是鮮明正確的，不應當由淫邪的事物所引起。這是就「寫志」來説的。「物以情觀，則詞必巧麗」，是就「體物」來説的。賦在描寫外物的時候，不是平板地進行描寫。賦家觀察外物，是通過情感來進行觀察的，因此他所用的文詞，必然具有感情色采，而表現得精巧華麗。

〔三〕文選左思蜀都賦：「符采彪炳，暉麗灼爍。」劉逵注：「符采，玉之横文也。」「符采」，蓋指玉之紋理光采，借指作品的感情色彩和文采。「相勝」，謂相稱。

藝概賦概：「賦，辭欲麗，迹也；義欲雅，心也。『麗辭雅義』，見文心雕龍詮賦。前此，揚雄傳云：『司馬相如作賦甚宏麗温雅。』法言云：『詩人之賦麗以則。』『則』與『雅』無異旨也。」又：「古人賦詩與後世作賦，事異而意同。意之所取，大抵有二：一以諷諫，周語『瞍賦矇誦』是也；一以言志，左傳趙孟曰『請皆賦以卒君貺，武亦以觀七子之志』，韓宣子曰『二三子請皆賦，起亦以知鄭志』是也。言志諷諫，非雅麗何以善之？」

〔四〕「組織」，絲麻之屬，分析經緯，縱横交貫，以編織成幅，曰組織。「品」指品列，亦可解作品分。札記：「『組織之品朱紫』二句，本司馬相如語意。西京雜記（卷二）載相如之詞曰：合纂組以成文，列錦繡以爲質，一經一緯，一宫一商，此賦之迹也。若賦家之心，控引天地，總攬人物，錯綜古今，此得之於内，不可得而言傳。」

「著」字，唐寫本、御覽作「差」。綴補：「差猶别也。」説亦可通。

〔五〕校證：「『雜』原作『新』，據唐寫本、御覽改。」

校注：「按作『雜』是。淮南子本經篇高注：『雜，糅也。』廣雅釋詁一：『糅，雜也。』此云雜，下云糅，文本相對爲誼；若作新，則不倫矣。」「本」，御覽、玉海、喻林八八引作「儀」。國語周語下：「儀之於民。」韋注：「儀，準也。」謂準則，法度，義亦可通。

按相如之論與彦和之文，論賦之藻采同而取義有别。彦和意謂：辭賦之體，必先具明雅之義，感物之情，有本有質，而後以巧麗之辭附之。而相如之言則謂賦内貴乎網羅宏富，其外則以經緯纂組、宫商諧叶爲極則。惟以事類之宏富與詞句之整飭爲主，而未涉及賦之本質。在劉勰看來，「雅義」是根本，麗詞是末節。無論詞藻如何華麗，都不應埋没賦之本質。這所謂「本質」，即是要有「風軌」，要起勸戒作用。

〔六〕「大體」，指對某體文章的規格要求，或者對某體的風格要求。

文體明辨序説「賦」類：「然則學古者奈何？曰：發乎情，止乎禮義。其賦古也，則於古有懷；其賦今也，則於今有感；其賦事也，則於事有觸；其賦物也，則於物有況。以樂而賦，則讀者躍然而喜；以怨而賦，則讀者愀然以吁；以怒而賦，則令人欲按劍而起；以哀而賦，則令人欲掩袂而泣。動盪乎天機，感發乎人心，而兼出於六義，然後得賦之正體，合賦之本義。」這裏是强調賦之本質，但在劉勰看來，要使「雅義」在作品中充分地體現出來，還必須具有相應的完美藝術形式，這猶如一幅織錦，一幅圖畫，材料質地雖好，如無朱紫玄黄等顔色的調配，終究不能算是藝術品。

然逐末之儔，蔑棄其本，雖讀千賦〔一〕，愈惑體要〔二〕，遂使繁華損枝〔三〕，膏腴害骨〔四〕，無貴風軌，莫益勸戒〔五〕，此揚子所以追悔於雕蟲，貽誚於霧縠者也〔六〕。

〔一〕黄注：「桓譚新論：余素好文，見子雲善爲賦，欲從之學。子雲曰：能讀千首賦，則善爲之矣。」按此見道賦篇。

西京雜記卷二：「或問揚雄爲賦，雄曰：讀千首賦乃能爲之。」

〔二〕「體要」，謂大體與綱要。荀悦漢紀後序：「於是乃作考舊，通達體要，以述漢紀。」在文心雕龍裏，「體要」有時也作「大體」或「大要」，都是一個意思。在這篇裏，「體要」就是指的「大體」。

〔三〕補注：「戰國策秦策：『木實繁者披其枝。』」

〔四〕風骨篇：「辭之待骨，如體之樹骸，若瘠義肥辭，繁雜失統，則無骨之徵也。」

〔五〕奏啓篇：「必使理有典刑，辭有風軌。」袁宏三國名臣序贊：「風軌德音，爲世作範，不可廢也。」是「風軌」猶風範。

皇甫謐三都賦序：「昔之爲文者，非苟尚辭而已，將以紐之王教，本乎勸戒也。」

論衡譴告篇：「孝武皇帝好仙，司馬長卿獻大人賦，上乃仙仙有凌雲之氣。孝成皇帝好廣宮室，揚子雲上甘泉頌，妙稱神怪，若曰非人力所能爲，鬼神力乃可成。皇帝不覺，爲之不止。長卿之賦，如言仙無實效；子雲之頌，言奢有害。孝武豈有仙仙之氣者，孝成豈有不覺之惑哉？」

〔六〕法言吾子篇：「或問：『吾子少而好賦？』曰：『然。童子雕蟲篆刻。』俄而曰：『壯夫不爲也。』或曰：『賦可以諷乎？』曰：『諷乎，諷則已。不已，吾恐不免於勸也。』或曰：『霧縠之組麗。』曰：『女工之蠹矣。』」西漢學童必習秦書八體，蟲書、刻符是其中的兩體，纖巧難工。以喻作賦繪景狀物，與雕刻蟲書、篆寫刻符相似，都是童子所習的小技。「霧縠」，言錦繡，以比文章之浮華而無實用者。

以上是説那些捨本逐末的人，蔑視而遺棄本質。他們雖然讀了上千篇的賦，對於作賦的要領（包括風格要求）越來越弄不清楚。這樣鋪陳辭采的結果，好象大量的花朵壓損了花枝；大量的肥油反而有害於骨體。在風範品德方面没有什麽可貴之處，對於勸戒也没有幫助。這樣的賦就成了雕蟲小技，没有什麽價值了。

范注：「李調元賦話云：『鄴中小賦，古意尚存。齊梁人爲之，琢句愈秀，結字愈新，而去古亦愈遠。沈休文桐賦喧密葉於鳳晨，宿高枝於鸞暮，即古變爲律之漸矣。』齊梁文人，競尚藻豔，淫辭害義，觀戒莫聞。」

第四段講作賦的規格要求和風格要求，就是序志篇所謂「敷理以舉統」。

贊曰：賦自詩出，分歧異派〔一〕。寫物圖貌，蔚似雕畫〔二〕。抑滯必揚，言曠無隘〔三〕。風歸麗則〔四〕，辭翦美稗〔五〕。

〔一〕「分歧異派」，唐寫本作「異流分派」。

紀評：「此分歧異派，非指賦與詩分，乃指京殿一段、草區一段言之，而其説仍側注小賦一邊。」

斟詮謂「異流分派」，「言賦爲六義之附庸，其體裁導源於詩，而屈偏寫志，宋宗鋪采，同源而異流，荀則兼綜詠物説理，陸賈則主博辨騁辭，一致而分派；後之詞人，順流而作，或爲京殿苑獵之長篇鉅製，或爲草區禽族之小型短品，采姿翻新，未可一概論也。」

〔二〕後漢書文苑傳：「贊曰：情志既動，篇辭爲貴。抽心呈貌，非雕非蔚。殊狀共體，同聲異氣。言觀麗則，永監淫費。」這裏講「蔚似雕畫」是專對賦而言，和「非雕非蔚」的觀點稍有區别。

藝概賦概：「戴安道畫南都賦，范宣嘆爲有益。知畫中有賦，即可知賦中宜有畫矣。」斟詮：「論其描寫景物，圖模形貌，文采鬱茂，有似雕刻繪畫之美。」

〔三〕校證：「『抑』原作『枊』，據唐寫本改。『曠』原作『庸』，唐寫本作『曠』。孫人和曰：『陸士衡文賦云：言曠者無隘。此彥和所本。』……今據改。」按文賦原文爲「言窮者無隘，論達者爲曠」。

校注：「賦主於鋪張揚厲，故曰：『抑滯必揚，言曠無隘。』」斠詮：謂作賦「言語放曠，文思自可通暢無阻」。

〔四〕法言吾子篇：「詩人之賦麗以則。」

〔五〕「荑」原作「美」。札記：「美當作荑。孟子告子上：『不如荑稗。』荑與稊通。」按唐寫本作稊。「稊」，草名，似稗，亦作稊。爾雅郭注：「稊似稗，布地生穢草。」

元祝堯古賦辨體卷三兩漢體上：「騷人之賦與詩人之賦雖異，然猶有古詩之義，辭雖麗而義可則。……詞人之賦……辭極麗而過淫傷已。詩人所賦，固以吟詠情性也；騷人所賦，有古詩之義者，亦以其發乎情也。其情不自知而形於辭，其辭不自知而合於理。情形於辭，故麗而可觀；辭合於理，故則而可法。然其麗而可觀，雖若出於辭，而實出於情；其則而可法，雖若出於理，而實出於辭。……或失之於情，尚辭而不尚意，則無興起之妙，而於則乎何有？……又或失之於辭，尚理而不尚辭，則無詠歌之遺，而於麗乎何有？……二十五篇之騷，莫非發乎情者……所以其辭也麗，其理也則。……漢興，賦家專取……騷中贍麗之辭以爲辭……若情若理，有不暇及。故其爲麗已異乎風騷之麗，而則之與淫遂判矣。……心乎古賦者，誠當祖騷而宗漢，去其所以淫，而取其所以則，則庶不失古賦之本義云。」

梁章鉅退庵論文（文學津梁本）：「王惕甫有讀賦卮言一卷，自導源至總指，凡分十六段，自序謂上下源流，考鏡得失，略仿東莞雕龍之例，蓋近人之善言賦，無有過於是書者。」

頌讚第九

范注：「讚應作贊，説見徵聖篇。」釋名釋言語：「頌，容也，叙説其成功之形容也。」又釋典藝：「稱頌成功謂之頌。」又：「稱人之美曰讚。讚，纂也，纂集其美而叙之也。」

文章流别論：「王澤流而詩作，成功臻而頌興，德勳立而銘著，嘉美終而誄集。……周禮太師掌教六詩：曰風，曰賦，曰比，曰興，曰雅，曰頌。……頌者，美盛德之形容。……後世之爲詩者多矣，其稱功德者謂之頌，其餘則總謂之詩。頌，詩之美者也。古者聖帝明王，功成治定而頌聲興。於是史録其篇，工歌其章，以奏於宗廟，告於鬼神。故頌之所美者，聖王之德也，則以爲律吕。或以頌形，或以頌聲，其細已甚，非古頌之意。」

札記：「以今考之，誦其本誼（義），『頌』爲借字，而形容頌美，又緣字後起之誼也。……是則頌之誼，廣之則籠罩成韻之文，狹之則唯取頌美功德。至於後世，二義俱行。」

校釋：「説文曰：『誦，諷也。』『頌，貌也。』誦之與頌，其義迥别。康成注詩、禮，皆以美盛德之形容者爲頌，古無以刺過之詩爲頌者。是以彦和論頌，謂『褒貶雜居，固末代之訛體』也。惟誦之爲用，止於諷誦，故其爲體，得兼美刺。家父之誦，誦之刺也，吉甫則美誦矣，其顯證也。然誦、頌二名，聲近通用，經典多有。後人多聞頌爲詩篇之異體，鮮知誦亦樂章之别稱，遂習而不察也。」

左庵文論文心雕龍頌贊篇（下）（劉申叔遺説，羅常培筆述，國文月刊一卷十期）：「贊之一體，三代時本與頌殊途，至東漢以後，界囿漸泯。考其起源，實不相謀。贊之訓詁：（一）明也；（二）助也。本義惟此而已。文之主贊明者，當推孔子作十翼以贊周易爲最古；乃知贊者，蓋將一書之旨爲之融會貫通以明之者也。及班孟堅作漢書，于志、表、紀、傳之後，綴以『贊曰』云云，皆就其前之所紀，貫串首尾，加以論斷，亦與此旨弗悖。由是以推，東漢以前，贊與頌之爲二體甚明。即就形式言，頌必有韻，而贊則可有韻亦可無韻也（漢書之贊皆無韻）。

「逮及後世，以贊爲讚美之義，遂與古訓相乖。不知漢書紀、傳所載，非盡賢哲，而孟堅篇必有贊，豈皆有褒無貶，有美無刺乎？（如吳王濞傳亦有贊）蓋總舉一篇大意，助本文而明之耳。正以見其不失古義也。

「至范蔚宗後漢書，乃以孟堅之傳爲論（無韻），而以敘傳中述某某第幾爲贊（四言有韻）。文選因名之爲述贊，別立一類。夫以漢書本文祇稱爲述者，而後漢書易名之曰贊。即此可以明兩漢與六朝區分文體之不同之點矣。

「東漢，鄭康成有尚書贊，敘尚書之源流；文亦散行，有類於後世之序。而漢碑中多有四言韻文而稱爲序者，又實即後世之所謂贊體。且古常以序贊並稱，故知贊之與序實源出一途。至如後之以贊頌相近，蓋就變體以言，非其本也。然自東漢以後，頌與贊已不甚分別矣。彥和於贊之本源，考之猶有未精，因附益之於此。」

四始之至，頌居其極〔一〕。頌者，容也，所以美盛德而述形容也〔二〕。昔帝嚳之世，咸墨爲頌，以歌九韶〔三〕。自商已下〔四〕，文理允備〔五〕。

〔一〕范注：「四始見宗經篇。鄭玄周頌譜：『頌之言容，天子之德，光被四表，格於上下，無不覆燾，無不持載，此之謂容。於是和樂興焉，頌聲乃作。』正義：『此解名之爲頌之意。頌之言容，歌成功之容狀也。』」

詩大序：「是以一國之事，繫一人之本，謂之風。言天下之事，形四方之風，謂之雅。雅者，正也，言王政之所由廢興也。政有小大，故有小雅焉，有大雅焉。頌者，美盛德之形容，以其成功告於神明者也。是謂四始，詩之至也。」鄭箋：「始者，王道興衰之所由。」正義引鄭玄答張逸云：「風也，小雅也，大雅也，頌也，此四者，人君行之則爲興，廢之則爲衰。」正義又云：「詩之至者，詩理至極，盡於此也。」

〔二〕玉海卷六十引：「頌者，容也，所以美盛德而述形容也。」下注：「朱文公曰：頌、容古字通。」左庵文論文心雕龍頌贊篇（上）（國文月刊，一卷九期）：「鄭康成以容爲包容之義，故詩譜云：『頌之言容。天子之德，光被四表，格於上下，無不覆燾，無不持載，此之謂容。』（周頌譜）與詩序不合。今案説文：『頌，貌也。』則仍當從詩序形容之義。」

周禮太師鄭注曰：「頌之言誦也，容也，誦今之德，廣以美之。」孫詒讓云：「頌、誦、容並聲近義通。」

文鏡秘府論六義：「六曰頌。王曰：『頌者，讚也，讚歎其功，謂之頌也。』」

〔三〕梅注：「咸墨，帝嚳臣。帝命咸作九韶、六列、六英。」左庵文論：「彦和以咸墨（當依唐寫本作咸黑）之頌爲最古，今考莊子謂，黄帝張樂洞庭，有焱氏作頌（見天運篇）。當又在前。又，古詩紀引有黄帝時之衮龍頌，謂見史記樂書。案史記無此文，第見於晉王嘉拾遺記，真僞尚不可定。」

吕氏春秋仲夏紀古樂篇：「帝嚳命咸黑（玉海一〇三引吕氏春秋作咸墨。）作爲聲，歌九招、六列、六英。……帝舜乃命質脩九招、六列、六英以明帝德。」畢沅校云：「招、列、英至此始見，故誘於此下注，則上乃衍文明矣。」范注：「按困學紀聞四：『帝嚳命咸黑作爲聲歌……然則九招作於帝嚳之時，舜脩而用之。』『墨』，唐寫本作黑；『韶』，唐寫本作招。是。」校注：「按作『咸黑』是。咸黑事見吕氏春秋古樂篇。古樂志亦云：『古之善歌者有咸黑。』（御覽卷五七三引）」又：「按作『招』與吕氏春秋古樂篇合……當據改。」

〔四〕校注：「『商』下唐寫本有『頌』字。按有『頌』字，語意始明。御覽、唐類函引，亦並有之。」按唐類函作「自商頌以下，文理克備。」玉海卷六十引作「自商以下」。其實商頌亦宋人歌其先祖之詩，非殷商時之作。

考異：「此言自商以下之文理允備，非專指頌而言，故下文列舉風、雅、頌各體也。唐寫本『頌』字衍。」

〔五〕商頌譜：「問：周太師何由得商頌？曰：周用六代之樂，故有之。」正義：「自夏以上，周人亦存其樂，而得無其詩者，或本自不作，或有而滅亡故也。」王應麟辭學指南「頌」類：「詩有六義，六曰頌。莊子曰：『黄帝張咸池之樂，有焱氏爲頌。』文心雕龍曰：『帝嚳之世，咸墨爲頌，以歌九韶。』商周及魯皆有頌，所以游揚德業，褒讚成功。」詔策：「建安之末，文理代興。」奏啓：「魏代名臣，文理迭興。」「文理」，謂文辭條理。

夫化偃一國謂之風〔一〕，風正四方謂之雅〔二〕，雅容告神謂之頌〔三〕。風雅序人，故事兼變正〔四〕；頌主告神，故義必純美〔五〕。

〔一〕論語顏淵：「草上之風必偃。」這是説風吹草倒，舊用以比喻教化的普及。晉書潘尼傳釋奠頌：「學猶蒔苗，化若偃草。」詩大序：「風，風也，教也；風以動之，教以化之。」

〔二〕詩大序正義：「詩人總天下之心，四方風俗，以爲己意，而詠歌王政，故作詩道説天下之事，發見四方之風，所言者乃是天子之政，施齊正於天下，故謂之雅，以其廣故也。」「風正四方」，意謂以風匡正四方。

〔三〕校證：「『雅容告神謂之頌』，原作『容告神明謂之頌』，今從唐寫本、御覽改。」斠詮：「彦和開宗明義云：『四始之至，頌居其極。頌者，容也，所以美盛德而述形容也。』又曰：『雅容告神謂之頌。』此據詩大序立説，與釋名所謂『頌，容也，序説其成功之形容也』及『稱頌成功謂之頌』如出一轍。」又：「案淵鑑類函一九九引『雅容』作『雍容』。」「雅容告神」，謂以雍雅之儀容昭告神明。

〔四〕校證：「原無『故』字，據唐寫本、御覽補。又御覽『兼』作『資』。」校注：「御覽、唐類函引，亦有兩『故』字，與唐寫本合。」詩大序：「至於王道衰，禮義廢，政教失，國異政，家殊俗，而變風變雅作矣。國史明乎得失之迹，傷人倫之廢，哀刑政之苛，吟詠情性，以風其上，達於事變而懷其舊俗者也。」「變」，指的是時世由盛變衰，政教綱紀大壞。鄭玄詩譜序：「故孔子録懿王、夷王時詩訖於陳靈公淫亂之事，謂之變風、變雅。」在國風中，邶風以下十三國風爲變風，但豳風有描寫西周初期周公東征的事；大雅中民勞以後的詩、小雅中六月以後的詩爲變雅，但其中也有贊揚美政的。馬瑞辰以爲正變以政教得失而分，而不以時間爲界。

〔五〕玉海卷六十引，此二句下注云：「流别論曰：『頌，詩之美者也。』」左庵文論：「頌之本源蓋出於詩。六義四始，頌並厠焉。詩序云：『頌者，美盛德之形容，以其成功告于神明者也。』斯其涵義，第一重美。彦和云：『風雅序人，事兼變正；頌主告神，義必純美。』是風雅可有美刺，頌則有美無刺也。其次重形容。説文：『頌，貌也。』（即形容之容字，「容」本爲包容之義，與形容之義無涉。）古代詩歌皆可入樂。樂者，兼備歌舞；故形容盛德，必舞與聲相應以方物之也。又次重告于神明。頌之最古者，推商頌五篇，其詞率皆祭祀祖宗所用。即周頌三十餘篇，非祭祀天神地祇，即爲祭宗廟之文。是知告于神明乃頌之正宗也。逮及魯頌，多美僖公，不皆祭神之詞，是頌體之漸變。兩漢以降，但美盛德，兼及品物，非必爲告神之樂章矣。」

曹學佺批：「頌亦本於風雅，故摯虞云：『雜以風雅，而不變旨趣。』」

總以上，紀評曰：「此頌之本始。」

魯以公旦次編，商以前王追録〔一〕，斯乃宗廟之正歌〔二〕，非讌饗之常詠也〔三〕。時邁一篇，周公所製〔四〕；哲人之頌，規式存焉〔五〕。

〔一〕訓故：「詩傳：成王賜魯天子之禮樂，以祀周公，故有魯頌。詩商頌玄鳥，祭祀宗廟之樂，而曰『天命玄鳥』，又曰『奄有九有』，是追叙商王之所由生，以及有天下之初也。」按此二句梅本、黄本俱作「魯國以公旦次編，商人以前王追録」。此據唐寫本及御覽改。

黄注：「詩序：商頌那，祀成湯也；烈祖，祀中宗也；玄鳥，祀高宗也；長發，大禘也；殷武，祀高宗也。皆前代祭祀宗廟之樂。」范注：「鄭玄魯頌譜：『初，成王以周公有太平制典法之勳，命魯郊祭天三望，如天子之禮（此據禮記明堂位文）；故孔子録其詩之頌，同於王者之後。』又商頌譜：『宋大夫正考父校商之名頌十二篇於周太師，以那爲首，歸以祀其先王（鄭説本魯語）。孔子録詩之時，唯得此五篇而已。』」

魯頌譜正義：「明堂位云：『武王崩，成王幼，周公踐天子之位，以治天下六年，制禮作樂，頒度量，而天下大服。七年致政於成王，以周公有勳勞於天下，命魯公世世祀周公以天子之禮。』……是成王命魯之郊天也。……由命魯得郊天，用天子禮，同於王者之後，故孔子亦録取詩之頌，同於王者之後也。王者之後而有頌者，正謂宋有商頌，解魯頌所以得與商頌同稱頌之意也。」「魯以公旦次編」意謂魯以成王賞賜天子禮樂以祀周公，故其頌駉、有駜等四篇，得緊次編列於周頌之後。

〔二〕唐寫本「正歌」作「政哥」。左庵文論：「此語義殊未備，因告於神明，括有郊祀天地社稷宗廟而言，非僅限於宗廟也。」

〔三〕校注：「『讌饗』，唐寫本作『饗讌』……按元本、弘治本、汪本、佘本、張本、兩京本……並作『饗讌』，與唐寫本合。」

校證：「『御覽、玉海『常』作『恒』。」按玉海六十於「非饗讌之恒詠也」句下注云：「商頌非以成功告神，其體異於周頌。魯頌詠僖公功德，纔如變風之美者耳，又與商頌異。」

〔四〕唐寫本「製」作「制」。國語周語上：「周文公之頌曰：『載戢干戈，載櫜弓矢，我求懿德，肆於時夏，允王保之。』」韋昭注：「文公，周公旦之謚也。頌，時邁之詩也。武王既伐紂，周公爲作此詩，巡守告祭之樂歌也。」左庵文論：「國語引時邁，謂爲周文公之頌（周語上）。彦和之言，蓋本於此。」

范注：「毛詩序曰：『時邁，巡守告祭柴望也。』正義曰：『宣十二年左傳云，昔武王克商，作頌曰「載戢干戈」，明此篇武王事也。國語稱周公之頌曰「載戢干戈」，明此詩周公作也。』」

〔五〕此二句意謂聖哲所作之頌，存有頌體之規模法式。

夫民各有心，勿壅惟口〔一〕；晉輿之稱原田〔二〕，魯民之刺裘鞸〔三〕，直言不詠〔四〕，短辭以諷，丘明、子高，並謂爲頌〔五〕，斯則野頌之變體〔六〕，浸被乎人事矣〔七〕。

〔一〕校注：「按詩大雅抑：『其維愚人，覆謂我僭，民各有心。』」國語周語上：「召公曰：是障之也。防民之口，甚於防川。……夫民慮之於心，而宣之於口，成而行之，胡可壅也？」

〔二〕訓故：「春秋左傳：晉侯次於城濮，楚師背酅而舍，晉侯患之，聽輿人之誦曰：『原田每每，舍其舊而新是謀。』」按此見僖公二十八年。杜注：「高平曰原，喻晉軍美盛，若原田之草每每然，可以謀立新功，不足念舊惠也。」「每每」，同膴膴，肥美貌。

〔三〕梅注：「呂氏春秋曰：『孔子始用於魯，魯人鷖誦之曰：麛裘而鞸，投之無戾。鞸而麛裘，投之無郵。』」「鷖」，人名也。「麛」，鹿子也，其皮以爲裘，加裼衣以朝君。「投」，棄也。「戾」、「郵」，皆罪也。按此見樂成篇。唐寫本「鞸」作「韠」。斠詮：「韠，釋名訓蔽膝；鞸，詩小雅毛傳訓容刀。字本有別，惟集韻謂『鞸』爲『韠』之或字。」

〔四〕「直言不詠」，唐本作「直不言詠」。考異：「直言與下句短辭相偶，唐寫本筆倒，誤。」

〔五〕訓故：「此子順述孔子之事，非子高也。子高，孔穿之字。」

范注：「孔叢子陳士義篇：子順曰：先君初相魯，魯人謗誦曰：『麛裘而芾，投之無戾；芾而麛裘，投之無郵。』及三年政成，化既行，民又作誦曰：『袞衣章甫，實獲我所；章甫袞衣，惠我無私。』」「並謂爲頌」原作「並諜爲誦」。校釋：「『諜』疑『謂』誤。『誦』應從唐寫本作『頌』。」

〔六〕校證：「『頌』原作『誦』，據唐寫本改。」

〔七〕唐寫本「乎」作「於」，應據改。

總以上，紀評：「此頌之漸變。」左庵文論：「『夫民各有心』至『浸被乎人事矣』。此節彥和屛誦於頌，實爲失考。案説文：『誦，諷也。』與頌義別。如所引左傳僖公二十八年：晉輿人之誦，及孔叢子載魯人謗誦孔子之詞（見陳士義篇），並皆百姓之歌謡；乃諷誦之誦，而非風、雅、頌之頌。」

斠詮直解爲「是則民間口頭之叶韻之誦語，乃頌之變體，而頌體由原本告祭宗廟之舞樂，亦漸進加諸人事矣」。

校釋：「舍人此篇，辨章頌之源流，乃舉『原田』『裘鞸』，皆謂之頌。考原田、裘鞸，本屬誦體，故美刺可用。若果是頌，則斯體之訛，不自後代矣。惟今本此文『爲頌』、『野頌』皆作『誦』字，與唐寫本異。疑後人據左傳、吕覽改舍人之文。細繹此段文章，舍人原本固是『頌』字，豈當時傳寫左傳、吕覽有作『頌』者，舍人因據以入文，又於誦、頌通用之故，有所未照？是以文意不免小疵。然『末代訛體』之論，實爲不刊之言，因爲辨正之如此。」

及三閭橘頌〔一〕，情采芬芳〔二〕，比類寓意〔三〕，又覃及細物矣〔四〕。

〔一〕梅注：「三閭，即屈原，掌王族昭、屈、景三姓，故曰三閭。」何焯批云：「橘頌乃賦也。」黄注：「離騷序：屈原與楚同姓，仕於懷王，爲三閭大夫。著九章，内一篇曰橘頌。」范注：「孟子萬章篇：『頌其詩。』頌詩，即誦詩也。故橘頌即橘誦，亦即橘賦。推之漢人所作，尚存此意。王褒洞簫頌即洞簫誦，亦即洞簫賦。馬融廣成頌即廣成誦，亦即廣成賦。蓋誦與賦二者音調雖異，而大體可通，故或稱頌，或稱賦，其實一也。」

〔二〕校證：「唐寫本『情采』作『辭采』。」斯波六郎：「作『辭采』者是。此句專謂形式。」

〔三〕楚辭集注：「舊説：屈原自比志節如橘，不可移徙是也。篇内意皆放此。」校證：「御覽『寓意』作『屬興』。」屈原用橘來自比，如「獨立不遷，豈不可喜兮。深固難徙，廓其無求兮。蘇世獨立，横而不流兮」。

〔四〕此句唐寫本作「乃覃及乎細物矣」。范注：「覃，延也。」楚辭通釋：「按李衡言『江陵有千頭木奴』，則楚之宜橘舊矣。原偶植之，因比物類志爲之頌，以自旌焉。」左庵文論：「『及三閭橘頌』至『又覃及細物矣』。此節推論頌體之漸變。頌之本源，用於容告神明；降及戰國，稱美物類者，亦可稱爲頌。議其正變，則漢書禮樂志之郊祀歌及唐山夫人安世房中歌，皆以祭神爲主，與商頌、周頌相同，實爲頌之正宗。至于屈平九章之橘頌，美及細物，乃頌之變體矣。漢魏之際，此類最多。如菊花頌等篇，與三代之頌殊途，然亦頌之一體。蓋雖非述德告神，而與『美』之旨弗悖焉。三代之時，賦頌二體，皆詩之附庸；自兹而後，蔚爲大國。漢魏之四言詩雖與頌相近，而於文體中稱頌不稱爲詩；其區分蓋皆起於三代後也。」

至於秦政刻文，爰頌其德〔一〕；漢之惠景〔二〕，亦有述容〔三〕；沿世並作，相繼於時矣〔四〕。

〔一〕唐寫本「於」作「乎」。玉海卷六十引此文，注云：「見史記。」黄注：「史記：秦始皇者名政，東行郡縣，上鄒嶧山，立石，與魯諸儒生議刻石，頌秦德。」札記：「史記載泰山、琅琊臺、之罘、東觀、碣石、會稽刻石文凡六篇：獨不載鄒嶧山刻石文。案秦刻石文多三句用韻，其後唐元結作大唐中興頌，而三韻輒易，清音淵淵，如出金石，説者以爲創體，而不知遠效秦文也。」范注引嚴可均全秦文曰：「案秦刻石三句爲韻，唯琅琊臺二句爲韻，皆李斯之辭。」史記秦始皇本紀：「二十八年，始皇東行郡縣，上鄒嶧山。立石，與魯諸儒生議刻石頌秦德，議封禪望祭山川之事。乃遂上泰山，立石，封，祠祀。下，風雨暴至，休於樹下，因封其樹爲五大夫。禪梁父。刻所立石。……於是乃並勃海以東，過黄、腄，窮成山，登之罘，立石頌秦德焉而去。南登琅琊，大樂之，留三月。乃徙黔首三萬户琅琊臺下。復十二歲，作琅琊臺，立石刻，頌秦德，明得意。」又：「三十四年……始皇置酒咸陽宮，博士七十人前爲壽。僕射周青臣進頌。」又：「三十七年十月癸丑，始皇出游。……上會稽，祭大禹，望於南海，而立石刻頌秦德。」

論衡須頌篇：「秦始皇東南游，升會稽山，李斯刻石，紀頌帝德，至琅琊亦然。秦無道之國，刻石文世，觀讀之者，見堯舜之美。由此言之，須頌明矣。」

左庵文論：「秦之刻石，與三代之頌不同。頌之音節雖無可考，然三代之詩皆可入樂，頌爲詩之一體，必可被之管弦。秦刻石則恐皆不能譜入樂章。故三代而後，頌與詩分，此其大變遷也。」

〔二〕玉海卷六十引本文于本句下注云：「李思孝景帝頌十五篇。」

〔三〕范注：「漢書藝文志有李思孝景皇帝頌十五篇。案彦和之意，以孝惠短祚，景帝崇黄老，不喜文學；然郊祀志（按應爲禮樂志）尚稱：『孝惠二年，使樂府令夏侯寬，備其簫管，更名曰安世樂，高廟奏武德文始五行之舞……孝景采武德舞以爲昭德，以尊太宗廟。』故云亦有述容也。」安世樂、昭德舞，是惠帝、景帝繼述高祖的音樂而成的樂舞，所以稱「述容」。斠詮：「『亦有述容』云者，正指此頌樂之舞容而言。」

〔四〕漢書淮南王安傳：「時武帝方好藝文，以安屬爲諸父，辯博善爲文辭……又獻頌德及長安都國頌，每宴見，談説得失，及方技賦頌，昏莫然後罷。」

總以上，紀評：「此頌體之初成。」

若夫子雲之表充國〔一〕，孟堅之序戴侯〔二〕，武仲之美顯宗〔三〕，史岑之述熹后〔四〕，或擬清廟〔五〕，或範駉那〔六〕，雖淺深不同〔七〕，詳略各異，其褒德顯容，典章一也〔八〕。

〔一〕玉海卷六十於本句下注云：「見漢書。」文章流别論：「揚雄趙充國頌，頌而似雅。」黃注：「趙充國傳：充國字翁孫，功德與霍光等，列畫未央宮。成帝時，西羌嘗有警，上思將帥之臣，追美充國，迺召黃門郎揚雄即充國圖畫而頌之。」按趙充國頌見漢書趙充國傳、文選卷四十七。

左庵文論：「揚雄趙充國頌將充國一生戰功皆括於内，最爲切題。蓋作頌以根據事實爲主，不宜流於浮泛。如其人功德行事有足稱述，則爲之作頌，應將其實在之美德或事實之源委確切寫出之；若徒作空泛之語，美則美矣，而於形容之義何關乎？」

〔二〕玉海卷六十於本句下注云：「竇融。」黃注：「後漢書：竇融，字周公，光武八年，與大軍會高平，封安豐侯，卒謚戴。文章流别有班固安豐戴侯頌。」文今佚。文章流别論：「昔班固爲安豐戴侯頌，史岑爲出師頌、和熹鄧后頌，與魯頌體意相類，而文辭之異，古今之變也。揚雄趙充國頌，頌而似雅。」

〔三〕武仲，傅毅字。玉海卷六十於本句下注云：「傅毅作顯宗頌十篇。顯宗，東漢明帝廟號。」訓故：「後漢書：傅毅與班固、賈逵典校秘書，毅追美孝明帝功德最盛，而廟頌未立，乃依清廟作顯宗頌十篇。」按此見傅毅傳。

札記：「武仲之美顯宗並有上頌表，見文選責躬詩注，而文皆佚。」范注：「文佚。嚴可均全後漢文輯得兩條。」文章流別論：「傅毅顯宗頌，文與周頌相似，而雜以風雅之意。」

〔四〕校證：「『熹』……唐寫本作『燕』，即『熹』形誤。」玉海卷六十於此句下注云：「流別集及集林載史岑和熹鄧后頌并序。」

訓故：「後漢書：初，王莽末，沛國史岑子孝亦以文章顯，莽以爲謁者。注云：岑一字孝山，著出師頌。後漢書：平望侯劉毅以和熹鄧太后有德教，請令史官著長樂宮聖德頌。文章流別有和熹鄧皇后頌并序。」

黄注：「文選注：范曄後漢書曰：王莽末，沛國史岑字孝山，以文顯。文章志七志並載岑出師頌，而集林又載岑和熹鄧后頌。計莽末以訖和熹，百有餘年。又東觀漢記：東平王蒼上光武中興頌，明帝問校書郎：『此與誰等？』對曰：『前世史岑之比。』斯則莽末史岑，明帝時已云前世，不得爲和熹之頌明矣。蓋有二史岑：字子孝者，仕王莽；字孝山者，當和熹。書典散亡，未詳爵里，諸家遂以孝山之文載於子孝之集。」

札記：「此史岑，字孝山，在和帝時，與王莽時謁者史岑字子孝者爲二人，見文選出師頌注。和熹頌今亦佚。」

左庵文論：「傅毅明帝頌，史岑和熹頌，俱見全後漢文。」

文選出師頌李善注：「史岑有二：字子孝者，仕王莽之末；字孝山者，當和熹之際。」李周翰

注：「此頌蓋後漢安帝舅鄧隲出征西羌之頌。」和熹鄧后，東漢和帝的皇后。和帝死後，子殤帝立，鄧后臨朝。殤帝死，安帝立，后仍臨朝。后死後，安帝始親政。和熹是鄧后謚號。後漢書和熹鄧皇后紀：「元初五年，平望侯劉毅以太后（即熹后）多德政，欲令早有注記，上書安帝曰……宜令史官著長樂宮注、聖德頌，以敷宣景燿，勒勳金石……帝從之。」

〔五〕范注：「周頌清廟一章，章八句。……無韻。王國維觀堂集林説周頌篇謂頌之聲較風雅爲緩，故風雅有韻而頌多無韻。」

〔六〕范注：「魯頌駉四章，章八句。」「商頌那一章，二十二句。」清廟，周頌之首篇。序云：「祀文王也。周公既成洛邑，朝諸侯，率以祀文王焉。」「駉」，魯頌之首篇，序謂「頌僖公也」。「那」，商頌之首篇，序謂「祀成湯也」。文體明辨序説：「若商之那，周之清廟諸什，皆以告神，乃頌之正體也。至于魯頌駉、閟等篇，則用以頌僖公，而頌之體變矣。後世所作，皆變體也。其詞或用散文，或用韻語。」傅毅的頌摹仿清廟，揚雄的頌當是摹仿那，從贊美漢宣帝聯繫到贊美趙充國。

〔七〕校證：「唐寫本、王惟儉本、御覽『淺深』作『深淺』。」校注：「『淺深』，唐寫本作『深淺』，御覽引同。按元本、弘治本、活字本、汪本、佘本、張本、兩京本……崇文本並作『深淺』，未倒。」

〔八〕斠詮直解爲「褒美功德，顯揚儀容，同爲一代之典禮文章，無二致也」。按本篇上文謂「頌所以美盛德而述形容也」。

至於班、傅之北征西征，變爲序引〔一〕，豈不褒過而謬體哉〔二〕！馬融之廣成上林，雅而似賦〔三〕，何弄文而失質乎〔四〕！

〔一〕校證：「『西征』原作『西逝』，梅、馮疑『逝』作『巡』，黄本改『巡』。唐寫本作『西征』，今據改。傅毅有西征頌，見御覽三五一引。」

校釋：「『西巡』原作『西逝』，朱校改。按傅毅有西征頌，當作『征』。」

玉海卷六十引「西征」作「西逝」，又於「變爲序引」下注云：「班固、傅毅竇將車北征頌，又班固東巡、南巡頌。」黄注：「後漢書：竇憲遷大將軍，以傅毅爲司馬，班固爲中護軍，憲府文章之盛，冠於當世。毅所著詩、賦、誄、頌諸作，凡二十八篇。固所著賦、銘、誄、頌諸作，凡四十一篇。」

札記：「班有竇將軍北征頌、東巡頌、南巡頌，傅有竇將軍北征頌、西征頌。班之北征頌在古文苑。」斠詮：「序、引，皆文體名。論説篇云：『序者次事，引者胤辭。』」

〔二〕唐寫本「過」作「通」，誤。左庵文論：「『西巡』或作『西逝』，誤。藝文類聚引有傅毅西巡、北巡、東巡諸頌。後漢書有班固之勒石燕然山銘（見竇憲傳），即北征頌也（按古文苑十二、藝文類聚九十六均引有班固車騎將軍竇北征頌）。此二篇之作法相同；序文較長而有韻；頌僅數語；事實皆叙於序中。（北征頌用「兮」調僅寥寥五句而已，而序中叙竇憲之事實甚詳。西巡頌序文與典引相近，頌亦甚短。）故彦和以爲非頌之正體。然後世亦頗不乏祖述之者，陸士龍、鮑明遠皆有此體，是序長頌短之篇，於六朝時亦正多也。」「褒過」，褒美過實。周振甫文心雕龍注釋（以下簡稱「周注」）：「車騎將軍竇北征頌，先寫車騎將軍竇憲才幹德行，次寫他統率將士北征，再寫他的破敵制勝，再寫他的功蹟。劉勰認爲頌的體例在於歌頌功德，不宜鋪叙事實，變爲序引，褒美過分而不合於體例。」

〔三〕玉海引於本句下注云：「見本傳。」馮舒校云：「『上林』疑作『東巡』。」斯波六郎：「玉燭寶典三有馬融上林頌之殘句。」校注：「按舍人此評，本文章流别論。既沿用仲治之語，想必得見季長之文。玉燭寶典三引馬融上林頌曰：『鶉鴿如烟。』是季長此頌，隋世尚存，故杜氏得徵引之也。何能因其頌文久佚，而遽疑作東巡耶！」訓故：「廣成，苑名。」「馬融」，東漢前期經學家、文學家。有集九卷，已亡佚。張溥輯漢魏六朝百三名家集中有馬季長集一卷。嚴可均輯全後漢文輯其文爲一卷。

後漢書馬融傳：「（融）爲校書郎中，詣東觀典校秘書。是時鄧太后臨朝，隲兄弟輔政。而俗儒世士，以爲文德可興，武功宜廢，遂寢蒐狩之禮，息戰陳之法，故猾賊從横，乘此無備。融乃感激，以爲文武之道，聖賢不墜，五才之用，無或可廢。元初二年，上廣成頌以諷諫。其辭曰云云。頌奏，忤鄧氏，滯於東觀，十年不得調。因兄子喪，自劾歸。太后聞之怒，謂融羞薄詔除，欲仕州郡，遂令禁錮之。太后崩，安帝親政，召還郎署，復在講部。出爲河間王厩長史。時車駕東巡岱宗，融上東巡頌，帝奇其文，召拜郎中。」

札記：「廣成頌見後漢書本傳。上林無可考，黄注謂上林疑作東巡。案全後漢文十八有東巡頌佚文，其體頗與廣成相類。」

左庵文論：「『廣成』之下，疑脱二字，或當作『體擬上林』。觀下文云『敷寫似賦，而不入華侈之區』，則此或謂廣成頌摹擬上林，非體之正也。頌文見後漢書融本傳。前有序文，與司馬相如、揚雄之上林、羽獵無殊；又，句不限於四言，三言與五言雜出，直爲賦體。案彦和以爲賦、頌本爲二體，不能相謀；故廣成之類，實非其正。然東漢之時，賦、頌不甚區分；如馬融長笛賦稱爲『頌曰』，是直與長笛頌相同，亦足徵二體之混淆矣。」范注：「郝懿行曰：『案黄注上林疑作東巡，從馬融傳也。然摯虞文章流别作廣成、上林，是必舊有其篇，不見於本傳而後亡之耳。』案藝文類聚引典論逸文，亦稱融撰上林頌，是融確有此文矣。」

校證：「漢志詩賦略荀賦類有李思孝景皇帝頌。文選潘安仁藉田賦注引臧榮緒晉書作藉田頌，此並賦、頌通稱之證。何、吴並云：『北征、廣成，雖標頌名，其實賦也。漢書王褒傳亦謂洞簫爲頌，並沿橘頌之名。何以致譏？』」

校釋：「馬融廣成名頌而實賦者。何焯云：『古人賦頌，通爲一名。馬融廣成所言者田獵，然何嘗不題曰頌？揚之羽獵亦有「遂作頌曰」之文。』按融作長笛賦，序曰：『追摹子淵、枚乘、劉伯康、傅武仲等簫、琴、笙頌，笛獨無，故聊復備數，作長笛頌云。』子淵洞簫賦，漢書謂之頌。漢志賦家亦有李思孝景皇帝頌十五篇，蓋不僅賦、頌可通爲一名，實亦成於敷布，又皆爲不歌而誦之體也。上林舊校疑作東巡，據融傳，無上林也。然摯虞文章流别亦謂：『廣成、上林，純爲今賦之體，而謂之頌。』則似果有上林頌者。藝文類聚一百引典論曰：『議郎馬融，以永興中，帝獵廣成，融從，是時北州遭水潦蝗蟲，撰上林頌以諷。』今檢廣成頌序，有『雖尚頗有蝗蟲』之言，又似上林即廣成。舊文闕佚，疑不能明，姑記於此，以俟詳考。」似賦，則就中段而言。」王金凌：「此頌有一段序文，旨在勸蒐狩以興武。中段從『是以大漢之初基也』至『胥而來同』，叙述蒐狩的過程，鋪張揚厲，純爲漢賦筆調。劉勰稱雅，是就此頌命意純正而言；譏其似賦，則就中段而言。」

〔四〕本書議對篇：「若不達政體，而舞筆弄文……固爲事實所擯；設得其理，亦爲遊辭所埋矣。」王金凌：「頌須要文，但不是華侈、巧麗的文。而廣成頌中段卻全爲賦體，流於巧麗，所以劉勰稱其弄文失質。」

又崔瑗文學，蔡邕樊渠〔一〕，並致美於序〔二〕，而簡約乎篇〔三〕。摯虞品藻，頗爲精覈，至云「雜以風雅」，而不變旨趣〔四〕；徒張虛論，有似黄白之僞説矣〔五〕。

〔一〕玉海卷六十引於本句下注云：「瑗南陽文學頌，蔡邕京兆樊惠渠頌，並見藝文類聚，後漢郡國志引蔡邕作樊陵頌。」訓故：「後漢書：蔡邕，字伯喈，陳留圉人，歷官議郎。京兆尹樊德雲開渠利民，蔡作樊惠渠頌。」

按瑗爲崔駰之子。後漢書崔瑗傳：「瑗高於文辭，尤善爲書、記、箴、銘，所著賦、碑、銘、箴、頌、七蘇、南陽文學官志、嘆辭、移社文、悔祈、草書埶、七言，凡五十七篇。其南陽文學官志稱於後世，諸能爲文者皆自以弗及。」

札記：「案南陽文學頌見全後漢文四十五，蓋南陽文學官志之頌也。」

蔡邕京兆樊惠渠頌序云：「陽陵縣東……土氣辛螫，嘉穀不植……而涇水長流。……京兆尹樊君諱陵，字德雲……遂……樹柱累石，委薪積土，基跂工堅……清流浸潤……曩之鹵田，化爲甘壤……農民熙怡，悦豫且康。……謂之樊惠渠云爾。」

左庵文論：「崔瑗南陽文學頌，蔡邕樊惠渠頌，並見全文。彦和以此二篇别爲一節，與班、傅之北征西巡分别言之者，緣彼二篇序亦有韻，此二篇序無韻，頌亦較長，惟序文終較頌爲長耳。推舍人之意，以爲頌之正文既以叙事爲主，序文仍叙事，則有疊床架屋之弊。故序不宜『致美』，而以趙充國頌等篇爲正也。」

〔二〕「致美」，表達贊美之意，如京兆樊惠渠頌序首述農田水利之重要，並謂京兆尹樊陵命伍瓊開掘樊惠渠，使鹵地化爲良田，受到人民歌頌。王應麟辭學指南「頌」類：「宋書曰：鮑照爲河清頌，其序甚工，頌詩有序，亦不可略也。」

〔三〕「而簡約乎篇」以上，紀評：「此後世通行之格。」

〔四〕摯虞文章流別論云：「昔班固爲安豐戴侯頌，史岑爲出師頌、和熹鄧后頌，與魯頌體意相類，而文辭之異，古今之變也。揚雄趙充國頌，頌而似雅，傅毅顯宗頌，文與周頌相似，而雜以風雅之意。若馬融廣成、上林之屬，純爲今賦之體，而謂之頌，失之遠矣。」札記：「案仲治論頌，多爲彦和所取，然於頌之源流變體，有所未盡。」斠詮：「唯其如此，故彦和於叙及其『雜以風雅』之語後，而有『不辨旨趣』之譏也。」又：「彦和此節論摯虞文章流別論之品藻，雖頗精覈，但……以爲其語過於空洞，並未説明頌與風雅之旨趣究竟有何不同，使讀者難於瞭解其指歸所在，故於『至云雜以風雅』句後，即緊接此斷案曰：『而不辨旨趣。』則其所謂『不辨』云者，自指摯虞之評語但言其然而未申述其所以然而言。若作『變』，則係轉爲揚傅二家之頌有所辯護，無論於語氣辭意，俱嫌脱節，故以改從唐寫本爲勝。」唐寫本「變」作「辨」，按作「辨」字是。

〔五〕吕氏春秋別類篇：「相劍者曰：『白所以爲堅也，黄所以爲牣也。黄白雜，則堅且牣，良劍也。』難者曰：『白所以爲不牣也，黄所以爲不堅也。黄白雜，則不堅且不牣也，又柔則錈，堅且折，劍折且錈，焉得爲利劍！』」

注訂：「牣則虧堅，堅則失牣，黄自黄，白自白，不可混雜。堅不可以爲牣，牣不可以爲堅也。猶賦即賦，頌即頌，頌之變近於賦者，則非賦非頌，體亂則名不正矣。名不正則失義爲多，故彦和之述頌，蓋欲正其名也矣。」

及魏晉雜頌〔一〕，鮮有出轍。陳思所綴，以皇子爲標〔二〕；陸機積篇，惟功臣最顯〔三〕；其褒貶雜居，固末代之訛體也〔四〕。

〔一〕校證：「『雜』原作『辨』，據唐寫本改。」范注：「辨，唐寫本作『雜』，是。」斠詮：「『雜頌』隱指下文『陳思所綴』，『陸機積篇』爲説。」

〔二〕玉海卷六十引作「以皇太子爲標」，下注云：「皇子生頌見初學記，皇太子頌見類聚。」札記：「文見全三國文卷十七。」范注引陳思王皇太子生頌，謂見藝文類聚四十五。按「綴」謂綴文，連綴辭句以成文也。「標」指標舉，突出。

〔三〕玉海卷六十引句下注云：「見文選。」黄注：「陸機集有漢高祖功臣頌。」陸雲與兄平原書：「漢功臣頌甚美。」梅注：「漢高祖功臣三十一人。」「積篇」，謂多篇。漢高祖功臣頌，對漢高祖及其功臣主要是褒，但亦有貶，如稱彭越爲「謀之不臧，捨福取禍」，稱韓王信爲「人之貪禍，寧爲亂亡」。即爲「褒貶雜居」。

〔四〕左庵文論：「『其褒貶雜居』二句，此專就陸士衡漢高祖功臣頌而言，與陳思王皇子生頌無涉。

「總上彦和之意，以爲頌之體式所宜注意者有三：一、序不可長；二、與賦不同，應分其體；三、義主頌揚，有美無刺。」

「末代」，亦稱末世，衰亂之世。文心雕龍兩用「末代」（另一次見書記篇），均指魏晉時期。

以上爲第一段，論頌之意義、起源及頌體代表作家作品。

原夫頌惟典懿〔一〕，辭必清鑠〔二〕，敷寫似賦，而不入華侈之區〔三〕；敬慎如銘，而異乎規戒之域〔四〕；揄揚以發藻〔五〕，汪洋以樹義〔六〕，雖纖曲巧致〔七〕，與情而變〔八〕，其大體所底〔九〕，如斯而已。

〔一〕校證：「『典懿』原作『典雅』，謝校、徐校作『典懿』。案唐寫本、御覽正作『典懿』，今從之。」按「雅」亦通。

〔二〕詩周頌酌：「於鑠王師，遵養時晦。」毛傳：「鑠，美。」定勢篇：「賦頌歌詩，則羽儀乎清麗。」王金凌：「鑠是光采、光耀。……頌須清鑠，這是在麗的基礎上，配合褒德顯容而表現其光采。」

〔三〕左庵文論：「『頌惟典雅』至『而不入華侈之區』。頌主告神美德，與賦之『鋪采』『體物』者有殊。故文必典重簡約，應用經誥以致其雅。在賦如摛寫八句，在頌則四語盡意。蓋賦放頌斂，體自各別也。」「賦」主要是鋪陳事物，有所贊美，一般也是表現在「體物」之中。「頌」則是直截了當地對人、事進行謳歌，若有所描繪，也是爲頌德所需。

〔四〕三國志魏書武宣卞皇后傳注引魏略曰：「（卞）蘭獻賦贊述太子（曹丕）德美，太子報曰：『賦者，言事類之所附也；頌者，美盛德之形容也。故作者不虛其辭，受者必當其實。』」

〔四〕左庵文論：「三代之銘，分爲二體：一主儆戒，略近於箴；一主頌美，與頌爲伍。皆銘刻於器。前者如湯之盤銘及大戴禮武王踐阼篇之銘十七章；後者如孔悝鼎銘是也。彦和此所謂銘，專指近於箴之一體而言，故謂頌應『敬慎如銘，而異乎規戒之域』，不知銘中尚有頌美之一體。此句若易銘爲箴，則義無不安；以箴銘之作俱宜簡斂，而箴則惟有規戒之義，無頌美之義也。」

陸機文賦：「頌優游以彬蔚。」李善注：「頌以褒述功德，以辭爲主，故優游彬蔚。」吕向注：「優游，縱逸。彬蔚，華盛貌。」劉文典曰：「優游由雍容轉來，頌陳之大堂之上，故須態度雍容。」黄叔琳評：「陸士衡云：誦優游以彬蔚，不及此之切合頌體。」札記：「按彦和此文『敷寫似賦』二句，即彬蔚之説；『敬慎如銘』二句，即優游之説。」

這是説頌的特徵在鋪張描寫上有似於賦，但不像賦那樣的華麗誇張；在寫頌的態度上，敬慎有似於銘，但不像銘那樣的含有規戒之意。

札記：「又或變其名而實同頌體，則有若贊，有若祭文，有若銘，有若箴，有若誄，有若碑文，有若封禪，其實皆與頌相類似。」文鏡秘府論論體勢引此作：「頌者敷陳似賦，而不華侈；恭慎如銘，而異規箴。」

〔五〕班固兩都賦序：「雍容揄揚。」李善注：「揄，引也；揚，舉也。」「引舉」即稱揚之意。曹植與楊德祖書：「辭賦小道，固未足以揄揚大義，彰示來世也。」

〔六〕劉孝威重光詩：「風神灑落，容止汪洋。」「汪洋」用來形容深廣，常指人的氣度或文章氣勢。柳宗元宣城縣開國伯柳公行狀：「凡爲文，去藻飾之華靡，汪洋自肆，以適己爲用。」唐寫本「義」作「儀」。

文鏡秘府論論文體六事，其一云：「夫模範經誥，褒述功業，淵乎不測，洋哉有閑，博雅之裁也。稱博雅則頌論爲其標。頌明功業，論陳名理，體貴於弘，故事宜博；理歸於正，故言必雅也。」文選序：「頌者，所以游揚德業，褒讚成功。」

〔七〕校釋：「唐寫本作『雖纖巧曲致』，是。」校注：「諧隱篇『纖巧以弄思』，正以『纖巧』連文；神思篇『文外曲致』，亦以『曲致』爲言。」斠詮：「案仍從今本爲勝。蓋『纖曲』與『巧致』上下對文，二者皆狀名短語，而非並列複詞，如此始可與下句『與情而變』相貫串，否則便難於索解矣。佩文韻府卷六十三、四『寘』三『巧致』條引與今本同。」又：「纖曲巧致，此四字與神思篇所謂『思表纖旨，文外曲致』二語之用詞大同小異。『纖曲』一詞亦見宗經篇『禮以立體，據事制範，章條纖曲』。唯彼此用法不同。彼作並列複詞，此則爲狀名短語，不可不辨。所謂『纖曲』，謂纖微之衷曲，有『微意』之義。……『巧致』，謂巧妙之意致，猶言『妙恉』。」

〔八〕唐寫本「與」作「興」。

校證：「明詩篇『情變之數可監』……隱秀篇『文情之變深矣』……是『情變』一詞，本書習見，此文亦以『情變』爲言，非以『興情』連文也。」

〔九〕校注：「『底』唐寫本作『弘』，御覽引同。按『弘』字是，『弘』與『宏』通，『底』蓋『宏』之形誤。通變篇『宜宏大體』，語意與此同，可證。」校證：「案『弘』讀如序志篇『弘之已精』之『弘』，亦通。」按「底」通「抵」，到也。

王應麟辭學指南引西山先生（真德秀）曰：「贊頌皆韻語，體式類相似。贊者贊美之辭，頌者形容功德。然頌比於贊，尤貴贍麗宏肆（夾注：須鋪張揚麗，以典雅豐縟爲貴）。」吴訥文章辨體序説：「西山云：贊頌體式相似，貴乎贍麗宏肆，而有雍容、俯仰、頓挫、起伏之態，乃爲佳作。」陳繹曾文説：「頌宜典雅和粹。」

左庵文論：「頌之作法：第一，應有雅音，常手爲文，音節類不能和雅；試取東漢蔡伯喈所作，與常文相較，即可辨其高下之所在。第二，頌雖主形容，但不可死於句下；應以從容揄揚，涵蓄有致爲佳。第三，頌文以典雅爲主，不貴艱深；應屏退雜書，惟鎔式經誥。現漢人所傳之頌，皆文從字順，自然而工；正不賴僻典詁字，以致奥遠（頌中若如法言、典引及賦之用字，即爲詭體），可以知已。

「後世之頌，大抵摹擬陸士衡漢高祖功臣頌者爲多。斯篇文固細密，作法亦中準繩。惟取格宜高，以此爲法，恐易流於板滯。（後世之頌，即使體裁去古未遠，然決不能如古人之簡約，以乏疏朗之致，而有塗附之弊也。）今欲作頌，姑捨周頌、商頌以去高遠；其切而近者，自應以陸士衡功臣頌爲式，而參以漢人之疏朗，以矯其板滯，再求音節和雅，即可得其體要矣。」

以上爲第二段，論頌的寫作要領及其風格特點。

讚者，明也，助也〔一〕。昔虞舜之祀，樂正重讚〔二〕，蓋唱發之辭也〔三〕。

〔一〕范注：「譚獻校云：『案御覽有助也二字，黄本從之，似不必有。』案譚説非。唐寫本亦有『助也』二字。」

校證：「下文『並颺言以明事，嗟歎以助辭』，即承此『明也，助也』爲説。」

札記：「彦和兼舉明、助二義，至爲賅備。詳讚字見經，始於臯陶謨。鄭君注曰：『明也。』蓋義有未明，賴讚以明之。故孔子讚易，而鄭君復作易贊，由先有易而後讚有所施，書贊亦同此例。至班孟堅漢書贊，亦由紀傳意有未明，作此以彰顯之，善惡並施。故贊非贊美之意。而後史或全不用贊，或其人非善，則亦不贊。此緣以贊爲美，故歧誤至斯。史贊之外，若夏侯孝若東方朔畫贊，則贊爲畫施；郭景純山海經、爾雅圖讚，則贊爲圖起，此贊有所附者，專以助爲義者也。」

明陳懋仁文章緣起注「讚」類襲此文云：「讚者明事，而嗟歎以助辭也。」

〔二〕玉海卷六十引「讚」作「贊」，其下注云：「尚書大傳。」

尚書大傳：「舜爲賓客，而禹爲主人。樂正進贊曰：『尚考大室之義，唐爲虞賓，至今衍於四海；成禹之變，垂於萬世之後。』於時，卿雲聚，俊士集，百工相和而歌卿雲。」鄭注：「舜既使禹攝天子之事，於祭祀避之賓客之位……樂正，樂官之長，周禮曰大司樂。」王通中說禮樂篇：「薛收曰：『贊其非古乎？』子曰：『唐虞之際，斯爲盛大，禹臯陶所以順天休命也。』」左庵文論：「『樂正重讚』見尚書大傳。此爲贊字見於古書之最早者。當爲贊禮之贊，有助字之義，猶言相禮也。彥和以爲『唱發之辭』，恐不盡然。」斠詮：「樂正重贊，御覽五七一……引尚書大傳作『樂正道贊』，文選王元長曲水詩序引尚書大傳作『樂正進贊』，惟路史後紀十二叙舜咨禹而巽位下云云作『樂人重贊』。按從尚書大傳作『樂正進贊』，義最可通。」

〔三〕唐寫本「辭」作「詞」。唱發之辭，指歌唱之前所作發引之辭。

及益讚於禹〔一〕，伊陟讚於巫咸〔二〕，並颺言以明事〔三〕，嗟嘆以助辭也〔四〕。故漢置鴻臚，以唱言爲讚〔五〕，即古之遺語也〔六〕。

〔一〕唐寫本「讚」作「贊」。梅注：「書大禹謨：益贊於禹曰：惟德動天，無遠弗屆。滿招損，謙受益。時乃天道。」傳：「贊，佐；屆，至也。益以此義佐禹，欲其修德致遠。」益也稱伯益，舜時東夷部落的首領。相傳助禹治水有功，禹要讓位於益，益避居箕山之北。

〔二〕梅注：「史記：伊陟贊言於巫咸，巫咸治王家有成，作咸乂。」按史記殷本紀：「帝太戊立伊陟爲相。……伊陟贊言於巫咸，巫咸治王家有成，作咸艾，作太戊。」范本夾注：「孫云：唐寫本兩『讚』字皆作『贊』。」校證：「按作『贊』是。」玉海卷六十二引作「贊」，於句下注云：「尚書。」

范注：「周禮州長、充人、大行人，注皆云『贊，助也』。易説卦傳『幽贊於神明』，書臯陶謨『思曰贊，贊襄哉』，韓注、孔傳皆曰『明也』。書序：『伊陟贊於巫咸，作咸乂四篇。』」按此指咸乂序。孔傳：「伊陟，伊尹子。贊，告也。巫咸，臣名。」

左庵文論：「益讚於禹，伊陟贊於巫咸。此仍當爲助字之義。彦和下云『嗟嘆以助辭』，亦似誤會贊有贊歎之義。蓋惑於當時之詁訓，其實本義不如是也。」

〔三〕比興篇：「且何謂爲比？蓋寫物以附意，颺言以切事者也。」時序篇：「颺言贊時，請寄明哲。」「颺」，「揚」的異體字。按史記封禪書：「伊陟贊巫咸，巫咸之興自此始。」索隱：「案尚書，巫咸，殷臣名，伊陟贊告巫咸。」

尚書益稷：「臯陶拜手稽首颺言。」傳：「大言而疾曰颺。」校證：「事物紀原、事物原始『颺』作『揚』。」

〔四〕唐寫本「也」字無。「嗟歎」，禮記樂記：「長言之不足，故嗟歎之。」毛詩序：「言之不足故嗟嘆之，嗟嘆之不足故永歌之。」

〔五〕校證：「『言』原作『拜』，今從顧校作『言』。」按「拜」亦通，無煩改字。訓故：「漢書注：胡廣曰：鴻，聲也；臚，傳也。所以傳聲贊導九賓也。」漢書百官公卿表：「典客，秦官……武帝太初元年更名大鴻臚。」應劭注曰：「郊廟行禮，讚九賓，鴻聲臚傳之也。」斠詮：「『唱拜』猶言『贊拜』，古者臣下朝拜天子，相者從旁習禮也。」後漢書何熙傳：『贊拜殿中，音動左右。』」左庵文論：「此亦助字之義。」宋高承事物紀原集類「贊」：「文心曰：『昔虞舜重贊，及益贊於禹，伊陟贊於巫咸，並揚言以明事，嗟嘆以助辭。故漢置鴻臚，唱拜爲贊。』」考異：「以唱名引拜於殿上以謁君爲職，故云唱拜。」明王三聘古今事物考文事讚類：「文心曰：『昔舜禹重贊，及益贊於禹，伊陟贊於巫咸。……故漢置鴻臚，唱拜爲贊。』如相如贊荆軻，班固之褒貶以贊，蓋取益贊於禹之義。要自相如贊荆軻始。」

〔六〕古之遺語，指古代留傳下來口頭上講的贊語。

至相如屬筆，始讚荆軻〔一〕。及遷史固書，託讚褒貶〔二〕。約文以總録，頌體以論辭〔三〕；又紀傳後評〔四〕，亦同其名〔五〕。而仲治流别〔六〕，謬稱爲述，失之遠矣〔七〕。

〔一〕玉海於本句下注：「文章緣起。」校證：「御覽、玉海『筆』作『詞』。」

黄注：「司馬相如荆軻贊，世已不傳。厥後班孟堅漢史以論爲贊，至宋范曄更以韻語。」

補注：「漢書藝文志雜家有荆軻論五篇，班固自注：『軻爲燕刺秦王，不成而死，司馬相如等論之。』案王氏應麟漢書藝文志考證引彦和論繫於荆軻論下，而未辨論與贊歧分之故；詳疑彦和所見漢書本作荆軻贊，故采入頌贊篇。若是論字，則必納入論説篇中，列班彪王命、嚴尤三將之上矣。」

左庵文論：「漢書藝文志雜家有荆軻論五篇，班固原注曰：『軻爲燕刺秦王，不成而死；司馬相如等論之。』彦和之言，當本於此。惟究爲論爲贊，今不可考。或即如後漢書之論，而在司馬相如時，尚稱爲贊耶？」

事物紀原集類「贊」：「如相如之贊荆軻，班固之褒貶以讚，皆取益贊於禹之意。要之，自司馬相如贊荆軻始。」

〔一二〕「遷史固書」原作「史班固書」，梅本校改，黄本從之。御覽及玉海引均作「及史班書記」。唐寫本作「史斑固書」。

左庵文論：「所謂『託讚褒貶』者，蓋頌有褒無貶，贊則可褒可貶也。抑可見二體之異。」

范注：「史記於紀傳之後，必綴『太史公曰』。漢書每篇之後，必加『贊曰』。鄭樵通志序云：『班彪漢書不可得而見，所可見者，元、成二帝贊耳，皆於本紀之外，別紀所聞，可謂深入太史公之閫奥矣。凡左氏之有「君子曰」者，皆經之新意。史記之有「太史公曰」者，皆史之外事，不爲褒貶也。間有及褒貶者，褚先生之徒雜之耳。且紀傳之中，既載善惡，足爲鑑戒，何必紀傳之後，更加褒貶？此乃諸生決科之文，安可施於著述！殆非遷、彪之意。况謂爲贊，豈有貶詞？後之史家，或謂之論，或謂之序，或謂之詮，或謂之評，皆效班固，臣不得不劇論固也。』案贊有明、助二義。紀傳之事有未備，則於贊中備之，此助之義也；褒貶之義有未盡，則於贊中盡之，此明之義也。鄭氏誤以贊爲贊美之意，故不覺言之過當如此。」

文體明辨序説「贊」類：「按字書云：贊，稱美也。字本作『讚』。昔司馬相如初贊荆軻，其詞雖亡，而後人祖之，著作甚衆。……其體有三：一曰雜贊，意專褒美，若諸集所載人物文章書畫諸贊是也。二曰哀贊，哀人之殁，而述德以贊之者是也。三曰史贊，詞兼褒貶，若史記索隱，東漢、晉書諸贊是也。」又「評」類：「按字書云：評，品論也。史家褒貶之辭。蓋古者史官各有論著，以訂一時君臣言行之是非，然隨意命名，莫協於一，故司馬遷史記稱『太史公曰』，而班固西漢書則謂之贊。范曄東漢書又謂之論，其實皆評也，而評之名則始見於三國志。」

〔三〕左庵文論：「『約文以總録』與贊體正合。至『頌體以論辭』一語，『論辭』甚切，而云『頌體』則非也。」按下「以」字，唐寫本、御覽均作「而」，是。「總」，總結。「録」，記録。唐寫本「辭」作「詞」，下有「也」字。

校釋：「李詳黄注補正：……疑彦和所見漢書，本作荆軻贊。章太炎則謂：『司馬相如始爲荆軻贊，以輔助論者。據彦和此文，贊應與論相係屬者。』按李説臆斷不足信，章説從舍人明助之義悟入，説似可通。然觀遷固紀傳後文，意存褒貶，舍人謂其『頌體而論辭』。相如之作，或亦同此。又論説篇辨論有四品八名，其三品曰：『辨史則與贊評齊行。』是則贊之爲論，原論説之支條，未必定係屬於論後也。」

辭學指南「贊」類：「贊者，贊美贊述之辭。……文章緣起曰：『司馬相如荆軻贊，班史以論爲贊，范曄更以韻語。』」

周注：「史記太史公自序裏有個全書序目，講每篇内容，如：『漢既初興，繼嗣不明。迎王踐祚，天下歸心。蠲除肉刑，開通關梁。廣恩博施，厥稱太宗。作孝文本紀第十。』班固漢書叙傳作：『太宗穆穆，允恭玄默。化民以躬，帥下以德。農不供貢，罪不收孥，宫不新館，陵不崇墓。我德如風，民應如草。國富刑清，登我漢道。述文紀第四。』像這樣的全書序目有褒有貶，故説『託贊褒貶』。是各篇内容的概括，文體像頌，又發議論，故説『約文以總録，頌體以論辭』。」

〔四〕札記：「謂太史公自序述每篇作意，如云作五帝本紀第一之類。漢書叙傳亦倣其體，而云述高祖本紀第一。諸紀傳評皆總萃一篇之中，至范氏後漢書始散入各紀傳後，而稱爲贊，其用韻則正馬班之體也。」

〔五〕史通論贊篇云：「左傳發論，假君子以稱之。二傳云公羊子穀梁子，史記云太史公，班固曰贊，荀悦曰論，東觀曰序，謝承曰詮，陳壽曰評，王隱曰議，何法盛曰述，揚雄曰譔，劉昺曰奏，袁宏、裴子野自顯姓名，皇甫謐葛洪列其所號，而史官通稱史臣。其名萬殊，其歸一揆，必取便於時者，則總歸論贊焉。」郭注：「『紀傳後評』不同於上文所言之『託贊褒貶』，指史記、漢書全書自叙中之後評而言，如史記太史公自序，先述每篇作意，而後云『作××本紀第×』『作××列傳第×』是也。漢書叙傳依仿史記……後漢書始以『紀傳後評』散入每篇之後，亦爲『贊曰』。後漢書『贊曰』用韻，正與史漢相同。」

〔六〕范注引鈴木虎雄校勘記：「摯虞，字仲治，作治、作冶皆誤。」梅注：「楊用修云：摯虞著有文章流別論。」

〔七〕唐顏師古匡謬正俗卷五：「司馬子長撰史記，其自序一卷，總歷自道作書本意，篇別有引辭，即孔安國所云『書序，序所以爲作者之意也』。揚子雲著法言，其本傳亦載法言之目，篇皆引辭。及班孟堅爲漢書，亦放其意，於叙傳内又歷道之。而謙不敢自謂作者，避於擬聖，故改作爲述。然叙致之體，與馬揚不殊。後人不詳，乃謂班書本傳之外，别爲覆述，重申褒貶。摯虞撰流别集，全取孟堅書序爲一卷，謂之漢述，已失其意。而范蔚宗、沈休文之徒撰史者，詳論之外，别爲一首，華文麗句，標舉得失，謂之爲贊，自以取則班馬，不其惑歟？劉軌思（按應作彦和）文心雕龍雖略曉其意，而言之未盡。」漢書叙傳下師古注曰：「自『皇矣漢祖』以下諸叙，皆班固自論撰漢書意，此亦依放史記之叙目耳。史遷則云爲某事作某本紀，某列傳，班固謙不言作，而改言述，蓋避作者之謂聖，而取述者之謂明也。但後之學者，不曉此爲漢書叙目，見有述字，因謂此文追述漢書之事，乃呼爲漢書述，失之遠矣。摯虞尚有此惑，其餘曷足怪乎？」王先謙曰：「文選目録於此書紀傳贊稱『史述贊』。善注引皆作『漢書述』，並其證也。」

左庵文論：「摯虞流别以班固之四言有韻者爲述，並末以紀傳後評爲述；而文心以爲其合紀傳後評並稱之，故有此言。實非仲治之失也。史記篇末無『贊』『論』字，衹作『太史公曰』。漢書於紀傳之後皆題『贊曰』，並無『述』字；惟叙傳中述有某某第幾，蓋以有韻者爲述，無韻者爲贊。而彦和乃以述及贊並稱爲贊也。」

文體明辨序説：「劉勰有言：贊之爲體，促而不曠（應作「廣」），結言於四字之句，盤桓乎數韻之辭，其頌家之細條乎！可謂得之矣。至其謂班固之贊，與此同流，則余未敢以爲然也。蓋嘗取而玩之，其述贊也，名雖爲贊，而實爲評論之文（今入論類）；其叙傳也，詞雖似贊，而實則小序之語（今入小序類），安得概謂之贊而無辯乎？」按徐師曾的劃分贊體，是根據贊美之義。本篇給贊的解釋是「明也，助也」，取義比較寬。「遷史固書，託贊褒貶。」這樣的贊，可以幫助發明傳意，所以不論人的善惡，都可以叫作贊，和專門贊美的贊稍有區别。

及景純注雅，動植必讚〔一〕，義兼美惡〔二〕，亦猶頌之變耳〔三〕。

〔一〕唐寫本「注」下有「爾」字，「必讚」作「贊之」。玉海引於本句下注云：「隋志郭璞爾雅圖讚二卷。」

黄注：「郭璞傳：璞字景純，注釋爾雅，别爲音義圖譜。」札記：「案景純爾雅圖讚，隋志已亡，嚴氏可均輯録得四十八篇。」按隋志注：「梁有爾雅圖讚二卷，郭璞撰，亡。」

爾雅釋文叙録：「爾雅，郭璞注，三卷，音一卷，圖贊二卷。」宋以後不著録。今有嚴可均、馬國翰及王氏黄氏輯本。馬本序云：「其贊皆韻語古奥，詞寓箴規。」

〔二〕校證：「『義』，唐寫本作『事』，御覽作『讚』。」

周注：「如蟬：『蟲之精潔，可貴惟蟬。潛蜕棄穢，飲露恒鮮。』是贊美。如枳首（兩頭）蛇：『雖資天然，無異駢拇。』是貶。」

〔三〕左庵文論：「郭璞注山海經及爾雅皆有圖讚（見全晉文卷一百二十一），其體仍不失古贊義。蓋總括其事物，而以有韻之文包含之，並非每事稱美如東漢以來之所謂贊也。與頌體實不同。考贊之起源，本以助記誦爲主。一書散漫，記誦甚難；故括其義，約其辭，總期文連貫而記誦可資，固不問其體之有韻無韻也。西漢之時，有韻之文稱爲贊者甚少（此體所傳亦不多）；至於東漢，則以有韻四言，其體近頌而稱爲贊者至多。大致有象贊及哀贊二種。蔡中郎集有胡公夫人哀贊（卷四），前有序文，甚似誄碑之體；與頌相去甚遠。而漢以後，亦無聞焉。象贊者，就有德行者之畫像而贊之也。孔文舉諸人集中，皆有斯體。此與頌無甚分别。

漢魏以後其體日多；遂使贊體變爲稱美不稱惡之文。又後，非有韻不稱爲贊矣。文心本篇，未叙及鄭康成之尚書贊，亦爲失考。」

然本其爲義，事生獎歎〔一〕，所以古來篇體，促而不廣〔二〕，必結言於四字之句，盤桓乎數韻之辭〔三〕，約舉以盡情，昭灼以送文，此其體也〔四〕。發源雖遠，而致用蓋寡〔五〕，大抵所歸，其頌家之細條乎〔六〕！

〔一〕左庵文論：「贊之本義，並非獎歎；彦和此言，仍囿於後世之訓。」

札記：「案獎歎即託贊褒貶，非必純爲贊美。」

〔二〕黄校：「廣一作曠，從御覽改。」唐寫本亦作「曠」。札記：「案四言之贊，大抵不過一韻數言而止，惟東方畫贊稍長。三國名臣序贊及漢書偶一换韻。至崔子玉草書勢，蔡伯喈篆勢隸勢，則又似賦矣。唐世司空圖二十四詩品，造語精警，亦贊之美者也。」

左庵文論：「三國之時，頌贊雖已混淆，然尚以篇之長短分之。大抵自八句以迄十六句者爲贊，長篇者爲頌，其體之區别，至爲謹嚴。彦和所謂『促而不廣』云云，正與斯時贊體相合。及西晉以後，此界域遂泯。如夏侯湛之東方朔畫像贊，篇幅增恢，爲前代所無。袁弘三國名臣贊，與陸機高祖功臣頌實無别致，而分標二體。可知自西漢以下，頌贊已漸合爲一矣。」

〔三〕唐寫本「乎」作「于」，「辭」作「詞」。斠詮：「盤桓本謂行動之徘徊不前貌，彦和借以喻聲和之盤旋而有餘韻也。」

〔四〕唐寫本「昭」作「照」。校證：「梅六次本、張松孫本『送文』作『述義』，謝校、徐校亦作『述義』。」斠詮：「審上下文義，以作『送文』爲是，上句既言『約舉以盡情』，情可包義，指贊之内容言，文則就贊之外形言，送文謂寫送文華也。詮賦篇云：『亂以理篇，寫送文勢。』賦之亂詞，與贊文類似，彼以『送文』屬辭，可爲的證。」

李充翰林論：「容象圖而贊立，宜使辭簡而義正。」

文鏡秘府論論文體六事其二云：「敷演情志，宣昭德音，植義必明，結言唯正，清典之致也。……語清典則銘贊居其極。（銘題器物，贊述功德，皆限以四言，分有定準。）」此處「敷演情志，宣昭德音，植義必明，結言唯正」，可以拿來解釋這兩句話。紀評：「東方贊稍衍其文，亦變格也。」

〔五〕意謂贊從舜禹時開始，發源遠，但它的適用場合較少。

〔六〕左庵文論：「贊之作法，以四言有韻爲最通見，蔡中郎間有六字句者。漢人所爲贊，篇幅亦不甚長，其體則與頌相近，如班孟堅十八侯銘即爲前漢之功臣贊；夏侯孝若東方朔畫贊亦與揚子雲之趙充國頌無别。又三國蜀志楊戲傳（卷十五）稱，戲作季漢輔臣贊，贊昭烈以下臣子，是皆頌體也。惟以此種稱爲贊，而古時無韻之贊遂滅而不彰，若鄭康成之易贊、尚書贊，東漢以後，無支流矣。

「文心是篇所論，大概皆謂有韻之贊。推贊之本源，既別於頌體，雖後世已混淆無分，然實不能盡同。蓋頌放而贊斂，頌可略事鋪張，贊則不貴華詞，觀漢人之贊，篇皆短促，質富於文，樸茂之中，自然典雅。既不傷於華侈，亦不失之輕率：斯其所以足式也。」

元陳繹曾文說：「贊宜温潤典實。」這和他說的「頌宜典雅和粹」非常類似，可見這兩種文體的風格是非常接近的。林紓春覺齋論文流別論三：「綜言之……（頌贊）二體均結言於四字之句，不能自鎮則近佻，不能自斂則近纖；累句相同，不自變换，則近沓；前後隔閡，不相照應，則近蹇；過艱惡澀，過險惡怪，過深惡晦，過易惡俚。……文既古雅，體不板滯；下字必嚴，撰言必巧，近之矣。」這是林紓根據桐城派的「義法」，對頌贊二體的語言風格要求，作了比較詳細的規定。他又說：「贊體不能過長，意長而語約，必務括本人之生平而已，與頌略異。」這主要是就贊美人的功德的贊來説的。

魏桓範世要論贊象篇説：「夫贊象之所作，所以昭述勳德，思詠政惠，此蓋詩頌之末流矣。……若言不足紀，事不足述，虛而爲盈，亡而爲有，此聖人之所疾，庶幾之所恥也。」（全三國文卷三十七）這些話可以證成本節的説法。

范注：「頌有稱頌功德之義；贊則無之。故彥和首標明助二訓，蓋恐後人之誤會也。鄭玄注皋陶謨曰：『贊，明也。』孔子贊易，鄭作易贊，皆以義有未明，作贊以明之。自誤贊爲美，而其義始歧，此考正文體者所當知也。至於贊之爲體，大抵不過一韻數言而止，東方朔畫贊稍長，三國名臣序贊及後漢書贊，偶一换韻。彥和所謂『古來篇體，促而不廣，必結言於四字之句，盤桓乎數韻之辭』，蓋即指此。陸士衡高祖功臣頌與三國名臣贊同體；郭景純山海經圖讚與江文通閩中草木頌同體，是知頌贊有相通者，彥和所謂頌之細條也。」

按梁元帝内典碑銘集林序：「班固碩學，尚云贊頌相似。陸機鈎深，猶稱碑賦如一。」金樓子立言篇亦云：「銘頌所稱，興公而已。夫披文相質，博約温潤，吾聞斯語，未見其人。班固碩學，尚云贊頌相似，陸機鈎深，猶稱碑賦如一。」劉孝綽昭明太子集序：「孟堅之頌，尚有似贊之譏。士衡之碑，猶聞類賦之貶。」

文章辨體序説「贊」類：「按贊者，贊美之辭。……西山（真德秀）云：贊頌體式相似，貴乎贍麗宏肆，而有雍容俯仰頓挫起伏之態，乃爲佳作。大抵贊有二體：若作散文，當祖班氏史評；若作韻語，當宗東方朔畫像贊。金樓子有云：『班固碩學，尚云贊頌相似。』信然。」

斠詮：「晉左貴嬪有德柔頌，又有德剛贊，文體如一，而別二名，是知頌贊有相通者，彥和所謂頌之細條也。」

第三段論贊之體用及其歷代流變，並辨明頌、贊之異同。

贊曰：容體底頌〔一〕，勳業垂讚。鏤影摛聲，文理有爛〔二〕。年積愈遠〔三〕，音徽如旦〔四〕。降及品物，炫辭作翫〔五〕。

〔一〕校釋：「『容體』，唐寫本作『容德』，是。」本文説：「頌者，容也，所以美盛德而述形容也。」可證。孟子離婁：「舜盡事親之道，而瞍底豫。」趙注：「底，致也。豫，樂也。」

〔二〕黄本原作「鏤彩摛文，聲理有爛」。此據唐寫本。校注：「按唐寫本是也。元本、弘治本、活字本、汪本、佘本、張本、兩京本……崇文本『彩』並作『影』，與唐寫本合，惟『聲文』二字誤倒。『影』『聲』相對成義，『文理』連文亦本書所恒見。」「鏤影摛聲」，猶繪影繪聲。

〔三〕校注：「『積』，唐寫本作『迹』。按『迹』字是。『年迹』與下『音徽』對。」按「積」字亦可通。本文：「陸機積篇，惟功臣最顯。」

〔四〕校注：「文選王儉褚淵碑文：『音徽與春雲等潤。』李善注：『音徽即徽音也。』」斠詮：「音徽，謂令聞廣譽。」

詩經大雅思齊：「大姒嗣徽音。」鄭箋：「徽，美也。」「徽音」，猶德音。「如旦」，像太陽初升那樣明耀。

〔五〕可見劉勰對於描寫「品物」的頌贊，是不重視的，認爲這類的頌贊只是炫耀辭令，供作翫賞之用而已。

左庵文論：「贊文之有韻者，可分爲四：（一）哀贊——以蔡中郎胡公夫人哀贊爲準則。（二）像贊——李充翰林論云：『圖象立而贊興。』知東漢時，此體至爲盛行；後漢書趙岐傳云：『圖季札、子産、晏嬰、叔向四像居賓位，又自畫其像居主位，皆爲讚頌。』（卷九十四）可證。東方朔畫贊即屬此類。（三）史贊——此類以范蔚宗後漢書紀傳後之贊爲最佳。（大抵撮其人大略，爲之作贊者，不出三類。特東漢之時，有爲當時具令德之人作贊者，如蔡中郎焦君贊；亦有爲古人作贊者，如王仲宣正考父贊是也。）（四）雜贊——以上三者皆爲對人而作。至於爲一切品物作贊者，則屬此類。如郭璞山海經圖贊、爾雅圖贊，皆據圖而爲物作贊者，如繁欽硯贊等是。抑可知漢魏之贊，不限於人而已也。哀贊一體，後漸流爲與誄、祭文、神誥三體相合。即如蔡中郎胡公夫人哀贊，先叙其父母之德行，後言己身之悲哀，本爲人子思念考妣而作，及三體之文興，而此哀贊之名泯矣。」

祝盟第十

紀評：「此篇獨崇實而不論文，是其識高於文士處。非不論文，論文之本也。」

雜記：「先師吴翌亭云：『祝、盟二者本不相同，而其爲陳信之用者，則義固無殊也。』青案宗經篇云：『銘誄箴祝，則禮總其端。』以下三篇，皆自禮衍出。」

范注：「案周禮春官大祝掌六祝，作六辭，此祝盟命篇之本。」

又：「説文：『祝，祭主贊詞者。從示從兒口。』釋名：『祝，屬也，以善惡之詞相屬者也。』玉篇：『祝，祭詞也。』尚書洛誥：『逸祝册。』謂使史逸讀所作册祝之書告神。齊策：『爲儀千秋之祝。』注：『祈也。』周禮春官：『太祝掌六祝之辭，以事鬼神示；作六辭以通上下親疏遠近。』祝之本訓爲祭官，引申爲祭神祈福之辭。」

注訂：「祝，書洛誥：『逸祝册。』孔穎達疏：『使逸讀所作册祝之書唯告文武之神。』盟，周禮秋官：『司盟職，掌載之法，凡邦國有疑，會同，則掌其盟約之載，及其禮儀。』據是，主神明者曰祝，繫邦國者曰盟；一則企福于未來，獻功於當日者，屬之祝；結信於一時，要質於永久者，屬之盟。二者必假文辭以行，故祝有贊詞，盟有盟載，其義匪輕，其體宜立，故以祝盟成篇，亦述者之要也。」

文體明辨序説「盟」類：「按禮記：『涖物曰盟。』亦稱曰誓，謂約信之辭也。」

在先秦兩漢時代，祝文應用的範圍是很廣的。盟誓要告天，也是取信於神。其實祝文和盟誓本來是兩種不大相關的文體，這裏把二者合在一起來論述，可能是因爲二者都是和神打交道的。

天地定位，祀徧群神〔一〕，六宗既禋〔二〕，三望咸秩〔三〕，甘雨和風，是生黍稷，兆民所仰，美報興焉〔四〕。犧盛惟馨，本於明德〔五〕，祝史陳信，資乎文辭〔六〕。

〔一〕唐寫本「祀」作「禮」。斯波六郎：「周易説卦：『天地定位，山澤通氣。』」又：「尚書舜典：『望于山川，徧于群神。』」注訂：「群神指下文六宗、三望而言。」

〔二〕梅注：「尚書：『禋於六宗。』孔叢子：『宰我問六宗。孔子曰：所宗者六。埋少牢于太昭，所以祭時也；祖迎于坎壇，所以祭寒暑也；主于郊宫，祭日也；夜明，祭月也；幽禜，所以祭星也；雩禜，所以祭水旱也。』書正義云：『漢世以來，説六宗者多矣。』『孔光、劉歆……謂乾坤六宇。』『賈逵謂……天宗三，日、月、星；地宗三，河、海、岱。』『馬融云：天地春夏秋冬。』『鄭玄謂……星辰、司中、司命、風師、雨師。』」

黄注：「書：『禋於六宗。』孔安國傳：一四時，二寒暑，三日，四月，五星，六水旱。」

范注：「尚書舜典：『禋於六宗。』王肅注曰：『精意以享謂之禋。宗，尊也。所尊祭者其祀有六：謂四時也，寒暑也，日也，月也，星也，水旱也。』先儒説六宗者多家……未知孰是。……姑以王肅説當之。」

「六宗」，古代尊祀的六位神。書舜典：「肆類於上帝，禋於六宗。」「六宗」的説法不一，一説是水、火、雷、風、山、澤，一説是天地四方，參閲俞正燮癸巳類稿一虞六宗義。

「禋」，升烟以祭。通典禮四禋六宗引鄭玄注：「禋，烟也，取其氣報升報于陽也。」引申爲祭祀的通稱。國語周語上：「精意以享，禋也。」

〔三〕梅注：「三望：左傳杜注云：分野之星，國中山川，望而祭之。」

左傳僖公三十一年：「夏四月，四卜郊不從，乃免牲，非禮也，猶三望，亦非禮也。」春秋經僖公三十一年杜注：「三望，分野之星，國中山川，皆因郊祀望而祭之。魯廢郊天而脩其小祀，故曰猶。猶者，可止之辭。」

校注：「按公羊傳僖公三十一年：『卜郊不從，乃免牲，猶三望。三望者何？望，祭也。然則曷祭？祭泰山、河、海。』（穀梁范注引鄭玄曰：「望者，祭山川之名也。望海也，岱也，淮也。」）舍人上云『六宗』，此云『三望』，皆實有所指。」

「三望」，祭祀名。「望」，不能親詣所在，遥望而祭的意思。尚書舜典：「望秩於山川。」傳：「如其秩次望祭之。」在這兒就是有次序的意思。尚書洛誥：「祀于新邑，咸秩無文。」咸秩，都按次序祭祀。

〔四〕「黍稷」，孫云：「唐寫本作『稷黍』。」斯波六郎：「作『稷黍』是。詩小雅甫田：『琴瑟擊鼓，以御田祖，以祈甘雨，以介我稷黍，以穀我士女。』」

禮記郊特牲：「地載萬物，天垂象，取材於地，取法於天，是以尊天而親地也，故教民美報焉。」

〔五〕禮記大學：「大學之道，在明明德。」鄭注：「明明德，謂顯明其至德也。」正義：「在於章明己之光明之德。」

斯波六郎：「『犧盛』爲『犧牲粢盛』之略。尚書泰誓上：『犧牲粢盛，既于凶盜。』（春秋公羊傳桓公十四年何注：「黍稷曰粢，在器曰盛。」）春秋左氏傳僖公五年：『周書曰：黍稷非馨，明德爲馨。』（尚書君陳同）」孔傳：「所謂芬芳，非黍稷之氣，乃明德之馨。」「明德」，美德。

〔六〕唐寫本「乎」作「于」。斯波六郎：「春秋左氏傳襄公二十七年：『其祝史陳信於鬼神，無愧辭。』」「史」，原來掌管祭祀和記事。左傳昭公二十年：「竭情無私，其祝史祭祀，陳信不愧。」

注訂：「（以上）四句即所謂『美報興焉』。雖備犧盛，必賴明德；雖事陳信，必具文辭。此祝文之要，爲前半篇之綱領。以下溯祝文之始，及其沿革，此彦和述筆常法。」

范注：「周禮春官大祝……作六辭以通上下親疏遠近：一曰祠（祠者，交接之辭），二曰命（命，謂盟誓之辭），三曰誥（如盤庚將遷於殷，誥其世臣卿大夫，道其先祖之善功），四曰會（會，謂會同盟誓之辭），五曰禱（禱，賀慶言福祚之辭），六曰誄（誄，謂積累生時德行，以錫之命，主爲其辭也）。彦和以祝盟連稱，蓋本于此。」

校釋：「古者巫祝爲聯職。周官春官祝之屬，有太祝、小祝、喪祝、甸祝；巫之屬，有司巫、男巫、女巫。蓋巫以歌舞降神，祝以文辭事神。國語謂聰明聖知者始爲巫覡（見楚語）。鄭注周官，謂有文雅辭令者，始作大祝。是知二者乃先民之秀特，而文學之濫觴也。其後祝復與史同稱。燕禮大射，皆稱『祝史』。司馬遷亦云：『文史星曆，近乎卜祝之間。』蓋古者通稱掌文辭之官爲史。祝以作六辭爲職，亦擇善爲文辭者任之。故舍人釋祝之名義，亦曰『祝史陳信，資乎文辭』也。」

文體明辨序説：「按祝文者，饗神之辭也。劉勰所謂『祝史陳信，資乎文辭』者是也。」

昔伊耆始蜡，以祭八神〔一〕，其辭云：「土反其宅，水歸其壑，昆蟲毋作，草木歸其澤〔二〕。」則上皇祝文〔三〕，爰在兹矣。舜之祠田云〔四〕：「荷此長耜〔五〕，耕彼南畝，四海俱有〔六〕。」利民之志，頗形於言矣。

〔一〕禮記郊特牲：「伊耆氏始爲蜡。蜡也者，索也。歲十二月合聚萬物而索饗之也。」鄭注：「伊耆氏，古天子號也。」釋文：「或云即帝堯是也。」禮記郊特牲：「天子大蜡八。」釋文：「蜡祭有八神：先嗇一，司嗇二，農三，郵表畷四，貓虎五，坊六，水庸七，昆蟲八。」「蜡」，爲周代于每年農事完畢後舉行的祭祀。一、先嗇，祭神農；二、司嗇，祭后稷；三、農，祭古時田官之神；四、郵表畷，祭始創田間廬舍、開道路、劃疆界的人；五、祭貓虎，因其吃野鼠野獸，保護了禾苗；六、坊，祭堤坊；七、水庸，祭水溝；八、祭昆蟲，以免蟲害。

〔二〕此四句見禮記郊特牲。鄭注：「此蜡祝辭也。」正義：「土即坊也；反，歸也；宅，安也。土歸其宅，則得不崩。水，即水庸；壑，坑坎也。水歸其壑，謂不汎濫。……昆蟲毋作，謂不爲災。草，苔稗；木，榛梗之屬也。當各歸生藪澤之中，不得生於良田，害嘉穀也。」唐寫本「毋」作「無」。陳澔注：「土安則無崩圮，水歸則無泛溢，昆蟲謂螟蝗之屬害稼者。作，起也。草木各歸根於藪澤，不得生于耕稼之上也。『毋』『無』通。」

〔三〕文體明辨：「此祝文之祖也。」「上皇」，上古帝王，指伊耆氏。

〔四〕校證：「『祠』，王惟儉本作『祀』。」「祠」，祭祀。

范注：「說文：『祠，春祭曰祠，品物少，多文辭也。』周禮春官：『小宗伯禱祠於上下神示。』注：『得求曰祠。』女祝：『凡內禱祠之事。』注：『報福喪祝以祭祀禱祠焉。』正義：『祈請求福曰禱，得福報賽曰祠。』」

〔五〕宋羅泌路史後紀：「舜掘地財，取水利，股肱不居，故祠於田曰：『荷此長耜，耕彼南畝，四海俱有。』志利民也。乃作米廩，以教于國，以臧帝耤。」

注訂：「舜之祠田云云：耜與畝協，類古歌辭，疑即祠田之文也。」

易繫辭下：「斫木爲耜，揉木爲耒。」上古時代的翻土工具。按困學紀聞卷十諸子「舜祠田漁雷澤」條：「尸子曰：『舜兼愛百姓，務利天下。其田（太平御覽有「歷山」二字）也，荷彼耒耜，耕彼南畝，與四海俱有其利。』……文心雕龍（祝盟篇）：『舜之祠田云：荷此耒耜，耕彼南畝，四海俱有。』謂之祠田，豈別有所據乎？」

〔六〕唐寫本「四」上有「與」字，是。

范注：「札迻十二：顧廣圻校云：『困學紀聞卷十引尸子曰：舜兼愛百姓，務利天下。其田也，荷彼耒耜，耕彼南畝，與四海俱有其利。』案尸子文見御覽八十一。『其田也』作『其田歷山也』，無祠田之文，今無可考。」

按此處疑當作『與四海俱有其利』，愛民之志，頗形於言矣」。「頗形於言矣」以上，紀評：「祝之緣起。」

至於商履〔一〕，聖敬曰躋〔二〕，玄牡告天，以萬方罪己〔三〕，即郊禋之詞也〔四〕；素車禱旱〔五〕，以六事責躬〔六〕，則雩禜之文也〔七〕。

〔一〕注訂：「商湯，字天乙，又名履也。」

〔二〕范注：「詩商頌長發：『湯降不遲，聖敬曰躋。』箋云：『湯之下士尊賢甚疾，其聖敬之德日進。』」按正義：「其聖明恭敬之德日升。」

〔三〕范注：「論語堯曰：『予小子履，敢用玄牡，敢昭告於皇皇后帝。有罪不敢赦，帝臣不蔽，簡在帝心。朕躬有罪，無以萬方；萬方有罪，罪在朕躬。』孔安國注曰：『墨子引湯誓其辭若此。』孫詒讓墨子閒詁兼愛下注云：『論語堯曰篇集解：孔安國云：「墨子引湯誓。」國語周語內史過引湯誓與此下文略同。韋注云：「湯誓，商書伐桀之辭也。今湯誓無此言，則散亡矣。」按孔安國引此作湯誓，或兼據國語文。尚賢中篇引湯誓，今書亦無之。』郝懿行曰：『案白虎通三軍三正篇並引論語「予小子履」數語爲湯伐桀告天之辭。』」注訂：「書湯誥：『敢用玄牡，敢昭告於上天神后。』又：『其爾萬方有罪，在予一人。』」

〔四〕「郊禋」，祭天。

〔五〕范注：「墨子兼愛下：『湯曰：惟予小子履，敢用玄牡，告于上天后。曰：今天大旱，即當朕身履，未知得罪於上下，有善不敢蔽，有罪不敢赦，簡在帝心，萬方有罪，即當朕身，朕身有罪，無及萬方。』此文與湯誓大略相同。據墨子意，則湯禱旱之辭也。吕氏春秋順民篇：『湯克夏而正天下，天大旱，五年不收，湯乃以身禱於桑林，曰：「余一人有罪，無及萬夫，萬夫有罪，在余一人。無以一人之不敏，使上帝鬼神傷民之命。」於是翦其髮，鄺其手，以身爲犧牲，用祈福於上帝。民乃甚説，雨乃大至。』」

范注：「説文：『禱，告事求福也。』周禮春官小宗伯：『禱祠於上下神示。』注云：『祈福曰禱。』『大祝作六辭，五曰禱。』注云：『禱，賀慶言福祚之辭。』禮記檀弓：『君子謂之善頌善禱。』注云：『禱，求福也。』……是禱與祈一也。」

〔六〕唐寫本「責」下衍「人」字。梅注：「湯以六事自責，曰：政不節歟？民失職歟？宮室崇歟？女謁盛歟？苞苴行歟？讒夫昌歟？」

范注：「尸子：『湯之救旱也，乘素車白馬，著布衣，嬰白茅，以身爲牲，禱於桑林之野。』（藝文類聚八十二、初學記九引）荀子大略篇載其禱辭曰：『政不節與？使民疾與？何以不雨至斯極也？宮室榮與？婦謁盛與？何以不雨至斯極也？苞苴行與？讒夫興與？何以不雨至斯極也？』（公羊解詁二引韓詩傳、説苑君道篇、御覽八十三引帝王世紀略同。）」

説苑君道篇：「湯之時大旱七年，雒坼川竭，煎沙爛石。于是使人持三足鼎，祝山川，教之祝曰：政不節耶？使人疾耶？苞苴行耶？讒夫昌耶？宮室營耶？女謁盛耶？何不雨之極也？蓋言未已，而天大雨。」

校注：「按荀子（大略篇）、説苑（君道篇）所載湯禱旱之辭，均未標有六事二字。後漢書鍾離意傳：『上疏曰：「……昔成湯遭旱，以六事自責。」』（李注引帝王世紀同。）」

〔七〕唐寫本「則」作「即」。梅注：「説文：禱雨爲雩，禱晴爲禜。左傳：龍見而雩。雩，旱祭也。

又云：雪霜風雨之災，則禜之。禜，禳也。」

范注：「説文：『雩，夏祭樂於赤帝，以祈甘雨也。』又：『禜，設緜蕝爲營，以禳風雨、雪霜、水旱、癘疫於日月星辰山川也。』」

注訂：「論語先進：『風乎舞雩。』周禮春官司巫：『若國大旱，則帥巫而舞雩。』注云：『雩，旱祭也。』禜音詠，又音營，祭名。左傳昭元年：『山川之神，則水旱疫癘之災，於是乎禜之。日月星辰之神，則雪霜風雨之不時，於是乎禜之。』又按禜，許氏説文本左氏昭元之傳。」

及周之太祝，掌六祝之辭〔一〕，是以庶物咸生，陳於天地之郊；旁作穆穆，唱於迎日之拜〔二〕；夙興夜處，言於祔廟之祝〔三〕；多福無疆，布於少牢之饋〔四〕；宜社類禡〔五〕，莫不有文〔六〕。所以寅虔於神祇〔七〕，嚴恭於宗廟也。

〔一〕「祝」，范注引孫云：「唐寫本作祀。」校證亦謂唐寫本作「祀」，實則唐寫本作「祝」。周禮春官：「太祝，掌六祝之辭，以事鬼神示，祈福祥，求永貞。一曰順祝，二曰年祝，三曰吉祝，四曰化祝，五曰瑞祝，六曰筴祝。」鄭司農云：「順祝，順豐年也；年祝，求永貞也；吉祝，祈福祥也；化祝，弭災兵也；瑞祝，逆時雨，寧風旱也；筴祝，遠罪疾也。」按又見蔡邕獨斷。

〔二〕大戴禮記公符第七十九：「皇皇上天，照臨下土；集地之靈，降甘風雨；庶物群生，各得其所，靡今靡古，維予一人某，敬拜皇天之祜（祭天辭）。……維某年某月上日，明光於上下，勤施於四方，旁作穆穆。惟予一人某敬拜迎日於東郊（迎日辭）。」又按尚書洛誥：「惟公德，明光於上下，勤施於四方，旁作穆穆。」「庶物」，即萬物。「旁」，溥，廣大。「穆穆」，美好。意爲用「光明普照」等語來拜迎日出。

〔三〕唐寫本「處」作「寐」，「祝」作「祀」。斠詮：「『祀』原作『祝』，形近而誤。」范注：「儀禮士虞禮：『明日以其班祔，用嗣尸。（卒哭之明日也。班，次也。喪服小記曰：祔必以其昭穆。用嗣尸，謂從虞至祭惟用一尸而已。）曰：孝子某孝顯相，（稱孝者，吉祭，顯相，助祭者也。）夙興夜處，小心畏忌不惰，其身不寧，（不寧，悲思不安。）用尹祭（尹，祭脯也。）嘉薦普淖，（嘉薦，醢也。普淖，黍稷也。）普薦溲酒，適爾皇祖某甫，以隮祔爾孫某甫。尚饗。』」

注訂：「祔廟——說文：『後死者合食於先祖。』又合葬亦曰祔。」

釋名釋喪制：「又祭曰祔，祭於祖廟，以後死孫祔於祖也。」

〔四〕范注：「儀禮少牢饋食禮：『尸執以命祝。（命祝以嘏辭。）卒命祝，祝受以東北，面於尸西，以嘏于主人曰：皇尸命工祝，承致多福無疆于女孝孫。來女孝孫，使女受祿于天，宜稼于田，眉壽萬年，勿替引之。』（替，廢也。引，長也。）」

儀禮少牢饋食禮：「少牢饋食之禮。」鄭玄注：「羊、豕曰少牢，諸侯之卿大夫祭宗廟之牲。」「布」，布陳、陳述。「少牢之饋」，諸侯的卿大夫用少牢到祖廟去祭已死的祖和父的祭禮。薦祭品于神及祖先曰「饋」。

〔五〕梅注：「禮記：『天子將出征，宜于社。』鄭玄注云：『宜，祭名。』詩：『是類是禡。』注：『師祭也。』師出征伐，類于上帝，禡于出征之地。」

禮記王制：「天子將出征，類乎上帝，宜乎社，造乎禰，禡於所征之地。」鄭注：「類、宜、造皆祭名，其禮亡。禡，師祭也，爲兵禱。」陳澔注：「禡，行師之祭也。」注訂：「宜、社、類、禡，皆祭名。宜，爾雅釋天：『起大事，動大衆，必先有事乎社而後出，謂之宜。』社，説文：『地主也。』又禮記郊特牲：『社，祭土。』類，虞書：『肆類于上帝。』謂非常祀也。禡，説文：『師行所止。』恐有慢其神，下而祀之，曰禡。音罵。」

〔六〕校注：「周禮春官大祝：『大師宜於社，造於祖，設軍社類上帝，國將有事於四望；及軍歸，獻於社，則前祝。』鄭玄注：『前祝者，王出也，歸也，將有事於此神；大祝居前，先以祝辭告之。』舍人所謂『有文』者，即指祝辭言之也。」

〔七〕斯波六郎：「『虔』疑當作『畏』，尚書無逸：『嚴恭寅畏，天命自度。』蓋彦和所本。」斠詮：「寅虔，謂寅畏虔誠也。」

文體明辨序説「祝文」類：「厥後虞舜祠田，商湯告帝，周禮設太祝之職，掌六祝之辭。春秋以降，史辭寖繁，則祝文之來尚矣。考其大旨，實有六焉：一曰告，二曰修，三曰祈，四曰報，五曰辟，六曰謁。用以饗天地、山川、社稷、宗廟，五祀群神，而總謂之祝文，其辭亦有散文、儷語之別也。」

以上爲第一段，言祝之起源及夏、商、周三代祝文所起的作用。

自春秋已下，黷祀諂祭〔一〕，祝幣史辭〔二〕，靡神不至〔三〕。至於張老成室，致美於歌哭之禱〔四〕；蒯聵臨戰，獲祐於筋骨之請〔五〕；雖造次顛沛，必於祝矣〔六〕。若夫楚辭招魂，可謂祝辭之組麗也〔七〕。

〔一〕校證：「『自』字原無，據唐寫本補。」

書說命：「黷于祭祀。」「黷」，褻慢不敬。論語爲政：「非其鬼而祭之，諂也。」

〔二〕校注：「左傳成公五年：『梁山崩……故山崩川竭，君爲之不舉。……祝幣，史辭，以禮焉。』杜注：『（祝幣）陳玉帛；（史辭）自罪責。』又昭公十七年：『祝，用幣；史，用辭。』杜注：『用幣於社，用辭以自責。』」

〔三〕校注：「按詩大雅雲漢：『靡神不舉。』鄭箋：『言王爲旱之故，求於群神，無不祭也。』又：『靡神不宗。』鄭箋：『言徧至也。』」

〔四〕校證：「唐寫本『於』作『如』，『成』作『賀』。『美』原作『善』，從唐寫本改。」

禮記檀弓下：「晉獻文子成室，晉大夫發焉。張老曰：『美哉輪焉，美哉奐焉，歌於斯，哭於斯，聚國族於斯。』文子曰：『武也得歌於斯，哭於斯，聚國族於斯，是全要領以從先大夫於九京也。』北面再拜稽首。君子謂之善頌善禱。」鄭注：「文子，趙武也。作室成，晉君獻之，謂賀也。諸大夫亦發禮以往。……善頌謂張老之言，善禱謂文子之言。」「張老」，晉國大夫。

校注：「（檀弓下）鄭注：『善頌，謂張老之言；善禱，謂文子之言。』則此『禱』字當作『頌』，舍人蓋誤記。『成』『善』亦當依唐寫本改作『賀』『美』。」

〔五〕校證：「『祐』原作『佑』，從唐寫本改。」校注：「說文示部：『祐，助也。』」

左傳哀公二年晉鄭之戰，衛太子蒯聵在晉趙鞅部下作戰，「望見鄭師來，太子懼，自投于車下。……衛太子禱曰：『曾孫蒯聵，敢昭告皇祖文王，烈祖康叔，文祖襄公：鄭勝亂從（鄭聲公助臣作亂），晉午（晉定公）在難，不能治亂，使（趙）鞅討之。蒯聵不敢自佚，備持矛焉。敢告：無絶筋，無折骨，無面傷，以集大事，無作三祖羞。大命不敢請，佩玉不敢愛。』」

〔六〕論語里仁：「造次必於是，顛沛必於是。」集解引馬曰：「造次，急遽；顛沛，偃仆。」朱注：「顛沛，顛覆流離之際。」

〔七〕紀評：「招魂似非祝辭。」范注：「楚辭招魂王逸注謂宋玉哀原厥命將落，欲復其精神，延其年壽，故作招魂。……又招魂句尾，皆用些字。夢溪筆談曰：『今夔、峽、湖、湘及江南獠人，凡禁呪句尾皆稱些，乃楚人舊俗。』呪即祝之俗字。」

注訂：「楚辭集注招魂：『古者人死則使人以其上服升屋，履危北面而號曰：「皋！某復。」遂以其衣三招之，乃下以覆尸。』又王逸注：『招者，召也。以手曰招，以言曰召。』……又說文：『招，手呼也。』」

校證：「『麗』原作『纚』，從唐寫本改。法言吾子篇：『霧縠組麗。』李軌注：『霧縠雖麗，蠹害女工。』此彦和所本。今作『纚』者，涉上文偏旁而誤也。又唐寫本『麗』下有『者』字。」法言吾子篇：「或曰：霧縠之組麗。曰：女工之蠹矣。」這是説霧縠雖麗，但蠹害女工，以喻詞賦雖巧，卻惑亂經典。

漢之群祀〔一〕，肅其旨禮〔二〕，既總碩儒之義〔三〕，亦參方士之術〔四〕。所以祕祝移過〔五〕，異於成湯之心〔六〕；侲子毆疫〔七〕，同乎越巫之祝〔八〕：禮失之漸也〔九〕。

〔一〕校證：「唐寫本『漢』上有『逮』字。」

校注：「『之』，唐寫本作『氏』。按詔策篇『晉氏中興』，奏啓篇『晉氏多難』，句法與此相同，則唐寫本作『氏』是也。」考異：「蓋『氏』指晉氏族業之興衰，此二字爲指事類之相屬，『之』字爲長。」

注訂：「漢之群祀，始於高祖入關，爲漢王，立黑帝祠曰北畤，後又詔於上帝山川諸神，各以其時禮祀之如故，則皆沿秦舊也。」

〔二〕校注：「『旨』字，唐寫本作『百』。何焯校作『百』。按『旨』字不可解，作『百』是。『百禮』蓋概括之辭，言其禮多耳。詩小雅賓之初筵、周頌豐年及載芟並有『以洽百禮』之文，皆謂合聚衆禮以祭也。」

漢書郊祀志上：「高祖下詔曰：『吾甚重祠而敬祭，今上帝之祭及山川諸神當祠者，各以其時禮祠之如故。』」范注：「文帝以下，迭有增益，史記封禪書、漢書郊祀志言之詳矣。」

〔三〕校證：「『義』原作『儀』，從唐寫本改。」范注：「按當作『議』爲是。既總碩儒之議，亦參方士之術，謂如武帝命諸儒及方士議封禪，公玉帶上黄帝時明堂圖之類。」校注：「按范説是。史記司馬相如傳（封禪文）：『乃遷思回慮，總公卿之議，詢封禪之事。』（文選吕向注：「總，納。」）可證。」

〔四〕史記封禪書：「天子既聞公孫卿及方士之言……頗采儒術以文之。」

〔五〕梅注：「漢書郊祀志云：秦祝官有祕祝，即有災祥，輒祝祠移過於下。」訓故：「漢書文詔：今祕祝移過於下，朕甚不取，自今除之。」

范注：「史記封禪書：祝官有祕祝，即有菑祥，輒祝祠移過於下。（謂有災祥輒令祝官祠祭，移其咎惡于衆官及百姓也。）孝文帝下詔曰：今祕祝移過於下，朕甚不取，自今除之。」

〔六〕參閲上文：「至于商履……以萬方罪己。」

〔七〕梅注：「王性凝曰：事見後漢書。愚按鄧后紀注云：侲之言善也。善童，幼子也。侲子，逐役之人也。禮儀志云：大儺：選中黄門子弟年十歲以上，十二以下，百二十人爲侲子，皆赤幘皂製，執大鼗。方相氏黄金四目，蒙熊皮，玄衣朱裳，執戈揚盾。十二獸有衣毛角。中黄門行之，冗從僕射將之，以逐惡鬼于禁中。夜漏上水，朝臣會，侍中、尚書、御史、謁者、虎賁、羽林郎將執事，皆赤幘陛衛。乘輿御前殿。黄門令奏曰：『侲子備，請逐疫。』於是中黄門倡，侲子和曰：『甲作食殈，胇胃食虎，雄伯食魅，騰簡食不祥，攬諸食咎，伯奇食夢，强梁、祖明共食磔死寄生，委隨食觀，錯斷食巨，窮奇、騰根共食蠱。凡使十二神追惡凶，赫女軀，拉女幹，節解女肉，抽女肺腸。女不急去，後者爲糧。』殈音凶，磔音窄。」「敺」，驅的異體字。訓故：「大儺：選黄門爲侲子，丹首皂製，逐惡鬼禁中。」「侲」音振，童男童女。注訂：「大儺，謂逐疫于禁中也。」

〔八〕史記封禪書：「是時即滅南越，越人勇之乃言，『越人俗鬼，而其祠皆見鬼，數有效。昔東甌王敬鬼，壽百六十歲。後世怠慢，故衰秏。』乃令越巫立越祝祠。」按「越」，漢書郊祀志作「粤」。唐寫本「祝」作「説」，意謂和越巫騙人的説法相同。斠詮：「所謂『越巫之説』者，蓋指越人勇之所言也。」

〔九〕校證：「唐寫本以下諸本『禮』作『體』，黄注本改『體』。」校注：「何焯校『體』爲『禮』。按『體』謂事體，即上所云『漢氏群祀』。……文選皇甫謐三都賦序：『誇競之興，體失之漸。』（卷四五）即舍人所本。」「體」，指祝祀的大體。「漸」，開始。意謂春秋以來的祝祀已經變質。斠詮：「體謂體統，指祭祀之規制儀式而言。所謂『體失之漸』，謂祭祀之規制儀式漸流於荒誕淫濫，而非祭祀之禮典本身有何廢弛也。」總以上，紀評：「祝之流弊。」

至如黄帝有祝邪之文〔一〕，東方朔有罵鬼之書〔二〕，於是後之譴呪，務於善罵〔三〕。唯陳思誥咎〔四〕，裁以正義矣〔五〕。

〔一〕唐寫本「祝邪」作「呪耶」。張君房雲笈七籤軒轅本紀：「帝巡狩東至海，登桓山，於海濱得白澤神獸，能言，達于萬物之情。因問天下鬼神之事，自古精氣爲物，遊魂爲變者，凡萬一千五百二十種。白澤能言之，帝令以圖寫之，以示天下。帝乃作祝邪之文以祝之。」黄叔琳云：「祝，又音晝，詩大雅『侯詛侯祝』是也。俗作『呪』，非。故詛罵亦祝之一體。」

〔二〕訓故：「古文苑：王延壽夢賦序：臣弱冠嘗夜夢見鬼物與臣戰，臣遂得東方朔與臣作罵鬼之書。」

黄注：「按朔與延壽隔世久遠，或朔本有書，延壽得之則可，曰『與臣作』，謬矣。倘作書亦是夢中事，便無所不可。然彦和又豈以烏有爲實録乎？非後人傳寫之誤，即前代有傳寫失實者。」

范注：「案黄説甚是。東方朔罵鬼之書，今不可考。惟延壽夢賦尚存（古文苑卷六）。蓋亦罵鬼之流也。」

〔三〕紀評：「詛楚文之類是也。」

〔四〕校證：「『詰』原作『誥』，從唐寫本改。……子建詰咎文，見藝文類聚一百（『詰』誤『誥』）。」

梅注：「曹能始曰：按曹子建誥咎文序曰：五行致災，先史咸以爲應政而作。天地之氣，自有變動，未必政治之所興致也。於時大風發屋拔木，意有感焉。聊假天帝之命，以詰咎祈福。」

補注：「案困學紀聞（卷十七）引作詰咎，謂假天帝之命以詰風伯雨師，詰字較誥字爲長。陳思此文前詰風伯雨師，後有『皇祇赫怒』，『顧叱豐隆，息飆遏暴』，『慶雲是興』，『甘澤微微，雨我公田，爰既予私』，『年登歲豐，民無餒飢』云云，所謂『裁以正義』也。」

〔五〕詰咎文中經過對風雨之神的責問，最後使得風調雨順，「年登歲豐，民無餒飢」。「裁」，謂裁奪。曹植文不迷信鬼神，所以說「裁（斷）以正義」。

若乃禮之祭祝，事止告饗〔一〕；而中代祭文，兼讚言行〔二〕。祭而兼讚，蓋引神而作也〔三〕。又漢代山陵，哀策流文〔四〕；周喪盛姬，內史執策〔五〕。然則策本書贈〔六〕，因哀而爲文也。是以義同於誄〔七〕，而文實告神，誄首而哀末，頌體而祝儀〔八〕，太史所讀之讚，固周之祝文也〔九〕。

〔一〕校證：「『祝』原作『祀』，從唐寫本改。告饗之祝，見儀禮少牢饋食禮。」「『禮之祭祝』，指上文所指祭神和祝文。

范注：「儀禮少牢饋食禮：『主人西面，祝在左，主人再拜稽首。祝曰：孝孫某，敢用柔毛（羊也）、剛鬣（豕也）、嘉薦（菹醢也）、普淖（普，大也。淖，和也。德能大和，乃有黍稷。），用薦歲事于皇祖伯某（伯某，其字也）。以某妃（某妃，某妻也）配（合食曰配）某氏（某氏，若言姜氏、子氏）。尚饗。』（尚，庶幾。饗，歆也。）」斠詮：「告饗，謂奉獻酒食，祝告鬼神歆享之也。」

范注：「説文：『祰，告祭也。』爾雅釋詁：『祈，告也。』毛詩大雅行葦：『以祈黄耇。』箋云：『祈，告也。』『告』，本字作『祰』。」

陳懋仁文章緣起注「祭文」類襲此文云：「夫禮祭以誠，止于告饗。」

〔二〕范注：「中代祭文，據文章緣起有杜篤祭延鍾文，文佚。」范注引曹操祀故太尉橋玄文，見後漢書橋玄傳，又見魏志武帝紀注引褒賞令。

文體明辨序説：「按祭文者，祭奠親友之辭也。古之祭祀，止于告饗而已。中世以還，兼讚言行，以寓哀傷之意，蓋祝文之變也。」

文體明辨序説「祭文」類：「古者祀享，史有册祝，載其所以祀之之意，考之經可見。若文選所載謝惠連之祭古冢，王僧虔之祭顔延之，則亦不過叙其所祭，及悼惜之情而已。」「中代」，本書頌贊篇稱晉代爲末代，可見這裏是以「中代」指漢魏時期。

〔三〕校注：「『神』，徐𤊹校作『伸』。……按此言祝文體制之蕃衍，『伸』字是。易繫辭上：『引而伸之』。」「而」，唐寫本作「之」。「引伸」，謂從哀祭引出贊德行來。

古今文綜第六部第一編第四章祭弔哀誄甲「祭文」：「孝經疏云：祭者，際也，人神相接，故曰際也。周禮：太祝掌六祝之辭，以事鬼神，告饗有文，此其嚆矢。迄乎後世，體寖孳乳。唐翼修曰：祭文之用有四：祈禱雨暘，驅逐邪魅，干求福澤，哀痛死亡，如此而已。」

〔四〕「山陵」，帝王墳墓。廣雅釋丘疏證：「秦名天子冢曰山，漢曰陵。」「哀策」，頌揚天子后妃生前功德之文章。范注：「後漢書禮儀志：『司徒、太史令奉謚、哀策。』注曰：『晉時有人嵩高山下得竹簡一枚，上有兩行科斗書之。臺中外傳以相示，莫有知者。司空張華以問博士束晳。晳曰：「此明帝顯節陵中策也。」檢校果然。是知策用此書也。』案彦和謂『哀策流文』指此。文章緣起：『漢樂安相李尤作和帝哀策。』文佚。」「流文」，謂有哀策文流傳下來。「哀策流文」，漢代祭皇帝陵墓，用哀策文，因而流行成爲文體，即下文所説「誄首而哀末，頌體而祝儀」。

〔五〕穆天子傳六：「天子西至于重壁之臺，盛姬告病……天子哀之。是日哀次，天子乃殯盛姬于穀丘之廟。……於是殤祀而哭，内史執策。」郭璞注：「策，所以書贈賵之事。内史，主策命者。」哀册文不傳。

〔六〕范注：「『書贈』，唐寫本作『書賵』，均通。」

校釋：「唐寫本『贈』作『賵』，是。」按「賵」音奉，給喪家送葬之物。

校注：「按儀禮既夕禮：『書賵於方。』鄭注：『方，板也。書賵奠賻贈之人名與其物于板。』則唐寫本作『賵』是也。『賵』『贈』二字形近，每易淆誤。」

〔七〕范注：「摯虞文章流別論：『今哀策，古誄之義。』（御覽五百九十六引）」

〔八〕校釋：「『儀』疑作『義』。」按仍應作「儀」。哀策文開頭像誄，結尾是哀詞，體裁像頌，而進行儀式像祝。

〔九〕校證：「『太史所讀之讚，固周之祝文也』，唐寫本作『太祝所讀，固祝之文者也』。汪本以下作『太史所作之讚，因周之祝文也。』今參定如此。言漢之哀策，即周之祝文耳。」漢書百官公卿表上：「奉常……屬官……有太史。」後漢書續百官志：「太常，卿一人。……本注曰：掌禮儀祭祀。每祭祀，先奏其禮儀；及行事，常贊天子。」注曰：「漢舊儀曰：贊饗一人……掌贊天子。」范注：「案太常卿屬官，有太史令一人。禮儀志載太史令奉謚哀策，則彥和所云『太史作讚』，當爲指漢代而言矣。唐寫本作『太祝所讀，固祝之文者也』。語意似不甚明。」斯波六郎范注補正：「案此二句，疑當作『太史所讀，固周之祝文也』十字。續漢禮儀志下曰：『太史令自東南北面讀哀策。』據此，則漢太史令讀哀策可知。」校釋：「按漢之太史，屬于奉常，禮儀志載太史令奉謚哀策，是此二句應作『太史所讀，固周之祝文也』，言漢之哀策，與祝文實同一物也。」校注：「按唐寫本是。……續漢百官志二：『太祝令一人，六百石。本注曰：凡國祭祀，掌讀祝及迎送神。』」

以上爲第二段，言祝之流弊及其流變。

凡群言務華〔一〕，而降神務實，修辭立誠〔二〕，在於無媿〔三〕。祈禱之式，必誠以敬〔四〕；祭奠之楷，宜恭且哀：此其大較也〔五〕。班固之祀涿山〔六〕，祈禱之誠敬也；潘岳之祭庾婦〔七〕，祭奠之恭哀也〔八〕：舉彙而求〔九〕，昭然可鑒矣。

〔一〕校證：「『務』原作『發』，據唐寫本改。」

〔二〕易乾文言：「修辭立其誠。」正義：「外則修理文教，内則立其誠實。」此處借指寫祝辭的真誠。斠詮：「觀此，知祭文可分二種：一爲祭告山川，一爲祭奠親友。我國古代最重祀典，遠至唐虞之世，設有專官，以司其事。而祭奠親友則爲後起。東漢杜篤祭延鍾文，當爲祭奠親友文之較早者。此外又有所謂『祝文』，實爲祭文之先導，與祭文異名同實。」

〔三〕校證：「唐寫本『媿』作『愧』。」斯波六郎：「見『祝史陳信』條。又春秋左氏傳昭公二十年：『其祝史薦信，無愧心矣。』」

〔四〕校注：「按禮記曲禮上：『禱祠祭祀，供給鬼神，非禮不誠不莊。』鄭注：『莊，敬也。』」「式」指祈禱文之體式。

〔五〕紀評：「此雖老生之常談，然執是以衡文，其合格者亦寡矣。所謂三歲小兒道得，八十老翁行不得也。」

文章辨體序說「祭文」類：「大抵禱神以悔過遷善爲主，祭故舊以道達情意爲尚。若夫諛辭巧語，虛文蔓説，固弗足以動神，而亦君子之所厭聽也。」文體明辨序説「祭文」類：「按祭文者……蓋祝文之變也。……劉勰云：『祭奠之楷，宜恭且哀。』若夫辭華而靡實，情鬱而不宣，皆非工于此者也。」

〔六〕「祀」唐寫本作「祠」。校證：「『涿』原作『濛』，今從唐寫本改正。」范注：「班固祀濛山文不可考。唐寫本『濛』作『涿』。嚴可均全後漢文二十六輯得涿邪山祝文四句。」涿山在今蒙古人民共和國西部。校釋：「按固有涿邪山祝文，今亦訛『涿』爲『濛』。」

〔七〕黄注：「潘岳集有爲諸婦祭庾新婦文。」范注謂見藝文類聚三十八，文缺不全。又見全晉文卷九十三。

〔八〕校證：「『祭奠』原作『奠祭』。今從唐寫本乙正。」校注：「上文『祈禱之式，必誠以敬』，故承之曰『祈禱之誠敬也』。此當作『祭奠之恭哀也』，始能與上『祭奠之楷，宜恭且哀』句相應。」

〔九〕「彙」，類聚。

以上爲第三段，提出對祝文的規格要求。

盟者，明也〔一〕。騂毛白馬〔二〕，珠盤玉敦〔三〕。陳辭乎方明之下〔四〕，祝告於神明者也。

〔一〕釋名釋言語：「盟，明也。告其事于神明也。」周禮秋官序官：「司盟。」鄭注：「盟，以約辭告神，殺牲歃血，明著其信也。」

〔二〕黄注：「左傳：瑕禽曰：昔平王東遷，吾七姓從王，牲用備具，王賴之，而賜之騂旄之盟。」按此見襄公十年。杜注：「騂旄，赤牛也。舉騂旄者，言得重盟，不以犬鷄。」范注：「案『騂毛』當依左傳作『騂旄』。唐寫本正作『騂旄』。」「騂旄」，赤色的牛。黄注：「漢書：王陵曰：高皇帝刑白馬而盟曰：『非劉氏而王者，天下共擊之。』」按此見王陵傳。

〔三〕黄注：「周禮天官玉府：若合諸侯，則共珠盤玉敦。」鄭注：「敦，槃類，珠玉以爲飾。古者以槃盛血，以敦盛食，合諸侯者必割牛耳，取其血歃之以盟。珠槃以盛牛耳，尸盟者執之。」

〔四〕校注：「按儀禮覲禮：『諸侯覲于天子，爲宫方三百步，四門，壇十有二尋，深四尺，加方明於其上。方明者，木也。方四尺，設六色，東方青，南方赤，西方白，北方黑，上玄下黄。』鄭注：『方明者，上下四方神明之象也。上下四方之神者，所謂神明也。會同而盟，明神監之，則謂之天。天之司盟有象者，猶宗廟之有主乎？』周禮秋官司盟：『掌盟載之灋。凡邦國有疑會同，則掌其盟約之載及其禮儀，北面詔明神。』鄭玄注：『載，盟辭也。盟者書其辭於策……明神，神之明察者，謂日月山川也。覲禮加方明於壇上，所以依之也。詔之者，讀其載書以告之也。』」

在昔三王，詛盟不及〔一〕，時有要誓〔二〕，結言而退〔三〕。周衰屢盟〔四〕，弊及要劫〔五〕，始之以曹沫〔六〕，終之以毛遂〔七〕。

〔一〕黄注：「穀梁傳：詛盟不及三王。」按此見隱公八年。范寧注：「三王，謂夏、殷、周也。夏后有鈞臺之享，湯有景亳之命，周武有孟津之會，衆所歸信，不盟詛也。」

周禮春官詛祝：「詛祝掌盟、詛、類、造、攻、説、禬、禜之祝號。」鄭注：「八者之辭皆所以告神明也。盟詛主於要誓。大事曰盟，小事曰詛。」

〔二〕周禮春官詛祝：「作盟詛之載辭，以叙國之信用。」賈公彦疏：「作盟詛之載辭者，爲要誓之辭，載之於策。人多無信，故爲辭對神要之，使用信，故云以叙國之信用。」左傳襄公九年：「公孫舍之曰：『昭大神，要言焉，若可改也，大國亦可叛也。』知武子謂獻子曰：『我實不德，而要人以盟，豈禮也哉！』」斠詮：「要，結約也。……誓，約束也，見説文言部。」

〔三〕春秋桓公三年經：「夏，齊侯、衛侯胥命于蒲。」左傳：「不盟也。」杜注：「申約言以相命，而不歃血也。」公羊傳：「古者不盟，結言而退。」

〔四〕校注：「按詩小雅巧言：『君子屢盟，亂是用長。』鄭箋：『屢，數也。盟之所以數者，由世衰亂，多相背違。』」文體明辨序説：「三代盛時，初無詛盟。雖有要誓，結言則退而已。周衰，人鮮忠信，于是刑牲歃血，要質鬼神，而盟繁興。然俄而渝敗者多矣。」

〔五〕校證：「『弊』原作『以』，『劫』原作『契』，今從唐寫本改。」校注：「按唐寫本是。公羊傳莊公十三年：『莊公升壇，曹子手劍而從之。……已盟，曹子摽劍而去之。要盟可犯，而桓公不欺；曹子可讎，而桓公不怨。』解詁：『臣約束君曰「要」，彊見要脅而盟爾，故云「可犯」。以臣「劫」君，罪「可讎」。』是『要劫』不能……截然分爲兩事……且舍人於此語下，即緊接『始之以曹沫，終之以毛遂』二句，『要劫』史實已爲指明。」

〔六〕史記刺客列傳：「曹沫者，魯人也……爲魯將，與齊戰，三敗北。魯莊公懼。乃獻遂邑之地以和。……齊桓公許與魯會于柯而盟。……曹沫執匕首劫齊桓公，桓公左右莫敢動……乃許盡歸魯之侵地。」索隱：「沫，音亡葛反。左傳、穀梁並作曹劌，沫劌聲相近而字異耳。」又云：「此作曹沫，事約公羊爲説，然彼無其名，直云曹子而已。且左傳魯莊十年，戰于長勺，用曹劌謀敗齊，而無劫桓公之事，十三年盟于柯，公羊始論曹子。穀梁此年惟云：『曹劌之盟，信齊侯也。』又不記其行事之時也。」

〔七〕訓故：「史記：秦圍邯鄲，平原君求救于楚。議日中不決。毛遂按劍歷階而上。楚王叱之，遂曰：『王之所以叱遂者，以楚國之衆也。今十步之内，王不得恃其衆也。王之命懸于遂手，吾君在前，叱者何也？』議定，遂謂楚王之左右曰：『取鷄狗馬之血來。』毛遂奉銅盤而進之楚王曰：『王當歃血而定從，次者吾君，次者遂。』」按此見平原君列傳。

及秦昭盟夷，設黄龍之詛〔一〕；漢祖建侯，定山河之誓〔二〕。然義存則克終，道廢則渝始〔三〕，崇替在人，呪何預焉〔四〕。

〔一〕梅注：「楊用脩云：『黄龍盟見西南夷傳。』愚案後漢書：『秦昭襄王時有一白虎，常從群虎，數遊秦、蜀、巴、漢之境，傷害千余人。昭王乃重募國中有能殺虎者，賞邑萬家，金百鎰。時有巴郡閬中夷人，能作白竹之弩，乃登樓射殺白虎。昭王嘉之，而以其夷人，不欲加封，乃刻石盟要，復夷人頃田不租，十妻不筭，傷人者論，殺人者得以倓錢贖死。盟曰：「秦犯夷，輸黄龍一雙；夷犯秦，輸清酒一鍾。」夷人安之。』」按此見南蠻西南夷列傳板楯蠻夷傳。范注：「常璩華陽國志巴志：『秦昭襄王與夷人刻石盟曰：秦犯夷，輸黄龍一雙；夷犯秦，輸清酒一鍾。』」

校注：「郝懿行文心雕龍輯注批注云：『按黄龍非可輸之物，疑「黄龍」當爲「璜瓏」之省文。説文：「璜，半璧也。瓏，禱旱玉也，龍文。」（按見玉部）抑或作黄瓏，爲瓏玉色黄者耳。』其説當否，姑録以備考。」

〔二〕黄注：「史記高祖功臣侯者年表：封爵之誓曰：『使河如帶，泰山若厲，國以永寧，爰及苗裔。』」「厲」，同「礪」，磨刀石。

〔三〕左傳成公十二年：「有渝此盟，明神殛之。」「渝始」，改變原來誓言。

〔四〕校證：「唐寫本『呪』作『祝』。」「崇替」，興廢。

斠詮：「此言盟起於周衰，春秋之世最盛。祝告神明以取信，後世盟書是其濫觴。誓始起於尚書湯誓牧誓，所以征伐誓師，與漢祖封建諸侯不同。」

若夫臧洪歃辭，氣截雲蜺〔一〕；劉琨鐵誓，精貫霏霜〔二〕；而無補於漢晉，反爲仇讎〔三〕。故知信不由衷〔四〕，盟無益也〔五〕。

〔一〕校證：「唐寫本『歃辭』作『唾血』。『唾』乃『歃』誤。」斠詮：「唐寫本『歃』作『咶』，字通。後漢書馮衍傳：『咶血昆陽。』唐寫本行書如此。」

梅注：「後漢書：臧洪，廣陵射陽人也。靈帝中平末，棄官還家，太守張超請爲功曹。時董卓弑帝，圖危社稷，超與洪西至陳留，見兄邈計事。邈引洪與語，大異之。乃與諸牧守大會酸棗，設壇場，將盟。既而更相辭讓，莫敢先登，咸共推洪。洪乃攝衣升壇，操（應作歃）血而盟曰：漢室不幸，皇綱失統。賊臣董卓，乘釁縱害，禍加至尊，毒流百姓。大懼淪喪社稷，翦覆四海。某等糾合義兵，並赴國難。凡我同盟，齊心一力，以致臣節。隕首喪元，必無二志。有渝此盟，俾墜其命。皇天后土，實皆鑒之。」按此見臧洪傳，下文云：「洪辭氣慷慨，聞其言者，無不激揚。」後來臧洪爲袁紹所敗，被殺。「歃」，歃血，口含血，一説，以指蘸血，塗于口旁。「截」，斷。王金凌：「盟辭内容爲奬掖王室，誓滅董卓，的確有一股剛正之氣在，則『氣截雲蜺』似乎應指正氣。」

校注：「唐寫本『歃辭』作『唾血』，『氣』作『辭』。……元明以來各本因脱去『血』字，故移『辭』字屬上，而增一『氣』字以彌縫其闕，於文殊不辭矣。」按「氣截雲蜺」之「氣」指辭氣而言，核諸後漢書原文，説亦可通。而且「氣截雲蜺」與下文「精貫霏霜」形成對偶。

〔二〕梅注：「晉書：元帝稱制江左，琨乃令長史温嶠勸進。于是琨與段匹磾期討石勒，匹磾推琨爲大都督，喢血載書，檄諸方守，俱集襄國（按此見劉琨傳）。北堂書鈔琨與匹磾盟文曰：天不靖晉，難集上邦，四方豪傑，是焉煽動。乃憑陵于諸夏，俾天子播越震蕩，罔有攸底。二虜交侵，區夏將泯，神人乏主，蒼生無歸，百罹備臻，死喪相枕。肌膚潤于鋒鏑，骸骨曝于草莽，千里無烟火之廬，列城有兵曠之邑，茲所以痛心疾首，仰訴皇穹者也。臣琨蒙國寵靈，叨竊台岳；臣磾世效忠節，忝荷公輔，大懼醜類，猾夏王旅，隕首喪元，盡其臣禮。古先哲王，貽厥後訓，所以翼戴天子。敦序同好者，莫不臨之神明，結之盟誓。故齊桓會于邵陵，而群后加恭；晉文盟于踐土，而諸侯茲順。加臣等介在遐鄙，而與主相去迥遼，是以敢于先典，刑牲歃血。自今日既盟之後，皆盡忠竭節，以翦夷二寇。有加難于琨，磾必救；加難於磾，琨亦如之。繾綣齊契，披布胸懷，書功金石，藏于王府。有渝此盟，亡其宗族，俾墜軍旅，無其遺育。」「霏」，雲氣。「霏霜」，雪霜，比喻堅貞。

黃注：「劉琨傳：琨字越石。建武元年……琨、匹磾進屯固安，以俟衆軍。匹磾從弟末波納（石）勒厚賂，獨不進，乃沮其計。琨、匹磾以勢弱而退。」

〔三〕校證：「唐寫本無『於』字。『漢晉』原作『晉漢』，今從唐寫本乙正。」

黃叔琳原評：「二盟義炳千古，不宜以成敗論之。」

紀評：「彥和此論紕繆，北平先生（黃叔琳）譏之是也。」

補注：「案黄注引後漢書臧洪傳『無不激揚』下，當添入『自是之後，諸軍各懷遲疑，莫適先進，遂使糧儲單竭，兵衆乖散』；原引晉書劉琨傳『以勢弱而退』下，當添入『未波許琨爲幽州刺史，共結盟而襲匹磾，請琨爲内應，而爲匹磾邏騎所得。琨别屯故征北府小城，未之知也。來見匹磾，匹磾遂留琨。會王敦密使匹磾殺琨。匹磾遂稱有詔收琨，遂縊之』。如此方與彦和本文『無補晉漢，反爲仇讎』相合。」臧洪後被同時起來反對董卓的袁紹所殺。所以説「無補」。

范注：「案彦和所云『無補晉漢，反爲仇讎；信不由衷，盟無益也』諸語，乃指當時與盟之人而言，于臧、劉二子，固已推崇無所不至矣。」

〔四〕斯波六郎：「春秋左氏傳隱公三年：『君子曰：信不由中，質無益也。』」「衷」與「中」通。

〔五〕校注：「按左傳桓十二年：『君子曰：苟信不繼，盟無益也。』」

夫盟之大體，必序危機，奬忠孝，共存亡，戮心力，祈幽靈以取鑒，指九天以爲正〔一〕；感激以立誠，切至以敷辭〔二〕，此其所同也〔三〕。然非辭之難，處辭爲難〔四〕。後之君子，宜存殷鑒〔五〕，忠信可矣，無恃神焉。

〔一〕斯波六郎：「離騷：『指九天以爲正兮，夫唯靈脩之故也。』」王逸注：「指，語也；九天，謂中央八方也；正，平也。」儀禮士昏禮：「女出于母左，父西面戒之，必有正焉。」正義：「以物爲憑曰正。」是「正」亦可作憑證解。「戮」，合力。

〔二〕後漢書楊震傳：「震前後所上，轉有切至，帝既不平之。」晉書江統傳：「申論陸雲兄弟，辭甚切至。」「切至」，形容言辭的懇切周到。

〔三〕文體明辨序説「盟」類（「誓」附）：「夫盟誓之文，必序危機，奬忠孝，戮心力，祈幽靈以取鑒，指九天以爲正，感激以立誠，切至以敷詞，此其所同也。然義存則克終，道廢則渝始，亦存乎人焉耳。嗚呼，勰爲斯言，其知盟誓之要者乎？」

〔四〕斠詮：「此二語從韓非子説難『則非知之難也，處知則難也』蜕化而出。……韓非子宋注釋其句云：『其思，鄰父非不知也，但處用其知，不得其宜，故或見戮，或見疑，故曰處之難也。』是此『處辭』之處，當作處用解，而處用有遵守之意。全句謂非撰寫誓辭之難，而是遵守誓辭爲難也。」

〔五〕校證：「『存』原作『在』，從唐寫本改。」詩大雅蕩：「殷鑒不遠，在夏后之世。」

以上第四段，言盟的意義、來源、發展及其規格要求。

贊曰：毖祀欽明〔一〕，祝史惟談〔二〕。立誠在肅〔三〕，修辭必甘。季代彌飾〔四〕，絢言朱藍〔五〕。神之來格〔六〕，所貴無慚〔七〕。

〔一〕唐寫本「毖」作「祕」。尚書洛誥：「予沖子夙夜毖祀。」孔傳：「言政化由公而立，我童子徒早起夜寐，慎其祭祀而已。」范注：「唐寫本『欽明』作『唾血』，非是。」校證：「『唾』亦『歃』誤。」尚書堯典：「欽明文思安安。」「欽」，敬也。正義：「照臨四方謂之明。」校注：「『欽明』疑爲『方明』之誤（篇中有「方明」之文）。此句本統言祝與盟二者，『毖祀方明』即慎祀上下四方神明之意。於祝於盟，均能關合。作『欽明』，既不愜洽；若據唐寫本之『唾血』改爲『唽血』，則又不能施之於祝矣。」

注訂：「書酒誥：『汝劼毖殷獻臣。』正義曰：『毖訓爲慎。』」

〔二〕「談」，指祀辭或盟辭。

〔三〕校證：「顧校、譚校『立』作『意』。案顧、譚校不可從。『修辭立誠』，乃易乾文言文，彦和此文本之。上文『修辭立誠』，『感激以立誠，切至以敷辭』，並作『立』，可證。」

〔四〕「季代」，末代，和時序篇中「季世」同，指晉代以後。

〔五〕校證：「『言』，何云：『疑作焉。』」「絢言朱藍」，言辭絢爛而尚華采，指後世祝盟崇尚辭藻，但祝盟宜求質實。

〔六〕詩大雅抑：「神之格思。」毛傳：「格，至也。」斠詮：「格亦訓感通，書説命：『格于皇天。』」

〔七〕校注：「篇中『凡群言發華，而降神務實，脩辭立誠，在於無媿』云云，即『所貴無慚』之意。」

卷三

銘箴第十一

禮記祭統：「夫鼎有銘。銘者自名也，自名以稱揚其先祖之美，而明著之後世者也。爲先祖者，莫不有美焉，莫不有惡焉。銘之義，稱美而不稱惡，此孝子孝孫之心也。唯賢者能之。銘者，論譔其先祖之有德善、功烈、勳勞、慶賞、聲名，列於天下，而酌之祭器，自成其名焉，以祀其先祖者也。顯揚先祖，所以崇孝也。身比焉，順也。明示後世，教也。夫銘者，壹稱而上下皆得焉耳矣。是故君子之觀於銘也，既美其所稱，又美其所爲。爲之者，明足以見之，仁足以與之，知足以利之，可謂賢矣。賢而勿伐，可謂恭矣。」注：「銘，謂書之刻之以識事者也。自名，謂稱揚其先祖之德，著己名於下。」

銘箴一開始就是先秦貴族的産物。左傳襄公十九年載臧武仲云：「夫銘，天子令德，諸侯言時計功，大夫稱伐。……且夫大伐小，取其所得，以作彝器，銘其功烈，以示子孫，昭明德而懲無禮也。」這裏説天子銘德不銘功，諸侯舉動得時而有功可以銘，大夫討伐别人有功，也可以銘。總之，這種銘都是當時貴族紀念所謂「功德」的。文章流別論云：「且上古之銘，銘於宗廟之碑。……後世以來之器銘之嘉者……咸以表顯功德。」另外有一種刻在器物上的銘，是以警戒爲目的的。這種警戒，有的是自戒的，有的是警戒別人的。褒贊功德的銘有兩種：一種是表揚生者的功德，一種是表揚死者的功德。至於箴，則完全以警戒爲主，而且警戒的目的也有警戒別人和自戒兩種：警戒別人的叫「官箴」，作自我警戒的叫「私箴」。箴的本義爲鍼石之鍼，是醫生治病的工具，因此把補缺防患的規戒之辭，就叫做箴。

饒宗頤文心雕龍探源五文心各篇之取材述略：「蔡邕有銘論（全後漢文七四）崔瑗有叙箴（全後漢文四五）。」

昔帝軒刻輿几以弼違〔一〕，大禹勒筍簴而招諫〔二〕，成湯盤盂，著日新之規〔三〕，武王戶席，題必戒之訓〔四〕，周公慎言於金人〔五〕，仲尼革容於欹器〔六〕，則先聖鑒戒〔七〕，其來久矣〔八〕。

〔一〕校注：「事始引作『軒轅輿几以弼不逮』，事物紀原集類四、事物考二引同，宋本御覽五百九十引作『昔軒轅帝刻輿以弼違』，活字本御覽作『昔軒轅刻輿以弼違』。喜多本、鮑本御覽作『昔軒轅帝刻輿几以弼違』。按諸書所引，皆有脱誤。帝王世紀：『（黄帝）或曰帝軒。』（御覽七九引）……文選張衡思玄賦『會帝軒之未歸兮』，又顏延之赭白馬賦『昔帝軒陟位』，是稱黄帝爲『帝軒』之證。書益稷：『予違汝弼。』此『弼違』二字所自出。（諧隱篇「其次弼違曉惑」，亦以弼違二字連文。）『輿几』與下句『笥簴』相儷。唐寫本作『昔帝軒刻輿几以弼違』，與今本正同。又按國語楚語上：『左史倚相曰：「……在輿，有旅賁之規……倚几，有誦訓之諫。」』韋注：『規，規諫也。誦訓，工師所誦之諫，書之於几也。』李尤几銘序：『昔帝軒仁智恭恕，恐事之有闕，作倚几之法。』（書鈔一三三、御覽七百一十引）張華有倚几銘，見書鈔一三三及御覽（七百一十）引。據此，則『輿几』似爲二物。」

玉海卷三十一：「皇王大紀：黄帝作輿几之箴以警宴安，作金几之銘以戒逸欲。」范注：「漢書藝文志道家載黄帝銘六篇。蔡邕銘論曰：『黄帝有巾几之法。』後漢書朱穆傳：『古之明君，必有輔德之臣，規諫之官，下至器物，銘書成敗，以防遺失。』注曰：『黄帝作巾几之法。』路史疏仡紀載黄帝巾几之銘曰：『毋翕弱，毋俷德，毋違同，毋傲禮。毋謀非德，毋犯非義。』諸書均作巾几，無作輿几者。留存事始：『文心曰：軒轅輿几，與弼不逮，即爲箴也。』留存，唐人，引文心作『輿几』，是彦和本作『輿几』，别有所本也。宋胡宏皇王大紀亦謂帝軒作輿几之箴，以警晏安。」

校證：「『以弼違』，事始、事物紀原、事物原始、山堂肆考作『以弼不逮』。案諧讔篇亦有『弼違』語，此疑出高承臆改。」

玉海卷二〇四辭學指南「銘」類：「銘始於黄帝，漢藝文志道家有黄帝銘六篇。（應劭曰：盤孟諸書，黄帝史孔甲所作銘也。）」

書益稷：「予違汝弼。」孔安國傳：「我違道，汝當以義輔正我。」後因稱糾正過失爲弼違。晉書武帝紀：「擇其能正色弼違，匡救不逮者以兼此選。」

〔二〕唐寫本「筍」作「簨」，「而」作「以」。校證：「御覽『而』作『以』。」

梅注：「淮南子：禹之時，以五音聽治，懸鐘鼓磬鐸置鞀，以待四方之士，爲號曰：教寡人以道者擊鼓，諭寡人以義者擊鐘，告寡人以事者振鐸，語寡人以憂者擊磬，有獄訟者摇鞀。當此之時，一饋而十起，一沐而三捉髮，以勞天下之民，此而不能達善效忠者，則才不足也。」按此見氾論訓。

訓故：「鬻子：大禹爲銘於筍簴曰：教寡人以道者擊鼓，教以義者擊鐘，教以事者振鐸，語以憂者擊磬。」

范注：「周禮春官典庸器注引杜子春曰：『筍讀如博選之選。横者爲筍，從者爲鐻。』釋文：『鐻，今或作簴。』」

注訂：「周禮冬官考工記：『梓人爲筍簴。』注：『樂器所縣，横曰筍，直曰簴。』」

按周禮春官典庸器：「帥其屬而設筍簴。」「筍簴」，同簨簴，古代縣鐘磬的架。「勒」，刻。

校注：「『筍』，唐本作『簨』。按筍、簨音同誼通。禮記明堂位：『夏后氏之龍簨簴。』釋文『簨本作筍』即其例。」

〔三〕范注：「禮記大學篇：『湯之盤銘曰：苟日新，日日新，又日新。』」鄭注：「盤銘，刻戒於盤也。」正義：「湯沐浴之盤而刻銘爲戒。」注訂：「盂，器名。此云『盤盂』，與『輿几』相類，皆引伸增文。」

〔四〕唐寫本「戒」作「誡」。玉海卷二〇四辭學指南銘類：「禹銘筍簴，湯銘於盤（銘者，名也，因其器名，書以爲戒也），武王聞丹書之言爲銘十六。」訓故：「大戴禮：師尚父曰：臣聞以仁得之，以仁守之，其量百世。以不仁得之，以不仁守之，必及其世。王聞書之言，惕若恐懼，退而爲戒書。於户爲銘焉，於牖爲銘焉，凡二十五章。」梅注：「户銘曰：『夫名難得而易失。無懃弗志，而曰我知之乎。無懃弗及，而曰我杖之乎。擾阻以泥之。若風將至，必先搖搖，雖有聖人，不能爲謀也。』席銘（按原書作席四端銘）曰：『安樂必敬，無行可悔。一反一側，亦不可不志。所鑑不遠，視爾所代。』」按以上均見大戴禮武王踐阼。

大戴禮記武王踐阼篇：「（武）王聞書之言，惕若恐懼，退而爲戒書。於席之四端爲銘焉，於機爲銘焉，於鑑爲銘焉，於盥盤爲銘焉，於楹爲銘焉，於杖爲銘焉，於帶爲銘焉，於履屨爲銘焉，於觴豆爲銘焉，於户爲銘焉，於牖爲銘焉，於劍爲銘焉，於弓爲銘焉，於矛爲銘焉。」

〔五〕孔子家語觀周：「孔子觀周……有金人焉，三緘其口而銘其背曰：古之慎言人也。戒之哉！無多言，多言多敗。無多事，多事多患。安樂必戒，無所行悔。勿謂何傷，其禍將長。勿謂何患，其禍將大。勿謂不聞，神將伺人。餤餤不滅，炎炎若何。涓涓不壅，終爲江河。綿綿不絶，或成網羅。毫末不扎，將尋斧柯。誠能慎之，福之根也；曰是何傷，禍之門也。强梁者不得其死，好勝者必遇其敵。盜憎主人，民怨其上。君子知天下之不可上也，故下之；知衆人之不可先也，故後之。温恭慎德，使人慕之。執雌持下，人莫踰之。人皆趨彼，我獨守此。人皆或之，我獨不徙。内藏我智，不示人技；我雖尊高，人弗我害。誰能於此。江海雖左，長於百川，以其卑也。天道無親，而能下人。戒之哉！」

范注：「周公金人銘無可考。案嚴可均（全上古文卷一金人銘注）云：金人銘舊無撰人名。據太公陰謀、太公金匱，知即黄帝六銘之一。金匱僅載銘首二十餘字。説苑敬慎篇載其全文，録之於下：孔子之周，觀於太廟，右陛之前，有金人焉，三緘其口而銘其背曰云云。」其文與孔子家語所載略同。范注：「此道家附會之辭，僞跡顯然，不可信。」

注訂：「金人銘撰人失載，此云周公，必舍人别有所據，蔡邕銘論有『周廟金人』語。」郭注：「今案此銘刻之於周之太廟，故彦和云『周公慎言於金人』也。」斠詮：「古所稱金人，多鑄銅爲之，即銅人也。」

〔六〕淮南子道應篇：「孔子觀桓公之廟，有器焉，謂之宥巵。孔子曰：『善哉，余得見此器。』顧曰：『弟子取水。』水至灌之，其中則正，其盈則覆。孔子造然革容曰：『善哉，持盈者乎！』」

按梅注引家語與此略同。

校注：「按仲尼觀欹器事，互見各書，早者自屬荀子；然舍人『革容』二字，則本淮南子道應篇也。（上言『愼言』，故此以『革容』對。）」

紀評：「欹器不言有銘，此句未詳，或六朝所據之書，今不盡見耳。」周注：「欹器不聞有銘，這是連類而說。」

〔七〕校注：「唐寫本作『列聖鑑戒』，御覽引同。按唐寫本、御覽是也。今本『則』字乃『列』之形誤；『則聖鑑戒』，於文不辭，故又增『先』字以足之耳。封禪篇：『騰休明於列聖之上。』正以『列聖』連文。」

「欹器」，本作「攲器」。荀子宥坐「有欹器焉」楊倞注：「文子曰：『三王五帝有勸戒之器名侑卮。』注云：『欹器也。』」「欹器」當爲古代盛酒用的一種祭器，因其傾欹易覆，故名。晉杜預、南朝祖沖之皆曾仿制，今其制已不傳。「革容」，變色，指引起警惕。

〔八〕注訂：「自黃帝始，迄於仲尼，列舉古聖賢，其重銘也如彼，才不及聖賢者，又將何如哉！述其沿習，即所以重其影響，所謂文外趣致，不可不知也。」

劉師培論文雜記：「銘者，古人儆勵之詞也。銘始於黃帝，故漢志道家類列黃帝銘六篇，厥後禹銘筍虡，湯銘浴盤，武王聞丹書之言，爲銘十六。而周代卿士大夫，莫不勒銘於器以示子孫。」

徐炬事物原始「銘」類：「銘，志也，記銘其功也。湯有盤銘，武王有衣銘、鏡銘。觴銘曰：『樂極則悲，沉湎致非。』崔子玉座右銘曰：『無道人之短，無説己之長，施人謹勿念，受施謹勿忘。』僧立息心銘曰：『毋多慮，毋多智。』」

文體明辨序說：「考諸夏商鼎彝、尊卣、盤匜之屬，莫不有銘，而文多殘缺，獨湯盤見於大學，而大戴禮備載武王諸銘，使後人有所取法，是以其後作者寖繁，凡山川宮室門井之類，皆有銘詞。然要其體，不過有二：一曰警戒，二曰祝頌。」

故銘者，名也，觀器必也正名，審用貴乎盛德〔一〕。蓋臧武仲之論銘也，曰：「天子令德，諸侯計功，大夫稱伐〔二〕。」夏鑄九牧之金鼎〔三〕，周勒肅慎之楛矢〔四〕，令德之事也；呂望銘功於昆吾〔五〕，仲山鏤績於庸器〔六〕，計功之義也；魏顆紀勳於景鐘〔七〕，孔悝表勤於衛鼎〔八〕，稱伐之類也。

〔一〕唐寫本無「故」字。校注：「唐寫本作：『銘者，名也，親器必名焉。正名審用，貴乎慎德。』……按唐寫本僅『親』字有誤（唐寫本「觀」皆作「親」），餘並是也。今本作『觀器必也正名』，蓋寫者涉論語子路『必也正名乎』之文而誤。後遂於『名』字下加豆。『盛』，御覽、玉海六十引亦並作『慎』，與唐寫本合（餘同今本）。法言脩身篇：『或問銘？曰：「銘哉！銘哉！有意於慎也。」』是銘之用，固在慎德矣。頌讚篇：『敬慎如銘。』亦可證。」潘重規云：「唐寫本『觀』旁『勸』旁草書皆與『親』相似，實非誤字。」校釋：「唐寫本作『觀器必名焉』爲句，『正名』屬下『審用』爲句。是也。」

范注：「毛詩鄘風定之方中正義曰：『作器能銘者，謂既作器能爲其銘。若栗氏爲量，其銘曰：「時文思索，允臻其極。嘉量既成，以觀四國。永啓厥後，茲器爲則。」是也。（案此銘見考工記）。大戴禮説武王盤盂几杖皆有銘，此其存者也。銘者，名也，所以因其器名而書以爲戒也。』……釋名釋典藝：『銘，名也，述其功美，使可稱名也。』」

周禮夏官司勳：「凡有功者，銘書於王之太常，祭於大烝，司勳詔之。」鄭康成注：「銘之言名也。」釋名釋言語：「銘，名也，記名其功也。」

注訂：「銘，古通作名。禮記祭統：『鼎有銘，名者自名也。』加金旁者，以其題勒於鐘鼎也。」

文章流別論：「德勳立而銘著。」

〔二〕唐寫本無「武」字，「曰天子令德，諸侯計功，大夫稱伐」三句脱。范注：「左襄十九年傳：『季武子以所得於齊之兵作林鍾，而銘魯功焉。臧武仲謂季孫曰：非禮也。夫銘，天子令德（天子銘德不銘功），諸侯言時計功（舉得時，動有功，則可銘也），大夫稱伐（銘其攻伐之勞）。』」

「臧武仲」，魯大夫，臧孫氏，名紇，官司寇。「令」，善，美。此指銘其美德。

〔三〕唐寫本「鼎」字「矢」字均缺。范注：「左宣三年傳：『楚子伐陸渾之戎，遂至於雒，觀兵於周疆。定王使王孫滿勞楚子。楚子問鼎之大小、輕重焉。對曰：在德不在鼎。昔夏之方有德也，遠方圖物（圖畫山川奇異之物而獻之），貢金九牧（使九州之牧貢金），鑄鼎象物（象所圖物，著之於鼎），百物而爲之備，使民知神姦（圖鬼神百物之形，使民逆備之）。』案禹貢不言有銘，彦和以意説之。」

斠詮：「九牧，九州之長也。禮記曲禮下：『九州之長，入天子之國曰牧。』漢書郊祀志：『禹收九州之金，鑄九鼎，象九州。』」

〔四〕國語魯語下：「仲尼曰：……昔武王克商，通道于九夷百蠻，使各以其方賄來貢。……於是肅慎氏貢楛矢石砮，其長尺有咫。先王欲昭其令德之致遠也，以示後人，使永監焉。故銘其栝曰：肅慎氏之貢矢。」韋昭注：「刻曰銘。栝，箭羽之間也。」「肅慎氏」，古族名，商周時居「不咸山（長白山）北」，「東臨大海」，北至黑龍江中下游。「楛矢」，楛木做的箭。楛莖似荆，木可以作矢幹。

〔五〕黄注：「史記：太公望吕尚者，東海上人。」

范注：「蔡邕銘論：『吕尚作周太師而封于齊，其功銘于昆吾之冶。』逸周書大聚解：『乃召昆吾冶而銘之金版。』昆吾，當時善冶人名。」

斠詮：「吕望，即太公望吕尚也。『昆吾』有四義：一曰圜器，謂圜渾也。説文：『壺，昆吾圜器也。』段注：『缶部曰，古者昆吾作匋。壺者，昆吾始爲之。』二曰古國名，夏之昆吾國，夏伯昆吾封此，爲成湯所滅。……三曰山名，山海經中山經：『昆吾之山，其上多赤銅。』四曰冶人名。」

〔六〕訓故：「古文苑仲山甫鼎銘注：竇憲北征，南單于遺憲古鼎，其傍銘曰『仲山甫鼎』。崔駰時爲主簿，因爲之銘。」「仲山甫」，周宣王時卿士，見詩經大雅烝民。周禮春官典庸器：「掌藏樂器、庸器。」注：「庸器，伐國所獲之器，若崇鼎、貫鼎及以其兵物所鑄銘也。」

斠詮：「庸器，一謂伐國所獲之器也。……一謂銘功之器也。周禮春官序官『典庸器』注：『庸，功也。鄭司農云：有功者鑄器以銘其功。』後漢書竇憲傳：『南單于遺憲古鼎，容五斗，其旁銘曰：仲山甫鼎，其萬年子子孫孫永保用』。」

〔七〕校證：「『鐘』……唐寫本、御覽作『鍾』……『鍾』『鐘』古通。」

黄注：「國語：昔克潞之役，秦來圖敗晉功，魏顆以其身却退秦師于輔氏，親止杜回。其勳銘于景鍾。」按此見晉語七。韋昭注：「景鍾，景公鍾。」銘文今不存。

斠詮：「魏顆，春秋晉大夫犨子，仕爲卿。左傳宣十五年：『秋七月，秦桓公伐晉，次于輔氏。魏顆敗秦師於輔氏。獲杜回，秦之力人也。……』景鐘，晉景公所鑄之鐘也。」

〔八〕禮記祭統：「故衛孔悝之鼎銘曰：六月丁亥，公假于大廟。公曰：叔舅！乃祖莊叔，左右成公。成公乃命莊叔隨難于漢陽，即宫于宗周，奔走無射，啓右獻公，獻公乃命成叔纂乃祖服。乃考文叔，興舊耆欲，作率慶士，躬恤衛國，共勤公家，夙夜不解。民咸曰：休哉！公曰，叔舅，予女銘，若纂乃考服。悝拜稽首曰：對揚以辟之，勤大命施于烝彝鼎。』「勤」，勞苦。玉海卷六十引文心雕龍作：「夏鑄九鼎，周勒楛矢，令德之事也。吕望銘昆吾，仲山鏤庸器，計功之義也。魏顆景鍾，孔悝衛鼎，稱伐之類也。」玉海卷二〇四辭學指南「銘」類：「西山先生曰：古之爲銘，有稱述先人之德善勞烈者，衛孔悝鼎銘是也。有著儆戒之辭于器物者，如湯盤銘，武王几、杖、楹、席之銘是也。」魏文帝與鍾繇五熟釜書：「夫周之尸臣，宋之考父，衛之孔悝，晉之魏顆，彼四臣者，並以功德勒名鐘鼎。」

斠詮：「孔悝，春秋衛正卿，逐輒立蒯聵，是爲莊公。莊公德之，銘之於鼎。事見左傳哀公十五、六年。」

若乃飛廉有石槨之錫〔一〕，靈公有奪里之謚〔二〕，銘發幽石，吁可怪矣〔三〕。趙靈勒跡於番吾〔四〕，秦昭刻博於華山〔五〕，夸誕示後，吁可笑也！詳觀衆例，銘義見矣〔六〕。

〔一〕梅注：「楊用脩云：『飛廉事見史記秦紀。』愚按秦紀：飛廉爲紂石北方，還，無所報，爲壇霍泰山而報，得石棺，銘曰：『帝令處父，不與殷亂。賜爾石棺以華氏。』死，遂葬于霍泰山。」范注引史記索隱曰：「『言處父至忠，國滅君死而不忘臣節，故天賜石棺，以光華其族。事蓋非實，譙周深所不信。』彥和意同譙周，故云可怪。『石槨』當據史記作『石棺』。」注訂：「飛廉，一作蜚廉。史記秦本紀：『蜚廉善走，父子俱以材力事殷紂。』」斠詮謂：「『石北方』之『石』字當據御覽及淵鑑類函改作使。處父，飛廉字。」

〔二〕梅注：「莊子：仲尼問于豨韋曰：夫衛靈公所以爲靈者何耶？豨韋曰：夫靈公也，死卜葬于故墓，不吉；卜葬于沙丘而吉。掘之數仞，得石槨焉。洗而視之，有銘焉。曰：『不馮之（原書作「其」）子，靈公奪而埋之。』夫靈公之爲靈也久矣。搜神記曰：人死，精神歸于蒿里。」范注：「博物志異聞篇：『衛靈公葬，得石槨。銘曰：不逢箕子，靈公奪我里。』」「奪里」舊作「蒿里」。校注：「蒿，唐寫本作『舊』；御覽引作『奪』。按『奪』字是，『舊』蓋『奪』之形誤，『蒿』則寫者臆改。『奪里』見莊子則陽篇。」玉海卷六十引於本句下注云：「莊子。博物志：石槨銘云：靈公奪之我里。」

〔三〕校注：「鮑氏集蕪城賦：『莫不埋魂幽石。』」「吁可怪矣」唐寫本作「噫可怪也」。注訂：「石槨之錫，蒿里之諡，皆銘發幽石，非人情也。況飛廉被逐，見于孟子，此秦人之後，自炫其說以耀祖，非事實也。故云『吁可怪矣』。」「幽石」，指埋藏于地下的石椁。

〔四〕梅注：「楊用脩云：趙靈事見韓非子。番吾，山名，何物白丁，改作番禺？番禺在南海古嶺，趙武靈何由至其地耶？按韓子：趙主父令工施鈎梯而緣潘吾，刻疏人跡其上，廣三尺，長五尺，而勒之曰：「主父嘗遊于此。」按此見外儲説左上。潘吾，即番吾。唐寫本御覽正作潘吾。陳奇猷韓非子集釋謂：「在今正定府平山縣東南。漢地理志云：『縣有鐵山。』」玉海卷六十引作：「趙靈勒跡于番禺。」原注云：「趙主父令工施鉤梯而緣番吾，刻疎人跡其上，而勒之曰：主父嘗遊于此。」札記：「刻疎當連讀，疎亦刻也。」玉海卷六十：「韓非子：先王之賦頌，鍾鼎之銘，皆番吾之跡，華山之博也。」「趙靈」，趙武靈王，號主父。

〔五〕玉海卷六十引于本句下注云：「秦昭王令工施鉤梯而上華山，以松柏之心爲博，勒之曰：昭王嘗與天神博于此。」

梅注：「韓非子：秦昭王令工施鉤梯而上華山，以松柏之心爲博。箭長八尺，棊長八寸，而勒之曰：昭王嘗與天神博于此矣。」按此見外儲説左上。

范注：「趙武靈王自稱主父，秦昭王豈亦生時自謚耶？」

陳奇猷集釋：「博，同簙，説文云：『簙，局戲也，六箸，十二棊也。』博雅云：『博箸謂之箭。』」

〔六〕注訂：「自『若乃飛廉』以下至末，列舉二靈秦昭，皆怪詭妄作，非義之正也。」

蔡邕銘論：「春秋之論銘也，曰天子令德，諸侯言時計功，大夫稱伐。昔肅慎納貢，銘之楛矢，所謂天子令德者也。黄帝有巾几之法，孔甲有槃杅之誡，殷湯有甘誓之勒，毚鼎有丕顯之銘，武王踐阼，咨于太師，而作席几楹杖雜銘十有八章。周廟金人，緘口書背，銘之以慎言，亦所以勸進人主，勖于令德者也。昔召公作誥，先王賜朕鼎，出於武當曾水。呂尚作周太師而封于齊，其功銘于昆吾之冶。漢獲齊侯寶樽于槐里，獲寶鼎于美陽。仲山甫有補袞闕式百辟之功，周禮司勳凡有大功者，銘之大常，所謂諸侯言時計功者也。宋大夫正考父三命兹益恭，而莫侮其國。衛孔悝之父莊叔，隨難漢陽，左右獻公，衛國賴之，皆銘于鼎。晉魏顆獲秦杜回于輔氏，銘功于景鐘，所謂大夫稱伐者也。鐘鼎禮樂之器，昭德紀功，以示子孫，物不朽者，莫不朽于金石，故碑在宗廟兩階之間。近世以來，咸銘之于碑，德非此族，不在銘典。」

以上爲第一段，解説銘之起源、意義並據先秦銘文舉出類例。

至於始皇勒岳〔一〕，政暴而文澤，亦有疎通之美焉〔二〕。若班固燕然之勒〔三〕，張昶華陰之碣〔四〕，序亦盛矣〔五〕。

〔一〕訓故：「史記始皇二十八年，東行郡縣，上泰山，立石，封祠祀，刻石頌秦德焉而去。」

范注：「頌贊篇云：『秦政刻文，愛頌其德。』彼實頌體，而刻石則銘。」就其文而言是頌，就其刻石而言就是銘。但有時頌贊等即使刻石也稱頌贊，而銘文也不一定全是歌頌的文章。换言之，刻石的不一定就是銘，也可能是其他文體，而銘文則以刻石或刻于器物爲常。

史記秦始皇本紀載始皇巡行各地，在山上刻石稱頌秦功德的，有泰山刻石、琅邪臺刻石、之罘西觀銘、之罘東觀銘等。銘文均李斯所作。

〔二〕唐寫本「有」作「其」。史記五帝本紀：「靜淵以有謀，疏通而知事。」封禪篇：「秦皇銘岱，文自李斯，法家辭氣，體乏弘潤，然疎而能壯，亦彼時之絕采也。」禮記經解：「疏通知遠，書教也。」孫希旦集解：「疏通，謂通達於政事。」斠詮：「彥和藉其詞而申其義，承上文『政暴而文澤』言，有『疏導政理，通達民情』之意存焉。」

〔三〕唐寫本無「若」字。玉海卷六十引于句下注云：「見後漢書。」訓故：「文選：班固從竇憲北征，過燕然山，勒銘曰：鑠王師兮征荒裔，勦凶虐兮截海外。夐其邈兮亘地界，封神丘兮建隆嵑，熙帝載兮振萬世。」後漢書竇憲傳：「會南單于請兵北伐，乃拜憲車騎將軍……大破之。……登燕然山……刻石勒功，紀漢威德，令班固作銘。」春覺齋論文流別論四：「班蘭臺封燕然山銘文至肅穆，序不以華藻爲敷陳，骨節鏘然，銘用楚辭體，實則非也，楚辭之聲悲；銘詞之聲沉；楚辭之聲抗，銘詞之聲啞。其詞曰：『鑠王師兮征荒裔……熙帝載兮振萬世。』吐屬不類蘭臺。然蘭臺深知銘體典重，一涉悲抗，便爲失體，故聲沉而韻啞。」

〔四〕玉海卷六十引于句下注云：「見古文苑，文選注有張昶華山堂闕銘。」訓故：「古文苑華陰堂闕碑銘，張昶爲北地太守段煨作，其首云：嶽有五，而華處其一；瀆有四，而河在其數。其靈也至矣。蓋合祀河嶽之神也。」范注：「張昶，唐寫本作張旭，古文苑十八載昶此文亦一作張旭。昶文又見藝文類聚七、初學記五。……昶字文舒，建安初爲給事黄門侍郎。」「碣」，圓頂的碑石。

〔五〕班固的封燕然山銘，和張昶的西嶽華山堂闕碑銘，都有很壯盛的序文。

蔡邕銘思，獨冠古今〔一〕。橋公之鉞，吐納典謨〔二〕；朱穆之鼎，全成碑文〔三〕；溺所長也〔四〕。

〔一〕范校引孫云：「御覽作『蔡邕之銘，思燭古今』。」校注：「按陸士龍文集與兄平原書：『蔡氏所長，唯銘頌耳。』」

斠詮：「蔡中郎集中多銘碑之文，且其構思之美巧，盛於別體，故云：獨冠古今。」

〔二〕唐寫本「吐」上有「則」字。玉海引于句下注云：「橋玄黄鉞銘見藝文類聚。」

蔡中郎集橋玄黄鉞銘：「帝命將軍，執兹黄鉞，威靈振耀，如火之烈。公之莅止，群狄斯柔，齊斧罔設，介士斯休。」范注：「水經注淮水篇謂此文是李友字仲僚所作。」又見全後漢文卷七十四。「吐納」，指模仿。文辭典雅，故言吐納典謨。

李翺答開元寺僧書：「夫銘，古多有焉。湯之盤銘，其辭云云；衛孔悝之鼎銘，其辭云云；秦始皇帝之嶧山銘，其辭云云。於盤則曰盤銘，於鼎則曰鼎銘，於山則曰山銘，盤之辭可遷之於鼎，鼎之辭可移之於山，山之辭可書之於碑，惟時之所紀爾。或盤或鼎，或嶧山，或黄鉞，其意與言皆同。」

〔三〕黄注：「蔡中郎集忠文朱公，名穆，字公叔。延熹六年卒。『肆其孤用，作茲寶鼎，銘載修功，俾後裔永用享祀，以知其先之德。』（按此見蔡邕鼎銘）按伯喈作朱公叔墳前石碑，前用散體，後繫四言韻語，至鼎銘則純作散體大篇，不著韻語，所謂『全成碑文』也。」

玉海卷六十引於此句下注云：「文章流别云，見上。」按文章流别論：「且上古之銘，銘于宗廟之碑。蔡邕爲楊公作碑，其文典正，末世之美者也。後世以來之器銘之嘉者，有王莽鼎銘、崔瑗杌銘、朱公叔鼎銘、王粲硯銘，咸以表顯功德，天子銘嘉量，諸侯大夫銘太常勒鐘銘之義。所言雖殊，而合德一也。」朱公叔，名穆，南陽宛人。官至尚書。有集二卷，已亡佚。嚴可均全後漢文輯其文共十一篇。後漢書卷四十三有傳。

注訂：「銘體之變，始于蔡中郎，多有散體居前，韻語綴後之作。鼎銘則通體作散，不著韻語，全以成碑文一類。唐宋以後從之，此銘文之變也。」又：「此即『觀器必也正名』之義，故此云『全成碑文，溺所長也』云云，有諷旨焉。」斠詮：「所謂『全成碑文』，極言其格意之失當。」

〔四〕蔡邕特長於寫碑文，全後漢文輯其碑文四十餘篇。「溺」，溺愛，指蔡邕慣于寫碑文，在他擅長處犯錯誤，把銘寫成碑文。

至如敬通雜器〔一〕，準矱戒銘〔二〕；而事非其物，繁略違中〔三〕。崔駰品物，讚多戒少〔四〕；李尤積篇，義儉辭碎〔五〕。蓍龜神物，而居博弈之中〔六〕；衡斛嘉量，而在臼杵之末〔七〕；曾名品之未暇，何事理之能閑哉〔八〕！

〔一〕玉海卷六十引此句，注云：「馮衍，見上。」按指上引初學記馮衍席前右、後右銘。訓故：「後漢書：馮衍，字敬通，京兆杜陵人，歷官司隸從事，以新陽侯事貶黜。古文苑載衍車銘。」

〔二〕范注：「戒銘，唐寫本作武銘，是。馮衍，字敬通。全後漢文二十輯衍銘文有刀陽、刀陰、杖、車、席前右、席後右、杯、爵等，蓋擬武王踐阼諸銘爲之。」校證：「唐寫本、御覽『戒』作『武』。」武銘：指傳爲武王的席四端銘、杖銘等。注訂：「取法乎武王踐祚諸銘而爲體也。如大戴記所載，參前『武王户席』注。」斠詮：「準矱，模範之意。武銘，謂武王踐阼諸銘。全句言馮敬通之雜器銘文蓋模擬武王踐阼諸銘爲之。」

〔三〕周注：「銘文同物不相應，詳略不恰當。如刀陰銘：『温温穆穆，配天之威。苗裔無疆，福禄來綏。』温穆同苗裔無疆等都和刀背無關。這篇銘是四句，杖銘是八句，長短相差一倍。」

〔四〕訓故：「後漢書：崔駰，字亭伯，涿郡安平人，歷官長岑長。古文苑載駰尊銘、襪銘。」

范注：「全後漢文四十四輯有車左、車右、車後、仲山甫鼎、樽、冬至襪、六安枕、刀劍、刻漏、縫、扇等銘文。」斠詮：「各篇充滿讚美之辭，故云：讚多戒少。」如樽銘：「獻酬交錯，萬國咸歡。」冬至襪銘：「長履景福，至於億年。」

〔五〕訓故：「後漢書：李尤，字伯仁，廣漢雒人。和帝時拜蘭臺令。」

文章流別論：「李尤爲銘，自山河都邑，至于刀筆竿契，無不有銘，而文多穢病；討論潤色，亦可采録。」

李尤集序：「尤好爲銘讚，門階户席，莫不有銘。」（文選任昉齊竟陵文宣王行狀李注引）

范注：「全後漢文五十嚴可均注曰：『按華陽國志十中「和帝召作東觀、辟雍、德陽諸觀賦銘懷戎頌百二十銘；著政事論七篇，帝善之。」今搜集群書，得八十四銘，其餘三十七銘亡。』……蓍龜、臼杵銘佚。（北堂書鈔六十二引魏文帝典論：李尤，字伯宗，年少有文章。賈逵薦尤有相如、揚雄之風，拜蘭臺令史，與劉珍等共撰漢紀。）」「義儉辭碎」：意義貧乏，文辭瑣碎。王金凌：「今觀李尤圍棋銘，旨在陳述由碁而想起的道理。……既無警戒，亦乏褒讚，内容空泛，難怪劉勰稱其『義儉』。」

〔六〕校證：「唐寫本、御覽『中』作『下』。」按「下」字是。「下」與「末」相對成文。

斯波六郎：「周易繫辭上：『探賾索隱，鈎深致遠，以定天下之吉凶，成天下之亹亹者，莫大乎蓍龜。是故天生神物，聖人則之。』」

〔七〕「嘉量」，古代標準量器名。周禮考工記㮚氏：「嘉量既成，以觀四國。」漢書律曆志上：「準繩嘉量。」顔師古注引張晏曰：「量知多少，故曰嘉。」唐寫本「臼杵」作「杵臼」。辭學指南「銘」類：「蔡邕銘論曰：『德非此族，不在銘典。』詩傳曰：『作器能銘，可以爲大夫。』考工記：『嘉量有銘。』文選序曰：『銘則序事清潤。』陸倕石闕、漏刻二銘皆有序。」校注：「按考工記有嘉量銘。摯虞文章流别論：『天子銘嘉量。』（御覽五百九十引）故舍人云然。」

〔八〕「閑」，通「嫻」，熟悉。注訂：「彦和譏李伯仁諸銘體雜未閑者，指著龜、嘉量各銘，與圍棋、杵臼諸篇並列也。」

魏文九寶〔一〕，器利辭鈍。唯張載劍閣〔二〕，其才清采〔三〕。迅足駸駸〔四〕，後發前至〔五〕，勒銘岷漢〔六〕，得其宜矣。

〔一〕玉海卷六十魏九寶銘：「典論：文帝爲三劍、三刀、三匕首，因姿定名，以銘其柎（此即九寶）。」

全三國文卷八魏文帝典論劍銘自序云：「爲寶器九。劍三：一曰飛景，二曰流采，三曰華鋒。刀三：一曰靈寶，二曰含章，三曰素質。匕首二：一曰清剛，二曰揚文。靈陌刀一：曰龍鱗。」銘文較質直，故云「辭鈍」。

〔二〕黃注：「（晉書）張載傳：載『父收，蜀郡太守』。載『至蜀省父，道經劍閣。載以蜀人恃險好亂，因著銘以作誡』，『張敏見而奇之，乃表上其文，武帝遣使鐫之于劍閣山焉。』」銘文載文選卷五十六、晉書張載傳。

〔三〕「其才清采」，唐寫本作「清采其才」。王金凌：「清采，指文辭省淨而無雜語。……此處藉辭藻清采，説表達能力，謂其文才在運詞時，能表達得省淨。」

〔四〕「駸駸」，馬速行貌。詩小雅四牡：「載驟駸駸。」毛傳：「駸駸，驟貌。」

〔五〕注訂：「後發，起步在後也。前至，到達居先也。指張載生後於古人，而爲銘刻優于古人也。」

斯波六郎：「漢書藝文志：『形勢者，雷動風舉，後發而先至，離合背鄉，變化無常，以輕疾制敵者也。』」

辭學指南「銘」類：「張載劍閣銘末云：勒銘山阿，敢告梁益。則寓儆戒之旨。」

劍閣銘云：「矧兹狹隘，土之外區；一人荷戟，萬夫趦趄；形勢之地，非親勿居。」意在勸戒梁益二州（今川、陝一帶）之人，服從晉廷，不要作亂。

岷山與劍閣相連，漢水上源亦與劍閣相近。故以「岷山」代指劍閣。

〔六〕校注：「『勒銘』，唐寫本作『詔勒』。按唐寫本是也。『詔勒』，即晉書載本傳所謂『武帝遣使鐫之于劍閣山』之意。今本蓋寫者據銘末『勒銘山河』句而改耳。」

孫執升曰：「巉巉劍閣，宛然在目。然勒銘之意，正爲險不可恃也。歸重『德』字，深得古今制勝長策。通體典質，可與山川争壽。」（見于光華評注昭明文選）

文章辨體序説「銘」類：「按銘者，名也，名其器物以自警也。漢藝文志稱道家有黄帝銘六篇，然亡其辭。獨大學所載成湯盤銘九字，發明日新之義甚切。迨周武王則凡几席觴豆之屬，無不勒銘致警。厥後又有稱述先人之德善勞烈爲銘者，如春秋時孔悝鼎銘是也。又有以山川宫室門關爲銘者，漢班孟堅之燕然山，則旌征伐之功，晉張孟陽之劍閣，則戒殊俗之僭叛，其取義又各不同也。」

以上爲第二段，舉出秦漢以至魏晉以來各家銘文之雅俗與得失。

箴者，針也，所以攻疾防患，喻鍼石也〔一〕。斯文之興，盛於三代。夏商二箴，餘句頗存〔二〕。及周之辛甲，百官箴闕〔三〕，唯虞箴一篇，體義備焉〔四〕。

〔一〕范注：「説文竹部：『箴，綴衣箴也。從竹，咸聲。』又金部：『鍼，所以縫也。從金，咸聲。』箴與鍼通。鍼俗作針。『箴者』下應從唐寫本補『針也』二字。韋昭注周語曰：『箴，箴刺王闕以正得失也。』」古以石鍼刺穴道治病。

校注：「唐寫本『箴者』下，有『針也』二字。……御覽五八五引『防』作『除』，『石』下有『垣』字。按本書釋名，概繫二字以訓，此應從唐寫本增『針也』二字。淮南子説山篇：『醫之用針石。』漢書藝文志：『而用度箴石。』顏注：『箴所以刺病也；石謂砭石，即石箴也。』並足證御覽『石』下『垣』字之非。」

校證：「『針也』二字原無，唐寫本有。案據本書文例，如『賦者，鋪也』，『銘者，名也』，『哀者，依也』，『弔者，至也』，皆以雙聲叠韻字爲訓，此正其比，今據補。」

文選序：「次則箴興於補闕。」五臣注：「箴所以攻疾防患，亦猶針石之針以療疾也。」

辭學指南「箴」類：「箴者，諫誨之辭，若箴之療疾，故名箴。」

文體明辨序説：「按説文云：箴者，誡也。蓋醫者以箴石刺病，故有所諷刺而救其失者，謂之箴，喻箴石也。」徐炬事物原始：「箴，誡也。張蘊古作大寶箴，揚雄作酒箴戒成帝。……按文心曰：軒轅輿几，以弼不逮，即爲箴之始。」

論文雜記：「箴者，古人諫誨之詞也。」自注：「書盤庚篇云：無伏小人之攸箴。詩庭燎序云：『因以箴之。』左傳載師曠之言曰：『百工誦箴諫。』」

〔二〕玉海卷二百四辭學指南：「文心雕龍曰：『夏商二箴，餘句頗存。』夏箴見于周書文傳篇；商箴見于吕氏春秋名類篇。」

玉海卷三十一夏箴條：「周書文傳解第二十五：文王受命九年，時維暮春，在鄗召太子發曰：吾語女，所保所守，厚德廣惠，忠信愛人，君子之行。夏箴曰：『中不容利，民乃外次。』開望曰：『土廣無守，可襲伐；土狹無食，可圍竭。』夏箴曰：『小人無兼年之食，遇天饑，妻子非其有也。大夫無兼年之食，遇天饑，臣妾輿馬非其有也。國君無兼年之食，遇天饑，百姓非其有也。戒之哉！弗思弗行，至無日矣。』文選王元長策秀才文注：周書夏箴曰：『小人無兼年之食，妻子非其妻子也。』（太平御覽引之。）文心雕龍：『夏商二箴，餘句頗存。』（原注：「呂氏春秋有商箴、周箴。」）」

呂氏春秋應同篇引商箴云：「天降災布祥，並有其職。」

補注：「案嚴氏元照蕙櫋雜記：據呂覽謹聽篇引周箴：『夫自念斯，學德未暮。』謂三代皆有箴，不獨夏商。舉此爲周箴餘句之證。」

胡廣百官箴叙曰：「箴諫之興，所由尚矣。聖君求之于下，忠臣納之于上。故虞書曰：『予違汝弼，汝無面從，退有後言。』墨子著書，稱夏箴之辭。」

北堂書鈔一〇二周書夏箴云：「天有四殃，水旱饑荒；非務積聚，何以備糧？」

〔三〕文章流別論：「祝史陳辭，官箴王闕。」文選序：「箴興于補闕。」

〔四〕校證：「『及周之辛甲』至『唯虞箴一篇』，三句十四字，原作『及周之辛甲百官箴一篇』，今從唐寫本、御覽改正。」

校注：「按今本文意不明，當據唐寫本及御覽訂補。事物考二引作：『及周辛甲，百官箴闕，虞人之箴，體義備焉。』文章緣起注引作：『及周之辛甲，百官箴闕，惟虞人箴一篇，體義備焉。』詞句雖小異，要足以證今本之非。」范注引孫蜀丞云：「御覽五八八引此文云：『及周之辛甲，百官箴闕，惟虞箴一篇，本義存焉。』」「體義」，體制、本義。

訓故：「春秋左傳：魏絳謂晉侯曰：『夏訓有之，有窮后羿。』公曰：『后羿何如？』曰：『昔周辛甲之爲太史也，命百官，官箴王闕。虞人之箴曰：芒芒禹跡，畫爲九州，在帝夷羿，冒于原獸，忘其國恤，而思其麀牡。虞箴如是，可不懲乎？』於是晉侯好田，故魏絳及之。」按此見襄公四年。末二句，范注引正義曰：「魏絳本意主勸和戎，忽云有窮后羿，以開公問，遂説羿事以及虞箴，乃與初言不相應會，故傳爲此二句以解魏絳之意。」杜注：「辛甲，周武王太史。闕，過也。使百官各爲箴辭戒王過。」

「辛甲」，原爲商臣，多次勸諫紂王，不被采納，遂離商到周。在周任太史，曾命令百官各爲箴辭，勸戒武王。左傳襄公四年載有虞人之箴，傳爲當時百官所作箴之一。「虞人」，掌山澤田獵的官員。

吴訥文章辨體序説：「按許氏説文：箴，戒也。商書盤庚曰：無或敢伏小人之攸箴。蓋箴者規誡之辭，若箴之療疾，故以爲名。古有夏商二箴，見于尚書大傳解、吕氏春秋，而殘缺不全，獨周太史辛甲命百官官箴王闕，而虞氏掌獵爲虞箴，其辭備載左傳。後之作者，蓋本于此。東萊云：凡作箴，須用官箴王闕之意，箴尾須依虞箴『獸臣司原，敢告僕夫』之類。」

春覺齋論文流别論四：「夏箴已亡，一見於逸周書。商箴則見於吕氏春秋名類篇。周箴則見于左氏傳魏絳告晉侯之言。所足以留爲世範者，唯一虞箴。」

迄至春秋，微而未絶。故魏絳諷君於后羿〔一〕，楚子訓民於在勤〔二〕。戰代已來〔三〕，棄德務功，銘辭代興，箴文萎絶〔四〕。

〔一〕「魏絳」，又稱魏莊子，晉國大夫。初任中軍司馬，後任新軍之佐，旋升爲下軍之將，曾力主與戎族和好，爲晉悼公采納。

左傳襄公四年：「晉侯曰：『戎狄無親而貪，不如伐之。』魏絳曰：『……戎，禽獸也，獲戎失華，無乃不可乎？夏訓有之，曰有窮后羿。』公曰：『后羿何如？』對曰：『昔有夏之方衰也，后羿自鉏遷于窮石，因夏民以代夏政，恃其射也，不恤民事，而淫于原獸。棄武羅、伯因、熊髡、尨圉，而用寒浞……信而使之，以爲己相。……羿猶不悛，將歸自田，家衆殺而亨之，以食其子。』」

三國魏志王朗傳引魏文帝詔書云：「魏絳稱虞箴以諷晉悼。」

〔二〕左傳宣公十二年：「欒武子曰：『楚自克庸以來，其君無日不討國人而訓之，於民生之不易，禍至之無日，戒懼之不可以怠。……箴之曰：民生在勤，勤則不匱。』」「楚子」，指楚莊王。

「民」，唐寫本及御覽引作「人」。

〔三〕校證：「『戰代』本書常語。諸子篇『戰代所記』、養氣篇『戰代枝詐，攻奇飾説』、才略篇『戰代任武，而文士不絶』，並本書（應作「篇」）作『戰代』之證。」

〔四〕校證：「『萎絶』原作『委絶』，從唐寫本、御覽校改。夸飾篇『言在萎絶』、楚辭離騷『雖萎絶其何傷』，並作『萎』。」王逸注：「萎，病也。絶，落也。」

至揚雄稽古，始範虞箴〔一〕，作卿尹、州牧二十五篇〔二〕。及崔、胡補綴，總稱百官〔三〕，指事配位，鞶鑑可徵〔四〕，信所謂追清風於前古，攀辛甲於後代者也〔五〕。

〔一〕辭學指南「箴」類：「周辛甲爲太史，命百官官箴王闕，虞人掌獵爲箴，漢揚雄擬其體爲十二州二十五官箴，後之作者咸依倣焉。」

訓故：「漢書揚雄自序：箴莫大于虞箴，故作州箴。又古文苑揚雄州箴九，官箴十六。」按此見揚雄傳。

崔瑗叙箴曰：「昔揚子雲讀春秋傳虞人箴而善之，于是作爲九州及二十五官箴規匡救，言君德之所宜，斯乃體國之宗也。」（全後漢文卷四十五）

例如虞箴之末云：「獸臣司原，敢告僕夫。」意以獸臣有司郊原之責，吾不敢直告之，但告其僕。揚子雲仿之作州箴，冀州曰：「牧臣司冀，敢告在階。」揚州曰：「牧臣司揚，敢告執籌。」荆州曰：「牧臣司荆，敢告執御。」青州曰：「牧臣司青，敢告執矩。」徐州曰：「牧臣司徐，敢告僕夫。」

〔二〕四庫提要卷一四八揚子雲集：「然考（後漢書）胡廣傳，稱雄作十二州箴，二十五官箴，其九箴亡。則漢世止二十八篇。劉勰文心雕龍稱『卿尹、州牧二十五篇』，則又亡其三。」

余嘉錫四庫提要辨證揚子雲集條：「劉勰著書，意在評文，不甚留心考證。觀其命筆遣辭，平鋪直叙，意謂揚雄所作只二十五官箴，而忘其尚有十二州箴；非亡佚之餘，僅存此數也。此蓋行文時，惟憑記憶，未暇檢書，失之不詳審耳。」

斠詮校改此句爲「作十二州牧，二十五卿尹篇」。云：「胡廣傳所謂『十二州』，即彦和之『十二州牧』，所謂『二十五官箴』，即彦和之『二十五卿尹篇』，辭雖小異，義實一致。……張溥百三集所收之整篇二十箴，益以侍中、太史令、國三老、太樂令、太官令五箴之闕文，適爲嚴輯所得之三十三篇，若再益以所亡之四箴，則爲三十七，此即雄作之全數所謂『作十二州牧，卿尹二十五篇』是也。……總之，今存雄箴，全文完整者爲州牧箴十二，卿尹箴十六，共爲二十八箴。卿尹箴文字殘闕者五，全文亡佚者四。分目統計，則爲州牧箴十二，卿尹箴二十五，合如校定文句之數。」

〔三〕訓故：「古文苑：揚雄九箴亡闕，後涿郡崔駰及子瑗、臨邑侯劉騊駼增補十六篇，胡廣復繼作四篇，總名百官箴。」

黄注：「文章流别論：揚雄依虞箴作十二州、十二官箴傳于世。不具九官，崔氏累世彌縫其闕，胡公又以次其首目，而爲之解，署曰百官箴。」

補注：「案後漢書胡廣傳：『初，揚雄依虞箴作十二州二十五官箴，其九箴亡闕，後涿郡崔駰及子瑗，又臨邑侯劉騊駼增補十六篇。廣復繼作四篇。文甚典美，乃悉撰次首目，爲之解釋，名曰百官箴。凡四十八篇。』」范注：「揚雄傳謂箴莫大于虞箴，故遂作九州箴，崔、胡諸人亦皆放虞箴爲之，故彦和云：『唯虞箴一篇，體義備焉。』」太平御覽卷五百八十八引崔瑗叙箴云：「昔揚子雲讀春秋傳虞人箴而善之，於是作爲九州及二十五官箴規匡救，言君德之所宜，斯乃體國之宗也。」章炳麟國故論衡辨詩：「詩與箴一實也。故自虞箴既顯，揚雄、崔駰、胡廣爲官箴，氣體文旨，皆弗能與虞箴異。蓋箴規誨刺者其義，詩爲之名。後世特以箴爲一種，與詩抗衡，此以小爲大也。」揚雄所作州箴凡十二首：冀州牧箴、兗州牧箴、青州牧箴、幽州牧箴、徐州牧箴、揚州牧箴、荆州牧箴、豫州牧箴、益州牧箴、雍州牧箴、幽州牧箴、并州牧箴、交州牧箴。姚鼐古文辭類纂云：「按子雲本傳：『箴莫善于虞箴，作州箴。』藝文志以州箴列于儒家。此本（按指十二州箴）録從藝文類聚，别無善本，蓋多舛誤。子雲文尚奇詭，而趙充國頌及此文獨平易，蓋箴頌之體宜爾也。漢武帝元封五年，始置刺史部十三州。……至平帝元始三年，始更十二州分界郡國所屬。……其文必平帝時作。」十二官箴，據後漢書胡廣傳當作二十五官箴。揚雄所作二十五官箴，在漢代已有亡闕，今可考見其文的篇目是大司農箴、侍中箴、光禄勳箴、大鴻臚箴、宗正卿箴、衛尉箴、太僕箴、廷尉箴、少府箴、執金吾箴、將作大匠箴、城門校尉箴、太史令箴、國三老箴、太樂令箴、太官令箴、上林苑令箴，均收于嚴可均全後漢文中。嚴氏輯文列于揚雄所作的官箴還有司空、尚書、太常、博士四箴，云崔駰、崔瑗所作，藝文類聚作揚雄。

玉海卷二〇四辭學指南「箴」類：「箴者，下規上之辭，須有古人諷諫之意，惟官名可以命題，所謂百官官箴王闕，各因其職以諷諫，如出周保章箴，則當以敬天爲説，其他皆然。又有非官名而出箴者（若宣室、上林、清臺之類），亦當引從規諷上立説。」

〔四〕左傳莊公二十一年：「鄭伯之享王也，王以后之鞶鑑予之。」杜注：「鞶帶而以鑑爲飾也。」正義曰：「鞶是帶也，鑑是鏡也。此與定六年傳皆鞶鑑雙言，則鞶鑑一物，故知以鏡飾帶。」范注：「『可』，唐寫本作『有』。鞶鑑有徵，猶言明而有徵。」「鞶帶」，束衣的革帶。斠詮：「古亦書箴詞於其上，以爲鑑戒。」

〔五〕「信所謂」唐寫本作「可謂」。斯波六郎：「從文義推，作『可』者是。」注訂：「箴體大備，承前啓後，隆于兩漢。惟自崔、胡以降，其體漸駁，故有下文云云。」春覺齋論文流別論四：「揚雄學古至深，爲九州牧箴，語質義精，聲響高騫，未易學步。」

至於潘勗符節，要而失淺〔一〕；温嶠侍臣，博而患繁〔二〕；王濟國子，引多而事寡〔三〕；潘尼乘輿，義正而體蕪〔四〕：凡斯繼作，鮮有克衷〔五〕。

〔一〕黄注：「（三國魏志）衛覬傳：建安末，河南潘勗與覬並以文章顯。（注引）文章志：勗字元茂，初名芝，改名勗。」曹操九錫策命，爲勗所作。范注：「潘勗……獻帝時爲尚書郎，有集二卷。符節箴佚。」

〔二〕訓故：「晉書：温嶠爲太子太庶子，獻侍臣箴，略云：不以賢自盛，不以貴爲榮，思有虞之蒸蒸，尊周文之翼翼。屏彼佞諛，納此亮直。」

晉書温嶠傳：「遷太子中庶子，及在東宮，深見寵遇，太子與爲布衣之交。數陳規諷。又獻侍臣箴，甚有宏益。」范注：「今本誤侍爲傅，唐寫本不誤。……此文見藝文類聚十六，彦和謂其博而患繁，未審其故。」

〔三〕訓故：「晉書王濟字武子，太原人，歷官太僕，文辭秀茂，作國子箴。」

范注：「王濟國子箴，佚。晉書王濟傳謂濟嘗爲國子祭酒，則國子箴當作于此時也。」

「引多而事寡」原作「引廣事雜」。黃校云：「一作引多事寡。」校注：「按唐寫本作引多而事寡，御覽引同。玉海引作『文多事寡』，惟『文』字有異。」

校釋：「唐寫本作『引多而事寡』，下句『正』下亦有『而』字，是也。」

〔四〕訓故：「晉書：潘尼，字正叔，中牟人，岳從子也。歷官著作郎，作乘輿箴，以爲王者膺受命之期，總萬機而撫四海，簡群才而審所受，孜孜于得人，汲汲于聞過。不敢指斥至尊，故以乘輿名篇。」

晉書潘尼傳載乘輿箴云：「先儒既援古義，舉内外之殊；而高祖亦序六官，（范注：「尼祖勗作符節箴，此云高祖，恐誤。顏氏家訓風操篇：『潘尼稱其祖曰家祖。』正當指此文言，則『高』是『家』字之誤無疑。」）論成敗之要，義正辭約，又盡善矣。自虞人箴以至于百官，非唯規其所司，誠欲人主斟酌其得失焉。」按尼附見晉書潘岳傳，晉懷帝永嘉中卒，年六十餘，有集十卷。乘輿箴云「天下非一人之天下，乃天下之天下」，「故人主所患，莫甚于不知其過，而所美莫美于好聞其過」，故劉勰評以「義正」。王金凌文心雕龍文論術語析論：「潘尼以正反史例襯托主旨，鋪排亦多……由此而言，乘輿箴非但不簡，反而顯得煩冗。……劉勰認爲箴文須簡，則乘輿箴所以爲蕪，就在其繁雜。」

〔五〕衷，正中不偏。

至於王朗雜箴〔一〕，乃寘巾履〔二〕，得其戒慎，而失其所施〔三〕。觀其約文舉要，憲章戒銘〔四〕，而水火井竈，繁辭不已，志有偏也〔五〕。

〔一〕訓故：「魏志：王朗字景興，東海郡人。歷官御史大夫。所著奏、議、論、記，咸傳于世。」

〔二〕唐寫本「履」作「屨」。雜箴已散失，僅存數句。其中有巾箴、履箴，當是寫在巾履上。

〔三〕唐寫本「戒」作「誡」，無「所」字。文心雕龍雜記：「此謂巾履應施于銘，施于箴爲失也。」下文說：「箴誦于官，銘題于器。」古代箴詞多用于箴戒帝王，而雜箴中講到巾、履之類，故謂「失其所施」。

〔四〕校注：「『戒』，唐寫本作『武』；御覽引同。按『武』字是。『武銘』者，武王所題席、機等十七銘也。景興雜箴，多所則效之，故云。」考異：「憲章于武王之諸銘也。」

〔五〕案藝文類聚八十：「魏王朗雜箴曰：家人有嚴君焉，井竈之謂也。俾冬作夏，非竈孰能？俾夏作冬，非井孰閑？」

注訂：「上言『失其所施』者，戒慎于己，義不及人，故云志有偏而近私也。」

以上爲第三段，解釋箴之意義及其來源，以爲漢代箴文可以媲美周代，魏晉以後箴文失之蕪雜。

夫箴誦於官〔一〕，銘題於器，名目雖異〔二〕，而警戒實同〔三〕。箴全禦過，故文資确切〔四〕；銘兼褒讚，故體貴弘潤〔五〕；其取事也必覈以辨〔六〕，其摛文也必簡而深〔七〕，此其大要也。

〔一〕校注：「左傳襄公四年：『昔周辛甲之爲大史也，命百官箴王闕。』杜注：『使百官各爲箴辭，戒王過。』詩小雅庭燎序：『庭燎，美宣王也；因以箴之。』國語周語上：『師箴。』韋注：『師，少師也。箴，箴刺王闕，以正得失也。』並『箴誦於官』之義。」

〔二〕校注：「『目』，唐寫本作『用』，御覽引同。按此承上『箴誦于官、銘題于器』之詞，『用』字是也。」

〔三〕所不同者，是銘以自戒爲主，而箴以警戒别人爲主。再就是銘多了一個褒讚功德的作用。

〔四〕校注：「确，黄校云：『元作確，朱改。』按唐本、御覽五八八引並作『确』。以奏啓篇『表奏确切』證之，自以作『确』爲是。」「确」音學，所謂「确切」，就是切實堅正。

黄注：「确，堅正也。崔實傳：指切時要，言辯而确。」按此見後漢書。

注訂：「确，堅實也。後漢書崔寔傳：『言辨而确。』注：『堅正也。』或體作『㱿』，作『確』者非。音胡角切，又作『埆』。」

文體明辨序説「箴」類：「于是揚雄倣而爲之，其後作者相繼，而亦用以自箴。故其品有二：一曰官箴，二曰私箴。大抵皆用韻語，而反復古今興衰理亂之變，以垂警戒，使讀者惕然有不自寧之心，乃稱作者。此劉勰所以有『确切』之云也。」箴的作用，完全在消極方面的攻疾防患，所以要求「确切」。否則，辭涉游移，便失去它禦過的作用了。

玉海卷二〇四辭學指南「箴」類：「西山先生曰：箴銘贊頌，雖均韻語，然體各不同，箴乃規諷之文，貴乎有警戒切劘之意。」

至于寫箴的目的，既在于裨補闕失，就須立言謹嚴，也就是文字要寫得「确切」。因爲要求不嚴格，不能起到抑制的作用。這和文賦所説的「頓挫」「清壯」之義也是比較接近的。但是「确切」不等于直斥。文鏡秘府論南卷論文體六事，其六説：「舒陳哀憤，獻納約戒，言惟折中，情必曲盡，切至之功也。言切至則箴誄得其實。箴陳戒約，誄述哀情，故義資感動，言重切至也。切至之失也直。體尚專直，文好直斥，直乃行焉。謂文體不經營，專爲直詈，言無比附，好相指斥也。』「确切」和文鏡秘府論所説「切至」的風格是一致的。

〔五〕黄叔琳評：「陸士龍（應作「衡」）云：『銘博約而温潤，箴頓挫而清壯。』亦同斯旨。」文賦：「銘博約而温潤。」李善注：「博約謂事博文約也。銘以題勒示後，故博約温潤。」文選序：「銘則序事清潤。」封禪篇：「秦皇銘岱，文自李斯。法家辭氣，體乏弘潤。」定勢篇：「箴銘碑誄，則體制乎宏深。」

春覺齋論文流别論四：「銘箴之大要曰：『箴全禦過，故文資确切；銘兼褒讚，故體貴弘潤。』弘潤非圓滑之謂也。辭高而識遠，故弘；文簡而句澤，故潤。……箴者，攻疾防患，喻鍼石也。……綜言之，陳義必高，選言必精，賦色必古，結響必騫。」

「弘潤」和「温潤」的意思是差不多的，因爲銘中含教訓的意義，但對于貴族階級又不能板着面孔教訓，所以要温潤。而且銘還兼具褒贊德業的作用，含有積極方面的意義，旨不弘深，辭不温潤，便不易收積極的效果。

〔六〕校注：「『覈』，黄校云：元作『覆』。按『覈』字是。唐寫本、張本……作覈。」典論論文：「銘誄尚實。」注訂：「必覈以辨，必審精而辨明也。」

陳繹曾文説：「箴宜謹嚴切直，銘宜深藏切實。」典論論文所謂「尚實」，就是要切實，就是「其取事也必覈以辨」，也就是説要考核事實，不能作不必要的夸張。桓範世要論銘誄篇説：「夫渝世富貴，乘時要世，爵以賂至，官以賄成。……此乃繩墨之所加，流放之所棄。而門生故吏，合集財貨，刊石紀功，綜述勳德，高邈伊、周，下陵管、晏，遠追豹、産，近逾黄、邵，勢重者稱美，財富者文麗。後人相踵，稱以爲義。外若贊善，内爲己發，上下相效，競以爲榮，其流之弊，乃至于此。欺曜當時，疑誤後世，罪莫大焉。」（全三國文卷三十七）可見魏晉時代的銘誄多麽不切實際。

〔七〕文章流别論：「夫古之銘至約，今之銘至繁，亦有由也。質文時異，則既論之矣。」玉海卷二〇四辭學指南「銘」類：「銘文體貴乎簡約清新。」又：「文心雕龍曰：箴貴确切，銘貴弘潤，事必覈以辨，文必簡而深。」

文賦所謂「博約」就是言簡意賅，就是「其摛文也必簡而深」。因爲銘是刻在器物上的，不能長篇大作。而且銘箴都是爲了使人諳誦，以便日夕反省的；篇幅長了，也不便于日夕諳誦。所謂「深」是和浮淺相對的。文鏡秘府論論文體六事，其二云：「語清典則銘贊居其極。……清典之失也輕，理入于浮，言失于淺，輕之起焉。叙事爲文，須得其理，理不甚會，則覺其浮；言須典正，涉于流俗，則覺其淺。」

總之，本篇對銘箴所提出的風格共同要求是切合事實，言簡意賅，不作不切實際的夸張。銘箴所不同者，衹是銘比較典重（贊曰：「義典則弘」），比較温潤；而箴要寫得比較嚴切，更富于警戒意味而已。

然矢言之道蓋闕〔一〕，庸器之制久淪〔二〕，所以箴銘寡用，罕施後代〔三〕。惟秉文君子〔四〕，宜酌其遠大焉〔五〕。

〔一〕補注：「段氏玉裁説文注云：『蓋闕』疊韻字。案二字雖見論語，而義近歇後，如盍各、言提之類，六朝人所習用也。」

矢言，誓言也。書盤庚上：「率籲衆慼，出矢言。……無或敢伏小人之攸箴。」孔傳釋「矢言」爲「正直之言」。蔡傳：「矢，誓也。史臣言盤庚欲遷于殷，民不肯往，盤庚率呼衆憂之人，出誓言以喻之，如下文所云也。」

〔二〕「庸器」，銘功之器。周禮春官序官：「典庸器。」注：「庸，功也。鄭司農云：『庸器，有功者鑄器銘其功。』」崔駰西征賦序：「愚聞昔在上世，義兵所克，工歌其詩，商陳其頌，書之庸器，列在明堂，所以顯武功也。」（藝文類聚五十九引）

〔三〕校證：「『寡』原作『異』，御覽作『實』；唐寫本作『寡』，與上下文意合，今據改。」考異：「作『寡』是，承上文蓋闕久淪之意也。」

「後」原作「於」。趙萬里唐寫本文心雕龍校勘記：「施下有後字，案唐本是也，與御覽五八八引合。」黄本『施』下有『於』字，即『後』字之譌。」

紀評：「此爲當時惟趨詩賦而發，亦補明評文不及近代之故。」

〔四〕斯波六郎：「詩周頌清廟：『濟濟多士，秉文之德。』」「秉」，主持，執掌。「秉文」，猶言主文。

〔五〕唐寫本「大」下有「者」字。「酌」，擇善而取。「遠大」，指弘潤、深遠。

以上是最後一段，指出箴銘二者名實之異同，及其寫作要領。

贊曰：銘實器表〔一〕，箴惟德軌〔二〕。有佩於言〔三〕，無鑒於水〔四〕。秉兹貞厲〔五〕，警乎立履〔六〕。義典則弘〔七〕，文約爲美。

〔一〕「器表」原作「表器」。趙萬里唐寫本文心雕龍校勘記謂唐本「『表器』作『器表』。器表與下句德軌相儷見義」。「器表」，器物的表記。

〔二〕易乾文言：「君子進德修業。」「德」，指德行。

〔三〕斠詮：「佩，謂服膺也，識之於心，有銘佩、感佩之意。」江淹爲建平王謝玉環刀等啓：「垂光既深，銘佩更積。」「有佩於言」意謂把應警戒的話銘記於心。

〔四〕校注：「按書酒誥：『古人有言曰：「人無於水監，當於民監。」』孔傳：『視水見己形，視民行事見吉凶。』國語吴語：『王其盍亦鑑於人，無鑑於水。』」按此伍子胥諫吴王語。韋昭注：「鑒，鏡也。以人爲鏡，見成敗；以水爲鏡，見形而已。」

〔五〕斯波六郎：「此二句據周易履九五：『夬履貞厲。象曰：夬履貞厲，位正當也。』」正義：「厲，危也。」高亨周易大傳今注本卦傳解：「貞，正也。」傳意：「夬履貞厲，比喻人用破裂之工具，行事雖正，亦有危險；然而不至于咎凶者，因其人以正道守其職位。」

〔六〕校證：「『警乎立履』原作『敬言乎履』。今據唐寫本改正。『警』之作『敬言』，此一字誤爲兩字也。鈴木云：『當作「警乎言履」，「言」「乎」二字，易地亦通。』」「言履」，即言行。「警乎言履」，即警惕自己的言行。

〔七〕「典」，謂典雅；「弘」，謂弘潤。

誄碑第十二

禮記曾子問：「賤不誄貴，幼不誄長。」注：「誄，累也，累列生時行迹，讀之以作謚。」斠詮：「誄，初本行狀，後世以爲哀祭文之一種，用於德高望重之死者，累列其生時功業，以致悼念，與施於卑幼夭折之『哀弔』有異。」說文：『誄，謚也。』段注：『當云所以爲謚也。』」

誄是用以表彰死者功業德行，表達哀悼之情的文章。

碑本來就是石碑，不是一種文體。誄碑的碑，嚴格說來應該叫作「碑文」。凡是刻在石碑上的文章，應該就叫作碑文。誄碑篇所論的碑文。是叙述死者生平的那一種。

周世盛德，有銘誄之文〔一〕。大夫之材，臨喪能誄〔二〕。誄者，累也；累其德行，旌之不朽也〔三〕。夏商已前，其詳靡聞〔四〕。周雖有誄，未被於士〔五〕。又賤不誄貴，幼不誄長〔六〕，其在萬乘，則稱天以誄之〔七〕。讀誄定謚〔八〕，其節文大矣〔九〕。

〔一〕周禮春官大祝：「作六辭以通上下親疏遠近……其六曰誄。」鄭注：「誄謂積累生時德行以錫之命，主爲其辭也。春秋傳曰：孔子卒，哀公誄之。」

校注：「後漢書种岱傳：『（李）燮聞岱卒，痛惜甚，乃上書求加禮於岱，曰「……昔先賢既没，有加贈之典；周禮盛德，有銘誄之文。」』章懷注：『周禮司勳曰：「凡有功者，銘書於王之太常。」又曰：「卿大夫之喪，賜謚誄也。」』」

斠詮：「銘誄皆記述死者功德之文辭。荀子禮論：『其銘誄繫世（謂帝繫世本之屬），敬傳其名也。』分别言之：銘，書死者名於旌，見周禮春官小祝『置銘』鄭注。又儀禮士喪禮：『爲名各以其物，亡，則以緇長半幅，經末長終幅，廣三寸，書銘於木，曰某氏某之柩。』注：『銘，明旌也。雜帛爲物，大夫士之所建也。……』舍人銘誄連文，則皆以銘誄各爲哀祭文之一種。」

〔二〕「材」，唐寫本作「才」。毛詩鄘風定之方中傳曰：「喪紀能誄……可謂有德音，可以爲大夫。」范注：「定之方中正義曰：『喪紀能誄者，謂於喪紀之事，能累列其行，爲文辭以作謚。』」

〔三〕范注：「釋名釋典藝：『誄，累也，累列其事而稱之也。』説文言部：『讄，禱也，累功德以求福。』又：『誄，謚也。謚，行之迹也。』蓋誄與謚相因者也。」

〔四〕范注：「唐寫本『詳』作『詞』，是。……御覽引禮記外傳曰：『古者生無爵，死無謚，謚法周公所爲也。堯、舜、禹、湯皆後追議其功耳。』然殷代亦間有謚號，如成湯、武丁之屬，故白虎通論謚曰：『禮郊特牲曰：「古者生無爵，死無謚。」此言生有爵，死當有謚也。』其誄詞世無傳者，故曰：其詞靡聞。」

文心雕龍雜記：「儀禮士冠禮：『死而謚，今也。古者生無爵，死無謚。』鄭注：『今謂周衰，記之時也。古謂殷，殷士生不爲爵，死不爲謚。』」

〔五〕范注：「陳立白虎通論謚疏證曰：『周禮典命：天子、公、侯、伯、子、男之士皆有命數。又檀弓云：「士之有誄。自此始也。」是周初士有爵無謚之明證。』周禮春官大史：『小喪賜謚。』注：『小喪，卿大夫也。』小史：『卿大夫之喪，賜謚讀誄。』皆士死無誄之證。」

〔六〕訓故：「禮記曾子問：『賤不誄貴，幼不誄長，禮也。唯天子稱天以誄之。諸侯相誄，非禮也。』」

文體明辨序説「誄」類：「按劉勰云：『柳妻誄惠子，辭哀而韻長。』則今私誄之所由起也。蓋古之誄本爲定謚，而今之誄惟以寓哀，則不必問其謚之有無，而皆可爲之。至于貴賤長幼之節，亦不復論矣。」

〔七〕校證：「『其』字原無，據唐寫本、御覽補。」

校注：「按『其』字當有。於『乘』下加豆，文勢較暢。詔策篇：『其在三代，事兼誥誓。』檄移篇：『其在金革，則逆黨用檄。』章表篇：『其在文物，赤白曰章。』句法並與此同，可證。」

范注：「白虎通論天子謚南郊曰：『天子崩，大臣至南郊謚之者何？以爲人臣之義，莫不欲褒稱其君，掩惡揚善者也；故至南郊，明不得欺天也。故曾子問孔子曰：「天子崩，臣下至南郊告謚之。」』陳立疏證：『釋名釋典藝云：「王者無上，故於南郊稱天以誄之。」禮曾子問注亦云：「春秋公羊説以爲讀誄制謚於南郊，若云受之於天然。」則此今文説也。曾子問又云：「天子至尊，故稱天以誄之。」有誄必有謚，故知天子謚於南郊也。』」

〔八〕校注：「周禮春官小史：『卿大夫之喪，賜謚，讀誄。』」逸周書謚法解：「維周公旦、大公望開嗣王業，建功於牧之野，終將葬，乃制謚，遂叙謚法。謚者，行之迹也。」

〔九〕書記篇：「若夫尊貴差序，則肅以節文。」章表篇：「肅恭節文，條理首尾。」顔氏家訓風操：「執燭沃盥，皆有節文。」「節文」，指禮節儀式，禮記鄉飲酒義：「賓出，主人拜送，節文終遂焉。」

自魯莊戰乘丘，始及於士〔一〕；逮尼父之卒，哀公作誄〔二〕，觀其憖遺之辭〔三〕，嗚呼之歎，雖非叡作，古式存焉〔四〕。至柳妻之誄惠子，則辭哀而韻長矣〔五〕。

〔一〕梅注：「檀弓：魯莊公及宋人戰於乘丘，（鄭注：十年夏。）縣賁父御，卜國爲右，馬驚敗績。公隊，佐車授綏。公曰：『末之卜也！』（鄭注：末之猶微哉，言卜國無勇。）縣賁父曰：『他日不敗績，而今敗績，是無勇也。』遂死之。（鄭注：二人赴敵而死。）圉人浴馬，有流矢在白肉。（鄭注：白肉，股裏肉。）公曰：『非其罪也。』遂誄之。（鄭注：誄其赴敵之功以爲謚。）

士之有誄，自此始也。（鄭注：周雖以士爲爵，猶無謚也。殷大夫以上爲爵。）」按此見禮記檀弓上。

「乘丘」，魯國地名，在山東滋陽縣西北。

〔二〕校證：「『之』字原無，據唐寫本、御覽補。」訓故：「春秋左傳哀公十六年，孔丘卒。公誄之曰：『旻天不弔，不憖遺一老，俾屏余一人以在位，煢煢余在疚。嗚呼哀哉，尼父，無自律！』」

〔三〕校證：「『辭』原作『切』，從唐寫本、御覽改。」詩小雅十月之交：「不憖遺一老，俾守我王。」「不憖」，猶言寧不，何不。

范注：「禮記檀弓上亦載：『魯哀公誄孔丘曰：天不遺耆老，莫相予位焉。嗚呼哀哉尼父。』鄭注曰：『尼父，因其字以爲之謚。』」

〔四〕紀評：「誄之傳者始於是，故標爲古式。」「叡作」，明智之作。

〔五〕訓故：「劉向列女傳：柳下惠卒，門人將誄之。妻曰：將誄夫子之德耶？則二三子不如妾知之也。乃誄曰：夫子之不伐兮，夫子之不竭兮，夫子之信誠而與人無害兮。柔屈從俗，不强察兮。蒙恥救民，德彌大兮。雖遇三黜，終不弊（蔽）兮。豈弟君子，永能厲兮。嗟乎惜哉，乃下世兮。庶幾遐年，今遂逝兮。嗚呼哀哉，神魂泄兮。夫子之謚，宜爲惠兮。」梅注引説苑同。柳下惠誄見列女傳卷二。「韻長」，謂情韻深長。紀評：「此誄體之始變，然其文出列女傳，未必果真出柳下婦也。」

暨乎漢世〔一〕，承流而作。揚雄之誄元后，文實煩穢〔二〕，沙麓撮其要〔三〕，而摯疑成篇〔四〕，安有累德述尊，而闊略四句乎〔五〕！杜篤之誄，有譽前代。吴誄雖工，而他篇頗疏〔六〕，豈以見稱光武而改盻千金哉〔七〕！傅毅所制，文體倫序〔八〕，孝山、崔瑗，辨絜相參〔九〕，觀其序事如傳，辭靡律調〔一〇〕，固誄之才也〔一一〕。

〔一〕唐寫本「乎」作「于」。

〔二〕唐寫本「煩」作「繁」。黄注：「漢書：王莽建國五年，元后崩。詔揚雄作誄曰：太陰之精，沙麓之靈，作合於漢，配元生成。」左庵文論文心雕龍誄碑篇篇義：「見漢書元后傳及全漢文卷五十四。彦和譏其煩穢，繹今所傳，亦不盡然。」王金凌：「此文名爲誄元后，但中間一段，爲王莽作迴護，有悖誄文體例，所以稱爲煩穢。」

〔三〕校注：「『麓』，唐寫本作『鹿』，御覽引同。按春秋經僖公十四年：『秋八月辛卯，沙鹿崩。』作『鹿』，舍人必原用『鹿』字。今本蓋寫者據漢書元后傳改耳。」校證：「唐寫本無『其』字。何校云：『有脱誤。』譚云：『沙麓句脱誤。』」沙麓，山名。在河北省大名縣東。漢書元后傳：「昔春秋沙麓崩。」春秋僖十四年：「沙麓崩。」公羊傳：「沙鹿者何？河上之邑也。」穀梁傳：「沙，山名也，林屬於山爲鹿。」按「其」字不當有，「沙麓撮要」者，謂元后誄：「沙麓之靈，太陰之精……作合於漢，配元生成。」四句，已撮舉全文的要領。因沙麓，指元后生長的地方。全文煩穢，實際上撮其要領，也不過是這四句話。

〔四〕唐寫本「摯」作「執」。范注：「『摯疑成篇』句，黄云有脱誤。姚範援鶉堂筆記四十云：『按此蓋謂摯虞讀雄此誄，而疑漢書所載爲成篇耳。』孫詒讓札迻十二云：『案此謂揚雄作元后誄，漢書元后傳僅撮舉四句，非其全篇也。摯疑此篇，摯當即摯虞。蓋揚文全篇，虞偶未見，撰文章流别遂疑全篇止此四句，故彦和難以累德述尊，必不如此闊略也。文無脱誤。』按姚、孫二氏説是也。漢書元后傳莽詔大夫揚雄作誄曰：『太陰之精，沙麓之靈，作合於漢，配元生成。』元后誄全文見藝文類聚十五，古文苑二十。」

雜記：「案孫説是也，而『疑』字不誤，無『疑』字則不詞矣。又四句當作四韻，漢書所録，六句四韻也。」

〔五〕校注：「『累』，另一明鈔本御覽引作『誄』。按作『誄』非是。文選顔延之宋文皇帝元皇后哀策文：『累德述懷』，是其證。」「累德」，累述尊貴者的德行。

「闊略」，疏略。漢書王莽傳：「闊略思慮。」師古注：「闊，寬也。略，簡也。」論衡實知：「衆人闊略，寡所意識。」

〔六〕後漢書文苑杜篤傳：「篤少博學，不修小節，不爲鄉人所禮。居美陽，與美陽令遊，數從請託，不諧，頗相恨。令怒，收篤送京師，會大司馬吴漢薨，光武詔諸儒誄之。篤於獄中爲誄，辭最高，帝美之，賜帛免刑。」吴漢誄（見藝文類聚四十七）：「篤以爲堯隆稷契，舜嘉皋陶，伊尹佐殷，吕尚翼周，若此五臣，功無與疇。今漢吴公，追而六之，乃作誄曰云云。」左庵文論：「今只傳大司馬吴漢誄一篇，見全後漢文卷二十八。句皆直寫，不甚鍾鍊。漢人之誄，大致如此。」校釋：「『他』，御覽作『結』。詳審文氣，蓋指吴誄結尾未工，『他』字非。」

〔七〕校證：「御覽『改盻』作『顧眄』，顧校『盻』作『盼』。」按應作「顧盼」，眷顧也。劉峻廣絶交論：「至于顧盼增其倍價，剪拂使其長鳴。」戰國策燕策二：「（蘇代説淳于髡：）人有賣駿馬者，比三旦立市，人莫之知。往見伯樂曰：『臣有駿馬，欲賣之，比三旦立於市，人莫與言，願子還而視之，去而顧之，臣請獻一朝之賈。』伯樂乃還而視之，去而顧之，一旦而馬價十倍。」句意謂不能以光武帝稱美即以爲價值千金也。

〔八〕唐寫本「制」作「製」。左庵文論：「傅毅有明帝誄及北海王誄，見全後漢文卷四十三。調多轉折，音節甚高。」「倫序」，即倫次，指文章寫得有次序。

〔九〕黄注：「後漢書：蘇順，字孝山，和、安間，以才學見稱，所著賦、論、誄、哀辭、雜文凡十六篇。」按此見文苑蘇順傳。唐寫本「孝山」作「蘇順」。范注：「彦和於傅毅、崔瑗皆稱名，不容獨字蘇順，當據唐寫本改正。順所撰誄文有和帝誄（藝文類聚十二）及陳公（文選曹植上責躬詩表注）、賈逵（初學記二十一）二誄殘句。」

范注：「後漢書崔瑗傳：『瑗字子玉。……瑗高於文辭，尤善爲書、記、箴、銘，所著賦、碑、銘、箴、頌、七蘇（李賢注：瑗集載其文，即枚乘七發之流）、南陽文學官志、嘆辭、移社文、悔祈、草書埶、七言凡五十七篇。其南陽文學官志稱於後世，諸能爲文者皆自以弗及。』彦和稱瑗爲誄之才，而本傳不著。藝文類聚載瑗所撰和帝誄。」

左庵文論：「崔瑗所撰有和帝誄、竇貴人誄、司農卿鮑德誄，見全後漢文卷四十五。」

范注：「辨絜，猶言明約。」校證：「唐寫本、御覽『絜』作『潔』。」紀評：「所譏者煩穢繁緩，所取者倫序簡要新切，評文之中，已全見大意。」

左庵文論誄之源流：「降及漢世，制漸變古：揚雄之誄元后（揚雄漢元后誄見全漢文五十四），傅毅之誄顯宗（傅毅明帝誄，見全後漢文四十三），均違賤不誄貴之禮；而同輩互誄，及門生故吏之誄其師友者，亦不希見。若柳下惠妻謚夫爲惠，因而誄之（見列女傳二賢明傳），已啓士人私謚之風；下逮東漢，益爲加厲。朱穆傳云：『初，穆父卒，穆與諸儒考依古義，謚曰貞宣先生。及穆卒，蔡邕復與門人共述其體行，謚爲文忠先生。』李賢注引袁山松書曰：『蔡邕議曰：魯季文子君子以爲忠，而謚曰文子。又傳曰：忠，文之實也。忠以爲實，文以彰之，遂共謚穆。荀爽聞而非之。故張璠論曰：夫謚者，上之所贈，非下之所造，故顔、閔至德，不聞有謚。朱、蔡各以衰世臧否不立，故私議之。』（後漢書卷七十三朱暉傳附）陳寔傳云：『中平四年，年八十四，卒於家，何進遣使弔祭，海内赴者三萬餘人，制衰麻者以百數，共刊石立碑，謚爲文範先生。』（同上卷九十二）私謚既盛，誄文遂繁，亦必然之勢也。古代誄文確可徵信者，惟魯哀公誄孔子（見全上古三代文卷三頁二引左傳哀公十六年及史記孔子世家，又見檀弓上）及柳下惠妻誄其夫（見上古三代文卷十一頁十一引列女傳二）二篇。漢代之誄，皆四言有韻，魏晉以後，調類楚詞，與辭賦哀文爲近，蓋變體也。」

〔一〇〕紀評：「調字平聲。」

補注：「藝文類聚（十二）蘇順和帝誄略云：『往代崎嶇，諸夏擅命。爰兹發號，民樂其政。奄有萬國，群臣咸秩。大孝備矣，閟宫有恤。由昔姜嫄，祖妣之室。本支百世，神契惟一。』（又卷十五）崔瑗竇貴人誄云：『若夫貴人，天地之所留神，造化之所殷勤。華光耀乎日月，才智出乎浮雲。然猶退讓，未嘗專寵。樂慶雲之普覆，悼時雨之不廣。憂國念祖，不敢迨遑。』彦和所謂序事如傳，詞靡律調，於此可見一斑。」

〔一一〕國故論衡正齋送：「自誄出者，後有行狀。誄之爲言累其行迹而爲之謚，故文心雕龍曰：『序事如傳，辭靡律調，誄之才也。』此則後人行狀實當斯體。」

潘岳構意，專師孝山〔一〕，巧於序悲，易入新切〔二〕，所以隔代相望，能徽厥聲者也〔三〕。至如崔駰誄趙，劉陶誄黄〔四〕，並得憲章，工在簡要〔五〕，陳思叨名，而體實繁緩，文皇誄末，百言自陳〔六〕，其乖甚矣〔七〕。

〔一〕校證：「唐寫本『意』作『思』。」左庵文論：「彦和此語，蓋以孝山誄文已爲安仁導乎先路。此或齊梁之際，孝山所作流傳較多，彦和見其情文相生，有類安仁，故爲此論。由今所傳數篇觀之，已不足見其師襲之迹矣。」

〔二〕校證：「唐寫本、御覽『序』作『叙』。唐寫本、徐校本……『切』作『麗』。」按唐寫本作「切」，王校疏誤。「新切」，新穎而親切。左庵文論：「夫誄主述哀，貴乎情文相生。而情文相生之作法。或以纏綿傳神，輕描淡寫，哀思自寓其中；或以側豔表哀，情愈哀則詞愈豔，詞愈豔音節亦愈悲。古樂府之悲調，齊梁間之哀文，率皆類此。安仁誄文以後者勝，故彦和謂其『巧於序悲，易入新切』也。其後謝莊之宋宣貴妃誄，謝朓之齊敬皇后哀策文（並見文選卷五十七），情富哀思，詞甚清麗，餘風遺韻，並出安仁。降及徐陵、庾信，文極側豔，調亦過悲，此在誄文尚不違述哀之旨，施及他體，固非所宜矣。」又「安仁文氣疏朗，筆姿淡雅，而愈淡愈悲，無意爲文而自得天然之美。雖累數百言，而意思貫串，如出一句，與説話無異。」嚴范注：「本書才略篇云：『潘岳敏給，辭自和暢；鍾美於西征，賈餘於哀誄。』與此同意。嚴可均全晉文九十二輯岳誄文有世祖武皇帝誄（藝文類聚十三）、楊荆州誄、楊仲武誄、馬汧督誄、夏侯常侍誄（並文選）等篇。茲録皇女誄一篇示例，亦彦和所謂巧於序悲者也。」皇女誄（藝文類聚十六）：「厥初在鞠，玉質華繁；玄髮儵曜，蛾眉連娟；清顱横流，明眸朗鮮；迎時夙智，望歲能言。亦既免懷，提攜紫庭；聰惠機警，授色應聲；亹亹其進，好日之經；辭合容止，閑於幼齡。猗猗春蘭，柔條含芳；落英凋矣，從風飄颺；妙好弱媛，窈窕淑良；孰是人斯，而罹斯殃！靈殯既祖，次此暴廬；披覽遺物，徘徊舊居；手澤未改，領膩如初；孤魂遐逝，存亡永殊。嗚呼哀哉！」

江藩炳燭室雜文行狀說：「三代時誄而謚，於遺之日讀之。後世誄文，傷寒暑之退襲，悲霜露之飄零，巧於序悲，易入新切而已。交遊之誄，實同哀辭，后妃之誄，無異哀策，誄之本意盡失，而讀誄賜謚之典亦廢矣。」左庵文論：「誄之體裁，曹植云：『銘以述德，誄以述哀。』（上下太后誄表見全三國文卷十五頁九上引藝文類聚十五）故其作法應與銘頌異貫。東漢之誄，大抵前半叙亡者之功德，後半叙生者之哀思。惟就其傳於今者二十餘篇觀之，殆少情文相生之作。欲盡誄體之變，以達述哀之旨，必須參究西晉潘安仁各篇，始克臻纏綿悽愴之致，亦猶析理緜密之議論文，東漢各家不逮魏晉之嵇叔夜耳。」

按「易入新切」只是説明潘岳所寫的誄文的特點，這是屬於他的個人風格的。這種個人的風格特點，不一定能爲誄體共同的風格要求。明陳懋仁文章緣起注「碑」條引抱朴子云：「宏邈淫豔，非碑誄之施。」可見葛洪就認爲誄文不應當是「側豔」的。劉師培説「情愈哀則詞愈豔」，這句話是有問題的。在六朝比較有名的誄文中，如顔延之的陶徵士誄，就主要以樸素的風格來叙述陶潛的高風亮節，並寓哀傷之意，其中没有任何「側豔」的成份。可見「側豔」

不能作爲誄的風格要求。

〔三〕校證：「『代』疑作『世』，避唐諱改。才略篇亦有隔世相望語。『徽』原作『徵』，謝校作『徽』，按唐寫本正作『徽』，今據改。」范注：「唐寫本『徵』作『徽』，是。徽，美也。」中國中古文學史第四課引王隱晉書：「潘岳善屬文，哀誄之妙，古今莫比，一時所推。」

〔四〕訓故：「後漢書：劉陶，字子齊。」補注：「後漢書崔駰傳：所著詩、賦、銘、頌、書、記、表、七依、婚禮、結言、達旨、酒警二十一篇。劉陶傳言作七曜論、匡老子、反韓非、復孟軻及上書言當世便事、條教、賦奏、書記、辨疑，凡百餘篇。蔚宗所記皆不言有誄，彥和差遠范氏，乃作此云，宜具目覩，所未詳矣。」

〔五〕御覽「工」作「貴」，較勝。「憲章」，法度。

〔六〕校證：「『百言』原作『旨言』，謝校作『百言』。案唐寫本、御覽作『百言』，謂文帝誄末百餘言，皆自陳之辭，今據改。」唐寫本「言」下有「而」字。范注：「陳思王所作文帝誄，全文凡千餘言。誄末自『咨遠臣之渺渺兮，感凶問以怛驚』以下百餘言，皆自陳之辭。『旨』，唐寫作『百』，是。」

左庵文論：「陳思王文帝誄，見全三國文卷十九。彥和因篇末自述哀思，遂譏其『體實繁緩』。然繼陳思此作，誄文述及自身哀思者不可勝計。衡諸誄以述哀之旨，何『煩穢』之有？惟碑銘以表揚死者之功德爲主，若涉及作者自身，未免乖體耳。」

〔七〕劉師培講羅常培筆録漢魏六朝專家文研究十四，文章變化與文體遷訛：「陳思王魏文帝誄於篇末略陳哀思，於體未爲大違，而劉彦和文心雕龍猶譏其乖甚。唐以後之作誄者，盡棄事實，專叙自己，甚至作墓誌銘，亦但叙自己之友誼而不及死者之生平，其違體之甚，彦和將謂之何耶？」

若夫殷臣詠湯〔一〕，追褒玄鳥之祚〔二〕；周史歌文，上闡后稷之烈〔三〕。誄述祖宗，蓋詩人之則也。至於序述哀情，則觸類而長〔四〕。傅毅之誄北海，云「白日幽光，雰霧杳冥」〔五〕，始序致感〔六〕，遂爲後式；影而效者〔七〕，彌取於工矣〔八〕。

〔一〕校證：「『詠』原作『誄』，紀云：『誄湯之説未詳。』案唐寫本作『詠』，今據改。」校釋：「唐寫本『誄』作『詠』，是。」

〔二〕梅注：「商頌玄鳥之詩曰：『天命玄鳥，降而生商，宅殷土芒芒。古帝命武湯，正域彼四方。方命厥后，奄有九有。』」范注：「商頌長發序云：『長發，大禘也。』正義曰：『成湯受天明命，誅除亢惡，王有天下；又得賢臣爲之輔佐，此皆天之所祐，故歌詠天德，因此大禘而爲頌。』玄鳥之祚，即簡狄吞鳦卵而生契之事，正義所謂歌詠天德也。若然，彦和文意當指長發篇言之。」「祚」，賜福。「玄鳥」，燕子。玄鳥篇朱注：「玄鳥，鳦也。春分玄鳥降，高辛氏之妃，有娀氏女簡狄，祈於郊禖，鳦遺卵，簡狄吞之而生契，其後世遂爲有商氏，以有天下。事見史記。」

校注：「按此文明言『追褒玄鳥之祚』，而長發七章並無詠述簡狄吞鳦卵生契詞句，恐非舍人所指。玄鳥篇首以『天命玄鳥，降而生商』發端，即『追褒玄鳥之祚』也。『篇中曰「武湯」、曰「后」，曰「先后」、曰「武王」，皆謂湯』（陳奐詩毛氏傳疏玄鳥篇中語），即『詠湯』也。然則此二句所指，其爲商頌之玄鳥篇乎？」

〔三〕梅注：「周頌思文之詩曰：『思文后稷，克配彼天。立我烝民，莫匪爾極。』」范注：「大雅生民序云：『生民，尊祖也。后稷生於姜嫄，文武之功起於后稷，故推以配天焉。』」「史」，掌典禮的史官。「文」，指周文王。

周注：「大雅文王有聲歌頌周文王，再向上追溯，闡明周代祖先后稷的功績。」

〔四〕易繫辭上：「引而申之，觸類而長之，天下之能事畢矣。」正義：「謂觸逢事類而增長之。」王金陵：「此謂誄本施於祖宗，其後延及他人，而以傅毅北海靖王興誄爲例。」

〔五〕黄注：「後漢書：北海靖王興，齊武王伯升子也。永平七年薨。古文苑：傅毅此誄，其文不全，亦無白日幽光之語。」范注：「盧文弨抱經堂文集文心雕龍輯注書後云：『練字篇：「傅毅制誄，已用淮雨。」傅毅作北海靖王興誄云「白日幽光，淮雨杳冥」。古文苑所載，其文不全。今見此書誄碑篇者，又爲後人改去「淮雨」，易以「氛霧」二字矣。』」校釋：「盧文弨文心雕龍輯注書後曰：『鄭康成注大傳云：「淮雨，急雨之名。」是不以爲字誤，而詩正義引大傳，竟改作「列風淫雨」，蓋義僻則人多不曉也。』按鄭注『暴雨之名』，盧又誤作『急雨』。又按練字篇，彦和引傳誄而斥爲愛奇，則亦不從鄭説也。」傅毅用日暗霧昏來寫悲哀，借景物來抒情，即所謂觸類而長。

〔六〕「始序致感」，謂北海王誄序云：劉興死後，其所轄境内，四民都「感傷」得「若傷厥親」。

〔七〕校證：「『影』原作『景』，從唐寫本、御覽改。」

〔八〕校證：「『工』原作『功』，謝改。徐云：『功當作「切」，承上「新切」語意。』案唐寫本作『功』，宋本御覽作『切』，銅活字本御覽、譚校本作『巧』。」斠詮：「案黄從謝改是。功工古通。切與巧皆功之形誤。」直解爲「取法精到，益形工巧矣」。

左庵文論：「彦和此節所論未允。玄鳥、后稷二篇皆是頌體，與葬時讀誄定謚之辭不同。且古者賤不誄貴，下不誄上，尤無於君死後數百年始作誄者。彦和引此二篇，意在證明誄以頌功德爲主，序述哀情由於後代引申，不知銘以述德，誄以述哀，體本不同，未容相混，即如最古之魯哀公誄孔子云：『昊天不弔，不憖遺一老，俾屏余一人以在位，煢煢余在疚！嗚呼哀哉，尼父，無自律！』以『嗚呼哀哉』作結，而亦未及孔子之功德。故知誄之爲用，原在述哀，惟以欲知所誄者爲誰，因兼及其言行耳。」

以上爲第一段，叙誄的意義及其歷史發展，並論各家誄文之優劣。

詳夫誄之爲制，蓋選言録行〔一〕，傳體而頌文，榮始而哀終〔二〕。論其人也，曖乎若可覿〔三〕；道其哀也，悽然如可傷。此其旨也〔四〕。

〔一〕斠詮：「言行二者皆指死者而言，選録則屬於作者。」

〔二〕斯波六郎：「論語子張：『其生也榮，其死也哀。』曹植王仲宣誄：『生榮死哀，亦孔之榮。』」

左庵文論：「此三句所論，甚爲明晰：誄須貼切本人，不應空泛，故謂之『傳體』；文則四言有韻，故謂之『頌文』。前半叙死者之功德，後半述時人之悲哀，故謂之『榮始而哀終』。」

文體明辨序説「誄」類：「其體先述世系行業，而末寓哀傷之意，所謂『傳體而頌文，榮始而哀終』者也。」「傳體而頌文」，即主體是叙事，但接近頌體。

〔三〕校注：「按『曖』字説文所無，當本是『僾』字。説文人部：『僾，仿佛也。』禮記祭義：『祭之日，入室，僾然必有見乎其位。』（説苑修文篇：『祭之日，將入户，僾然若有見乎其容。』）釋文：『僾，微見貌。』正義：『僾，髣髴見也。』）」

校證：「時序篇贊：『曖焉如面。』辭意與此同。『曖』借『僾』字，説文：『僾，仿佛也。』詩曰：『僾而不見。』」

左庵文論：「此即謂叙言行非貼切不可，一人之誄不可移諸他人也。」又：「曹子建王仲宣誄『乃署祭酒，與君行止』至『榮耀當世，芳思晻藹』，叙粲作侍中時事，句句貼切，不能移諸他人：此即彦和所謂『論其人也，曖乎若可覿』也。『吾與夫子，義貫丹青』以下，子建自叙與仲宣之交誼及其哀傷。彦和譏之云：『陳思叨名，體實煩緩。文皇誄末，旨言自陳，其乖甚矣。』按此篇與潘安仁諸誄皆叙自己對死者之交誼，以表達其哀傷。良以纏綿悱惻之情必資交誼篤厚而發，誄主述哀，與銘頌不同，故無妨牽涉自己也。」

〔四〕御覽五九六引文章流別論曰：「詩頌箴銘之篇，皆有往古成文可仿依而作，惟誄無定制，故作者多異焉。」

文賦：「誄纏綿而悽愴。」李善注：「誄以陳哀，故纏綿悽愴。」意思是在纏綿的文采中隱寓着死者的事迹，而情感則要切至悽愴。顏延之陶徵士誄可以爲例。

文章流別論雖然在當時説「誄無定制」，可是到了宋齊以後，誄還是有定制的。「旨」謂要旨。

以上爲第二段，講誄的寫作特點。

碑者，埤也〔一〕。上古帝皇，紀號封禪〔二〕，樹石埤岳，故曰碑也〔三〕。周穆紀跡於弇山之石〔四〕，亦古碑之意也〔五〕。又宗廟有碑，樹之兩楹〔六〕，事止麗牲，未勒勳績〔七〕；而庸器漸缺〔八〕，故後代用碑，以石代金〔九〕，同乎不朽，自廟徂墳，猶封墓也〔一○〕。

〔一〕范注：「説文石部：『碑，豎石也。從石，卑聲。』釋典藝：『碑，被也。此本王葬時所設也。施其轆轤，以繩被其上，以引棺也。臣子追述君父之功美以書其上，後人因焉，故兼建於道陌之頭顯見之處，名其文，就謂之碑也。』埤禪二字，皆有增益之義，然禪訓接益也，埤訓增也，用埤字較適。」梅注：「埤，音皮。」

校釋：「『埤也』，唐寫本作『裨也』，下『埤岳』同。御覽五八九同。按二字古通用。」斠詮：「舍人以埤訓碑，蓋音訓，取其自卑增高之意耳。」

〔二〕范注：「管子封禪篇：管仲曰：『古者封泰山禪梁父者七十二家，而夷吾所記者十有二焉。』唐寫本『皇』作『王』，是。王謂禹、湯、周成王之屬。」史記封禪書正義：「泰山上築土爲壇以祭天，報天之功，故曰封。泰山下小山上除地報地之功，故曰禪。言禪者神之也。」玉海卷六十：「事始：無懷氏封泰山，刻石紀功，此碑之始。」「紀號」，記功績。漢書武帝紀注引孟康曰：「王者功成治定……刻石紀號。」又引應劭曰：「刻石紀績也。」「號」，告。古代帝王表功明德，以告臣下。白虎通封禪：「王者易姓而起，必升泰山何？報告之義也。始受命之日，改制應天，功成封禪，以告太平也。……皆刻石紀號者，著己之功迹以自効也。封者，廣也。言禪者，明以成功相傳也。」

〔三〕唐寫本「埤」作「裨」。斠詮：「附於衣者曰裨，附於土者曰埤。此以作『埤』義勝。」禮記禮器：「因名山升中於天。」正義引白虎通云：「增泰山之高以報天，附梁父之基以報地。」

〔四〕梅注：「穆天子傳：天子觴西王母於瑶池之上，西王母爲天子謡曰：白雲在天，山陵自出，道里悠遠，山川間之。將子無死，尚能復來。天子荅之曰：子歸東土，和治諸夏，萬民平均，吾顧見汝。比及三年，將復而野。天子遂驅升於弇山，乃紀丌跡於弇山之石，而樹之槐，眉曰西王母之山。」按此見卷三。

范注：「穆天子傳二：『季夏丁卯，天子北升於舂山之上，以望四野。……天子五日觀於舂山之上，乃爲銘迹於縣圃之上，以詔後世。』郭璞注云：『謂勒石銘功德也。秦始皇、漢武帝巡守登名山，所在刻石立表，此之類也。』歐陽修集古録自序云：『故上自周穆王以來，下更秦、漢、隋、唐、五代……莫不皆有，以爲集古録。以謂轉寫失真，故因其石本軸而藏之。』穆王銘辭，豈宋時尚存歟？」弇山，即崦嵫山，在今甘肅省。古代神話傳爲日没之處。

〔五〕校注：「『古』唐本無，元本、弘治本、汪本、佘本、張本、兩京本……作『石』。按『石』字誤。……玉海六十引無『古』字，與唐寫本正合。當據删。」

文體明辨序説碑文類引無「亦古碑之意也」句，下有：「秦始刻銘於嶧山之巓，此碑之所從始也。」「嶧山」，指李斯嶧山刻石，見全秦文卷一。

〔六〕范注：「樹之兩楹，謂碑樹於中庭，其位置當東楹西楹兩楹之間。（文選頭陀寺碑注引蔡邕銘論：「碑在宗廟兩階之間。」）」劉寶楠漢石例卷一墓碑例稱碑例：「宮廟之碑，皆在中庭，而文心雕龍云云，玉海亦謂『碑樹兩楹』。按兩楹不得有碑，此説誤也。」

訓故：「禮記祭義：『祭之日牽牲入廟門麗于碑。』孫何亦云：碑非文章之名，後人假以載其銘耳。」

補注：「劉氏寶楠漢石例（卷一）云：『紀功德亦以石，但不名碑，故史記封禪書引管子、秦始皇本紀並云刻石，不言立碑。墓用石名碑。與刻石紀功德名碑皆始於漢。文心雕龍謂碑名肇自上古，其説恐非。又兩楹不得有碑，是蓋指中庭之碑言也。』」

范注：「段玉裁注説文碑字云：『（儀禮）聘禮鄭注曰：「宫必有碑，所以識日景，引陰陽也。凡碑引物者，宗廟則麗牲焉。其材，宫廟以石，窆用木。」檀弓：「公室視豐碑，三家視桓楹。」注曰：「豐碑，斲大木爲之，形如石碑。」按此檀弓注即聘禮注所謂「窆用木」也。非石而亦曰碑，假借之稱也。秦人但曰刻石，不曰碑，後此凡刻石皆曰碑矣。始皇本紀上鄒嶧山立石，上泰山立石，下皆云刻所立石，其書法之詳也。凡刻石必先立石，故知豎石者碑之本義，宫廟識日影者是。』王兆芳文體通釋曰：『碑者，豎石也。古宫廟庠序之庭碑，以石麗牲，識日景；封壙之豐碑，以木懸棺綍，漢以紀功德，一爲墓碑，豐碑之變也；一爲宫殿碑，一爲廟碑，庭碑之變也；一爲德政碑，廟碑墓碑之變也。皆爲銘辭，所以代鐘鼎也。』」

〔七〕校注：「止，黄校云：『元作「正」。』按唐本、御覽五八九、玉海六〇並作『止』。祝盟篇：『事止告饗。』句法與此相同，亦足爲當作『止』之證。又按禮記祭義：『祭之日，君牽牲，穆答君，卿大夫序從；既入廟門，麗於碑。』鄭注：『麗猶繫也。』正義：『君牽牲入廟門，繫著中庭碑也。』」

〔八〕「庸器」，古代用以紀功的銅器。周禮春官序官：「典庸器。」鄭玄注：「庸，功也。鄭司農云：『庸器，有功者鑄器銘其功。』」

〔九〕唐陸龜蒙野廟碑：「碑者，悲也。古者懸而窆，用木，後人書之，以表其功德，因留之不忍去。碑之名由是而得。自秦漢以降，生而有功德政事者，亦碑之，而又易之以石，失其稱矣。」（見唐文粹）

宋孫何碑解「……碑非文章之名也，蓋後假載其銘耳。銘之不能盡者，復前之以序，而編録者通謂之文，斯失矣。陸機曰：碑披文而相質。則本末無據焉。銘之所始，蓋始於論撰祖考，稱述器用，因其鐫刻，而垂乎鑒誡也。銘之於嘉量者，曰量銘，斯可也，謂其文爲量不可也。銘之於景鐘，曰鐘銘，斯可也，謂其文爲鐘，不可也。銘之於廟鼎者，曰鼎銘，斯可矣，謂其文爲鼎，不可也。古者盤盂几杖，皆可銘，就而稱之曰：盤銘、盂銘、几銘、杖銘，則庶幾乎正，若指其文曰盤、曰盂、曰几、曰杖，則三尺童子，皆將笑之。今人之爲碑，亦由是矣。天下皆踵乎失，故衆不知其非也。蔡邕有黄鉞銘，不謂其文爲黄鉞也。崔瑗有座右銘，不謂其文爲座右也。檀弓曰：公室視豐碑，三家視桓楹。釋者曰：豐碑，斲大木爲之。桓楹者，形如大楹，謂之桓植。喪大記曰：君葬四綍二碑，大夫葬二綍二碑。又曰：凡封用綍去碑。釋者曰：碑，桓楹也。樹之於壙之前後，以拂繞之，間之轆轤，輓棺而下之，用綍去碑者，縱下之時也。祭義曰：祭之日，君牽牲，既入廟門，麗乎碑。釋者曰：麗，繫也，謂牽牲入廟，繫著中庭碑也。或曰：以紖貫碑中也。聘禮曰：賓自碑内聽命。又曰：東西北上碑南。釋者曰：宫必有碑，所以識日景引陰陽也。考是四説，則古之所謂碑者，乃葬祭饗聘之際，所植一大木耳。而其字從石者。將取其堅且久乎。然未聞勒銘於上者也。今喪葬令其螭首龜趺。洎丈尺品秩之制，又易之以石者，後儒增耳。堯、舜、夏、商、周之盛，六經所載，皆無刻石之事。管子稱無懷氏封泰山刻石紀功者，出自寓言，不足傳信。又世稱周宣王蒐於岐山，命從臣刻石，今謂之石鼓，或曰獵碣。洎延陵墓表碑，俗目爲夫子十字碑者，其事皆不經見，吾無取焉。司馬遷著始皇本紀，著其登嶧山、上會稽甚詳，止言刻石頌德，或曰立石紀頌，亦無勒碑之説，今或謂之『嶧山碑』者，乃野人之言耳。漢班固有泗水亭長碑文，蔡邕有郭有道、陳太丘碑文，其文皆有序冠篇，末則亂之以銘，未嘗斥碑之材而爲文章之名也。彼士衡未知何從而得之。由魏而下，迄乎李唐，立碑者不可勝數，大抵皆約班蔡而爲者也。雖失聖人述作之義，然猶髣髴乎古。迨李翺爲高愍女碑，羅隱爲三叔碑、梅先生碑，則所謂序與銘皆混而不分，集列其目，亦不復曰文。考其實，又未嘗勒之於石，是直以繞紼麗牲之具而名其文，戾孰甚焉。復古之士，不當如此。貽誤千載，職機之由。今之人爲文揄揚前哲，謂之贊也；警策官守，謂之箴可也；針砭史闕，謂之論可也；辨析政事，謂之議可也；祼獻宗廟，謂之頌可也；陶冶情性，謂之歌詩可也。何必區區於不經之題，而專以碑爲也！……」

紀評：「碑非文名，誤始陸平原，孫何糾之，拔俗之識也。」

陔餘叢考卷三十二碑表：「禮記祭義：『牲入廟門，麗牲於碑。』賈氏（公彦）以爲『宗廟皆有碑，以識日景。』……按此數説，則古人宮寢墳墓，皆植大木爲碑。而其字從石者，孫何云：取其堅且久也。（見宋文鑑卷一二五碑解）劉勰則謂『宗廟有碑，樹之兩楹，事止麗牲，未勒勳績，後代自廟徂墳，以石代金。』」

〔一〇〕范注：「禮記檀弓上：『孔子既得合葬於防。……於是封之崇四尺。』鄭注：『聚土曰封。』」書武成：「封比干墓。」傳：「封，益其土。」正義：「增封其墓也。」「自廟徂墳」，斠詮直解爲「由宗廟擴及墳壙」。

校釋：「碑之爲用，初樹之宗廟，所以麗牲，後立之墓穴，所以下棺。故漢碑首必有穿，其遺製也。舍人所謂『紀號封禪』、『樹石埤岳』，當起於後世。雖管子有古者封禪之君七十有二之説，其事未足深信。至於就碑撰文，實盛於東京，蔡氏其首選也。」唐封演聞見記云：「豐碑本天子諸侯下棺之柱，臣子或書君父勳伐於其上，又立於隧口，故謂之神道。古碑上往往有孔，是貫繂索之象。則是墓道之有碑刻文，本由于懸窆之豐碑，而或易以石也。」

牟注：「禮記檀弓上：『古也墓而不墳。』殷商時墳、墓有別，墳是封土隆起的，墓是平的。這裏的『封墓』指上句説的『墳』，用以喻石碑同樣可保持長久。」

自後漢以來，碑碣雲起〔一〕；才鋒所斷，莫高蔡邕〔二〕。觀楊賜之碑，骨鯁訓典〔三〕，陳郭二文，詞無擇言〔四〕。周胡衆碑〔五〕，莫非清允〔六〕。其叙事也該而要，其綴采也雅而澤；清詞轉而不窮〔七〕，巧義出而卓立〔八〕；察其爲才，自然而至矣〔九〕。

〔一〕唐寫本「以」作「已」。黄注：「後漢書注：方者謂之碑，圓者謂之碣。」按此見竇憲傳注。范注：「説文：『碣，特立之石也。』文體通釋曰：『碣者，與楬通，特立之石，藉爲表楬也。石，方曰碑，圓曰碣。』趙岐曰：『可立一圓石於墓前。』洪适曰：『似闕非闕，似碑非碑。』隋唐之制，三品以上立碑，七品以上立碣。主於表揚功德，與碑相通。」陳繹曾文説：「碑宜雄渾典雅，碣宜質實典雅。」

明陳懋仁文章緣起注：「碣，傑也。揭其操行，立之墓隧者也。其文與碑體相同也。」

〔二〕王金凌：「以鋒言才，是説蔡邕叙事該要，綴采雅澤，有如鋒刃斬斫，無有枝蔓，則才鋒指叙事運詞時的表達能力。」「才鋒所斷」，根據才鋒所作的評斷。校注：「李充起居誡：『中世蔡伯喈長於爲碑。』（北堂書鈔一百引）」

〔三〕訓故：「後漢書：楊賜，字伯獻，太尉秉之子，以通尚書侍靈帝講於華光殿中，歷官太尉，卒謚文烈。」

范注：「蔡中郎集有楊賜碑四篇……骨鯁訓典，猶言以訓典爲骨幹。」「訓」、「典」，指尚書，因

陔餘叢考卷三十二「碑表」：「古碑之傳於世者，漢有楊震碑，首題太尉楊公神道碑銘（見隸釋卷十二）；又蔡邕作郭有道、陳太丘墓碑文，載在文選。後漢崔寔卒，袁隗爲之樹碑頌德（見崔寔傳）。故劉勰謂『東漢以來，碑碣雲起』。」

其中有堯典伊訓等篇。左傳文公六年：「告之訓典。」注：「訓典，先王之書。」封禪篇：「樹骨於訓典之區。」文章流別論：「蔡邕爲楊公作碑，其文典正，末世之美者也。」注訂：「楊賜碑辭章結構，力慕典誥，故曰骨鯁訓典，猶韓文公之於平淮西碑也。」

〔四〕「詞」，唐寫本作「句」。訓故：「後漢書：陳寔，字仲弓，潁川許人，除太丘長。蔡中郎集陳太丘碑文。後漢書：郭太，字林宗，太原界休人，以有道徵不應。蔡中郎集郭有道林宗碑文。」范注：「陳仲弓、郭林宗，漢季高士，德望並茂；世説新語德行篇注引續漢書：『林宗卒，蔡伯喈爲作碑，曰：「吾爲人作銘，未嘗不慚容，唯有郭有道碑頌無愧耳。」（後漢書郭太傳：「蔡邕謂盧植曰：吾爲碑銘多矣，皆有慙德，唯郭有道無愧色耳。」）』故彦和謂其詞無擇言。（尚書吕刑：「罔有擇言在身。」孝經：「口無擇言，身無擇行。」擇，敗也。）」校注：「『詞』，黄校云：『一作句，從御覽改。』按『句』字不誤。唐寫本、元本、弘治本、汪本、佘本、張本、兩京本……并作『句』。……『言』作『字』解，『句無擇言』者，謂每句無敗字也。」斠詮：「句無擇言，謂語句確實無可指摘也。」注訂：「擇，簡選也。無擇言者，無可指摘更易也。」沈約答樂藹書：「郭有道，漢末之匹夫，非蔡伯喈不足以偶三絶。」梁元帝内典碑銘集林序：「唯伯喈作銘，林宗無愧。」王勃與契苾將軍書：「伯喈雄藻，待林宗而無愧。」駱鴻凱文選學：「中郎郭有道碑自謂無媿辭，然觀稚川正郭之篇，則有道之人品可知。然文雖失實，於體無害也。」

〔五〕校證：「『胡』原作『乎』，從唐寫本、御覽改，徐校亦作『胡』。周謂周勰，胡謂胡廣、胡碩。」

校釋：「唐寫本『乎』作『胡』，御覽同，是。按中郎集有胡廣、胡碩等碑，故曰『衆碑』。」

〔六〕校證：「『莫非清允』，宋本御覽作『莫不精允』，明抄本御覽、明活字本御覽『清』作『精』。徐曰：『清一作精。』」

斠詮：「『清允』與下文『清詞』義重，揆諸下文，『叙事也該而要』及『巧義出而卓立』之申述語，自以作『精』爲勝。」

范注：「困學紀聞十三：『蔡邕文今存九十篇，而銘墓居其半，曰碑、曰銘、曰神誥、曰哀讃，其實一也。自云爲郭有道碑獨無愧辭，則其他可知矣。其頌胡廣、黄瓊，幾於老、韓同傳（史記韓非與老聃同傳），若繼成漢史，豈有南、董之筆！』（翁注曰：瓊非廣所能幾及，邕作頌而無所軒輊，故王氏譏之。）」

日知録十九作文潤筆條云：「蔡伯喈集中爲時貴碑誄之作甚多，如胡廣、陳寔各三碑，橋玄、楊賜、胡碩各二碑，至於袁滿來年十五，胡根年七歲，皆爲之作碑，自非利其潤筆，不至爲此。史却以其名重，隱而不言耳。文人受賕，豈獨韓退之諛墓金哉！」

〔七〕「該而要」，碑文不如史傳詳盡，但也不能遺漏太多，因此必須精要。然而爲求精要，有時不免漏略，則又須强調該贍。左庵文論：「清詞轉而不窮——凡碑銘及有韻之文，句宜典重，而用筆宜清。伯喈此篇（指郭有道碑）無一句輕而無一句不清。又文調常變，故音節和雅而不板滯：斯並足以垂範後昆者也。」又：「陳太丘碑，銘文不長，而頗能傳神：句句氣清，而善於含蓄。」「轉」，移，指變化。

〔八〕姚鼐古文辭類纂序：「碑誌類者，其體本於詩。」許文雨文論講疏：「按劉勰既以誄碑列於有韻之文，並述碑文之爲體：『其敘事也該而要，其綴采也雅而澤，清詞轉而不窮，巧義出而卓立。』是説也，殆以碑文原於詩之頌乎？」

在唐宋八大家中，韓愈以碑版文字著稱，他寫的比較優秀的碑文，能顯示死者的人格特點，這就是劉勰所謂「巧義出而卓立」。

〔九〕校證：「『矣』字原無，據唐寫本、御覽補。」

左庵文論：「此段推崇蔡中郎之碑文爲第一，蓋非一人之私言，實千古之定論也。試以伯喈之文與普通漢碑比較：一則詞調變化甚多，篇篇可誦，非普通漢碑之功候所能及；二則有韻之文易致散漫，而伯喈能作出和雅之音節，『清詞轉而不窮』，此皆其出類拔萃處。伯喈碑文，既可空前絶後，而傳於今者又多，潛心研索，當可盡其變化。」

又：「綜觀伯喈之碑文，有全敘事實者，如胡廣碑（本集四，全後漢文七十六）；有就大節立言者，如范丹碑（本集二，全後漢文七十七）；有敘古人之事者，如王子喬碑（本集一，全後漢文七十五）；有敘尚書經義，並摹擬尚書文調者，如楊賜碑（本集三，全後漢文七十八）。千變萬化，層出不窮。有重複之字句，而無重複之音調，無重複之筆法；洵非當時及後世所能企及也。」

孔融所創，有摹伯喈〔一〕，張陳兩文〔二〕，辨給足采〔三〕，亦其亞也。及孫綽爲文〔四〕，志在於碑〔五〕，温王郗庾〔六〕，辭多枝雜〔七〕，桓彝一篇，最爲辨裁矣〔八〕。

〔一〕校證：「『摹』原作『慕』，據唐寫本。」校注：「謂其摹仿也。」
訓故：「後漢書：孔融字文舉，與蔡邕素善。邕卒後，有虎賁士貌類於邕。融每酒酣，引與之同坐。曰：雖無老成人，尚有典型。所著詩、頌、碑文凡二十五篇。」按此見孔融傳。

〔二〕黄注：「孔文舉有衛尉張儉碑銘，陳文無考。融没于曹子建之前，非陳思王也。」
范注：「全後漢文八十三據藝文類聚四十九、又文選注輯得孔融衛尉張儉碑銘一篇，殘缺不全。陳文亡佚。」張儉，字元節，漢末名士。

〔三〕韓非子難言：「捷敏辯給，繁於文采，則見以爲史。」「辨給」，謂便捷巧慧、善於言辭（據郝懿行爾雅義疏釋訓）。

〔四〕訓故：「晉書：孫綽，字興公，歷官著作郎，於時文士，綽爲其冠。温、王、郗、庾諸公之薨，必須綽爲碑文，然後刊石（按此見孫綽傳）。世説新語：孫興公作庾公誄，多寄託之辭，既成，示庾道恩，庾見慨然送還之，曰：先君與君自不至於此（按此見方正篇）。」

〔五〕「志在於碑」原作「志在碑誄」。校注：「唐寫本作『志在於碑』，御覽引同。按晉書綽本傳止稱其善爲碑文，本段亦單論碑，誄字實不應有，當據訂。南齊書文學傳論：『孫綽之碑，嗣伯喈之後。』亦足以證『誄』字誤衍。」

〔六〕校證：「『郗』原作『郤』，今據唐寫本、御覽、徐校改。」范注：「藝文類聚四十五有綽所撰丞相王導碑、太宰郗鑒碑，四十六有太尉庾亮碑，皆頗殘闕不全。桓彝碑全佚。」「王」謂王導碑，「温」謂温嶠碑。

〔七〕陳書良文心雕龍校注辨正：「周易繫辭：『中心疑者其辭枝。』枝，言辭分散也。舍人屢用之與其它字構詞，不特枝雜。如養氣篇：『戰代枝詐，攻奇飾説。』論説篇：『故其義貴圓通，辭忌枝碎。』」

左庵文論：「東晉以碑銘擅長者，當推孫綽、袁宏爲最。興公之桓彝碑，今已不傳。所存丞相王導碑、太宰郗鑒碑（全晉文引藝文類聚四十五）、太尉庾亮碑（全晉文引藝文類聚四十六），亦多殘闕。其文筆之雅雖遜伯喈，而辭句清新，叙事簡括，轉折直接，皆得力於伯喈者爲多。彦和謂其『辭多枝雜』，蓋亦責備賢者之意。」

〔八〕訓故：「晉書：桓彝字茂倫，譙國龍亢人。歷官宣城内史，在郡，蘇峻反，爲其將韓晃所害，綽爲碑文。」按此見桓彝傳。桓彝碑全佚。

校釋：「本篇選文，首舉邕作。孔、孫諸製，乃其流亞。今觀蔡氏諸碑，類皆逾揚盛美之辭，實啓貢諛獻媚之漸。故桓範著世要論，有『勢重者稱美，財富者文麗』之譏。而魏武勵俗，乃嚴立碑之禁，降及晉世，禁乃稍弛。」

蕭子顯南齊書文學傳論：「孫綽之碑，嗣伯喈之後；謝莊之誄，起安仁之塵。」

校注：「范甯穀梁傳集解序：『公羊辯而裁，其失也俗。』楊疏：『辯，謂說事分明；裁，謂善能裁斷。』……議對篇：『辭裁以辨。』亦可證。」

以上爲第三段，講碑的意義及其發展，並論各家碑文。

夫屬碑之體，資乎史才〔一〕，其序則傳〔二〕，其文則銘〔三〕，標序盛德〔四〕，必見清風之華；昭紀鴻懿，必見峻偉之烈〔五〕：此碑之制也〔六〕。夫碑實銘器，銘實碑文〔七〕，因器立名，事先於誄〔八〕，是以勒石讚勳者，入銘之域〔九〕，樹碑述亡者，同誄之區焉〔一〇〕。

〔一〕斠詮：「屬碑之體，謂撰述筆體之文字也。『屬』讀『屬文』之『屬』。」紀評：「東坡文章蓋世，而碑非所長，足證此言之信。」

〔二〕左庵文論：「『其序則傳』——碑前之序雖與傳狀相近，而實爲二體，不可混同。蓋碑序所敘生平，以形容爲主，不宜據事直書。自兩漢以迄唐五代，其用典對仗，遞有變化，而作法一致，型式相同。……未有據事直書，瑣屑畢陳，而與史傳、家傳相混者。試觀蔡中郎之郭有道碑，豈能與後漢書郭泰傳易位耶？彥和『其序則傳』一語，蓋謂序應包括事實，不宜全空，亦即陸機文賦所謂『碑披文以相質』之意，非謂直同史傳也。六朝碑序本無與史傳相同之作法，觀下文所云：『標序盛德……必見峻偉之烈。』則彥和固亦深知形容之旨，絶不致泯没碑序與史傳之界域也。」

〔三〕駱鴻凱文選學：「碑文之作，乃子孫爲其父祖，弟子爲其師尊，親故爲其親故。揆之人情，宜以頌揚爲本。『授徒三千』，『行有九德』，辭雖溢美，義固無愆。文賦所云『披文相質』，彥和亦云『序傳文銘』。昌黎以史爲碑，更張舊作，自謂拔俗，於體乖矣。」

〔四〕唐寫本「序」作「叙」。北堂書鈔一〇二引李充起居戒云：「古之爲碑者，蓋以述德紀功，歸於實録也。」又引袁興萬年書云：「夫碑銘將以述詠功德，流美千載。」

〔五〕「昭」，明。「懿」，美。「峻」，高。「烈」，功業。劉師培所謂「形容」就是刻劃形象，要有描寫成分，不是純粹樸素的叙述。文選李善注解釋文賦「碑披文以相質」云：「碑以叙德，故文質相半。」也就是這個意思。劉勰所謂「標序盛德，必見清風之華；昭紀鴻懿，必見峻偉之烈」，就是説要把死者的高風亮節烘托出來，以顯示死者的雄偉英烈。其實富於文學意味的史傳文字，也需要藝術加工、塑造形象，並不是平鋪直叙。

〔六〕唐寫本「制」作「致」，誤。陳懋仁文章緣起注「碑」條引抱朴子云：「宏邈淫豔，非碑誄之施。」

〔七〕文章流別論：「古有宗廟之碑。後世立碑於墓，顯之衢路，其所載者銘辭也。」

梁元帝内典碑銘集林序：「夫世代亟改，論文之理非一；時事推移，屬詞之體或異。但繁則傷弱，率則恨省。存華則失體，從實則無味。或引事雖博，其意猶同；或新意雖奇，無所倚約；或首尾倫帖，事似牽課；或翻復博涉，體製不工。能使豔而不華，質而不野，博而不繁，省而不率，文而有質，約而有潤，事隨意轉，理逐言深，所謂菁華，無以間也。」（廣弘明集二十三）然洛陽伽藍記城東篇載隱士趙逸之言曰：「生時中庸之人爾，及死也，碑文墓誌必窮天地之大德，盡生民之能事，爲君共堯舜連衡，爲臣與伊皋等跡，牧民之臣，浮虎慕其清塵；執法之吏，埋輪謝其梗直。所謂生爲盜跖，死爲夷齊。妄言傷正，華詞損實。」

春覺齋論文流別論五：「大抵碑版文字，造語必純古，結響必堅騫，賦色必雅樸；往往宜長句者，必節爲短句，不多用虚字，則句句落紙，始見凝重。」

范注：「陸機文賦云：『碑披文以相質，誄纏緜而悽愴。』……紀評：『碑非文名，誤始陸平原。』案彦和不以碑爲文體，觀『其序則傳，其文則銘』；『碑實銘器，銘實碑文』數語，義至明顯。」

〔八〕校證：「『先』原作『光』，徐、梅俱云：『當作先。』案唐寫本正作『先』，今據改。」范注：「『因器立名，事先於誄。』謂刻石紀功，可用於生人，而誄則必用於死亡之後也。」注訂：「按『碑實銘器，銘實碑文』；『入銘之域，同誄之區』，由彦和此言，知碑之立名，孕於銘誄而生焉。所謂『因器立名』者是也。」

〔九〕校注：「『石』，唐寫本作『器』，御覽引同。按『器』字是。銘箴篇：『銘題於器。』即其義也。」

〔一〇〕校證：「『亡』原作『己』，據唐寫本、御覽、徐校本校正。」

左庵文論：「古代勒銘於銅器，後世始易爲刻石，碑者刻石之通稱，銘者刻文之常體，故謂『碑實銘器，銘實碑文』也。又彥和以『勒石讚勛』及『樹碑述己』爲銘誄之區劃，用意亦欠明晰。蓋碑銘不限於讚勛，或紀功以昭遺愛，或表墓以彰景行，樹石勒銘，用兼生死。推彥和之意，惟以紀功者爲銘，而以表墓者同誄。實則自漢以後，墓碑之體，顯與誄殊：一則純以死者爲主，一則兼抒作者之悲。述德陳哀，宜別人我。混而同之，轉茲迷惘矣。」其實劉勰並沒有把誄、碑二體「混而同之」，只是説「樹碑述亡者」和誄屬於一類，「勒石讚勳者」和銘屬於一類。

又：「碑之源流——古者豎石廟庭之中央，謂之碑，所以麗牲，或識日景引陰陽也。其材宫廟以石，窆用木（見儀禮聘禮鄭注）。三代以上，銘皆勒於銅器，刻石者甚少。石鼓之時代，爲姬周抑爲宇文周，聚訟迄未能決（詳見王厚後齋碑録）。故三代有無刻石，尚屬疑問。然則豎石蓋爲碑之本義，刻銘則其後起義也。樹碑之風，漢始盛行，而東都尤甚。惟乃刻石之總名，而非文體之專稱。自其體製言，則有墓碑（此體最多，蔡中郎郭有道碑序云「樹碑表墓，昭銘景行」，又汝南周勰碑序亦云「建碑勒銘」，實銘體也），有祠堂碑（如梁相孔耼神祠碑，見隸釋五），有神廟碑（如西嶽華山廟碑，見隸釋二，三公山碑、石神君碑，均見隸釋三，堯廟碑，見隸釋一），有雜碑（如蜀郡太守何君閣道碑，見隸釋四），有紀功碑（如漢敦煌太守裴岑紀功碑，見金石萃編卷七）。自其文體言，則有銘（此體最多，如周憬功勳銘，見隸釋四，普通漢碑多有「乃作銘曰」四字），有頌（如西狹頌，見隸釋四），有敘（如張公神碑，見隸釋三），有記（如高朕修周公禮殿記，見隸釋一），有誄（如堂邑令房鳳碑，見隸釋九），有詩（如費鳳別碑，見隸釋九）。有銘後附以亂者（如巴郡太守樊敏碑，見隸釋十一），有有韻者（普通皆然），有無韻者（如修周公禮殿記、三公山碑、馮緄碑，見隸釋卷七）：蓋凡刻石皆可謂之碑，而非文章之一體，與銘箴頌贊之類不同。準是以言，則蔡邕石經及孔廟之官文書，雖非文章，而既刻於石，亦得稱碑，惟以銘體居十之六七，故漢人或統稱碑銘，碑謂刻石，銘則文體也。後世或以序文爲碑，有韻之文爲銘；或以有韻之文爲碑銘，無韻或四六之文爲碑；皆不知碑爲刻石之義也。又刻於闕者謂之闕銘（如嵩岳太室石闕銘，見隸釋四），以非豎立神道中央，故亦不得稱碑。至于墓表之名，漢人間亦用之，但就華表之石而名，體與墓碑無別。唐代以有銘者爲碑，無銘者爲墓表；後世又以大官稱神道碑，小官稱墓表（潘昂霄金石例卷一，黄宗羲金石要例，皆曰三品以上神道碑，三品以下墓表）：此皆近代不通之制度，實則漢人之墓表皆有韻，亦無官秩大小之別也。」

又：「墓誌銘——自裴松之奏禁私立墓碑，而後有墓誌一體。觀漢魏刻石之出土者，並無墓誌，亦足證此體之始於六朝也。墓誌一體，原爲不能立碑者而設，而風尚所趨，即本可立碑或帝王后妃之已有哀策者，亦並兼有之。南史中此類例證，不一而足，蓋變例也。後世於墓誌之外，復有墓碣、墓表，亦自此體而出。」

第四段論寫碑文的基本要求，兼及碑和銘、誄的關係。

贊曰：寫實追虚〔一〕，誄碑以立。銘德纂行〔二〕，文采允集〔三〕。觀風似面〔四〕，聽辭如泣〔五〕。石墨鐫華〔六〕，頹影豈戢〔七〕。

〔一〕「寫實」，謂「選言録行」叙事如傳。「追虚」，謂在描寫時，「必見清風之華」、「峻偉之烈」，或者「論其人也，曖乎若可覿；道其哀也，悽然如可傷」。

〔二〕校證：「『纂』原作『慕』，從唐寫本改。」

〔三〕校釋：「文采，唐寫本作『光彩』，是。」

斠詮：「光彩，本泛謂物相之光輝色彩，此乃喻人之事功彪炳，聲聞顯著，及文章華美而言。」

〔四〕「風」，風采。上文云「必見清風之華」，此風字正承上文而言。「似面」，似親見其面。

〔五〕左庵文論：「二句甚佳，作誄尤須有聽辭如泣之致。」

〔六〕斠詮：「説文墨字桂注：『古者漆書之後，皆用石墨以書。大戴禮所謂「石墨相著則黑」是也。漢以後松烟桐煤既盛，故石墨遂堙廢。』案石墨……古用於石刻漆書，取其黑色顯明，易於醒目也。鐫華，謂刻書其文華，用以表揚死者。」

〔七〕校注：「『忒』，唐寫本作戢。按本贊純用緝韻，此當以作『戢』爲是，若作『忒』，則失其韻矣。禮記緇衣：『其儀不忒。』釋文：『忒，本或作貣。』而『貣』俗又作『貮』，與『戢』形近。蓋『戢』初誤爲『貮』，後又誤爲『忒』耳。」

校釋：「唐寫本作『豈戢』，是。」

校證：「類聚九七引傅咸螢火賦『當朝陽而戢影』，此彥和所本。」按初學記三十螢火賦：「當朝陽於戢景兮，心宵昧而是征。」「頽」，衰敗。

斠詮：「頽影，謂死者頽墜之遺影。戢，說文訓藏兵，又斂息之義。……戢影有伏藏、斂息其影之義。此處所謂『頽影豈戢』者，極言誄碑之用，能增光泉壤，流譽後世，俾死者遺影不致淹滅無聞也。」

哀弔第十三

文章流別論：「哀辭者，誄之流也。崔瑗、蘇順、馬融等爲之，率以施於童殤夭折、不以壽終者。建安中，文帝與臨淄侯各失稚子，命徐幹、劉楨等爲之哀辭。哀辭之體，以哀痛爲主，緣以嘆息之辭。」

文章辨體序說「哀誄」類：「大抵誄則多叙世業，故今率倣魏晉，以四言爲句。哀辭則寓傷悼之情，而有長短句及楚體之不同焉。」

又「哀辭」類：「昔漢班固，初作梁氏哀辭，後人因之。……其文皆爲韻語，而四言騷體，惟意所之，則與誄體異矣。吴訥乃並而列之，殆不審之故歟？今取古辭自爲一類云。」

又「弔文」類：「弔文者，弔死之辭也。劉勰云：『弔者至也。詩曰：神之弔矣。賓之慰主，以至到爲言。』故謂之弔。古者弔生曰唁，弔死曰弔。」

章太炎正齋送：「古者弔有傷辭，謚有誄，祭有頌，其餘皆禱祝之辭，非著竹帛者也，上曲禮：『知生者弔，知死者傷。』正義曰：『弔辭口致命，傷辭書之於版。』……傷辭多者，不過萬字。上世作者，雖若滅若殁哉；觀魏武帝過橋玄墓，不忘疇昔，爲辭告奠，其文約省，哀戚已隆矣。斯蓋古之令軌，爲法於今者乎？……自傷辭出者，後有『弔文』，賈誼弔屈原，相如弔二世，録在賦篇。其特爲文辭，而迹可見於今者，若禰衡弔張衡、陸機弔魏武帝，斯皆異時致閔，不當棺柩之前，與舊禮言弔者異。……今之祭文，蓋古傷辭也。……其旁出者有哀辭，文章流别論曰：『崔瑗、蘇順、馬融等爲之，率施於童殤夭折，不以壽終者。』蓋死而不弔者三，畏、厭、溺。長殤（年十九至十六而死者）以下，與鮮死者同列（左昭五年傳：「葬鮮者自西門。」注：「不以壽終爲鮮。」），不可致弔，於是爲之哀辭。禮以義起，是故馬仲都以元舅車騎將軍之重，從駕溺死，明帝命班固於馬上三十步爲哀辭。蓋君臣慎禮，不以貴寵越也。今人以哀辭施諸壽終，斯所謂失倫者。」

斠詮：「彦和『哀弔』與後世文論家所謂『哀祭』一體，内涵有别。前者……僅爲『哀辭』、『弔文』二者之並稱，後者則通常包括哀、誄、祭、弔四者爲一大類。文心雕龍以誄合於碑，爲誄碑篇，祭附見於祝盟篇。哀弔其所以特立一篇者，殆因前代文體已有定制。……其時各體文既均有專集行世，疑有序引，可供采擷。……反觀後世文論家所設之哀祭類……以凡人之告於鬼神者，爲其標類之總綱，固可收執簡馭繁之便；而無如所包名目滋多，義用並非一致，究不若文心雕龍之囿別區分，比物醜類，而能各適其宜也。」

哀辭和弔文的區别，從本篇的説明來看，是哀辭多施於幼童，弔文多施於古人。從表面形式上來看，哀辭是四言體與騷體並用，而弔文一概屬於騷體。至於昭明文選的「哀」類，「哀上」收潘岳哀永逝文，是傷妻之辭。「哀下」所收對皇后的兩篇「哀策文」，和劉勰所論似不屬於一體。

賦憲之謚〔一〕，短折曰哀〔二〕。哀者，依也〔三〕。悲實依心〔四〕，故曰哀也。以辭遣哀，蓋下流之悼〔五〕，故不在黄髮〔六〕，必施夭昏〔七〕。

〔一〕「賦憲」二字，舊校：「孫云：當作『議德』。」紀評：「賦憲二字出汲冢周書，王伯厚困學紀聞已有考證，不得妄改爲『議德』。」

困學紀聞卷二書：「周書謚法：『惟三月既生魄，周公旦、太師望相嗣王發，既賦憲，受臚於牧之野。終葬，乃制謚。』今所傳周書云云，與六家謚法所載不同。」原注：「蓋今本缺誤，文心雕龍云『賦憲之謚』出於此。」盧文弨文心雕龍輯注書後曰：「此出周書謚法解：『既賦憲受臚於牧之野，乃制作謚。』今傳周書文多脱誤，惟困學紀聞所引尚有此語。」

校證：「按紀説是，唐寫本、困學紀聞二，俱作『賦憲』。」范注：「朱亮甫周書集訓云：『賦，布；憲，法；臚，旅也。布法於天下，受諸侯旅見之禮。』」

〔二〕斠詮：「短折，謂短命夭折也。」書洪範：「一曰凶短折。」傳：「短，未六十；折，未三十。」逸周書謚法解：「蚤孤短折曰哀，恭仁短折曰哀。」孔晁注，人「未知事」或「功未施」而死，謂之哀。

〔三〕校證：「『依』，王惟儉本作『偯』，下句『依心』之『依』同。」范注：「説文：『哀，閔也，從口，衣聲。』哀、依同聲爲訓。」斠詮：「蓋悲哀實依心而發，故下又云『悲實依心』。」意思是説，悲是由心發出來的。

〔四〕文體明辨序説「哀辭」類：「夫哀之爲言依也，悲依於心，故曰哀；以辭遣哀，故謂之哀辭也。」郭注：「兩依字皆當借作㥠。説文：㥠，痛聲也。哀、依不僅古音相同，哀、㥠古義本亦相近。故云：『哀者，依也。』」

〔五〕「遺」，發，指表達。校證：「『下流』舊本作『下淚』，黄注本『下』改『不』。」鈴木虎雄校勘記：「御覽、燉本作『下流』，可從。下流，指卑者而言。指瑕篇曰：『施之下流。』雕龍下流之義可知。」校釋：「按指瑕篇有『禮文在尊極，而施之下流』可證。『下流』者，幼小之流輩也。與『尊極』對文。三國志魏樂陵王茂傳：『今封茂爲聊城王，以慰太皇太后下流之念。』」

〔六〕范注：「爾雅釋詁上：『黄髮，老壽也。』詩南山有臺及行葦正義引舍人曰：『黄髮，老人髮白復黄也。』」

〔七〕左傳昭公十九年：「子産曰：寡君之二三臣札瘥夭昬。」杜注：「大死曰札，小疫曰瘥，短折曰夭，未名曰昬。」正義謂昬是「未三月而死也」。

昔三良殉秦，百夫莫贖，事均夭枉〔一〕，黄鳥賦哀〔二〕，抑亦詩人之哀辭乎！

〔一〕校證：「『枉』原作『横』，據唐寫本、御覽改。」校注：「按『枉』字是。帝王世紀：『伏羲氏……乃嘗味百藥而制九針，以拯夭枉焉。』華陽國志巴志：『是以清儉，夭枉不聞。』文選謝靈運廬陵王墓下詩：『脆促良可哀，夭枉特兼常。』並其證。」注訂：「夭横，横讀去聲。非理之死，故曰横也。」新唐書西域傳：「少死則曰夭枉，乃悲。」

〔二〕梅注：「史記：秦繆公卒，葬雍，從死者百七十七人。秦之良臣子輿氏三人，名曰奄息、仲行、鍼虎，亦在從死之中。秦人哀之，爲作黄鳥之詩曰：交交黄鳥，止於棘，誰從穆公？子車奄息。維此奄息，百夫之特，臨其穴，惴惴其慄。彼蒼者天，殲我良人，如可贖兮，人百其身。……」范注：「詩秦風黄鳥序曰：『黄鳥，哀三良也。國人刺穆公以人從死，而作是詩也。』正義曰：『文六年左傳云：「秦伯任好卒，以子車氏之三子奄息、仲行、鍼虎爲殉，皆秦之良也，國人哀之，爲賦黄鳥。」又秦本紀云：「穆公卒，葬於雍，從死者百七十人。」然則死者多矣，主傷善人，故言哀三良也。』」黄鳥中有「如可贖兮，人百其身」，故此云：「百夫莫贖。」

暨漢武封禪〔一〕，而霍嬗暴亡〔二〕，帝傷而作詩〔三〕，亦哀辭之類矣。降及後漢〔四〕，汝陽王亡，崔瑗哀辭〔五〕，始變前式〔六〕。然「履突鬼門」，怪而不辭〔七〕，「駕龍乘雲」，仙而不哀〔八〕；又卒章五言，頗似歌謡，亦彷彿乎漢武也〔九〕。

〔一〕注訂：「封土於山，而禪祭於地也。詩周頌時邁箋：『巡守告祭者，天子巡行邦國，至於方岳之下，而封禪也。』又史記正義：『以泰山上築土爲壇，以祭天，報天之功，故曰封。以泰山上小山上除地，報地之功，故曰禪。言禪者，神之也。』（按此見封禪書）。漢武以元封元年行封禪禮於泰山。」

〔二〕校證：「『霍嬗』原作『霍光病』，梅據曹改作『霍子侯』。」校注：「『子侯』，黄校云：『……又一本作霍嬗。』按黄氏所稱一本是也。唐寫本、訓故本及御覽引，並作『霍嬗』。曹改非是。史記封禪書：『天子既已封泰山。無風雨災。而方士更言蓬萊諸賢，若將可得。於是上欣然，庶幾遇之。乃復東至海上，望冀遇蓬萊焉。奉車子侯暴病，一日死。』」訓故：「漢書：霍去病，元封六年薨。子嬗嗣。嬗字子侯，爲奉車都尉，從封泰山，暴病死。漢武帝集：嬗死，上甚悼之，乃自爲歌詩。」

梅注：「漢書：霍去病子名嬗，字子侯。武帝愛之。幸其壯而將之，爲奉車都尉。從封泰山。……天子至梁父，禮祠地主，封泰山，下東方。禮畢，天子獨與侍中奉車子侯上泰山，亦有封，其事皆禁。明日，下陰道，禪泰山下阯東北肅然山，天子從禪還，坐明堂，群臣更上壽。復東至海上望，冀遇蓬萊焉。奉車子侯暴病，一日死。上乃遂去。」按此見霍去病傳及郊祀志。

〔三〕校注：「按漢武帝集：『奉車子侯暴病，一日死。上甚悼之，乃自爲歌詩。』（類聚五六、御覽五九二引）武帝悼霍嬗詩亡。

〔四〕校證：「『降』字原無，據唐寫本、御覽補。」

〔五〕校注：「按『降』字當有，於『漢』字下加豆，本書多有此句法。」

范注：「汝陽王，不知何帝子。崔瑗仕當安、順諸帝朝，皆未有子封王；哀辭本文又亡，無可考矣。」

〔六〕「王」字，宋本御覽作「主」。范注附録章錫琛據宋本御覽校記云：「此本『王』作『主』，則是崔瑗作哀辭者，乃公主，非帝子。」周注：「後漢書后紀：汝陽長公主，和帝女，名劉廣。崔瑗字子玉，善文辭，所作汝陽主哀辭，已散失。」

〔七〕「前式」，指哀辭最初的體式用途。哀辭原只用於夭折者，後不盡限於幼年。

斟詮：「履突，猶穿越也。依文例，本句與『駕龍乘雲』句，疑當爲崔瑗哀辭中之文字，『怪而不辭』、『仙而不哀』二句，則爲舍人評論崔瑗哀辭之語。」

校注：「按論衡訂鬼篇：『山海經又曰：「滄海之中，有度朔之山，上有大桃木，其屈蟠三千里，其枝間東北曰鬼門，萬鬼所出入也。」』（今本無）文選陸機挽歌：『今託萬鬼鄰。』李注引海水經（當是山海經）曰：『東海中有山焉，名度索，上有大桃樹，東北瘣枝名曰鬼門，萬鬼所聚。』」

〔八〕紀評：「此後世祭文之通病。」注訂：「『履突鬼門』四字與下句『駕龍乘雲』皆爲崔瑗哀辭中語。『怪而不辭』，『仙而不哀』，蓋譏之也。」

〔九〕范注：「瑗哀辭卒章五言，蓋仿武帝傷霍嬗詩也。」

校注：「漢武傷霍嬗詩及崔瑗汝陽王哀辭，均不可考；惟史記封禪書索隱引顧胤云：『案武帝集，帝與子侯家語云：「道士皆言子侯得仙，不足悲。」』可推其所作之不哀也。」「亦彷彿乎漢武也」唐寫本作「亦髣髴乎漢式也」。

至於蘇順、張升，並述哀文〔一〕，雖發其精華，而未極其心實〔二〕。建安哀辭，惟偉長差善，行女一篇，時有惻怛〔三〕。

〔一〕校證：「『順』原作『慎』，據唐寫本、御覽改。」范注：「蘇順著哀辭等十六篇。張升，字彦真，亦見後漢書文苑傳，著賦、誄、頌、碑、書，凡六十篇。（六十篇中必有哀辭，本傳失舉耳。）二人所著哀辭並佚。」

文章流別論：「哀辭者，誄之流也。崔瑗、蘇順、馬融等爲之，率以施於童殤夭折，不以壽終者。」蘇順字孝山，京兆霸陵人。東漢安帝、和帝年代，以才學知名，官郎中。後漢書文苑傳有傳。全後漢文輯存其文四篇，無哀辭。

〔二〕校證：「唐寫本、御覽無『精』字；王惟儉本『精』作『情』。『其』字原無，據唐寫本補。御覽『心』作『其』。」趙萬里云：「疑此當作『雖發其情華而未極其實』。『未極其實』意指未盡其情，或未盡其誠。國語晉語五：『夫貌，情之華也；言，貌之機也。……今陽子之貌濟，其言匱，非其實也。』」

〔三〕訓故：「曹子建集行女哀辭云：『三年之中，二子頻喪。』是子建之幼子也。」黄注：「文章流別論：『建安中，文帝與臨淄侯各失稚子，命徐幹、劉楨等爲哀辭。』是偉長亦有行女篇也。」徐幹，字偉長，北海人。官五官中郎將，有中論六卷，集五卷。原集已佚。全後漢文輯存其文十篇。現存徐、劉二家輯文中，都無哀辭。斠詮：「惻怛，即忉怛，悲喜傷痛也。」校注：「禮記問喪：『惻怛之心，痛疾之意。』」

及潘岳繼作，實鍾其美〔一〕。觀其慮贍辭變〔二〕，情洞悲苦〔三〕，敘事如傳，結言摹詩，促節四言，鮮有緩句〔四〕；故能義直而文婉，體舊而趣新，金鹿澤蘭〔五〕莫之或繼也〔六〕。

〔一〕校證：「『鍾』原作『踵』，唐寫本、御覽作『鍾』。左昭二十八年傳：『天鍾美於是。』杜預注云：『鍾，聚也。』此彦和所本。」斠詮：「岳巧於序悲，擅長哀辭，繼徐偉長而起之能手。……鍾美，兼其衆長之意。」

〔二〕校證：「『瞻』原作『善』，據唐寫本、御覽改。」校注：「按『鍾』字是。才略篇：『潘岳敏給，辭自和暢，鍾美於西征，賈餘於哀誄。』是其證。」

校注：「宋本、喜多本御覽引作『贍』。按『贍』字是，『瞻』乃『贍』之誤。章表篇『觀其體贍而律調』，才略篇『理贍而辭堅』，句法與此相同，可證。『贍』，周密。雜文篇：『夫文小易周，思閑可贍。』」

〔三〕唐寫本「悲」作「哀」。郭注：「洞，深入也。」

〔四〕王金凌：「潘岳哀辭全爲四字句，而無任何長句，比較起來，毫無調節的餘地，因此稱其『促節』。促係指節奏進行較快。緩則相反。」「緩句」，鬆懈之句。

〔五〕黄注：「潘岳集：金鹿哀辭。金鹿，岳之幼子也。又爲任子咸妻作孤女澤蘭哀辭。澤蘭，子咸之女也。」

晉書潘岳傳：「岳美姿儀，辭藻絶麗，尤善爲哀誄之文。」范注：「潘岳巧於序悲，故擅長哀辭。金鹿、澤蘭而外，全晉文九十三尚輯有數篇。」

〔六〕唐寫本「也」字無。周注：「金鹿哀辭説：『嗟我金鹿，天資特挺。鬒髮凝膚，蛾眉蠐領。柔情和泰，朗心聰警。嗚呼上天，胡思我門！良嬪短世，令子夭昏。既披我干，又剪我根。塊如痝木，枯荄獨存。捐子中野，遵我歸路。將反如疑，回首長顧。』『鬒髮』四句叙事如傳，『捐子』四句結言摹詩，情極深婉。澤蘭哀辭的結尾説：『耳存遺響，目想餘顔；寢席伏枕，摧心剖肝。相彼鳥矣，和鳴嚶嚶；况伊蘭子，音影冥冥。彷徨丘壟，徒倚墳塋。』寫情叙悲，極爲深切。」

以上爲第一段，援引謚法以明哀文之意義及其運用範圍，兼論漢晉名家之作。

原夫哀辭大體，情主於痛傷，而辭窮乎愛惜〔一〕。幼未成德，故譽止於察惠；弱不勝務，故悼加乎膚色〔二〕。隱心而結文則事愜，觀文而屬心則體奢〔三〕。奢體爲辭，則雖麗不哀〔四〕；必使情往會悲，文來引泣〔五〕，乃其貴耳〔六〕。

〔一〕補注：「北堂書鈔卷一百二引文章流别論：『哀辭之體，以哀痛爲主，緣以嘆息之辭。』」注訂：「兩句爲哀辭定義，所以别乎誄碑者也。」「窮」，盡。斠詮：「大體，猶言要領。……史記平原君傳：『平原君翩翩，濁世之佳公子也，然未覩大體。』」

〔二〕按唐寫本「於」作「乎」。「譽止乎察惠」，御覽作「興言止乎察惠」；「悼加乎膚色」，御覽作「悼惜加乎容色」，應以御覽爲是。文體明辨序説：「或以有才而傷其不用，或以有德而痛其不壽。幼未成德，則譽止於察惠；弱不勝務，故悼加乎膚色。此哀辭之大略也。」范注：「惠與慧通。」文章辨體序說：「哀辭則寓傷悼之情，而有長短句及楚體不同。」斠詮：「成德，成就德行也。易乾：『君子以成德爲行。』」又：「察惠，謂明察敏慧也。」

〔三〕兩「奢」字唐寫本均作「夸」。范注：「『隱』本字作『㥯』，説文『㥯，痛也。』情采：『昔詩人什篇，爲情而造文；辭人賦頌，爲文而造情。』與此互相發明。」詩柏舟：「耿耿不寐，如有隱憂。」傳曰：「隱，痛也。」

〔四〕陸機文賦：「誇目者尚奢，愜心者貴當。」

朱熹答王近思：「大抵吾友誠慤之心似有未至，而華藻之飾常過其哀。故所爲文，亦皆辭勝理，文勝質，有輕揚詭異之態，而無沉潛温厚之風，不可不深自警省，訥言敏行，以改故習之謬也。」

〔五〕注訂：「『情往會悲，文來引泣』，與辨騷篇『情往轢古，辭來切今』同一句法，皆警策之文。凡哀辭之作，要不出此範疇，故曰可貴耳。」

〔六〕校證：「『乃其貴耳』，文章緣起注作『乃爲貴乎』。」校釋：「舍人論文，以情性爲本柢，以理道爲準則。全書斥浮詭，黜繁縟，不一其詞。哀弔之文，尤在抒情攄悲，若文過縟麗，則情爲詞掩，體與義乖，將何以發讀者之嘆息哉！篇中『情往會悲，文來引泣』二語，實斯事之至要。」

這段話的意思是説：哀辭雖以傷悼爲主，但也要辨明哀悼對象，針對實際情況，恰如其分地表示惋惜和哀悼。內心有了隱痛，然後執筆爲文，就容易寫得恰當；假如「爲文而造情」，則容易作不適當的夸張。夸張過度的哀辭，雖然詞藻華麗，而內心没有哀痛，還是不能感動人的。

林紓春覺齋論文流別論第六節説：「哀詞者，既以情勝，尤以韻勝。韻非故作悠揚語也，情瞻於中，發爲音吐，讀者不覺其緜亙有餘悲焉，斯則所謂韻也。」所謂「韻」，就是有情韻，就是音調的抑揚和內心的旋律一致。韓愈的祭十二郎文，就屬於哀辭一類。其所以千古以來打動人心者，即由於作者內心的沉痛，有真實的感情。但如説哀辭「以韻勝」，還是有語病的。

以上爲第二段，講哀詞之體製及其寫作要領。

弔者，至也〔一〕。詩云：「神之弔矣。」言神至也〔二〕。君子令終定謚，事極理哀〔三〕，故賓之慰主，以至到爲言也〔四〕。壓溺乖道，所以不弔矣〔五〕。

〔一〕范注：「爾雅釋詁上：『弔，至也。』郝懿行義疏曰：『弔者，迅之叚音也。説文云：「迅，至也。」通作「弔」。詩「神之弔矣」（小雅天保），「不弔昊天」（小雅節南山），「不弔不祥」（大雅瞻卬），傳箋並云：「弔，至也。」書云「弔由靈」（盤庚下），逸周書祭公篇云「予維敬省不弔」，其義皆爲「至」也。』……案説文人部：『弔，問終也（謂有死喪而問之也），從人弓。古之葬者，厚衣之以薪，故人持弓，會敺禽也。』此訓問終之弔也。辵部：『迅，至也。從辵，弔聲。

（都歷切）』此訓至之弔也。」

〔二〕范注：「小雅天保：『神之弔矣，詒爾多福。』箋云：『神至者，宗廟致敬，鬼神著矣。』」唐寫本「至」上有「之」字。斠詮：「是知訓『問終』之字作『[illegible]』，從人弓；訓『至到』之字作『𨑩』，從辵，弔聲，作『弔』者，乃其音叚。……舍人此篇謂『弔者至也。詩曰：「神之弔矣。」言神之至也』者，弔𨑩叚音爲訓也。」

〔三〕斠詮直解爲：「乃人事之極盡，情理之至哀者。故賓客之弔慰喪主，必以至到爲名也。」

〔四〕校證：「唐寫本、御覽『以』上有『亦』字。」按有「亦」字是，上云「言神至也」，此處應云「亦以至到爲言也」。

范注：「此説稍迂，由未知『弔』『𨑩』『[illegible]』三字之分。」文心雕龍雜記引錢基博云：「短折曰哀，所以哭死。至則稱弔，實用慰生。記曰：『知生者弔，知死者傷，知生而不知死，弔而不傷；知死而不知生，傷而不弔。』古人有別，劉氏已混。」

〔五〕「乖道」，乖違常道，不是善終。范注：「禮記檀弓上：『死而不弔者三（謂輕身忘孝也）：畏（人或時以非罪攻己，不能有以説之死之者。孔子畏於匡），厭（行止危險之下爲崩墜所壓殺），溺（馮河潛泳，不爲弔也）。』正義曰：『除此三事之外，其有死不得禮，亦不弔。』」

又宋水鄭火，行人奉辭〔一〕，國災民亡，故同弔也〔二〕。及晉築虒臺〔三〕，齊襲燕城，史趙、蘇秦，翻賀爲弔〔四〕，虐民搆敵〔五〕，亦亡之道。凡斯之例，弔之所設也〔六〕。

〔一〕黄注：「左傳莊公十一年：秋，宋大水。公使弔焉，曰：天作淫雨，害於粢盛，若之何不弔？」

范注：「左傳昭公十八年：『宋、衛、陳、鄭皆火。……鄭使行人告於諸侯。宋、衛皆如是。陳不救火，許不弔災，君子是以知陳、許之先亡也。』周禮大宗伯職『以弔禮哀禍烖』，鄭注：『禍烖，謂遭水火。』司寇小行人職：『若國有禍烖，則令哀弔之。』左傳謂許不弔災，是諸侯皆相弔災矣。」

「行人」，官名。周禮秋官有行人，司朝覲聘問。春秋戰國時，各國都有設置。後爲使者之通稱。「奉辭」，謂以文辭慰問。

〔二〕「同弔」，謂對水火之災的慰問，如同弔唁。

〔三〕梅注：「虒音斯，元作虎，孫改。」又：「左傳：『晉築虒祁之宫，魯叔弓如晉，賀虒祁也。游吉相鄭伯以如晉，亦賀虒祁也。史趙見子太叔曰：甚哉，其相蒙也，可弔也，而又賀之。子太叔曰：若何弔也？其非唯我賀，將天下實賀。』杜注：『虒祁，地名。』築宫於虒祁之地。史趙，晉史也。子太叔，即游吉，鄭大夫也。」按此見昭公八年，虒臺故址在今山西省曲沃縣。

〔四〕梅注：「國策：燕文公卒，齊宣王因燕喪攻之，取十城。武安君蘇秦爲燕説齊王，再拜而賀，因仰而弔。齊王按戈而却曰：『此一何慶弔相隨之速也？』對曰：『人之飢所以不食烏喙者，以爲雖偷充腹，而與死同患也。今燕雖弱小，强秦之少壻也。上利其十城，而深與强秦爲仇。今使弱燕爲鴈行，而强秦制其後，以招天下之精兵，此食烏喙之類也。』」按此見燕策一。

紀評：「史趙、蘇秦，乃一時説辭，不得列之弔類。」注訂：「晉侯築虒祁之宮，叔向曰：『是宮成，諸侯必反。』故曰『有可弔而又賀之』也。」

〔五〕此句御覽作「害民搆怨」。范注：「虐民，謂晉築虒祁；搆敵，謂齊伐燕。」注訂：「『虐民』指晉築虒臺，『搆敵』謂秦仇齊，皆爲反賀爲弔之證，此亦弔之非常也。彦和列之此類以爲廣義耳。故下云『凡斯之類，弔之所設也』云云。紀評譏之者，是與彦和指歸相左。」斠詮：「『搆』之正書應作『構』。案説文有『構』字，無『搆』字。……孟子告子：『秦楚搆兵。』焦循正義：『搆與構通。』雷浚説文外編：『搆是南宋人避諱字，故賈昌朝群經音辨手部尚無搆字。』」

〔六〕補注：「紀云云，案彦和明言『凡斯之例，弔之所設』，與上『弔者至也』一段，彼明弔字之訓，此推弔字之例，未爲不可。」

或驕貴以殞身〔一〕，或狷忿以乖道〔二〕，或有志而無時〔三〕，或行美而兼累〔四〕，追而慰之，並名爲弔。

〔一〕校證：「『以』原作『而』，據唐本、御覽改。」

文體明辨序説「弔文」類暗引此段，作：「或驕貴而殞身，或狷忿而道乖，或有志而無時，或美才而兼累，後人追而慰之，並名爲弔。」御覽「忿」作「介」。

范注：「驕貴殞身，謂如二世；狷忿乖道，謂如屈原；有志無時，謂如張衡；美才兼累，謂如魏武。唐寫本美才作行美，非是。」「驕貴殞身」，如司馬相如哀秦二世賦中謂胡亥「持身不謹」等。

弔文之作，往往是對古人致追慕、追悼或追慰之意。對於死者，或悲其有志而不成功，或傷其懷才而不見用，或怪其狂簡而遭累，或惜其忠誠而殞身。以惻愴剴切，使讀者能明是非，辨邪正爲目的。

〔二〕揚雄反離騷中謂屈原作品放肆，思想狹窄。劉勰辨騷篇中謂屈原有「狷狹之志」。

〔三〕校注：「後漢書趙岐傳：『漢有逸人，姓趙名嘉，有志無時，命也奈何！』」禰衡弔張衡文謂：「伊尹值湯，吕望遇旦，嗟矣君生，而獨值漢。」此歎張衡生不逢時。「有志」謂懷抱理想。

〔四〕陸機弔魏武帝文謂：「豈不以資高明之質，而不免卑濁之累。」「兼」，加倍。「兼累」，謂更多疵累。

自賈誼浮湘，發憤弔屈，體周而事覈〔一〕，辭清而理哀，蓋首出之作也。及相如之弔二世，全爲賦體〔二〕，桓譚以爲其言惻愴，讀者歎息〔三〕；及卒章要切〔四〕，斷而能悲也〔五〕。

〔一〕校證：「『周』原作『同』，據唐寫本、御覽改。賈文名弔，不得云『體同』也。徐校亦作『周』。」范注引（鈴木）校勘記：「燉本『同』作『周』。案諸子篇曰：『呂氏鑒遠而體周。』此周字是也。」「事覈」，謂取事精要。

文選賈誼弔屈原文序云：「誼爲長沙王太傅，既以謫去，意不自得，及渡湘水，爲賦以弔屈原。屈原，楚賢臣也。被讒放逐，作離騷賦，其終篇曰：『已矣哉，國無人兮，莫我知也。』遂自投汨羅而死。誼追傷之，因自喻。」李善注引應劭風俗通曰：「賈誼與鄧通爲侍中同位，數廷議之。因是文帝遷爲長沙太傅，及渡湘水，投弔書曰：闒茸尊顯，佞諛得意。以哀屈原離讒邪之咎，亦因自傷爲鄧通等所愬也。」文體明辨序說：「若賈誼之弔屈原，則弔之祖也。然不稱文，故不得列之此篇。而後人又稱爲賦，則其失愈遠矣。」

〔二〕史記司馬相如傳：「常從上至上楊獵……還過宜春宮，相如奏賦，以哀二世行失也。」賦兼見漢書。

黃注：「（漢書）司馬相如傳：武帝還過宜春宮，相如奏賦以哀二世行失。注：宜春本秦之離宮，胡亥於此爲閻樂所殺，故感其處而哀之也。」周注：「賦說：『登陂陀之長阪兮，坌入曾宮之嵯峨。臨曲江之隑州兮，望南山之參差。』這樣寫全爲賦體，用鋪陳筆法。」

〔三〕范注：「桓譚語當在新論中，亡佚。」斠詮：「荀悅馮唐論：『賈誼過湘水弔屈原，惻悽動懷。』」

〔四〕「卒」，原作「平」。范注：「唐寫本『平章』作『卒章』，是。卒章，謂『持身不謹兮，亡國失勢』以下也。」按哀二世賦卒章云：「持身不謹兮，亡國失勢；信讒不寤兮，宗廟滅絶。嗚呼哀哉，操行之不得兮；墳墓蕪穢而不修兮，魂無歸而不食。」

〔五〕校證：「王惟儉本此句原注云：『此句疑有誤字。』」按宋本御覽「章」字下有「意」字。此處斷句應爲「及卒章意要，切斷而能悲也」，意思是説這篇弔文的卒章，具有重要含意，言辭剴切決斷，而又能表示悲痛之情。

揚雄弔屈，思積功寡，意深反騷〔一〕，故辭韻沈膇〔二〕；班彪蔡邕，並敏於致語〔三〕，然影附賈氏〔四〕，難爲並驅耳。

〔一〕校證：「『反騷』原作『文略』，據唐寫本改。」范注：「漢書揚雄傳：先是時，蜀有司馬相如，作賦甚弘麗温雅，雄心壯之，每作賦，常擬之以爲式。又怪屈原文過相如，至不容，作離騷，自投江而死，悲其文，讀之未嘗不流涕也。以爲君子得時則大行，不得時則龍蛇，遇不遇命也，何必湛身哉！乃作書，往往摭離騷文而反之，自㟭山投諸江流，以弔屈原，名曰反離騷。……『意深文略』，唐寫本作『意深反騷』，是。意深反騷，猶言立意反騷。」

〔二〕范注：「左傳成公六年：『於是乎有沈溺重膇之疾。』杜注：『沈溺，濕疾；重膇，足腫。』子雲此文，意在反騷，了無新義，故辭韻沈膇，淟涊不鮮也。」

「沈膇」，斟詮：「謂辭語滯板，韻調臃腫也。」王金陵：「以比喻旋律滯塞而不流暢。」

〔三〕訓故：「蔡中郎集弔屈原文：□逈世而遥弔，託白水而騰文。」范注：「班彪悼離騷、蔡邕弔屈原文均殘缺不完。」校注：「『語』，唐寫本作『詰』；宋本、鈔本御覽引同。按『詰』字是。下句云『影附賈氏，難爲並驅』，今誦長沙弔屈原文，自『訊曰』以下有『致詰』意。叔皮、伯喈所作，雖無全璧，然據類聚（卷四十引蔡邕弔屈原文，卷五六引班彪弔離騷文）所引者，亦皆有『致詰』之詞。老子第十四章：『此三者，不可致詰。』是『致詰』二字固有所本也。後漢書袁安傳論：『雖有不類，未可致詰。』抱朴子内篇微旨：『淵乎妙矣難致詰。』亦並以『致詰』爲言。」斯波六郎：「致詰，蓋致反詰之意。」

〔四〕斟詮：「影附賈氏，謂模擬賈誼過於密切也。影附，謂如影之依附於形也。」周注：「影附賈氏，摹仿賈誼。班文：『惟達人進止得時，行以遂伸；否則詘而尺蠖，體龍蛇以幽潛。』即賈文：『襲九淵之神龍兮，沕深潛以自珍。』蔡文：『鶚鴂軒翥，鸞鳳挫翮；啄碎琬琰，寶其瓴甋。』即賈文：『鸞鳳伏竄兮，鴟梟翱翔。』『斡棄周鼎，寶康瓠兮。』」

胡、阮之弔夷齊〔一〕，褒而無聞〔二〕；仲宣所制，譏呵實工〔三〕。然則胡、阮嘉其清〔四〕，王子傷其隘〔五〕，各其志也〔六〕。禰衡之弔平子，縟麗而輕清〔七〕；陸機之弔魏武，序巧而文繁〔八〕。降斯已下，未有可稱者矣〔九〕。

〔一〕黄注：「文選思舊賦注：胡廣弔夷齊文曰：『援翰録弔以舒懷兮。』魏志：阮瑀，字元瑜，爲魏武管記室。弔伯夷文曰：『余以王事，適彼洛師。瞻望首陽，敬弔伯夷。求仁得仁，見嘆仲尼。没而不朽，身滅名飛。』」按後漢書胡廣傳：「胡廣，字伯始。……所著詩、賦、銘、頌、箴、弔及諸解詁，凡二十二篇。」「援翰録弔以舒懷兮」一語上下文不可知。

〔二〕范注：「『聞』唐寫本作『間』，是。孔安國注論語泰伯篇曰：『孔子推禹功德之盛美，言己不能復間厠其間。』……胡廣弔夷齊文，藝文類聚三十七載其殘文曰：『遭亡辛之昏虐，時繽紛以蕪穢；耻降志於汙君，溷雷同於榮勢。抗浮雲之妙志，遂蟬蛻以偕逝；徵六軍於河渚，叩王馬而慮計。雖忠情而指尤，匪天命之所謂；賴尚父之戒慎，鎮左右而不害。』阮瑀弔伯夷文（藝文類聚三十七）：『余以王事，適彼洛師；瞻望首陽，敬弔伯夷；東海讓國，西山食薇；重德輕身，隱景潛暉；求仁得仁，報之仲尼；没而不朽，身沉名飛。』」潘重規唐寫文心雕龍殘文合校（以下簡稱「合校」）：「胡廣、阮瑀、王粲均有弔夷齊文。胡、阮則褒嘉無間然之辭，仲宣則譏呵有傷之之意。宜從唐寫本作『無間』，文義方貫。」校注：「按唐寫本是也。『無間』二字出論語泰伯。……『褒而無間』，蓋謂伯始、元瑜所作，止有褒揚而無非難也。今觀類聚所引殘文，誠有如舍人所評者。」

〔三〕「制」，唐寫本作「製」。王粲弔夷齊文見藝文類聚卷三十七。范注：「王粲依附曹操，故有『知養老之可歸，忘除暴之爲念』之譏。」按除去這兩句以外，下文還説：「絜己躬以騁志，愆聖哲之大倫。」這也就是劉勰所説的「王子傷其隘」。

校注：「按陸士龍文集與兄平原書：『仲宣文……其弔夷齊辭不爲偉，兄二弔自美之；但其呵二子小工，正當以此言爲高文耳。』是舍人此評，本士龍也。」

〔四〕校注：「孟子萬章下：『孟子曰：伯夷，聖之清者也。』」斠詮：「謂胡廣、阮瑀嘉美二子之清高。」

〔五〕校注：「孟子公孫丑上：『孟子曰：伯夷隘。』」斠詮：「指王粲以二子之行徑狹隘而惋傷也。」

〔六〕校證：「『其』字原無……按唐寫本及御覽正有『其』字。奏啓篇『各其志也』，才略篇『各其善也』，章句篇『亦各有其志也』，俱有『其』字，今據補。」斯波六郎：「論語先進：『亦各言其志也已矣。』」

阮瑀弔伯夷文稱贊他們「重德輕身」，「求仁得仁」，完全肯定。王粲弔夷齊文批評他們「忘除暴之爲念」，「忿聖哲之大倫」。二者一褒一貶，是由於各有自己的觀點。

〔七〕黄注：「後漢書：禰衡，字正平。弔平子文：『余今反國，命駕言歸，路由西鄂，追弔平子。』平子，張衡字也。衡，楚西鄂人。」禰衡弔張衡文見御覽五百九十六，其中無此數語。「縟麗而輕清」，謂辭采縟麗而筆調輕清。王金凌：「言平子不遇，則以伊、吕反襯；言平子不朽，則以石、星、河水之有滅竭反襯；追慰平子，則以周旦先没，發夢孔丘爲喻，語氣雖輕狂，文辭則簡要，結構也緊密。劉勰稱其輕清，就是從簡要來評論的。」

〔八〕御覽「序」作「詞」。按應作「序」。此序開始云：「元康八年，機始以臺郎出補著作，游乎祕閣，而見魏武帝遺令，愾然嘆息，傷懷者久之。……於是遂憤懣而獻弔云爾。」方伯海曰：「若不將操生前驚天動地事業，極力揚厲，亦安見遺令之可哀。此是作文聲東擊西法。然後敘其死由出師西夏，復由平日遇險必濟，何至一疾便死，誰想到有此番遺令，此又是借彼形此法。然後將序文各截遺令，敘事間以議論，嶺斷雲橫，不使粘連一片，渾雄深厚……真晉文之雄也。」黄侃曰：「此文誚辱魏武，亦云酷矣，特託之傷懷耳。」（見文選學）

〔九〕范注：「御覽五百九十六有晉李充弔嵇中散文一篇，頗合彥和之準繩。」

以上爲第三段，敘弔之意義及其所施之事例範圍，並品評漢、晉各家弔文。

夫弔雖古義，而華辭末造〔一〕；華過韻緩，則化而爲賦〔二〕。固宜正義以繩理〔三〕，昭德而塞違〔四〕，割析褒貶〔五〕，哀而有正，則無奪倫矣〔六〕。

〔一〕范注：「左傳莊公十一年：『宋大水。公使弔焉，曰：天作淫雨，害於粢盛，若之何不弔！』又襄公十四年：『衛侯出奔齊，公使厚成叔弔於衛曰：寡君使瘠，聞君不撫社稷，而越在他竟，若之何不弔？以同盟之故，使瘠敢私於執事，曰：有君不弔，有臣不敏；君不赦宥，臣亦不帥職，增淫發洩，其若之何？（先弔君，復弔衛諸臣）此弔禍災之辭也。其辭皆質直無華，後世始敷以華辭耳。郝懿行曰：『未造，疑末造之譌。』是也。」斠詮：「末造，謂及衰亡之季世也。儀禮士冠禮：『公侯之冠禮也，夏之末造也。』此爲彦和借喻爲後代之意。」

〔二〕文體明辨序說「弔文」類：「大抵弔文之體，髣髴楚騷，而切要惻愴，似稍不同。否則，華過韻緩，化而爲賦，其能逃乎奪倫之譏哉！」王金凌：「痛傷之始，情切心悲，因此音節以急爲主。痛傷既久，於是其悲轉爲低徊，故其音節以緩爲主。……其所謂緩，即節奏進行的速度緩慢。」

〔三〕「繩理」，按一定的標準衡量事理。

〔四〕左傳桓公二年：「臧哀伯諫曰：『君人者，將昭德塞違，以臨照百官，猶懼或失之。』」正義：「昭德謂昭明善德，使德益彰聞也。塞違，謂閉塞違邪，使違命止息也。」

〔五〕校注：「『割』，唐寫本作『剖』。……按剖字是。（「剖」「割」形近，古籍中每淆誤。）體性篇『剖析毫釐』，麗辭篇『剖毫析釐』，並以『剖析』言之。」

〔六〕書舜典：「八音克諧，無相奪倫。」傳：「倫，理也。八音能諧，理不錯奪，則神人感和。」注訂：「此節示弔文之體，演至後世，皆文勝其質，宜有裁奪範疇，而後無失體之病，要惟賈生之作爲準。『固宜』以下，紀評稱爲『四語正變分明，而分寸不苟』，誠然。」以上這幾句話的意思是說：弔文不應該過於華麗，如果過於華麗而音調過緩，就會變成賦體。弔文對於死者，雖然致慰悼之意，但是也要掌握分寸。應當以義理爲準繩，表揚其優點而杜絶以後的缺點，因此對於死者一字之褒貶都必須加以仔細的剖析。春覺齋論文流别論六説：「古人有哭斯弔……蓋必循乎古義，有感而發，發而不失其性情之正，因憑弔一人而抒吾懷抱，尤必事同遇同，方有肺腑中流露之佳文。」總之，弔文以哀惋的風格爲主，縱然有的地方褒讚或歌頌死者的功德，也是和頌讚不同的。

第四段提出弔文寫作要領。

贊曰：辭之所哀〔一〕，在彼弱弄〔二〕。苗而不秀，自古斯慟〔三〕。雖有通才〔四〕，迷方失控〔五〕。千載可傷，寓言以送〔六〕。

〔一〕校證：「『之』原作『定』，『哀』原作『表』，據唐寫本改。」

〔二〕范注「左傳僖公九年：『夷吾弱不好弄。』杜注：『弄，戲也。』」注訂：「弱弄指上文『下流之悼』及『必施天昏』者而言也。」

〔三〕范注：「論語子罕篇：『苗而不秀者有矣夫，秀而不實者有矣夫。』孔安國注曰：『言萬物有生而不育成者，喻人亦然。』邢昺疏曰：『此章亦以顔回早卒，孔子痛惜之，爲之作譬也。』」論語先進：「顔淵死，子哭之慟。」

〔四〕典論論文：「唯通才能備其體。」郭注：「通才，如夷、齊、屈原、魏武，不是指作家中通才。」

〔五〕校證：「『失』原作『告』，據唐寫本改。『迷』『失』對文。」補注：「鮑照擬古第一首：迷方獨淪誤。」范注：「迷方失控，謂如華過韻緩，化而爲賦之類。」

斠詮：「竊意『迷方失控』殆謂遭時不遇，迷惘行方；偏宕放恣，失却控制。亦即概括篇中所謂『驕貴殞身，狷忿乖道，有志無時，美才兼累』四者而言。後人作文，一弔之，大有『悵望千秋一灑淚，蕭條異代不同時』之感。蓋弔文與哀辭之別，在其對衆迥異。『雖有通才，迷方失控』，乃與『在彼弱弄，苗而不秀』兩相對映者也。況以前後各四句分攝『哀辭』與『弔文』，亦舍人贊辭闢照題目之常例也。斯波六郎范注補正：『按此非謂弔作者，謂弔人也。』誠然。」

〔六〕「寓」，寄托。「送」，猶言追弔。校注：「禮記祭義：『哀以送往。』又問喪：『哀以送之。』」

雜文第十四

孫梅四六叢話凡例：「若乃辨體正名，條分縷析，則文選序及文心雕龍所列，俱不下四十；而雕龍以對問、七發、連珠三者入於雜文，雖創例，亦其宜也。」

又卷二十六雜文類：「能文之士，無施不可。多或累幅，少即數言……雖無當於賦頌銘讚之流，亦未始非著作文章之任。則雕龍有雜文一目，叢話仍之。」

劉師培論文雜記論雜文源流曰：「劉彦和作文心雕龍，叙雜文爲一類。吾觀雜文之體約有三端。一曰『答問』，始於宋玉，蓋縱横家之流亞也。厥後子雲有解嘲之篇，孟堅有賓戲之答，而韓昌黎之進學解，亦此體之正宗也。一曰『七發』，始於枚乘，蓋楚詞九歌、九辯之流亞也。厥後曹子建作七啓，張景陽作七命，浩瀚縱橫，體仿七發，蓋勸百諷一，與賦無殊，而盛陳服食游觀，亦近招魂、大招之作，誠文體之別出者矣（柳子厚晉問篇亦七類也）。一曰『連珠』，始於漢魏，蓋荀子演成相之流亞也。首用喻言，近於詩人之比興，繼陳往事，類於史傳之贊辭，而儷語韻文，不沿奇語，亦儷體中之別成一派者也。」

注訂：「雜文者，於詩、賦、箴、誄諸體以外之別裁，以其用不宏，因文生義，引義立體，而統歸斯類也者，故約爲『對問』、『七發』、『連珠』三式而已。所謂『文章之枝派，暇豫之末造』焉。惟『對問』之體，其源最古，尚書、論語正導先河，蓋古文辭貴簡要涵深，『對問』之體最爲便，然彦和謂宋玉始造『對問』者，以琳瑯宏肆，在申其志耳。其取意或欲稍叛於典籍，而又忽於卜居、漁父之在其前也。」

饒宗頤文心雕龍探源文心各篇之取材述略：「雜文——取傅玄七謨序、連珠序。」

斠詮：「文心雕龍論文叙筆，分文體二十類。於『文』中有所謂『雜文』者，乃明詩、樂府、詮賦、頌贊、祝盟、誄碑、哀弔及諧隱九類以外之別裁也。以其多爲即興之作，或因事造文，因文生義，引義立體，而統歸斯類，故約爲『對問』、『七發』、『連珠』三體而已；所謂『文章之枝派，暇豫之末造』者也。」

智術之子，博雅之人，藻溢於辭〔一〕，辭盈乎氣〔二〕。苑囿文情〔三〕，故日新殊致〔四〕。宋玉含才，頗亦負俗〔五〕，始造『對問』，以申其志〔六〕，放懷寥廓〔七〕，氣實使之〔八〕。

〔一〕校注：「漢書東方朔傳：『辯知閎達，溢於文辭。』顏注：『溢者，言其有餘也。』」「辭」唐寫本作「詞」。

〔二〕「辭盈」之「辭」，唐寫本作「辯」。斯波六郎文心雕龍范注補正：「從上句之關係推之，疑當從唐寫本。」

〔三〕范注：「苑囿，禽獸草木所聚，以喻文情豐茂也。」注訂：「情以氣養，文以情生，故文盛則辭成，辭成則藻顯，若花木禽鳥之聚養生息于苑囿之中也。」斠詮：「苑囿，有薈萃之意。」體性篇：「文辭根葉，苑囿其中矣。」

〔四〕唐寫本「新」下有「而」字，是。「殊致」，情態不同。

〔五〕越絶書越絶外傳記范伯：「有高世之材，必有負俗之累。」「負俗」，謂受到世俗的譏刺和批評。漢書武帝紀：「士或有負俗之累而立功名。」顏注引晉灼曰：「負俗，謂被世譏論也。」對楚王問中有「楚襄王問於宋玉曰：先生其有遺行與？何士民衆庶不譽之甚也？」故本篇云：「頗亦負俗。」

〔六〕紀評：「卜居、漁父已先是對問，但未標『對問』之名耳。然宋玉此文載於新序，其標曰『對問』，似亦蕭統所題。」

校注：「按文心成於齊代，爲時先於文選，昭明既可標題，舍人又何嘗不可？紀説過泥。」

范注：「文選『對問』類首列宋玉對楚王問一首，文如下：『楚襄王問於宋玉曰：「先生其有遺行與（遺行，可遺棄之行也）？何士民衆庶不譽之甚也？」宋玉對曰：「唯，然，有之，願大王寬其罪，使得畢其辭。……其曲彌高，其和彌寡。故鳥有鳳而魚有鯤；鳳皇上擊九千里，絶雲霓，負蒼天，翱翔乎杳冥之上；夫蕃籬之鷃，豈能與之料天地之高哉！鯤魚朝發崑崙之墟，暴鬐於碣石，暮宿於孟諸；夫尺澤之鯢，豈能與之量江海之大哉！故非獨鳥有鳳而魚有鯤也，士亦有之。……」』」

「對問」一體，昭明文選叫做「設論」，其體式是設爲問答之辭。文章辨體序説改稱之爲「問對」，並加以解釋説：「『問對』體者，載昔人一時問答之辭，或設客難以著其意者也。」文體明辨序説「問對」類：「按『問對』者，文人假設之詞也。其名既殊，其實復異。」「以申其志」，謂發抒宋玉如鯤鳳般的大志。

〔七〕范注：「放懷寥廓，謂以鳳鯤自比。」「寥廓」，器量遠大。漢書鄒陽傳：「今欲使寥廓之士籠於威重之權，脅於位勢之貴。」顔注：「寥廓，遠大之度也。」又「寥廓」，空闊。漢書司馬相如傳：「猶焦明已翔乎寥廓之宇。」

何義門曰：「此文見於新序。」又：「氣燄自非小才可及。」

〔八〕唐寫本「之」作「文」。「氣實使文」，謂氣勢在駕馭文辭。

及枚乘摛豔，首製七發〔一〕，腴辭雲搆〔二〕，夸麗風駭〔三〕。蓋七竅所發〔四〕，發乎嗜欲，始邪末正，所以戒膏粱之子也〔五〕。

〔一〕文選李善注：「七發者，說七事以啓發太子也。猶楚辭七諫之流。枚乘事梁孝王，恐孝王反，故作七發以諫之。」

此篇舊題「八首」，實爲一篇。六臣注文選李善注：「八首者，第一首是序。中六是所諫，不欲犯其顏；末一首始陳正道以干之。假立楚太子及吴客，以爲語端。」

校釋：「七體之興，舍人謂始於枚乘，章實齋謂肇自孟子之問齊王，近世章太炎獨以爲解散大招、招魂之體而成。今覈其實，文體孳乳，必於其類近，孟子問齊王之文，意雖近似，而文製相遠，大招、招魂，歷陳宫室、食飲、女樂、雜伎、游獵之事，與七發體類最近，特枚氏演爲七事，散著短章耳。辨章之功，吾許太炎矣。」

斠詮：「七發雖不以賦名，然實賦體，以反復問答，敷陳故事，其中雖偶然雜有詩句之餘響，而終不害其爲整篇散文化之漢賦體型也。……文凡八首：第一首是序，叙吴客爲楚太子陳致病之由，在縱耳目之欲，恣支體之安，案即指出楚太子之腐化享樂安逸懶惰是貴族子弟病根所在，非藥石鍼灸所能治，此顯係作者針對當時貴族之腐朽生活而提出之諷刺與勸戒。中六首是所諫之事：先陳音樂之妙，次陳飲食之美，次陳車馬之盛，次陳巡遊之樂，次陳田獵之壯，次陳觀濤之奇，由静而動，由近而遠，逐步啓發，誘導其改變生活方式，但太子均以病辭。末首始陳正道，欲進方術之士與太子，『論天下之精微，理萬物之是非』。於是『太子據几而起，涣然若一聽聖人辯士之言，涊然汗出，霍然病已』。全篇結構如此。作者體認安逸享樂腐化墮落之痼疾，唯有着手思想治療，始可從根救起，實具有深刻意義。」

〔二〕「搆」字，合校：「六朝、唐人寫本，『木』旁多作『才』。」案比興篇：「比體雲搆。」時序篇：「英采雲搆。」

〔三〕「風駭」，如風之四起。陸機皇太子宴玄圃宣猷堂有令賦詩：「協風傍駭。」李善注引廣雅：「駭，起也。」「腴辭雲搆，夸麗風駭」，就是鋪寫繁艷，夸飾宏麗。例如其中觀濤一段，既寫了濤勢的汹湧奇詭，也寫了觀濤者的感受，就顯示了這種特點。

〔四〕「七竅」，謂眼、耳、鼻、口之七孔。莊子應帝王：「人皆有七竅，以視、聽、食、息。」

〔五〕范注：「彦和謂『七竅所發，發乎嗜欲，始邪末正，所以戒膏粱之子也』，斯解最得其義。至此體之興，章實齋文史通義詩教上：『孟子問齊王之大欲，歷舉輕煖、肥甘、聲音、采色，七林之所啓也，而或以爲創之枚乘，忘其祖矣。』孫德謙六朝麗指云：『枚乘七發，近儒以孟子「齊宣王」章肥甘不足於口數語，謂爲此體濫觴，此固探本之談矣。然徵之孟子，猶不若「説大人」章益爲符合，其中叠言「我得志弗爲」，非枚乘之所宗歟？』案枚乘七發，本是辭賦之流，其所託始，仍應於楚辭中求之。考楚辭大招，自『五穀六仞』至『不遽惕只』，言飲食之醲美，即七發『犓牛之腴』一段所本也；自『代秦鄭衛』至『聽歌譔只』，言歌舞音樂之樂，即七發『龍門之桐』一段所本也；自『朱脣皓齒』至『恣所便只』，即七發『使先施、徵舒……嬿服而御』所本也；自『夏屋廣大』至『鳳凰翔只』，言宮室遊觀鳥獸之事，即七發『既登景夷之臺』『將爲太子馴騏驥之馬』『將以八月之望』諸段所本也。大招篇末言『上法三王國治民安之事』，即七發末首所本也。詳觀七發體構，實與大招大致符合，與其謂爲學孟子，無寧謂其變大招而成也。俞樾文體通釋敘曰：『古人之詞，少則曰一，多則曰九，半則曰五，小半曰三，大半曰七。是以枚乘七發，至七而止。屈原九歌，至九而終。不然，七發何以不六，九歌何以不八乎？若欲舉其實，則管子有七臣、七主篇，可以釋七。』案俞説名七之故，甚是。」

注訂：「如易之『七日來復』，書之『以齊七政』，皆七發之所本，固不必如諸氏之所云也。昭明之立七體，亦以後人承作者衆，理繁歸類之道，宜其如彼，無可非焉。至於彦和之釋，雖曲解微嫌，但新意可喜，備一説則可，古人之立體之初，或不至若是耳。」莊子應帝王：「人皆有七竅，以視聽食息。」七發中有「飲食則温淳甘膬，脭醲肥厚」，「縱耳目之欲」，「衆芳芬郁，亂於五風」。又問：「太子能彊起聽之乎？」「太子能彊起嘗之乎？」「太子能彊起觀之乎？」足證「七竅所發，發乎嗜欲」之説。七發末段説：「將爲太子奏方術之士，有資略者……使之論天下之釋微，理萬物之是非……此亦天下要言妙道也。」這就是「始邪末正」，而所謂「膏粱之子」即七發篇中所説的「貴人之子」。

文章流別論：「七發造於枚乘，借吴、楚以爲客主。先言『出輿入輦，蹷痿之損；深宫洞房，寒暑之疾；靡曼美色，宴安之毒；厚味暖服，淫曜之害。宜聽世之君子要言妙道，以疏神導引，蠲淹滯之累』。既設此辭以顯明去就之路，而後説以色聲逸游之樂，其説不入，乃陳聖人辨士講論之娱，而霍然疾瘳。此因膏粱之常疾，以爲匡勸，雖有甚泰之辭，而不没其諷諭之義也。其流遂廣，其義遂變，率有辭人淫麗之尤矣。」文體明辨序説：「按『七』者，文章之一體也。詞雖八首，而問凡七，故謂之『七』；則『七』者，『問對』之别名，而楚詞七諫之流也。」

何義門曰：「數千言之賦，讀者厭倦，裁而爲七，移步换形，處處足以回易耳目，此枚叔所以爲文章宗。」（見于光華文選集評）

孫月峰曰：「亦是楚騷流派，分條侈説，全祖招魂……其馳騁處。真有捕龍蛇、搏虎豹之勢，尤爲千古傑作。」（同上）

邵子湘曰：「妙在奇麗中有跌宕之氣。」（同上）

方伯海曰：「按七發中，莫善於觀濤一截。濤是倏來倏去之水，性情形狀，與江海之水却又不同。……心思魄力，鑿險洞幽。……神技也，亦絶技也。」（同上）

楊佩瑗云：「合之爲鉅製，析之各爲小賦，楚人之遺則，源亦從招魂大招出耳。」（見文選學評隲篇引）

章士釗柳文指要卷十四「七發與晉問」條注云：「文心雕龍云：『七竅所發，發乎嗜欲，始邪末正，所以戒膏粱之子弟也。』據此，七發本乎七竅所發而得名，然則曹子達七啓、張協七命，亦七竅所啓所命乎？彦和之論，姑備一說。或謂七者少陽之數，乘欲發明陽德於君云。」又：「吾嘗讀吕氏春秋本生篇有言：『出則以車，入則以輦，務以自佚，命之曰招蹷之機；肥肉厚酒，務以相彊，命之曰爛腸之食；靡曼皓齒，鄭衛之音，務以自樂，命之曰伐性之斧。三患者，貴富之所致也。故古之人有不肯貴富者，由重生故也。』此之三患，枚生引之而增爲四，又錯綜其詞，至易『招蹷』爲『蹷痿』，李善因訾其謬爲好奇。雖然，吕覽本雜家言，其標本生一目，原不過依事類而賦，了無深意。獨至一入枚手，持與要言妙道相輔，致獲龍門聲價之譽。或且斷言此經一萬年仍是真理。夫言之當否之爲差距，其大如此。竊謂七發雖偉大，而意義偏於負面，短少正面；譬之於醫，祇當醫案，而未具療程；所謂要言妙道，亦止於空談，而並無實際。」

揚雄覃思文闊〔一〕，業深綜述，碎文璅語〔二〕，肇爲「連珠」〔三〕，其辭雖小〔四〕，而明潤矣。凡此三者〔五〕，文章之枝派〔六〕，暇豫之末造也〔七〕。

〔一〕校注：「『覃』，唐寫本作『淡』……誤。……此文覃思，即漢書揚雄傳『默而好深湛之思』也。又叙傳述：『輟而覃思，草法纂玄。』文選班固答賓戲：『揚雄覃思，法言、太玄。』晉書夏侯湛傳：『揚雄覃思於太玄。』蓋舍人謂雄覃思之所本。神思篇『覃思之人』，才略篇『業深覃思』，亦並以覃思連文。」

校證：「『閣』原作『闊』。王惟儉本、玉海五四、文通作『閣』。」紀評：「當作閣。」鈴木云：「案御覽、玉海『闊』作『閣』。玉海删『業深綜述』四字。」

范注：「覃思，猶言静思（後漢書文苑侯瑾傳『覃思著述』，注云：『覃，静也。』）。『文闊』，當作『文閣』。漢書揚雄傳贊：『雄校書天禄閣。』」

注訂：「書孔安國序：『研精覃思。』釋文：『深也。』」

〔二〕校注：「『璅』，御覽引作『瑣』。按『璅』『瑣』二字，古多通用不别。……以諸子篇『璅語必録』證之，此當作璅，始能前後一律。」以上兩句謂其學業深於對碎文瑣語作綜合論述。

〔三〕明方以智通雅釋詁卷三『連珠』始於韓子」條：「韓子比事，初立此名，而組織短章之體，則子雲也。勰曰：『雄覃思文閣，碎文瑣語，肇爲「連珠」。』是可想已。」

梅注：「『藝文傅玄叙連珠（亦作連珠序）云：『所謂「連珠」者，興於漢章帝之世，班固、賈逵、傅毅三子受詔作之。而蔡邕、張華之徒又廣焉。其文體，辭麗而言約，不指説事情，必假喻以達其旨，而覽者微悟，合於古詩諷興之義。欲使歷歷如貫珠，易覩而可悦，故謂之「連珠」也。』愚按西漢揚雄已有連珠，班固擬連珠，非始於固也。」楊慎丹鉛總録：「北史李先傳：魏帝召先讀韓子連珠論二十二篇。韓子，韓非子。韓非書中有聯語，先列其目，而後著其解，謂之『連珠』。按此則『連珠』之體兆於韓非。任昉文章緣起謂『連珠』始於揚雄，非也。」

沈約注制旨連珠表曰：「竊聞『連珠』之作，始自子雲，放易象論，動模經誥，班固謂之命世，桓譚以爲絶倫。『連珠』者，蓋謂辭句連續，互相發明，若珠之結排也。雖復金鑣互騁，玉軑並馳，妍蚩優劣，參差相間。翔禽伏獸，易以心威；守株膠瑟，難與適變。水鏡芝蘭，隨其所遇，明珠燕石，貴賤相懸。」

文史通義詩教上：「韓非儲說，比事徵偶，『連珠』之所肇也。而或以第始於傅毅之徒，非其質矣。」

范注：「李先傳所云韓子連珠論二十二篇，今讀韓非書，並無『連珠論』之目。按韓非子内儲說上有七術七條，内儲說下有六徵六條，外儲說左上所舉凡六條，外儲說右上所舉凡六條，外儲說右下所舉凡五條……李先……以其辭義前後貫注，揚雄擬之稱連珠，因名爲『連珠論』。」揚雄所作連珠，今不全，全漢文卷五十三輯得數條。

文章辨體序說「連珠」類：「大抵『連珠』之文，穿貫事理，如珠在貫。其辭麗，其言約，不直指事情，必假物陳義以達其旨，有合古詩風興之義。其體則四六對偶而有韻。」

文體明辨序說「連珠」類：「按『連珠』者，假物陳義以通諷諭之詞也。連之爲言貫也，貫穿情理，如珠之在貫也。蓋自揚雄綜述碎文，肇爲『連珠』，而班固、賈逵、傅毅之流，受詔繼作，傅玄乃云興於漢章之世，誤矣。然其云：『辭麗言約，合於古詩諷興之義』，則不易之論也。」

〔四〕唐寫本「其」上有「珠連」二字。

〔五〕「凡此三者」，唐寫本作「凡三此文」，御覽無「凡三者」三字。

〔六〕「派」，御覽作「流」。

〔七〕唐寫本「豫」作「預」。范注：「（國語）晉語二：『優施曰：我教茲暇豫事君。』韋昭注：『暇，閑也；豫，樂也。』」時序篇：「暇豫文會。」「末造」，猶言末技。

以上爲第一段，總的介紹對問、七、連珠三種文體及其來源。

自對問已後〔一〕，東方朔效而廣之，名爲客難〔二〕，託古慰志〔三〕，疎而有辨〔四〕。揚雄解嘲，雜以諧謔〔五〕，迴環自釋，頗亦爲工〔六〕。

〔一〕「已」字，舊本作「以」。注訂：「凡兩漢名篇，辭屬問答，而目則別屬者，皆歸對問一類，亦彥和雜文立篇之意。」

〔二〕余嘉錫古籍校讀法明體例第二「秦漢諸子即後世之文集設論」條：「（漢書）東方朔傳：『朔因著論，設客難己，用位卑以自慰諭。』按據傳末言，此文（即答客難）亦在朔書二十篇之內（按漢志諸子略雜家有東方朔二十篇）。其體本是雜文，源出於屈原之漁父，宋玉之對問；而宋又仿莊子之寓言。故文心雕龍雜文篇曰『自對問以後，東方朔效而廣之』也。」

〔三〕漢書東方朔傳：「朔上書陳農戰彊國之計，因自訟獨不得大官，欲求試用。其言專商鞅、韓非之語也。指意放蕩，頗復詼諧，辭數萬言，終不見用。朔因著論，設客難己，用位卑以自慰諭。」其中「託古」，爲自己的不被重用作辯護，用以自慰的話，如：「夫蘇秦、張儀之時，周室大壞，諸侯不朝，力政争權，相禽以兵，並爲十二國，未有雌雄，得士者强，失士者亡，故談説行焉。身處尊位，珍寶充内，外有廪倉，澤及後世，子孫長享。今則不然，聖帝流德，天下震慴，諸侯賓服，連四海之外以爲帶，安於覆盂，動猶運之掌，賢不肖何以異哉？……使蘇秦、張儀與僕並生於今之世，曾不得掌故，安敢望常侍郎乎！故曰時異事異。」

〔四〕意謂雖然粗疎而有辨析。

〔五〕唐寫本「謔」作「調」。黄注：「（漢書）揚雄傳：哀帝時，丁、傅、董賢用事，諸附離之者或起家至二千石。時雄方草太玄，有以自守，泊如也。或嘲雄以玄尚白，而雄解之，號曰解嘲。」文章流别論：「若解嘲之弘緩優大，應賓之淵懿温雅，達旨之壯厲忼慷，應間之綢繆契闊，鬱鬱彬彬，靡有不長焉矣。」漢書揚雄傳：「或嘲雄以玄尚白。」而解嘲云：「客徒欲朱丹吾轂，不知一跌將赤吾之族也。」又云：「今子乃以鴟梟而笑鳳皇，執蝘蜓而嘲龜龍，不亦病乎！」此所謂「雜以諧謔」。

〔六〕姚鼐於古文辭類纂中評此文云：「此文前半以取爵位富貴爲説，後半以有所建立於世成名爲説，故范雎、蔡澤、蕭、曹、留侯，前後再言之而義别，非重複也。末數句言人之取名，有建功於世者，有高隱者，有以放誕之行使人驚異，若司馬長卿、東方朔，亦所以致名也。今進不能建功，退不能高隱，又不肯失於放誕之行，是不能與數子者並，惟著書以成名耳。」方伯海曰：「按前後段落自明。前是嘲其草玄不適時用，下則解以時異戰國，士雖有才，無地可展。極贊玄理之妙。後是嘲古來乘時立功，不必草玄。下則解以諸人會逢其適，故得以功名見。時不同古，强學所爲，必膺世禍，不如確守玄業爲正。爽達中饒有奇氣，而前後血脈，亦復彼此關通。」于光華文選集評其中以戰國與漢代比，以世亂與世治比，反復説明時勢不同處境亦異，即所謂「回環自釋」。

班固賓戲，含懿采之華〔一〕；崔駰達旨，吐典言之裁〔二〕；張衡應閒，密而兼雅〔三〕；崔寔客譏，整而微質〔四〕；蔡邕釋誨，體奥而文炳〔五〕；景純客傲，情見而采蔚〔六〕；雖迭相祖述，然屬篇之高者也〔七〕。

〔一〕上引文章流别論之應賓，即是班固答賓戲。訓故：「後漢書：班固自以二世才術，位不過郎。感東方朔、揚雄自論，以不遭蘇、張、范、蔡之時，作賓戲以自通。」按此見班固傳。黄注：「班固漢書敍傳：固永平中爲郎，典校秘書，專篤志於博學，以著述爲業。或譏以無功，又感東方朔、揚雄自諭以不遭蘇、張、范、蔡之時，曾不折之以正道，明君子之所守，故聊復應焉，其辭曰賓戲。」

方伯海曰：「按所云著作，或是指前漢書而言。賓客之戲主，全在著作不足成名，欲其乘時取富貴以立功。因答以古來昧君子守身之正道，詭隨希合，一時尊顯，禍機旋發，若著作雖一時無赫赫之名，本道德發爲文章，雖晦於前，必傳於後。正是君子守身不失其正處。視之

客難、解嘲，道理尤正。……此篇雖是戲，當日必有其人，有其語，故借賓以發之。」（于光華文選集評）

孫月峰曰：「以正道作主張，自是理勝。造語最入細，字錘句鍊，極典雅工縟之致，可謂織文重錦，第風骨不若解嘲之古勁。」（同上）

何義門曰：「麗過於揚（指解嘲），其氣質則遠不逮矣。」（同上）

〔二〕「裁」，唐寫本作「式」。

范注：「崔駰達旨，見後漢書本傳。」本傳曰：「駰年十三，能通詩、易、春秋，博學有偉才，盡通古今訓詁百家之言，善屬文。少游太學，與班固、傅毅同時齊名。常以典籍爲業，未遑仕進之事。時人或譏其太玄静，將以後名失實。駰擬揚雄解嘲，作達旨以答焉。」按後漢書此段注引華嶠書曰：「駰譏揚雄，以爲范、蔡、鄒衍之徒，乘釁相傾，誑曜諸侯者也，而云『彼我異時』。又曰：竊貲卓氏，割炙細君，斯蓋士之贅行，而云『不能與此數公者同』。以爲失類而改之也。」但下引達旨，無此内容，可能非全文。「典言」，謂典重的語言。「裁」，體制。

〔三〕校注：「唐寫本及諸本『間』俱作『問』，馮校云：『問，當作間。』黄注本改『間』。」

黄注：「張衡傳：衡不慕當世，所居之官，輒積年不徙。自去史職，五載復還，乃設客問，作應間以見其志。」

張衡應間，見後漢書本傳。李賢注：「閒，非也。」注引衡集云：「觀者，覩余去史官五載而復還，非進取之勢也。唯衡内識利鈍，操心不改。或不我知者，以爲失志矣。用爲問余。余應之以時有遇否，性命難求，因兹以露余誠焉，名之應間云。」按此即應間之序。「密而兼雅」，謂文辭細密而雅正，如云：「君子不患位之不尊，而患德之不崇；不恥禄之不伙，而恥智之不博。」

〔四〕按後漢書，寔爲崔駰之孫，崔瑗之子。

梅注：「後漢崔寔客譏曰：客有譏夫人之享天爵而應睿哲也……慕榮名而失厚，思慮勞乎形神。答曰云云。」

黄注：「『客』疑作『答』。崔寔傳：寔因窮困，以酤釀販鬻爲業，時人多以此譏之，建寧中病卒。所著碑、論、箴、銘、答、七言、祠文、表、記、書凡十五篇。」按後漢書原文爲：「初，寔父卒，剽賣田宅，起冢塋，立碑頌。葬訖，資産竭盡，因窮困，以酤釀販鬻爲業。時人多以此譏之，寔終不改。亦取足而已，不致盈餘。及仕官，歷位邊郡，而愈貧薄。……所著碑、論、箴、銘、答、七言、祠文、表、記、書，凡十五篇。」范注：「『客譏』應作『答譏』。……『答』，即此答譏也。藝文類聚十五（應爲二十五）載答譏文。」「整」，整飭，齊整。

王更生文心雕龍范注駁正：「『客譏』不應遽改爲『答譏』，蓋稱答客譏也。」斯波六郎范注補正云：「答客譏如答客難、答賓戲之類。或類聚作答譏，彦和稱爲『客譏』。」

周注：「客譏崔子潛思勵節，而勤苦貧困。答以『麟隱於遐荒，不紆機阱之路；鳳凰翔於寥廓，故節高而可慕』。即爲了避禍及保持高尚節操，甘於貧困。」

〔五〕後漢書蔡邕傳：「桓帝時，中常侍徐璜、左悺等五侯擅恣，聞邕鼓琴，遂白天子，勑陳留太守督促發遣。邕不得已，行到偃師，稱疾而歸。閒居翫古，不交當世。感東方朔客難及揚雄、班固、崔駰之徒設疑以自通，乃斟酌群言，韙其是而矯其非，作釋誨以戒厲云爾。」下引釋誨之辭：「有務世公子誨於華顛胡老曰：蓋聞聖人之大寶曰位……何爲守彼而不通此？……胡老曰：居，吾將釋汝。……於是公子仰首降階，忸怩而避。」「文炳」，文彩炳耀。王金凌：「華顛胡老列舉史例，表明禍福相倚之理，實無庸卑俯外戚之門，終則援琴而歌，歌頌遺俗寧情，遯世無悶之樂。綜觀全文，自無賦篇之麗，亦不致喚起色澤之美，而『炳』實自内容的光采煥發出來。」

〔六〕唐寫本「景純」作「郭璞」。黄注：「郭璞傳：璞字景純，好卜筮，縉紳多笑之。又自以才高位卑，乃著客傲。」

范注：「景純，應改郭璞，唐寫本是。客傲見晉書本傳。」

王金凌：「其中於景物之描寫，頗爲華美，『蔚』字係指此而言。」

〔七〕注訂：「『屬篇之高』指以上客難諸作而言，所謂無間然者也。以下所列，則概有微辭，文心一書，屬意至高。所論至嚴。」

文章辨體序説「問對」類：「文選所録宋玉之於楚王，相如之於蜀父老，是所謂問對之辭。至若答客難、解嘲、賓戲等作，則皆設辭以自慰者焉。」洪邁容齋隨筆：「東方朔答客難，自是文中傑出；揚雄擬之爲解嘲，尚有馳騁自得之妙；至於崔駰達旨、班固賓戲、張衡應間，則屋下架屋，章摹句寫，讀之令人可厭。迨韓退之進學解出，則所謂青出於藍而青於藍矣。」

至於陳思客問〔一〕，辭高而理疎〔二〕；庾敳客咨〔三〕，意榮而文悴〔四〕。斯類甚衆，無所取才矣〔五〕。

〔一〕范注：「文選張景陽雜詩注、廣絶交論注引陳思辯問，疑客問當作辯問。文佚無考（僅存「君子隱居，以養真也」、「游説之士，星流電耀」數語）。」

〔二〕文賦：「或辭害而理比，或言順而義妨。」總術篇：「或理拙而文澤。」

〔三〕唐寫本「咨」作「諮」。范注：「庾敳（五來切），字子嵩，晉書有傳。客咨佚。」晉書庾敳傳：「是時天下多故，機變屢起，敳常静默無爲。」

〔四〕校證：「『悴』原作『粹』……梅據朱改『悴』。按唐寫本、王惟儉本正作『悴』。總術篇：『或義華而聲悴。』附會篇：『若首唱榮華，而媵句憔悴。』『悴』與『華』、『憔悴』與『榮華』對言，與此正同。」

〔五〕校證：「『才』原作『裁』，從唐寫本改。」斯波六郎范注補正：「疑作『才』者可從。『無所取才矣』句亦見檄移第二十。『才』與『材』通。論語公冶長：『子曰：由也好勇過我，無所取材。』」

黄叔琳評：「凡此數子，總難免屋下架屋之譏，七體如子厚晉問，對問則退之進學解，體製仍前，而詞義超越矣。」

紀評：「詞高理疎，才士之華藻；意榮文悴，老手之頽唐，惟能文者有此病。此論入微。」

原夫兹文之設〔一〕，迺發憤以表志，身挫憑乎道勝〔二〕，時屯寄於情泰〔三〕；莫不淵岳其心，麟鳳其采〔四〕，此立體之大要也〔五〕。

〔一〕校證：「『夫』字原無，據唐寫本增。」

〔二〕斯波六郎：「淮南子精神篇：『故子夏見曾子，一臞，一肥。曾子問其故，曰：出見富貴之樂而欲之，入見先王之道，又説之。兩者心戰，故臞；先王之道勝，故肥。』」

〔三〕「於」唐寫本作「乎」。易屯彖曰：「屯，剛柔始交而難生。」故「屯」有艱難意。易泰象曰：「天地交，泰。」又説卦：「履而泰，然後安。」故「泰」有安意。

〔四〕注訂：「『淵岳其心』，指意境；『麟鳳其采』，指辭章。」斠詮解「淵岳其心」爲「其所抒寫之心情，無不如山岳之高，海洋之深」。

〔五〕「體」原作「本」。校注：「唐寫本作『體』。按唐寫本是也。體，俗簡寫作体，後又誤爲本耳。……徵聖篇『或明理以立體』，宗經篇『禮以立體』，書記篇『隨事立體』，定勢篇『莫不因情立體』，並足爲此當『立體』之證。」

這類文章，雖然有似遊戲體裁，而作者的寫作態度是很嚴肅的。以上這幾句話是説：這種文章既然是發憤而作，就一定會有高深的思想，而辭采也是雄偉絢爛的。

文體明辨序説：「古者君臣朋友口相問對，其詞詳見於左傳、史、漢諸書。後人倣之，乃設詞以見志，於是有問對之文；而反覆縱横，真可以抒憤鬱而通意慮，蓋文之不可闕者也。」

以上爲第二段，評對問體作品及其寫作要領。

自七發以下，作者繼踵。觀枚氏首唱，信獨拔而偉麗矣〔一〕。及傅毅七激〔二〕，會清要之工〔三〕；崔駰七依，入博雅之巧〔四〕；張衡七辨，結采綿靡〔五〕；崔瑗七厲〔六〕，植義純正〔七〕；陳思七啓，取美於宏壯〔八〕；仲宣七釋，致辨於事理〔九〕。

〔一〕「七」是從枚乘七發創始的，後來有些文人專門仿效這篇文章的組織方式，隨形成一種文體。

〔二〕黄注：「後漢文苑傳：傅毅以顯宗求賢不篤，士多隱處，作七激以爲諷。」范注：「傅毅七激載藝文類聚五十七。」又見全晉文卷四十六。

〔三〕傅玄七謨序：「昔枚乘作七發，而屬文之士，若傅毅、劉廣世、崔駰、李尤、桓麟、崔琦、劉梁、桓彬之徒，承其流而作之者紛焉：七激、七興、七依、七款、七説、七蠲、七舉、七設之篇。於是通儒大才馬季長、張平子亦引其源而廣之。馬作七厲，張造七辨。或以恢大道而導幽滯，或以黜瑰奓而託諷詠，揚輝播烈，垂於後世者，凡十有餘篇。自大魏英賢迭作，有陳王七啓、王氏七釋、楊氏七訓、劉氏七華、從父侍中七誨，並陵前而邈後，揚清風於儒林，亦數篇焉。世之賢明，多稱七激工，餘以爲未盡善也。七辨是也，非張氏至思，比之七激，未爲劣也。七釋僉曰妙哉，吾無間矣。若七依之卓轢一致，七辨之纏緜精巧，七啓之奔逸壯麗，七釋之精密閑理，亦近代之所希也。」

周注：「七激講徒華公子托病幽處，清思黄老。玄通子勸他出來建功立業，先勸他聽妙音，次勸他吃美味，次勸他駕馭、觀獵，聽歌、觀舞，最後勸他學聖道，公子聽了就興起。全篇不像七發辭藻富麗，所以稱『會清要之工』。」

〔四〕「博雅」，唐寫本作「雅博」。范注：「崔駰七依，殘佚，全後漢文輯得九條。」周注：「七依是寫客用美味、宴樂、打獵、音樂等來勸説公子，使他振作起來。如寫宴樂：『回顧百萬，一笑千金。振飛縠以舞長袖，裊細腰以務抑揚。』巧於描寫。」

〔五〕范注：「張衡七辨，殘佚，全後漢文輯得十條。」周注：「七辨寫無爲先生隱居修仙，有七個人去勸説，虚然子講宫室之麗，雕華子講美味，安存子講音樂，闕丘子講美女，宫桐子講輿服，依衛子講遊仙，仿無子講聖學，把先生説服了。如寫美女：『鬒髮玄鬠，光可以鑑。靨輔（面有酒渦）巧笑，清眸流眄。皓齒朱脣，的皪粲練。』寫得有文采而細緻。」

〔六〕黄注：「崔瑗傳有七蘇、無七厲。」

范注：「崔瑗七厲，據本傳應作七蘇。李賢注曰：『瑗集載其文，即枚乘七發之流。』全後漢文自北堂書鈔一百三十五輯得『加以脂粉，潤以滋澤』兩句。」注訂：「此作七厲，或别有一篇也。」

清張雲璈選學膠言卷十五「七發雜文之祖」條：「崔瑗七厲，後漢書子玉本傳但有七蘇，無七厲。傅休奕七謨序云：昔枚乘作七發，馬季長、張平子亦引其源而廣之，馬作七厲，張造七辨（見類聚卷五十七引），據此則七厲乃融作耳，彦和誤也。」後漢書崔瑗傳：「瑗高於文辭，尤善爲書記、箴銘，所著賦、碑、銘、箴、頌、七蘇……凡五十七篇。」集解：「文心雕龍云：『崔瑗七厲。』又傅玄七謨序稱：『馬季長作七厲。』劉勰恐誤以季長爲瑗，則瑗所著仍從傳作七蘇爲是。」

〔七〕校注：「『植』，唐寫本作『指』。按以檄移篇『故其植義颺辭』證之，此當以『植』字爲是。」

校證：「奏啓篇『標義路以植矩』，用法亦同。」

〔八〕黄注：「曹子建七啓序：『昔枚乘作七發，傅毅作七激，張衡作七辯，崔駰作七依，辭各美麗，余有慕之焉。遂作七啓，並命王粲作焉。』粲字仲宣，作者曰七釋。」文選卷三十四收曹子建七啓八首。評注昭明文選於題下注云：「啓，開也。除前小序外，第一首爲序，後七首是啓也。」

何義門曰：「七啓之作，可以希風平子。」（見評注昭明文選）

楊佩瑗云：「以意運，遂欲抗手枚生。」（見文選學評隲第八引）

文選學讀選導言第六評七啓云：「造語之精，敷采之麗，漢代所無。而力趨工整，竟爲儷體開先。」

周注：「七啓説玄微子隱居深山，鏡機子去勸他不要抛棄功名。玄微子認爲『名穢我身，位累我躬』。開頭先有一翻辯論，這是本文特點。於是鏡機子用美食、美服、打獵、宫室、聲色、遊俠、朝廷來打動他，最後説服他出來做官。它描寫舞蹈：『長裾隨風，悲歌入雲。蹻捷若飛，蹈虚遠跖。凌躍超驤，蜿蟬揮霍。翔爾鴻翥，濈然鳧没。縱輕體以迅赴，景追形而不逮。』劉勰對本篇取其宏壯之美。」

〔九〕范注：「王粲七釋，殘佚。全後漢文輯得十三條。」

周注：「七釋説潛虚丈人避世隱居，有位大夫用七件事來開導他。如：『登俊乂於壠畝，舉賢才於仄微。置彼周行，列於邦畿。九德咸事，百僚師師。於是四海之内，咸變時雍，普天率土，比屋可封。是以棲林隱谷之夫，逸迹放言之士，鑒乎有道，貧賤是恥。』劉勰對本篇取其事理明辨。」「致辨於事理」，謂對事理致力辨析。

自桓麟七説以下〔一〕，左思七諷以上〔二〕，枝附影從，十有餘家〔三〕。或文麗而義暌〔四〕，或理粹而辭駁。

〔一〕訓故：「後漢書：桓麟字元鳳，桓帝初爲議郎。文章志：麟文十八篇，有七説一首。」

范注：「桓麟七説殘佚。全後漢文輯得五條。」

後漢書桓榮傳附桓彬傳：「父麟，字元鳳，早有才惠。桓帝初，爲議郎，入侍講禁中，以直道牾左右，出爲許令，病免。……所著碑、誄、讚、説、書凡二十一篇。」注：「案摯虞文章志，麟文見在者十八篇，有碑九首，誄七首，七説一首，沛相郭府君書一首。」

〔二〕范注：「左思七諷，佚。文選齊安陸王碑文注引左思七略：『閶甲第之廣袤，建雲陛之嵯峨。』七略，當作七諷。指瑕篇云：『左思七諷，説孝而不從，反道若斯，餘不足觀矣。』所謂『文麗而義睽』也。」

注訂：「此篇亦作七諷，或是七諷之外别有七略也。」

〔三〕范注：「上文所舉諸篇外，尚有多篇，其著者，如崔瑗七蘇、張協七命、陸機七徵、左思七諷等作。漢魏以下文人，幾無不作『七』。梁有七林十卷（卞景撰），又有七林三十卷（隋志總集類），洋洋乎大觀矣。」

「十有餘家」，從桓麟到左思之間，除劉勰已舉出的傅毅、崔駰等六家外，還有桓彬、劉廣世、崔琦、李尤、徐幹等，都有七體之作。

〔四〕「睽」，睽違，不合。「義睽」，思想違反正道。斠詮解爲「旨意乖違」。

史通序例篇：「枚乘首唱七發，加以七章、七辯，音辭雖異，旨趣皆同。此乃讀者所猒聞，老生之恒説也。」

章士釗柳文指要下、卷十四「七發與晉問」條：「『七』，騷之餘也。自枚乘繼屈原、宋玉、景差、賈誼之徒爲之，而獨揚一幟，賡而和者百家，至千餘年不息。昭明太子輯文選，至揭與曹植、張協並列，而未加可否。洎夫最近，有友人爲言：『七體唯枚生之作爲有政治意義，其餘大抵唱招隱之詞，適得屈、宋、景、枚之反，而索然寡味』。其識絶偉。」

文章辨體序説「七體」引容齋隨筆云：「枚乘七發，創意造端，麗旨腴辭，固爲可喜。後之繼者，如傅毅七激，張衡七辯，崔駰七依，馬融七廣（厲），曹植七啓，王粲七釋，張協七命，陸機七徵之類，規倣太切，了無新意。及唐柳子厚作晉問，雖用其體，而超然別立機杼，漢晉之間沿襲之弊一洗矣。」

文體明辨序説「七」類：「蓋自枚乘初撰七發，而傅毅七激、張衡七辯、崔駰七依、崔瑗七蘇、馬融七廣（厲）、曹植七啓、王粲七釋、張協七命、陸機七徵、桓麟七説、左思七諷，相繼有作。唯七發、七啓、七命三篇，餘皆略而弗録。由今觀之，三篇辭旨閎麗，誠宜見採；其餘遞相摹擬，了無新意，是以讀未終篇，而欠伸作焉，略之可也。」

觀其大抵所歸，莫不高談宮館，壯語畋獵〔一〕。窮瓌奇之服饌，極蠱媚之聲色〔二〕。甘意摇骨髓〔三〕，豔辭動魂識〔四〕，雖始之以淫侈，而終之以居正〔五〕。然諷一勸百，勢不自反〔六〕；子雲所謂「先騁鄭衛之聲，曲終而奏雅」者也〔七〕。

〔一〕唐寫本「畋」作「田」。斠詮：「（畋、田）古通。禮記王制：『百姓田獵。』……孟子梁惠王：『今王田獵於此。』說文通訓定聲：『田，叚借爲畋。』」

〔二〕「瓌奇」，珍貴奇異。左思吴都賦：「搜瓌奇。」

補注：「文選張衡南都賦：『侍者蠱媚。』善注：『蠱，已見西京賦。』案西京賦『妖蠱艷夫夏姬』，善注：『左氏傳：子産曰：在周易，女惑男謂之蠱。蠱，媚也。』又張衡思玄賦：『咸姣麗以蠱媚』。」

〔三〕校證：「『髓』，原作『體』，楊、徐並云：『當作髓。』案唐寫本、王惟儉本、御覽正作『髓』，今據改。」

校注：「宗經、體性、風骨、附會、序志諸篇，並有『骨髓』之文。」摇骨髓，動摇骨髓，説明感人之深。

〔四〕校證：「『動』，馮本、王惟儉本、御覽作『洞』。」按唐寫本亦作「洞」。校注：「上句云：『摇骨髓』，此文云『動魂識』，嫌複。當以作『洞』爲是。……本書屢用『洞』字，皆指其深度言。『洞魂識』，猶司馬相如上林賦『洞心駭耳』之『洞心』然也。（漢書司馬相如傳上顔注：『洞，徹也。』）」「魂識」，即魂魄。

〔五〕校注：「後漢書文苑下邊讓傳：『作章華賦，雖多淫麗之辭，而終之以正。』」此即第一段所謂七發「始邪末正」之意。

范注：「觀此數語，益信『七』之源於大招。大招取招魂而擴充之，已稍流於淫麗，漢魏撰『七』諸公，更極淫麗，使人厭惡。」

這種文章，到了劉勰的時代，已經接近尾聲，没有人續作了，所以劉勰對它没有提出明確的風格要求來。但從「甘意摇骨髓，艷辭動魂識」來看，就可以窺知七體是如何的淫艷了。

紀評：「仍歸重意理一邊，見救弊之本旨，所謂與其不遜也寧固。」

〔六〕文章流别論在評論枚乘七發後接着説：「其流遂廣，其義遂變，率有辭人淫麗之尤矣。崔駰既作七依，而假非有先生之言曰：『嗚呼，揚雄有言，童子雕蟲篆刻，俄而曰壯夫不爲也。孔子疾小言破道。斯文之族，豈不謂義不足而辨有餘乎！賦者將以諷，吾恐其不免於勸也。』」禮記學記：「知不足，然後能自反也。」「自反」，本謂反求諸己，此處謂反於正道。

〔七〕范注：「漢書司馬相如傳贊曰：『相如雖多虚辭濫説，然要其歸引之於節儉，此亦詩之風諫何異？揚雄以爲靡麗之賦，勸百而風一，猶騁鄭衛之聲，曲終而奏雅，不亦戲乎！』（謂揚雄之論過輕相如也。）」

校證：「唐寫本、御覽無『先』及『衛之』三字。案漢書司馬相如傳贊：『猶騁鄭衛之聲，曲終而奏雅。』疑此文『先』爲『猶』俗文『犹』形近之誤。唐寫本、御覽無之，亦是。」此謂七體諸篇，頗如揚雄所説也。

唯七厲叙賢〔一〕，歸以儒道，雖文非拔群，而意實卓爾矣〔二〕。

〔一〕范注：「『七厲』，當作『七蘇』，即上所謂『植義純正』也。」按前引傅玄七謨序：「馬（融）作七厲，張（衡）造七辨，或以恢大道而導幽滯，或以黜瑰奓而託諷詠……」此處則說「七厲叙賢，歸以儒道」，而馬融又是大儒，似此當指馬融之七厲。唐寫本作「七例」，非。

〔二〕補注：「漢書景十三王傳贊：『夫唯大雅，卓爾不群。』文用此。」

張雲璈選學膠言卷十五「七發雜文之祖」條：「按此於七發以下，得其源流矣。李氏以爲七諫之流，考東方朔在枚叔之後，何得擬之？且七諫自屬騷體，與此不類，故劉氏不數之也。」

以上爲第三段，論述「七」類的作家作品及其寫作特點。

自連珠以下，擬者間出〔一〕。杜篤、賈逵之曹〔二〕，劉珍、潘勖之輩〔三〕，欲穿明珠，多貫魚目〔四〕。可謂壽陵匍匐，非復邯鄲之步〔五〕；里醜捧心，不關西施之嚬矣〔六〕。

〔一〕玉海卷五十四引此文，注云：「文選注引揚雄連珠、杜篤連珠。」此處「連珠」指揚雄所作。

〔二〕黄注：「後漢文苑傳：杜篤所著賦、誄、弔、書、讚、七言、女誡及雜文，凡十八篇。」補注：「杜篤連珠云：『能離光明之顯，長吟永嘯。』（文選蜀都賦注、嵇康幽憤詩注、秀才入軍詩注引）賈逵連珠云：『夫君人者，不飾不美，不足以一民。』（文選景福殿賦注引）」

訓故：「後漢書：賈逵，字景伯，扶風平陵人，歷官中郎將。」

黄注：「賈逵傳：逵作詩、頌、誄、書、連珠、酒令凡九篇。」

〔三〕訓故：「後漢書：劉珍，字秋孫，南陽蔡陽人，歷官衛尉，著誄、頌、連珠，傳於世。」范注：「後漢文苑傳：劉珍著誄、頌、連珠凡七篇。珍連珠佚。潘勖連珠，藝文類聚五十七載其文。」「潘勗」，字元茂，事見魏志衛顗傳及注引文章志。著有擬連珠，今不全。

〔四〕黄注：「參同契（卷上）：魚目豈爲珠，蓬蒿不成檟。」按文選任昉到大司馬記室牋李善注引韓詩外傳：「白骨類象，魚目似珠。」

〔五〕黄注：「莊子秋水篇：『且子獨不聞夫壽陵餘子之學行於邯鄲與？未得國能，又失其故行矣，直匍匐而歸耳。』」按成玄英疏：「壽陵，燕之邑；邯鄲，趙之都。弱齡未仕，謂之餘子。趙都之地，其俗能行，故燕國少年遠來學步。既乖本性，未得趙國之能，捨己從人，更失壽陵之故。是以用手據地，匍匐而還也。」

〔六〕「嚬」，亦作矉，作顰，皺眉。莊子天運篇：「故西施病心而矉其里，其里之醜人，見而美之，歸亦捧心而矉其里。其里之富人見之，堅閉門而不出；貧人見之，挈妻子而去走。彼知矉美，而不知矉之所以美，惜乎！」

以上列舉杜、賈、劉、潘諸人作品，存者已無多，所評確否，難於驗證；但從劉勰對前面一些作家的片善不遺的態度看，這裏的苛評，可能接近實際。

惟士衡運思，理新文敏〔一〕；而裁章置句，廣於舊篇〔二〕。豈慕朱仲四寸之

璿乎！〔三〕

〔一〕校證：「唐寫本、玉海作『唯士衡思新文敏』。」范注：「唐寫本無『運』、『理』二字，似非。文選載陸機演連珠五十首（劉孝標注）。」

〔二〕文章辨體序説「連珠」類：「考之文選，止載陸士衡五十首，而曰演連珠，言演舊義以廣之也。」

黄注：「按文章緣起：『連珠，揚雄作。』是連珠非始於班固也。嗣後潘勖擬連珠，魏王粲倣連珠，晉陸機演連珠、宋顏延之範連珠，齊王儉暢連珠、梁劉孝儀探物作艷體連珠。」

于光華文選集評於演連珠題下引傅玄叙曰：「……欲使歷歷如貫珠，易看而可悦，故謂之連珠。」下面接着説：「機復引舊義而廣之也。」

孫月峰曰：「虚詞括事理，而撰語特工麗，構法全本韓公子内外儲來，但彼間排，此則全排也。中有談理處儘入妙，此以知士衡之學非徒藻繪。」（見上書引）

方伯海曰：「連珠之體，雖無指實之事，凡一切持身涉世，應事接物，皆可以意相求。大抵前虚後實，前伏後應，前案後斷，法總不外於賓主反正、開合淺深，用風人比體爲多。一篇之中義取相生相足，必有根據以立言，五十首中，多取於書以演其説。作固不難，學之亦易也。」（同上）

譚獻云：「文字之用，不外事理，駢儷詞夸，不能盡理之精微、事之曲折，乃爲談古文者所鄙

夷。承學之士，先學陸、庾連珠，沈思密藻，析理述事，充之復何所滯？」(同上)

〔三〕唐寫本「仲」作「中」。范注：「列仙傳：『朱仲者，會稽人也。常於會稽市上販珠。魯元公主以七百金從仲求珠，仲乃獻四寸珠，送置於闕，即去。』」黄注：「風俗通：耳珠曰璫。」此句意謂莫非因其羨慕朱仲所獻之大明珠而以篇幅廣大爲美乎？

夫文小易周，思閑可贍〔一〕。足使義明而詞净，事圓而音澤〔二〕，磊磊自轉，可稱珠耳〔三〕。

〔一〕「閑」，悠閑。「贍」，豐潤。以下數句即第一段所云「其辭雖小而明潤」。

〔二〕意謂能使文義明顯而詞藻純净，事理圓通而聲調潤澤。

〔三〕校證：「唐寫本『磊磊』作『落落』。練字篇有『磊落如珠矣』句，才略篇有『磊落如琅玕之圃』句，『磊』『落』聲近通用。」傅玄連珠序：「欲使歷歷如貫珠，易覩而可悦，故謂之連珠也。班固喻美辭壯，文章弘麗，最得其體。」(全晉文卷四十六)「磊磊」，圓轉貌。此處有衆多而鮮明之意。因爲文章小，所以顯得玲瓏而鮮净。文章辨體序説「連珠」類：「大抵連珠之文，貫穿事理，如珠在貫。其辭麗，其言約，不直指事情，必假物陳義以達其旨，有合古詩風興之義。其體則四六對偶而有韻。」文體明辨序説「連珠」類：「其體展轉，或二或三，皆駢偶而有韻，故工於此者，必『使義明而詞淨，事圓而音澤，磊磊自轉，乃可稱珠』。否則『欲穿明珠，多貫魚目』，惡能免於劉勰之誚邪？」

劉師培論文雜記第七節：「（連珠）首用喻言，近於詩人之比興，繼陳往事，類於史傳之贊詞，而儷語韻文，不沿奇語，亦儷體之別成一派者也。」

以上爲第四段，謂連珠以下之擬作，皆弄巧反拙，惟陸機能推陳出新。從而提出寫連珠的規格要求。

詳夫漢來雜文，名號多品：或典誥誓問〔一〕，或覽略篇章〔二〕，或曲操弄引〔三〕，或吟諷謠詠〔四〕。總括其名，並歸雜文之區；甄別其義，各入討論之域〔五〕；類聚有貫，故不曲述也〔六〕。

〔一〕范注：「班固典引序……李善注：『蔡邕曰：典引者，篇名也。典者，常也，法也；引者，伸也，長也。尚書疏：「堯之常法，謂之堯典。」漢紹其緒，伸而長之也。』此爲以典名篇之始。後漢文苑李尤傳，尤所著有典，是當時文士固有作典者矣。」

黃注：「誥，爾雅：『誥、誓，謹也。』注：『皆所以約勤謹戒衆。』」文章緣起：「誥，漢司隸馮衍作德誥。」文章緣起：「誓，漢蔡邕作艱誓。」范注：「問，如漢武帝元光元年『詔賢良曰……受策察問』之問。」

注訂：「典、誥、誓、問諸體皆載群經。書有二典，湯誥、甘誓。論、孟有諸子問曰。後人摹擬，其以典稱者有班固典引，馮衍有德誥，蔡邕有艱誓，王右軍有告誓帖。問則有兩漢策問之制。典者，說文：『五帝書也，從册在丌上，尊閣之也。』誥者，劉熙釋名：『上敕下曰誥也。』誓，毛詩傳曰：『師旅能誓。』誓者，約束之也。問，有所質問也，文選有策問類是也。」

〔二〕范注：「覽，未詳。漢來雜文當有以覽名篇者。吕氏春秋有八覽。隋志子類儒家有要覽、正覽，雜家有宦覽、皇覽等。」斠詮：「覽，周視也，觀其大要曰覽。」

黄注：「略，漢藝文志：劉歆總群書而奏其七略。篇，漢藝文志：凡將一篇，司馬相如作；急就一篇，黄門令史游作；元尚一篇，將作大匠李長作。」范注：「然皆屬記文字之書，似非彦和所指，當别有以篇名文者。章，詳下章表篇。」斠詮：「與章表篇之章有别，推舍人意當爲叙述情由之文曰章。如漢元帝時黄門令史游作有急就章。」

〔三〕黄注：「曲，鼓吹曲一曰短簫鐃歌。蔡邕禮樂志：『短簫鐃歌，軍樂也，黄帝、岐伯所作，以建威揚德，風敵勸士也。晉書樂志：武帝令傅玄制鼓吹曲二十二篇以代魏曲。』操，風俗通：閉塞憂愁而作，命其曲曰操。操者，言遇災遭害，困戹窮迫，雖怨恨失意，猶守禮義，不懼不懾，樂道而不失其操者也。」「弄」，范注：「文選王褒洞簫賦：『時奏狡弄。』注：『小曲也。』馬融長笛賦：『聽簉弄者。』注：『簉弄，蓋小曲也。』」黄注：「古今注：箜篌引，朝鮮津卒霍里子高妻麗玉所作也。」文體通釋曰：「操者……自顯志操之琴曲也。」又：「引者……歌曲之導引而長者若引弓也。……漢以來樂府擬作者甚多。」

〔四〕黄注：「吟，古今樂録：張永元嘉技録有吟嘆四曲，一曰大雅吟。」范注：「釋名釋樂器：『吟，嚴也。其聲本出於憂愁，故其聲嚴肅，使人聽之悽嘆也。』……諷，如韋孟諷諫詩。諷與風通。文選甘泉賦注：『不敢正言謂之風。』文體通釋曰：『謡者，省作䚻，徒歌也。詩歌之不合樂者也。爾雅曰：「徒歌謂之謡。」毛詩傳曰：「曲合樂曰歌，徒歌曰謡。」主於有感徒歌，動得天趣。源出……康衢童謡，流有丙之晨童謡，漢邪徑謡（見五行志）。……』詠，如夏侯湛離親詠，謝安洛生詠（世説新語雅量篇）。鄭注禮記檀弓『陶斯咏』曰：『咏，謳也。』正義：『咏，歌咏也，鬱陶情轉暢，故曰歌咏之也。』」

〔五〕唐寫本「入」字無，「討」作「詩」。范注：「凡此十六名，雖總稱雜文，然典可入封禪篇，誥可入詔策篇，誓可入祝盟篇，問可入議對篇，曲、操、弄、引、吟諷、謡、詠可入樂府篇；章可入章表篇；所謂『各入討論之域』也。（覽、略、篇，或可入諸子篇。）」斠詮：「若審察區分其義類，則可分别納入本書其它相似體類之領域中討論。」文體明辨序説「雜著」類：「按雜著者，詞人所著之雜文也；以其隨事命名，不落體格，故謂之雜著。然稱名雖雜，而其本乎義理，發乎性情，則自有致一之道焉。劉勰所云：『並歸體要之詞，各入討論之域（上句與原文不符）。』正謂此也。」

〔六〕「貫」，條貫。「曲」，詳盡。

第五段講上述三種以外的種種雜文名目，説明這些將分别在有關文體中討論。

贊曰：偉矣前修，學堅才飽〔一〕。負文餘力，飛靡弄巧〔二〕。枝辭攢映〔三〕，嘒若參昴〔四〕。慕嚬之心，於焉祇攪〔五〕。

〔一〕校證：「『才』原作『多』，據唐寫本改。體性篇：『才有天資，學慎始習。』事類篇：『才自内發，學以外成，有學飽而才餒，有財富而學貧。』又云：『才爲盟主，學爲輔佐。』程器篇：『然自卿、淵以前，多役才而不課學。』皆以才學對文。」

〔二〕莊子逍遥遊：「怒而飛，其翼若垂天之雲。……風之積也不厚，則其負大翼也無力。」「靡」，輕麗也。「飛靡弄巧」，飛動輕麗的文墨來玩弄工巧。

〔三〕「枝辭」，即上文所云「文章之枝派」，指本篇所論各種雜文。比興篇：「攢雜詠歌，如川之涣。」「攢」，簇聚也。

〔四〕補注：「毛詩小星篇：『嘒彼小星，維參與昴。』傳曰：『嘒，微也；參，伐也；昴，留也。』箋云：『言此處無名之星亦隨伐留在天。』案彦和借譬雜文，正用箋義。」召南小星朱注：「參、昴，西方二宿之名。」這裏指小星。斠詮：「喻其光芒一如參昴二星之微弱也。」

〔五〕注訂：「慕嚬，即效矉也。」校注：「唐寫本作『慕嚬之徒，心焉祇攪。』按唐寫本是也。今本蓋先誤『徒』爲『於』，因乙

『心』字屬上句耳。……『衹』與『祇』字，字異義別，此當以作『衹』爲是。……詩小雅何人斯：『衹攪我心。』」廣雅釋言：「衹，適也。」徐灝説文解字注箋：「語辭之適，皆借衹敬字爲之，傳寫或省去一點……皆不爲典要。」朱注：「攪，擾亂也。……則適所以攪亂我心而已。」

斠詮：「何人斯：『衹攪我心。』衹鄭箋訓適。用作助詞，亦訓但、只。」二句意謂從事形式模仿，只是徒費心機。

諧讔第十五

校證：「『讔』原作『隱』，元本……汪本、佘本、張之象本、兩京本、何允中本、日本活字本、王惟儉本、鍾本、梁本、清謹軒抄本、日本刊本、王謨本、張松孫本、崇文本作『讔』，與正文釋諧讔之名合。今據改。」

校注：「『隱』唐寫本作『讔』；元本，弘治本、活字本、汪本、佘本、張本、兩京本、胡本……崇文本並同。按『諧隱』字本止作『隱』。然以篇中『讔者，隱也』諭之，則篇題原是『讔』字甚明。」

漢書東方朔傳：「舍人不服，因曰：『臣願復問朔隱語，不知，亦當榜。』即妄爲諧語。」師古注：「諧者，和韻之言也。」

晉郭璞客傲：「進不爲諧隱。」

斠詮：「齊東野語：古之所謂廋辭，即今之隱語。而俗所謂謎。」

劉師培中古文學史宋齊梁陳文學概略總論：「四曰：諧隱之文，斯時益甚也。諧隱之文，亦起於古。昔宋代袁淑所作益繁，惟宋齊以降，作者益爲輕薄。其風蓋昌於劉宋之初，嗣則卞鑠、邱巨源、卞彬之徒，所作詩文，並多譏刺。梁則世風益薄，士多嘲諷之文，而文體亦因之愈卑矣。」雜記：「兹篇蓋論有韻文之終篇也。其不置雜文之前，不歸雜文之囿者，諧隱無一定之體也。」

張立齋文心雕龍注訂：「諧，齊諧，古有其體，見莊子逍遥遊：『齊諧者，志怪者也。』隱即廋辭也，見國語晉語……斯二者，文章之末流，辭諧義隱，要歸於諷刺，而失於正，故彦和存其説，辨其義，求備於文體之一格，有不可廢者焉。」

「諧」是諧辭，就是詼諧的小文章。「讔」是隱語，就是謎語。參閲朱光潛詩論第二章詩與諧隱。

芮良夫之詩云〔一〕：「自有肺腸，俾民卒狂。」〔二〕夫心險如山〔三〕，口壅若川〔四〕，怨怒之情不一，歡謔之言無方〔五〕。

〔一〕梅注：「芮良夫，周大夫芮伯。『自有肺腸，俾民卒狂』，大雅桑柔篇。」

毛詩大雅桑柔序：「桑柔，芮伯刺厲王也。」鄭箋：「芮伯，畿内諸侯，王卿士也，字良夫。」

正義：「文元年左傳引此曰，周芮良夫之詩曰：『大風有隧。』且周書有芮良夫之篇，知字良夫也。」

〔二〕「自有肺腸，俾民卒狂」，鄭箋：「自有肺腸，行其心中之所欲，乃使民盡迷惑也。」正義：「自以己有肺腸，行心所欲，不謀於衆人，任用惡人，乃使下民化之，盡皆迷惑如狂人。」朱注：「狂，惑也。……彼不順理之君，則自以爲善，而不考衆謀，自有私見，而不通衆志，所以使民眩惑，至於狂亂也。」

〔三〕訓故：「莊子：孔子曰：凡人心險於山川，難於知天。」按此見列禦寇。成疏：「人心難知，甚於山川，過於蒼昊，厚深之狀，列在下文。」

〔四〕黃注：「國語：召公曰：防民之口，甚於防川，川壅而潰，傷人必多，民亦如之。」按此見周語上。周厲王暴虐，國人謗議。厲王怒，使衛國的巫者監視謗議之人，凡被告發者，盡殺之。自此，國人不敢言。厲王以爲禁止了人民的謗議，召公曰：「防民之口，甚於防川……民亦如之。」

〔五〕「謔」是戲謔，嘲笑。「無方」，無常。此謂歡快、戲謔之言是多種多樣，變化無常的。

昔華元棄甲，城者發「睅目」之謳〔一〕；臧紇喪師，國人造「侏儒」之歌〔二〕；並嗤戲形貌，内怨爲俳也〔三〕。

〔一〕梅注：「左傳：宋城，華元爲植，巡功，城者謳曰：『睅其目，皤其腹，棄甲而復，於思於思，棄甲復來。』使其驂乘謂之曰：『牛則有皮，犀兕尚多，棄甲則那？』役人曰：『從其有皮，丹漆若何？』華元曰：『去之，夫其口衆我寡。』」又：「華，去聲。睅音罕。」

左傳宣公二年：「鄭伐宋，宋師敗績，囚華元。……宋人贖華元於鄭。半入，華元逃歸。……宋城，華元爲植，巡功。……」杜注：「睅，出目。」「城者」，指築城的百姓。「睅目」，形容華元監工的眼睛睁得很大。

華元被囚於鄭之後，逃回宋，宋築城，華元主其事。一日，華元監工，築工者歌云：「睅其目……」意謂華元睁大眼睛，挺着肚皮，抛棄甲衣，臨陣敗歸。

〔二〕梅注：「左傳襄公四年：臧紇救鄫侵邾，敗於狐駘。國人誦之曰：『臧之狐裘，敗我於狐駘。我君小子，侏儒是使，侏儒侏儒，使我敗於邾。』」杜注：「臧紇，武仲也。鄫屬魯，故救之。狐駘，邾地。臧紇時服狐裘，襄公幼弱，故曰小子。臧紇短小，故曰侏儒。」邾國攻打鄫國時，臧紇帶着魯國軍隊去救鄫國，却爲邾國所敗。臧紇身子本來不魁梧，這裏也比喻他才能的短小。「國人」謂魯國人。

〔三〕范注：「『内怨爲俳』，『俳』，當作『誹』。放言曰謗，微言曰誹。内怨，即腹誹也。彦和之意，以爲在上者肆行貪虐，下民不敢明謗，則作爲隱語，以寄怨怒之情：故雖嗤戲形貌，而不棄於經傳。與後世莠言嘲弄，不可同日語也。」

斠詮：「彦和之意以爲在上者肆行貪虐，下民不敢明謗，則寄内心之怨怒而爲俳諧之隱語也。范注讀俳爲誹……説雖可通，但仍以不改爲勝。」

校注：「按『内』讀曰『納』。説文人部：『俳，戲也。』『内怨爲俳』，即『納怨爲戲』也。」此句意謂内心有了某種怨怒之情用嘲諷的形式來表現。説明這類歌謡是人民對於執政者怨俳諷刺的表現。

又「蠶蟹」鄙諺〔一〕，「貍首」淫哇〔二〕，苟可箴戒，載於禮典。故知諧辭讔言，亦無棄矣。

〔一〕元刻本、弘治本，「蟹」作「解」。馮舒校曰：「應作『蠏』。」

梅注：「禮記檀弓下：『成人有其兄死而不爲衰者，聞子皋將爲成宰，遂爲衰。成人歌曰：「蠶則績而蟹有匡，范則冠而蟬有緌，兄則死而子皋爲之衰。」』范，蜂也。緌謂蟬喙，長在腹下，此嗤兄死者，其衰之不爲兄也。」

鄭注：「蚩（嗤）兄死者。言其衰之不爲兄死，如蟹有匡，蟬有緌，不爲蠶之績，范之冠也。」正義：「成人不爲兄服，聞孔子弟子子皋其性至孝，來爲成宰，必當治不孝之子，故懼而制服。蟹背殻似匡。范，蜂也。蜂頭上有物似冠也。蟬喙長在腹下，似冠之緌。蠶則須匡以貯絲，而今無匡，蟹背有匡，匡自著蟹，非爲蠶設。……亦如成人兄死初不作衰，後畏於子皋，方爲制服。服是子皋爲之，非爲兄施，亦如蟹匡蟬緌，各不關於蠶蜂也。」「鄙諺」，俗語。陳澔注：「成，魯邑名。匡，背殼似匡也。范，蜂也。朱氏曰：絲之績者，必由乎匡之所盛；然蟹之有匡，非爲蠶之績也，爲背而已。首之冠者，必資乎緌之所飾，然蟬之有緌，非爲范之冠也，爲喙而已。兄死者必爲之服衰，然成人之服衰，非爲兄之死也，爲子皋而已。蓋以上二句喻下句也。」

〔二〕梅注：「禮記：『原壤母死，孔子助之沐槨。原壤登木曰：久矣，予之不託於音也。歌曰：貍首之斑然，執女手之卷然。』（貍首之斑，言木文之華也。「卷」與「拳」同，如執女手之拳，言沐槨之滑膩也。）」按此見檀弓下。此段正義曰：「貍首之斑然者，言斲椁材文采似貍之首。執女手之卷然者，孔子手執斤斧，如女子之手卷卷然而柔弱。」嵇康養生論：「耳務淫哇。」「淫哇」，邪曲之聲。劉勰以原壤在服喪期間作歌，非禮之甚，故以爲淫哇。

書記篇：「夫文辭鄙俚，莫過於諺，而聖賢詩書，採以爲談，况逾於此，豈可忽哉！」

以上爲第一段，講諧隱的意義和作用，其中舉例説明民歌諺語的教育意義。

諧之言皆也；辭淺會俗，皆悦笑也〔一〕。昔齊威酣樂，而淳于説甘酒〔二〕；楚襄讌集，而宋玉賦好色〔三〕；意在微諷，有足觀者〔四〕。

〔一〕注訂：「此以聲爲訓，因文見義，是爲新解。玉篇作合和調偶諸義，咸不出皆字義也。」

〔二〕梅注：「淳于髡……齊威王之時喜隱，好爲淫樂長夜之飲，沉湎不治，委政卿大夫，百官荒亂，諸侯並侵，國且危亡，在於旦暮。……威王置酒後宮，召髡賜之酒。問曰：『先生能飲幾何而醉？』對曰：『臣飲一斗亦醉，一石亦醉。』威王曰：『先生飲一斗而醉，惡能飲一石哉！其説可得聞乎？』髡曰：『……日暮酒闌，合尊促坐，男女同席，履舃交錯，杯盤狼籍，堂上燭滅，主人留髡而送客，羅襦襟解，微聞薌澤，當此之時，髡心最歡，能飲一石。故曰酒極則亂，樂極則悲；萬事盡然，言不可極，極之而衰。』以諷諫焉。齊王曰：『善。』乃罷長夜之飲。」按此見史記滑稽列傳。尚書五子之歌：「甘酒嗜音，峻宇彫墻。」傳：「甘，嗜無厭足。」

〔三〕黄注：「文選：大夫登徒子侍於楚襄王，短宋玉。玉著登徒子好色之賦，王稱善。」范注引宋玉登徒子好色賦并序。李善注曰：「此賦假以爲辭，諷於婬也。」登徒子好色賦以守德、守禮來勉勵襄王。「讌集」，指會合近臣燕飲後宮而言，不然，與宋玉賦好色無關。詮賦篇：「宋發巧談，實始淫麗。」

〔四〕「微諷」，隱微的諷刺。

及優旃之諷漆城〔一〕，優孟之諫葬馬〔二〕，並譎辭飾説〔三〕，抑止昏暴。是以子長編史，列傳滑稽〔四〕，以其辭雖傾回，意歸義正也〔五〕。但本體不雅，其流易弊〔六〕。

〔一〕史記滑稽列傳「優旃者，秦倡侏儒也。善爲笑言，然合於大道。……二世立，又欲漆其城。

優旃曰：『善，主上雖無言，臣固將請之。漆城雖於百姓愁費，然佳哉！漆城蕩蕩，寇來不能上，即欲就之，易爲漆耳，顧難爲蔭室。』於是二世笑之，以其故止。」

「優旃」，元刻本、弘治本、馮校本作「優孟」，誤。

〔二〕史記滑稽列傳：「優孟者，故楚之樂人也。長八尺。多辯，常以談笑諷諫。楚莊王之時，有所愛馬死。……使群臣喪之，欲以棺槨大夫禮葬之。左右争之，以爲不可。王下令曰：『有敢以馬諫者，罪至死。』優孟聞之，入殿門，仰天大哭。王驚而問其故。優孟曰：『馬者王之所愛也，以楚國堂堂之大，何求不得，而以大夫禮葬之，薄，請以人君禮葬之。』王曰：『何如？』對曰：『臣請以雕玉爲棺，文梓爲椁，楩楓豫章爲題湊，發甲卒爲穿壙，老弱負土，齊趙陪坐於前，韓魏翼衛其後，廟食太牢，奉以萬户之邑。諸侯聞之，皆知大王賤人而貴馬也。』王曰：『寡人之過一至此乎！爲之奈何？』優孟曰：『請爲大王六畜葬之，以壠竈爲椁，銅歷爲棺，齎以薑棗，薦以木蘭，祭以粳稻，衣以火光，葬之於人腹腸。』於是王乃使以馬屬太官，無令天下久聞也。」

「優孟」，元刻本、弘治本、馮舒校本作「優旃」，誤。

〔三〕「譎」，詭詐，虚假。斠詮：「譎辭飾説，謂詭變僞辭，文巧正説，依違詠歌之間，以寄其諷諭之旨也。……飾説，與飾辭同。戰國策趙策：『虞卿曰：此飾説也。』」

〔四〕史記滑稽列傳索隱：「崔浩云：『滑音骨。滑稽，流酒器也。轉注吐酒，終日不已。言出口成章，辭不窮竭，若滑稽之吐酒。故揚雄酒賦云「鴟夷滑稽，腹大如壺，盡日盛酒，人復藉沽」是也。』又姚察云：『滑稽猶俳諧也。滑讀如字，稽音計也。言諧語滑利，其知計疾出，故云滑稽。』」史記滑稽列傳索隱又云：「滑，亂也；稽，同也。言辯捷之人言非若是，說是若非，言能亂同異也。」楚辭云：「將突梯滑稽，如脂如韋。」

〔五〕「傾回」，歪邪。「義」，宜，善也。按哀弔篇：「固宜正義以繩理，昭德而塞違。」史傳篇：「是立義選言，宜依經以樹則……還、固通矣，而歷詆後世，若任情失正，文其殆哉！」

〔六〕「雅」字，元刻本、弘治本、馮舒校本作「雜」，誤。紀評：「文家有必不可作之題，自有必不可作之體格，雖高手無所施其巧，抑或愈工而愈入惡趣，皆所謂本體不雅者也。」「體」，指體制。注訂：「本體不雅——指下文東方、枚皋諸氏之作，丑婦、賣餅之類是也。」

於是東方、枚皋〔一〕，餔糟啜醨〔二〕，無所匡正，而詆嫚媟弄〔三〕，故其自稱爲賦，迺亦俳也〔四〕，「見視如倡」〔五〕，亦有悔矣。

〔一〕漢書東方朔傳：「（東方朔）常爲郎，與枚皋、郭舍人俱在左右，詼啁而已。」漢書枚皋傳：「皋不通經術，詼笑類俳倡，爲賦頌好嫚戲，以故得媟黷貴幸，比東方朔、郭舍人等。皋賦辭中，自言爲賦不如相如，又言爲賦迺俳，見視如倡，自悔類倡也。故其賦有詆諆東方朔，又自詆諆。其文觳骫，曲隨其事，皆得其意。」范注：「案此即彦和所謂詆嫚媟弄，無益時用者，故班固謂『朔與枚皋、郭舍人俱在左右，詼啁而已』。」

〔二〕斠詮：「餔糟啜醨，謂食其糟粕渣滓，有拾人牙慧之意。孟子離婁：『子之從於子敖來，徒餔啜也。』趙注：『餔，食也；啜，飲也。』楚辭漁父：『衆人皆醉，何不餔其糟而歠其醨？』王注：『糟，即酒滓。醨，即薄酒。』」在這裏是指隨波逐流。

〔三〕校證：「媟，元本、汪本、佘本、張之象本、兩京本誤作『媒』。」

按東方朔與枚皋的情况，並不一樣。據漢書枚皋傳稱：每逢武帝巡遊，皋隨從奉命作賦，「頗詼笑」，其中「尤嫚戲不可讀者」，達數十篇之多。而東方朔在政治上早有抱負。當時，「天下侈靡趨末，百姓多離良畝」，武帝問以化民之道，朔乃陳文帝的儉約，指武帝的「淫侈」。朔還因商韓之語，上書言農戰强國之計。文辭「頗復詼諧」，並非無所「匡正」。朔對武帝措施也有不滿，故借諧辭以「匡正」之。史記東方朔傳：「時坐席中，酒酣，據地歌曰：『陸沉於俗，避世金馬門。宮殿中可以避世全身，何必深山之中，蒿廬之下？』」他「大隱」於朝以存身，他著非有先生論及答客難，抒發失志的苦悶。又倣離騷作七諫，以屈原的窮困自喻。總之，他的諧辭還是有所「匡正」的。

注訂：「詆音抵，訶也。嫚音慢，侮易也。媟，通褻，狎也；弄，玩也。」考異引漢書枚乘傳：「其子皋爲賦好嫚戲，以致得媟瀆貴幸。」斠詮：「謂詆諆，嫚侮，媟狎，戲弄也。」

〔四〕注訂：「俳，戲也。」

〔五〕斠詮：「然諧辭若僅爲智術之遊戲，而無嚴肅之本質，則其『辭雖傾回』，而絶不足以言『意歸義正』。是以『優旃之諷漆城，優孟之諫葬馬，並譎辭飾説，抑止昏暴』，而『東方、枚皋，餔糟啜醨，無所匡正，詆嫚媟弄』，『見視如倡』。衹以『本體不雅』，自必『無益時用』。然而魏晉懿文之士，未免枉轡效尤，莠言竄出，雖抃袵席，有虧德音，亦文道日漓，而世風澆薄之徵也。」

至魏文因俳説以著笑書〔一〕，薛綜憑宴會而發嘲調〔二〕，雖抃笑衽席〔三〕，而無益時用矣。

〔一〕元刻本、弘治本「文」作「大」，「笑」作「茂」。沈岩録何校本，「大」改「文」。何云：「『文』字以意改。」

范注：「魏志文帝紀未言其著笑書，裴松之注最爲富博，亦未言及，隋志不著録，諸類書亦無引之者，未知何故。魏文同時有邯鄲淳，撰笑林三卷（隋唐志同），馬國翰輯得一卷（玉函山房輯佚書卷七十六）……魏文笑書當亦此類也。」

校證：「『文』原作『大』……案魏文笑書，未詳，黄注亦未言及。疑『大』爲『人』字之誤，指魏人邯鄲淳之笑林也。」

姚振宗隋書經籍志考證子部九，小説家笑林三卷（後漢給事中邯鄲淳撰）：「按文心諧讔篇曰：『至魏文因俳説以著笑書。』或即是書。淳奉詔所撰者，或即因笑書别爲笑林，亦未可知。」

〔二〕訓故：「吴志薛綜傳：綜字敬文，仕吴守謁者僕射。蜀使張奉來聘，綜謿之曰：『有犬爲獨，無犬爲蜀，横目勾身，蟲入其腹。』」

范注：「吴志薛綜傳：『西使張奉於權前列尚書闞澤姓名以嘲澤，澤不能答。綜下行酒，因勸酒曰：「蜀者何也？有犬爲獨，無犬爲蜀，横目苟身，蟲入其腹。」奉曰：「不當復列君吴耶！」綜應聲曰：「無口爲天，有口爲吴，君臨萬邦，天子之都。」於是衆坐喜笑，而奉無以對。』」

斠詮：「薛綜，三國吴竹邑人。樞機敏捷，善於辭令，孫權召爲五官郎中。所著詩、賦、雜論凡數萬言，又……注張衡二京賦。」

〔三〕「笑」字原無，「袵」原作「推」。范注：「『推』，當是『帷』字之誤，抃帷席，即所謂衆坐喜笑也。」

校釋：「按范注説是，上文『憑宴會而發嘲調』，故曰『帷席』。」陳書良文心雕龍校注辨正（中華文史論叢，一九八一年第三輯）：「唯『抃帷席』，語殊不通，疑有脱字，應爲『雖抃笑帷席，而無益時用矣』。『抃笑』一詞亦見於同篇『豈爲童稺之戲謔，搏髀而抃笑哉』。」

沈巖録何校本「雖抃推席」改爲「雖忭懽几席」。趙西陸評范文瀾文心雕龍注：「『推席』不詞，明有誤字。檢本書時序篇云：『傲雅觴豆之前，雍容袵席之上。』袵席連文，知『推』蓋

『衽』形近之譌。（潘重規讀文心雕龍札記曰「『推』疑當作『帷』」，非是。）」注訂：「抃，猶今言鼓掌也，意是雖鼓掌推席，只供笑謔，無益時用也。下文有『忭笑』一詞，此句疑脱笑字，宜作『雖抃笑推席』，諸本似皆誤。」考異：「推席者，推席而起歡喜之態，王校改『推』爲『衽』者誤。」校證：「『雖抃笑衽席』，原作『雖抃推席』，義不可通。譚云：『有脱誤。』劉師培中古文學史第三課：『推』疑『雅』字。案下文有『抃笑』語，時序篇有『雍容衽席之上』語，此文蓋『抃』下脱『笑』字，『推』爲『衽』形近之誤。今輒爲補正如此。『抃笑衽席』與上文『憑宴會而發嘲調』相承，論説篇『抵嘘公卿之席』句意並近。」周注：「抃笑，拍手歡笑。衽席，席，酒席，衽即席。」

然而懿文之士，未免枉轡〔一〕；潘岳醜婦之屬〔二〕，束晳賣餅之類〔三〕，尤而效之〔四〕，蓋以百數〔五〕。

〔一〕易小畜象曰：「君子以懿文德。」正義：「懿，美也。」范注：「枉轡，猶言枉道。」注訂：「枉道而趨，失義之正也。」斠詮：「枉轡，誤入歧途也。」

〔二〕校注：「按岳文已佚。初學記十九引有劉思真醜婦賦（御覽三八二所引較略），安仁所作，或亦類是。」

〔三〕訓故：「文士傳：束皙字廣微，漢疎廣之後，避難去『疎』之『疋』爲束氏，曾著餅賦，文甚俳謔。」

黄注：「束皙傳：『束嘗爲勸農及䴵諸賦，文頗鄙俗，時人薄之。』」范注引餅賦一段，謂「自續古文苑二節録」。餅賦見全晉文卷八十七。

蕭子顯南齊書文學傳論：「王褒僮約，束皙發蒙，滑稽之流，亦可奇偉。」

周注：「束皙餅賦如『行人失涎於下風，童僕空嚼而斜眄；擎器者舐脣，立侍者干咽』，形容中帶有嘲戲。」

〔四〕校證：「『而』舊本作『相』，馮校云『相當作而』。黄注本改。」沈岩本「相」改「而」，「何云：『而』字以意改。」

斯波六郎：「春秋左氏傳僖公二十四年：『尤而效之，罪又甚焉。』又襄公二十一年：『尤而效之，其又甚焉。』意謂知道過錯，還仿效它。」

〔五〕中古文學史第四課魏晉文學之變遷丁總論：「晉人之文，如張敏頭責子羽文、陸雲嘲褚常侍、魯褒錢神論亦均諧文之屬。」

魏晉滑稽，盛相驅扇〔一〕。遂乃應瑒之鼻，方欲盜削卵〔二〕；張華之形，比乎握舂杵〔三〕。曾是莠言，有虧德音〔四〕，豈非溺者之妄笑〔五〕，胥靡之狂歌歟〔六〕！

〔一〕「驅扇」，扇動風氣，喻追逐。

〔二〕范注：「應瑒事未聞其説。」斠詮：「此或謂應瑒形之醜，有如被盗賊削去一半之鷄卵也。」

〔三〕世説新語排調篇：「頭責秦子羽云……『范陽張華……或頭如巾齏杵。』謂頭著巾，形如齏杵也。」

余嘉錫世説新語箋疏：「言其頭小而鋭，如擣齏之杵，而冠之以巾也。」又引程貴震云：「文心雕龍諧隱篇作握春杵。」

斯波六郎：「案世説新語注引頭責子羽文『頭如巾齏杵』恐指『河南鄭詡』，非『范陽張華』。『范陽張華』是『或淹伊多姿態』。或彦和别有所本耶？」

〔四〕「曾是」，乃是。

詩邶風谷風：「德音莫違，及爾同死。」朱注：「德音，美譽也。」

注訂：「詩小雅（正月）：『莠言自口。』傳：『莠，醜也。』」

〔五〕梅注：「『笑』，元作『茂』，朱改，云：溺者必笑出左傳。」訓故：「春秋左傳：越圍吴，趙簡子降於喪食。使楚隆于吴。吴王曰：溺人必笑，吾將有問也。史黯何以得爲君子？」按此見哀公二十年。

斠詮：「左哀二十年傳：『王曰：溺人必笑，吾將有問也。』杜注：『以自喻所問不急，猶溺人不知所爲而反笑也。』吕氏春秋大樂篇：『溺者非不笑也。』高注：『傳曰：「溺人必笑。」雖笑不歡。』」

〔六〕漢書楚元王傳：「楚王戊淫暴，申公、白生二人諫不聽，胥靡之。」注：「晉灼曰：胥，相也。靡，隨也。」師古曰：「聯繫使相隨而服役之，故謂之胥靡，猶今之役囚徒，以鎖聯綴耳。」莊子庚桑楚：「胥靡登高而不懼。」釋文引司馬云：「刑徒人也。」斠詮：「案刑徒皆受拘縛，故稱爲胥靡。」

范注：「漢末以後，政偷俗窳，威儀喪亡。典論曰：孔融體氣高妙，有過人者，然不能持論，理不勝辭，至於雜以嘲戲。又如曹植得邯鄲淳甚喜，誦俳優小說數千言，其不持威儀，可以想見。吴志諸葛恪傳：恪父瑾，面長似驢，孫權大會群臣，使人牽一驢入，題其面曰『諸葛子瑜』。恪跪曰：『乞請筆，益兩字。』因續其下曰『之驢』，舉坐歡喜。君臣之間，竟相戲弄若此。晉尚清談，此風尤盛；故彦和譏爲溺者之妄笑，胥靡之狂歌也。（溺人必笑，見左傳哀公二十年。胥靡，刑徒人也。胥靡狂歌，未知所本，當自呂氏春秋大樂篇『溺者非不笑也，罪人非不歌也』句化出。）」高誘注：「當死强歌，雖歌不樂。」

范注：「隋書經籍志總集類有袁淑誹諧文十卷，是撰誹諧集之始。其文存者，有鷄九錫文、勸進牋、驢山公九錫文、大蘭王九錫文、常山王九命文。」

按：劉勰雖然把諧讔列爲專篇，但却看成游戲文章，很不器重。他說諧辭「本體不雅，其流易弊」，又說它「曾是莠言，有虧德音」。因而對於諧辭的風格特點没有論述。

以上爲第二段，專論歷代諧辭的得失，肯定「意在微諷」能「抑止昏暴」的作品，而批判「無益時用」之作。

讔者，隱也；遯辭以隱意，譎譬以指事也。

明方以智通雅釋詁卷三「廋辭讔喻謂隱書也」條：「晉語：『有秦客廋辭於朝。』注：『廋，隱也。』新序曰：『齊宣王發引書而讀之。』（見雜事二）東方朔曰：『乃與爲隱耳。』（見漢書朔傳）……呂覽審應篇：『成公賈之讔喻。』高注：『讔語。』」

范注：「讔，廋辭也，字本作隱。國語晉語五：『有秦客廋辭於朝。』韋昭注云：『廋，隱也，謂以隱伏譎詭之言，問於朝也。東方朔曰：非敢詆之，與爲隱耳。』」

雜記：「又讖緯所紀，如白玉赤烏之符，黄金紫玉之瑞，祖龍卯金之讖，亦云隱語而已。所不同者，讖緯主驗，隱主譎諫，貌同而實異也。」

陳望道修辭學發凡「析字」類：「衍義析字——衍繹字義的析字也可分作三式……（丙）是彎彎曲曲，演述得似乎有關連又似乎没有關連，必須細細推究才能明白的，叫作演化。例：『開皇中，有人姓出名六斤，欲參（楊）素，齎名紙至省門，遇（侯）白，請爲題其姓，乃書曰「六斤半」。名既入，素召其人，問曰：「卿姓六斤半？」答曰：「是出六斤。」曰：「何爲六斤半？」曰：「向請侯秀才題之，當是錯矣。」即召白至，謂曰：「卿何爲錯題人姓名？」對云：「不錯。」素曰：「若不錯，何因姓出名六斤，請卿題之，乃言六斤半？」對曰：「白在省門，倉卒無處覓秤，既聞道是出六斤，斟酌只應是六斤半。」素大笑之。』（太平廣記二百四十八引啓顔録）這種辭法以前稱爲『繆語』（見下文所引左傳杜注）。繆語就是文心雕龍諧讔篇説的『遯辭以隱意，譎譬以指事』的一種讔語。當初原是一種暗中通情的方法，必須説得對方懂，旁人不懂，才算完全達到了目的。」

注訂：「孟子：『遯辭知其所窮。』『遯』即『遁』本字。」又：「譎譬——詩大序：『主文而譎諫。』論語：『晉文公譎而不正。』説文：『權詐也。』」

斠詮：「案正字通：『讔與隱通。』劉向新序：『齊宣王發隱書而讀之。』隱即讔。爾雅釋詁：『隱，微也。』郭注：『微，謂逃藏也。』此即彦和所謂『讔者，隱也；遯辭以隱意，譎譬以指事也』。」

諧辭是以「悦笑」取諷諫，以「譎辭飾説，抑止昏暴」的。而隱言則「遯辭以隱意，譎譬以指事」，可見諧辭隱語都是人們對某事不滿，不得不説，又不便明言直説，只得隱譎示意，以寄怨怒之情。隱語又分兩類，一是「遯辭以隱意」，作品如「喻眢井而稱麥麴」；一是「譎譬以指事」，作品如「伍舉刺荊王以大鳥」。

昔還社求拯於楚師〔一〕，喻眢井而稱麥麴〔二〕；叔儀乞糧於魯人，歌佩玉而呼庚癸〔三〕；伍舉刺荊王以大鳥〔四〕，齊客譏薛公以海魚〔五〕；莊姬託辭於龍尾〔六〕，臧文謬書於羊裘〔七〕。

〔一〕校注：「黄校云：『(社)元作「楊」，(拯)元作「極」。』(此沿梅校)按梅改是。漢書藝文志攷證八、諧語二、文通引，並作『昔還社求拯於楚師』。」校證：「『拯』原作『極』，梅改，王惟儉本亦作『拯』。」按元刻本「拯」字不誤，弘治本始作「極」，形近而譌。

〔二〕升庵文集卷四十六隱書：「左傳：薳楊求救於楚師，喻眢井而稱麥麴……」

梅注：「眢音鴛。」又：「左傳：『楚子伐蕭，還無社與司馬卯言，號申叔展。叔展曰：「有麥麯乎？」曰：「無。」「有山鞠窮乎？」曰：「無。」「河魚腹疾，奈何？」曰：「目於眢井而拯之。」「若爲茅絰，哭井則已。」明日，蕭潰，申叔視其井，則茅絰存，號而出之。』還無社，蕭大夫；司馬卯、申叔展，楚大夫。號平聲，鞠音芎。」「麴」，梅本作麯，乃異體字。按此見宣公十二年。杜注：「還無社，蕭大夫也。司馬卯、申叔展皆楚大夫也。無社素識叔展，故因卯呼之。麥麴、鞠窮所以禦濕，欲使無社逃泥水中，無社不解，故曰無。軍中不敢正言，故謬語也。叔展言無禦濕藥，將病也。無社意解，欲入井，故使叔展視虛廢井，而求拯己。出溺爲拯也。叔展又教結茅以表井也，須哭乃應，以爲信也。號，哭也。」斠詮：「左傳會箋不以杜解爲然，辨證云：『麥麴、鞠窮此二物，醫書無言禦濕者。李時珍引此傳始言之，則未足爲據。』俞樾曰：『此二物實非所以治濕。梁簡文勸醫論曰：「麥麴、芎藭反止河魚之疾。」亦以杜氏所說出乎葯性之外也。夫楚師是時始傅於蕭，尚未知必克與否，何以即教以逃死之策？叔展此問，蓋先探其國中之虛實也。……麥麴之功主於消食，芎藭之用主於去風。食自內積，喻內亂也；風自外來，喻外患也。問有麥麴、山鞠窮者，問消弭内亂，袪除外患之方術也。乃二者俱無，則蕭之君臣束手無策，外之强寇壓境，内之姦民生心，雖楚未能即克，而蕭亦必將自潰矣。故亦問曰：「河魚腹疾奈何？」杜氏誤解上文，謂欲使逃泥水中，故解河魚腹疾，曰無禦濕藥將病。夫逃之法亦多矣，無社之逃於眢井，亦偶然事。叔展何爲必使之逃泥水中，因其不解又再三言之哉？」俞説是也。叔展既知蕭之將潰，因問蕭潰之後，將何以自免，故曰：『河魚腹疾奈何？』無社因曰：『目於眢井而拯之。』乃始告以逃匿之處，令其拯救也。眢井，廢井也。井無水，若目無精也。若，女也。申叔使無社結茅爲絰，標所匿之井，城陷妄出，恐其爲軍人所殺，故待己哭井而應之，哭井即下文『號而出之』，只是讔語，故不云號而曰哭耳。」

〔三〕梅注：「叔儀，吴大夫，姓申。」「左傳：『吴申叔儀乞糧於公孫有山氏，曰：「佩玉繠兮，余無所繫之。旨酒一盛兮，余與褐之父睨之。」對曰：「粱則無矣，粗則有之。若登首山以呼曰：庚癸乎！則諾。」』杜注：『庚，西方，主穀；癸，北方，主水。』」按此見哀公十三年。杜注又云：「申叔儀，吴大夫；公孫有山，魯大夫；舊相識。」「繠然，服飾備也。己獨無以繫佩，言吴王不恤下。」「褐，寒賤之人。言但得視，不得飲。」「軍中不得出糧，故爲私隱。」正義：「食以稻粱爲貴，故以粱表精。若求粱米之飯則無矣。粗者則有之。若我登首山以叫呼『庚癸乎』，女則諾。軍中不得出糧與人，故作隱語爲私期也。庚在西方，穀以秋熟，故以庚主穀。

癸在北方，居水之位，故以癸主水。言欲致餅並致飲也。」

〔四〕綴補：「案漢書藝文志考證引刺作諫。」梅注：「伍舉，楚大夫。」「楚莊王蒞政三年，無令發，無政爲也。右司馬御坐而與王隱曰：有鳥止南方之阜，三年不翅不飛不鳴，嘿然無聲，此爲何名？王曰：三年不翅，將以長羽翼；不飛不鳴，將以觀民則。雖無飛，飛必沖天；雖無鳴，鳴必驚人。子釋之，不穀知之矣。」按此見韓非子喻老篇。史記楚世家：「莊王即位三年，不出號令，日夜爲樂，令國中曰：『有敢諫者死無赦。』伍舉入諫……曰：『願有進隱。』曰：『有鳥在於阜，三年不蜚不鳴，是何鳥也？』莊王曰：『三年不蜚，蜚將沖天；三年不鳴，鳴將驚人。舉退矣，吾知之矣。』」

雜記：「史記滑稽列傳：『齊威王之時喜隱……淳于髡說之以隱曰：國中有大鳥，止王之庭，三年不飛又不鳴。王知此鳥何也？王曰：「此鳥不飛則已，一飛沖天；不鳴則已，一鳴驚人。」』案以上兩則，指（楚世家和滑稽列傳）問答詞悉同，知本隱書也。」

〔五〕梅注：「薛公，靖郭君。」又「靖郭君將城薛，客多以諫者。靖郭君謂謁者曰：『毋爲客通。』齊人有請見者，曰：『臣請三言而已，過三言，臣請烹。』靖郭君因見之。客趨進曰：『海大魚。』因反走。靖郭君曰：『請聞其說。』客曰：『君聞大魚乎？網不能止，繳不能過。蕩而失水，螻蟻得意焉。今夫齊，亦君之海也，君長有齊，奚以薛爲？君失齊，雖隆薛城至於天，猶無益也。』靖郭君曰：『善。』乃輟，不城薛。」按此見戰國策齊策一。隱喻靖郭君必須作齊國的屏藩才能生存，從而譏刺他背叛齊的陰謀。

〔六〕梅注：「楚莊姬上楚王書曰：『大魚失水，有龍無尾；墻欲内崩，而王不視。』王問之，對曰：『魚失水，離國五百里也。龍無尾，年四十，無太子也。墻崩不視，禍將成而王不改也。』」古列女傳卷六辨通楚處莊姪云：「初頃襄王好臺榭，出入不時。……莊姪……持幟伏南郊道旁。……王見之，曰：『女何爲者也？』姪對曰『欲言隱事於王……』王曰：『子何以戒寡人？』姪對曰：『大魚失水，有龍無尾，墻欲内崩，而王不視。』王曰：『不知也。』姪對曰：『大魚失水，王離國五百里也，樂之於前，不思禍之起於後也。有龍無尾者，年既四十，無太子也。國無弼輔，必且殆也。墻欲内崩，而王不視者，禍亂且成，而王不改也。』」范注引孫蜀丞曰：「案列女傳『姪』作『姬』。渚宮舊事三引列女傳作『姪』，『姬』字定誤。」

〔七〕梅注：「臧文仲使於齊，齊人繫之獄。遺魯君書曰：『斂小器，投諸台，食獵犬，組羊裘，琴之合，甚思之。臧我羊，羊有母，食我以桐魚，冠纓不足帶有餘。』公得書，與諸大夫議之，莫能知之者。有言：『臧孫母，世家子也，君何不試召而問焉？』於是乃召而語之曰：『吾使臧子之齊，今持書來云爾，何也？』臧孫母泣下衿曰：『吾子拘有木治矣。』公曰：『何以知之？』對曰：『斂小器，投諸台，言取郭萌，内之於城中也。食獵犬，組羊裘，言趣饗戰鬭之士而繕甲兵也。琴之合，甚思之者，言思妻也。臧我羊，羊有母，是告妻善養母也。食我以桐魚，桐者其文錯，錯者所以治鋸，鋸者所以治木也。是有木治繫於獄矣。冠纓不足帶有餘，頭亂而不得梳，饑不得食也。故知吾子拘而有木治矣。』」按此見列女傳卷三列女仁智傳魯臧孫母。

雜記：「隱語亦稱謬書、謬辭、謬語、謬言、廋語、廋辭。」

隱語之用，被於紀傳〔一〕：大者興治濟身，其次弼違曉惑〔二〕。蓋意生於權譎，而事出於機急〔三〕，與夫諧辭，可相表裏者也〔四〕。

〔一〕范注：「紀傳，當作記傳。」「被」，加。「紀傳」指上引左傳、戰國策、史記、列女傳等書。

〔二〕「濟身」，救濟人身。「弼違」，改正過失。「曉惑」，開導迷惑。

〔三〕「權譎」，權變詭詐。「機急」，機密、緊急。

〔四〕淳于髡的故事以飲酒可多可少，引出「酒極則亂，樂極則悲」的道理，與伍舉以不蜚不鳴的鳥比不出號令的王，性質相同，但劉勰把前者歸於諧，後者歸於隱。因爲前者詼諧，後者嚴肅。諧辭和隱語，有同有異，同的是二者語意都委曲，含蓄，有諷刺作用，異的是諧辭語意淺近滑稽，隱語則深奥矜肅，貴在見機。故二者仿佛物之表裏，相反而又相成。

漢世隱書十有八篇〔一〕，歆、固編文，録之賦末〔二〕。

〔一〕黄注：「漢藝文志：隱書十八篇。師古曰：劉向别録云：隱書者，疑其言以相問，對者以慮思之，可以無不喻。」按此見詩賦略。王先謙補注引王應麟曰：「新序：齊宣王發隱書而讀之。」

〔二〕校證：「『賦末』，原作『歌末』，李詳曰：『案「歌末」當作「賦末」，漢書藝文志「雜賦」十二家，隱書居其末。孟堅云：「右雜賦十二家，二百二十三篇。」核其都數，有隱書十八篇在内，則作「賦末」宜矣。』按李説是，今據改。」劉向編録藝文，謂之别録。隱書當爲先秦以來隱語匯編。向子歆因别録所載，總括群篇，論其指歸，以爲七略，班固取七略，删其要，作漢書藝文志，此即所謂「歆、固編文」。今七略、别録均佚，惟漢書藝文志尚存。

昔楚莊齊威，性好隱語〔一〕。至東方曼倩，尤巧辭述〔二〕。但謬辭詆戲，無益規補〔三〕。

〔一〕黄注：「滑稽列傳：齊威王之時喜隱。索隱曰：喜隱謂好隱語。」校注：「吕氏春秋重言篇：『荆莊王立三年，不聽，而好讔。』新序雜事二：『楚莊王蒞政三年，不治，而好隱戲。』並足爲楚莊王好隱語之證。」注訂：「楚莊事見前『大鳥』注。齊威見戰國策齊策：『鄒忌長八尺有餘而形貌昳麗……入朝見威王云云。』」

〔二〕漢書東方朔傳：「上令倡監榜郭舍人。舍人不勝痛。呼謈。朔笑之曰：『咄，口無毛，聲謷謷，尻益高。』舍人恚曰：『朔擅詆欺天子從官，當棄市。』上問朔何故詆之，對曰：『臣非敢詆之，迺與爲隱耳。』上曰：『隱云何？』朔曰：『夫口無毛者，狗竇也；聲謷謷者，烏哺鷇也；尻益高者，鶴俛啄也。』舍人不服，因曰：『臣願復問朔隱語，不知亦當榜。』即妄爲諧語曰：『令壺齟，老柏塗，伊優亞，狋吽牙，何謂也？』朔曰：『令者，命也；壺者，所以盛也；齟者，齒不正也；老者，人所敬也；柏者，鬼之廷也；塗者，漸洳徑也；伊優亞者，辭未定也；狋吽牙者，兩犬爭也。』舍人所問，朔應聲輒對，變詐鋒出，莫能窮者。」

校注：「按漢書東方朔傳：『指意放蕩，頗復詼諧，辭數萬言』，又叙傳述：『東方贍辭，詼諧倡優。』並曼倩巧辭述之證。」

〔三〕范注：「諧辭與隱語，性質相似，惟一則悦笑取諷，一則隱譎示意，苟正以用之，亦可託足於文囿。然若空戲滑稽，則德音大壞矣。」

「詆」，嘲弄。朔隱語「無益規補」，與上文斥諧辭「無所匡正」、「無益時用」意實一貫。

斠詮：「謬辭，猶謬言，謬語，皆隱語之意。呂氏春秋重言『好讔』注：『讔，謬言。』左傳宣公十二年：『叔展曰：有麥麴乎？曰：無。』杜注：『軍中不敢正言，故謬語也。』」又：「惟有難言之痛故隱，惟有委曲之情故隱，惟有不便直達之意故隱，惟有祇能獨喻之心故隱：由是而有『遯辭』，遯辭固非得已；由是而有『譎譬』，譎譬又可奈何？此所以『意生於權譎，事出於機急』也。故觀古之爲隱，理周要務，必也『會義適時』，始可『振危釋憊』，若徒『謬辭詆戲』，則『無益規補』矣。」

自魏代以來，頗非俳優〔一〕，而君子嘲隱〔二〕，化爲謎語〔三〕。謎也者，迴互其辭，使昏迷也〔四〕。

〔一〕韓非子難三：「俳優侏儒，固人主之所與燕也。」馮舒校本「以」作「已」。

〔二〕校注：「黄校云：『一本無嘲字。』按元本、弘治本、活字本、汪本、佘本、張本、兩京本……並無『嘲』字，是也。此處『隱』字作顯隱之隱解，非嘲隱意也。上云『自魏代已來，頗非俳優』，此言其變爲謎語之故耳。」

考異：「宜作『君子嘲隱，化爲謎語』，語意始全。」

〔三〕劉勰認爲謎語産生於魏代，可能是因爲漢代以前，書上還未出現「謎」字。（錢南揚謎史：周、秦、兩漢之書，不載「謎」字。宋刻本説文解字有之，則後人增入也。）而魏代以後，謎語在文人當中已相當流行。謎語在當時有兩種類型：一類用於鬬智的，如見於世説新語捷悟篇所載「絶妙好辭」等的有關字謎的傳説故事；一類用於嘲諷的，如尹龍虎的箸謎：「咸陽王禧……自洪池東南走，僮僕不過數人，左右從禧者，唯兼防閤尹龍虎。禧憂迫不知所爲，謂龍虎曰：『吾憒憒不能堪，試作一謎，當思解之，以釋毒悶。』龍虎欻憶舊謎曰：『眠則俱眠，起則俱起，貪如豺狼，贓不入己。』都不有心於規刺也。禧亦不以爲諷己，因解之曰：『此是眼也。』而龍虎謂之是箸。」（見魏書卷二十一咸陽王禧傳）太平廣記東方朔和五色綫載有東方朔和郭舍人鬬謎的故事：「郭舍人以蚊謎問東方朔曰：

『客從東方，且歌且行。不從門入，踰我門墻。游戲中庭，上入殿堂。擊之拍拍，死者攘攘。格鬬而死，主人不傷。』東方朔曰：『利喙細身，晝匿出昏，嗜肉惡烟，指掌所捫。』舍人辭窮。」（太平廣記文末注明「出本傳」，但史記和漢書均無此記載，可能出自他書，或民間傳聞。）漢書本傳：「朔之詼諧，逢占射覆，其事浮淺，行於衆庶，童兒牧豎，莫不眩耀。而後世好事者因取奇言怪語附著之朔。」

宋周密齊東野語：「古之所謂廋詞，即今之隱言也，而俗謂之謎。玉篇『謎』字釋云：『隱也。』人皆知始於黄絹幼婦，而不知自漢伍舉、曼倩時已有之矣。」

黄注：「古詩所鮑照有井字謎。」

清曾廷枚香墅漫鈔卷三子類「古無『謎』字」：「演繁露：『古無謎字……至鮑照集，則有井謎（見卷七）矣。』」此言謎語之興，由隱語演變而生，亦實同而名異也。

〔四〕范注：「説文言部新附『謎，隱語也。從言迷，迷亦聲。』」

「迴互」，謂委婉，變換其辭。修辭學發凡：「現今許多人都把廋語、隱語與所謂謎語混同。但是『謎也者，迴互其辭，使昏迷也』。重在鬬智，而廋語隱語卻重在鬬趣或暗示，中間略有分別。我們或許可以説謎語是從廋語『化』出來的，但不能把廋語、謎語混看爲一件東西。」

斠詮：「迴互，迴轉也。見文選木華海賦『乖蠻隔夷，迴互萬里』李周翰注。」

或體目文字〔一〕，或圖象品物〔二〕，纖巧以弄思，淺察以衒辭〔三〕，義欲婉而正，辭欲隱而顯〔四〕。荀卿蠶賦，已兆其體〔五〕。

〔一〕范注：「體目文字，謂如世説新語捷悟篇：『魏武嘗過曹娥碑下，楊脩從，碑背上見題作「黄絹幼婦，外孫韲臼」八字。魏武謂脩曰：「解不？」答曰：「解」。魏武曰：「卿未可言，待思之。」行三十里，魏武乃曰：「吾已得。」令脩别記所知。脩曰：「黄絹，色絲也，於字爲『絶』；幼婦，少女也，於字爲『妙』；外孫，女子也，於字爲『好』；韲臼，受辛也，於字爲『辭』。所謂絶妙好辭也。」魏武亦記之，與脩同。』劉注謂『曹娥碑在會稽中，而魏武、楊脩未嘗過江』，事固可疑，然離合解義之法，讖緯中固多有之矣。」

修辭學發凡：「本例並見三國演義第七十一回，知道的人很多，可以説是析字格複合體的活例。其構成方法，都是重用化形衍義兩類，其基本方法：如『絶』先化作『色絲』，再衍義作『黄絹』；『妙』先化作『少女』，再衍義作『幼婦』。餘仿此。」

斠詮：「體，訓分解。目，訓辨識。」前人體目文字之遊戲，最顯著者，無如孔融之離合作郡姓名字詩一首，隱「魯國孔融文舉」六字，可謂爲字謎。

〔二〕范注：「圖象品物，謂如捷悟篇：『楊德祖爲魏武主簿，時作相國門，始構榱桷，魏武自出看，使人題門作「活」字，便去，楊見，即令壞之。既竟，曰，門中活，闊字；王正嫌門大也。』『人餉魏武一桮酪，魏武噉少許，蓋頭上題合字以示衆，衆莫能解。次至楊脩，脩便噉曰：「公教人噉一口也，復何疑！」』又簡傲篇：『嵇康與吕安善，每一相思，千里命駕，安後來，值康不在，喜（嵇喜，康兄）出户延之，不入，題門下作鳳字而去，喜不覺，猶以爲欣。故作鳳字，凡鳥也。』」

「圖象品物」，即今之射物謎語。

〔三〕意謂常用小聰明來賣弄才思，憑膚淺的見解來夸耀文辭。

〔四〕斠詮：「魏代以後，文士頗非俳優，於是諧隱化而爲謎語，此彦和述讔而及於謎也。然讔降而爲謎，若非『義欲婉而正，辭欲隱而顯』，雖『纖巧以弄思，淺察以衒辭』，則亦『童稚之戲謔』而已耳！」

隱與顯意義好象相反，其實是相反而相成的，好的謎語既不能使人一望便知，也不能使人永遠猜不着。

〔五〕黄注：「賦苑荀卿蠶賦，通篇皆形似之言，至末語始云：夫是之謂蠶理。」

梅注：「有物於此，儀儀兮其狀，屢化如神，功被天下，爲萬世文。禮樂以成，貴賤以分；養老長幼，待之而後存；名號不美，與暴爲鄰。功立而身廢，事成而家敗；棄其耆老，收其後世；人屬所利，飛鳥所害。臣愚而不識，請占之五泰。五泰占之曰：此夫身女好而頭馬首者與？屢化而不壽者與？善壯而拙老者與？有父母而無牝牡者與？冬伏而夏游，食桑而吐絲，前亂而後治，夏生而惡暑，喜濕而惡雨。蛹以爲母，蛾以爲父，三俯三起，事乃大已。夫是之謂蠶理。」蠶賦見荀子賦篇。

詮賦篇：「觀夫荀結隱語，事數自環。」斠詮：「案荀卿蠶賦一篇，内容幾全以蠶之形態、生活、功能等描繪影射，可謂爲謎語之濫觴。故彦和之論謎語，而有『已兆其體』之説也。」游國恩槁庵隨筆十一隱（國文月刊第四十期）：「先秦之世好『隱』，其可考者，齊楚爲最盛。韓非子難三篇：『人有設桓公「隱」者，曰：「一難、二難、三難，何也？」桓公不能射，以告管仲。管仲對曰：「一難也，近優而遠士；二難也，去其國而數之海；三難也，君老而晚置太子。」桓公曰：「善。」不擇日而廟禮太子。或曰：管仲之射隱不得也。』吕氏春秋審應覽重言篇：『荆莊王立，三年不聽（政），而好「讔」。成公賈入諫。王曰：「不穀禁諫者，今子諫，何故？」對曰：「臣非敢諫也，願與君王讔也。」王曰：「胡不設不穀矣？」對曰：「有鳥止於南方之阜，三年不動，將以定其志也；其不飛，將以長其羽翼也；其不鳴，將以覽民則也。是鳥雖無飛，飛將沖天；雖無鳴，鳴將驚人。」「賈出矣，不穀知之矣。」明日，朝，所進者五人，所退者十人。群臣大説，荆國之衆相賀也。』又云：『成公賈之讔也，賢於太宰嚭之説也。太宰嚭之説聽乎夫差，而吴國爲墟；成公賈之讔喻乎莊王，而荆國以霸。』按此事，韓非子喻老篇亦載之，而稍不同。喻老云：『楚莊王涖政三年，無令發，無政爲也。……不穀知之矣（詳見前引梅注）。處半年，乃自聽政。所廢者十，所起者九，誅大臣五，舉處士六，而邦大治。』史記楚世家又以諫莊王者爲伍舉事。世家云：『莊王即位三年，不出號令，日夜爲樂。令國中曰：「有敢諫者，死無赦！」伍舉曰：「願有進隱。」曰：「……吾知之矣。」（見前引范注）』新序雜事第二篇又以諫者爲士慶。雜事第二云：『莊王蒞政，三年不治，而好「隱」戲。社稷危，國將亡。士慶再拜進曰隱（按「曰隱」二字倒）：「有大鳥來，止南山之陽，不蜚不鳴，不審其何故也？」王曰：「此鳥不飛，以長羽翼；不鳴，以觀群臣之慝。是鳥雖不蜚，蜚必沖天；雖不鳴，鳴必驚人。」士慶稽首曰：「所願聞矣。」王大悦士慶之問，而拜之以爲令尹，授之相印。』其詞並大同小異。惟其中所設之『隱』及射者之詞，多爲韻語，則『隱』之爲體應爾。而史記滑稽傳又以此爲淳于髡説齊威王事，蓋傳聞之異也。又按列女傳楚處莊姪傳，處莊姪言『隱』事於頃襄王曰：『大魚失水，有龍無尾，墻欲内崩，而王不視。』王曰『不知也。』對曰：『「大魚失水」者……而王不改也（詳見前引范注）。』（按此與韓非子難三篇所述略同）亦並用韻語。又按史記田敬仲完世家載淳于髡見騶忌子曰：『得全全昌，失全全亡。』騶忌子曰：『謹受令，請謹毋離前。』淳于髡曰：『豨膏棘軸，所以爲滑也；然而不能運方穿。』騶忌子曰：『謹受令，請謹事左右。』淳于髡曰：『弓膠昔幹，所以爲合也；然而不能傅合疏罅。』騶忌子曰：『謹受令，請謹自附於萬民。』淳于髡曰：『狐裘雖弊，不可補以黄狗之皮。』騶忌子曰：『謹受令，請謹擇君子，毋雜小人其間。』淳于髡曰：『大車不較，不能載其常任；琴瑟不較，不能成其五音。』騶忌子曰：『謹受令，請謹修法律而督姦吏。』淳于髡説畢，趨出至門，而面其僕曰：『是人者，吾語之微言五，其應若響之應聲，是人必封不久矣。』所謂『微音』者，即『隱』也，亦多用韻語。此等比喻，似爲『連珠』體之所由倣。又按新序雜事第二篇云：『齊有婦人，醜極無雙，號曰無鹽女。行年三十，無所容入，衒嫁不售，流棄莫執。於是拂拭短褐，自詣宣王，願一見。謂謁者曰：「妾，齊之不售女也。聞君王之聖德，願備後宮之掃除。頓首司馬門外，唯王幸許之。」謁者以聞。於是宣王乃召而見之，謂曰：「亦有奇能乎？」無鹽女對曰：「無有，直慕大王之美義耳。」王曰：「雖然，何喜？」良久曰：「竊嘗喜隱。」王曰：「隱，固寡人之所願也。試一行之。」言未卒，忽然不見。宣王大驚，立發隱書而讀之。退而惟之，又不能得。明日，復更召而問之，又不以「隱」對。但揚目衒齒，舉手拊肘，曰：「殆哉！殆哉！」如此者四。』又按國語晉語五載范文子曰：『有秦客廋辭於朝，大夫莫之能對也，吾知三焉。』韋注云：『廋，隱也；謂以隱伏譎詭之言問於朝也。』是秦人亦喜『隱』也。此並秦以前『隱』語之可考者。至漢世東方朔之徒猶能爲之。漢書藝文志有隱書十八篇，蓋此類也。又其無『隱』之名，而有『隱』之實者，若麥鞠之喻（見宣十二年左傳），庚癸之歌（見哀十三年左傳），齊客海魚之諷（見戰國策齊策一），文仲羊裘之書（見列女傳臧孫母傳），殆難徧舉。乃至莊周之寓言，屈原之離騷，荀卿之賦篇，下逮圖讖歌括，童謠謎語，皆其流也。而我國文學中所謂比興，所謂寄託，所謂婉而多諷，其樹義陳辭莫不以『隱』爲之體。『隱』之時義大矣哉！昔劉彥和已嘗言之，而有未盡，故復考論之如此。」

至魏文、陳思，約而密之〔一〕；高貴鄉公〔二〕，博舉品物，雖有小巧，用乖遠大〔三〕。

〔一〕簡約而精密。

〔二〕黄注：「晉陽秋：高貴鄉公神明爽儁，德音宣朗，景王曰：上何如主也？鍾會對曰：才同陳思，武類太祖。景王曰：若如卿言，社稷之福也。」「高貴鄉公」，曹髦，爲曹丕之孫，其謎語不傳。

〔三〕「遠大」，指上述隱語「興治濟身」、「弼違曉惑」的作用。

夫觀古之爲隱〔一〕，理周要務〔二〕，豈爲童稚之戲謔，搏髀而抃笑哉〔三〕！

〔一〕校注「『夫觀』二字當乙。詮賦篇『觀夫荀結隱語』，史傳篇『觀夫左氏綴事』，比興篇『觀夫興之託諭』事類……才略……並作『觀夫』，可證。」

〔二〕意謂寓理周至，切合時務。

〔三〕意謂豈但引人拍股爲樂，擊掌助笑而已哉！

校注：「史記李斯傳：『夫擊甕叩缻彈箏，搏髀而歌呼嗚嗚快耳目（文選諫逐客書無目字，是）者，真秦之聲也。』此『搏髀』二字所本。（搏，猶拊也。……樂府篇亦有「拊髀雀躍」語。）」

顔氏家訓書證篇：「春秋説以人十四心爲德，詩説以二在天下爲酉，漢書以貨泉爲白水真人，新論以金昆爲銀，國志以天上有口爲吳，晉書以黄頭小人爲恭，宋書以召刀爲邵，參同契以人負告爲造。如此之類，蓋術數謬語，假借依附，雜以戲笑耳。」

然文辭之有諧讔〔一〕，譬九流之有小説〔二〕。蓋稗官所采〔三〕，以廣視聽〔四〕，若效而不已，則髡袒而入室〔五〕，旃孟之石交乎〔六〕！

〔一〕校證：「汪本、佘本、張之象本、兩京本、王惟儉本『讔』作『隱』。」

〔二〕黄注：「漢藝文志有儒家者流，道家者流，陰陽家者流，法家者流，名家者流，墨家者流，縱横家者流，雜家者流，農家者流，小説家者流。諸子十家，其可觀者，九家而已。」范注：「漢書藝文志列諸子十家，而云『其可觀者，九家而已。』其一家即小説家也。小説家者流，蓋出於稗官。補注引沈欽韓曰：『滑稽傳「東方朔博觀外家之語」即傳記小説也。文選注三十一引桓子新論曰：「小説家合叢殘小語，近取譬諭以作短書，治身理家有可觀之詞。」』」

校釋：「舍人此書所涉文體，封域至廣，獨不及小説。惟諸子篇有『青史曲綴以街談』一語耳。漢志藝文，小説十五家，千三百九十篇……覈論其實，固由文士之狡獪，亦乃賦家之旁枝，或廣記異聞，供文家之採擷，或虚述逸事，資客座之談諧，大抵出入子史之塗，兼攬詩賦之轡，恣意自游，最爲輕利者也。有于滑稽譃戲之中，亦寓諷戒之意，尤與諧讔之文，沆瀣相通。舍人謂『文辭之有諧讔，譬九流之有小説』，雖非專論小説，而小説之體用，固已較然無爽，不得以罅漏譏之也。」

〔三〕黄注：「漢藝文志：『小説家者流，蓋出於稗官，街談巷語，道聽塗説之所造也。』如淳曰：王者欲知閭巷風俗，故立稗官，使稱説之。師古曰：稗官，小官。漢名臣奏：唐林請省置吏，公卿大夫至都官稗官各減什三是也。」

〔四〕使擴大視聽范圍，多知道些事理。

〔五〕紀評：「『祖而』，疑作『朔之』。」范注：「紀説是。淳于髡、東方朔，滑稽之雄，故云然。」但從全篇所論來看，劉勰對東方朔没有好評，與此處文意不符。且自上文觀之，朔與枚皋的諧語「無所匡正」，惟旃、孟能「抑止昏暴」。是朔、皋同類，而朔不可與髡、旃、孟並列。孟子公孫丑：「雖袒裼裸裎於我側。」「袒」，露臂。考異：「髡袒本史記滑稽列傳中有羅襟盡解而言也。」

〔六〕范注：「史記蘇秦列傳：『此所謂棄仇讎而得石交者也。』」「旃」指優旃，「孟」指優孟；「石交」是金石之交，即知心朋友。

注訂：「按上言『入室』『石交』云者，以爲諧隱一類，爲文章末流，故言如九流之視小説也。其不宜升堂入室，以當金石之交，而與髡、朔、旃、孟爲伍焉。蓋典誥之體，固異於諧隱之流耳。」

第三段講「隱」及其發展而爲「謎」的意義，並評論歷代作家作品的得失。

贊曰：古之嘲隱〔一〕，振危釋憊〔二〕。雖有絲麻，無棄菅蒯〔三〕。會義適時〔四〕，頗益諷誡。空戲滑稽，德音大壞〔五〕。

〔一〕「嘲隱」，指諧辭和隱語。

〔二〕斠詮：「救仁義之顛危，解正道之困僨也。」校注：「按史記滑稽列傳序：『談言微中，亦可以解紛。』」

〔三〕范注：「左傳成公九年引逸詩語。」

斠詮引左傳會箋：「菅似茅，滑澤無毛，韌宜爲索，漚及曬尤善。蒯亦菅之類。史記孟嘗君傳：『又蒯緱。』注：『蒯，茅之類，可爲繩。』大絲可爲帛，麻可爲布，菅蒯皆草，可爲粗用者。言雖有精細之物，然粗物亦不可棄也。」

注訂：「諧隱體屬文章末流，用雖不宏，其來已遠，亦如菅蒯之不可棄耳。」

〔四〕會合義理，適應時機。

〔五〕「德音」，注見第二段「有虧德音」。